白癡

Идиот

杜斯妥也夫斯基
Фёдор
Михайлович
Достоевский

耿濟之——————譯

Wasilija Pierowa 繪，1872 年

「我只擔心一件事，我怕我配不上自己所受的苦難。」

重要人物表

列夫・尼古拉耶維奇・梅什金——公爵，本書主角
納斯塔霞・菲利波夫娜・巴拉士柯娃——孤兒，曾受托茨基供養，容貌美麗
阿法納亞・伊萬諾維奇・托茨基——地主
帕爾芬・羅戈任・謝敏諾維奇——納斯塔霞的追求者
加夫里拉（加尼亞）・阿爾達利翁諾維奇・伊伏爾金——覬覦納斯塔霞的錢財，欲與其結婚
尼娜・亞歷山德羅夫娜——加尼亞的母親
阿爾達里昂・亞歷山德拉洛維奇・伊伏爾金——退休將軍，加尼亞的父親
瓦爾瓦拉（瓦里婭）・阿爾達利翁諾夫娜——加尼亞的妹妹
科利亞・阿爾達利翁諾維奇——加尼亞的弟弟，中學生
伊波利特・捷連季耶夫——科利亞的好友
伊萬・費道洛維奇・葉潘欽——將軍
伊麗莎白・普羅科菲耶夫娜——葉潘欽將軍的夫人
亞歷山德拉・伊萬諾夫娜——葉潘欽家長女
阿杰萊達・伊萬諾夫娜——葉潘欽家次女

阿格拉婭・伊萬諾夫娜——葉潘欽家三女
別洛孔斯卡婭公爵夫人——葉潘欽家友人，隸屬於上流社會
列別杰夫・盧基揚・季莫費伊奇——小官員
薇拉・盧基揚諾夫娜——列別杰夫的女兒
伊萬・彼得洛維奇・普季岑——高利貸者
尼古拉・安德列維奇・帕夫利謝夫——梅什金公爵父親好友，資助公爵治病
葉夫根尼・帕夫洛維奇・拉多姆斯基——軍人

第一部

第一章

十一月底，融冰的日子，早晨九點鐘左右，彼得堡—華沙鐵路有一趟列車開足馬力，駛近了彼得堡城。此時，天氣陰濕，且有重霧。從車窗向外望去，鐵路兩旁十步以外，幾乎什麼也看不清楚。旅客中也有些是從國外回來的，但是三等車裡比較擁擠，裡面坐的全是短途乘車的小生意人。大家自然都很疲乏，經過一夜的旅程，眼皮都抬不起來了，人人都凍得發僵，臉是灰黃的，好像霧的顏色一樣。

在一輛三等車裡，有兩位旅客，從黎明時起就對坐在窗邊。這兩個人都很年輕，都沒帶多少行李，他們的衣服都不講究，面貌也很特殊，再有，兩個人又都願意攀談。假使他們倆彼此知道自己在這時候有什麼特別出色的地方，那麼，他們對於自己在這趟彼得堡—華沙鐵路三等車廂裡相互對坐的巧遇，一定會表示驚訝了。他們中間有一個身材不高，二十七歲模樣，頭髮鬈曲，顏色發黑，眼睛是灰色的，很小，但是炯炯有神。他的鼻子扁平，臉上顴骨隆起；兩片薄嘴唇不時露出一種傲慢、嘲諷，甚至惡毒的微笑；但是他的額頭很高，形狀也很好看，彌補了面孔下部的缺陷。在這個青年人的臉上，比較顯眼的是像死人一樣蒼白的臉色，青年的體格雖然十分強壯，但由於臉色的關係，使他的全部面貌都帶有倦態。同時，他還露出一種極端熱烈的表情，這和他那傲慢、粗暴的微笑，以及嚴厲、自負的眼神都不相稱。他的身上很暖和，穿著一件寬大的小羔羊皮黑色緊領大氅，夜裡沒有受凍。但他的鄰人對於俄羅斯十一月潮濕的寒夜顯然缺乏準備，所以只好渾身發抖，飽嘗它的滋味。他穿著一件十分肥大和厚重的斗篷，上面有一頂風帽。這件斗篷和在遙遠的異邦（例如瑞士或義大利北部）的旅客們冬季常穿的斗篷一模一樣。當然啦，那些旅客並不打算走從埃特庫寧到彼得堡這樣長的路程。但是，在義大利覺得很有用，而且感到十分滿意的東西，到了俄羅斯便不完全有用了。這件帶風帽的斗篷的主人是一位青年，也是二十六或二十七歲，身材比普通高些，一頭濃密的金髮，臉頰內陷，疏疏落落地生著一點幾乎全白的小鬍子。他的一雙碧眼很大，經常凝聚不動，流露出一種平靜的但是沉痛的神色，它們充滿一種奇怪的表情，有些人冷眼一看，就會猜出他患有癲癇症。但是，這個青年人的臉是愉快的、柔嫩的、乾淨的，只不過缺乏血色，現在甚至凍得有些發青。他手裡搖晃著一個用褪色舊綢裹著的小包袱，這大概就是他的全部的行李了。他的腳上穿著厚底皮鞋，帶有鞋罩——全不是俄國式的。那個穿著緊領外套、生著一頭黑髮的鄰座旅客看清了這一切，由於無事可做，於是就問起話來了。他帶著一種冷嘲的樣子，當人們對鄰家的失敗幸災樂禍時，有時會表現出這樣無禮、粗魯的神情。他問：

「凍僵了麼？」

說罷，聳了聳肩膀。

「冷得厲害，」鄰座的人異常爽快地回答說，「您瞧，這還是融冰的日子呢。假使到了大寒，那又該怎樣呢？我真沒想到，咱們國家會這樣冷。我已經不習慣了。」

「您是從國外回來吧？」

「是的，從瑞士回來。」

「啊！原來如此！……」

黑髮的人打了個口哨，哈哈大笑起來。

兩人攀談起來。披著瑞士斗篷的金髮青年在回答那個黑髮鄰人的所有問題時，表現出驚人的直爽；

他對於那些十分魯莽、無關痛癢、毫無意味的問題，並不發生任何的懷疑。他回答說，他離開俄國的確已經很久，有四年多了，他到國外去是為了養病，因為他患有一種奇怪的神經病，這病類似癲癇或者維多司跳舞病，有些震顫和痙攣。黑髮的人聽他說話時，冷笑了好幾次。他問：「怎麼樣，外國醫生給您治好了嗎？」金髮青年回答說：「不，沒有治好。」黑髮的人當時笑得特別厲害。

「嚇！錢大概花費了不少吧？咱們國家的人偏偏相信外國醫生呢。」黑髮的人帶著諷刺的口吻說。

「這是實在的！」一位坐在旁邊的人插嘴說，這位先生穿得很壞，好像是一個很冷酷的小官僚，四十來歲，體格強健，紅鼻子，滿臉疙瘩，「這是實在的，他們只是白白地騙取俄國的一切資源！」

「在我這件事情上，您是不對的，」從瑞士回來的病人用平靜而和藹的聲調說，「由於我不瞭解整個的情況，當然我不能同與您爭辯；不過，我的醫生卻拿出他最後的錢給我做回國的路費，而且我在國外的時候，他差不多養活我兩年。」

「怎麼？沒有人供給您錢嗎？」黑髮的人問。

「是的，在國外的時候，本來由帕夫利謝夫先生供給我錢，可是他在兩年前去世了；後來，我寫信給國內的葉潘欽將軍夫人，她是我的遠房親戚，但是沒有接到回信，所以我只好這樣回來了。」

「那麼，您要投奔什麼地方呢？」

「您是說，我要住在哪裡嗎？……老實說，我還不知道呢……是這樣……」

「還沒有決定嗎？」

兩個聽話的人又哈哈大笑起來了。

「您的全部財產大概都在這個包袱裡吧？」黑髮的人問。

「我敢打賭，一定是這樣，」紅鼻子的官員帶著揚揚得意的樣子，附和著說，「他在行李車裡一定沒有寄放什麼東西。不過我們還要提一下，貧非罪也。」

結果確乎是這樣，金髮青年也特別爽快地馬上承認了這一點。

「您的包袱總是具有一些意義的，」官員繼續說，那時候他們已經笑了一個飽了（應該注意的是最後，包袱的主人也望著他們笑了起來，這更增加了他們的樂趣），「我們雖然可以打賭，說裡面沒有法國、德國以及荷蘭的金幣，只要看您那雙外國皮鞋上的鞋罩，就可以確定這一點，但是……假使在您的包袱上再添上一個像葉潘欽將軍夫人那樣的親戚，那麼，這個包袱就具有另外一種意義了。當然，假使葉潘欽將軍夫人果真是您的親戚，您沒有由於疏忽大意而弄錯的話……人們由於粗心或者想像力太豐富，常常會發生錯誤的……」

「您又猜對了，」金髮青年接著說，「我真是幾乎弄錯了，她跟我差不多沒有親戚關係。我沒有得到她的回信，說實話，我當時一點也不驚奇，我早就料到會是這樣了。」

「您白花了寄信的郵資。唔……至少說，您是坦白而誠懇的，這倒值得誇獎！唔……我認識葉潘欽將軍，因為他是社會名流。在瑞士供給您生活的那位已故的帕夫利謝夫先生，如果他就是尼古拉·安德列維奇·帕夫利謝夫的話，我也認識。姓帕夫利謝夫的有兩個人，是堂兄弟。另一個至今還住在克里米亞。至於已故的尼古拉·安德列維奇，倒是一個很可尊敬的人，我們平日交往很多，他在世時有四千名農奴……」

「對，他的名字就叫作尼古拉·安德列維奇·帕夫利謝夫。」青年人回答以後，就以好奇的眼光不住打量這位「萬事通」先生。

在某種社會階層內，有時會遇見，甚至常常遇見這類「萬事通」先生。他們無所不知，無所不曉。他們把全部的智慧和才能，把經常活躍的好奇心，不可遏止地集中到一個方面。當然啦，現代的思想家一定會解釋說，這是因為他們缺少比較重要的人生趣味和見解的緣故。不過，所謂「無所不知，無所不曉」這幾個字只是指著一個非常狹小的範圍而言，就是說：某人在什麼機關服務，他認識誰，他有多少財產，在哪一省當過省長，娶什麼人為妻，妻子陪送多少嫁妝，他的堂兄弟是誰，表兄弟是誰，等等，諸如此類。這類「萬事通」大半都穿著捉襟見肘的衣服，每月領十七盧布的薪俸。他們熟知底細的那些人物當然想不出他們這樣做的動機，不過，他們有許多人都從這種簡直和整門科學相符的知識得到充分的慰藉，達到自尊自大，甚至精神極度滿足的地步。這倒真是一門富有魅力的科學。我看到一些文人學者、詩翁和政治家，在這門科學裡尋求而且居然找到高度的舒適生活和目的，甚至根本就靠這個起家。

在這番閒聊的整個過程中，黑髮的青年都在打哈欠，毫無目的地向窗外張望，急不可耐地期待旅程的終了。他心神不定，而且心神不定得很厲害，幾乎露出驚慌的樣子。他的舉止有些奇怪：有時似聽非聽，似看非看；有時笑起來，連他自己也不知道，不了解笑的是什麼。

「請問貴姓？……」滿臉疙瘩的先生忽然對那個拿著包袱的金髮青年發問。

「列夫．尼古拉耶維奇．梅什金公爵。」金髮青年馬上很爽快地回答說。

「梅什金公爵嗎？列夫．尼古拉耶維奇嗎？我不知道。我甚至聽都沒有聽見過，」官員一邊沉思，一邊回答說，「我說的不是姓，這個姓自古以來就有，在卡拉姆辛的歷史裡可以而且應該找到它，我指的是您本人。真的，現在不管在什麼地方都遇不到梅什金公爵族下的人了，簡直是消息茫然。」

「那自然嘍！」公爵立刻回答說，「梅什金公爵一族的人，現在除了我以外，已經完全沒有了。我覺得，我是梅什金家最後的一個男人。至於我父親一輩和祖父一輩的老人，都是鄉下的田主。不過，我的父親是士官學校出身，當過陸軍少尉。我不知道葉潘欽將軍夫人怎麼也算是梅什金公爵的一族，大概她是族裡的最後一個女人了……」

「嘿嘿嘿！自己族裡的最後一個女人！嘿嘿！您說得多麼幽默呀！」官員嘻嘻地笑起來了。
黑髮的人也冷笑了一聲。金髮青年吃了一驚，他奇怪自己怎麼會說出這樣相當下流的俏皮話來。
「您要知道，我是完全無心說出來的。」他終於很驚異地解釋了一句。
「當然當然。」官員很愉快地迎合著說。
「公爵，您在國外跟大學教授學過科學嗎？」黑髮的人突然問。
「是的……學過……」
「我可從來沒有求過學。」
「我也只是學了一星半點罷了，」公爵補充說，幾乎帶著道歉的口氣，「我因為有病，他們認為我不能按部就班地求學。」
「您認識羅戈任家的人嗎？」黑髮的人快嘴問道。
「不，我完全不認識。我在俄國認識的人很少。您姓羅戈任嗎？」
「是的，我姓羅戈任，名叫帕爾芬。」
「帕爾芬嗎？不就是那個羅戈任家的人嗎……」官員特別鄭重地說。
「是的，就是那個，就是那個。」黑髮的人帶著很無禮的急躁樣子，連忙打斷官員的話。不過，他連一次也沒有拿滿臉疙瘩的官員做對手，一開始就只對公爵一個人說話。
「但是……這是怎麼回事呢？」官員驚訝得發呆了，他的眼睛幾乎要瞪了出來。他的整個面孔立刻露出一種崇拜和諂媚，甚至畏懼的神情。「您就是那位世襲榮譽公民謝敏·帕爾芬諾維奇·羅戈任的少爺嗎？他不是在一個月以前去世，留下二百五十萬盧布的遺產嗎？」
「你怎麼知道他留下二百五十萬盧布遺產呢？」黑髮的人打斷他的話，這回連向官員望也不屑於望一眼，「您瞧！（他向公爵使個眼色，指著官員說）他們馬上鑽營上來，這對於他們有什麼好處呢？我的父親的確是死了，我過了一個月才回家奔喪；我是從普斯科夫來的，幾乎連一雙皮鞋都沒有。我的渾蛋兄弟，還有我的母親，既不給我寄錢，也不通知我一聲！簡直像對待狗一樣！我在普斯科夫害了熱病，整整在床上躺了一個月。」

「現在您一下子可以拿到一百多萬盧布啦。這還是最少的估計呢，我的老天爺！」官員擺著雙手。

「請問，這與他有什麼相干！」羅戈任又很惱怒地、惡狠狠地衝他點頭，「哪怕你就頭朝下在我面前走路，我也不給你一個戈比。」

「我一定這樣走，我一定這樣走。」

「你瞧！哪怕你跳一星期的舞，我也絕不給你，絕不給你！」

「您不給就不給吧，我本來就該這樣做；您不給就不給吧，我還是要跳舞。我就是把老婆孩子都扔掉，也要在您的面前跳舞。我應該對您表示敬意，我應該對您表示敬意！」

「去你的吧！」黑髮的人吐了一口唾沫。「五個星期以前我也像您一樣，」他對公爵說，「拿著一個小包袱，離開父親，跑到普斯科夫的嬸嬸那裡；我在那裡害熱病，躺下來了。當我不在的時候，父親去世了。他得了急病，一口氣上不來噎死了。給死者一個永恆的遺念吧！不過，他當時幾乎活活把我打死！您信不信，公爵，這是真的！當時我如果不逃走，一下子他就會把我打死了。」

「您做了什麼事情使他生氣？」公爵問，帶著一種特別好奇的神情仔細打量穿皮大氅的百萬富翁。公爵雖然覺得萬貫家私和承襲遺產確有可以注目的地方，不過，他感到興味而且驚訝的卻還有別的東西。不知為什麼，羅戈任特別樂意跟公爵攀談。不過他所以想對談，多半是由於肉體上的需要，而不是由於精神上的需要；多半是由於心神不寧，而不是由於為人坦率。他由於心裡忐忑不安，心慌意亂，所以總想看看什麼人，講講什麼事。他覺得自己至今還害熱病，至少是在發燒。至於那個官員，他死盯著羅戈任，連大氣都不敢出；他傾聽著，掂量著羅戈任的每一句話，彷彿尋覓金剛鑽似的。

「他的確是生氣了，而且他的惱怒也許有道理，」羅戈任回答說，「但是我的兄弟對我可太壞了。我不能責難母親，因為她是個老太太，讀《殉教傳》[1]，和其他的老太太坐在一起閒聊。我的兄弟仙卡說什麼就是什麼。他當時為什麼不來通知我呢？我明白他的鬼心思！不錯，我當時的確病得昏迷不醒。聽人家說，家裡打電報來了。但是，那電報是打給我嬸嬸的。她在那裡守寡十三年，從早到晚同瘋僧們鬼混。她不是一個正派的修女，比修女糟糕多啦。她接到電報以後十分害怕，沒有拆開，就把它送到警察局去，那封電報至今還留在那裡。只有郭涅夫，瓦西里．瓦西里奇，很幫我的忙，他把一切情形都寫信告訴我了。有一天夜裡，我的兄弟把我父親的錦緞棺罩上的金瓔珞割下來了，說道：『它們值多少錢啊！』為了這一樁事情，只要我願意的話，就可以把他流放到西伯利亞去，因為這是褻瀆聖物。喂，你這個稻草人！」他向官員說，「在法律上，褻瀆聖物有什麼罪？」

「褻瀆聖物！褻瀆聖物！」官員立刻隨聲附和。

「犯了這種罪，是不是該充軍西伯利亞？」

「充軍西伯利亞！充軍西伯利亞！立刻送到西伯利亞去！」

「他們以為我還在那裡生病呢，」羅戈任又對公爵說，「但是我不聲不響地，悄悄地帶著病上了火車，回家了。小兄弟謝敏．謝敏諾維奇，你給我開門吧！我知道他對我那去世的父親說過我的壞話。不過，我當時的確為了納斯塔霞．菲利波夫娜把父親惹惱，這是實在的。這是我一個人做的事。我做錯

1 譯注：《殉教傳》：關於聖徒的宗教傳說集。

了。」

「為了納斯塔霞．菲利波夫娜嗎？」官員諂媚地說，似乎在那裡考慮什麼事情。

「你不會知道她！」羅戈任不耐煩地對他喊道。

「我知道！」官員帶著勝利的口吻回答說。

「又來了！納斯塔霞．菲利波夫娜有的是呢！我對你說，你真是個無恥的傢伙！我早就知道，一定有這種傢伙立刻來糾纏的！」他繼續對公爵說。

「也許我知道啊！」官員坐立不安了，「我列別杰夫是知道的！大人，您現在責備我，但是假使我拿出證據來又怎樣呢？說起納斯塔霞．菲利波夫娜，您的老太爺就是為了她要用狼木杖教訓您一頓。納斯塔霞．菲利波夫娜姓巴拉什科娃，也算是個貴族小姐、公爵小姐之類，她和一個姓托茨基的相識，那個人的名字叫作阿法納西．伊萬諾維奇，她只和他一個人要好，他是地主，又是大資本家，許多公司和會社的股東，因此和葉潘欽將軍成了至交……」

「啊，你原來是這樣的呀！」最後，羅戈任的確大吃一驚，「活見鬼，他果然是知道的。」

「我全知道！列別杰夫通通都知道！大人，我曾經給亞歷山大．李哈曹夫當過兩個月跟班，也是在他的父親死後。我知道一切的道路和角落，如果沒有我列別杰夫，他連一步路也走不了。他現在住在債務監獄裡。當我隨著他走動的時候，就有機會認識阿爾孟司、柯拉里亞、柏慈卡耶公爵夫人和納斯塔霞．菲利波夫娜，而且也有機會知道了許多事情。」

「納斯塔霞．菲利波夫娜嗎？難道她和李哈曹夫在一起嗎？……」羅戈任惡狠狠地看了他一眼，氣得嘴唇都發白了，不住哆嗦著。

「沒有什麼！沒有什麼！真是沒有什麼！」官員看到話頭不對，連忙解釋說，「李哈曹夫用多少錢也弄不到她！不，她絕不是阿爾孟司那樣的女人，她只跟著托茨基一個人。她晚上坐在大戲院或法國戲院的包廂裡面。軍官們自然可以信口開河，但是他們也找不到什麼把柄，只是說『這就是那個納斯塔霞・菲利波夫娜』，也就完了；他們再也沒有往下說什麼！因為根本也就沒有什麼可說的。」

「的確是這樣，」羅戈任皺著眉頭，很陰鬱地肯定說，「扎聊芮夫當時也是這樣對我說的。公爵，我當時穿著我父親穿了三年的外套，跨過涅瓦大街。她正從一家商店走出來，上了馬車。我立刻像渾身起火似的。後來，我找到了扎聊芮夫，他跟我完全不一樣。他好像理髮館的夥計，架著一片單眼鏡。但在我父親的家裡，我們穿的是塗油的皮靴，喝的是素菜湯。他說，你和她配不上，他說，她是一位公爵小姐，她的名字叫作納斯塔霞・菲利波夫娜，姓巴拉什科娃，和托茨基同居。托茨基現在正不知道怎樣擺脫她才好，因為他已經完全達到人生最好的年齡——五十五歲，想娶聖彼得堡的第一位美女為妻。他當時又對我說，今天就可以在大戲院裡見到納斯塔霞・菲利波夫娜，她一定坐在樓下的包廂裡看芭蕾舞。在我父親家裡，假使你想去看芭蕾舞，那準會受到懲罰，父親恨不得把你打死！但是，我偷偷地跑去看了一小時，又見到納斯塔霞・菲利波夫娜。當天晚上，我整夜都沒有睡好。第二天早晨，去世的父親給我兩張五厘的證券，每張五千盧布，他說：『你去賣掉它，然後給安得列夫事務所送去七千五百盧布，你不要到別處去，剩下多少立刻給我拿回來，我等著你。』我把證券賣掉了，錢到了手，但是我沒有到安得列夫事務所去，我一直跑到一家英國商店，挑了一對耳環，每只耳環上的鑽石差不多有胡桃那麼大，我拿出所有的錢，還短四百盧布，我說出自己的名字，人家才賒給我。我拿了耳環去找扎聊芮夫，如此這般地說了一套，我央求他說：『好兄弟，領我到納斯塔霞・菲利波夫娜那裡去吧。』於是我們就去了。當時我的腳底下是什麼，前面是什麼，旁邊是什麼，我一點也不知道，而且也不記得了。我們一直走進她的客廳，她親自出來接見我們。我當時沒有說出我姓甚名誰，只是由扎聊芮夫說：『這是帕爾芬・羅戈任送給您的，作為昨天的見面禮。請您收下吧。』她打開一看，笑著說：『請您向貴友羅戈任先生致謝，謝謝他的盛意。』然後她鞠了一躬，就走出去了。我當時為什麼不死在那裡呢？我所以前去，就是因為我當時已經想好了：『我反正不活著回家啦！』最使我生氣的，就是那個小鬼扎聊芮夫竟把一切好事都攬到自己的身上。我的個子很小，穿得極壞，因為感到慚愧，就一言不發地站在那裡，睜大眼睛看著她。扎聊芮夫卻十分時髦，頭髮抹著亮油，燙得鬈曲，臉色紅潤，領帶是帶格子的。他真是十分漂亮，十分瀟灑。她當時一定把他當作我了！我們出來以後，我就說：『我告訴你，你今後不許再胡思亂想！』他笑著說：『但是，你現在怎樣回覆謝敏・帕爾芬諾維奇呢？』我當時真想不回家，就往水裡一跳，但是我又想：『事已如此，怎麼還不是一樣？』於是，就懷著絕望的心情，回家了。」

「啊！噢唷！」官員扮了一下鬼臉，渾身哆嗦起來，「您那位老太爺不要說為了一萬盧布，就是為了十個盧布，也會把人送上西天。」他對公爵點點頭。公爵以好奇的眼光打量羅戈任。這時，羅戈任的臉色好像更加慘白了。

「把人送上西天！」羅戈任重複著說，「你怎麼會知道呢？」他繼續對公爵說，「我父親立刻把事情打聽清楚了，扎聊芮夫更是逢人便講。父親把我捉住，鎖在樓上，整整教訓我一個小時。他說：『我這只是給你一點預備，等到夜裡我再來和你道別。』您猜怎麼著？老頭子竟跑到納斯塔霞・菲利波夫娜家裡，向她鞠躬到地，淌眼抹淚地央求她；她終於把那個盒子拿出來，扔給他說：『老鬍子，把你的耳環拿去吧。這對耳環既然是帕爾芬在那樣的風波中給我買來的，我現在覺得它的價值已經增加了十倍。請你向他問候，我謝謝他。』當時我得到母親的幫助，向賽聊沙・博洛圖申借了二十盧布，就坐火車到普斯科夫去了，一到那裡，我就生了熱病。我喝醉了酒，坐在那裡，老太太們對我念《殉教傳》，後來我用最後的幾個錢到酒店亂竄，整夜躺在街頭，失去了知覺。到第二天早晨，身上就發起高燒來。在夜裡的時候，還叫狗啃了我一夜，最後好容易才算醒過來。」

「好了，好了，現在納斯塔霞．菲利波夫娜可以給我們唱歌啦！」官員搓著雙手，嘻嘻地笑了起來，「大人，現在耳環算得了什麼！現在我們可以賞給她一對同樣的耳環……」

「你假使再提納斯塔霞．菲利波夫娜一個字，上帝作證，我一定要揍你一頓，不管你給沒給李哈曹夫當過跟班！」羅戈任緊緊抓住他的一隻手，這樣喊道。

「假使您揍我，那就是說您不會把我推出去了！您揍吧！您一揍我，我的身上就會留下您的手印了。……啊，我們到了！」

火車果然已經進站了。羅戈任雖然說自己是祕密旅行，但已經有幾個人前來接他了。他們呼喊，朝他揮著帽子。

「呵，扎聊芮夫也來了！」羅戈任喃喃地說，露出很得意的，甚至似乎惡毒的微笑，看著那班人。然後，他忽然轉向公爵說：「公爵，我不知道我為什麼很喜歡您。也許是因為在這時候相遇的緣故。但是，我也遇到了他（他指著列別杰夫），卻並不喜歡他。公爵，您到我家裡來吧！我可以把這雙皮鞋給您脫下來，給您穿上頂好的貂皮大衣；再給您定製一套上好的禮服，白色的，或者別的什麼顏色的背心，把錢塞滿您的口袋……咱們一同到納斯塔霞．菲利波夫娜那裡去！您來不來呀？」

「您要聽好，列夫．尼古拉耶維奇公爵！」列別杰夫用鄭重而且得意的神氣應聲說，「您千萬不要錯過這個機會！千萬不要錯過這個機會！」

梅什金公爵站起來，很有禮貌地和羅戈任握手，並且很客氣地對他說：「我很樂意到您府上去，承蒙您這樣喜歡我，我真是感激不盡。如果來得及，也許今天就去。說老實話，我也很喜歡您，尤其在您講起那段鑽石耳環的故事的時候。就是在講耳環以前，雖然您愁眉苦臉，我也喜歡您。您答應送給我衣服和大衣，我也要向您道謝，因為我馬上就需要這些東西。現在，我身邊幾乎連一文錢也沒有。」

「錢會有的，今天晚上就會有的，您來好了！」

「會有的，會有的，」官員附和著說，「不等天黑就會有的。」

「公爵，您很喜歡女人嗎？請您預先說一下！」

「我在這方面不行！我……您也許不知道，我由於先天的缺陷，完全不知道女人的味道。」

「既然如此，」羅戈任喊道，「公爵，你完全等於一個瘋僧，上帝喜愛你這樣的人。」

「上帝喜愛您這樣的人。」官員又附和說。

「小官僚，你跟我去吧！」羅戈任對列別杰夫說，三個人一齊下了火車。

列別杰夫到底達到了自己的目的。熙熙攘攘的人群很快地朝升天大街走去了。公爵要拐到李鐵因大街去。天氣潮濕，快下雨了。公爵問了問過路的人，原來他想去的地方還有三俄里遠，於是他決定雇一輛馬車。

第二章

葉潘欽將軍住的是自己的房子，在李鐵因大街旁邊，離「變容救世」教堂不遠。除去這所豪華的房屋以外（其中有六分之五已經出租），葉潘欽將軍在花園街還有一所大房，房租也很多。除了這兩所房產以外，他在彼得堡城郊還有一大片收益極大的田產。在彼得堡縣裡，他還有一家工廠。大家都知道，葉潘欽將軍從前包收過捐稅。現在他是幾家殷實股份公司的股東，擁有很大的表決權。他是一個出名的大忙人，富有錢財，交遊廣闊。在某些地方，特別是在他的服務機關，他很會裝腔作勢，顯得非他不可。但是，人家也都知道，伊萬·費道洛維奇·葉潘欽不學無術，是一個普通士兵的兒子。講起他的出身，那無疑只會給他增添榮耀。將軍雖然為人聰明，但是也不能沒有小小的、大可原諒的弱點，同時，他不愛聽一些暗示性的話。不過，他總算是一個精明能幹的人。例如說，他堅持著一個原則，就是在應該悄悄躲開的地方，他絕不出頭露面。許多人敬重他，正是為了他的平易近人，以及他永遠知道自己在哪個地位。但是，如果那些評論他的人看到這個深知自己地位的伊萬·費道洛維奇的心靈裡有時發生什麼情況，那就太好了！他雖然在人事方面的確有些實際經驗，而且也有些卓越的才能，但是他總喜歡表現出自己不妄作主張，專門依照別人的意圖行事，表現出自己是一個「不善巴結的老實人」，而且順應時代潮流，成為一個心地誠懇的俄羅斯人。在這方面，他還鬧過幾次有趣的笑話。但是，即使鬧出天大的笑話，將軍也永遠不會垂頭喪氣。再有，他這人運氣很好，連賭牌也是如此。他下的賭注很大，他不但不願意隱瞞賭錢這個小小的、使他多次得到教益的嗜好，反而故意地拿來炫耀一番。他交的朋友很雜，當然都是所謂的「大亨」。不過，他的前途非常遠大，他有的是時間，有時間辦一切事情，一切榮華富貴都會應時來到的。而且，從年齡來看，葉潘欽將軍也還正在所謂的「好時候」——就是五十六歲，不多不少；無論如何，這正是壯年，真正的生活就是從這個年齡開始的。身體健康，滿面紅光，雖然有些發黑但是結實的牙齒，短矮而堅強的體格，每天早晨上班時的愁眉苦臉，晚上坐下賭牌或者在大臣那裡的愉快形象——這一切使他現在和未來都會得到成功，給這位將軍大人的生命路程鋪上了玫瑰。

將軍擁有一個花團錦簇的家庭。當然，他家的小姐也並不都是玫瑰花，不過，將軍大人早就已經對這方面非常注意，把他最主要的希望和目標都寄託在這裡了。而且，在人生中，有什麼目標會比父母的目標更重要和更神聖的呢？一個人不依靠家庭，還依靠什麼呢？將軍家裡有一位夫人和三位成年的女兒。將軍結婚很早，當陸軍中尉時就娶妻了，新娘年紀和他相仿，既不漂亮，又沒有學識。將軍娶她時，一共只弄到五十名農奴的嫁妝，但是在實際上，這些農奴就成了他日後飛黃騰達的資本。以後，將軍從來不抱怨自己的早婚，從來不把這件事當作不幸的青春的迷戀，他十分尊敬自己的夫人，有時還怕她，因此竟產生了愛情。將軍夫人出身梅什金公爵一族。這一族雖不是望族，但是來源很古。她因為出身名門，自視很高。當時有一個極有權勢的人物，一個可以不費力量施恩的保護人，願意關照年輕公爵小姐的婚姻。他給這位青年軍官開了門，推他進去，就是不推，只要看上一眼，也不會白白費事了！除去很少的例外，他們夫婦一輩子過得很和睦。將軍夫人出身名門，而且是她那一族的最後一個公爵小姐，但也許是她個人性格的關係，在很年輕的時候，就給自己找到了幾個高官顯宦做保護人。後來，當她的丈夫有了財產和地位的時候，她在上流社會裡也開始立住了腳跟。

近幾年來，將軍的三位女兒亞歷山德拉、阿杰萊達和阿格拉婭，全都長大成人了。她們三個人雖然只是葉潘欽家的人，但是她們的母親出身公爵氏族，她們擁有不少陪嫁的財產，她們的父親前程遠大，指日高升；更重要的是，她們都生得美貌如花，連最年長的已經過了二十五歲的亞歷山德拉也不例外。老二是二十三歲，最小的阿格拉婭剛滿二十歲。這位最小的姑娘長得十分漂亮，在社交界已經開始引起人們很大的注意。這還不算，她們三人又都很有學識、智慧和才能。大家都知道，她們彼此十分親愛，互相扶助。甚至有人說，兩位姐姐為了妹妹——全家的共同偶像——寧願犧牲自己。她們在社會上不但不愛出風頭，甚至過於謙遜了，誰也不能夠責備她們傲慢和自負。不過，大家都知道她們是驕傲的，而且瞭解自己的身價。大姐是音樂家，二姐是傑出的畫家。但是，許多年來，差不多沒有人知道這一點，只是最近才被人偶然發現。一句話，人家誇獎她們的話太多了。可是，也有一些不懷好意的人。他們帶著恐怖的口氣，說她們讀過了多少書。她們並不忙著出嫁。雖然她們也看重一定的社會地位，但是並不很過份。最應該注意的是，大家都知道她們父親的志趣、性格、目的和願望。

當公爵按下將軍住宅的門鈴時，已經是十一點鐘左右了。將軍住在二層樓上，他住的房子盡可能地樸素，但還是和他的地位相稱。一個穿著鑲金邊制服的僕人給公爵開了門。公爵站在門口，不得不向這位僕人費很多唇舌，因為僕人一開始就很懷疑地望著公爵和公爵的包袱。經過他再三確切地聲明，他的確是梅什金公爵，有要事必須謁見將軍，那個懷疑的僕人才把他引到一個小小的前室裡，這間小前室緊接著客廳旁邊。那個僕人把他親手交給另一個每天早晨在前室裡值班、專管向將軍通報來客的僕人。另外這個人穿著禮服，年紀在四十歲左右，帶著一副殷勤的面孔。他是專門伺候書房，職掌向將軍大人通報，所以也很知道自己的身價。

「請您在客廳裡等一等，把包袱留在這裡。」他一邊說，一邊不慌不忙地、大模大樣地坐到安樂椅上。他帶著十分驚訝的神情看著公爵。公爵立刻在他身旁的椅子上坐下了，手裡拿著包袱。

「如果您允許，」公爵說，「我最好是在這裡等候，同您在一塊兒。我一個人坐在客廳裡有什麼意思？」

「您不應該留在前室裡，因為您是訪問者，換一句話，就是客人。您想見將軍本人嗎？」僕人顯然不願意放這個客人進去，所以又放膽追問了一句。

「是的，我有一件事情……」公爵說。

「我不問您什麼事情——我的職務只是通報一聲，說您到來了。但是，不經過祕書，我是不能給您去通報的。」

這人的疑心似乎越來越大了，因為他覺得公爵不太像日常那班客人。將軍雖然經常地，幾乎每天，都在一定的時間內接待賓客，特別是為了公事，有時甚至接見三教九流的客人，僕人雖然已經養成習慣，而且得到放鬆限制的訓令，但他心裡還是非常疑惑，他覺得非通過祕書去報告不可。

「您真是……從國外來的嗎？」他終於不由自主地問，並且感到惶惑起來；他也許是想問：「您果真是梅什金公爵嗎？」

「是的，我剛下火車。我覺得您是想問：我真是梅什金公爵嗎？由於客氣，沒有問出來。」

「唔……」僕人很驚訝，這樣含混地應著。

「我告訴您，我沒有對您撒謊。您不會因為我受到訓斥。至於我這副樣子，還帶著包袱，您也不必驚訝，因為我現在的境況不太好。」

「唔，您要知道，我怕的並不是這個。我應該去通報，祕書也會出來見您，除非您……除非您……這句話可真難出口……我冒昧問您一句，您是為了貧窮來向將軍求助嗎？」

「不是，這一層請您完全放心好了，我另有事情。」

「請您原諒，我是看著您的樣子才問的。您等一下祕書，他現在正和上校商量事情，商量完了以後，祕書就會來的……這是公司裡的祕書。」

「既然要等很多時候，那我要請求您一件事情：能不能在這裡幫我找個地方抽一口菸？至於菸斗和菸葉，我都帶在身邊。」

「抽菸嗎？」僕人用輕蔑的、疑惑的眼光朝他掃了一下，似乎還不信自己的耳朵，「抽菸嗎？不，您不能在這裡抽菸，而且，您懷有這個念頭就很可恥啊。嘿……真是奇怪！」

「哦，我不是請求在這間屋子裡抽，我知道這裡的規矩；我想走出去，到您指定的地方去抽，因為我有抽菸的習慣，現在已經三個鐘頭沒抽啦。但是，隨您的便吧。您知道，常言說得好——入境問俗……」

「叫我怎樣上去通報呢？」僕人幾乎不由自主地、喃喃地說。「第一，您不應該留在這裡，而應該坐在客廳裡，因為您在訪問者的行列裡，換句話說，就是客人。人家會質問我的……您是打算在我們這裡住下嗎？」他補充著說，又斜眼去望公爵的包袱，顯然對那包袱不放心。

「不，我不想住在這裡。即使他們請我，我也不能留下。我只是想來認識一下，並沒有別的意思。」

「怎麼？認識一下？」僕人帶著驚訝和三倍的疑心問，「您起初怎麼說是為了事情來的呢？」

「差不多不是為了事情！事情是有一樁的，不過想請教一下。但是，我主要是想認識一下，因為我是梅什金公爵，葉潘欽將軍夫人是梅什金一族最後的一個女人。除了我和她以外，梅什金一族就再沒有人了。」

「那麼，您還是親戚啦？」僕人大吃一驚，幾乎哆嗦起來。

「大概不是。但是，如果扯長了說，我們當然是親戚啦，不過是很遠的，不能算作真正的親戚。我在國外給將軍夫人寫過一回信，她沒有回答我。我現在回國以後，仍然認為必須產生一點關係。我現在把這一切對您解釋一下，使您不產生懷疑，因為我看您還不放心。您去通報梅什金公爵求見吧，在通報時就會發現我來訪問的原因。接待我呢，這很好；不接待我呢，也許同樣很好。不過，他們好像不能夠不接待，因為將軍夫人自然想見一見自己族裡長輩的唯一的代表。她對於自己的氏族是很珍重的，我的確聽人家說過。」

公爵的談話好像是極隨便的。但是，在現在這種情況下，越隨便就越顯得離奇。富有經驗的僕人不能不感覺到，人和人之間完全適合的一切，在客人和僕人之間是完全不合適的。因為僕人的頭腦要比他們的主人一般設想的聰明得多，所以這個僕人也就想到，現在是二者必居其一：要不公爵是一個騙子，一定是上門來請求救濟；要不公爵只是一個傻瓜，沒有什麼尊嚴感。因為聰明而有尊嚴感的公爵，絕不會坐在前室裡，和僕人談論自己的事情。如此說來，在這兩種情況之下，自己會不會為他受責備呢？

「您還是請到客廳裡去吧！」他極力堅持著說。

「假使坐在那裡，便不能對您解釋一切了，」公爵很暢快地笑了，「因為您瞧著我的斗篷和包袱，就會更加不安起來。現在您也許可以不必等候祕書，自己上去通報一下吧。」

「像您這樣的訪問者，不經過祕書，我是不能上去通報的。何況大人剛才說過，上校在那裡的時候，不許任何人打擾他，只有加夫里拉．阿爾達利翁諾維奇不經通報就可以進去。」

「他是官員嗎？」

「加夫里拉．阿爾達利翁諾維奇嗎？不是。他在公司裡服務。您可以把包袱放在這裡。」

「我已經想到這一層，只要您能允許就行。再有，我要不要把斗篷脫下來？」

「當然了，不能穿著斗篷進去見他呀。」

公爵站起來，連忙脫下身上的斗篷，露出式樣極體面、縫得很精緻，不過已經穿舊的西服上身。背心上掛著一條鋼鏈。鏈上繫著一塊日內瓦製的銀錶。

僕人已經確定公爵是一個傻瓜，他覺得自己作為將軍的侍從，如果再繼續和訪客談話，總不是體面的事。不知是什麼原因，他很喜歡公爵，自然是另一種喜歡，只是從另一種眼光來看，公爵又使他產生一種強烈的、很大的憤恨。

「將軍夫人什麼時候見客？」公爵問，又坐到原來的位置上。

「這不是我的事情。她見客是斷斷續續的，看來的人而定。十一點鐘接見裁縫。加夫里拉·阿爾達利翁諾維奇總是比別人先得到接見，甚至還請他用早餐。」

「在冬天的時候，你們的屋子裡比國外溫暖得多，」公爵說，「外國的街上比我們溫暖，但是到了冬天，俄國人如果沒有住慣，是住不了他們的房間的。」

「他們不生火嗎？」

「是的，而且房屋結構不同，就是說火爐和窗子不一樣。」

「唔！您去了多久？」

「四年。不過，我差不多老是住在一個鄉村裡。」

「對我們的生活已經不習慣了吧？」

「這是實在的。不知您信不信，我對自己沒有忘掉說俄國話很感到奇怪。我現在同您談話，自己心裡這樣想：『我說得還好。』也許為了這個原因，我才說許多話。自從昨天起，我的確想說俄語了。」

「唔！嘿！您以前在彼得堡住過嗎？」（僕人無論怎樣努力約束自己，也不能不參加這種有禮貌的、客氣的談話了。）

「在彼得堡嗎？差不多完全沒有住過，只是路過而已。我從前一點也不知道這裡的情形。但是，現在我聽說這裡的新鮮事太多了。據說連那些原來熟悉彼得堡的人，也只好對它重新認識一下了。現在，這裡有許多人談論法院的事情。」

「唔！……法院。法院倒確乎是法院。外國怎麼樣？他們的法院判決得公平一些嗎？」

「我不知道。關於我們的法院，我倒聽過許多議論。我們這裡又廢除死刑了。」

「外國處死刑嗎？」

「是的，我在法國的里昂看見過，什奈德爾帶我去看的。」

「絞死的嗎？」

「不是，法國一概砍頭。」

「怎麼？罪犯喊不喊？」

「哪裡會喊！只是一眨眼的工夫。他們把罪犯放在那裡，一把大刀就落下來。他們用一種機器，叫作斷頭台，又沉重，又有力量。……不等你眨眼，腦袋就掉下去了。準備工作是極可怕的。當宣告判決，穿上囚裝，綁上繩子，帶到斷頭台上去的時候，那才可怕呢！許多人跑來看熱鬧，甚至還有婦女，雖然說，那裡是不歡迎女人去看的。」

「那不是她們該看的事情。」

「當然了！當然了！她們哪能看這樣悲慘的事情！……我看到的那個罪犯是一個很聰明的人，勇敢的、強壯的、歲數不小的人，他姓萊格洛。我對您說，信不信由您，他一上斷頭台就哭了，臉白得像紙一般。難道這是可以忍受的嗎？難道這不是可怕的事情嗎？誰會由於恐怖而哭泣呢？我真想不到，他又不是小孩子，而是一個從來沒有哭過的大人，一個四十五歲的人，竟會由於恐怖而哭起來。在這時候，他是怎樣的心情呢？是怎樣地顫抖呢？那只是對於靈魂的污辱啊！《聖經》上說：『不要殺人！』那麼，因為他殺了人，就該把他殺死嗎？不，這是不可能的。我看見這樁事有一個多月了，可是至今還好像在眼前一樣。我夢見過五次了。」

公爵說話的時候，竟興奮起來，慘白的臉上浮起一些紅暈。不過他的語調依舊是很柔和的。僕人帶著同情的樣子看著他，似乎不願意離開對方的眼睛；大概他也是一個富有想像力和喜歡動腦筋的人吧。

「頭掉下來的時候，」他說，「不很痛苦，這還算好。」

「您知道不知道？」公爵熱烈地接著說，「您注意到這一層，大家也正和您一樣注意到了，因此就發明出斷頭的機器。我當時有這樣一個念頭：這萬一更壞的話，又怎樣呢？這話您覺得可笑，覺得很奇怪，但是，您多少想像一下，腦子裡是會出現這樣念頭的。您想一想，譬如拷打吧，便有苦痛、創傷和身體的折磨，這一切反而使你能分散精神上的痛苦，只是為了一些創傷感到肉體的痛苦，一直到死為止。你要知道，最主要的、最劇烈的痛苦也許不在創傷上面，而在於你明明知道再過一個小時，再過十分鐘，再過半分鐘，現在，立刻——靈魂就要離開肉體，你將不再成為一個人；而且知道這是固定不移的，主要的是，知道這是固定不移的。你把頭放在刀子下面，但聽見刀子從你的頭上滑下來了，這四分之一秒鐘是最可怕的。您知道不知道，這並不是我的幻想，而是許多人這樣說的。我相信這些話，所以很直率地對您說出我的意見來。為了殺人罪而殺人，這是比犯罪本身大到無可比擬的一種刑罰。按照判決的殺人，要比強盜殺人可怕到無可比擬的程度。一個人被強盜殺害，不論是黑夜時在樹林子裡被砍死，或是用別的方式弄死，他一定還希望能夠得救，在最後的一剎那還有這種希望。有過這樣的例子：一個人的喉管被割斷了，他還懷著希望，或者是逃走，或者是哀求饒命。但是，在這種情況下，一切最後的希望，要比死去容易十倍的那個希望，一定被剝奪了。既然有了判決，又明知道避免不了，所以可怕的痛苦便全在這上面，世界上就沒有比這更痛苦的事情。您把一個兵士領來，放在戰場上的大炮對面，對他射上一炮，他總還有一線希望，但是，如果對這兵士宣讀一定處死的判決，他會瘋狂或哭泣的。誰說人類的天性能夠忍受下去而不發狂呢？為什麼要有這種醜惡的、無用的、白費力的辱罵行為呢？也許有這樣的人，人家對他下了判決，讓他受些折磨，以後才說：『你去吧，饒你的命。』這樣的人也許會講一講的。基督也講過這種痛苦和這種恐怖。不，人是不能這樣來對待的！」

僕人雖然不能像公爵似的表白出這種思想，但是，已經瞭解（當然不是全部瞭解）了重要的意思，從他那受感動的臉上，就可以看出這一點。

「您既然這樣想抽菸，」僕人說，「這也可以，只是要快一點。因為我怕將軍忽然有請，而您又不在這裡。您瞧，樓梯旁邊有一扇門。您走進門去，右面有一間小屋子；您在那裡可以抽一下菸，只是請您把小窗戶打開，因為這不合我們這裡的規矩……」

然而，公爵還沒有來得及去抽菸。就看到有一個青年，手持公事，忽然走進前室。僕人馬上給他脫去大衣，青年則斜眼看了公爵一下。

「加夫里拉·阿爾達利翁諾維奇，」僕人偷偷地，很親昵地說，「有一位梅什金公爵求見，他說是太太的親戚，剛從國外乘火車回來，手裡帶著包袱，只不過……」

因為僕人開始耳語，下面的話公爵就聽不清楚了。加夫里拉·阿爾達利翁諾維奇注意聽著，帶著極好奇的樣子打量著公爵。最後，他不再去聽僕人的話了，不耐煩地走到公爵跟前。

「您是梅什金公爵嗎？」他非常和藹地、客氣地問。這是一個漂亮的小夥子，也有二十八歲，體格勻稱，頭髮金黃，中等身材，蓄著拿破崙式的小鬍子，有著一張顯得很聰明的、很好看的臉。他的笑容雖然很客氣，但是顯得有點過於狡猾；他露出有點過份整齊的牙齒，好像珍珠一般；他的眼睛雖然流露著愉快和十分坦率的神情，但是有點過於凝聚，咄咄逼人了。

「當他獨自一個人的時候，絕不會這樣看人，也許永遠不會笑的。」公爵產生了這樣的感覺。

公爵盡可能迅速地解釋一番，和以前對僕人，以及更早以前對羅戈任所解釋的一樣。可是，加夫里拉·阿爾達利翁諾維奇似乎想起什麼事情來了。

「是不是您，」他問，「在一年以前，也許不到一年，從瑞士寄一封信來，寄給伊麗莎白·普羅科菲耶夫娜？」

「正是。」

「那麼，這裡是知道您的，一定會記得您。您想見將軍閣下嗎？我立刻去通報……他一會兒就有空。不過請您……請您暫時到客廳裡去坐一坐……客人為什麼在這裡呢？」他很嚴厲地問僕人。

「回您的話：他自己不要……」

這時候，書房的門忽然開了，有一個軍人夾著皮包，一邊大聲說話，一邊鞠著躬，從屋裡走了出來。

「你來了嗎，加尼亞？」書房裡有人喊道，「請到這裡來吧！」

加夫里拉·阿爾達利翁諾維奇對公爵點了點頭，匆忙地走進書房去了。

過了兩三分鐘，門又開了。聽見加夫里拉·阿爾達利翁諾維奇響亮而且歡迎的聲音說：

「公爵，請進來！」

第三章

伊萬·費道洛維奇·葉潘欽將軍站在書房的中央，異常好奇地看著走進來的公爵，甚至迎著他走了兩步。公爵走上前去，自我介紹。

「是的，」將軍回答說，「您有什麼貴幹？」

「我並沒有任何的急事，只是想和您認識一下。我打擾您啦，因為我不知道您見客的日子，也不知道您安排好的時間……但是，我剛下火車……從瑞士回來。」

將軍本想微微一笑，但是他想了一下，就不笑了。後來他又想了一下，瞇縫著眼睛，又把客人從頭到腳打量一遍，然後很快地給客人指了一把椅子，自己也坐下來，稍微歪斜一些，轉身對著公爵，露出不耐煩等待的樣子。加尼亞則站在書房一角的寫字台前面整理文件。

「我通常是沒有時間來互相認識的，」將軍說，「但是，因為您一定有自己的目的，所以……」

「我早就料到，」公爵打斷他的話，「您一定認為我的拜訪具有一種特殊的目的。不過，我的確沒有任何私意，只是覺得和您認識一下很愉快。」

「當然，我見了您也是非常愉快。但是，人生並不老是遊戲，有時也會出些事情……而且，我至今還沒有發現我們之間有什麼共同點……所謂夤緣……」

「沒有什麼夤緣，這是無可爭辯的，自然也很少共同點。因為假使我是梅什金公爵，而尊夫人和我同族，這自然不能算作夤緣啦。我很明白這一點。但是，我到這裡來的理由也只有這一點。我有四年多不在俄國了。我怎麼離開，那簡直弄不清楚。當時我一點也不知道，現在更加不知道了。我想認識一些好人，我有一件事情想做，但不知道從哪裡下手。在柏林時我就想：『他們既然差不多是親戚，那就從他們開始吧；我們也許可以互有用處，他們對我有用，我對他們有用——假使他們是好人的話。』我已經聽說你們是很好的人。」

「我很感謝，」將軍驚奇起來，「請問，您住在哪兒？」

「我還沒有住的地方呢。」

「這麼說，您是一直從火車站到我家來的嗎？還有……行李呢？」

「我的行李只是一小包內衣，別的什麼都沒有。我平常都是提在手裡的。我今天晚上還來得及去住客棧。」

「您還打算去住客棧嗎？」

「那自然嘍。」

「聽您的口氣，我以為您是要到我這裡來住的。」

「這也可能，但是，這非得您邀請不可。說老實話，即使我受到您的邀請，也絕不留在這裡，不為別的原因，只是……由於脾氣的關係。」

「正好我沒有邀請您，而且也不想邀請您。公爵，讓我們一下子把事情全弄清楚。因為我們剛才已經講明白，關於親戚一層，我們之間無話可說，當然，我是感到極端榮幸的，所以……」

「所以，只有站起來走出去，是不是？」公爵站起來了，雖然他的處境顯然十分為難，但他還是很愉快地笑了，「將軍，我的確一點也不知道這裡的習慣，不知道這裡的人們怎樣生活，但是我早就料到，我們一定會發生像現在這樣的事情。也許應該這樣……當時你們也並沒有回信給我……唔，我告辭啦。打擾您，真對不起。」

這時候，公爵的眼神十分和藹，他的微笑也沒有一點隱祕和敵視的樣子，這使將軍忽然站住了，並用另一種方式看了客人一眼。他在這一剎那改變了態度。

「您知道，公爵，」他幾乎完全用另一種聲音說，「我還沒有瞭解您的情況，伊麗莎白．普羅科菲耶夫娜也許想見見她的同族人……如果您有時間，請您等一等。」

「我是有時間的，我的時間是完全屬於我的（公爵立刻把圓沿的軟呢帽放到桌子上）。說實話，我希望伊麗莎白．普羅科菲耶夫娜會記起我給她寫過一封信。剛才我在前室等候您的時候，您的僕人疑心我是上門來請求救濟；我看出來，您府上對於這一點大概是進行過嚴厲訓令的。但是，我實在不是為這樁事情來的，實在只是為了想和您來往一下。我只怕有點打擾您，因此心裡很不安。」

「是這樣的，公爵，」將軍滿臉賠笑說，「如果您真是這樣的人，那麼，我很高興同您認識；不過您瞧，我是一個忙人，立刻就要坐下來看公事，簽字，然後還要去見大臣，還要到衙門去，所以，雖然我很喜歡見人……那就是說見好人……但是……不過，我相信您受過極好的教育……公爵，您貴庚多少？」

「二十六。」

「噢唷！我覺得還年輕得多。」

「是的，人家說我的臉長得很年輕。我可以學會怎樣不妨礙您，而且很快就會瞭解這一點，因為我自己很不喜歡妨礙別人……還有，我覺得，從許多情況看來，我們在外表上是十分不同的人……我們也許不會有許多共同之處。但是，您知道，我自己並不相信我剛剛說的這個想法，因為常有這樣的事情，只在表面上看，似乎沒有共同之處，但在實際上卻是有很多的……只由於人們懶惰，所以才按照外表進行分類，才會找不到任何共同的……但是，我的話也許太膩煩了吧？您彷彿……」

「我直截了當地問您：您究竟有沒有財產？也許，您想做點什麼事業嗎？對不住，我這樣說法……」

「哪裡的話，我很珍重而且瞭解您的問題。我暫時沒有任何財產，暫時也沒有任何職業，但是，我必須有。我現在的錢是別人的，是什奈德爾給我的旅費，他是我的教授，我在瑞士時，就在他那裡治病和學習。他給我的旅費正好夠用，可以說，我現在只剩下幾個戈比了。我確乎有一樁事情要做，我需要人們的意見，但是……」

「請問，您暫時打算怎樣生活，您有什麼計畫？」將軍打斷他的話。

「我想幹點工作。」

「您簡直是個哲學家，但是……您知道自己有什麼天才和能力嗎？哪怕是可以混點飯吃的能力。我又要請您恕我直言了！」

「您不必告罪。不，我想，我既沒有什麼天才，也沒有特殊能力；甚至恰好相反，因為我是病人，沒有按部就班地上過學。至於說到混飯吃，我以為……」

將軍又打斷他的話，開始盤問了。公爵又把說過的那套話重複一遍。原來，將軍不但聽過已故的帕夫利謝夫的事情，甚至跟他認識。帕夫利謝夫為什麼注意公爵的教育呢？公爵自己也解釋不了這個問題——也許只是為了他和公爵的亡父有老交情的關係吧。公爵喪失雙親時，自己還是一個小小的嬰兒，因為他的身體不好，需要鄉下的空氣，所以他一直是在鄉村裡生活和長大的。帕夫利謝夫把他託付給自己的親戚——一些老的女地主；起初給他雇了一個保姆，後來又雇了一個家庭教師。公爵說，他雖然什麼事情都記得，但是他對過去的種種的解釋多半不能令人滿意，因為他對許多事情都搞不清楚。他時常發病，因而使他幾乎完全變成一個白癡（公爵這樣說出「白癡」兩個字）。最後，他講述帕夫利謝夫有一次和瑞士教授什奈德爾相遇的故事。什奈德爾恰巧專門研究這種病，在瑞士的瓦里省開設一家醫院，用獨創的冷水和體操法進行治療，他不但治白癡病，也治瘋狂病，同時還進行教育，使病人得到一般精神上的發展。大約在五年前，帕夫利謝夫打發公爵去瑞士求醫，但是在兩年以前，他本人竟突然死去，沒有留下任何遺囑。什奈德爾又留他在那裡治了兩年。他沒有治好公爵的病，但是對公爵有許多幫助。最後依照公爵自己的願望，又因為發生了一樁事情，醫生便打發他回俄國了。

將軍感到十分驚奇。

「您在俄國沒有一個熟人嗎？根本沒一個熟人嗎？」他問。

「現在沒有一個熟人，但是我希望……我還接到一封信……」

「至少，」將軍打斷他的話，沒有聽清楚關於信的事情，「您一定學過什麼東西，您的疾病不會妨礙您從事一種工作吧？譬如說，在某個機關裡幹個輕鬆的差事。」

「那一定是無妨的。我倒很願意找個差事，因為我想試驗一下自己究竟能夠幹什麼。我四年來一直在學習，雖然不是正規的教育，而是用其他的特殊方法。我還讀了不少俄文書。」

「讀過俄文書？那麼，您認識字，並且會沒有錯誤地寫字？」

「很會。」

「好極了，筆體怎麼樣？」

「筆體很好，我在這方面很有天才，可以說是一個書法家。您給我一張紙，我立刻可以寫幾個字試試。」公爵熱烈地說。

「費心得很。這是很必要的……公爵，我喜歡您這種爽快的態度，您的確很可愛。」

「您這裡的文具非常講究。您有這麼多鋼筆，這麼多鉛筆，您有多麼平整可愛的紙……您的書房多麼可愛呀！這幅山水畫我知道，這是瑞士的風景，我相信這個畫家是寫生的，我相信我看到過這個地方，這是在烏里省……」

「也許是的，不過這是我在此地買的。加尼亞，給公爵一張紙。這是鋼筆和紙，請坐到這張小桌子旁邊寫吧。這是什麼？」將軍對加尼亞說，此時，加尼亞正從公事包裡掏出一張大相片，遞給將軍，「啊，這是納斯塔霞．菲利波夫娜！這是她本人送給你的嗎？是她自己送的嗎？」他懷著極大的好奇心，很急切地問加尼亞。

「剛才我去道賀的時候，她給我的，我早就請求她給我一張。我不知道這是不是她給我的一個暗示，說我在這樣的日子竟空著手前去，沒有送禮。」加尼亞補充說，發出不愉快的微笑。

「不是的，」將軍信心十足地打斷他的話說，「你這個人的想法真叫古怪！她哪裡會暗示……她也完全不是一個想圖利的女人。再說，你拿什麼去送禮呢？送個禮要幾千盧布哇！難道送相片嗎？順便問一下，她還沒有向你要相片？」

「沒有，還沒有要，也許永遠不會要的。伊萬．費道洛維奇，您一定會記得今天的晚會吧？您是特邀的客人。」

「記得，當然記得，我一定去。哪裡還能不去，這是她的生日，二十五歲的生日呀！嗯……你知道，加尼亞，我應當對你宣布一下。你自己預備預備吧。她答應阿法納西．伊萬諾維奇和我，今天晚上在她家裡，說出最後的一句話：是或否！你知道，你要留神哪！」

加尼亞忽然窘得臉色都有些發白了。

「她果真這樣說的嗎？」他問道，他的聲音似乎在顫抖。

「她是前天說的。我們兩人死皮賴臉地纏她，叫她說出來。但是，她請我們不要預先告訴你。」

將軍盯著加尼亞，加尼亞的窘態顯然使他很不高興。

「您要記住，伊萬．費道洛維奇，」加尼亞露出驚慌不安的神情說，「在她自己做出決定以前，她給我完全自主的權利，就是到她決定的時候，我還有說話的餘地……」

「你難道……你難道……」將軍忽然很驚慌地說。

「我沒什麼。」

「那麼，你想把我們弄到什麼樣的地步呢？」

「我並不是拒絕，我也許話沒說清楚……」

「你還要拒絕嗎！」將軍很惱恨地說，甚至不願意克制這種惱恨。「老弟，問題已經不在於你不拒絕，而在於你要爽快地、歡喜地、高興地來聽她的話……你家裡怎麼樣？」

「家裡有什麼？家裡的事情全由我一個人決定。只有父親照舊發傻，他完全變成一個胡鬧的人了。我已經不和他說話，但是對他還是抓得很緊。說老實話，如果不是母親，我早就把他從家裡轟出去了。母親自然老是哭，妹妹很生氣。然而，我終於對他們直說了，我是自己命運的主人，希望家裡的人都……服從我。至少，我把這一切話當著母親的面，對妹妹交代清楚了。」

「老弟，我還是弄不明白，」將軍沉思地說，他微微聳起肩膀，擺了擺手，「尼娜．亞歷山德羅夫娜前些天來的時候，你記得嗎？也是唉聲歎氣。我問她：『您怎麼啦？』原來在她們看來，這是不名譽的事情。請問，有什麼不名譽呢？誰能責備納斯塔霞．菲利波夫娜，說她有什麼地方不好？誰能說出反對她的理由？難道是因為她和托茨基在一起嗎？但是，這只不過是胡說八道，特別是在一定的情況之下。她說：『您不是不放她到您的幾位小姐面前去嗎？』啊！這樣的！尼娜·亞歷山德羅夫娜竟是這樣的！她怎麼這樣不明白，怎麼這樣不明白……」

「自己的地位嗎？」加尼亞幫助陷入困難的將軍說出來，「她是明白的，您不要生她的氣。我當時就給了她一頓教訓，不許她管別人家的閒事。我家裡至今所以還很平靜，只是因為還沒有說出最後的一句話，不過，現在已經到了山雨欲來的情況了。只要今天說出最後的話，全家都會發作起來。」

公爵坐在屋子的一角試著寫字的時候，聽到兩個人談話的全部內容。他寫完以後，走到桌旁，將紙遞過去。

「這不就是納斯塔霞·菲利波夫娜嗎？」他注意而且好奇地望了相片一眼，說。「好看極啦！」他立刻又熱烈地補充說。相片上的確照著一個美貌出眾的女人。她在照片裡，穿著式樣十分樸素雅致的黑色綢衣；頭髮顯然是深棕色的，梳得很簡單，家常的式樣；眼睛又深又黑，額角帶著凝思的樣子；臉部富於熱情，似乎很傲慢。她的臉有點瘦削，也許是蒼白的……加尼亞和將軍很驚訝地看著公爵……

「什麼？納斯塔霞·菲利波夫娜！難道您認識納斯塔霞·菲利波夫娜？」將軍問。

「是的，我回到俄國雖然只有一晝夜，卻已經認識了這樣的美人。」公爵回答說，接著便敘述了他和羅戈任相遇的情形，並把羅戈任的話一五一十轉述了一遍。

「又出新聞了！」將軍開始慌亂起來。他非常細心地傾聽公爵的敘述，並用探詢的眼光望著加尼亞。

「大概這只不過是搗亂罷了，」加尼亞喃喃地說，他也有點慌張，「一個商人的兒子在那裡放蕩遊玩，我已經聽人家說到他的事情。」

「是的，老弟，我也聽說過，」將軍應聲說，「在發生耳環的事件以後，納斯塔霞·菲利波夫娜把這個笑話全盤端出來了。但是現在，情況已經不同了。他也許果真有百萬家財……再加上熱情。即使是胡鬧的熱情，但到底露出了熱情的味道。大家都知道，這類先生喝醉了酒，什麼事情都能幹出來！……唔……不要弄出什麼笑話來。」將軍沉思地結束了他的話。

「您害怕他的百萬家財嗎？」加尼亞齜著牙笑了。

「您自然不怕啦？」

「公爵，您以為怎麼樣？」加尼亞忽然朝他問道，「這到底是一個正經人，還是只不過是一個搗亂分子？您的意見怎麼樣？」

加尼亞提出這個問題時，有著一種特別的心情。好像有一種新的、特別的理想在他的腦子裡燃燒著，很急切地在他的眼睛裡閃耀著。將軍誠懇而坦白地露出不安的樣子，他也斜眼看著公爵，但是對於公爵的回答並沒有懷著很大的期望。

「我不知道怎樣對您說，」公爵回答說，「不過，我覺得他這人很有熱情，甚至是病態的熱情。他自己還好像是一個很沉重的病人。到了彼得堡以後，不到幾天，他很可能又要病倒，特別是如果亂喝起酒來的話。」

「是嗎？您以為是這樣的嗎？」將軍抓住這一點追問說。

「是的，我以為是這樣。」

「但是，這類笑話也許不在幾天以內發生，而是在今天晚上以前弄出點花樣來。」加尼亞對將軍笑了一下。

「唔！……自然嘍……也許會的。一切都要看她的腦子裡怎樣想。」將軍說。

「您知道她有時是怎樣的？」

「是怎樣的？」將軍極度懊喪，又這樣喊叫道，「我跟你說，加尼亞，你每天不要太和她作對，要努力這樣，你知道……總而言之，要努力使她高興……唔！……你為什麼那樣歪著嘴？加夫里拉・阿爾達利翁諾維奇，順便說一句，現在真要順便說一句：我們這樣張羅，到底為了什麼？你要明白，關於這件事情，我自己的利益早就有了保障；無論怎樣，我會把事情解決得對自己有益。托茨基已經斬釘截鐵地做出決定，所以我完全有了信心。因此，我現在只是希望你得到利益。你自己判斷一下，你不信任我嗎？並且你這個人……你這個人……一句話，你是一個聰明人，我很倚重你……在現在的情況下，這是……這是……」

「這是主要的。」在將軍感到很為難的時候，加尼亞又出了一臂之力，幫將軍把話說完。他撇著嘴唇，露出極惡毒的微笑，他也不想加以遮掩。他的激動的目光，一直望著將軍的眼睛，似乎希望將軍從他的眼神裡看出他的全部思想。將軍漲紅了臉，生起氣來。

「對，聰明是主要的！」他附和著說，很嚴厲地看著加尼亞，「你真是個可笑的人，加夫里拉・阿爾達利翁諾維奇！我看得出你很喜歡那個商人，把他當作自己的一條出路。但是，在這件事情上，首先應該考慮一番；應該明白……應該從兩方面誠實而且坦率地去做，否則……就應該預先聲明，不要連累別人，而且時間是足夠的，就是現在也還有很多的時間（將軍別有意思地揚起眉毛），雖然只剩了幾點鐘……你明白了嗎？明白了嗎？你究竟願意不願意？如果不願意，你可以說，請你說好啦。加夫里拉・阿爾達利翁諾維奇，沒有人阻攔你，沒有人硬拉你落入陷阱，假使你認為這裡有陷阱的話。」

「我願意。」加尼亞低聲說，但是聲調很堅決。他垂下眼簾，顯得愁眉苦臉，再也不出聲了。

將軍滿意了。他鬧了一陣脾氣，但是他顯然後悔自己做得太過火了。他忽然轉向公爵，臉上好像忽然通過了一個不安的念頭，他想到公爵在旁邊聽到了所有的話。但是，他立即安下心去：只要一看公爵，就會完全安心的。

「噢！」將軍看著公爵送上來的書寫字樣，喊了起來，「這寫得太好啦！這是少有的書法！你瞧，加尼亞，真有才氣！」

公爵在厚厚的牛皮紙上，用中世紀的俄文字體寫了下面的字句：「鄙人伯夫努奇住持親筆書此。」

「是這樣，」公爵非常愉快而興奮地解釋說，「這是伯夫努奇住持親筆的簽字，從十四世紀的影印本摹寫的。我國這些老住持和主教全都寫得一筆好字，有時具有十分高尚的風趣，十分精妙的筆法！將軍，您這裡果真連鮑哥廷的藏本都沒有嗎？我在這裡又用另一種字體寫了一些字，這是十八世紀法國的粗大字體，有些字母的寫法完全不一樣。這是市場的字體，職業書法家的字體，我從他們的樣本上抄下來的（我有一個樣本）。您會同意這種字體是有一些特點的。您看這個圓圓的ә和α。我把法國字母的寫法運用到俄文字母上去，這是很困難的事情，可是結果還算成功。還有一種美麗而別緻的字體，就是這個句子：『努力可以克服一切困難。』這是俄羅斯的字體，是一般書記的字體，或者是軍界書記的字體。給重要人物的公文都是這樣寫的。這也是一種粗字體，可愛的黑體，寫得黑黑的，但具有特殊的風格。書法家不贊成這種花腔，或者，最好說是花腔的嘗試，就是這些沒有寫完的小尾巴，請您注意這個。您再整個看一看，這些字可以表示一種性格，的確可以顯露出整個軍界書記的靈魂：他一方面想潦草塞責，一方面想表現出天才，而軍服領子又扣得太緊，從字體上透出嚴格的紀律來，真是妙極了！最近有一張這類字體的字樣使我非常吃驚。我是偶然碰到的，您猜在什麼地方？——在瑞士！這是平常的、普通的、純粹的英國字體，沒有再比這更雅致的了。這種字體太妙了，好像一粒粒珍珠，這種字體很完美。還有一種，也是法國字體，我從一位法國的旅行掮客那裡謄寫下來的。這和英國字體一樣，但是黑線比英國字體稍微濃些，而且粗些，您瞧，連比例也弄壞了。您還要注意：橢圓體有點變動，比較圓一些，還加花腔，這花腔是最危險的東西！花腔需要特別的格調。假使弄得好，假使找到適當的比例，那麼，這種字體就成為無可比擬的東西，能使人看著生愛。」

「噢唷！您竟達到這樣精細的地步，」將軍笑了，「親愛的公爵，您不僅是一位書法家，還是一位美術家呀！對不對，加尼亞？」

「妙極了，」加尼亞說，「他還認識到自己的大職。」他嘲笑著補充道。

「您儘管笑吧，儘管笑吧，但是這是有前程的，」將軍說，「公爵，您知道我們現在要讓您抄寫給什麼人物的公事嗎？剛開始時，每個月可以給您三十五盧布的薪水。但是，現在已經十二點半了。」他看了看錶，結束說，「公爵，我得趕緊出去辦事，今天咱們也許不能再見面了！您坐一會兒；我已經對您說過，我不能時常接見您；但是，我很願意幫您一點忙，一點點的忙，當然是最必要的忙了，其餘的您就可以隨意做去。我可以在衙門裡給您找一個小差事，不大難做的，但是需要很認真。現在，我再談另一件事情：在加夫里拉．阿爾達利翁諾維奇，伊伏爾金的房子裡，也就是在他的家裡，就是我這位青年朋友，我要給您介紹一下——他的母親和妹妹在自己的住宅裡打掃出兩三間帶有傢俱的房間，預備租給有妥靠保人的房客居住，帶有伙食和僕役。我相信，尼娜．亞歷山德羅夫娜會接受我的介紹的。對於您來說，公爵，這再好也沒有了。因為，第一，您不會感到孤獨，會有一種家的感覺。據我看來，您絕不能一下子就在彼得堡這樣的京城獨自居住。尼娜．亞歷山德羅夫娜——就是加夫里拉．阿爾達利翁諾維奇的母親，瓦爾瓦拉．阿爾達利翁諾夫娜——就是他的妹妹，都是我特別尊敬的太太。尼娜．亞歷山德羅夫娜是阿爾達里昂．亞歷山德拉洛維奇的夫人，阿爾達里昂．亞歷山德拉洛維奇是一位退伍的將軍，我最初當差時跟他是同事，現在由於某種原因已經和他沒有往來了，不過，我對他仍然是很尊敬的。我跟您說這些，公爵，是為了使您瞭解，我親自介紹您，同時我也就是替您作保。租金很少，我希望您的薪水很快就能完全夠用。當然，一個人總需要零用錢，哪怕一點點也好，但是，公爵，如果我說您最好不用零錢，根本不要在口袋裡放什麼錢，您千萬不要生氣。我之所以這樣說，是由於我對您有這樣一個印象。不過，因為您的口袋現在完全空空，讓我先借給您二十五盧布吧。自然我們以後可以算帳，假使您是一個誠懇而真摯的人，照您說話時所露出的那個樣子，那麼，我們中間是不會發生困難情況的。我之所以這樣關心您，是因為我對您有一些目的，您以後會弄清楚這一點的。您瞧，我和您完全隨便。加尼亞，我希望你不會反對公爵搬到你們家裡去住吧？」

「完全不反對！家母一定會很高興……」加尼亞客氣而且殷勤地說。

「你們那裡好像還只有一間屋子住人，那個人叫什麼名字……費爾特……費爾……」

「費爾德先科。」

「對，我不大喜歡你們這位費爾德先科，他是一個齷齪的小丑。我不明白，為什麼納斯塔霞・菲利波夫娜這樣器重他，他真是她的親戚嗎？」

「不，那完全是玩笑的話！並沒有親戚的痕跡。」

「不去管他！怎麼樣，公爵，您滿意不滿意？」

「謝謝您，將軍，您對我真是太好了，況且我並沒有提出什麼請求。我之所以這樣說，並不是由於驕傲，我的確沒有棲身之所，剛才羅戈任還叫我到他那裡去住。」

「羅戈任嗎？那不行。我像慈父一般，或者說您更愛聽一些的，是像朋友一般，勸您忘掉這位羅戈任先生。我給您一個籠統的勸告，就是您要和您現在被介紹去的那一家好好相處。」

「您對我既然這樣好心，」公爵說，「我有一件事情請教，我接到了一個通知……」

「對不起，」將軍打斷他的話，「現在，我再也沒有一分鐘的工夫了。我馬上就去對伊麗莎白・普羅科菲耶夫娜說：假使她現在就願意接見您（我要竭力為您保薦），我勸您利用這機會去博得她的歡心，因為伊麗莎白·普羅科菲耶夫娜對您可能大有用處。你們又是同宗。假使她不願意，您也不必埋怨，下一次再說。加尼亞，你暫時看一看這些帳單，我剛才和費道賽夫爭了半天。你不要忘記把這些帳單加進去……」

將軍走了出去，公爵竟來不及說出他已經四次想說的那件事情。加尼亞點了一支紙菸，又遞給公爵一支；公爵接過菸，但由於不願意妨礙加尼亞辦事，並沒有說話，他開始仔細地觀看書房。加尼亞不大去看將軍指給他的那張寫滿數字的紙，只是顯得心神不寧。在屋裡只剩下他們倆的時候，公爵看到，加尼亞的微笑、眼神和凝思的樣子更顯得沉重了。加尼亞忽然走到公爵面前。這時候，公爵又站在納斯塔霞·菲利波夫娜的相片前面，仔細瞧著它。

「您非常喜歡這樣的女人嗎，公爵？」加尼亞忽然問公爵，眼光很銳利地望著公爵，好像有一種特別的用意。

「奇怪的臉！」公爵回答說，「我相信她的命運不會和尋常的一樣。她的臉上笑容可掬，可是她受過可怕的痛苦，對不對？她的眼睛可以說明這一點，您瞧這兩根小骨，臉頰上端和眼睛底下這兩個點。這是一張驕傲的臉，異常驕傲的臉，我不知道她的心地善良不，如果善良才好呢，一切就會都得救了！」

「您願意娶這樣的女人嗎？」加尼亞接著問，一雙激動的眼睛死盯在公爵的身上。

「我有病，我不能娶任何一個女人。」公爵說。

「羅戈任能娶她嗎？您以為怎樣？」

「我以為他會娶她的，也許明天就會結婚；在結婚以後，也許過上一個星期，就會把她砍死。」

公爵剛說出這句話，加尼亞忽然很猛烈地哆嗦一下，公爵嚇得幾乎喊叫出來。

「您怎麼啦？」公爵一邊拉著加尼亞的手，一邊說。

「公爵！將軍請您進去見夫人。」一位僕人在門口出現，報告說。公爵隨著僕人進去了。

第四章

葉潘欽的三位小姐全都十分健康，像花一般鮮豔，身材高大，肩膀寬闊，胸脯外挺，手強壯得和男子相似。她們因為身體健壯，有時當然愛多吃一些，而且根本不願意遮掩這種情況。她們的母親，將軍夫人伊麗莎白·普羅科菲耶夫娜，有時對於她們的食欲明確表示看不過去。但是，因為女兒們接受她的一些意見時，雖然在表面上顯出畢恭畢敬的樣子，但實際上卻早就在她們中間喪失了原先的、無可爭辯的威信，甚至弄到三位姑娘所採取的一致行動經常占了上風，所以，將軍夫人為了自己的尊嚴，覺得不與她們爭論，對她們讓步較為方便些。當然，性格時常是不肯聽話的，不肯服從理智的支配。伊麗莎白·普羅科菲耶夫娜一年比一年更加任性，更加急躁，甚至成為一個怪物了。但是，因為她的手底下到底還有一個絕對服從和極端馴良的丈夫，她肚子裡的氣積蓄得過多了，通常都是向丈夫發洩，所以在發洩之後，家庭間又和諧起來，一切事情便都順利地進行下去。

不過，將軍夫人自己也沒有喪失食欲，照例在十二點半和女兒們一起吃和午餐幾乎差不多的豐盛早餐。不等到吃早餐，在整整十點鐘，也就是剛睡醒的時候，小姐們就在床上每人先喝一杯咖啡。她們喜歡這個規矩，始終沒有改變過。十二點半，僕人便在靠近母親居室的小餐廳裡鋪好桌子。如果時間允許的話，將軍本人有時也進來參加這頓家庭的、親密的早餐。除去紅茶、咖啡、乳酪、蜂蜜、奶油等，將軍夫人愛吃的一種特殊的炸餅，以及肉排而外，甚至還端上濃的熱牛肉湯。在我們這部小說開始的那個早晨，全家人都在餐廳內等候將軍，他答應十二點半進來吃飯。如果他遲到一分鐘，便會立刻打發人去催請，但是，他準時進來了。他走上前來，向太太問安，吻她的手，並且注意到她的臉上有些過於特別的神色。他在頭一天就預感到：一樁「笑話」（他慣用這兩個字）要發生了，今天一定會這樣的，他昨天晚上睡覺時就感到很不安，現在又膽怯起來。女兒們來和他接吻，她們雖然沒生他的氣，可是也好像有一些特別的樣子。將軍為了某種原因，的確過份懷疑起來，但是，因為他是一個富有經驗、手段靈活的父親和丈夫，所立刻就採取了自己的辦法。

假使我們在這兒停頓一下，稍作一番解釋，直接而且確切地闡明葉潘欽將軍的家庭在這部小說開始時所構成的關係和環境，我們也許不至於十分損害我們小說的眉目吧。我們剛才已經說過，將軍雖然沒有什麼學問（他自己稱為「自學的人」），但是，他是一位經驗豐富的丈夫和手段靈活的父親。譬如，他採取不忙著打發女兒出閣的原則，也就是「不使她們煩惱」，不以父母對子女幸福的過份關心而引起她們的不安，甚至那些養活著幾個成年女兒的最聰明的家庭，也常常自然而然地，不由自主地發生這種情況。他甚至想辦法勸伊麗莎白·普羅科菲耶夫娜也實行這個辦法，雖然一般講來，這事情是困難的，因為不自然，所以就很困難。但是，將軍的論據是十分有意義的，是根據彰明較著的事實。父母既然聽任那些待嫁的女郎自由決定，到了最後，她們自然不得不自打主意，那時候事情便會水到渠成，因為她們會自願著手辦理，把任性的行為和過份的挑剔拋在一邊。父母們只要毫不疏忽地，努力在暗中加以觀察，不使她們做出某種奇怪的選擇，或是不自然的偏差，然後抓住機會，一鼓作氣把事情往前推，憑著一切勢力把事情辦妥。最後，她們的財產和社會地位就一年年按幾何級數增長起來，結果，時間過得越多，女兒們的待嫁身份就越佔便宜。但是，在所有這些無可辯駁的事實中間，又發生了另一樁事實，那就是：長女亞歷山德拉忽然幾乎完全出乎意料地（事情永遠如此）過了二十五歲。幾乎與此同時，阿法納西・伊萬諾維奇・托茨基，一個上等社會的人，具有闊綽的親友和非常的財富，又露出了想娶親的願望。他年已五十五歲，性格文雅，具有特別細緻的風趣。他想攀一頭好親事，他是一個特殊的美女鑑賞家。因為他和葉潘欽將軍親密的交誼已經有一段時間，由於他們都參加某些金融事業，使他們的交誼就更加強了，所以他就把自己的心事對葉潘欽將軍講了，並向將軍請教——他能不能和將軍的一位女兒結婚？這事在葉潘欽將軍平靜美好的家庭生活裡，發生了一個明顯的變動。

上面已經說過，小妹妹阿格拉婭在全家中是個無可爭議的美女。就是像托茨基這樣十分自私的人，也明白自己不應該在她身上打主意，阿格拉婭絕不是供他享受的。也許由於兩個姐姐有些盲目地愛她，她們的姐妹情誼過於熱烈，所以把事情過份誇大了，不過，她們之間已經以十分誠懇的方式認定阿格拉婭的命運一定是非凡的，而要成為地上樂園至上的理想。阿格拉婭的未來丈夫應該具有一切優點和成就，財富就不用說了。兩個姐姐雖然沒有特別多說，但已經互相約定：為了阿格拉婭的利益，在必要時寧願犧牲自己；她們要給予阿格拉婭數量極大的、前所未聞的妝奩。父母知道兩個姐姐已經做的這種約定，因此當托茨基求教的時候，他們中間幾乎沒有疑問地感到：一位姐姐一定不會拒絕實現她們的宿望，何況阿法納西・伊萬諾維奇・托茨基對於妝奩一層是不會為難的。將軍對人生有獨到的見解，他對托茨基的求婚立刻給予極高的評價。因為某種特別的原因，托茨基本人對於這件事情進行得十分謹慎，還在試探階段，所以父母對於女兒們只透露一些極微妙的猜測。女兒們的回答雖然還不完全確定，但至少是一個好消息，表明大姐亞歷山德拉也許不會拒絕。這位女郎雖然性格倔強，但是心地和善，富有理智，和人們十分處得來。她甚至很樂意嫁給托茨基。她如果說出了一句話，一定會認真地去實行。她不愛虛榮，同她在一塊兒，不僅沒有發生各種麻煩和劇烈變化的危險，而且能使丈夫得到愉快和平靜的生活。她的面貌雖然不特別吸引人，但是很美。托茨基還能找到比這更好的妻子嗎？

然而，事情還繼續在暗中進行。托茨基和將軍相互友善地決定：暫時避免採取一切形式上的、無可挽回的步驟。父母還沒有完全公開地向女兒們講，家裡好像還發生了不協調的情況：身為一家之母的葉潘欽將軍夫人，不知為什麼表示很不滿意，這是很重要的事情。當時，有一樁阻礙一切事情進行，而且比較麻煩和複雜的事件，由於這樁事件，全域都會無可挽回地受到摧毀。

這樁麻煩而複雜的「事件」（如托茨基所說），很早就開始了，遠在十八年以前就開始了。在俄羅斯某一個中部省份裡，阿法納西．伊萬諾維奇富裕的領地附近住著一個破落貧窮的地主。這個人以屢次遭到失敗而聞名，他的失敗都成了人們的笑柄。他是一個退伍的軍官，出身世家（在這方面比托茨基都好些），名叫費里帕．亞歷山德拉洛維奇．巴拉士柯夫。他欠了一身債，將財產典押一空；他做了很長時間艱苦的、和農人差不多的工作，才算差強人意地建立了一個小小的產業。每當他得到一點點成就，他的精神就得到極大的鼓舞。他鼓舞起精神，懷著滿心希望，動身到小縣城裡去幾天，想和他的一個主要債主見面，在可能的範圍內，做徹底的談判。在他進城的第三天，他那個小村莊的村長騎馬趕來。村長的臉頰燒傷了，鬍子燒得精光。村長報告他說，頭一天正午他的「領地失火」了，同時，「把他的夫人燒死了，只剩下幾個孩子」。巴拉士柯夫本來是「倒楣」慣了的人，但是他也忍受不了這種意外的災禍了；他瘋了，過一個月就害熱病死去了。他那塊燒剩下的田產，連同變成乞丐的農奴，都拍賣還債了。阿法納西．伊萬諾維奇．托茨基發了慈悲，把他的兩個小女兒（一個六歲，一個七歲）收留起來，進行撫養。她們和阿法納西．伊萬諾維奇的總管的子女們一同接受教育。這位總管是一個退休的官員，家中人口眾多，而且是一個德國人。不久以後，只剩下一個女孩娜司卡，小的患百日咳死了。當時，托茨基住在外國，很快就完全忘掉了她們。過了五年，阿法納西．伊萬諾維奇有一次路過那裡，想上自己的領地去看望一下，忽然在他的鄉下的房子裡，在那個德國人的家裡，看到一個很好看的孩子——十二三歲的小姑娘，舉動活潑，面貌可愛，頭腦聰明，是個美人胚子。在這方面，阿法納西．伊萬諾維奇是一個精確無誤的行家。這一次，他在領地裡雖然只住了幾天，但是他還是辦理了這件事，使小姑娘的教育發生了極大的變化——聘請了一位可敬的老女教師。她是瑞士人，對於女孩的高等教育頗有經驗，而且學問極好，除法文以外，還教過其他各種學科。托茨基請她住到鄉村的房子裡，於是，小納斯塔霞便開始接受範圍很大的教育。整整過了四年，這種教育才告完成，女家庭教師走了。有一位太太，是個女地主，她和托茨基在另一個遠方省份裡的田產為鄰，她得到阿法納西．伊萬諾維奇的指示和委派，就跑來把娜司卡帶走。在這塊小小的領地裡，也有一所不大的、剛建築好的木板房子。房子裡收拾得特別幽雅，那座小村彷彿故意似的，竟也叫「快樂村」。女地主一直把娜司卡帶到這所平靜的小房子裡，因為她自己是個寡婦，又沒有孩子，住的地方離這所小房子只有一俄里遠，所以也搬來和娜司卡同住了。娜司卡在那裡見到一個看門的老婦人和一個年輕的、有經驗的女僕。屋內有樂器，專為女郎預備的優美圖書、油畫、銅版畫、鉛筆、毛筆、顏料等，還有非常好看的獵犬。過了兩個星期，阿法納西．伊萬諾維奇親自來了……從那個時候起，他似乎特別喜愛這個偏僻的草原小村，每年夏天來一趟，住上兩三個月，就這樣安靜地、幸福地、有趣地、美妙地度過相當長的時間，大約有四五年。

有一次在初冬的時候，從阿法納西．伊萬諾維奇夏天到「快樂村」小住以後（這次只住了兩星期），又過了四五個月，就流傳著一個謠言，更恰當地說，是有謠言灌進了納斯塔霞．菲利波夫娜的耳朵，就是說阿法納西．伊萬諾維奇將要在彼得堡娶一個名門閨秀，那個女的很有錢，長得又漂亮。——總而言之，他是攀上一門人財兩旺的親事。之後，這個謠言的許多細節顯得很不正確。當時婚事只是在計畫階段，還沒有十分確定。不過，在納斯塔霞．菲利波夫娜的命運裡，從這時起就發生了一種特別的變動。她忽然表現出異常的決斷，顯示出一種出人意料的性格。她沒有多加思索，就拋開鄉村的房屋，忽然在彼得堡出現，一個人直接去找托茨基。托茨基驚訝起來，他開始講話，但從第一句話起，他忽然就發現必須完全改變音節、腔調，以前用得很成功的、有趣的、文雅的談話題目，還有邏輯，一切的一切都得改變。他面前坐著的完全是另外一個女人，一點也不像他以前所認識的、七月內才在「快樂村」裡分手的那個女人。

最先表現出來的是，這個新的女人知道和瞭解的事情特別多——多得使人非常驚訝：她究竟從哪裡能夠得到這些知識呢？她怎麼能夠養成這樣精確的見解呢（難道是從那個女郎專用的圖書館得到的嗎）？不但如此，她對法律也很精通，即使不是對於整個世界，至少對於世界的一些時事擁有正確的認識；其次，她的性格和從前完全不一樣了，也就是一點沒有畏縮的、女學生式的捉摸不定的神情——有時由於純樸天真顯得可愛，有時憂鬱、沉思、驚訝、懷疑、愛哭、不安。現在不是這樣：她已經成為一個異乎尋常的、意料不到的生物，她在托茨基面前哈哈大笑，用極刻薄的諷刺攻擊他，公開向他表示，除去深深的賤蔑以外，在她的心裡對他沒有別的情感——這種賤蔑到了要嘔吐的地步，在初次發生意外事件以後立即就感覺到了。這個新的女人又聲明說，他現在哪怕立刻和任何女人結婚，她都滿不在乎；她所以來阻止這種婚姻，懷著憎恨來加以阻止，只是因為她想——而且也應當「讓我任意地嘲笑你一番，因為我現在也想笑一笑了」。

她的措辭至少是如此的，至於她心裡所想的一切，也許沒有表示出來。然而，在新的納斯塔霞·菲利波夫娜一邊哈哈大笑，一邊敘述這一切的時候，阿法納西·伊萬諾維奇暗自考慮這件事情，盡可能整理一下自己多少有點凌亂的思想。這種考慮繼續了不少時間：在兩個星期中，他反覆研究，要下最後的決心。過了兩個星期，他終於做出決定。事情是因為阿法納西·伊萬諾維奇在那時候的歲數已在五十左右，他是一個十分穩重，已經具有一定習慣的人。他在世界上和社會裡的地位早就有了極堅固的基礎。

他對於自身，對於自己的安寧和舒適，比對於世界上所有的一切都珍愛，正如一個極體面的人所應做的那樣。他在一生中所建立的，而且取得了如此美麗的形式的一切，是絕對不許有絲毫損壞和動搖的。從另一方面來說，托茨基由於富有經驗，對事物有深刻的觀察能力，因此很快而且特別正確地瞭解到，現在他所交結的是一個完全不尋常的人物，這個人物不僅是恫嚇，而且一定說得出做得到，因為她根本不顧一切，因為她根本不珍重世界上的任何事物，所以就無從誘惑她。顯然，這裡另有別的什麼，含有一種精神上的和心靈上的紛擾——有點像某種浪漫派不知道對誰和為了什麼發出的憤懣，有點像貪多無饜的、完全溢出範圍的輕視感情——一句話，有點十分可笑的、在體面社會裡不被容許的東西，凡是體面的人碰到它便成為純粹的上帝的懲罰。當然，拿托茨基的財富和交遊來說，他為了避免不愉快的事情，本來可以立即做點小小的、完全天真的惡行。從另一方面說，納斯塔霞·菲利波夫娜本人顯然做不出有害的事情，例如，採取控訴的手段，她甚至不會做出嚴重的搗亂行為，因為永遠可以很容易地陷害她。但是，只有當納斯塔霞·菲利波夫娜決定像別人在這種情況下一樣行動而不出大格的時候，這一切才能有用。

但是，在這方面，托茨基的正確眼光又有用處了。他猜出納斯塔霞·菲利波夫娜心裡十分清楚，她在法律方面是不足為害的，而在她的腦子裡……在她的明亮的眼睛裡，完全有另外一種意思。納斯塔霞·菲利波夫娜既然不珍重世界上的一切，尤其是自身（必須有絕頂的聰明和深刻的眼光，才能在這時候猜到她早已不再珍重自己，才能使他這樣的懷疑派和體面社會的犬儒派相信這種情感的嚴重性），她一定能夠戕害自己，做出無可挽回的醜惡事件，她寧願被流放到西伯利亞或者受苦役刑，也要侮辱她深惡痛絕的那個人。阿法納西·伊萬諾維奇永不隱瞞這一點：他是有些膽怯的，或者最好是說具有極度的保守性。例如，如果他知道他將在舉行婚禮時被殺，或者發生這一類極不體面的、可笑的、在社會上令人不快的事情，他當然是會害怕的。不過，他怕的不是自己被殺，受傷流血，或者當眾唾臉等等，而是怕這件事在如此不自然和難堪的形式下發生。納斯塔霞．菲利波夫娜雖然沒有說出來，其實已經透露了這個意思。他知道她十分瞭解他，對他有過深刻的研究，所以也知道用什麼方法向他攻擊。同時，因為阿法納西．伊萬諾維奇的婚事的確還在籌畫階段，所以他也表示服從，向納斯塔霞．菲利波夫娜讓步。

還有一件事情推動他做出這個決定：這個新的納斯塔霞．菲利波夫娜的臉蛋完全和以前不同了，甚至不同到難以想像的地步。以前只是一個很美麗的小女孩，現在則……托茨基許久不能寬恕自己，因為他看了四年，竟沒有看得清楚。誠然，有許多是由於兩方面在內心裡突然發生了變動的原因。可是，他記得，譬如，以前在一剎那望著這雙眼睛的時候，有時就使他產生一些奇怪的念頭：似乎在裡面預感出一種深沉的、神祕的黑暗。這個眼神似乎在那裡猜謎。最近兩年來，他時常驚異納斯塔霞．菲利波夫娜臉色的變動。她的臉色變得異常蒼白，奇怪的是，因此倒更加好看了。托茨基像所有一切一生浪蕩的紳士似的，起初由於把這個沒有生命的靈魂很容易地弄到手裡，未免懷著輕視的態度，近來他對於自己的眼光卻有點疑惑起來。還在去年春天，他就決定把納斯塔霞．菲利波夫娜快快地、好好地、闊綽地嫁給一個在別的省做官的、明達而且體面的紳士（現在納斯塔霞．菲利波夫娜怎樣惡毒而且可怕地取笑這件事情啊）！但是，阿法納西．伊萬諾維奇現在被新鮮的味道所吸引，甚至想他可以重新利用這個女人。他決定叫她搬到彼得堡來居住，給她安排一個奢華的、舒適的環境。他懷著失此得彼的心思，想利用納斯塔霞．菲利波夫娜在特定的團體裡面出出風頭。阿法納西．伊萬諾維奇很重視他在這方面的名譽。

彼得堡的生活已經過了五年，當然，在這時期內有許多事情已經弄清楚了。阿法納西．伊萬諾維奇的地位不見得樂觀，最糟糕的是：他一旦露了怯相，以後就無從安靜下去了。他害怕——自己也不知道為什麼害怕——他簡直怕納斯塔霞．菲利波夫娜。在最初兩年內，有一些時候，他疑惑納斯塔霞．菲利波夫娜自己想和他結婚，但是因為太愛面子，就沒有啟口，堅決等候他來求婚。這樣的要求本來是奇怪的，阿法納西．伊萬諾維奇的疑心又很重：他皺緊眉梢，深深思慮起來。使他感到非常驚訝並且有點不愉快（人心本來如此）！他從一樁事情上忽然相信，即使他真的求婚，對方也不會接受。他在很長的一段時間裡，弄不明白這個道理。他覺得只有一個解釋是可能的，那就是「一個受侮辱的，好狂想的女人」的驕傲心已經達到瘋狂的程度，因此她寧願用拒絕的方式一下子表露出她的輕蔑心，而不肯永遠確定自己的地位，達到登峰造極的榮華富貴。最壞的是，納斯塔霞．菲利波夫娜在許多地方占了上風。她不肯為了金錢的利益上鉤，甚至用極多的錢也是一樣。她雖然接受給她佈置的舒適環境，但是她過得仍舊十分儉樸，五年以來毫無積蓄。阿法納西．伊萬諾維奇為了弄斷自己身上的鎖鏈，冒險想出一種十分狡猾的手段：他借著技巧的助力，悄悄地，靈活地，用各種最理想的誘惑物打動她的心，但是那些理想的化身，如公爵、驃騎兵、使館祕書、詩人、小說家，甚至社會主義者等等，一點也沒有使納斯塔霞．菲利波夫娜留下任何印象，她的心好像石頭一般，情感永遠枯竭和凋謝了。她的生活大半是孤獨的，她自己讀書，甚至向人學習，她喜愛音樂。她的朋友很少，她只結交一些貧窮可笑的官員夫人，認識兩個女演員，一些老太太；她很喜歡一個可敬的教師的人口眾多的家庭，在這個家庭裡，大家也很愛她，極樂意接待她。晚上時常有五六個朋友來找她，沒有更多的人。托茨基經常按時到她這裡來。葉潘欽將軍最近費了不少周折，也和納斯塔霞．菲利波夫娜相識了。但是，有一個年輕的官吏，卻非常容易，絲毫不費什麼力氣，便和她認識了。那個人姓費爾德先科，是一個很不講禮貌的、愛說齷齪字眼的小丑，好喝酒，帶點樂觀的性格。她還認識一個年輕的、奇怪的人，姓普季岑。他為人樸素勤謹，舉止優雅，出身貧窮，現在已經成為一個高利貸者。後來，加夫里拉．阿爾達利翁諾維奇也和她相識了……結果，納斯塔霞．菲利波夫娜建立了一種奇怪的名聲——大家都知道她長得美，但也只是如此；誰也不能由於她特別垂青而誇口，誰也不能講出什麼占便宜的話來。這樣的名譽，還有她高深的學問，文雅的姿態，機智的辯才——這一切使阿法納西·伊萬諾維奇最後決定了一個計畫。就從這時候起，葉潘欽將軍開始很積極地參加了這段故事。

當托茨基很客氣地向將軍商談將軍的一個女兒的婚事時，他就用極正直的方式，完全開誠佈公地說明了自己的心情。他說自己為了取得自由，決定不擇手段，即使納斯塔霞·菲利波夫娜親自對他宣佈，說以後完全不打擾他，他也不會安心，因為他覺得空口無憑，他需要最充分的保障。他們討論的結果，決定採取共同行動。他們最開始決定的是，採取最溫和的手段，試著觸動所謂「正直的心弦」。兩個人一起到納斯塔霞·菲利波夫娜家裡去。托茨基直截了當地向她說明他的處境怎樣狼狽不堪，並將一切責任歸到自己身上。他也說老實話，他對她所做的最初的舉動並不後悔，因為他是一個根深蒂固的好色之徒，不能把握自己，但是現在他想結婚，而這樁十分體面的上等社會的婚姻的命運完全掌握在她的手中；一句話，他對於她的正直的心懷有許多希望。接著，葉潘欽將軍開始用父親的態度說話，說得有條有理，避免刺激性的言語，只說他完全承認她有解決阿法納西·伊萬諾維奇命運的權力，並且很巧妙地露出自己的馴順態度，表示他的一個女兒的命運，也許另外兩個女兒的命運，現在都由她來決定了。納斯塔霞·菲利波夫娜聽了，便問他們需要她做什麼事情。托茨基仍然用以前完全顯露出來的直率態度，對她承認說：在五年以前，他大大受了驚嚇，所以，現在當納斯塔霞·菲利波夫娜出嫁以前，他是不能完全安靜下去的。隨之又立刻補充說，如果這個請求沒有一些根據，在他這一方面當然是十分荒誕的。他已經很清楚地看到，而且很確切地知道，有一個青年人，屬於很好的氏族，生活在極體面的家庭裡，那就是加夫里拉·阿爾達利翁諾維奇·伊伏爾金，她認識他，而且接待過他，他也早已十分熱烈地愛上了她，當然，單單希望獲得她的同情，他就可以犧牲半個生命。加夫里拉·阿爾達利翁諾維奇由於相互的友誼和年輕人純潔的心，早就對阿法納西．伊萬諾維奇承認這一點，而對這個青年人賜予恩惠的伊萬．費道洛維奇，也早已知道這一點了。如果阿法納西．伊萬諾維奇沒有弄錯的話，納斯塔霞．菲利波夫娜早就會知道這位青年人的愛情了。他甚至覺得，她對待這個愛情是很寬大的。當然，他比任何人都難於啟齒講這件事情。但是，如果納斯塔霞．菲利波夫娜認為托茨基除了自私自利和想安排自己的命運以外，對於她也還抱著幾分好心，那麼，她一定會明白，他看到她的孤獨早就覺得奇怪，甚至難受了。這種孤獨完全是由於漠然的憂鬱和對生命革新的沒有信心造成的，其實在愛情和家庭裡，生命可以很完美地復活，因而取得新的目的。這種孤獨也許會糟蹋掉光輝燦爛的才能，使她落得一腔煩悶，自我欣賞，一句話，就是納斯塔霞．菲利波夫娜還有一些與她的健全的理智和高貴的心靈不相適應的浪漫主義存在。他又重複了一句自己比別人難於啟齒的話以後，就結束說：假如他為了表示自己誠心誠意想保障她未來的命運，送給她七萬五千盧布，他總希望納斯塔霞．菲利波夫娜不要以輕蔑的態度來回答他。他又解釋說，這筆錢反正在他的遺囑裡已經規定給她；一句話，這並不是什麼報酬……再說，他很想做點事情來減輕良心上的不安，像他這種具有人性的願望，為什麼不可以容忍呢？此外，他還說了許多話，全是在這種情況下關於這個話題所應該說的一套話。阿法納西．伊萬諾維奇說了半天，話很婉轉，順便還加上一個很有趣的消息，說這七萬五千盧布是他現在初次提出來的，就是在座的伊萬．費道洛維奇也不知道。一句話，沒有一個人知道。

納斯塔霞．菲利波夫娜的回答使兩個朋友驚訝起來。

她不但沒有露出一點點以前的嘲諷，以前的怨恨，以前的哈哈大笑（托茨基一想起來，至今背上還會發冷），恰恰相反，她好像很喜歡自己可以同任何人開誠佈公地，很友誼地談上一談。她承認說，她自己早就希望進行友誼的交談，只是因為自尊心很強，沒有開口，可是現在堅冰已被擊破，這再好不過了。她起初帶著憂鬱的微笑，後來乾脆快樂活潑地大笑起來，她自己承認，絕不會再像以前那樣激動；她早已變更了一部分對於事物的看法，雖然她的心並沒有變，但是對於既成的事實到底不能不多少加以容忍。凡是做過的事情，正是木已成舟；凡是過去的事情，永遠不會回頭。她覺得奇怪的是，阿法納西．伊萬諾維奇為什麼還那樣戰戰兢兢。說到這裡，她回身向伊萬．費道洛維奇，帶著極端尊敬的態度，說她早就聽到關於他女兒的許多話，早就發自內心地、深深地、誠懇地尊敬她們。她一想到自己可以做出對她們有利的事情，就感到幸福和驕傲。她又說，她現在的確心裡很難過，很沉悶，而且十分沉悶；阿法納西．伊萬諾維奇猜到了她的幻想；她感到一種新的目的，希望即使不在愛情裡，也要在家庭裡得到復生；但是關於加夫里拉．阿爾達利翁諾維奇，她差不多沒有什麼話可說。他愛她，這大概是真的；她覺得如果能夠相信他的愛情是堅固的，自己也可以愛他。但是，他即使很誠懇，到底年紀還輕，因此，婚姻大事還很難決定。她最喜歡的一點就是：他能夠吃苦耐勞地工作，獨自維持全家的生活。她聽說他又是一個很有毅力，也很驕傲的人，希望活動活動，總要往上爬。她又聽說加夫里拉．阿爾達利翁諾維奇的母親尼娜．亞歷山德羅夫娜．伊伏爾金娜是一個卓越的、十分可敬的婦人；他的妹妹瓦爾瓦拉．阿爾達利翁諾夫娜是一位很風趣而且很有毅力的女郎；她從普季岑的嘴裡聽到瓦爾瓦拉的許多事情。她聽說她們母女很勇敢地忍受自己的不幸，她很願意和她們相識。但是，她們能不能把她接待到自己的家庭裡？那還是一個未知數。總之，她並沒有說這段婚姻不能成立，但是還要仔細想一想，她希望不要催她。至於七萬五千盧布的事情，阿法納西．伊萬諾維奇用不著這樣難於啟齒。她自己明白她的價值，自然肯收下來的。她感謝阿法納西．伊萬諾維奇的舉動得體，不但對加夫里拉．阿爾達利翁諾維奇沒有提，就是對將軍也沒有講過這筆款子。但是，為什麼不能叫加夫里拉．阿爾達利翁諾維奇預先曉得這件事呢？她拿了這幾個錢，走進他們的家庭裡去，並沒有什麼可羞的。無論如何，她絕不打算向任何人請求饒恕，希望人家也瞭解這一點。她在沒有肯定加夫里拉・阿爾達利翁諾維奇或他的家庭對她絲毫沒有惡意以前，絕不嫁給他。無論如何，她絕不承認自己犯了什麼罪過，最好要讓加夫里拉・阿爾達利翁諾維奇知道，她在彼得堡的五年是怎樣生活的，她和阿法納西・伊萬諾維奇有什麼關係，積蓄的錢多不多。最後，如果說她現在肯收下這筆錢，那完全不是為了補償處女的名譽（在她這方面沒有什麼過錯），而只是作為對被蹂躪的命運的一種報酬。

她在講這些話的時候，最後十分激烈，甚至有些惱怒的樣子（這是當然的），葉潘欽將軍感到十分滿意，認為事情已經了結。但是，一度受過驚嚇的托茨基，到了這時候也還不敢十分信以為真，他總是害怕花裡藏著毒蛇。但是，談判開始了，兩個朋友的策略的立足點——就是納斯塔霞・菲利波夫娜可能對加尼亞垂青，越來越清楚，越來越確實了，這樣一來，連托茨基有時都相信可能成功。後來，納斯塔霞・菲利波夫娜曾經向加尼亞解釋了一番；她說得很少，好像會使她的貞節受到傷害似的。她承認而且允許他愛她，但是她堅決聲明，她一點也不願意使自己受到拘束。她在結婚之前（如果能結婚的話），要保留說出「不」字的權利，一直到最後的時刻。當然，她也給予加尼亞同樣的權利。不久以後，加尼亞借著一個僥倖的機會，確切知道他全家對這件婚事以及對納斯塔霞・菲利波夫娜本人的敵對態度（這是在家庭口角中暴露出來的），納斯塔霞・菲利波夫娜已經知道得十分清楚。她自己並沒有向他講起這件事情，雖然他每天都等候著。由於這次說媒和談判而暴露出的一切歷史和情節，本來還有許多可說，但是，我們已經跑得太遠了，而且有些情節還只是不太確定的，所以擱下不談。例如，托茨基不知從什麼地方知道，納斯塔霞・菲利波夫娜和葉潘欽家的女兒們發生了某種曖昧的、祕密的接觸——這是一個完全不可思議的謠言。但是，他對另一種謠言不由得不信，並且怕得像夢魘一般。他確實聽說，納斯塔霞・菲利波夫娜心裡很清楚，加尼亞只是為了金錢和她結婚，加尼亞的心是齷齪的、貪婪的、急躁的、妒忌的，而且自高自大到沒有邊際和沒有比例的程度。以前，加尼亞雖然真正熱烈地想征服納斯塔霞．菲利波夫娜的心，但是，等到兩位朋友決定為了自己的利益，並利用這種雙方發生的好感，把納斯塔霞．菲利波夫娜出賣給他做正式妻子，以此來收買他的時候，他就像恨自己的夢魘一般恨她了。愛和恨似乎在他的心靈裡很奇怪地交織著，他經過一番痛苦的思想鬥爭，雖然最後同意娶這個「壞女人」，但是他在心裡賭咒發誓，一定要狠狠報復她，照他自己的說法，以後要「收拾」她。納斯塔霞．菲利波夫娜好像知道這一切，暗地裡在那裡準備著。托茨基非常膽小，連自己心裡的不安都沒敢告訴葉潘欽。但是，有時候他也和一般軟弱的人一樣，重新鼓起精神，突然壯起膽子來。例如，在納斯塔霞．菲利波夫娜終於告訴兩位朋友，說她在自己生日的晚上，將要講出最後的話時，他就特別鼓起精神來了。然而，可歎的是，關於受人尊敬的伊萬．費道洛維奇本身的極奇怪的、極荒唐的謠言，卻越來越真確了。

初看上去，這一切是純粹荒誕不經的話。人們很難相信，以伊萬．費道洛維奇這樣大的年紀，具有如此優越的聰明，對於人生的正確知識，竟受了納斯塔霞．菲利波夫娜的誘惑，而且使任性行為幾乎達到和熱情相似的程度。他在這件事情上希望得到什麼，這是很難想像的，也許是希望得到加尼亞本人的幫忙。至少托茨基有這樣的疑惑，疑惑在將軍和加尼亞之間已經存在著一種近乎無言的、以相互瞭解為基礎的合同。大家都知道，一個受情欲驅使的人，尤其上了歲數之後，會完全盲目起來，準備到根本沒有希望的地方去找尋希望。不但如此，他會喪失理智，即使過去很聰明，也會做出像嬰孩一般愚蠢的舉動。大家都知道，在納斯塔霞．菲利波夫娜的生日那天，將軍用自己名義送一串上好的、價值很貴的珍珠。他明知納斯塔霞．菲利波夫娜是個不貪財的女人，但對於送禮的事情很重視。在納斯塔霞．菲利波夫娜生日的頭一天，他雖然很巧妙地掩飾自己，但是實際上卻像熱鍋上的螞蟻一樣。葉潘欽將軍夫人所聽到的也就是這串珍珠。誠然，伊麗莎白．普羅科菲耶夫娜早就感覺丈夫不夠忠實，甚至已經習以為常；但是，她不能放過這種事情，因為關於珍珠的謠言引起她極度的注意。將軍預先偵查到這種情況，頭天晚上就賠了一些小話。他預感到一定要有重大的解釋，因此極為懼怕。在我們開始講述故事的那天早晨，他所以很不願意和家人一起吃早飯，就是這個道理。在公爵沒來以前，他就決定推託有事，設法避免。所謂避免，對於將軍來說，有時就是逃走。他希望這一天，主要是這天晚上，好好挨過去，千萬別出什麼亂子。真是無巧不成書，公爵來了。「他好像是上帝打發來的！」將軍去找他的太太的時候，心裡這樣想著。

第五章

將軍夫人對於自己的出身頗為嫉妒。她曾經聽到族中最後的一個梅什金公爵，現在突如其來地有人告訴她說，這個公爵只不過是一個可憐的白癡，跟乞丐差不多，並且還要接受別人的施捨，她心中該怎樣想呢？將軍所以來這一手，就是要一下子引起她的興趣，把她的注意力轉移到另一方面去。

在發生非常事變的時候，將軍夫人照例瞪著眼睛，身軀朝後稍仰，用猶疑的神情向前直望，不發一言。她是一個身材高大的女人，年紀和丈夫相仿，頭髮黑而濃，夾雜著許多白髮，鼻子有點彎，身體瘦瘦的，臉頰發黃而且下陷，嘴唇很薄，而且凹進去。她的額頭很高，但很狹窄；在那雙相當大的灰眼睛裡，有時出現十分意料不到的神情。她有一個弱點，就是相信自己的眼睛特別勾引人，而且這個信念一直無法磨滅。

「接見嗎？您說現在，立刻就接見他嗎？」將軍夫人的眼睛用力瞪著在她面前不住張羅的伊萬．費道洛維奇。

「接見他是用不著什麼客套的，只要你，我的親愛的，肯見他就好了。」將軍忙著解釋說，「他完全是一個孩子，甚至是一個極可憐的孩子。他得了一種什麼癲癇病；他剛從瑞士回國，才下火車，打扮得很奇怪，有點德國式，再加上連一個銅板也沒有，真正是沒有；他幾乎要哭出來。我送給他二十五盧布，還想在我們的衙門裡替他謀一個書記的位置。Mesdames（法文：女士們），我請你們給他點東西吃，因為他可能餓了……」

「您真使我驚訝，」將軍夫人照從前的樣子說，「他又餓，又有癲癇病！哪一種癲癇病？」

「他這病不是常發的，而且，他簡直像小孩子一般，不過很有學問。我想請你們，mesdames，」他又對女兒們說，「考他一下，這樣就可以知道他能幹什麼了。」

「考——他——嗎？」將軍夫人拉長聲音說，她露出非常驚訝的神情，又瞪起眼睛，從女兒們轉到丈夫身上，再從丈夫轉到女兒們身上。

「親愛的，你不必把這件事情看得這樣重要……但是隨你便好了。我的意思是要對他客氣些，把他引到我們家庭裡來，因為這幾乎是一件善事。」

「引到我們家庭裡來？從瑞士嗎？」

「瑞士並沒有什麼妨礙，但是我重複一句，這隨你的便吧。我所以這樣想，第一是因為他和你同姓，也許還是親戚；第二，他無處安身。我甚至想，你一定會對他發生興趣的，因為到底是同姓啊。」

「Maman（法文：媽媽），既然可以和他不講什麼客套，那又為什麼不見他呢？再說，他剛剛下車，一定想吃東西。他既然沒有地方可去，為什麼不請他吃一頓飯呢？」大女兒亞歷山德拉說。

「再說，他完全是一個小孩子，我們可以和他捉迷藏啊。」

「捉迷藏？怎麼捉法？」

「唉，maman，請你不要裝模作樣了吧。」阿格拉婭很惆悵地插嘴說。

第二個女兒阿杰莱達天生愛笑，她忍不住大笑起來了。

「爸爸，叫他進來吧，媽媽答應了。」阿格拉婭決定說。將軍按鈴，吩咐請公爵進來。

「但是有一個條件，當他坐下吃飯的時候，一定要在脖子上紮上餐巾，」將軍夫人決定說，「叫費道爾或瑪佛拉來……站在他的背後，看著他吃飯。他在發病的時候，至少會安靜吧？他不揮手嗎？」

「恰好相反，他受過很好的教育，舉止非常文雅。有時太隨便一點……現在他來了！來，讓我介紹一下，最後的梅什金公爵，同姓，也許是親屬，請你們和和氣氣地招待他。早飯立刻開上來，公爵，請你賞光……對不起，我耽誤事情了，我得忙著走……」

「我們知道你忙著到哪裡去。」將軍夫人很威嚴地說。

「我忙得很，我忙得很，親愛的，我耽誤事情了！把你們的紀念冊給他，mesdames，請他在上面給你們題幾個字，他的書法是稀有的！他真是天才！他在我那裡寫了幾個古體字『住持伯夫努奇親筆書此』……嗯，再見吧。」

「伯夫努奇？住持？你等一等，等一等，你到哪裡去？伯夫努奇又是誰？」將軍夫人帶著十分苦惱的樣子，近乎驚慌的神情，朝著跑出去的丈夫喊叫。

「是的，是的，親愛的，這是一個古代的住持……我到伯爵那裡去，他早就等著我，主要是他親自約我去的……公爵，再見吧！」

將軍快步退出去了。

「我知道他到哪一位伯爵家裡去！」伊麗莎白・普羅科菲耶夫娜厲聲說，眼睛很惱怒地轉移到公爵身上，「是幹什麼來的？」她一邊很暴躁和惱恨地回想著，一邊開口說，「喂，是幹什麼來的？啊，對了！哪一個住持？」

「Maman。」亞歷山德拉說，而阿格拉婭竟跺起腳來了。

「你不要攪我，亞歷山德拉・伊萬諾夫娜，」將軍夫人對她說，「我也願意知道。公爵，請您坐在這裡，就在這把軟椅上，在我的對面，不對，是在這裡；您到有陽光的地方，靠近光亮的地方，我好看得見您。那是什麼住持？」

「伯夫努奇住持。」公爵很注意地，而且很嚴肅地回答說。

「伯夫努奇嗎？這很有趣。他怎麼樣呢？」

將軍夫人不耐煩地問著，說話迅速而且嚴厲，她目不轉睛地朝公爵身上看著。當公爵答話的時候，她隨著他的每一句話點頭。

「伯夫努奇住持是十四世紀的人，」公爵開始說，「他曾經在伏爾加河沿岸，就是現在我們的郭司脫洛姆司卡耶省內，當過修道院長。他由於神聖的生活而著名。他常到韃靼人那裡去，幫助他們處理當時的事務，並且在一個文件上簽過字，我看見過這個簽字的攝影。我很喜歡他的筆法，我學會了。剛才將軍想看看我的字體，以便替我謀事，我便用各種字體寫了幾句話，又用伯夫努奇住持本人的字體寫出『住持伯夫努奇親筆書此』幾個字。將軍很喜歡，所以他剛才提起來。」

「阿格拉婭，」將軍夫人說，「你要記住：伯夫努奇，最好是寫下來，要不我永遠會忘記的。但是，我心裡想，還要有趣些呢。這簽字在什麼地方？」

「大概留在將軍的書房裡，在桌子上面。」

「立刻叫人去取來。」

「如果您願意，我可以給您再寫一遍。」

「自然嘍，maman，」亞歷山德拉說，「可是現在最好吃早飯，我們想吃東西啦。」

「也好，」將軍夫人決定說，「來吧，公爵，您很餓了嗎？」

「是的，現在很餓，我很感謝您。」

「您這樣客氣，這很好。我看出您並不是那樣的……怪人，像人家所介紹的那個樣子。來吧。您坐在這裡，對著我，」在走進飯廳的時候，她讓公爵坐下，張羅起來，「我要看看您。亞歷山德拉、阿杰萊達，你們給公爵端菜。對不對，他完全不是那樣一個……有病的人？也許用不著餐巾……公爵，您吃飯的時候有人給您繫餐巾嗎？」

「早先，當我七八歲的時候，人家給我繫過餐巾，現在我吃飯的時候，照例把它放在膝頭上。」

「應該這樣。但是癲癇病呢？」

「癲癇病嗎？」公爵有點奇怪，「現在我不常犯病。但是，我不知道究竟怎樣，聽人家說，這裡的氣候對我有害處。」

「他說得很好，」將軍夫人朝女兒們說，繼續隨著公爵的每一個字點頭，「我真沒有想到。這樣說來，和平日的情況一樣，全是胡說八道。公爵，您請吃。請您講一講，您是在什麼地方出生的？在什麼地方受的教育？我願意全都知道，您引起我極大的興趣。」

公爵道了一聲謝，一邊津津有味地吃著東西，一邊重新把他今天早晨已經說過好幾遍的故事又講了一回。將軍夫人顯得越來越滿意了。姑娘們也很注意地聽著。他們談起族譜來，公爵對於自己的家譜十分熟悉。但是，他們無論怎樣往一塊拉，他和將軍夫人之間幾乎沒有任何同族的關係。他們的祖父和祖母之間還算得上是遠族。這種枯燥的材料使將軍夫人特別感到喜悅，她雖然滿心願意談論她的家譜，卻一向無從談起。因此，當她從桌旁站起的時候，精神很興奮。

「大家到我們的集會室去吧，」她說，「咖啡將送到那邊去，我們有一間公共的屋子，」她一邊領公爵出去，一邊說，「實際只是我的一間小客廳，在沒有客人的時候，我們就聚在那裡，每個人做自己的事情：亞歷山德拉，就是這個，我的大女兒，彈鋼琴，或者讀書，或者縫紉；阿杰萊達畫山水畫和肖像畫（她怎麼也畫不完），只有阿格拉婭坐在那裡，什麼事也不做。我也是手拙心笨，什麼也做不成。

好，我們到了。公爵，您坐在這裡，坐在火爐旁邊，再講點什麼。我願意知道您怎樣講故事，我願意得到充分的信心，在下次和那個老太婆——別洛孔斯卡婭公爵夫人相見的時候，我要把您的一切事情講給她聽。我願意您也使她們大家發生興趣。唔，現在說吧。」

「但是，maman，這樣講是很奇怪的，」阿杰萊達說。她那時候整理好自己的畫架，拿起畫筆和調色板，從雕版上描摹早就開始畫的山水畫。亞歷山德拉和阿格拉婭一塊兒坐在小沙發上，交叉著手，準備繼續聽公爵談話。公爵看到，他已經成為這裡的焦點。

「假使人家這樣吩咐我，我是什麼也講不出來的。」阿格拉婭說。

「為什麼？這有什麼奇怪的地方？為什麼他不能講呢？他有舌頭啊。我願意知道他怎樣善於講話。嗯，隨便講什麼都成。請您講一講，您喜歡不喜歡瑞士？您最初的印象是怎樣的？你們可以看到，他立刻就開始說，而且開始說得很好。」

「印象是很強烈的……」公爵開始說。

「喂，你們瞧，」性急的伊麗莎白・普羅科菲耶夫娜附和著，對女兒們說，「他已經開始了。」

「您至少要讓他說下去呀，maman，」亞歷山德拉阻止她，「這位公爵也許是一個大壞蛋，根本不是一個白癡。」她對阿格拉婭耳語說。

「一定是這樣的，我早就看出來了，」阿格拉婭回答說，「他裝腔裝得真討厭，他想用這種方法占些便宜嗎？」

「最初的印象是很強烈的。」公爵重複了一句。

「在人家帶著我離開俄羅斯，經過許多德國城市的時候，我只是默默地看著，我記得，我連一句話也沒有問。這是在我發作了許多次厲害的、痛苦的癲癇病之後。在疾病加深，癲癇連續發作好幾次的時候，我便陷入完全愚鈍的境況，完全喪失了記憶力，腦筋雖然還能活動，但是腦筋的思路似乎斷了。我不能將兩三個以上的觀念順序連接在一起。我自己這樣覺得。但是，在癲癇病減輕的時候，我又健康強壯了，像現在似的。我記得：我按捺不住內心的憂愁，我甚至想哭；我總是感到驚訝和不安。我看見一切都是陌生的，這對我發生極大的影響。我瞭解到這一點。陌生的一切壓抑著我。我記得，我完全從這種昏暗狀態裡醒過來的時候，是在一天晚上，在巴再爾——就是入瑞士的地方。城內市場上的驢鳴把我驚醒了。這頭驢子使我大吃一驚，不知為什麼，我又特別喜歡它。當時，在我的頭腦裡，一切都忽然清楚了。」

「驢子嗎？這真是奇怪，」將軍夫人說，「但是，這也沒有什麼可奇怪的，我們中間還會有人跟驢子談戀愛呢，」姑娘們笑了起來，她很憤怒地看一眼說，「在神話裡就有這樣的事情。您繼續說下去吧，公爵。」

「從那時候起，我就很愛驢子，牠們甚至引起我的同情心。我開始打聽關於驢子的一切，因為我以前沒有看見過它們。我立刻相信，這是極有益的動物，會幹活，有力氣，吃苦耐勞，價錢便宜。由於這驢子，我忽然對整個瑞士都喜歡起來，以前的憂愁也就完全消失了。」

「這一切都很奇怪，但是關於驢子可以暫且不談；讓我們轉到別的題目上去吧。你為什麼總是笑哇，阿格拉婭？你也笑了，阿杰萊達？公爵講驢子的事情講得很好。他自己看見過驢子，你看見過什麼？你沒有到外國去過吧？」

「我看見過驢子，maman。」阿杰萊達說。

「我也聽人家說過。」阿格拉婭附和著說，三個人又笑了。公爵也同她們一塊兒笑了起來。

「你們太壞啦，」將軍夫人說，「公爵，請您原諒她們，她們的心是善良的。我總是和她們爭吵，但是我愛她們。她們是輕浮的、沒思想的、瘋狂的。」

「為什麼呢？」公爵笑了，「我如果是她們，我也是一樣不肯放過的。不過，我還是擁護驢子，因為驢子是善良而有益的東西。」

「那麼，您是善良的嗎，公爵？我由於好奇才這樣問。」將軍夫人問道。

大家又笑了。

「又遇見這該死的驢子，我沒有想到牠！」將軍夫人喊道，「請您相信我，公爵，我並沒有任何……」

「任何暗示嗎？哦，我毫無疑惑地相信！」

公爵也不停地笑了。

「您這樣笑太好了。我看您是一個非常善良的青年。」將軍夫人說。

「有時候也不善良。」公爵回答說。

「但是我是善良的，」將軍夫人突然插嘴說，「當然啦，我永遠是善良的。這是我唯一的缺點，因為人不應該永遠善良。我時常對這幾個姑娘發怒，特別是對伊萬‧費道洛維奇發怒，但是最壞的是，我在發怒的時候竟最為善良。我剛才在您進來以前，生了氣，假裝出一點也不明白，而且不會明白的樣子。這在我是常有的事，我好像小孩子一般。阿格拉婭給了我一個教訓，謝謝你，阿格拉婭。但是，這一切全是無聊。我並不像外表那樣愚蠢，並不像女兒們所想像的那樣愚蠢。我有性格，不大害羞。不過，我這話說得並不含有惡意。你到這裡來，阿格拉婭，吻我一下，嗯……溫柔得夠了。」當阿格拉婭帶著情感，吻她的嘴唇和手的時候，她說，「繼續說下去吧，公爵。也許您會想起比驢子更有趣的事情。」

「我還是不明白，怎麼能夠這樣直接地講出來，」阿杰萊達又說，「我無論如何也想不出來。」

「公爵會想出來的，因為公爵特別聰明，至少比你聰明十倍，也許十二倍。我希望你以後會明白這一點。公爵，您對她們證明一下。您繼續說下去吧。至於驢子，的確可以放下不談了。您在國外，除去驢子還看見了什麼？」

「關於驢子的話也是說得很聰明的，」亞歷山德拉說，「公爵把自己生病的情形，把他怎樣由於外在的刺激而對一切都喜歡起來的話，講得十分有趣。我對於一個人發了瘋，以後又痊癒起來，是永遠感興趣的。尤其在忽然發生這種情形的時候。」

「這不對嗎？這不對嗎？」將軍夫人喊道，「我看出你有時也會聰明起來的。嗯，不要再笑了！您大概講起了瑞士的風景，公爵，是不是？」

「我們到了柳城，人家帶我到湖上去。我感到湖的風景太好了，但同時心裡又覺得異常難受。」公爵說。

「為什麼？」亞歷山德拉問。

「我不明白為什麼，當我初次看到這種風景時，我總感到難受和不安，又痛快，又不安。但是，這都是在我病中的事情。」

「我倒很想看一看，」阿杰萊達說，「我不明白，我們什麼時候才能到國外去。我已經有兩年找不到圖畫的題材：東方與南方早就描寫盡了……公爵，請您給我找圖畫的題材吧。」

「我對於這個是一竅不通，我以為您只要看一下就能夠畫呢。」

「我是不會看的。」

「你們為什麼淨打啞謎呢？我一點也不明白！」將軍夫人打斷他們的話說，「什麼叫作不會看？既然有眼睛，看好了。你不會在這裡看，到外國也是學不會怎樣看的。公爵，您最好談一談，您自己是怎樣看的。」

「這好極了，」阿杰萊達說，「公爵在國外學會怎樣看了。」

「我不知道，我只是在國外恢復了健康。我不知道我學會看了沒有。然而，我在那裡差不多總是很幸福的。」

「很幸福的！您會成為很幸福的嗎？」阿格拉婭喊道，「那麼，您怎麼說您沒有學會看呢？您還可以教我們呢。」

「請您教我們一下。」阿杰萊達笑了。

「我沒有一點可以教人的東西，」公爵也笑了，「我在國外的時候，差不多一直住在瑞士的一個鄉村裡，只是偶爾到不遠的地方去一趟。我能夠教你們什麼呢？起初，我只不過不煩悶，我很快地恢復了健康。以後，我覺得每一天都很寶貴，日子越多，越覺得寶貴，因此，我也注意到這一點了。我躺下睡覺的時候就十分快樂，而在起床的時候，更感到幸福了。這究竟是什麼原因呢？我也很難講出來。」

「那麼，您就不想到別的地方去了嗎？什麼地方都不能吸引您了嗎？」亞歷山德拉問。

「起初，就是在剛開始的時候，吸引過我的。我當時非常不安。我心裡老想我將如何生活，老想試驗一下自己的命運，有些時候特別覺得不安。您知道，是有這樣的時候的，尤其是在孤獨中。我們那裡有一個不大的瀑布，從山上高高地落下來，成為一條很細的線，幾乎是垂直的，顏色很白，發出響聲，翻著水沫。這瀑布高高地落下來，看起來卻顯得很低，離開它半俄里遠，卻好像只有五十步似的。我在夜裡愛聽它的喧嘩聲，在這種時候，就常常感到極大的不安。有時在正午，我到山上去玩，一個人站在山上，周圍盡是粗大的、帶有油脂的古松；懸崖上面有一座中世紀舊城堡的廢墟。我們住的小村子在山下的遠方，看不大清楚。太陽是鮮明的，天空是蔚藍的，一片寂靜。在這時候，我覺得有什麼東西招引我到什麼地方去。我總覺得，如果一直向前走，不住地走，到達天地相交的那條線，那麼，一切啞謎就可以得到解答，我立刻會看到比我們的生活豐富而且熱鬧一千倍的新生活；我幻想著一個像那不勒斯那樣大的城市，裡面充滿宮殿、喧嘩、熱鬧和生活……的確，我的幻想真是不小！但是後來我又覺得，一個人在監獄裡也可找到偉大的生活。」

「最後這個高尚的思想，還是我十二歲的時候，在『國語讀本』裡讀到的。」阿格拉婭說。

「這全是哲學，」阿杰萊達說，「您是一個哲學家，您是來教訓我們的。」

「您的話也許是對的，」公爵微微一笑，「我也許的確是一個哲學家，誰知道呢？我也許的確有教訓的意思。……也許是這樣，真的，也許是的。」

「您的哲學和葉夫拉姆比亞·尼古拉夫娜的一樣，」阿格拉婭又接著說，「她是一個官吏的寡婦，常到我們這裡來，好像一個女食客。她的整個生活目標就是要便宜；她盡可能便宜地生活下去，她所談的也是關於幾分錢的事情。您要注意，她有的是錢，她是一個狡猾的女人。這真和您在監獄中的偉大生活一般，也許還與您在村中的四年快樂生活一般，您為了這種生活，把您的那不勒斯城出賣了，雖然只賣幾分錢，卻好像還得到了利益。」

「關於監獄中的生活，還可以有不同的意見，」公爵說，「一個在監獄裡住過十二三年的人向我講過一個故事。他是一個病人，在我的那位教授那裡醫病。他有癲癇病，他有時感覺不安，哭泣，甚至有一次想要自殺。他在監獄裡的生活是很悲慘的，這我敢肯定地說。他所認識的只有一隻蜘蛛和窗下生長的一株小樹……但是，我最好對你們講我去年和一個人相遇的情形。這裡面有一樁事情很奇怪——奇怪的就是，這類事情是很少見的。有一次，這個人同別人一起被押到斷頭台上去。因為是政治犯，他被判決槍斃。過了二十分鐘以後，又宣佈了特赦的命令，定了另一種刑罰。但是，在這兩次判決的中間，在這二十分鐘的時間內，或者至少一刻鐘的時間內，他肯定地相信，再過幾分鐘後，他就要突然死去了。他有時提起當時的印象，那時候，我就非常想聽一聽，我有好幾次重新追問他。他對於一切情形記得特別清楚。他說，他永不會忘記這幾分鐘內所經歷的一切。斷頭台旁邊站著一些民眾和兵士，在離斷頭台二十來步遠的地方，豎了三根柱子，因為有好幾個犯人。他們把最前面的三個犯人拉到柱子那裡去，把他們綁上，給他們穿上處死刑用的服裝（白色長袍），把白軟帽拉到眼皮上，使他們看不見槍。隨後，有幾個兵組成的小隊排列在每根柱子的對面。我的朋友列在第八名，所以第三次才輪著他到柱子前面去。神父已經拿著十字架在大家面前走過了。這樣，我的那個朋友只有五分鐘可活，沒有更多的時間了。他說，這五分鐘在他看來是無窮的時間，是巨大的財富；他覺得這五分鐘內他將度過很長的生命，他現在還無須去想那最後的瞬間，因此他還做了各種處置。他勻出時間和同志們告別，這規定用兩分鐘；以後又勻出兩分鐘，規定最後一次反省自己；完了以後，再最後一次向四周環視一番。他很清楚地記得，他的確做了這三種處置，的確這樣分配了他的時間。他在二十七歲，正當年富力強的時候，就要死去了。當他和同志們告別的時候，他記得自己曾向一個同志提出了極不相干的問題，甚至對對方的答話還十分注意。當他和同志們告別以後，就到了他勻出來反省自己的那兩分鐘。他預先知道他要想些什麼。他老想弄明白，而且越快弄清楚越好，這究竟是怎麼回事：他現在還存在著，還活著，但是再過三分鐘，他就要成為一種東西——什麼人或什麼東西，但是，究竟是什麼人呢？究竟在哪裡呢？他想要在這兩分鐘內決定這一切！附近有一所教堂，金碧輝煌的屋頂在鮮豔的陽光下閃耀著。他記得，他曾經目不轉睛地盯著那個屋頂和屋頂上閃耀出來的光線。他的眼睛離不開那些光線，他覺得那些光線是他的新的本體，再過三分鐘，他就要和它們融合到一起了……他覺得這種未知的狀態和對於這種立刻就要來到的新東西的嫌惡感情，都是可怕的。但是他說，他在這時候最感到難過的是一個不斷的念頭：『假使我不死有多好呢！假使我能挽回生命——那我該有無窮無盡的時間哪！一切都會是我自己的！那時候，我將使每分鐘成為整整一個世紀，一點也不糟蹋，每分鐘都計算清楚，我連一分鐘也不白白浪費！』他說，他這種念頭最後變得非常強烈，他很願意把他趕快槍斃才好。」

公爵忽然不出聲了。大家等候他繼續說下去，並且得出結論。

「您說完了嗎？」阿格拉婭問。

「什麼？完啦。」公爵說，他從片刻的沉思中清醒過來。

「您講這段故事，有什麼用意呢？」

「就是……由於我們的談話……我想了起來……」

「您的話是接不上氣的，」亞歷山德拉說，「公爵，您一定是想表示，任何一個瞬間都不能用金錢來估計，五分鐘的時間有時比一個寶庫還珍貴些。這一切都是值得讚揚的，但是，那位對您講出這件慘事的朋友……他的刑罰減輕了，那就是說，給予他這種『無盡的生命』了。以後，他怎樣支配這筆財產啦？是不是連每分鐘都『計算』著生活呢？」

「不，他親自對我說——我已經問過他這件事了——他根本沒有那樣生活，而是喪失了許許多多的時間。」

「如此說來，您得到了一個經驗。如此說來，生活的確是不能『計算』的。為了什麼原因，這是不可能的。」

「是的，為了什麼原因，這是不可能的，」公爵重複著說，「我自己也覺得如此……但是，我總有點不能相信……」

「那麼，您以為您能比所有的人生活得聰明些嗎？」阿格拉婭說。

「是的，我有時這樣想。」

「現在還這樣想嗎？」

「現在……還這樣想。」公爵回答說，依舊露出溫和的，甚至羞怯的微笑，望了阿格拉婭一下；但是，他又立刻放聲大笑，很快樂地看著她。

「這真是謙虛呀！」阿格拉婭說，她幾乎惱怒起來。

「你們真是勇敢，聽了這個故事會笑起來。但是，我從前聽到這個故事時嚇了一跳，以後做夢都夢見它，就是夢見了這五分鐘……」他的眼睛好奇而嚴肅地，又向那幾個聽他講故事的女人掃了一圈。

「你們不會為了什麼事情對我生氣嗎？」他忽然問，似乎心裡很慌亂。但是，他還直勾勾地望著大家。

「為了什麼？」三位姑娘很驚訝地喊道。

「就為了我似乎在教訓人……」

大家全笑了。

「如果你們生氣的話，就請你們不必生氣吧，」他說，「我知道我的生活經驗比別人少些，我對生活的瞭解也比別人差些。我有時也許說得十分奇怪……」他顯出非常慚愧的神情。

「您既然說您過去很幸福，那麼，您的生活經驗就不會比別人少，而要比別人多些。您為什麼裝腔作勢，說出如此謙虛的話來呢？」阿格拉婭很嚴厲地、喋喋不休地開始說，「請您不必為了教訓我們而感到不安，您並沒有占什麼上風。以您那樣清靜無為，很可以享百年的清福。如果有人給您看死刑，又給您看一個手指，您會從這兩方面同樣得出高尚的思想，並且感到滿足。人是可以這樣生活下去的呀。」

「我不明白，你為什麼老是生氣，」將軍夫人搶上去說，她早就觀察著說話人的臉色，「你們說的是什麼話，我也不明白。什麼指頭？這是多麼無聊的話呀？公爵說得很好，只是有點悲傷的調子。為什麼你竟使他掃興呢？剛才他一邊說，一邊笑，現在卻完全憂鬱起來了。」

「不要緊，maman。公爵，可惜您沒有見過死刑，否則我倒想問您一件事情。」

「我看見過死刑。」公爵回答說。

「看見過嗎？」阿格拉婭喊道，「我應該猜到這一點！這是一切問題的關鍵。您如果看見了，那麼，您怎麼會說您的生活始終很幸福呢？您對我說的不是實話嗎？」

「你們鄉村裡莫非也處死刑嗎？」阿杰萊達問。

「我是在里昂看見的。當時，我同什奈德爾到里昂去，是他帶我去的。剛到那裡，就碰上了。」

「怎麼樣？您覺得很有趣嗎？裡邊有許多教訓嗎？有些有益的東西嗎？」阿格拉婭問。

「我一點也不覺得有趣，我在看了以後生了一場病，但是，說老實話，我在看的時候像被釘在那裡似的，眼睛一點都不能離開。」

「如果叫我看，我眼睛也不會離開。」阿格拉婭說。

「他們那裡不喜歡女人去看，後來，在報上都記載過這類女人的事情。」

「既然他們認為這不是女人的事情，那麼，他們的意思是想說（也就辯白）這是男人的事情。我為了他們這種邏輯而向他們祝賀。您自然也是這樣想的吧。」

「請您講一講處死刑的情形。」阿杰萊達插上去說。

「我現在很不樂意講……」公爵感到為難，幾乎皺起了眉頭。

「您好像捨不得對我們講似的。」阿格拉婭說了一句帶刺的話。

「不，是因為我剛才已經講過這次處死刑的事了。」

「對誰講過了？」

「對你們的管家，當我等候……」

「哪個管家？」四面八方追問著。

「就是坐在前室裡，那個白頭髮紅臉的人；我當時坐在前室裡等著謁見伊萬·費道洛維奇。」

「這真是奇怪。」將軍夫人說。

「公爵是民主派，」阿格拉婭搶著說，「您既然對阿萊克謝意講過，更不能拒絕我們哪。」

「我一定要聽一聽。」阿杰萊達重複說。

「我剛才的確，」公爵對她說，又有點眉飛色舞起來（他好像很容易就眉飛色舞似的），「我的確產生一個念頭，在您問我要圖畫題材的時候，我想給您一個題材，就是畫一個被處決的人在斷頭刀落下去一分鐘前的臉部，那時他還站立在斷頭台上，沒有躺到木板上面去。」

「什麼臉部？只是臉部嗎？」阿杰萊達問，「這是一個奇怪的題材，那算什麼圖畫呢？」

「我不知道，為什麼不算呢？」公爵很熱烈地堅持說，「最近我在巴再爾看見一幅這樣的圖畫。我很想對你們講一講……我以後要講一講……這幅圖畫使我十分驚訝。」

「關於巴再爾的圖畫，您以後一定要講給我們聽，」阿杰萊達說，「現在先給我解釋那幅處死刑的圖畫吧。您能不能傳達出像您所想像的意思來？這臉部應該怎樣畫？就是一個臉部嗎？是怎樣的臉部？」

「這是在臨死的前一分鐘，」公爵非常痛快地開始說，他沉湎到一種回憶裡，顯然立刻忘卻了其餘的一切，「就在他登上小梯，剛走上斷頭台的一瞬間。他朝我這邊看了一眼，我看到了他的臉，全都明白了……但是這怎麼個講法呢？我真希望，我真希望您或是別的人能畫下來！最好是您！我當時就想到，這張圖畫是有益的。您知道，這裡必須將以前所有的一切全都設想一下，一切，一切都設想一下。他住在監獄裡，估計行刑的日子至少還有一個星期。他希望根據普通的手續，希望判決書還要送到什麼地方去批，過一個星期才能回來。但是，由於某種緣故，結案的期限縮短了。早晨五點鐘，他還睡著。那是在十月底，五點鐘的時候，天氣還冷，天色黑暗。監獄的執行官帶著衛隊，靜悄悄地走進來，很謹慎地推他的肩膀；他抬起身來，身體斜靠著，看見燈光以後，就問道：『什麼事？』——『十點鐘處死刑。』他半睡半醒的，並不相信，起初辯論著說，公事過一個星期才能批回來，但是，等到完全清醒過來的時候，便停止辯論，一聲不響了——人家是這樣講的。後來，他說：『這樣突如其來，總是很難過的……』又沉默了，以後就不想再說什麼話。以後的三四個小時，都用在盡人皆知的事情上：神父、早餐，早餐時有葡萄酒、咖啡和牛肉（這不是取笑嗎？你想一想，這是如何殘忍！但從另一方面說，這些天真的人還真是懷著赤誠做出來的，他們相信這就是人道呢），以後是梳洗（您知道，罪犯的梳洗是怎麼回事），最後，便押著他遊街，到斷頭台去……我以為他在被押著遊街的時候，總還覺得可以無休止地活下去。我覺得，他一定在路上想：『還長遠呢，還留下三條街，可以活下去；現在把這條街走完，還剩下另一條街，以後還要走過右面有麵包店的一條街……離麵包店還遠得很呢！』四周是民眾，呼喊，喧鬧，一萬張臉，一萬雙眼睛——這一切都要忍受下去，而主要的念頭是：『在這成萬的人們中，沒有一個要被殺頭，而我的頭就要被切斷了！』這一切只是預備階段。一座小梯通到斷頭台上。他在小梯前面突然哭了。他是一個強壯果敢的人，聽說是一個極大的兇手。神父一步不離地和他在一起，和他同坐在大車上面，一直說著話——但是，他大概是聽不見的：他起初聽著的，聽了兩句就不明白了。事情一定是這樣的：他終於走上小梯了，他的兩腿被綁著，只好用小步行動。神父大概是個聰明人，停止了說話，不斷地把十字架遞過去，讓他吻。他在梯子下面的時候，臉色就很慘白，一走上梯子，站到斷頭台上，他的臉忽然白得像一張紙了，完全像寫字用的白紙。他的腿一定癱軟而發僵，他會感到噁心——喉嚨好像堵著什麼，因此似乎發癢。在您驚恐的時候，或是在很可怕的時間內，當理智還存在著，卻沒有一點權力的時候，您曾經有過這樣的感覺嗎？我覺得如果一個人面對著無法避免死亡，例如房屋要倒塌在你的身上，你會忽然索性想坐下來，閉上眼睛，等候著——隨它去吧！……在開始發生這種癱軟情況的時候，神父連忙用敏捷的姿勢，一言不發地，把一隻小十字架，銀質的、四角的小十字架，忽然送到他的嘴唇上去——時常不停地送過去。十字架剛觸到他的嘴唇，他張開了眼睛，在幾秒鐘內又似乎活過來，腿也走得動了。他貪婪地吻著十字架，趕忙吻著，好像忙著記起抓住什麼東西，以備萬一的用處，但是，他在這時候未必有一點宗教的感情。這樣子一直到躺在木板上為止……奇怪的是，在這最後的幾秒鐘，竟不大有人暈過去！恰好相反，頭腦特別靈活地工作著，大概工作得十分強烈，十分強烈，像開動的機器一般。我想像，這時他會產生各種各樣的念頭，都是不完整的，也許是可笑的、毫不相干的念頭：『那個人張望著……他的額角上有一個小瘤子；這個劊子手的下面一顆鈕釦長鏽了……』在這時候，他一切都知道，一切都記得；有一個點無論怎樣也不會忘記，他不會暈過去，一切東西都圍繞著它，圍繞著那個點轉動。你想一想，一直到最後的四分之一秒鐘都是如此，那時候，他的腦袋已經躺在砧板上面，等候著……他明明知道，而且忽然聽見鋼刀開始在頭上唰唰地響著！他一定會聽得見的！如果我躺在那裡，我會特地聽著，而且一定會聽得見的！您想一想，至今還有人在那裡爭論著：當腦袋飛落的時候，也許有一秒鐘會知道它飛落的——這是怎樣的理想啊！如果有五秒鐘，便會怎樣呢？……您可以畫一個斷頭台，畫得只有小梯的最後一個階段成為近景，看得很清楚。死刑犯跨上這個階段，一個頭部，臉白得像紙，神父把十字架遞過去，死刑犯貪婪地伸出發青的嘴唇，眼睛望一下，一切他都知道。十字架和頭——就是這個畫。神父、劊子手和劊子手的兩個隨從的臉，還有下面的幾個腦袋和一些眼睛——這一切可以畫成遠景，色調半明半暗，作為細部……就是這樣一幅畫。」

公爵沉默了，望了大家一下。

「這自然和清靜無為主義不同。」亞歷山德拉自言自語地說。

「現在您講一講，您過去怎樣戀愛的？」阿杰萊達說。

公爵很驚異地看了她一眼。

「告訴您說，」阿杰萊達似乎很匆忙地說，「您還欠一段關於巴再爾的那幅圖畫的故事。但是，現在我想聽一聽您過去是怎樣談戀愛的。您不必推託，您一定戀愛過的。您現在一開始講，就不會成為哲學家了。」

「您只要一講完，您立刻對於所講的一切感到慚愧，」阿格拉婭忽然說，「這是什麼原因？」

「你問得多愚蠢。」將軍夫人喊道，很憤怒地瞪著阿格拉婭。

「不夠聰明。」亞歷山德拉肯定說。

「公爵，您不要信她的話，」將軍夫人對公爵說，「她是懷著一種惡意故意說的。她所受的教育並不這樣愚蠢。她們這樣亂問，您不要介意。她們一定有什麼預謀。但她們已經愛上您了，我從她們的神色可以看得出來。」

「我從她們的神色也看得出來。」公爵說，特別加重自己的語氣。

「這是什麼意思？」阿杰萊達好奇地問。

「您從我們臉上看出什麼來了？」另外兩個姑娘也好奇地問。

然而，公爵沉默著，態度顯得十分嚴肅，大家等候他的回答。

「我以後對你們說。」他很嚴肅地小聲說。

「您是想引起我們的注意來，」阿格拉婭喊道，「瞧您那鄭重其事的樣子！」

「好吧，」阿杰萊達又忙著說，「您既然是觀察臉部表情的行家，那您一定是戀愛過的；我就算猜對了。您講啊。」

「我沒有戀愛過，」公爵還是很嚴肅地小聲回答說，「我……有過另一種幸福。」

「怎麼樣的？在哪方面的？」

「好吧，讓我對你們講出來。」公爵似乎在沉思著說。

第六章

「現在你們大家，」公爵開始說，「這樣好奇地看著我，假如我不能使你們滿足，你們也許要怪罪我的。不，我是說著玩的，」他連忙賠笑說，「那邊……那邊全是小孩子，我在那邊永遠同孩子在一起，只同小孩子們在一起。他們都是那個村子裡的孩子，在小學校裡讀書。我並不教他們。不是的，教他們的是小學教師敘里．蒂波。我也許教過他們，但是我大半只是和他們在一起，我的四個年頭就這樣過去了。我並不需要別的什麼。我什麼話都對他們講，一點也不隱瞞。他們的父親和親屬全都生我的氣，因為到了後來，孩子們非找我不可，他們全都聚集到我的身邊，連那個小學教師也成為我的最大仇人了。我在那裡有許多仇人，全是為了孩子們的緣故。甚至連什奈德爾都責備我。他們為什麼這樣害怕呢？一切都可以對小孩子說出來，一切都可以的。有一個念頭經常使我驚訝，那就是大人們為什麼不大懂得孩子們，甚至父母都不大知道他們的子女。萬萬不要以他們年紀還小，知道這些還早為藉口而瞞住孩子們。這是一個多麼惱人的、不幸的念頭！孩子們自己看得很清楚，父親認為他們年紀太小，一點也不懂事，其實他們是全都明白的。大人們不知道，孩子即使對於極困難的事情，也能夠提供特別重要的建議和意見。噢，上帝呀！當一隻美麗的小鳥那樣信任而且愉快地看著您的時候，您欺騙牠會感到可恥的！我所以稱他們為小鳥，就是因為世界上再沒有比小鳥更好的東西。村裡的人們生我的氣，多半是為了一件事情……至於蒂波，他只是嫉妒我而已。他起初一直搖頭稱奇，為什麼小孩子們能從我這裡瞭解一切，從他那裡卻不能瞭解什麼東西。後來我對他說，我們倆不會教給他們什麼，他們反而會教我們，他便笑起我來。他自己也同孩子們在一起生活著，他怎麼能嫉妒我，還造我的謠言呢？心靈由於孩子們而得到治療……在什奈德爾的醫院裡有一個病人，一個很不幸的人。那真是極大的不幸，無可類比的不幸。那個人是為了瘋狂病而被送來治療的。但據我看來，他並不是瘋子，他只是異常痛苦，他的病就是這樣。如果你們知道，我們的孩子們以後對於他是怎樣的，那麼……但是，我不如以後再對你們談這個病人的事情吧。我現在先來談談一切事情的來源。孩子們起初不愛我。因為我是大人，而且永遠帶著點拙笨的樣子，我的相貌也不好看……再加上我是一個外國人。孩子們起初笑我，看見我和瑪麗接吻時，甚至還往我身上扔石塊。但是，我只吻了她一次……不，你們不要笑，」公爵連忙阻止他的女聽眾笑，「這裡面並沒有愛情，假使你們知道她是一個如何不幸的人，那麼，你們自己就會十分同情她，和我一樣。她是我們村裡的人。她的母親是一個老婦人。在她們那所完全破舊的小屋內有兩扇窗戶，其中有一扇經村長的許可，另外隔開；准她從這扇窗戶裡賣一些絲帶、針線、菸葉、肥皂之類，這些東西全是零零碎碎地賣，她就靠這個過日子的。她有病，她的腿全腫了，所以只好坐在那裡不動。瑪麗是她的女兒，二十來歲，身體軟弱而且消瘦；她很早就得了癆病，但還要去給人家做零工，幹重活，如擦地板、洗衣服、掃院子、收拾牲畜，等等。有一個過路的法國掮客姦污了她，把她帶走，但是過了一個星期，竟把她一個人扔在路上，自己悄悄逃走了。她沿途求乞，回到家時，已經滿身污泥，穿著破爛的衣服和出窟窿的鞋子；她徒步走了一個星期，夜間睡在田野裡，害了重傷風；兩腳受了傷，手腫起來，而且破裂了。她本來長得就不大好看；只有眼睛是文靜的，善良的，天真的。她是一個最不愛說話的姑娘。有一次，還在以前的時候，她忽然在工作時唱起歌來，我記得大家全感到驚訝，笑著說：『瑪麗唱歌啦！怎麼回事？瑪麗唱歌啦！』她聽了非常難為情，以後就永遠不出聲了。那時候，大家對她還很溫和，但是等她生了病，受了摧殘，走回家來的時候，就沒有人對她抱一點同情了！他們真是殘忍！他們對於這種事情抱著多麼頑固的觀念！母親首先對她露出怨恨和輕蔑的神情：『你現在丟盡了我的臉！』她首先把她交出來，供人們羞辱。村裡的人聽說瑪麗回來了，就都跑來看她，幾乎全村的人都擠到老婦人的小屋子裡：老頭子、小孩子、姑娘、媳婦，大家全來了，一群急切而貪婪的人。瑪麗躺在地板上，在老婦人腳下，肚子是餓的，衣服是破碎的，她哀哀地哭泣著。當大家全跑來的時候，她用散亂的頭髮掩住自己的臉，臉朝下躺著。大家圍著她看，像看毒蛇一般。老人們斥責和辱罵著，年輕的人們甚至笑著，女人們罵她，責備她，很輕蔑地看著她，好像看蜘蛛一樣。她母親任憑大家這樣做，自己坐在那裡點頭贊許。她母親在這時候病得很厲害，幾乎要死去。過了兩個月，她也真的死了。她知道自己快死了，但是無論如何不想在臨死之前跟女兒和好，甚至對女兒連一句話也不說，把她趕到門道去睡，幾乎不給她東西吃。母親時常需要把病腳浸在溫水裡。瑪麗每天給她洗腳，侍候她。她老是默默地接受瑪麗的一切效勞，連一句親熱的話也不對女兒說。瑪麗只好忍受著一切。後來，當我認識她的時候，我看出她自己竟甘願承受這一切，並自認為是一個最下賤的生物。當老婦人完全臥床不起的時候，村中的老太婆們挨著班前來侍候她，這是那邊的一種規矩。當時，人們已經完全不給瑪麗東西吃了。村中的人們驅逐她，也沒有人像以前那樣願意叫她幹活。每個人都唾她的臉，男子們甚至不把她當作女人，大家對她說很難聽的話。有時候（這種時候很少），酒鬼們在星期日喝醉以後，為了尋點樂子，扔給她幾個銅板，一直扔到地上。瑪麗默默地撿了起來。她當時已經開始咯血了。最後她的破衣服完全成了爛布，不好意思在村中露面了；她自從回家以後，就光著腳走路。在那時候，特別是一些孩子，成群結隊——共有四十多個小學生，開始逗弄她，甚至往她身上甩爛泥。她懇求牧人允許她去放牛，但是牧人把她趕走了。於是，她沒有得到人家的允許，自己就隨著牲畜，整天離開家。因為她使牧人得到很多好處，所以他雖然看見她，也就不再攆她，有時還把自己吃剩下的東西，如奶酪和麵包之類給她吃。他認為這樣做，就是他的莫大恩惠了。母親死後，牧師居然在教堂中當眾羞辱瑪麗。瑪麗站在棺材旁邊哭泣，還是穿著破爛的衣服。有許多人圍上前來，看她如何哭泣，如何隨著棺材往前走。那位牧師還是個青年人，他的最大志願就是成為一個大佈道師。他當時面對大家，指著瑪麗說道：『你們看，她就是這位可敬婦人致死的原因（這是不對的，因為老太太已經病了兩年）。她站在你們的面前，不敢正眼看你們，就是因為神力已經施到她的頭上了。她現在光著腳，穿著破爛的衣服——這正是喪失道德的人們的下場！她是誰？她是死人的女兒！』他說著諸如此類的話。你們想想看，這種醜惡行為幾乎使他們每個人都很高興。但是……後來發生了一段特別的故事。孩子們出來打抱不平，因為他們這時候已經站在我的一邊，愛起瑪麗來了。事情是這樣的：我想給瑪麗幫一些忙，她很需要錢，但是我的身邊永遠沒有一文錢。我有一隻小鑽石別針，我把它賣給一個收舊貨的人；他到各村行走，買賣舊衣服。他給我八個法郎，但是那只別針其實值四十法郎。我費了許多時間，想和瑪麗單獨見面。最後，我們終於在村外的籬笆旁邊，在入山的側面小道的樹後邊相遇了。我當時給她八個法郎，對她說，叫她好好保存著，因為我再也沒有錢了，然後我吻她，並對她說，讓她不要以為我有什麼壞心思，我吻她不是因為我愛上了她，而是因為我很可憐她，我從最開始就完全不認為她有罪，只是認為她是一個不幸的女人。我當時很想安慰她，使她相信，她不應該認為自己比一切人低賤，但是她似乎沒有瞭解我的意思。雖然她幾乎始終默默地站在我的面前，眼睛低垂，帶著非常羞愧的樣子，但是我立刻看出了這一點。我說完了以後，她吻我的手，我立刻抓起她的手，想吻一下，但是她連忙掙脫了。這時候，忽然有一群孩子張望著我們。我後來才知道，他們早就在那裡偵查我的行動了。他們看到我的這些行為後，開始呼嘯、拍掌、嘩笑。瑪麗嚇得逃走了。我想說話，但是他們開始往我身上扔石子。當天大家就都知道這件事，全村的人都知道了。一切重又向瑪麗身上攻擊，大家更不喜歡她了。我甚至聽說有人打算判她的罪，懲罰她，但是，謝天謝地，總算混過去了。不過，孩子們一點也不讓她安寧，比以前逗弄得更加厲害，朝她身上甩爛泥。他們追她，她從孩子堆中逃走。她的肺部很弱，跑得喘不上氣來，而孩子們追在她的後面，呼喊和辱罵著。有一次，我甚至跑過去和他們打架。以後我就對他們講話，只要有可能，每天都說。他們雖然還在辱罵，有時也止步傾聽。我對他們講，瑪麗是一個如何不幸的女人。沒過多久，他們就停止了辱罵，默默地走開了。我們漸漸談起話來，我什麼話也不瞞他們，把一切事情都對他們講了。他們很好奇地聽著，很快就憐惜起瑪麗來了。有些孩子碰見她的時候，很親熱地向她問候。那裡的習慣是，無論相識或不相識，一見面就要鞠躬，並且說：『您好哇！』我可以想像得出，這使瑪麗如何地驚訝。有一天，兩個女孩弄到一些食物，拿到她那裡，交給她，回來以後，對我講了。她們說瑪麗哭了，她們現在很喜歡她。不久以後，大家全都喜歡她了，同時也忽然喜歡起我來。他們時常到我家裡來，要我給他們講故事。我覺得我講得還好，因為他們很愛聽我講。後來我也用起功來，只是為了向他們講故事，我讀了許多書，給他們講了整整三年的故事。後來大家都責備我——連什奈德爾也在其內，怪我同他們說話時像同大人說話一樣，一點沒有隱瞞，我當時回答他們說，對孩子們撒謊是可恥的事情，無論你怎樣隱瞞，他們也會都知道的，他們聽到的也許是一些壞話，從我嘴裡是不會聽到壞話的。大家只要回憶一下自己兒時的情況就行了。他們不贊成我的話……我吻瑪麗是在她母親去世的兩個星期以前。當牧師佈道的時候，孩子們已經完全站在我這邊了。我立刻對他們講話，說明了牧師行為的錯誤。孩子們都對他很憤慨，有幾個人用石子擊破了他窗上的玻璃。我阻止他們，因為這是不好的行為。但是村中立刻都知道了這件事情，開始責備我，說我把孩子們教壞了。後來大家聽說孩子們全愛瑪麗，便十分懼怕起來；然而，瑪麗已經很幸福了。村裡的人甚至不准孩子們和瑪麗見面，但是他們仍然偷偷地跑到她放牛的地方去找她，那地方很遠，離村子差不多有半俄里路。他們給她帶去糖果，有些孩子只是特地跑去擁抱她，吻她，對她說：『Je vous aime, Marie!（法文：我愛你，瑪麗）』以後就趕緊跑回去了。由於這天外飛來的幸福，瑪麗幾乎樂得發狂了。她又羞愧，又喜悅。孩子們，尤其是女孩子們，最愛幹的就是跑到她那裡去，告訴她說我愛她，向他們講了許多關於她的話。他們對她說，是我把一切事情轉告他們的，所以他們現在喜歡她，憐惜她，而且永遠會這樣。後來他們又跑到我這裡來，露出快樂和急切的樣子告訴我說，他們剛剛看到瑪麗，並轉告了瑪麗對我的問候。到了晚上，我常到瀑布那裡去。那邊有一個地方是從村中完全看不到的。四圍長著白楊。每到傍晚，孩子們便跑到那裡去找我，有的甚至是偷偷摸摸來的。我覺得，他們看我愛瑪麗，自己心裡一定十分愉快，然而就在這一件事情上，在我住在那裡的整個期間，我是欺騙了他們。我沒有告訴他們，我根本不愛瑪麗，也就是說我並沒有迷戀上她，我只是十分可憐她罷了。我從一切的情形上看出，他們最希望實現他們所想像的和他們相互間決定的一切，因此我只好沉默著，裝出他們已經猜到的樣子。這些小小的心是多麼溫柔體貼。他們以為，他們的好里歐如此愛瑪麗，而瑪麗竟穿得如此地壞，還沒有鞋穿，這實在是不能忍受的。你們想想看，他們居然給她弄到了襪子、內衣，甚至還有一件衣服。他們究竟是用什麼巧妙的方法弄到的，我不知道。他們全體工作著。我問他們，他們只是快樂地笑著，女孩們拍著手掌，還吻我。我有時也偷偷地跑去和瑪麗相見。她已經病得很厲害，勉強走著路。後來，她完全不給牧人服務了，但是每天早晨，仍然隨著牛群出去。她坐在旁邊。在一個差不多垂直的、險峻的峭壁旁邊有一塊凸出的地方。她坐在一個隱祕角落的石頭上，差不多整天坐在那裡，連一動也不動，從早晨起一直坐到牛群回家的時候。由於她得了癆病，身體十分虛弱，一直閉著眼睛，坐在那裡，頭倚在岩石邊，打著盹，很沉重地呼吸著。她的臉瘦得像骸骨一樣，額頭和兩鬢都冒著汗。我遇到她的時候永遠是這樣的。我到她那裡去一會兒，我也不願意人家看見我。瑪麗剛一看見我，立刻就哆嗦一下，張開眼睛，奔上前來吻我的手。我沒有把手抽回來，因為這對於她是一種幸福。當我和她坐在一起的時候，她始終哆嗦和哭泣著。她雖然有好幾次開始說話，但是她的話是難於理解的。她像瘋子一般，露出異常激動和歡欣的樣子。有時候，孩子們和我一塊兒去。在那種情況下，他們照例是站在不遠的地方，保護我們，防備什麼東西或是什麼人，他們認為這是非常愉快的事。我們走後，瑪麗又獨自留在那裡，照舊連一動也不動，閉上眼睛，頭倚在岩石上面，也許在那裡做什麼夢吧！一天早晨，她已經不能出去放牛了，留在自己空空的屋子裡。孩子們聽說了之後，當天幾乎都到她家裡去探望。她孤孤單單地躺在床上。孩子們侍候她兩天，輪流著到她那裡去。後來，村裡人聽說瑪麗真的快要死了，老太婆們便從村中跑來，坐在屋裡守著她。村裡的人們似乎憐惜她了，至少是不像以前那樣阻止小孩們接近她，也不罵了。瑪麗一直在那裡打盹，做著不安的夢。她咳嗽得十分厲害。老太婆們把孩子攆走，但是他們仍然跑到窗前，有時只待一分鐘的工夫，只為了說一句話：『Bonjour, notre bonne Marie.（法文：您好，我們的好瑪麗）』她只要一看見他們，或是一聽見他們的聲音，便活躍起來，不聽老太婆們的勸告，立刻用力支起胳臂，朝他們點頭，向他們道謝。他們照舊送給她糖果，但是她幾乎一點也沒有吃。我可以告訴你們，由於這些孩子，她死的時候幾乎是很幸福的；由於這些孩子，她忘記了自己可怕的災難。她好像從孩子那裡得到饒恕，因為她一直到死都認為自己是一個極大的罪犯。他們像小鳥一般，在她的窗前拍著翅膀，每天早晨都對她喊道：『Vous t'aimons, Marie.（法文：我們愛您，瑪麗）』不久之後，她就死了。我心裡想，她會活得長久些的。在她死的頭一天，日落之前，我到她那裡去了一趟，她似乎認出我來。我最後一次握她的手，她的手是多麼消瘦！第二天早晨，忽然有人到我這裡來，對我說瑪麗死了。那時候，孩子們是無法加以攔阻了。他們在棺材上面放滿鮮花，在她的頭上放了一個花圈。牧師在教堂裡已經不再羞辱死者，但是送殯的人很少，只有幾個人為了好奇而前去。在抬棺材的時候，孩子們一擁而上，搶著去抬。他們雖然抬不動，但是他們仍然幫著抬，所有的孩子在棺材後面跑著，大家全哭了。從那時候起，孩子們時常到瑪麗那小小的墳頭致敬。他們每年在她的墳上放些鮮花，周圍種上玫瑰。但是自從送葬回來，全村為了孩子的緣故，他們把我當成主要攻擊的目標。主謀者是牧師和小學教師。他們嚴禁孩子們和我見面，並叫什奈德爾留意監督這件事情。然而，我們還是見面，從遠處用暗號互相交談。他們寫小字條送給我。後來一切都順利解決了，而且反倒更好起來。由於村裡人的迫害，我和孩子們更接近了。最後的一年裡，我和蒂波與牧師，差不多都言歸於好了。什奈德爾對我講了許多話，批評我對待孩子的有害『方法』。就好像我真的有什麼方法似的！最後，什奈德爾對我說出一個很奇怪的思想，這是在我要離開那裡之前，他對我說的，他已經充分相信：我自己完全是一個孩子，簡直就是一個嬰兒，只是身材和臉部像成年人，至於發育、心靈、性格，也許還有智慧方面，我都不是成年人，即使我活到六十歲，我也會這樣的。我大笑起來，他說的當然不對，我哪裡還是個小孩呢？但是，他有一點是對的，我的確不喜歡和成年人，也就是和大人們在一起。我早就注意到這一點了。我之所以不喜歡跟他們在一起，就是因為我不善於和他們相處。他們無論同我說什麼話，無論怎樣對我好，不知為什麼，我同他們在一起就感到難受。在我能夠很快地到同伴們那裡去的時候，我非常高興，而我的同伴們永遠是孩子。但是，這並不是因為我自己是嬰兒，而是因為有一種力量牽引我到孩子們那裡去。還在我居住鄉間的初期，當我一個人跑到山裡發悶的時候，當我獨自溜來溜去，有時（特別是在正午放學時）遇見一群小孩，而他們一邊吵鬧，一邊背著書包和石板奔跑，又喊又笑，又玩耍的時候，我的全部心靈忽然就傾注到他們的身上了。我不知道是怎麼回事，但是，當我每次和他們相遇的時候，我的身上總是有一種異常強烈和幸福的感覺。我時常止步，由於幸福而發笑，瞧著他們的小小的、閃現的、永遠奔跑的小腿，瞧著一起奔跑的男女小孩，瞧著他們的笑和淚（因為有許多孩子在從學校到家的時間，要打架，哭泣，重新和解，一同遊戲），於是，我就忘記了我所有的煩悶。在後來的三年裡，我竟無從瞭解人們怎樣會煩悶，為什麼會煩悶？我的全部命運都聚集到他們身上了。我從來沒有想到離開村莊，我的腦子裡絕沒有想到，我在什麼時候會回到俄國來的。我以為我會永遠寄居國外，但是，我終於看出什奈德爾不能養活我了，當時忽然發生了一件事情，這件事情似乎極為重要，竟使什奈德爾自己催我動身，並且代我答覆，說我就要回來了。我要看一看這究竟是怎麼回事，和什麼人商量一下。我的命運也許要完全變更，但是，這完全不是主要的事情。主要的事情是：我的全部生命已經改變了。我在那裡遺留了許多東西，太多的東西。一切都消逝了。我坐在車廂裡，心想：『現在我走向人間，我也許一點也不知道，但是新的生命已經開始了。』我決定誠實而且堅定地完成自己的事業。和人們在一起，我也許會感到寂寞和難受。首先，我決定以禮貌和誠懇對待一切人，總不會有人向我提出更大的要求。在這裡也許有人會把我當作嬰兒——隨他去吧！不知為什麼，大家還認為我是白癡，我的確生過病，當時很像白癡的樣子。但是現在，我既然明白人家把我當作白癡，我還算什麼白癡呢？當我走進來的時候，我心裡想：『人家把我當作白癡，然而我到底是聰明的，他們猜不到。』……我時常有這種念頭。當我到柏林時，我就收到瑞士小朋友寄來的幾封信，由於他們寫信給我，我才明白我是如何喜歡他們了。收到第一封信的時候，我是很難受的！當給我送行的時候，他們是如何的悵惘。他們在我動身的一個月以前，就開始準備送行：『Léon s'en va，Léon s'en va pour toujours!』（里歐要走啦，里歐永遠要走啦！）每天晚上我們照舊在瀑布旁邊聚會，大家談論我們將如何分離。有時候，我們還是和以前一樣快樂；只有在夜裡分手時，孩子們才緊緊地、熱烈地擁抱著我，這是和以前不同的。有些孩子瞞著一切人，偷偷地跑到我這裡來，只是為了單獨地，不當著大家的面，來擁抱我，吻我。當我動身的時候，大家成群結隊地送我上車站。火車站離我們村子大概有一俄里路。他們竭力忍住眼淚，但是有許多孩子忍不住了，結果放聲痛哭起來，特別是小姑娘們。我們害怕誤車，趕緊往車站走，但是時常有一個孩子忽然從人群裡跑出來，奔到我的面前，用小手抱著我，吻我，因此使全部隊伍都停止了。我們雖然急於趕路，但是大家全都站下了，等候他和我道別。當我坐進火車，火車開動的時候，他們齊聲對我呼喊：『萬歲！』然後久久地站在那裡，一直等到火車完全不見了為止。我也望著他們……你們要知道，當我剛才走到這裡來，看到你們的可愛面孔——我現在很仔細觀看面孔——並聽到你們最初的幾句話的時候，自從和孩子們離別以來，我的心裡初次感到輕鬆。我剛才已經想到，也許我真的是一個幸福的人。我知道，一個人很難遇到一見生情的人，但是我剛下火車，立刻就碰上了你們。很清楚，一個人向大家訴說自己感情是可羞的事情，但現在我對你們說這些話，我並不感到羞愧。我不善於交際，也許會很久不到你們這裡來。但只願你們不要把這話當作壞念頭：我說這話，並不是因為不尊重你們。你們也不要以為我生了什麼氣。你們問我，你們的臉是怎樣的？我在你們的臉上看出了什麼？我很樂意對你們講這一點。阿杰萊達·伊萬諾夫娜，您的臉是幸福的，在所有的三張臉中最表現出同情的神氣。您的容貌除了長得十分美麗以外，別人一見了您會說道：『她具有一副善良妹妹的臉。』您待人很直爽而活潑，但是您很快地能認識人們的心。我對於您的臉就是這樣看法。亞歷山德拉·伊萬諾夫娜，您的臉也是很美麗的，很可愛的，但是您也許有某種祕密的憂愁；您的心靈無疑是十分善良的，只是您並不快樂。您的臉上有一種特別的色調，好像藏在特萊茲鄧的那幅霍爾邊畫的聖母的臉一樣。這就是我對於您的臉的看法。我猜得對嗎？您自己會承認我猜得很對的。至於說到您的臉，伊麗莎白·普羅科菲耶夫娜，」他忽然對將軍夫人說，「從您的臉上看來，我不但以為，而且簡直深信您是一個十足的嬰孩，雖然您已經上了歲數，可是在一切方面，在一切方面，在一切好的方面和壞的方面，都是這樣。我這樣說，您不會生我的氣嗎？您知道，我把孩子看作怎樣的人？我剛才很坦白地談出我對你們臉部的看法，但是你們不要以為我是隨隨便便說出來的。不，完全不！也許我自有一種用意。」

第七章

公爵說完後，大家快樂地看著他，連阿格拉婭也在內，而伊麗莎白．普羅科菲耶夫娜尤其如此。

「這算考完啦！」她喊道，「小姐們，你們以為自己將像保護窮人似的保護他，但是他並沒有把你們放在眼裡，而且還提出一個附帶條件，說他只能偶爾來一兩趟。我們倒成傻子啦，尤其是伊萬．費道洛維奇，不過，我對這一點是很高興的。妙極了，公爵！人家剛才叫我們考您一下。您對於我的臉部的看法完全是對的：我是個嬰兒，我自己知道這一點，我比您知道得還早一些。您用一句話把我的意思表達出來了。我認為您的性格和我完全相似，我很高興，真像兩滴水一樣相似。只不過您是一個男子，而我是女人，又沒有到瑞士去過。只有這一點區別。」

「你不要急著說吧，媽媽，」阿格拉婭喊道，「公爵說，他在自己敘述的話裡有特別的意思，不是隨隨便便說的。」

「是呀，是呀。」另外兩個姑娘也笑了。

「親愛的，你們不要取笑他，他也許比你們三個人合在一起還要聰明呢，你們以後是可以看到的。但是公爵，您為什麼對阿格拉婭沒有說什麼話？阿格拉婭等候著，我也等候著。」

「現在我不能說什麼，我以後再說。」

「為什麼？她的相貌不是很出色的嗎？」

「是很出色的，阿格拉婭．伊萬諾夫娜，您是一位絕代的美女，您美麗得使人都怕看您。」
「只是如此嗎？她的品性呢？」將軍夫人追問道。
「美是很難判斷的，我還沒有學會審美的本領，美是一個謎。」
「那就是說，您給阿格拉婭出了一個謎語，」阿杰萊達說，「阿格拉婭，你猜猜吧，她到底美不美呢？公爵，美不美呢？」
「太美了！」公爵很熱烈地回答說，他貪戀地瞧了阿格拉婭一眼，「差不多和納斯塔霞．菲利波夫娜一樣美，雖然臉型完全不同！……」
大家驚訝地對看了一下。
「像誰呀？」將軍夫人拉長聲音說，「像納斯塔霞．菲利波夫娜嗎？您在哪兒看見納斯塔霞．菲利波夫娜啦？是哪一個納斯塔霞．菲利波夫娜？」
「剛才加夫里拉．阿爾達利翁諾維奇把她的照片給伊萬．費道洛維奇看過。」
「怎麼？他把照片給伊萬．費道洛維奇拿來了嗎？」
「給他看過，納斯塔霞．菲利波夫娜今天送給加夫里拉．阿爾達利翁諾維奇一張照片，他拿來給伊萬．費道洛維奇看。」
「我想看一下！」將軍夫人喊了起來，「那張照片在哪裡？假使是送給他的，那就應該在他的手邊。那應該還在書房裡面吧，他每逢星期三到這裡來工作，四點後才走。立刻叫加夫里拉．阿爾達利翁諾維奇來！不，我並不急著要見他。勞您的駕，公爵，親愛的，請您到書房裡去一趟，向他要那張照片，拿到這裡來。您說有人要看一看。勞駕勞駕！」
「人是很好，不過有點太簡單。」公爵走出去後，阿杰萊達說。

「是的，有點太那個，」亞歷山德拉肯定說，「甚至有點可笑。」

她們兩人似乎都沒有說出自己的全部意思。

「但是，他對於我們的臉卻說得很漂亮，」阿格拉婭說，「他把大家都恭維了一番，連媽媽也在內。」

「請你不要說俏皮話，」將軍夫人喊道，「不是他恭維我，是我受了恭維。」

「你以為他狡猾嗎？」阿杰萊達問。

「我以為他很不簡單。」

「去你的吧！」將軍夫人生氣了，「據我看，你比他還可笑。他雖然簡單，但是自有聰明之處，我當然是指著最良好的一面，他完全和我一樣。」

「我順嘴說出照片的事情，這自然很不好，」公爵一邊走向書房，一邊尋思著，感到一些良心的譴責，「但是……我多了嘴，也許反倒好了……」他開始閃出一個奇怪的念頭，不過這個念頭還不十分明顯。

加夫里拉·阿爾達利翁諾維奇還坐在書房裡，正埋頭處理公文。大概他的確不是白白領取股份公司的薪俸。當公爵要那張照片，說出女人們怎樣曉得照片的事情後，加夫里拉·阿爾達利翁諾維奇露出很窘的樣子。

「唉！您何必這樣多嘴！」他惡狠狠地喊道，「您一點也不知道……真是白癡！」他又喃喃地自語著。

「對不起，我完全沒有思索，順嘴說了出來。我說，阿格拉婭差不多和納斯塔霞·菲利波夫娜一樣好看。」

加尼亞請他詳細講一講是怎麼回事，公爵只能把事情述說了一遍。加尼亞又帶著嘲笑的神情望了他一眼。

「您倒把納斯塔霞．菲利波夫娜記在心上了……」他喃喃地說，但是沒有說完，就沉思起來了。

他顯然感到恐慌，公爵又提起那張照片。

「公爵，我跟您說，」加尼亞猛地說，似乎他腦子裡突然有了主意，「我對您有一個極大的請求……不過，我真是不知道……」

他感到不好意思，沒有把話說完。他心裡在決定事情，似乎正在作思想鬥爭。公爵默默地等候著。加尼亞又用試探的、凝聚的眼光朝他看了一下。

「公爵，」他又開始說，「她們現在對我生氣……為了一樁非常奇怪的事情……可笑的……我並沒有錯處的事情……一句話，這是多餘的——她們好像有些生我的氣，所以她們如果不找我，我一時也不願意去見她們。我現在非常需要和阿格拉婭．伊萬諾夫娜談幾句話。我預先寫了幾句話（他的手裡有一張小小的、折好的字條），可是不知道怎樣交給她好。公爵，您現在能不能替我交給阿格拉婭．伊萬諾夫娜，不過只能交給阿格拉婭．伊萬諾夫娜，也就是不要讓別的人看見，您明白嗎？這沒有什麼了不起的祕密，並不是那一類的東西……但是……您可以做到嗎？」

「我不大願意做這件事情。」公爵回答說。

「公爵，這對我是十分重要的！」加尼亞開始央求他，「她也許會回答的……您要相信，我只是在逼不得已，十分逼不得已的情形下才能求您……因為沒有其他人能給我送去……這是很重要的……對於我十分重要的……」

加尼亞生怕公爵不答應，帶著哀哀央求的樣子，望著公爵的眼睛。

「好的，我給您轉交。」

「不過，不能讓任何人看見，」加尼亞高興起來，又懇求著，「公爵，我能希望您以名譽擔保嗎？」

「我絕不給任何人看。」公爵說。

「這信沒有封，但是……」加尼亞十分慌張地說，後來由於慚愧，又止住了。

「我絕不看。」公爵十分簡單地回答說，他拿起照片，從書房走出去了。

加尼亞獨自留在那裡，捧著自己的頭。

「只要她說一句話……我……我，真的也許會一刀兩斷！……」

他由於心慌意亂，不能再坐下辦理公事了。他開始在書房內踱步，從這一角走到那一角。

公爵一邊走，一邊想。加尼亞委託他辦的事情，使他感到很不愉快。他一想到加尼亞給阿格拉婭寫信，心裡也感到很不愉快。但是，當他走到離客廳有兩間屋子遠的地方，他忽然站住了，似乎想起什麼事情，向四周張望一番，然後走到窗前，靠近光亮，看起納斯塔霞．菲利波夫娜的照片來。

他似乎想要猜出這張臉上所隱藏的，剛才使他驚訝的一切。他始終沒有忘掉剛才的印象，現在好像忙著對它進行重新檢查。這張在美貌方面和在別的方面都不尋常的臉，現在更加使他驚訝了。這張臉上似乎有無限的驕傲和輕蔑，差不多是仇恨，同時還有一點信任的、特別坦白的樣子。在看到她的臉的時候，這兩種對比似乎引起了一種憐憫心。這種眩人的美甚至使人感到受不了，一張慘白的臉，幾乎凹陷的雙頰和炯炯發光的眼睛的美，好奇怪的美！公爵看了一分鐘，忽然驚醒了，朝四周看了一下，匆忙地把照片挨近唇邊，吻了一下。一分鐘後他走進客廳時，他的臉已經完全平靜了。

但是，他剛走進飯廳（和客廳隔著一間屋子），阿格拉婭便從裡邊走出來，和他在門口幾乎撞個滿懷。她是單獨一個人。

「加夫里拉・阿爾達利翁諾維奇叫我轉交給您。」公爵說，把信遞給她。

阿格拉婭站住了，她接過信，很奇怪地望了公爵一眼。她的眼光裡沒有一點害羞的樣子，只是多少看出一些驚異的神情，這驚異似乎也只是和公爵一人相關的。阿格拉婭好像用眼神要求他明白作答——他在這些事情上，怎麼會和加尼亞串通到一起了？——她很安詳而傲慢地要求著。他們相對站了兩三秒鐘。最後，她的臉上微微露出一點嘲諷的樣子。她微微一笑，走了過去。

將軍夫人默默地，帶點輕蔑的樣子，對納斯塔霞・菲利波夫娜的照片仔細觀看了一番。她伸出手，握住照片，用特別的裝腔作勢的神氣，把照片放在離眼睛遠些的地方。

「是的，很好看，」她終於說，「的確太美了，我見過她兩次，只是從遠處看。您重視這樣的美嗎？」她忽然對公爵說。

「是的……我喜歡這樣的……」公爵回答著，有點吃力的樣子。

「就是這樣的美嗎？」

「就是這樣的美。」

「為什麼呢？」

「在這張臉上……有許多悲哀……」公爵說，他好像不經意地自言自語著，並不是回答她的問題。

「您也許是在那裡說胡話。」將軍夫人說著，就用一種傲慢的姿勢，把照片拋在桌上。

亞歷山德拉把它拿起來，阿杰萊達走過來，兩人仔細觀看。這時候，阿格拉婭又回到客廳裡來了。

「真有力量！」阿杰萊達忽然喊道，從姐姐的肩頭後邊，貪婪地觀看照片。

「在哪裡？什麼力量？」伊麗莎白・普羅科菲耶夫娜厲聲問道。

「這樣的美就是一種力量，」阿杰萊達熱烈地說，「一個人有這樣的美，就可以推翻整個世界！」她凝思著，退到自己的畫架那裡去。阿格拉婭只是朝照片瞥了一眼，瞇縫著眼睛，翹了翹下唇，便往後走開，坐在一邊，交叉著手。

將軍夫人按鈴。

「請加夫里拉・阿爾達利翁諾維奇到這裡來，他現在在書房裡。」她對走進來的僕人吩咐說。

「Maman！」亞歷山德拉意味深長地喊了一聲。

「我要對他說兩三句話，就夠了！」將軍夫人連忙喊叫著，制止女兒的抗議。她顯然很惱怒，「公爵，您瞧，我們這裡現在全是祕密，全是祕密！這是應有的文章，這是一種禮節，真是愚蠢極了。這種事情最需要的是開誠佈公，一清二楚，老老實實。現在準備幾樁婚事，我不喜歡這些婚事……」

「Maman，您怎麼啦？」亞歷山德拉又忙著阻止她。

「你怎麼啦，我的寶貝閨女？你自己難道喜歡嗎？公爵聽見也無妨，我們是朋友。至少我和他是朋友。上帝要找的當然是好人，他不需要任意胡為的惡人。特別不需要那種今天一套明天又一套的任意胡為的人。你明白嗎，亞歷山德拉・伊萬諾夫娜？公爵，她們說我是怪物，其實我是會認清好壞人的。因為主要的是心眼兒，其餘的全很無聊。當然也需要動腦筋……也許腦筋是最主要的。阿格拉婭，你不要笑，我並不自相矛盾。有心而無腦的傻子和有腦無心的傻子一樣不幸。這是古老的真理。我就是有心無腦的傻子，你就是有腦無心的傻子。我們倆都是很不幸，都受痛苦。」

「您為什麼那樣不幸呢，maman？」阿杰萊達忍不住問道，在座的人中，大概只有她一個人沒有喪失快樂的心情。

「第一，是為了有幾個學識淵博的女兒，」將軍夫人厲聲說，「只是這一樣就足夠了，其餘的事情可不必多講。我已經費了很多的唇舌。我們來看吧，你們兩個人（阿格拉婭我不算在內）將來會怎樣約束你們的煩惱和多嘴多舌的毛病？最可尊敬的亞歷山德拉．伊萬諾夫娜，你將來和你的尊貴的先生會不會有幸福？……啊！……」她看見加尼亞走進來，便喊道，「又一個婚姻聯盟進來了！您好呀！」加尼亞鞠躬，她這樣回答著，但並不請他坐下，「您快要結婚了嗎？」

「結婚？……怎麼？……什麼結婚？……」加夫里拉．阿爾達利翁諾維奇被弄得目瞪口呆，喃喃地說著，感到很不好意思。

「您是不是要娶老婆啦？如果您偏愛聽這種說法，那我就這樣問。」

「不，不……我……不……」加夫里拉．阿爾達利翁諾維奇撒著謊，滿臉臊得通紅。他向坐在一旁的阿格拉婭溜了一眼，很快又把眼光移開了。阿格拉婭用冷淡的、凝聚的、安靜的眼光，死死地盯著他，觀察他那一副窘態。

「不？您說不嗎？」伊麗莎白．普羅科菲耶夫娜毫不留情地追問道，「得了吧，我一定會記得，您在今天，在星期三的早晨，曾經用『不』字回答我的問題。今天星期幾？是不是星期三？」

「大概是星期三，**maman**。」阿杰萊達回答說。

「她們永遠不知道日子，今天是幾號？」

「二十七號。」加尼亞回答說。

「二十七號嗎？從某種原因來說，這是很好的。再見吧，您的公事大概很忙，我也要換衣服出門了。把您的照片拿去吧，替我給不幸的尼娜．亞歷山德羅夫娜請安。再見，親愛的公爵！您常來玩啊。我要特地到別洛孔斯卡婭老太婆那裡去談您的事情。親愛的，我跟您說：我相信是上帝為了我把您從瑞士引到彼得堡來的。也許您還有別的事情，但主要是為了我。上帝是這樣安排的。再見吧，親愛的女兒們。亞歷山德拉，我的寶貝姑娘，你到我屋裡來一趟。」

將軍夫人走出去了。加尼亞帶著垂頭喪氣、倉皇失措的樣子，惡狠狠地從桌上拿起照片，歪嘴微笑著，對公爵說：「公爵，我現在就要回家。如果您不改變到我家去住的原意，我可以領您去，否則，您不知道在什麼地方。」

「您等一等，公爵。」阿格拉婭說，她忽然從安樂椅上站起來。「您還要在紀念冊上給我寫幾個字。爸爸說您是書法家。我就去給您取來。」

她也出去了。

「再見吧，公爵，我也要出去。」阿杰萊達說。她緊緊地握住公爵的手，向他客氣地、和藹地笑了一下，便出去了。她沒有看加尼亞一眼。

「這全是您幹的好事！」大家剛走出去，加尼亞便撲到公爵身旁，咬牙切齒地說，「我要結婚的事，是您對她們說出來的！」他快速地喃喃地低聲說，臉上帶著瘋狂的樣子，眼睛閃著惡狼的光輝，「您是一個無恥的搬弄口舌的人！」

「我告訴您說，您弄錯了，」公爵很鎮靜地、很有禮貌地回答說，「我並不知道您要結婚。」

「您剛才聽見伊萬・費道洛維奇說，今天晚上要在納斯塔霞・菲利波夫娜家裡決定一切事情，您把這話傳給她們了！您說謊！她們還會從哪裡知道呢？見鬼，除了您以外，有誰會告訴她們呢？難道老太婆沒給我暗示嗎？」

「假使您認為她們給您暗示，那麼，您就會更清楚究竟是誰告訴她們的了。關於這件事情，我連一句話也沒有說過。」

「信轉交了沒有？……回音呢？」加尼亞用非常不耐煩的態度打斷公爵的話。但是，在這時候，阿格拉婭回來了，公爵沒有來得及回答什麼。

「公爵，」阿格拉婭說，把自己的紀念冊放在小桌上面，「請您挑選一頁，給我寫幾個字吧。筆在這裡，還是一支新的呢。鋼筆可以嗎？我聽說，書法家不用鋼筆寫字。」

她和公爵談話時，似乎沒有注意到加尼亞在那裡。但是，當公爵整理筆桿，尋找空頁，準備下筆的時候，加尼亞走到阿格拉婭站立的壁爐旁邊（在公爵右邊），用顫抖的、斷續的聲音，附在她的耳朵上說：「一句話，只要您說一句話——我就得救了。」

公爵猛地轉過身子，向他們倆看了一眼。加尼亞的臉上露出真正絕望的樣子。他似乎不假思索，匆匆地說出這兩句話。阿格拉婭看了他幾秒鐘，顯出極鎮靜的驚異神情，完全像剛才看公爵時一樣。她這種鎮靜的驚異神情，似乎由於完全不瞭解人家對她所說的話而引起的疑慮樣子，在這時候，加尼亞覺得比最厲害的輕蔑還要可怕。

「叫我寫什麼呢？」公爵問。

「我現在就口述給您，」阿格拉婭向他轉過身子說，「預備好了沒有？寫吧：『我不願參加做買賣。』然後寫上幾月幾號吧。拿給我看。」

公爵把紀念冊遞給她。

「妙極了！您寫得太好了。您的筆跡真是美透了！謝謝您。再見吧，公爵……等一等，」她補充說，似乎忽然想起了什麼事情，「跟我來，我想送給您一點東西，作為紀念。」

公爵跟著她走出去。但是，剛進飯廳，阿格拉婭就站住了。

「您讀一讀吧！」阿格拉婭把加尼亞的信遞給他說。

公爵接過信，很驚疑地看了阿格拉婭一下。

「我知道您沒有讀，那個人絕不會把您當作心腹。您讀吧，我想叫您讀一下。」

這封信顯然是急就的：

今天決定我的命運，您知道會怎樣決定。今天我必須逕直地說出我的話。我沒有任何權利取得您的同情，我不敢有任何的奢望。但是，您從前說過一句話，只是一句話，這句話照亮了我這像黑夜一般的全部生命，成為我的一座燈塔。請您現在再說一句這樣的話，那您就可以拯救我，使我免得滅亡！您只要對我說：斷絕一切！那我今天就斷絕一切。您說這句話費什麼勁啊！我只會在這句話裡尋找您對我的同情和憐憫的表徵——如此而已，只是如此，沒有別的，沒有別的什麼！我不敢抱著什麼奢望，因為我不配妄想。但是，我得到您的話以後，我就又會安分守己，高高興興地忍受我的絕望情況。我要迎接鬥爭，我將喜歡這個鬥爭，我將要以新的力量在鬥爭中更生！

您給我一句同情的話吧。（我發誓說，只要同情！）請您不要因為一個絕望的人，一個即將溺死的人膽敢做最後的掙扎，想把自己從滅亡中拯救出來，而對他惱恨吧。

加尼亞

「這個人為了使我相信，」公爵讀完以後，阿格拉婭厲聲說，「『斷絕一切』這句話不會玷污我的名譽，不致使我受到任何約束，所以就給我這一封信，作為書面保證。您瞧，他是如何幼稚地忙著在幾個字下邊加上黑點，如何粗魯地透露出他的隱祕心情。然而他知道，如果他斷絕了一切，而且是自己一個人斷絕的，不等待我的話，甚至不向我說這件事情，對於我不抱著任何奢望，那麼，我也可能改變我對他的感情，也許會成為他的朋友。他一定知道這一層！但是，他的心靈是齷齪的，他明明知道，卻還猶疑不決；他明明知道，卻還要求保證。他不能夠辨君子事。他要我給他一個能把我弄到手裡的希望，來彌補那十萬盧布。至於他在信裡說，似乎我以前說過一句話，照耀了他的生命，這簡直是胡造謠言。我只是憐惜過他一次。但是，他這個人既無禮，又無恥：當時他立刻生了壞念頭，以為可以弄到我。我馬上看出了這一點。從那時候起，他就開始捉摸我，直到現在還追求我。但是，不必多說了。請您把這封信拿去，送還給他，在您離開我家以後，馬上就還給他。當然，不要在離開我家以前給他。」

「我怎麼回答他呢？」

「您當然用不著回答，給他信就是最好的回答了。可是，您打算住在他的家裡嗎？」

「伊萬·費道洛維奇剛才自己給我介紹的。」公爵說。

「我預先警告您，您可要留心他。您現在把這封信退還給他，他是不會饒恕您的。」

阿格拉婭輕輕握了一下公爵的手，就走出去了。她的臉很嚴肅，緊皺著眉頭。在和公爵點頭告別的時候，連一點笑容也沒有。

「我立刻就來，我只是去取那個包袱，」公爵對加尼亞說，「然後我們就走。」

加尼亞跺著腳，表示不耐煩。他的臉由於狂怒，甚至發黑了。兩個人終於走到街上，公爵手裡拿著包袱。

「回信呢？回信呢？」加尼亞向他撲去說，「她對您說什麼來的？信轉交給她沒有？」

公爵默默地將那封信遞給他，加尼亞愣住了。

「怎麼？我的信？」他喊道，「您竟沒有交給她！啊，我應該料到這一點！哼，真可惡……怪不得她剛才顯出什麼也不知道的樣子！您怎麼會，怎麼會不交給她，唉，真可惡……」

「對不起，事情恰好相反，您的信剛交給我，我馬上就轉交給她了，而且是按照您要求的方式交出去的。它所以又到我手裡，是因為阿格拉婭・伊萬諾夫娜剛才把它退給我了。」

「什麼時候？什麼時候？」

「當我剛在她的紀念冊上寫完字，她請我出去說話的時候（您聽見沒有？），我們走進飯廳，她把信遞給我，讓我念一下，又讓我退給您。」

「讓您念！」加尼亞幾乎破開嗓子喊，「讓您念！您念了嗎？」

他又站在行人道中發愣了，吃驚得連嘴都閉不上。

「是的，我剛念過了。」

「是她自己，她自己交給您念的嗎？是她自己嗎？」

「是她自己，您要相信我，她不請我念，我是絕不會念的。」

加尼亞沉默了一分鐘，很痛苦地拚命思索著什麼。然後忽然喊道：「不會的！她不會叫您念！您扯謊！是您自己念的！」

「我說的是實話，」公爵仍然用剛才那種沉著的音調回答，「我跟您說：這件事既然使您得到不愉快的印象，我覺得十分可惜。」

「但是，倒楣蛋，當時她至少總會對您說些什麼話吧？她回答什麼話了嗎？」

「那自然啦。」

「那您倒說呀，倒說呀，真見鬼！……」

加尼亞兩次在便道上跺著那穿著套鞋的右腳。

「我剛念完，她就對我說，您正在追求她。她說，您打算敗壞她的名聲，只是為了從她那裡得到結婚的希望，然後依靠這種希望，毫無損失地拋棄另一個可以得到十萬盧布的希望。她又說，如果您不先和她討價還價，不向她預先提出保證，自己就斷絕一切關係，她也許會成為您的朋友。好像就是這些。對，還有一點。我接過信以後，曾經問她有什麼回信沒有？她當時說，沒有回答就是最好的回答了——好像就是如此。如果我忘了她的原話，請原諒我。我只是把我所瞭解的大意轉告給您。」

加尼亞一肚子怒火，像發瘋一般，不可抑制地發洩出來：「啊！原來如此！」他咬牙切齒地說，「竟把我的信往窗戶外邊扔！哼！她不願意做這份買賣，我偏要做！咱們走著瞧吧！我還有許多把戲呢……咱們走著瞧吧！……我一定要制伏她！……」

他的臉斜歪了，變得慘白，嘴裡噴著唾沫，舉起拳頭威嚇著。他們這樣走了幾步。他認為公爵是一個無關緊要的人，所以對公爵一點也不客氣，好像他單獨在自己屋內橫行一樣。但是，他忽然想到什麼，清醒過來了。「您怎麼就會，」他忽然對公爵說，「您（白癡！——他自言自語地補充說），您和她初次相見，只認識兩個鐘頭，怎麼就會得到她的信任？這是怎麼回事？」

在一切苦痛之外，還要添上一種嫉妒的情感。妒火忽然又攻他的心。

「這一層請恕我不能向您解釋。」公爵回答說。

加尼亞惡狠狠地看了他一眼：「她是不是把您叫到飯廳裡去，把她的信任送給了您？她不是想要送給您什麼東西？」

「我也就是這樣瞭解的。」

「這究竟是為了什麼呢？真見鬼！您在那裡到底做了些什麼？您用什麼手段博得她們的歡心？我跟您說，」他用非常激動的聲調說（在這時候，他身上的一切都似乎零散了，亂七八糟地沸騰著，使他的思想無法集中），「我跟您說，您能不能好好想一下，挨著次序想一下，你們在那裡說了些什麼，把所有的話從頭到尾想出來，您記得自己注意到什麼沒有？」

「我很能夠想出來，」公爵回答說，「當我走進去，相識了以後，我們首先就講到瑞士。」

「滾他娘的瑞士！」

「後來又談死刑……」

「死刑嗎？」

「是的，為了一個原因……以後，我對她們講我在國外居住四年的情形，還講一段我和一個貧苦鄉下姑娘的故事……」

「滾他娘的貧苦鄉下姑娘吧！再往下說！」加尼亞不耐煩地吼叫著。

「以後，我講什奈德爾怎樣對我說出關於我的性格的意見，他迫使我……」

「管他是什麼什奈德爾，管他有什麼意見！再往下說吧！」

「以後，為了某種原因，我開始講人的面相，也就是講到面部表情，我說阿格拉婭・伊萬諾夫娜和納斯塔霞・菲利波夫娜差不多一樣美麗。就在這時候，我才提到了那張照片……」

「但是，您並沒有把今天早晨在書房裡聽到的那些話都說給她們吧？不是嗎？您沒有說吧？是不是？是不是？」

「我再向您重複一遍，我並沒有說。」

「那麼，是哪裡來的風呢，活見鬼……真怪！阿格拉婭沒有把信給老太婆看嗎？」

「這一層我可以對您充分保證，她並沒有給老太婆看。我一直在那裡，她也沒有時間去做。」

「也許您沒有注意到……哼！可惡的白癡！」他已完全控制不住自己了，怒喊起來，「連講句話都不會！」

加尼亞正和某些人一樣，由於開口罵人時沒有遇到回敬，漸漸就大加放肆起來。再等一會兒，他也許就會吐人家的臉了，他已經狂怒到了極點。他正是由於狂怒而瞎了眼；要不然，他早就該注意到他所鄙視的那個「白癡」，有時候會非常迅速和精細地瞭解一切，令人十分滿意地傳達一切。但是，忽然發生了一件出人意料的情況。

「我必須告訴您，加夫里拉．阿爾達利翁諾維奇，」公爵忽然說，「我以前的確不很健康，的確和白癡差不多。但是，現在我早就恢復了健康，所以人家當面稱我為白癡的時候，我感到有點不愉快。雖然由於您不走運，我可以原諒您，但是您在煩惱中竟罵了我兩次。我很不喜歡這一套，特別是您和我初次相識，突然就來這一套，我更接受不了。現在我們正站在十字路口，我們倆還是分手的好：您朝右面走，回家去，我朝左面走。我手裡有二十五盧布，我一定可以找到寄宿的旅館。」

加尼亞十分不好意思，臊得滿臉通紅。

「對不住，公爵，」他很熱烈地喊道，忽然將辱罵的口氣變為異常客氣的態度，「看在上帝的分上，饒恕了我吧！您瞧，我是多麼倒楣！您幾乎還不知道什麼，如果您知道全部情況的話，您一定會原諒我幾分的。固然，我是無可寬恕的……」

「我也不需要您這樣長篇大論地道歉，」公爵連忙回答說，「我也知道您心裡很不痛快，所以您罵起人來。唔，我們就到尊府上去吧。我很樂意……」

「不，我現在不能就這樣放過他，」加尼亞自己尋思著，一路上時時惡狠狠地望著公爵，「這個騙子從我身上探明了一切，以後忽然摘去假面具……這中間含有一點意思。我們走著瞧吧！一切都會得到解決的，一切，一切！今天就會得到解決！」

他們已經站在家門前了。

第八章

加尼亞的寓所在三樓，從一條極清潔、明亮，而且寬闊的樓梯走上去。這寓所有大小六七間屋子，雖然都是極普通的屋子，但是，帶家眷的官員，即使每年領取兩千盧布的薪俸，無論如何也是住不起的。這寓所本來準備分租給要求管伙食並提供僕役的房客居住的，加尼亞和他的家屬租下來還不到兩個月。當初租這寓所的時候，加尼亞很不樂意，但尼娜·亞歷山德羅夫娜和瓦爾瓦拉·阿爾達利翁諾夫娜希望能夠分租出去，這樣可以為家庭增加一些收入，所以極力主張和要求這樣做。加尼亞緊皺著眉頭，認為分租房間是敗壞名譽的行為。這樣做之後，他在社會上似乎感到很羞愧，因為他已經習慣以前途遠大的英俊青年的資格，列身在社會中間了。所有這些對命運的讓步，所有這種惱人的拘束，都是他精神上的深刻的傷痕。從前一些時候起，他對各種瑣碎的事情都感到非常煩惱，他之所以暫時還讓步和忍耐，只是因為他已經決定在不久的將來就要改變和改造這一切。但是這種改變，他所選擇的這條出路，本身就包含著不小的難題——這種難題的解決要比過去的一切事情更加麻煩和痛苦。

寓所中間有一條從門房那裡開始的走廊分隔著。在走廊的一邊，有三個房間準備出租給「具有特別介紹」的房客。在走廊的這一邊，在它的盡頭，也就是廚房的旁邊，另外還有一間小屋，比其餘的房間都狹窄，退伍將軍伊伏爾金，一家之主，就住在裡面。他睡在寬闊的沙發上面，出入寓所必須穿過廚房，走後面的樓梯。加夫里拉·阿爾達利翁諾維奇的十三歲的弟弟，中學生科利亞，也住在這間小屋裡。家裡叫他擠在這裡，在裡面用功，睡在另一隻極陳舊的、又窄又短的小沙發上，沙發上鋪著滿是破洞的被單，他的主要任務是侍候和監督父親，這一點越來越必要了。撥給公爵的是三間房屋中間的那一間，右面一間住著費爾德先科，左邊一間還空著。但是，加尼亞首先領公爵到家屬住的那一邊房間裡去。家屬住的那一邊包括一間大廳（它在必要時可以變為飯廳），一間客廳（它只是在早晨成為客廳，一到晚上就成為加尼亞的書房和臥室），最後還有一間很窄的屋子，永遠關閉著，這是尼娜．亞歷山德羅夫娜和瓦爾瓦拉．阿爾達利翁諾夫娜的臥室。總而言之，這寓所裡的一切是擁擠而緊湊的。加尼亞只好私下裡咬咬牙，不說什麼。他雖然很尊敬母親，而且願意尊敬她，但一眼就可以看出她是家庭中極嚴厲的暴君。

尼娜．亞歷山德羅夫娜不是一個人在客廳裡，瓦爾瓦拉．阿爾達利翁諾夫娜和她同坐在一起。她們倆在那裡編織著什麼東西，和客人伊萬．彼得洛維奇．普季岑談話。尼娜．亞歷山德羅夫娜有五十來歲，一張瘦瘦的、凹陷下去的臉，眼睛下面有很濃的黑暈。她帶著病態的、有點憂鬱的樣子，臉部和眼神卻十分有趣。從最初的一些話中就露出嚴肅的、充滿真正威嚴的性格。她雖然帶著憂鬱的樣子，但是令人感到她很堅決，甚至有果斷力。她穿得異常樸素，穿著深色的、完全老太婆式的衣服，但是她的舉止、談話，一切姿態，都表現出她是一個見過優良社會的女人。

瓦爾瓦拉．阿爾達利翁諾夫娜是個二十三歲的女郎，中等身材，很瘦，她的面孔雖然不算很美，卻含有不美而能討人喜歡、非常吸引人的祕密。她長得很像母親，由於完全不願意打扮，穿的衣服也和母親差不多一樣。她的灰色眼睛雖然有時露出十分快樂和溫柔的光輝，但是經常顯得嚴肅而且沉鬱，有時甚至顯得過份嚴厲，尤其是在最近時期，她的臉上也表現出堅決果斷的神情，讓人覺得她的堅決性比起母親還要有力，還要強烈些。瓦爾瓦拉．阿爾達利翁諾夫娜的脾氣很大，她的兄弟有時都怕她這種火性。現在坐在他們家裡的客人——伊萬·彼得洛維奇·普季岑，也很怕她。這個人還很年輕，不到三十歲，衣著樸素，但很雅致，姿態優美，但帶有過於老成的樣子。他蓄著一簇深棕色的小鬍子，表明他不是一個當差的人。他善於講聰明而有趣的話，但是經常默不作聲。從整體來看，他給人一個很愉快的印象。他對瓦爾瓦拉·阿爾達利翁諾夫娜顯然並不冷淡，也不隱藏他的情感。瓦爾瓦拉·阿爾達利翁諾夫娜對他很和藹，但是對他的一些問題卻遲遲不作答，甚至討厭這些問題。不過，普季岑絲毫沒有喪失勇氣。尼娜·亞歷山德羅夫娜對他很和藹，近來甚至非常信任他。大家都知道，他專門放高利貸，索取多少可靠的抵押品。他和加尼亞是極要好的朋友。

加尼亞冷冷地向母親問安，對妹妹完全沒有打招呼。他詳細地，但是斷斷續續地將公爵介紹一番之後，立刻就把普季岑引到屋外去了。尼娜·亞歷山德羅夫娜很溫柔地對公爵說了幾句話，然後就吩咐在門外窺探的科利亞領公爵到中間的那間屋子裡去。科利亞這個男孩子，生著一副愉快的十分可愛的臉，帶有大膽的、純真的神氣。

「您的行李在哪裡呢？」他領公爵進屋的時候說著。

「我有一個包袱，我把它放在前室裡了。」

「我立刻給您取來。我們家裡的僕役只有廚娘和瑪德鄰娜兩人，所以我也幫著幹活。瓦里婭[1]是總管，好生氣。加尼亞說，您今天剛從瑞士回來，是嗎？」

「是的。」

「瑞士好嗎？」

1 瓦里婭：瓦爾瓦拉·阿爾達利翁諾夫娜的小名。

「很好。」

「有山嗎？」

「有。」

「我立刻把您的包袱取來。」

瓦爾瓦拉．阿爾達利翁諾夫娜走了進來。

「瑪德鄰娜立刻就來給您鋪床，您有箱子嗎？」

「沒有，只是一個包袱。放在前室裡，令弟幫我取去了。」

「那裡除了這個小包以外，沒有什麼包袱。您放在哪裡了？」科利亞回到屋裡來問。

「只有這個，沒有別的包袱了。」公爵一邊說，一邊收下包袱。

「啊！我還想，莫非被費爾德先科偷去了。」

「不許胡說八道。」瓦里婭厲聲說。她和公爵說話時也是冷冷地，只是稍微客氣一點。

「Chére Babette（法文：親愛的巴比特），對待我可以溫柔一些，我不是普季岑哪。」

「科利亞，你太愚笨啦，真該好好揍你一頓。公爵，您需要什麼，可以找瑪德鄰娜。中飯在四點半鐘開。您可以同我們一塊兒吃，也可以在自己屋裡吃，隨您的便。走吧，科利亞，不要打擾他。」

「走吧，你這堅決的小姐！」

他們走出去的時候，撞見了加尼亞。

「父親在家嗎？」加尼亞問科利亞，科利亞做出肯定的回答後，加尼亞就對他附耳說了幾句話。

科利亞點頭，隨著瓦爾瓦拉．阿爾達利翁諾夫娜走出去了。

「我有兩句話跟您說，公爵。我由於這些……事情，竟忘記對您說了。我有一個請求，要費您的心——如果您並不覺得十分為難的話——請您不要在這裡講出我剛才和阿格拉婭之間所發生的一切情形，也不要在那裡講您在我家所見到的一切情形，因為這裡也有許多亂七八糟的事情。不過，管它呢……至少您今天要約束一下自己。」

「您要相信我，我說話要比您所想的少得多。」公爵說，他對於加尼亞的責難顯得有些惱怒。他們之間的關係顯然越來越惡劣了。

「今天由於您，我已經夠受的了。一句話，我懇求您。」

「您還要注意這樣一點，加夫里拉·阿爾達利翁諾維奇，我剛才有過什麼約束？為什麼我不能夠提起照片的事？您並沒有請求我，不讓我說呀。」

「哎呀，真是一間極壞的屋子，」加尼亞說，很輕蔑地向四圍望了一遍，「這樣黑，窗戶還朝著院子裡開著。從各方面看，您到我們這裡來未免不是時候……但這不是我的事情，不是我出租房間哪。」

普季岑探頭看了一下，呼喚加尼亞。加尼亞連忙離開公爵，走了出去。他雖然還想說什麼話，但是顯然很猶豫，好像羞於出口似的。他說房子不好的時候，也似乎帶著不好意思的樣子。

公爵剛洗了臉，把渾身上下整理了一番，門又開了，露出一張新的面龐。

這位先生有三十來歲，身材不小，肩膀寬闊，頭顱巨大，生滿栗色的鬈髮。他的臉上肉多而紅潤，嘴唇很厚，鼻子又寬又扁，眼睛很小，鼓鼓的，帶著嘲笑的神情，似乎在不斷地閃著。從整個講來，這一切都帶有十分傲慢的樣子。他的衣服有點骯髒。

他起初只把門開到可以探進頭來的程度。等探進頭以後，向屋子內部環視了五秒鐘。接著，門慢慢開了，整個身子在門檻上露出來。但是，客人還沒有進來，他仍然在門檻上瞇著眼睛，仔細打量公爵。最後，他合上門，走上前來，坐到椅子上，緊緊地拉住公爵的手，讓公爵坐在斜對著自己的沙發上。

「費爾德先科。」他帶著疑問的眼光死死地盯著公爵的臉說。
「怎麼樣呢？」公爵回答，幾乎失笑了。
「一個房客。」費爾德先科又說，仍舊端詳公爵。
「您是想交朋友嗎？」
「唉，唉！」客人說，他把頭髮揉得直豎起來，又歎了一口氣，開始向對面的角落裡張望。「您有錢嗎？」他忽然問公爵。
「不多。」
「究竟有多少？」
「二十五盧布。」
「給我看看。」
公爵從背心口袋掏出一張二十五盧布的鈔票，遞給費爾德先科。費爾德先科把鈔票打開，看了一眼，然後又翻過去，對著光亮看。
「真奇怪，」他似乎沉思著說，「為什麼是栗色的？這種二十五盧布的鈔票有些顏色很深，有些又非常淺。您拿去吧。」
公爵把鈔票收回後，費爾德先科從椅子上站起來。
「我來警告您：第一，您不要借給我錢，因為我一定會來借錢的。」
「好吧。」
「您在這裡打算付錢嗎？」
「打算。」

「我可是不打算。謝謝。我住在您右邊第一個門，您注意到沒有？您不必時常光臨舍下。我到您這裡來，您不必擔心，您見過將軍沒有？」

「沒有。」

「也沒聽說過嗎？」

「自然沒有。」

「您會看見他和聽人家說到他的。況且，他還向我借錢！Avis au lecteur（法文：預先警告）。再見吧。一個人帶著費爾德先科的姓還能生活下去嗎？呵呵！」

「為什麼不能呢？」

「再見吧。」

他向門口走去了。公爵後來才知道，這位先生似乎自願負起一個責任，要以古怪和逗趣的行動使大家吃驚，但是他從來沒有做到這一點。有些人對他的印象很不好，這使他實在傷心，但是他仍然沒有放棄這種責任。他到了門口，正和一位往裡走的先生相撞，他好像又回到原來的地位。他讓公爵所不認識的新客人走進屋子，在客人身後做了幾次警告性的眉眼，然後帶著很自信的樣子走了。

新客人身材高大，年紀有五十五歲，或者還要多些，身體十分笨重，生著一張血紅的、多肉的、鬆弛的臉，臉上一圈濃密的灰色鬍鬚，上下嘴唇也有短髭，眼睛巨大，瞪得溜圓。他的身上如果沒有一些衰弱的、破爛的，甚至齷齪的樣子，一定很神氣。他穿著一件舊外褂，胳臂肘全是破洞，內衣也染滿油漬——完全是家裡蹲的樣子。靠近他的時候，可以聞到他身上的燒酒味。但是，他的舉止卻是有聲有色，十分練達的，他顯然願意表現出自己的威嚴。這位先生不慌不忙地，含著歡迎的微笑，他默默地拉住公爵的手，握在手裡不放，對公爵的臉打量很長時間，似乎在辨認自己熟悉的面孔。

「是他呀！是他呀！」他輕聲地，但是很莊嚴地說，「真像他活了一般！我聽見人家反覆說著一個熟悉的和親愛的名字，便想起了無可挽回的過去……您是梅什金公爵嗎？」

「正是。」

「伊伏爾金，一個退職的、不幸的將軍。請問您的大名和父名？」

「列夫．尼古拉耶維奇。」

「是的，是的！這是我的朋友，也可以說是總角之交尼古拉．彼得洛維奇的兒子嗎？」

「先父的名字是尼古拉．里伏維奇。」

「里伏維奇。」將軍更正了一下，但是他還是不慌不忙，帶著十分自信的樣子，他似乎並沒有忘卻，只是偶然說錯罷了。他坐下去，還是拉住公爵的手，讓他坐在自己的身旁。「我抱過您哪。」

「真的嗎？」公爵問，「先父已經故去二十年了。」

「是的，二十年了，二十年零三個月。我們一塊兒求學來的，後來我進入了軍界……」

「先父也是軍人，在瓦西里闊夫斯基團當過少尉。」

「在別洛米爾斯基團裡，他是在臨死之前不久調到別洛米爾斯基團裡去的。他死的時候我在那裡，祝福他永久地安息。令堂大人……」

將軍似乎由於苦痛的回憶而不出聲了。

「她過了半年，也由於著涼而去世了。」公爵說。

「不是由於著涼，不是由於著涼。請相信我這老頭子的話吧，當時我也在場，而且給她下了葬。她不是由於著涼而死的，而是由於丈夫去世悲痛死的。是的，我至今還記著公爵夫人！青春時代呀！我和公爵本是總角之交，為了她幾乎成為互相殺砍的兇手。」

公爵聽著，開始有些不信任的樣子。

「我迷戀上了您的母親，當時她還沒結婚，是我的好友的未婚妻。公爵發覺以後，受到極大的打擊。在一天早晨七點鐘的時候，他跑來喚醒我。我很驚訝地穿上衣服。雙方都沉默著。我明白了一切。他從口袋裡掏出兩支手槍，中間隔著一塊手絹。沒有證人。在五分鐘以後，我們就要互相送終，何必用證人呢？我們裝好子彈，鋪好手絹，站在那裡，用手槍互相對準對方的心坎，互相望著對方的臉。忽然，我們倆的眼淚像泉水似的湧出來，手也哆嗦了。兩個人，兩個人同時這樣！當然，我們就互相擁抱，互相寬容了。公爵喊：她是你的！我也喊：她是你的！一句話……一句話……您是到我家來住……來住的嗎？」

「是的，也許住一些時候。」公爵說，似乎有點口吃。

「公爵，我媽請您去一趟。」科利亞從門外伸進頭來，喊道。公爵站起來想走，但是，將軍把右手放在他的肩頭，用和善的態度使他又坐到沙發上去。

「我以令尊知己的資格，先警告您一聲，」將軍說，「您自己看得見，我為了悲劇性的災難，受極大的痛苦。但是沒有經過審判，沒有經過審判！尼娜·亞歷山德羅夫娜是一個少有的女人；瓦爾瓦拉·阿爾達利翁諾夫娜，我的女兒，是一個少有的姑娘！我們因為條件不好而出租寓所——這真是從來沒有聽到的墮落！……我原來是可以做到總督的人！……但是，我們永遠歡迎您。不過，我家裡還是發生一齣悲劇！」

公爵帶著疑問的神情和極大的好奇心望著他。

「現在正籌備一件婚事，一件稀有的婚事。女方是個暗娼，男方是個可以做侍從官的青年。他們要把這個女人領進我家來，而我家還有我的女兒和我的妻子呢！只要我有一口氣在，她就休想進來！我要躺在門檻上，讓她跨過我的身體！……我現在差不多不和加尼亞說話，甚至避免和他見面。我特地警告您。您既然住在我們家裡，您總會看得見的。但是，您是我朋友的兒子，我有權利希望……」

「公爵，勞您駕，請您到我的客廳裡來一趟。」尼娜．亞歷山德羅夫娜親自到門口來招呼公爵。

「你想想看，親愛的，」將軍喊，「原來公爵小的時候，我還抱過他呢！」

尼娜．亞歷山德羅夫娜帶著責備的神情向將軍看了一眼，又用試探的眼光看著公爵，但是連一句話也沒有說。公爵跟著她走了。但是，他們剛剛走進客廳，坐下，尼娜．亞歷山德羅夫娜匆忙地剛要開始低聲向公爵講話的時候，將軍忽然自動地進了客廳。尼娜．亞歷山德羅夫娜立刻不作聲了，她顯然帶著懊惱的樣子，俯身從事編織。將軍也許看出夫人的懊惱，但是他仍然興高采烈，精神百倍。

「我的朋友的兒子！」他朝尼娜．亞歷山德羅夫娜喊道，「真是不期而遇！我早就不想這樁事了。但是，親愛的，你難道不記得已故的尼古拉．里伏維奇了嗎？你在特維爾……不是遇見過他嗎？」

「我不記得尼古拉．里伏維奇了。他是令尊大人嗎？」她問公爵。

「是先父。不過，他好像不是在特維爾死的，而是在伊麗莎白格勒死的，」公爵很畏縮地對將軍說，「我是從帕夫利謝夫那裡聽到的……」

「是在特維爾，」將軍肯定地說，「他是在故去以前甚至是在發病以前，調到特維爾去的。您那時歲數太小，記不得調動和轉移的情況。帕夫利謝夫雖然是個極好的人，也是會記錯的。」

「您也認識帕夫利謝夫嗎？」

「他是一個極少見的人，不過，我是親眼看到令尊大人去世的。我曾經站在他的床前，祝福他永恆地休息……」

「先父是在候審的時候死去的，」公爵又說，「雖然我始終弄不清他犯了什麼罪，他是死在醫院裡的。」

「啊，這是關於列兵科爾帕科夫那個案件，毫無疑問，公爵是可以被判無罪的。」

「是嗎？您確實知道嗎？」公爵特別好奇地問道。

「當然了！」將軍喊道，「法庭沒有判決，就解散了。那是一樁難斷的公案！也可以說是一樁神祕的案件。連長拉里奧諾夫中尉病得很重，公爵奉派暫時代理他的職務。好！列兵科爾帕科夫偷竊同伴的制靴皮子，換酒喝了。很好。公爵當著軍曹和伍長的面（這點要注意）把科爾帕科夫責罵一頓，還說要打他。好好！科爾帕科夫走入營房，躺在鋪板上，過了一刻鐘就死了。好極了！但是，這是一樁意外的、很棘手的案件。不管怎樣，大家把科爾帕科夫埋葬了。公爵做了報告，然後就將科爾帕科夫的名字從名冊上勾了去。似乎沒有比這再好的了吧？但是，整整過了半年，在全旅檢閱的時候，列兵科爾帕科夫竟像沒事人似的，在同師同旅的諾沃澤姆梁斯基步兵團第二營第三連內出現了！」

「怎麼？」公爵驚訝得失聲喊叫起來。

「不是這樣，弄錯了！」尼娜．亞歷山德羅夫娜忽然對公爵說，幾乎帶著煩惱的樣子看著公爵，「Mon mari se trompe.（法文：我的丈夫弄錯了）」

「但是，親愛的，弄錯了，這是容易說的，可是，你自己解決一下這樣的公案吧！當時，大家全沒了辦法。我首先會說qu'on se trompe（法文：事情弄錯了）。但是，不幸得很，我是親眼看見，而且親自參加委員會的。所有對質的人都證明他就是那個列兵科爾帕科夫，完全是半年前用普通儀式，敲著軍鼓送葬的那個列兵。這實在是罕見的，幾乎不可能的事件，我同意這一層，不過……」

「爸爸，給您預備好飯了。」瓦爾瓦拉．阿爾達利翁諾夫娜走進屋來說。

「啊，這好極了，這妙極了！我餓得很……但是，這也可以說是心理的事件……」

「湯又要涼了。」瓦里婭不耐煩地說。

「就來，就來，」將軍一邊走出房間，一邊喃喃地說。「而且，無論怎樣調查也——」大家聽到他在走廊裡還這樣叨咕著。

「您如果在我們這裡住下來的話，對阿爾達里昂·亞歷山德拉洛維奇要多多原諒，」尼娜·亞歷山德羅夫娜對公爵說，「不過，他也不會怎樣打擾您，他是單獨一個人吃飯的。您要知道，每個人都有自己的缺點，自己的……特別的性格，有些人也許比我們平常所注目的那些人還要特別些。我有一件事情要求您：如果我的丈夫請您交付房租，您就對他說已經交給我了。當然，您就是付給阿爾達里昂·亞歷山德拉洛維奇，也會記在您的帳上，我只是為了怕弄錯了才請求您……這是什麼，瓦里婭？」

瓦里婭回到屋內，把納斯塔霞·菲利波夫娜的照片默默地遞給母親。尼娜·亞歷山德羅夫娜哆嗦了一下，起初似乎帶著懼怕的樣子，後來又帶著非常痛苦的感覺，對照片觀看了一會兒。最後，她含著疑問的神情望著瓦里婭。

「這是她今天親自送給他的，」瓦里婭說，「今天晚上一切都要解決了。」

「今天晚上！」尼娜·亞歷山德羅夫娜好像絕望似的，低聲重複說，「怎麼樣？這件事情已經沒有一點懸念，也沒有什麼希望了。這張照片表明了一切……這是他自己給你看的嗎？」她驚訝地補充了一句。

「您知道，我們幾乎整個月內沒有說過一句話。這些話都是普季岑對我說的，照片就扔在桌旁的地板上，我撿起來了。」

「公爵，」尼娜·亞歷山德羅夫娜忽然對他說，「我想問您（我就為了這件事才請您到這裡來），您是不是早就認識我的兒子？他說，好像您是今天才從什麼地方來到的，是嗎？」

公爵於是把自己的事情刪去了一大半，簡略地述說一番。尼娜．亞歷山德羅夫娜和瓦里婭傾聽著。

「我現在問您，不是想探聽加夫里拉．阿爾達利翁諾維奇的什麼事情，」尼娜．亞歷山德羅夫娜說，「對於這一點，您不要發生誤會。如果他有什麼事不肯直接對我說，我也不願意背地去打聽。我之所以這樣問，是因為剛才加尼亞在您面前，還有您走了以後，我問起您來的時候，他老是回答我說：『他全知道，不必和他客氣！』這是什麼意思？也就是說，我願意知道在什麼程度上……」

加尼亞和普季岑突然走了進來。尼娜．亞歷山德羅夫娜立刻不出聲了。公爵仍舊坐在她身旁的椅子上，而瓦里婭退到一旁去了。納斯塔霞．菲利波夫娜的照片放在極明顯的地方，就在尼娜．亞歷山德羅夫娜面前的工作桌上。加尼亞一看見這照片，就皺緊眉毛，很苦惱地把它從桌上拿起來，扔到擺在屋子另一端的他的書桌上去了。

「加尼亞，今天嗎？」尼娜．亞歷山德羅夫娜忽然問。

「什麼今天？」加尼亞吃了一驚，忽然攻擊起公爵來了，「啊，我明白啦，您又挑撥是非了！……您這到底算是什麼毛病啊？您不會忍一會兒嗎？我的大老爺，您要看明白……」

「這是我的錯，加尼亞，和別人不相干。」普季岑插嘴說。

加尼亞帶著疑問的神情看了他一眼。

「這樣倒好些啊，加尼亞。再說，事情也已經完結了。」普季岑喃喃地說，然後退到一旁，坐在桌邊，從衣袋裡掏出一張寫滿鉛筆字的小紙，開始仔細地觀看。加尼亞愁眉苦臉，很不安地站在那裡，等待家庭戰爭的爆發。他甚至沒有想到要向公爵道歉。

「如果一切都已經完結，那麼，伊萬．彼得洛維奇的話當然是對的，」尼娜．亞歷山德羅夫娜說，「加尼亞，請你不要皺眉，也不必生氣。你自己不願意說的事情，我絕不來問你。我告訴你說，我已經完全認命了。請你不必擔心吧。」

她說話的時候，並沒有停止手上的工作，似乎真是安靜的樣子。加尼亞感到驚訝，但很警惕地不發一言，眼睛盯著母親，等候她表示得更明白些。家庭間的口角已經使他受過很大的苦頭了。尼娜·亞歷山德羅夫娜看出他的警惕心情，便苦笑著補充說：「你還在那裡疑惑，不相信我。你放心吧，我絕不會像以前那樣抹著眼淚哀求你，至少我是如此。我的全部願望就是要使你得到幸福，你也知道這一點。我認命了。不過，無論我們今後是住在一起還是分居，我的心永遠不會離開你。當然，我只能替自己負責，你可不能對你妹妹也做同樣的要求……」

「唉，又是她！」加尼亞喊道，帶著譏諷和憤恨的樣子望著妹妹，「媽媽！我還要向您發以前的誓：只要我在這裡，只要我活在世上，永遠沒有人敢怠慢您。無論是什麼人，只要跨進咱家的門檻，我就一定要求她對您表示最大的尊敬……」

加尼亞很高興，他差不多用一種和解和摯愛的表情望著自己的母親。

「加尼亞，你要知道，我一點也不替自己擔心。這些日子我著急，我痛苦，都不是為了自己。聽說你們今天要決定一切啦？怎樣決定呢？」

「今天晚上，她答應在自己家裡宣佈是否同意。」加尼亞回答說。

「我們幾乎有三個禮拜避免談論這件事情，這樣做比較好。現在，當做最後決定的時候，我只想問一件事情：你既然並不愛她，她怎麼會接受你，甚至把照片送給你呢？難道你能把這樣一個……這樣一個……」

「這樣一個富有經驗的女人，是不是？」

「我並不想那麼說，難道你會這樣高明地瞞住她嗎？」

在這個問題裡，她忽然出現一種異常惱怒的調子。加尼亞站在那裡，尋思了一會兒。他帶著很明顯的譏笑神情，說：「媽媽，您又感情衝動，不能控制自己了。我們總是這樣開始，越鬧越厲害。您不是說了嗎？您絕不會再盤問我，絕不再責備我，但是現在又開始了！我們最好不必再談啦，真的，我們不必再談啦。至少說，您是想要……在任何情況下，我也永遠不離開您。如果換一個人，至少是從這樣一個妹妹身邊跑開的——您瞧，她現在是怎樣看著我呀！我們的話就到此為止吧！我已經覺得十分高興……您怎麼會知道我欺騙納斯塔霞．菲利波夫娜呢？至於瓦里婭，那就隨她的便吧。夠了。現在完全夠了！」

加尼亞越說越興奮，無目的地在屋內踱起步來。這樣的談話立刻觸到每個家庭成員的傷痕。

「我說過，假使她進咱家，我就離開這裡，我說得出做得到！」瓦里婭說。

「由於固執的脾氣！」加尼亞喊道，「你不肯出嫁，也是由於固執的脾氣！你為什麼對我哼鼻子？瓦爾瓦拉．阿爾達利翁諾夫娜，我才不管你這一套呢。隨你的便——哪怕現在就履行你的願望都可以。你真使我討厭極了。怎麼？公爵，您現在決定離開我們嗎？」他在看見公爵從座位上站起來的時候，對公爵喊道。

從加尼亞的語調裡已經表現出一種很深程度的惱怒，一個人到了這個地步，幾乎會為惱怒而沾沾自喜，會不可抑制地沉溺在惱怒中，不管結果如何，心裡越來越感到痛快。公爵在門前轉過身來，想頂撞加尼亞幾句，但是，他看到侮辱他的人滿臉病態，如果再加一點火，加尼亞就更受不了，於是，他便轉過身，默默地走出去了。過了幾分鐘，他從客廳裡傳出來的回聲聽出，在他走以後，談話變得更加喧鬧和公開了。

他穿過大廳，向前室走去，打算進入走廊，回到自己的屋子。當他走近通樓梯的正門時，他聽到，而且注意到有人在門外拚命拉鈴。但是，鈴大概壞了：它只是微微顫動一下，沒有發出聲音。公爵於是卸下門閂，把門打開了。他驚訝得往後倒退了一步，甚至全身都哆嗦起來了。原來納斯塔霞・菲利波夫娜就站在他的面前。他由於見過她的照片，馬上就認出來了。她一看到他，眼裡閃出惱恨的神情。她快步走進前室，用肩膀撞他，使他讓開路。她一邊脫下皮大衣，一邊憤恨地說：「你既然懶得修理門鈴，至少應該坐在前室裡接待客人。你現在把我的皮大衣弄掉了，真是笨蛋！」

皮大衣真的掉在地板上了。納斯塔霞・菲利波夫娜沒有等公爵替她脫，她自己就脫下來，倒背著臉，連瞧也不瞧，便向他手裡扔去，結果，公爵沒有來得及接住。

「真該把你開除，你快去通報吧！」

公爵想說句話，但是由於心慌意亂，什麼也沒說出來。他捧著從地板上撿起來的皮大衣，向客廳裡走去。

「哼，現在又捧著皮大衣走了！你把我的皮大衣拿走幹什麼？哈，哈，哈！你是瘋子嗎？」

公爵轉過身來，呆呆地望著她。她笑的時候，他也隨著笑，但還是說不出話來。當他給她開門的那一剎那，他的臉色是蒼白的，現在忽然滿面緋紅了。

「這真是個白癡，」納斯塔霞・菲利波夫娜怒喊著，朝他跺腳，「喂，你往哪裡去？你通報的時候，說什麼人來啦？」

「納斯塔霞・菲利波夫娜。」公爵喃喃地說。

「你怎麼認識我？」她迅速地問他，「我從來沒有見過你呀！你快去通報吧……裡面嚷叫什麼？」

「他們爭吵呢。」公爵回答說，然後就向客廳走去了。

他正在緊要關頭走了進去：尼娜・亞歷山德羅夫娜已經準備完全忘掉她那套「一切認命」的哲學

了。她是擁護瓦里婭的。普季岑已經拋棄那張寫滿鉛筆字的小紙，也站在瓦里婭的身旁。瓦里婭自己更不膽怯，她不是那種膽小的姑娘。但是，哥哥的話越來越粗魯，越來越無可忍耐了。在這種情形下，她照例不再張口，只是帶著譏笑的神情，默默地瞧著哥哥，眼睛連眨也不眨。她心裡知道，採取這種戰術，可以把哥哥逼到最後的境界。就在這時，公爵跨進屋內，宣佈道：

「納斯塔霞·菲利波夫娜來了！」

第九章

屋子裡馬上鴉雀無聲。大家望著公爵，好像沒聽懂，也不願意聽懂他的話。加尼亞嚇得目瞪口呆。

納斯塔霞·菲利波夫娜的光臨，尤其在這個時候，使大家都感到非常奇怪，感到是一件極麻煩的意外之事。單就納斯塔霞·菲利波夫娜第一次光臨這一點來看，就夠奇怪的了。在這之前，她態度十分傲慢，和加尼亞談話時，從來沒有表示想和他的家人見面的願望，最近簡直完全沒有提他們，好像世界上根本沒有他們存在似的。加尼亞由於避免了讓他感到非常麻煩的話題，也有幾分高興，但是，在他的心裡，對於她的傲慢態度仍然是不滿的。總之，他期待於她的至多是對自己家人的嘲笑和諷刺，絕不是專誠拜訪。他很清楚，她明瞭由於他的求婚，他家裡發生了怎樣的情形，他的家人對她又是如何看法。她現在來訪，在贈送照片之後，在她的生日，在她答應決定他的命運那天來訪，這本身就帶有決定的意義！

大家帶著懷疑的眼光看著公爵，這種情況沒有持續很久。納斯塔霞·菲利波夫娜自己在客廳門前出現了，進屋時又輕輕地撞了公爵一下。

「我好容易進來了……你們為什麼把門鈴綁上了？」她很愉快地說，加尼亞跑著迎上前去，她和加尼亞握手，「您的臉上怎麼帶著這樣苦惱的樣子？請您給我介紹一下吧……」

加尼亞弄得完全不知所措了，他首先把她介紹給瓦里婭。這兩個女人在互相握手之前，交換了奇妙的眼光。納斯塔霞・菲利波夫娜笑了一聲，偽裝出快樂的樣子；但是瓦里婭不願意偽裝，她愁眉苦臉，死死盯著對方。她的臉上連普通客套所需要的笑容也沒有。加尼亞愣住了，他知道懇求是無用的，而且時間也來不及了。他朝瓦里婭投去恐嚇的眼光，使她由這眼光瞭解，對於她的哥哥來說，這個時間是多麼寶貴。她當時似乎下了對他讓步的決心，向納斯塔霞・菲利波夫娜微微一笑（在他們家裡，大家還是很和睦的）。尼娜・亞歷山德羅夫娜稍稍打開了僵局。加尼亞完全慌亂了，他在介紹妹妹之後才來給母親介紹，而且是首先把母親介紹給納斯塔霞・菲利波夫娜的。尼娜・亞歷山德羅夫娜剛剛講「蒙您光臨，十分榮幸」，納斯塔霞・菲利波夫娜不等聽完，就一扭身轉向加尼亞，也沒經主人讓座，便坐到屋子一角靠窗戶的小沙發上了，並且喊道：「您的書房在哪兒呢？還有……房客在哪兒呢？你們不是出租房間嗎？」

加尼亞的臉漲得通紅，結結巴巴地想回答什麼，但納斯塔霞・菲利波夫娜立刻又說：「你們把房客放在哪兒呢？你們連書房都沒有哇。這可以收幾個錢嗎？」她忽然對尼娜・亞歷山德羅夫娜說。

「是有點麻煩，」尼娜・亞歷山德羅夫娜回答說，「當然是會收些錢的。我們剛才……」

但是，納斯塔霞・菲利波夫娜又不再聽下去了。她看了加尼亞一眼，笑著對他喊道：「您的臉怎麼啦？哎喲，我的天，您這時候怎麼那個樣子……」

她笑了幾秒鐘，加尼亞的臉的確歪得很厲害。他那呆若木雞的樣子，他那滑稽的、膽怯的、慌亂的神情，忽然都消失了；但是，他的臉色異常慘白，他的嘴唇抽動著；他默默地，聚精會神地，用呆呆的眼神，目不轉睛地望著女客人的臉，女客人仍然笑著。

當時還有一個觀察者，他還沒有擺脫在看到納斯塔霞・菲利波夫娜時那種驚愕的神情。他雖然站在原來的地方，客廳門前，像根「柱子」似的一動也不動，但是，他看得出加尼亞臉上的慘白和不良的變化。這觀察者便是公爵。他幾乎像受驚了似的，忽然機械地往前跨了一步。

「喝口水吧，」他對加尼亞低聲說，「不要那樣看人……」

很明顯，他說這話並沒有任何的企圖，也沒有任何特別的用意，只是由於心血來潮，順口說出來了；但是，他的話卻發生了很大的影響。加尼亞好像忽然把滿腔的怒氣都潑到公爵身上了，他抓住公爵的肩膀，默默地看著公爵，露出想要報仇雪恨的神情，而又似乎說不出話來。大家都驚慌起來，尼娜·亞歷山德羅夫娜甚至輕輕呼喊了一聲。普季岑很不安地向前走了一步，科利亞和費爾德先科在門前出現，他們嚇得站住了，唯有瓦里婭仍舊露出惱怒的樣子，注意觀察著。她沒有坐下，而是站在母親身旁，把兩手交叉在胸前。

但是，加尼亞差不多在剛要行動的最初一剎那間就停止了，然後傻笑起來。他完全清醒過來了。

「喂，公爵，您是醫生嗎？」他喊道，盡可能顯得快樂而天真。「他竟使我吃了一驚。納斯塔霞·菲利波夫娜，讓我來給您介紹一下，這是一位稀有的人物，雖然我今天早晨才認識他。」

納斯塔霞·菲利波夫娜很疑惑地看著公爵。

「公爵？他是公爵嗎？您瞧，我剛才在前室竟把他當成僕人，叫他到這裡來通報呢！哈，哈，哈！」

「沒有害處，沒有害處！」費爾德先科連忙走進去說，他看見大家笑，自己也高興起來，「沒有害處，Se non é vero[1]……」

「我差一點沒罵您呢，公爵。請原諒。費爾德先科，您為什麼在這個時候到這裡來？我至少不希望

1 譯注：Se non é vero：義大利文，是一句成語的一半。全句是Se non é vero, é bentrovato。譯為「如果不是真實的，裝得可活靈活現」，這裡指加尼亞很有打公爵的樣子。

在這裡碰到您。他是誰？什麼公爵？梅什金？」她反覆地問加尼亞。加尼亞不等鬆開公爵的肩膀，就介紹他了。

「我們的房客。」加尼亞重複說。

他們顯然把公爵當作一件寶貝，硬塞給納斯塔霞．菲利波夫娜，拿他當作打開僵局的工具。公爵甚至很清晰地聽到「白癡」這兩個字，似乎是費爾德先科在他的身後，對納斯塔霞．菲利波夫娜小聲解釋著。

「請問，剛才我犯那麼大的錯誤……誤認了您，您為什麼不對我說明白呢？」納斯塔霞．菲利波夫娜繼續說，用極不客氣的態度，從頭到腳打量著公爵。她很不耐煩地等候公爵答話，似乎完全肯定公爵的回答一定十分愚蠢，不能不令人發笑。

「我這樣突然地看到您，所以十分驚訝……」公爵喃喃地說。

「您怎麼知道是我呢？您以前在哪裡見過我？真的，我好像在什麼地方見過他似的。請問，您剛才為什麼站在那裡發愣？我身上有什麼可以使您那麼發愣的地方嗎？」

「來呀，來呀！」費爾德先科繼續扮著鬼臉，「來呀！哎喲，我的天，如果叫我回答這個問題，我會說出多少話來！來呀……公爵，我們今後要把您當成一個笨蛋啦！」

「是的，我如果是您，我也會說的。」公爵對費爾德先科笑著說。「今天我看到您的照片，使我十分驚異，」公爵繼續對納斯塔霞．菲利波夫娜說，「以後，我又向葉潘欽家的人提起您……今天一清早，當火車快到彼得堡的時候，帕爾芬．羅戈任對我講了關於您的許多話……就是在我給您開門的那個時候，我也在想您，而您忽然來了。」

「您怎麼會認識我，知道是我呢？」

「從照片上看得出來，還有……」

「還有什麼？」

「還因為，您正像我想像的樣子……我好像也在什麼地方見過您似的。」

「在什麼地方？在什麼地方？」

「我好像在什麼地方看見過您的眼睛……但這是不會有的！我就是這樣說說罷了……我從來沒有到過這裡。也許在夢中……」

「公爵真行啊！」費爾德先科喊道，「不行，我要把我說過的『Se non é vero』收回來。然而……然而，他這全是由於天真爛漫而來的！」他惋惜地補充說。

公爵用不安靜的語音說出這幾句話，並且斷斷續續的，時常換氣。他身上的每一部分都表現出非常激動的神情。納斯塔霞·菲利波夫娜好奇地望著他，但是已經不發笑了。就在這時候，從緊緊包圍公爵和納斯塔霞·菲利波夫娜的一群人後面，忽然發出一個洪大的、新的聲音，好像要把這一群人劈開，分為兩半。一家之主，伊伏爾金將軍站在納斯塔霞·菲利波夫娜的前面。他穿著燕尾服和潔淨的硬襯衫，鬍子染了顏色。

這真使加尼亞不能忍受下去了。他是個極端愛面子和好虛榮的人，甚至到了神經過敏和病狂的程度。他在最近兩個月內想盡各種方法，追求更體面和更高貴的生活。他感到自己經驗不足，也許在他所選的大道上迷了路。他在自己家裡一向是專橫的，因此在絕望之餘，就決定做出完全無禮的舉動，但是在納斯塔霞·菲利波夫娜面前又不敢這樣做。她直到最後的一分鐘都把他弄得稀里糊塗，毫不留情地控制著他。有人告訴他，納斯塔霞·菲利波夫娜親自說，他是一個「無耐心的乞丐」。他再三發誓發願，為了報這個仇，將來一定要使她吃些苦頭。但在同時，他有時又像小孩子一樣，幻想調和水火，化解一切矛盾。哪知道現在，偏偏在這個時候，他必須嘗這樣一杯苦酒！還有一個預料不到的，但對於愛慕虛榮的人十分可怕的折磨——在自己家裡，為自己的家人而臉紅的痛苦，竟落到他的頭上來了。

「難道應該得到這樣的報應嗎！」當時，加尼亞的頭腦裡閃過這樣一個念頭。

兩個月來，他只是在做噩夢時見到的，使他感到非常恐怖和羞慚的情景，即他父親和納斯塔霞·菲利波夫娜相遇的一幕，在這時候終於出現了。他有時苦惱自己，設想將軍在行結婚禮時的情景，但是，他永遠沒有完成這幅痛苦的圖畫，總是趕緊把它拋棄掉了。他也許過份誇大了自己的不幸，但是，愛慕虛榮的人永遠是如此的。在這兩個月內，他再三考慮這件事，決定無論如何要對他的父親施加壓力，只要可能，哪怕是暫時的也好，設法讓他父親離開彼得堡，不管母親同意與否。十分鐘以前，當納斯塔霞·菲利波夫娜走進來的時候，他由於大吃一驚，竟完全忘記阿爾達里昂·亞歷山德拉洛維奇會出場，並沒有採取任何預防措施。現在，將軍竟在大家的面前出現，還鄭重地準備過了，穿上禮服，而且恰恰是在納斯塔霞·菲利波夫娜「尋覓機會，嘲弄他和他的家人」的時候出現。他對於納斯塔霞·菲利波夫娜的目的是深信無疑的，要不然，她這次的拜訪還有什麼意義呢？她跑來是為了和他的母親與妹妹親善呢？還是打算就在他家裡侮辱她們一頓呢？但是，從兩方面的態度看來，事情已經毫無疑問：他的母親和妹妹坐在一邊，帶著受侮辱的樣子，而納斯塔霞·菲利波夫娜卻好像忘記她們母女是和她同在一個屋子裡似的……她既然這樣旁若無人，自然另有用意！

費爾德先柯拉住將軍，領他往前來。

「阿爾達里昂·亞歷山德拉洛維奇·伊伏爾金，」將軍莊重地說，笑著鞠了一躬，「一個不幸的老兵和一個家庭的父親，我家由於可能容納一位這樣美貌如花的姑娘，感到十二分榮幸……」

還沒等他說完，費爾德先科就連忙把椅子放在他的身後，將軍的兩腿到了飯後有點發軟，所以他當時一屁股坐下去，或者不如說是落到椅子上去了，但這並沒有使他感到困難。他坐在納斯塔霞・菲利波夫娜的正對面，發出愉快的假笑，慢吞吞地，有聲有色地，托起她的手指吻著。總之，將軍是不大懂得什麼叫難為情的。他的外表，除了有些懶散的樣子之外，還算十分體面——他自己對這一點知道得很清楚。他以前也曾廁身上流社會，兩三年以前才完全脫離開它。就從那個時候起，他毫無拘束地對自己的幾個弱點採取放縱態度；至於那種機警和愉快的態度，如今還留在身上。納斯塔霞・菲利波夫娜似乎很高興阿爾達里昂・亞歷山德拉洛維奇的出現，她對於這個人物當然已經聽得很熟了。

「我聽說小兒……」阿爾達里昂・亞歷山德拉洛維奇開始說。

「是的，您的兒子！您這位老太爺也不錯呀！您為什麼總不到我家裡去？是您自己躲起來的呢，還是令郎把您藏起來的？您可以到我家來，不會玷污任何人的名譽。」

「十九世紀的孩子們和他的父母們……」將軍又開始說。

「納斯塔霞・菲利波夫娜！請您放阿爾達里昂・亞歷山德拉洛維奇出去一會兒，有人找他。」尼娜・亞歷山德羅夫娜大聲說。

「放出去！豈有此理！我對他的事情聽到很多，早就想見一見他！他的情況怎麼樣？他不是退伍了嗎？將軍，您不離開我嗎？不會走嗎？」

「我可以對您保證，他可以親自到您府上去，但是現在他需要休息。」

「阿爾達里昂・亞歷山德拉洛維奇，大家說您需要休息！」納斯塔霞・菲利波夫娜喊道。她帶著不滿意的、嫌惡的神情扮出一個鬼臉，好像一個被奪去玩具的輕佻的小傻瓜一樣。將軍偏偏努力使他的處境顯得更加愚蠢了。

「親愛的！親愛的！」他帶著責備的口吻，莊重地對妻子說，並且把一隻手放在心口。

「您不離開這裡嗎，媽媽？」瓦里婭大聲問。

「不，瓦里婭，我坐到談完話為止。」

納斯塔霞．菲利波夫娜不會聽不見這番問答，但是她似乎因此更加高興了。她立刻又對將軍提出各種問題，過了五分鐘，將軍就揚揚得意地施展他的辯才，博得在座的人們很大的笑聲。

科利亞拉了一下公爵的衣襟。

「您最好想辦法拉他出去吧！成不成？我請求您！」在可憐的男孩的眼睛裡，甚至出現憤恨的眼淚。「加尼亞真可惡！」他自言自語。

「我的確和伊萬．費道洛維奇．葉潘欽交情很好，」將軍在回答納斯塔霞．菲利波夫娜的問題時，大放起厥詞來，「我，他，和故去的列夫．尼古里伏維奇．梅什金公爵（我和他的令郎相別二十年，今天又見面了），我們三個人形影不離，就好像阿托斯、波爾托斯和阿拉米斯[1]等三個劍客一樣。但是，可憐的是有一個遭受謠言和子彈的創傷，已經進了棺材；另一個就在您的面前，仍然對謠言和子彈進行鬥爭……」

「和子彈進行鬥爭！」納斯塔霞．菲利波夫娜喊道。

「子彈就在這裡，我的胸膛裡，在卡爾斯城下打進去的。每到陰雨的天氣，就隱隱作痛。在其他方面，我是過著哲學家的生活，我散步、遊玩，在我的咖啡店裡下跳棋，像退休的資產階級人物一樣，還讀《獨立報》呢。但是，我和我們的波爾托斯——葉潘欽，自從前年在火車上發生小膝犬事件以後，交情就完全結束了。」

1 譯注：阿托斯、波爾托斯和阿拉米斯：大仲馬小說《三個火槍手》（原名《俠隱記》）內的人物。

「小膝犬！這究竟是怎麼回事！」納斯塔霞・菲利波夫娜特別好奇地問。「關於小膝犬？而且，還是在火車上！……」她似乎想起什麼來了。

「那是一件愚蠢的事情，不值得再去提它。那是由於別洛孔斯卡婭公爵夫人的保姆史密斯太太，但是……不值得再去講它。」

「但是，您一定要講！」納斯塔霞・菲利波夫娜很快樂地喊道。

「我還沒有聽見過！」費爾德先科說，「c'est du nouveau.（法文：這真是新聞）」

「阿爾達里昂・亞歷山德拉洛維奇！」尼娜・亞歷山德羅夫娜又央求說。

「爸爸，有人找您！」科利亞喊。

「一樁愚蠢的事情，兩句話就可以說完，」將軍揚揚得意地開始說，「在兩年以前，是的！差不多有兩年啦，某條新鐵路剛剛通車，我那時已經不穿軍衣，為了料理一樁有關解職的極重要事務，就買了一張頭等車票。上車以後，就坐下抽菸。也可以說是繼續抽菸，因為我是在上車之前點的菸。我獨自坐在包間裡。車上既不禁止吸菸，也不允許吸菸，照例是半准半禁，當然是因人而定。車窗開著，汽笛剛要響，忽然有兩位太太帶著一隻小獅子狗走了進來，正坐在我對面。她們來遲了。有一位打扮得異常漂亮，穿著淡湖色的衣服。另一位打扮得比較樸素，穿著玄色的綢衣，外加披肩。她們姿色不錯，臉帶傲氣，說英國話。我當然不管；還是抽菸。我本來也想了一想，但是繼續抽菸，朝窗外噴，因為車窗是開著的。那隻小膝犬伏在穿淡湖色衣服的太太的膝上，小小的，像我的拳頭那般大小，皮毛是黑的，腳爪是白的，真是稀有的東西。頸圈是銀的，上面刻著字。但我不管那一套。我只看見兩位太太好像在那裡生氣，當然是為了我抽菸。一位太太舉起玳瑁單眼鏡來看我。我還是不管，因為她們並沒有說什麼話呀！她們如果說出來，提醒我，請求我就好了，要知道，她們到底是長著舌頭的呀！可是她們沉默著……忽然——我對您說，一點提醒都沒有，真是連一點點的提醒都沒有，完全像發瘋了一樣——那個穿淡湖色衣服的女人從我手裡把菸搶去，扔到窗外去了。火車飛馳著，我望著她發愣。那是一個野蠻的女人，完全是野蠻類型中的一個女人，不過這個女人身子結實，肥胖，高大，金色的頭髮，紅潤的臉蛋（太紅潤了），兩隻眼睛瞪著我。我不發一言，帶著特別的客氣，十足的客氣，甚至是以畢恭畢敬的態度，用兩隻手指挨近小膝犬，用優美的姿勢捏住牠的脖子，把牠朝窗外一扔，讓牠隨著那支雪茄菸去了！只聽到牠尖叫一聲！火車繼續飛馳……」

「您是一個怪物！」納斯塔霞．菲利波夫娜喊道，一邊哈哈大笑，一邊拍巴掌，像一個小女孩似的。

「妙極了，妙極了！」費爾德先科喊道。普季岑見將軍進到屋裡來，原本是很不愉快的，現在也笑了。連科利亞都笑起來，並且喊著：「妙極了！」

「我是有理的，有理的，十分有理的！」揚揚得意的將軍繼續熱烈地說，「因為，如果火車內禁止吸菸，狗就更要被禁止啦！」

「妙極了，爸爸！」科利亞歡欣地呼喊著，「好極了！如果是我，我也一定，一定也要這樣做！」

「但是，那位太太怎樣了呢？」納斯塔霞．菲利波夫娜不耐煩地問。

「她嗎？一切的不愉快就在這上面，」將軍皺著眉頭，繼續說下去，「她一句話也不說，不打一聲招呼，就給我一個嘴巴！野蠻的女人，十足的野蠻類型的女人！」

「您呢？」

將軍垂下眼睛，抬了抬眉毛，抬了抬肩膀，咬緊嘴唇，攤開雙手，沉默了一會兒，忽然說道：「我火啦！」

「痛不痛?痛不痛?」

「說真的,並不痛!闖下了禍,但是並不痛。我只揮了一下手,單獨揮一下手。然而見鬼:那個金黃頭髮的女人原來是個英國人,別洛孔斯卡婭公爵夫人家裡的保姆,也可以說是朋友,那個穿玄色衣服的是別洛孔斯卡婭公爵的大女兒,三十五歲的老處女。大家都知道葉潘欽將軍夫人和別洛孔斯卡婭家有什麼關係。他們家所有的女公子都暈倒,哭泣,為她們所寵愛的小膝犬開追悼會。六位女公子和一個英國女人的號哭,簡直像天翻地覆一般!我當然親自登門道歉,請求原諒,還寫了一封信送去。她們不接見我,也不收下我的信。葉潘欽和我吵了一架,跟我絕交,把我攆出來!」

「等一等,這是怎麼回事?」納斯塔霞・菲利波夫娜忽然問道,「我經常看《獨立報》,五六天以前,我在《獨立報》上讀到一個故事,和這個完全一樣!簡直一模一樣!那個故事講,在萊茵鐵路的火車上,一個法國男子和一個英國女人之間發生了這樣的糾紛:也是同樣地被奪去雪茄,也是同樣地把小膝犬扔到窗外,最後的結果也和您所講的一樣。甚至那個女人的衣服也是淡湖色的!」

將軍滿臉通紅,科利亞的臉也紅起來,兩手抱緊自己的頭;普季岑迅速轉過身去。只有費爾德先科一個人仍舊呵呵地笑著。加尼亞就不必講了:他一直站在那裡,啞口無言,忍受著難堪的痛苦。

「我可以對您保證,」將軍喃喃地說,「我也遇到過同樣的事情……」

「爸爸的確和別洛孔斯卡婭家的保姆史密斯太太發生過不愉快的事情,」科利亞喊道,「我記得的。」

「怎麼?完全一樣的嗎?在歐洲的南北兩端竟發生同樣的故事,而且連一切細節都是一樣,甚至淡湖色的衣服都是相同的!」納斯塔霞・菲利波夫娜無情地反駁說,「我可以把《獨立報》送給你們看!」

「但是您要注意，」將軍依然硬著嘴說，「我這件事情是在兩年以前發生的……」

「就是這一點不同嗎？」

納斯塔霞·菲利波夫娜笑得像歇斯底里症發作一樣。

「爸爸，我請您出去，有兩句話說。」加尼亞用顫抖的、痛苦的聲音說，不由自主地抓住父親的肩膀，眼光裡充滿無窮的憎恨。

在這一剎那間，前室裡響起震耳的鈴聲。從這樣大的響聲聽來，門鈴是可能拉斷的。這表明一定是不尋常的拜訪。科利亞跑去開門。

第十章

前室裡忽然喧嘩異常，顯得人很多的樣子。從客廳裡聽起來，似乎已經有幾個人從外面走進來，而且還有些人正往裡走。同時聽到有好幾個人在說話和吵嚷的聲音。在樓梯上也有人說話和吵嚷，可是聽得出，前室樓梯的那扇門沒有關。這是很奇怪的拜訪。大家你瞧瞧我，我瞧瞧你。加尼亞奔到大廳裡去，但是已經有幾個人進了大廳。

「啊，猶大在這裡呢！」公爵熟稔的一個聲音喊著，「你好哇，加尼亞，你這壞蛋！」

「就是他，就是他！」另一個聲音湊上去說。

公爵一點也用不著懷疑：一個聲音是羅戈任的，另一個聲音是列別杰夫的。

加尼亞站在客廳的門檻上，呆若木雞，默默地望著，看見有十一二個人跟著帕爾芬·羅戈任魚貫地走進大廳，沒有加以攔阻。這一群人是很混雜的，不但混雜，而且毫無秩序。有幾個人連大衣和皮裘也不脫，就走了進來。他們之中雖然沒有完全喝醉，可是大家似乎都帶有很大的醉意。大家似乎都需要互相鼓勵，才敢進來。沒有一個人單獨具有足夠的勇氣，大家似乎在互相推搡著，連為首的羅戈任也很謹慎地走路。但是他心裡懷著某種意圖，臉上現出陰鬱、激怒和煩惱的樣子。其餘的人只成為一個歌詠班，或者不如說是啦啦隊。除列別杰夫以外，燙了頭髮的扎聊芮夫也同來了。他把皮大衣扔到前室裡，穿一身漂亮服裝，瀟灑自如地走了進來。此外還有和他相仿的兩三個人，顯然都是商界的人士。有一個人穿著半軍式大衣。有一個人身材矮小，異常肥胖，不斷發笑。有一個人身高六尺，也是特別肥胖，他一言不發，滿臉殺氣，顯然相信自己胳膊粗，力氣大，到時候揮一陣老拳。有一個醫學院的學生，還有一個緊跟在屁股後邊的小波蘭人。有兩個太太從樓梯上向前張望，卻不敢走進來。科利亞就在她們的面前把門砰地一關，掛上了門鉤。

「你好哇，加尼亞，你這個壞蛋！你料不到帕爾芬·羅戈任會來吧？」羅戈任重複地說，走到客廳門邊，朝加尼亞站立著。這時，他忽然看見納斯塔霞·菲利波夫娜坐在客廳裡，就在他的對面。顯然他並不想在這裡遇見她，因為他一看到她，就發生了特別的印象。他臉色慘白，連嘴唇都發青了。「如此說來，那是真的啦！」他小聲地，似乎自言自語地說，露出非常慌張的神色。「完了！……哼……你等著我跟你算帳吧！」他突然咬牙切齒地，惡狠狠地看著加尼亞說，「哼……唉！……」

他甚至喘息起來，連說話都困難了。他不由自主地走進客廳。但是，當他跨過門檻的時候，忽然看見尼娜·亞歷山德羅夫娜和瓦里婭，立刻就站住了。他雖然很激動，這時候也露出幾分慚愧的模樣。列別杰夫跟著他走進來。他像影子一般，寸步也不離開羅戈任。他已經喝得酩酊大醉，隨後進來的大學生，握著拳頭的先生，向左右兩方面鞠躬的扎聊芮夫，最後，還有一個短矮的胖子擠了進來。由於幾個女人在座，這些不速之客還有點顧忌，他們的行動顯然受到了很大妨礙。但是，這種顧忌當然只是到開始大演出手以前為止，到獲得大吵大鬧開始動手的最初借口以前為止……一旦到了那個地步，天下的任何女人也阻擋不住他們了。

「怎麼？你也在這裡嗎，公爵？」羅戈任漫不經心地說，他遇到公爵有點驚異，「嚇，還是戴著那副鞋罩呢！」他歎了一口氣，然後就放過公爵，又將眼光移到納斯塔霞·菲利波夫娜身上，她好像一塊磁石似的，把他吸引過去。納斯塔霞·菲利波夫娜也是很不安地，很好奇地望著這些客人們。

加尼亞終於清醒過來。

「但是，對不住，這到底是什麼意思？」他很嚴厲地朝走進來的人們瞥了一眼，並主要是對著羅戈任大聲說，「先生們，這並不是馬廄，我的母親和妹妹在這裡……」

「我們看見你的母親和妹妹在這兒。」羅戈任從牙縫裡擠出這句話來。

「母親和妹妹，這是看得見的。」列別杰夫為了壯聲勢，附和著說。

握著拳頭的先生大概以為時機已到，已經開始咆哮了。

「這算什麼道理！」加尼亞忽然用什麼東西爆炸了似的發出很大的聲音說，「第一，請你們大家到大廳裡去；第二，請問……」

「哼，他還裝不知道呢！」羅戈任惡狠狠地齜著牙說，沒有挪動地方，「你不認識羅戈任嗎？」

「我好像和您在什麼地方見過，但是……」

「還說在什麼地方見過呢！只在三個月以前，我還把家父的二百盧布輸給你，老頭子沒有查問出來，就一命嗚呼了。你硬拉我入夥，克尼夫欺騙了我。你竟不認識我了嗎，普季岑可以做證人！只要我現在從衣袋裡掏出三個盧布來，你就會趴在地上，一直爬到瓦西里島——你就是這樣的人！我現在就是來用錢把你完全買下來。你不要看我穿著這樣的皮靴進來，我的錢多得很，老兄，可以把你完全買下來，連你家的活人也一股腦兒買下來！」羅戈任情緒激動，醉意似乎越來越濃了。

「唉！」他喊道，「納斯塔霞・菲利波夫娜！您不要趕我出去，您說一句話：您想跟他結婚嗎？」

羅戈任提出這個問題，好像一個絕望的人對一位神靈提出來似的，但是，他具有一個被判處死刑，因而無所顧忌的人的勇氣。他懷著赴死般的痛苦等待著回答。

納斯塔霞・菲利波夫娜用嘲笑和傲慢的眼神向他掃了一下，又轉過頭去看瓦里婭和尼娜・亞歷山德羅夫娜，再看了看加尼亞，突然變換了語調。

「完全不是的。您這是怎麼啦？您怎麼想到問這種話呢？」她輕輕地，嚴肅地回答，似乎有點驚奇。

「不是嗎？不是嗎？」羅戈任喊起來，喜歡得快發瘋了，「不是嗎？但是，他們對我說……唉！納斯塔霞．菲利波夫娜！他們說您要和加尼亞訂婚了！就和他訂婚嗎？難道這是可能的嗎？（我對他們大家這樣說！）我可以花一百盧布把他整個收買下來，如果我給他一千盧布，嗯，三千盧布，讓他退讓，他會在喜期的頭一天逃之夭夭，把他的未婚妻留給我。你真是這樣，加尼亞，你這壞蛋！你一定會收下三千盧布！錢就在這裡，就在這裡！我現在跑來，就是要叫你具結。我說我要買下來，我就會買下來的！」

「你滾出去，你喝醉了！」加尼亞喊叫著，臉色一陣紅，一陣白。

他喊叫以後，忽然有幾個聲音一齊爆發了。羅戈任的全隊人馬早就等著開戰了。列別杰夫極力獻殷勤，在羅戈任耳邊說了些什麼。

「對呀，你這官員！」羅戈任回答說，「對呀，你這個醉鬼！好，就這麼辦吧！納斯塔霞．菲利波夫娜！」他喊道，像傻子似的望著她。他最先露出很膽怯的樣子，而後忽然膽大起來，達到極端胡鬧的程度。「這裡是一萬八千盧布！」他把用繩子繫好的一個白紙包放到她面前的小桌上，「這就是！我還……還有的是呢！」

他沒敢說出他想說的話。

「不對，不對！」列別杰夫又露出十分驚慌的樣子，向他耳語。可以猜測得出，他是害怕數目太大，所以向羅戈任建議叫羅戈任先用比較小的數目試一試。

「不行，老兄，你對於這一道是個傻子，你不知道怎麼辦……看起來，我和你全是傻瓜呀！」羅戈任看到納斯塔霞．菲利波夫娜閃爍的眼光，他忽然醒悟過來，哆嗦了一下。「唉，我聽你的話，弄糟糕啦。」他非常悔恨地補充說。

納斯塔霞．菲利波夫娜朝羅戈任的沮喪的面孔端詳了一會兒，忽然笑起來了。

「給我一萬八千盧布嗎？立刻露出鄉下人的樣子啦！」她忽然帶著傲慢的樣子，隨便說著，從沙發上站了起來，好像要走。加尼亞很鬱悶地看著這幕戲。

「那麼，我出四萬，四萬，不是一萬八千，」羅戈任喊道，「溫卡．普季岑和皮斯庫普答應在七點鐘的時候送四萬盧布來。四萬！全付現款！」

這幕戲已經醜態百出，可是納斯塔霞．菲利波夫娜繼續笑著，不肯走，好像故意把這幕戲拉長似的。尼娜．亞歷山德羅夫娜和瓦里婭也站起來了，她們驚慌地，默默地，看這幕戲發展到什麼地步。瓦里婭的眼睛閃爍著，然而，這一切都使尼娜．亞歷山德羅夫娜感到很痛苦。她哆嗦著，好像立即要暈倒似的。

「既然如此，就給十萬吧！今天就送上十萬盧布！普季岑，請你幫幫忙，借一點給我！」

「你發瘋了！」普季岑忽然小聲說，他連忙走到羅戈任面前，拉住他的手，「你喝醉了。人家會出去叫警察的。你知道，你在什麼地方？」

「他喝醉了以後吹牛呢。」納斯塔霞．菲利波夫娜說，似乎在挑逗他。

「絕不是吹牛，錢是有的，到晚上就有了。普季岑，你幫幫忙，你這個放高利貸的傢伙！隨便多少利息都行，今天晚上給我送十萬盧布來。我要表明，我是毫不遲疑的！」羅戈任忽然興奮到狂歡的地步。

「但是，這是什麼意思呢？」阿爾達里昂・亞歷山德拉洛維奇怒氣沖沖地走到羅戈任面前，突然很威嚴地喊道。老頭兒本來一言未發，現在突然這樣做，使醜劇增添了不少滑稽氣氛。大家一陣哄笑。

「這又是什麼人？」羅戈任笑了，「來，老頭兒，我們可以灌醉你！」

「這太無恥了！」科利亞喊道，由於害羞和苦惱，哭起來了。

「難道你們就沒有一個人能把這個不要臉的女人拉出去嗎？」瓦里婭氣得全身直打哆嗦，突然喊叫說。

「他們竟管我叫不要臉的女人！」納斯塔霞・菲利波夫娜帶著譏笑的樣子說，「我還像傻子似的，跑來請他們到我家裡參加晚會呢！你瞧，令妹就是這樣對待我，加夫里拉・阿爾達利翁諾維奇！」

加尼亞在他妹妹發作的時候，站在那裡，好像被雷打了一般。但是，他一看見納斯塔霞・菲利波夫娜這回果真要走，便怒氣沖沖地跑到瓦里婭面前，瘋狂地拉住她的手。

「你幹的好事！」他喊叫著，瞪著眼看她，好像想把她就地消滅一般。他完全瘋狂了，腦子已經不管用了。

「我幹了什麼事？你拉我到哪兒去？你這個賤種，是不是因為她跑到我們家來，把你的母親侮辱一頓，把你的全家羞辱一番，而讓我去向她賠罪呢？」瓦里婭又喊叫起來，用得意和挑釁的眼神看著哥哥。

他們就這樣面對面地站了一會兒。加尼亞仍然拉著她的手不放。瓦里婭用盡力量往外拉了兩次，她再也忍不住了，忽然朝他的臉上唾了一口。

「這姑娘真行！」納斯塔霞・菲利波夫娜喊道，「妙極了，普季岑，我恭喜您。」

加尼亞眼前發黑，他完全忘記了一切，用力向他妹妹打去。這一下子本來一定會打到她臉上的。但是，另有一隻手忽然從空中把加尼亞的手攔住了。

公爵站立在加尼亞和他的妹妹中間。

「得了，已經夠了！」他堅決地說，但是他的全身也哆嗦著，好像受到極強烈的震撼一樣。

「你老是擋我的路！」加尼亞吼叫著，他把瓦里婭的手扔開，然後用那只空下來的手，帶著極度瘋狂的樣子，狠狠打了公爵一記耳光。

「哎喲！」科利亞拍著雙手，喊道，「哎喲，我的天哪！」

四面八方都傳來喊聲。公爵臉色慘白。他用奇怪的和責備的眼光直瞪著加尼亞，嘴唇哆嗦著，努力想說出什麼話來。他撇著嘴，露出一種奇妙的、極不相稱的微笑。

「唔，隨你打我吧……我反正不能讓她……挨打！……」最後，他輕輕地說。但是，他忽然忍不住了，撇開加尼亞，用雙手掩住臉，向屋角走去，臉朝著牆，斷斷續續地說：「您將來對這種舉動會感到多麼羞愧呀！」

加尼亞果真十分慚愧地站在那裡，科利亞跑去擁吻公爵。羅戈任、瓦里婭、普季岑、尼娜・亞歷山德羅夫娜，甚至老翁阿爾達里昂・亞歷山德拉洛維奇，都擠在他的身旁。

「不要緊，不要緊！」公爵向周圍的人們喃喃地說，仍然帶著那種不相稱的微笑。

「他會後悔的！」羅戈任喊道，「加尼亞，你侮辱了這樣的……綿羊（他想不出另外的詞來），你一定會感到羞愧的！公爵，你是我的好朋友，你離開他們吧，唾他們的臉吧。我們一塊兒走！我一定叫你知道羅戈任是怎樣的朋友！」

納斯塔霞・菲利波夫娜對於加尼亞的舉動和公爵的回答也感到十分驚訝。她的臉平常是慘白的，憂鬱的，永遠和她剛才做出來的那種笑聲不調和，而現在卻顯然被一種新的感情所擾動了。不過，她好像仍然不願意暴露出這種情感，竭力在臉上保持著一種譏諷的笑容。

「我的確在什麼地方看見過他的臉！」她忽然又想起自己剛才提出的問題，很嚴肅地說。

「您也不知道害臊！難道您真是像剛才發瘋那樣的人嗎？這怎麼可能呢！」公爵忽然帶著極誠摯的責備口氣喊道。

納斯塔霞．菲利波夫娜感到很驚奇，微微笑了一下，但是，她的笑裡好像包含著什麼用意。她有點慌亂，看了加尼亞一眼，就從客廳裡走出去了。她還沒走到前室，忽然又回來了，她快步走到尼娜．亞歷山德羅夫娜面前，拉住她的手，放在自己的嘴唇上面。

「他猜對了，我其實並不是這樣的人。」她迅速地、熱烈地小聲說著話，忽然滿臉通紅。她轉過身去，又走了。這回走得非常快，誰也弄不清她回來是為了什麼。大家只看見她對尼娜．亞歷山德羅夫娜低聲說了一兩聲，大概還吻了她的手。但是，瓦里婭看見和聽見了一切，很驚異地目送著她。

加尼亞清醒過來，連忙去送納斯塔霞．菲利波夫娜，但是，她已經走出去了。他在樓梯上追到了她。

「你不要送！」她對他喊道，「再見吧，晚上見！喂，一定要來呀！」

他帶著慚愧和沉思的神情回到屋裡，心裡浮出沉重的疑雲，比以前還要沉重。公爵的影子在他的眼前晃來晃去……他已經完全失神，連羅戈任那一群人從他身旁走過，甚至在門口推了他一把，匆匆地隨著羅戈任走出他家門，他也都沒有看清楚。那群人大聲談論著什麼事情。羅戈任和普季岑一起走，他用堅決的態度，講著一件很重要的、顯然刻不容緩的事情。

「加尼亞，你輸了！」他在走過加尼亞身旁的時候喊著。

加尼亞驚慌地看著他們的背影。

第十一章

公爵離開客廳，自己關在屋裡。科利亞立刻跑來安慰他，這可憐的男孩子現在似乎離不開他了。

「您走開了很好，」他說，「現在那邊會比剛才吵得更加厲害，我們家裡每天如此，這全是為了納斯塔霞·菲利波夫娜的緣故。」

「你們家裡有許多痛苦的事情。」公爵說。

「是的，有很多痛苦。我們的事情也不必多說了，那都是我們自己的過錯。我有一個很好的朋友，他更不幸。我可不可以給您介紹一下？」

「我很願意見一見，他是您的同學嗎？」

「是的，差不多和同學一樣。我以後再對您詳細解釋。……納斯塔霞·菲利波夫娜長得很好看，您以為怎樣？我以前從來沒有看見過她，可是很想見她。今天一見，簡直使人連眼睛都花了。如果加尼亞愛她的話，我完全可以原諒他，他為什麼要錢呢。這真是糟糕！」

「是的，我不大喜歡您的哥哥。」

「那自然嘍！在出了那件事情以後，您怎麼會……不過，您要知道，我最不喜歡這種亂七八糟的想法。有一個瘋子，或是傻子，或是瘋人式的惡徒，打了某人一記耳光，那個人就好像一輩子丟了人，非報仇雪恨不可，除非對方向他下跪求饒，他絕不罷休。據我看來，這種想法是很可笑的，而且是十分殘暴的。萊蒙托夫的劇本《假面舞會》就是以這個為題材——我看是十分愚蠢的事。我是想說，這是不可能的。但是，他差不多是在兒童時代寫成的這個劇本。」

「我很喜歡您的姐姐。」

「你看她唾加尼亞臉時的那股勁！瓦里婭真勇敢！但是，您沒有唾他的臉，我相信這不是因為您沒有勇氣。您瞧，真巧，一提到她，她本人就來了。我知道她會來的。她這個人雖然也有缺點，可是很正直。」

「這裡沒有你的事，」瓦里婭首先對他說，「你到爸爸那裡去吧。您不覺得他很討厭嗎，公爵？」

「恰恰相反，完全不。」

「姐姐，去你的吧！她就是這一點不好。我心想，爸爸一定同羅戈任出去了。現在他大概在那裡懊悔吧。我應該去看一看他在那裡做什麼。」科利亞一邊往外走，一邊說。

「謝天謝地，我把媽媽勸回去，安頓她睡下，總算不再吵鬧了。加尼亞感到很慚愧，正在反省。他也真該好好想一想啦。這真是一次好教訓！……我現在跑來，再度向您道謝，公爵，我還要問一聲，您以前不認識納斯塔霞．菲利波夫娜嗎？」

「不，不認識。」

「那麼，您為什麼當她的面，說她不是『這樣的人』呢？而且，您好像猜對了。她也許的確不是這樣的人。不過，我還不瞭解她！當然，她侮辱我們是有目的的，這是很明顯的事情。我以前也聽到過不少關於她的奇怪傳說。但是，如果她是來邀請我們去參加晚會的話，她怎麼能那樣對待我母親呢？普季岑很熟悉她，但他說他也猜不出她今天前來的目的。她對羅戈任的態度又怎樣呢？一個人如果有自尊心，在自己的那個……的家裡，絕不能那樣說話。媽媽為了您，也很感到不安呢。」

「沒有關係！」公爵說著，揮了揮手。

「她怎麼會聽您的話呢？……」

「她聽什麼話啦？」

「您對她說，她應該感到害臊，她的態度馬上都改變了。您對於她很有影響，公爵。」瓦里婭說，微微一笑。

這時，門開了，完全出人意料，加尼亞走進來了。

他看到瓦里婭，居然沒有露出猶疑的樣子，他在門檻上站了一會兒，忽然堅決地走到公爵面前。

「公爵，我做了卑鄙的事情，老兄，請您饒恕我吧。」他很熱情地說，臉上顯出十分痛苦的樣子。公爵很驚訝地看著他，沒有立即回答。

「請原諒！請原諒！」加尼亞很急切地請求著，「如果您願意，我立刻來吻您的手！」

公爵異常驚訝，兩手抱著加尼亞，一句話也沒有說。兩個人很誠摯地互相親吻。

「我怎麼也想不到，怎麼也想不到您會這樣，」公爵終於很困難地喘息著說，「我以為您……您是不會……」

「不會賠罪嗎？……我今天怎麼竟會認為您是一個白癡！您能注意到別人從來注意不到的事情。同您是可以談一談的，但是……還是不談的好！」

「這裡還有一個人，您應該對她賠一個不是。」公爵指著瓦里婭說。

「不，她們全是我的仇敵。公爵，您應該相信，我嘗試過許多次了。她們絕不會很誠懇地饒恕人！」加尼亞脫口說出這激烈的話，然後轉過身子，不看瓦里婭。

「不，我不會饒恕的！」瓦里婭忽然說。

「今天晚上你也能到納斯塔霞・菲利波夫娜家裡去嗎？」

「如果你叫我去，我是可以去的。但是，你自己要好好考慮一下，現在我有沒有去的可能？」

「你要知道，她並不是這樣的人。她在叫我們猜謎！故弄玄虛！」加尼亞歪著嘴笑了。

「我自己也知道她不是這樣的人，只是在那裡故弄玄虛。但是，她弄的是什麼玄虛呢？再說，加尼亞，她究竟把你當成什麼人呢？隨她去吻媽媽的手，隨她去弄什麼玄虛吧，但是有一點，她總在嘲笑你呢！真的，哥哥，這種苦頭不值七萬五千盧布！你還能有正直的心情，所以我才對你這樣說。你自己也不必去啦！你可要當心哪！這件事絕不會有好結果。」

瓦里婭十分激動，她說完這句話，很快從屋內跑出去了。

「她們總是這一套！」加尼亞笑了笑說，「難道她們以為我自己不知道這一層嗎？我比她們知道的多得多。」

加尼亞說完以後，就坐到沙發上，顯然還不想走。

「您既然自己知道，」公爵十分膽怯地問，「您既然明知道這種苦頭的確不值七萬五千盧布，那又何必自討苦吃呢？」

「我說的不是這一點，」加尼亞喃喃地說，「我要順便聽一聽您的意見，您以為這種苦頭，究竟值不值七萬五千盧布呢？」

「據我看來是不值的。」

「我知道您會這樣說的。這樣的婚姻是可恥的嗎？」

「很可恥。」

「那麼，我告訴您說吧，我一定要娶她，現在這是確定不可移的了。剛才我還遲疑，現在可不啦！

您不要開口啦！我知道您想說什麼話……」

「我並不講您所想的那件事情，不過，您那過度的自信心倒使我十分驚訝……」

「是什麼？什麼自信心？」

「第一，您認為納斯塔霞・菲利波夫娜一定會嫁給您，大局已定，不會有什麼變化。第二，您認為她一嫁給您，那七萬五千盧布就會進入您的腰包。當然啦，這裡有許多情形我還不知道。」

加尼亞向公爵身旁移近一些。「您當然不知道全部的情形，」他說，「要不，我又何苦把這份重擔背在自己身上呢？」

「我覺得這是屢見不鮮的事情，有人為了金錢結婚，而金錢仍舊在妻子的手裡。」

「不，我們是不會這樣的……這裡面……這裡面還有些情節……」加尼亞心慌意亂地思索著，他喃喃地說。

「至於說到她的答覆，那是沒有疑問的，」他很迅速地補充說，「您根據什麼情況，認為她會拒絕我呢？」

「除了我自己所見到的一切以外，其他的一點也不知道。剛才瓦爾瓦拉・阿爾達利翁諾夫娜說……」

「唉，她們淨胡說，不知道說什麼好。納斯塔霞・菲利波夫娜剛才是取笑羅戈任，您相信我的話吧，我看得很清楚。這是顯而易見的。我剛才也很害怕，但是現在想通了。她對我父母，瓦里婭，也採取同樣態度了嗎？」

「對您的態度也是一樣。」

「也許是吧！但是，這只是舊式女人的報復行動，沒有別的。她是個很好生氣的、喜歡報復的、最愛面子的女人。她好像一個鬱鬱不得志的官員！她想抬高自己，對他們……也對我，表示自己的一切輕蔑心情。這是事實，我不否認……但是，她終歸會嫁給我的。您不知道，一個人由於自尊心強，會弄出怎樣的花樣來。她認為我是一個卑鄙無恥的人，因為她是別人的情婦，我公開地為了金錢娶她，可是她不知道，如果是別人的話，騙她的手段還要更卑鄙呢。那種人會糾纏住她，開始向她灌輸一些自由進步的思想，搬出各種婦女的道德問題來，結果就會把她引上圈套，像線穿進針孔一般。他會使那個驕傲的傻女人相信（那麼容易的）！他所以娶她，只是為了『她的心靈高貴和不幸』，但在實際上還是為了金錢。我博不到女人的歡心，是因為我不願意耍花招；其實，我是應該耍花招的。她自己怎麼做呢？不也是一樣嗎？既然如此，她為什麼還要看不起我，想出這些花招來呢？這是因為我自己不願意屈服，表示出驕傲的態度。好啦，我們走著瞧吧！」

「在這以前，您真的愛過她嗎？」

「起初是愛的。但是夠了……有些女人只能做情人，另外沒有一點用處。我不是說，她做過我的情人。如果她願意過和平日子，我也不調皮搗蛋；如果她要造反，我立刻拋棄她，把金錢搶到手裡。我不願意成為一個笑柄，我首先不願意成為一個笑柄。」

「我總是覺得，」公爵很拘謹地說，「納斯塔霞．菲利波夫娜是一個聰明的女人。她既然預先感到會吃這樣的苦頭，那又何必跳火坑呢？要知道，她也可以嫁給別的男人哪。這一點我覺得很奇怪。」

「這是有道理的！但您還不完全知道其中的詳情，公爵……其中的詳情……此外，她相信我瘋狂地愛她，這一點我可以對您發誓。您知道，我也深深地相信她是愛我的，只是用一種特別的愛法，就像俗話所說：『愛得深，打得重。』她會一輩子把我當作一個惡人（也許她需要這樣），但是她還會用一種特別的方式愛我。她準備這樣做，她的性格是如此。我告訴您說，她是一個十足的俄羅斯女人。但是，我要給她準備一件意外的禮物。剛才和瓦里婭的那一幕是無意中發生的，但是對我是有益處的：她現在看到，而且深深相信我對她一往情深，為了她，我可以斷絕一切的關係。您會看出來，我也並不是一個傻瓜。順便問您一句，您不認為我是一個愛嚼舌的人嗎？親愛的公爵，我心裡信任您，也許在實際上做得不好。但是，因為我首先遇到您這樣正直的人，所以攻擊到您身上去了，請您不要把『攻擊』這兩個字當作雙關的戲語。您不會為了剛才那件事情生氣嗎？在整整的兩年裡，我也許是初次說出心上的話。此地誠實的人太少，沒有比普季岑更誠實的人。您大概在那裡笑我吧？卑鄙的人是愛正直的人的——您不知道這一點嗎？我當然是一個……不過，您憑良心講，我究竟哪一點卑鄙？他們為什麼全跟著她稱我做卑鄙的人？您要知道，我也跟在他們和她的後面自稱為卑鄙的人！這才卑鄙呢，這才真正卑鄙呢！」

「我今後永遠不會把您當作卑鄙的人了，」公爵說，「剛才我已經完全把您當成惡人看待，但是您忽然使我十分高興起來。這真是一個教訓：一個人沒有經驗，就不能夠判斷。現在我看出，不但不能把您當成惡人，還不能把您當成品行十分惡劣的人看待。據我看，您只是一個平凡到了極點的人，而且太軟弱，一點也沒有特點。」

加尼亞暗自惡笑了一聲，沒有說話。公爵看出加尼亞不接受他的批評，覺得很難為情，也就一聲不響了。

「我父親向您借過錢嗎？」加尼亞忽然問。

「沒有。」

「他會借的，可是您不要借給他。我記得，他以前是一個體面的人。上等人家都接待他。但是，這些體面人物一上了年紀，多麼快地走上窮途末路啊！環境稍有改變，他們以前的一切就都沒有了，好像火藥遇到火一樣，燒得乾乾淨淨。他以前並不如此說謊，我可以向您保證。以前他只是過於狂熱一些——可是現在變成什麼樣子了！當然，這要怪酒。您要知道，他還有一個姘頭呢。他現在不只是一個天真爛漫的說謊者。我真不明白，我的母親怎麼會有那樣的耐心！他對您講過卡爾斯[1]被圍的故事沒有？講過他那匹灰色馬說話的故事沒有？他甚至會做這種事情。」

加尼亞忽然笑得前仰後合了。

「您幹嗎那樣瞧我？」他問公爵說。

「我真奇怪，您會笑得這樣誠懇。您的笑的確像小孩子一樣，剛才您進來跟我和解的時候，說：『如果您願意，我可以吻您的手。』——這正像小孩子們和解似的。看起來，您還能夠說出這樣的話，做出這樣的行動。但是，您忽然高談闊論起這件骯髒的事和七萬五千盧布來了。這一切真有點離奇，而且是不應該有的。」

「您想從這裡面得到什麼結論呢？」

「那就是說，您是不是過於輕舉妄動，您是不是應該先考慮成熟？瓦爾瓦拉·阿爾達利翁諾夫娜的話也許是對的。」

「啊，又滿口仁義道德啦！我自己也知道，我還是一個小孩子，」加尼亞很熱烈地插嘴說，「僅僅從我和您進行這類談話，就可以看得出來。公爵，我要辦這樁婚事，並不是為了金錢，」他繼續說，好像一個青年人的自尊心受了傷害，不能不說出來似的，「如果為了金錢的話，那我一定會打錯算盤了，因為我的腦筋還不夠靈活，性格也很軟弱。我做這件事情，是出於一種熱情，一種愛好，因為我有一個主要的目的。您以為我得到七萬五千盧布以後，立刻就要購買一輛馬車。不，到那時我還是穿著前年做

1 譯注：卡爾斯：土耳其東北部的城市，與俄羅斯相鄰。

的舊衣裳，拋棄俱樂部裡的那幫朋友。我們這裡雖然都是放高利貸的人，但是有耐心的人並不多，我卻願意忍耐著。最要緊的是堅持到底——這就是全部的任務。普季岑十七歲的時候睡在街上，販賣修鉛筆的小刀。他開始時只有幾戈比，現在已經有六萬盧布了。但是，他的確是經過千辛萬苦，好不容易啊！我要這種千辛萬苦，直接從大筆資本開始。到十五年以後，人家會說：『你瞧，這是伊伏爾金，猶太王！』您說我是沒有特點的人。您要注意，親愛的公爵，對於我們時代和我們種族的人來說，再沒有比說他沒有特點，性格軟弱，沒有特殊才能，為人平凡等等更感到侮辱的了。您甚至不肯承認我是一個最好的壞蛋，您知道剛才就是為了這個，我恨不得把您吃下去！您給我的侮辱比葉潘欽給我的侮辱還厲害，他不跟我商談，也不勸說我，您要注意，他只憑心裡想就認為我可以把老婆賣給他！老兄，他這種看法很久以前就使我感到狂怒，我很需要金錢。等我有了錢，您知道，我就會成為很有特點的人了。金錢之所以非常可鄙可憎，就是因為有了它才會顯得有才能。而且，一直到世界的末日為止，情形也是如此。您一定要說這話太幼稚了，或者說是太詩意了——那算不了什麼，反正這樣做會使我更加快樂，我一定要這樣做。我無論如何要堅持到底，忍耐到底。Rira bien qui rira le dernier!（法文：最後笑的人笑得最痛快）葉潘欽為什麼這樣侮辱我？是為了恨我嗎？絕不是的。只是因為我太渺小了。等到有朝一日……但是夠了，我該走啦。科利亞已經探了兩次頭，他是來請您吃飯的。我現在要出去一趟，有時間我再來看您。您住在我們家裡是不會不舒服的，他們現在會把您當作親屬看待。可是您要留神，不要洩露我的祕密。我覺得咱們倆如果不成為好友，就會成為敵人。您以為怎樣，公爵，如果我剛才吻了您的手（我是出於至誠的），我會不會以後就成為您的仇敵呢？」

「一定會那樣，但不至於永遠如此。以後您會忍不住，而饒恕我的。」公爵尋思了一會兒，笑著說。

「唉！和您相處得小心點，您這傢伙是無孔不入的。誰知道，您也許就是我的仇敵？哈，哈，哈！

還有一件事，我忘記問您了，我總覺得您很喜歡納斯塔霞·菲利波夫娜，對不對？」

「是的……很喜歡。」

「愛上了嗎？」

「沒有。」

「但是臉都紅了，露出很難過的樣子。好啦，不要緊，不要緊，我絕不笑話您。再見吧。您要知道，她是一個品行端正的女人，您相信這一點嗎？您以為她和那個托茨基同居嗎？不！不！早就不同居了。不知您注意到沒有，她這個人也很愛面子，今天有好幾秒鐘顯出難為情的樣子！真是的。這類人是愛駕馭別人的。唔，再見吧！」

加尼亞帶著輕鬆愉快的心情走了出去，比走進來時還顯得瀟灑自如。公爵留在那裡，動也不動地尋思著，約有十分鐘的樣子。

科利亞的腦袋又從門縫伸進來了。

「我不想吃飯，科利亞；我剛才在葉潘欽家裡吃了早飯，吃得很飽。」

科利亞走進門來，遞給公爵一張字條。那張字條是將軍寫的，折疊著，而且蓋有封印。從科利亞的臉上可以看出，科利亞很不高興傳遞這張字條。公爵讀完，就立起身來取帽子。

「只有兩步路，還用得著寫信？」科利亞露出難為情的樣子，「他現在正坐在咖啡店裡喝酒。我真不明白，他怎麼會在那裡賒出帳來呢？好公爵，請您不要對我家的人說我傳遞這張字條！我發過一千遍誓，絕不傳遞這種字條，但是我又可憐他。請您不要和他客氣，給他幾個零錢就算了。」

「科利亞，我有一個想法，我必須去見你父親一下……為了一樁事情……咱們走吧。」

第十二章

科利亞帶著公爵到不遠的地方，就在李鐵因大街，一家附設彈子房的咖啡店。這家咖啡店設在樓的下層，門朝大街。進了門，右邊有一個單間屋子。阿爾達里昂・亞歷山德拉洛維奇帶著熟客的神氣坐在單間的一個角落裡。他面前的小桌上放著一個酒瓶，手裡真的拿著一份《Indépendance Belge》。他等候著公爵，他一看見公爵的影子，立刻把報紙放下，開始熱烈而囉唆地進行解釋。公爵對於他的解釋瞭解很少，因為將軍已經有幾分醉意了。

「我沒有十個盧布的票子，」公爵打斷他的話，「這是一張二十五盧布的，您去換一下，還給我十五盧布，因為我自己連一個錢也沒有了。」

「一定，一定。請您相信，我立刻就……」

「此外，我對您還有一個請求，將軍。您從來沒有到納斯塔霞・菲利波夫娜家裡去過嗎？」

「我嗎？我沒有去過嗎？您是問我這樣的話嗎？我去過幾次，老弟，好幾次！」將軍喊叫著，顯出揚揚得意的嘲諷的樣子，「但是，我以後斷絕來往了，因為我不願意促成這種不體面的婚姻。你自己會看到的，您在今天早晨已經親眼看到了，我做了一個父親所能夠做到的一切——但是，那只是一個溫和的、寬大的父親。現在另有一位父親要登場了，我們等著瞧吧！到那時候，不是一個功勳卓著的老戰士粉碎陰謀，便是一個無恥的淫婦走進高貴的家庭。」

「我正想求您一件事，您能不能作為引見朋友，今天晚上帶我到納斯塔霞・菲利波夫娜家裡去一趟？我今天一定要去，因為我有事情。但是，我完全不知道怎樣才能進去。剛才已經把我介紹給她了，但是她沒有邀請我——今天晚上她舉辦晚會。我準備打破一點禮節，也不怕人家笑話我，只要能進去就行。」

「老弟，您的話正合我意，」將軍興高采烈地喊道，「我叫您來並不是為了通融一點零錢，」他繼續說，一邊把錢搶下，放到口袋裡去，「我叫您來，就是要請您一塊兒到納斯塔霞・菲利波夫娜家裡去，也可以說是前去遠征納斯塔霞・菲利波夫娜！伊伏爾金將軍和梅什金公爵！她會覺得如何驚奇呀！我呢，我要借著祝賀生日的機會，最後表示出我的意見——是間接地，而不是直接地，不過這和直接一樣。到那時候，加尼亞會看出自己應該怎麼辦。不是功勳卓著的父親……如何如何……便是……但是，愛怎樣就怎樣吧！您的主意很好。我們到九點鐘再動身，現在還早呢。」

「她住在哪兒？」

「離這裡很遠，在大戲院附近，梅托夫佐娃的房子，差不多靠著廣場，在二樓上……今天雖然是她的生日，但不會有許多人參加，而且散得很早……」

已經到了晚上。公爵坐在那裡，一邊等候，一邊聽將軍說話。將軍講了不少故事，但都是有頭無尾。公爵來了以後，他又叫了一瓶酒，過一個小時才把它喝完，以後又叫了一瓶，把它喝光了。此時，可以想像得出，將軍已經把他的全部歷史都講出來了。公爵終於站起來說，他不能再等下去了。將軍把瓶底的殘酒倒出來喝了，然後也站起身，搖搖晃晃地走出去。公爵感到很絕望。他不明白，自己怎麼會這樣愚蠢地信賴人家。但在實際上，他從來也沒有信賴將軍，他只是打算借將軍的助力，混進納斯塔霞・菲利波夫娜的家裡去。他覺得鬧點亂子也不要緊，只要不鬧出太大的亂子就好。哪知道將軍現在喝得酩酊大醉，嘴裡天上地下，滔滔不絕，而且情緒衝動，幾乎掉下淚來。他喋喋不休地說，由於他全家的人品行不好，一切都垮台了，現在到了加以阻止的時候了。以後，他們走到了李鐵因大街。冰雪繼續融化，憂鬱的、溫暖的、帶臭味的風在街頭呼嘯著，馬車在稀泥裡顛簸，馬蹄叩著石子路，發出響亮的聲音。人們縮頭縮腦地，濕淋淋地，成群結隊在人行道上走著，其中也偶爾遇到一些醉鬼。

「您看見那燈光輝煌的二層樓了嗎？」將軍說，「我的老同事們全住在這裡。我比他們服務的年頭最多，受苦也最多，而我現在卻徒步往大戲院走，到一個曖昧女人的家裡去！這是一個在胸裡有十三顆子彈的人……您不相信嗎？可是皮羅戈夫[1]曾經僅僅為了我，親自打電報給巴黎，而且暫時放棄被圍困的塞瓦斯托波爾[2]，巴黎的御醫內拉通[3]借了科學的名義，設法弄到一張通行證，跑到被圍困的塞瓦斯托波爾城裡給我診治。最高長官也知道這件事情，一提起來就說：『那個伊伏爾金是中了十三顆子彈的呀……』公爵，您看見這所房子沒有？我的老同事索科洛維奇將軍就住在它的二層樓上。他有一大家人，都很正直。我現在交往的，也就是我個人認識的，就是這一家，涅瓦大街上還有三家，海洋街還有兩家。尼娜·亞歷山德羅夫娜早就向環境低頭了。我呢，仍舊不忘過去……在那些老同事和至今還尊敬我的下屬的所謂文化圈子裡盤桓。這位索科洛維奇將軍（說起來，我有很長時間沒有到他家裡去過了，也沒有見到安娜·費道洛夫娜……您知道，親愛的公爵，一個人如果不接見賓客，自然而然就不會去拜訪別人了。但是……嗯……您好像不相信……但是，我為什麼不能領我的最好朋友和總角之交的公子到這個可愛的家庭裡去呢？伊伏爾金將軍和梅什金公爵，您會看到一個出奇的女郎，而且不止一個，是兩

1 譯注：皮羅戈夫（1810—1881）：俄羅斯著名的外科醫學家和解剖學家。
2 譯注：塞瓦斯托波爾：俄羅斯克里米亞半島的一個城市，黑海港口。
3 譯注：內拉通（1807—1873）：法國著名的外科醫師，巴黎醫學科學院院士。

個，甚至是三個，她們全是京城的交際花：長得又漂亮，又有學問，又有派頭……她們既能談婦女問題，也會作詩詞，這一切湊在一起，使她們成為幸福的化身，更不用說她們每個人至少有八萬盧布的嫁妝了，完全是現款，不管研究什麼婦女問題和社會問題，錢永遠是沒有妨礙的……總而言之，我一定要，一定要領您去一趟。伊伏爾金將軍和梅什金公爵！」

「立刻去嗎？現在就去嗎？但是您忘記了……」公爵說。

「我一點也沒忘記，一點也沒忘記，我們去吧！到這裡來，走上這個漂亮的樓梯。真奇怪，看門人怎麼不在這裡，但是……今天放假，看門人出去了。他們還沒攆走這個醉鬼呢。這個索科洛維奇升官發財，享盡清福，完全都是我的恩典，就是我，而不是別人……現在，我們到了。」

公爵已經不再反對這次拜訪，他怕觸怒將軍，就很馴順地隨在將軍後面走，同時，他心裡極端希望索科洛維奇將軍和他的整個家庭漸漸像海市蜃樓一樣消失，成為不存在的東西，那麼，他們就可以安安靜靜地走下樓梯了。但是，使他心驚的是，這種希望卻開始幻滅了，因為將軍引他上樓時，裝出的確有朋友住在樓上的樣子，不時穿插一些傳記性和地理性的瑣細情節，這些情節和數學一般精確。最後，當他們走上二樓，停在右手一個闊綽寓所的門前，而將軍伸手去拉門鈴的時候，公爵才決心逃走。但是，有一個莫名其妙的情況使他暫時站住了。

「您弄錯了，將軍，」他說，「門牌寫的是庫拉闊夫，而您是想找索科洛維奇呀。」

「庫拉闊夫……庫拉闊夫算不了什麼。這是索科洛維奇的寓所，我要找索科洛維奇。去他的庫拉闊夫吧……有人來開門啦。」

門果然開了。一個男僕探出頭來，說：「主人們不在家。」

「很可惜，很可惜，好像故意似的！」阿爾達里昂．亞歷山德拉洛維奇帶著深深惋惜的語調，重複了幾遍，「你以後要報告一下，聽差的，說伊伏爾金將軍和梅什金公爵特地前來造訪，感到非常非常遺憾……」

這時，又有一張面孔從屋裡朝敞開的門觀看，頗似管家婦，也許是個保姆，是個四十來歲的女人，穿著深色的衣服。她聽到了伊伏爾金將軍和梅什金公爵的名字，帶著好奇和不相信的樣子走過來。

「瑪麗亞．亞歷山德羅夫娜不在家，」她說話時，特別打量著將軍，「她帶著小姐亞歷山德拉．米哈意洛夫娜到外祖母家裡去了。」

「連亞歷山德拉．米哈意洛夫娜也同他們去了，天哪，這真是不幸！您想一想，太太，我永遠這樣不幸！請您代我轉達一下我的問候，並且請亞歷山德拉．米哈意洛夫娜記住……總而言之，請您轉告她，我衷心祝禱她在禮拜四晚上聽蕭邦舞蹈曲時自述的願望得到實現；她會記得的……我衷心祝禱！伊伏爾金將軍和梅什金公爵！」

「我不會忘記的。」那位太太鞠了一躬，表示出有些相信的神情。

下樓時，將軍依然不住惋惜這次訪友不遇，說公爵失掉了交好朋友的機會。

「您要知道，老弟，我的心有一些詩人的樣子，您注意到這一點了嗎？但是……但是，我們好像找錯人家了，」他忽然完全出其不意地說，「我現在記起來了，索科洛維奇家住在另外一座樓房裡，他們現在大概也在莫斯科。是的，我有點弄錯了，但是……這不要緊。」

「我只想知道一件事情，」公爵憂鬱地說，「我是不是應該完全不再倚賴您，由我一個人前去呢？」

「不再？倚賴？一個人？但是，這件事是我的一樁大事情，和我全家的命運有極大關係，您又何苦如此呢？我的老弟，您還不大了解伊伏爾金的為人。如果說出『伊伏爾金』這幾個字，那就等於說出

『牆壁』一樣。我最初在騎兵連當差，那時候人們就說：『依靠伊伏爾金，就像倚靠銅牆鐵壁一般。我現在只想順路到另一家去看看，我經過多次的煩惱和追尋，幾年前終於在這裡得到安慰……」

「您打算回家嗎？」

「不！我打算……去找捷連季耶娃，捷連季耶夫大尉的寡妻，他是我過去的部下……也是我的朋友……我在大尉夫人家裡得到精神上的安慰，把我生活上和家庭間的煩惱，都傾訴給她……因為我今天負著極大的道德重擔，所以我……」

「我覺得剛才麻煩您，已經是幹了極愚蠢的事情，」公爵喃喃地說，「何況您現在……再見吧！」

「但是我不能，老弟，我不能放您走！」將軍喊道，「一個寡婦，一個家庭的母親，她彈奏著的心弦在我的整個身心裡引起共鳴。拜訪她只用五分鐘，我到這一家用不著客氣，我幾乎完全住在這裡。等我洗一洗臉，好好打扮一下，咱們再坐馬車到大戲院去。您應該相信，今天整個晚上我都需要您……就在這所房子裡，我們已經到了……科利亞，你已經來了嗎？瑪爾法．鮑里索夫娜在不在家？你莫非也是剛到嗎？」

「不是的，」科利亞回答說（他恰巧在大門口撞上他們），「我早就在這裡，陪著伊波利特，他的病不見好，今天早晨就躺下了。我現在到小鋪去買紙牌。瑪爾法．鮑里索夫娜等候您呢。不過，爸爸，您怎麼又這樣了！……」科利亞說時，仔細察看將軍走路和站著的樣子，「既然這樣，我們就去吧！」

公爵遇到科利亞以後，就決定陪將軍到瑪爾法．鮑里索夫娜那裡去一趟，但只是去一會兒的工夫，因為他需要科利亞。他已經下定決心，無論如何要把將軍拋開，他對自己剛才要倚靠將軍的思想，覺得不能原諒。他們順著後樓梯上四樓，走了很多時候。

「您想把公爵介紹給他們嗎？」科利亞在路上問。

「是的，我的好孩子，我想介紹一下：伊伏爾金將軍和梅什金公爵，但是，那個……瑪爾法．鮑里索夫娜怎麼樣了……」

「爸爸，您要知道，您最好不必去！她會大罵您一頓的。您有三天不照面，她正急著用錢。您為什麼答應給她錢呢？您永遠是這樣！現在您自己去擺脫吧。」

到了四層樓，他們在一個低矮的門前止步。將軍顯然有點膽怯，推公爵在前面走。

「我要留在這裡，」他喃喃地說，「我要來個出其不意……」

科利亞首先進去。有一位太太濃妝豔抹，穿著便鞋和馬甲，頭髮編成小辮，年紀四十來歲，從門內向外窺探一下，將軍所謂出其不意的把戲，竟出其不意地破產了。那位太太剛看見他，立刻喊道：「他來啦！這個卑鄙的、狡猾的人來了！我可正惦記著他呢！」

「我們進去吧。就是這樣。」將軍向公爵喃喃地說，還發出天真爛漫的笑聲。

事實上並不就是這樣。他們剛從黑暗低矮的前室走進有些狹窄的大廳（大廳裡擺著六張籐椅和兩張牌桌），女主人立刻用一種熟練的抱怨聲音繼續說道：「你不害臊嗎？你不害臊嗎？你這個野蠻人，我家的暴君！你這個野蠻人，惡棍！你把我完全搶光了，你吸盡了我的血，可是還不滿足。我不能再忍受下去了，你這個無恥的騙子！」

「瑪爾法．鮑里索夫娜！瑪爾法．鮑里索夫娜！這位是……梅什金公爵。伊伏爾金將軍和梅什金公爵。」將軍帶著戰慄而且慌亂的樣子喃喃地說。

「您相信不相信，」大尉夫人忽然對公爵說，「您相信不相信，這個無恥的人竟毫不憐恤我的孤苦伶仃的孩子們！他把一切東西都搶去，把一切東西都弄走，把一切東西都當盡賣光，一點也不留。我拿著你的借據有什麼用呢？你這狡猾的、沒有良心的人！你回答呀，狡猾的東西，你回答我呀！你這貪得無厭的黑心鬼！我用什麼來養活我的孤兒寡女呀？現在他喝醉了酒，跑到這裡來，連腳都站不住……我有什麼觸怒上帝的地方？你回答呀，你這卑鄙齷齪的老滑頭！」

但是，將軍顧不了這些。

「瑪爾法・鮑里索夫娜，這裡是二十五盧布……我就能給你這些，這是一個極體面的朋友借給我的。公爵！我鑄成了大錯！人生……就是如此……但是現在……對不起，我站不住了，」將軍繼續說，站在屋子中央，向四面八方鞠躬，「我站不住了，對不起！蓮努奇卡！好孩子……拿枕頭來！」

蓮努奇卡是一個八歲的小姑娘，她立刻跑去拿枕頭，取來以後，放到漆布面的、又硬又破的沙發上。將軍坐下，心裡還打算說許多話，但是，身子剛一觸到沙發，就立刻歪著倒下，轉臉對著牆壁，呼呼地入睡了。瑪爾法・鮑里索夫娜帶著客氣和悲傷的神情，在牌桌旁給公爵放了一把椅子，她自己坐在對面，一隻手支住右腮，看著公爵，開始默默地歎氣。三個孩子（兩個女孩，一個男孩，達努奇卡是最大的）走到桌旁，三個人都把雙手放在桌上，三個人都死盯盯地看著公爵。科利亞從另一間屋子走出來了。

「科利亞，我在這裡遇見了您，我很喜歡，」公爵對他說，「您能不能幫我一個忙？我一定要到納斯塔霞・菲利波夫娜家裡去一趟。我剛才求阿爾達里昂・亞歷山德拉洛維奇帶我去，但是他已經睡熟了。請您帶我去，因為我不認識街道，找不到路。不過，她的住址我是知道的；在大戲院旁邊，住梅托夫佐娃的房子。」

「納斯塔霞・菲利波夫娜嗎？她從來沒有在大戲院旁邊住過，父親也從來沒有到納斯塔霞・菲利波夫娜家裡去過，您要知道這一點。真奇怪，您會希望他替您做什麼事情。她住在弗拉基米爾街的五角口附近，離這裡近得很。您現在就要去嗎？現在是九點半。如果您要去，我可以領您去。」

公爵和科利亞立刻走了出去。可冷得很！公爵連叫馬車的錢都沒有，必須步行前去。

「我很想把伊波利特介紹給您，」科利亞說，「他是那個穿馬甲的大尉夫人的大兒子，住在另一間屋內。他身體不好，今兒躺了一整天。但是，他這個人很奇怪。他太好生氣，我覺得您在這個時間來，他對您會感到慚愧……我可不像他那樣感到慚愧，因為男的是我的父親，女的是他的母親，這中間總歸有些區別。在這種情況下，男子是無所謂不名譽的。不過我認為男女兩性在這種情況下輕重不同，這也許是一種偏見。伊波利特是一個了不起的少年，然而他也抱著一些偏見。」

「您說他有癆病嗎？」

「是的，我覺得，他最好是趕快死掉。如果我是他，我一定希望早死。他很憐惜自己的弟弟和妹妹，也就是您看到的那幾個孩子。假使可能的話，假使有錢的話，我想和他租一所單獨的住宅，和我們的家庭脫離關係，這是我們的理想。我告訴您，剛才我把您的那件事情講給他聽，他竟大生其氣，說：凡是挨了人家的耳光，寬容過去，不要求決鬥的人，一定很卑鄙。因為他太好生氣，所以我就沒有和他辯論。大概，現在是納斯塔霞．菲利波夫娜請您去的嗎？」

「並不是的。」

「那您幹嗎去呢？」科利亞喊道，甚至在人行道中間站住了，「而且……還穿著這樣的衣服，您不知道那裡舉行宴會嗎？」

「我真不知道自己怎樣進去。如果他們讓我進去呢，那很好，如果不讓我進去呢，事情也就吹了。至於衣服，我有什麼辦法呢？」

「您有什麼事情嗎？或者您只是為了到『上流社會』pour passer le temps（法文：為了消磨時間）？」

「不，我本來……我本來是有事情……我很難表達出來，但是……」

「究竟有什麼事情，那隨您的便好了。我覺得最主要的是，您不要硬闖進宴會，不要硬鑽進淫婦、將軍和高利貸者的紙醉金迷的圈子。如果您往裡鑽，那麼對不起，公爵，我一定嘲笑您，看不起您。在這個圈子裡，誠實的人太少了，因此沒有一個值得尊敬的人。一個人自然而然會驕傲起來，而他們大家全都要求別人尊敬。瓦里婭首先是這樣。公爵，您注意到了嗎？現代的人全是冒險家，特別是在我們俄國，在我們可愛的祖國裡面。我不明白，怎麼會弄成這樣。基礎原來似乎很穩固，但是現在呢？大家都這樣說，到處都這樣寫。大家都在暴露著，我國的人都在暴露著。我們的父母首先就開倒車，覺得以前的道德可恥。譬如，在莫斯科就有一個父親勸告他的兒子說，應該不擇手段，獲得金錢。這件事在報紙上登載過。您再看一看我家的將軍。唉，他成一個什麼樣的人了呢？但是，您要知道，我覺得我家的將軍還是一個誠實的人。的確是這樣，他只是行為不正，喝點酒罷了。的確是這樣！說老實話，我很可憐他。我只是不敢說，因為怕大家笑我。但是，我實在覺得他可憐。那些聰明人又怎麼樣呢？他們全是高利貸者，沒有一個不是！伊波利特擁護高利貸，他說這是必要的，他說這是經濟的現象，是一種漲潮和落潮——我也弄不清他那套鬼話。很不愛聽他這些話，可是他很好發脾氣。您想一想，他的母親，就是那個大尉夫人，從將軍手裡弄到錢，馬上又以很高的利息放給將軍。這真是可恥已極！您要知道，媽媽——也就是我的母親，將軍夫人，尼娜．亞歷山德羅夫娜，時常幫助伊波利特，送給他金錢、衣服、內衣和一切東西，還有一部分是通過伊波利特的手，送給那幾個孩子，因為他們沒有人照管。瓦里婭也是這樣做。」

「您瞧，您說我國沒有誠實和堅強的人，大家全是高利貸者；現在出現堅強的人了，這就是您的母親和瓦里婭。在這種情況下，像這樣的幫忙，難道不是具有道德力量的明證嗎？」

「瓦里婭這樣做，只是由於好勝心強，想顯示一下自己不落在母親後邊。而母親是真情實意……我尊敬她。是的，我尊重和擁護這一點。伊波利特幾乎對任何人都是殘酷無情的，但是他都感覺到了這一點。他起初嘲笑著，認為我母親的這種行為很卑鄙！但是，他現在有時醒悟過來了。嗯！您管這個叫作力量嗎？我要注意這一點。加尼亞不知道這件事，要不然，他一定認為這是姑息縱容了。」

「加尼亞不知道嗎？加尼亞好像有許多事情都不知道。」公爵沉思著說。

「您要知道，公爵，我很喜歡您。我總忘不掉您在今天下午發生的那件事情。」

「我也很喜歡您，科利亞。」

「請問，您打算在這裡怎樣生活下去？我很快就要找到一個職業，賺一點錢。讓我們住在一起吧，我，您，還有伊波利特。我們三個人來租一所房子。我們可以讓將軍來看我們。」

「我很樂意這樣做。但是，我們以後再看吧。我現在……心裡很亂。怎麼？已經到了嗎？就在這所房子裡……多麼華麗的大門哪！還有個看門的。科利亞，我不知道這件事會弄得怎樣收場。」

公爵站在那裡，露出驚慌失措的樣子。

「您明天講給我聽吧，不要太膽怯！但願上帝使您成功，因為我對每件事情和您都有一樣見解！再見吧。我要回去告訴伊波利特。她會接見您的，這一點毫無疑問，您放心吧！她是一個很特別的人。從這條樓梯上去，在二層樓，看門的人會給您帶路的。」

第十三章

公爵上樓的時候，心裡很不安，所以竭力鼓勵自己。他心裡想：「最多也不過是不接見我，對我懷著很壞的印象，或者接見我，當面笑我一頓……但是，這不要緊！」他對於這一點的確並不害怕，不過，還有一個問題：「我到了那裡要做些什麼事情？我為什麼到那裡去？」——他對這個問題根本找不到滿意的答案。就算是好壞弄到一個機會，對納斯塔霞．菲利波夫娜說：「你不要嫁給那個人，不要戕害自己，他並不愛你，只愛你的金錢，他親自對我說的，阿格拉婭．伊萬諾夫娜也對我說過，所以我來告訴你一聲。」——這也不見得在各方面都很相宜。他心裡還有一個無法解決的問題，一個非常重大的問題，他一想到這個問題就害怕，他不能甚至不敢接受這個問題，更不知道應該怎樣表白這個問題，當他考慮到這個問題時，臉便紅起來，渾身戰慄。但是，他不顧這一切的驚慌和懷疑，還是走進去，求見納斯塔霞．菲利波夫娜。

納斯塔霞．菲利波夫娜住在一所不是很大、卻收拾得十分華美的寓所裡面。在她居住彼得堡的五年裡，有一段時間，就是剛開始的時候，阿法納西．伊萬諾維奇特別不惜為她花錢。那時候，他還希望博得她的歡心，主要是想用舒適與奢侈來誘惑她，因為他知道奢侈的習慣如何容易養成，而到以後當奢侈漸漸成為必要的時候，又如何難於擺脫那些習慣。在這方面，托茨基非常相信古人的良訓，不加任何改變，極端尊重感情薰染所具有的不可戰勝的力量。納斯塔霞．菲利波夫娜並不拒絕奢侈，甚至喜好揮霍。但是，令人特別感到奇怪的是，她絕不為奢侈所奴役，永遠帶著不揮霍也算不了什麼的樣子；她有幾次甚至公開表白她的心情，因而使托茨基感到很不愉快。納斯塔霞．菲利波夫娜還有許多事情使阿法納西．伊萬諾維奇感到不快，後來甚至達到輕蔑的地步。她有時接近的，也就是她愛接近的一類人都具有庸俗的作風，我們姑且放下這種作風不談，從她的身上還可以看出幾種完全奇怪的傾向。她表現出把兩種趣味很野蠻地混合到一起，她具有一種隨遇而安的能力，一個上流社會文雅人物不用某些東西和工具似乎就不能夠生存，而她卻能夠對這些東西和工具感到滿足。實際上，打個比方說，如果納斯塔霞．菲利波夫娜忽然表示出某種可愛和文雅的無知，例如她不知道農婦不可能像她那樣穿薄洋紗內衣之類，那麼，阿法納西．伊萬諾維奇反而因此顯得特別滿意。這些結果首先是納斯塔霞．菲利波夫娜依照托茨基的計畫所受到的一切教育造成的（托茨基本是精通這類事情的人），然而，可歎的是，這些結果竟是非常奇怪。雖說如此，納斯塔霞．菲利波夫娜的身上到底還留下一點東西，她那種特別的、有趣的、古怪的行為的力量，有時會使阿法納西．伊萬諾維奇感到驚訝，甚至現在，當他以前對納斯塔霞．菲利波夫娜的一切計畫都已經破產的時候，他仍然還會為此而入迷。

有一個女僕（納斯塔霞．菲利波夫娜家裡的僕役全是女的）出來迎接公爵，公爵感到奇怪的是，女僕聽說他請見主人以後，並沒有露出任何疑惑的樣子。他那骯髒的皮靴，寬邊的帽子，無袖的斗篷，以及他那一副窘態，都沒有使她有一分猶疑。她替他脫下斗篷，請他在接待室裡等一等，立刻就進去通報了。

這天，納斯塔霞．菲利波夫娜家裡的賓客全是平日的那些熟人。比起以前每年過生日來，這次的賓客人數還少得多。最重要的參加者是阿法納西．伊萬諾維奇．托茨基和伊萬．費道洛維奇．葉潘欽。他們兩個人都很和氣，但是兩個人都顯得內心很不安，難以掩飾期待依約宣佈加尼亞終身大事的心情。除了他們以外，當然加尼亞也在座。他也是滿面愁容，鬱鬱不樂，甚至顯出完全「無禮貌」的樣子，這天晚上，他經常遠遠地站在一旁，一言不發。他沒敢帶瓦里婭來，但是納斯塔霞·菲利波夫娜也沒有提到她；不過，當她和加尼亞寒暄以後，馬上提到他剛才和公爵所演的那一幕醜劇。葉潘欽將軍還沒有聽到這件事，於是就打聽起來。加尼亞冷冷地，沉著地，但是非常坦率地講述了剛才所發生的一切事情以及他怎樣去向公爵賠罪。此外，他還熱烈地表示的意見說，大家管公爵叫作「白癡」，這是非常奇怪的事情，天曉得是為了什麼，他認為公爵恰恰相反，「當然是一個很有頭腦的人」。納斯塔霞·菲利波夫娜很注意地聽著這種評語，帶著好奇的眼光觀望加尼亞。

但是，他們的話題立即轉到羅戈任身上了。羅戈任是那一幕醜劇的主要登場人物，阿法納西·伊萬諾維奇和伊萬·費道洛維奇也極好奇地打聽他。原來最瞭解羅戈任的是普季岑，他一直到晚上九點鐘還和羅戈任在一起，為羅戈任的事情奔忙。羅戈任堅決主張當天弄到十萬盧布。「他的確是喝醉了，」普季岑說，「但是，無論如何困難，他也可以弄到十萬盧布，我只是不知道他在今天是不是能弄到全數；有許多人，如金台爾、脫萊帕洛夫、皮斯庫普，都在替他張羅；他幾分利息都肯出，當然，這都是因為他喝醉了，因為他一見鍾情……」普季岑結束了他的話。大家都很有興趣地聽著這些報導，在興趣之中帶著幾分陰鬱。納斯塔霞·菲利波夫娜默不作聲，顯然不願意表示意見。加尼亞也是如此。葉潘欽將軍心裡比任何人都感到不安。他早晨送來的那串珠子，納斯塔霞·菲利波夫娜帶著非常冷淡的客氣樣子，甚至帶著一種特別嘲笑的樣子收了下來。

在全體賓客中，只有費爾德先科一個人露出過生日的快樂氣氛，有時不知為什麼哈哈大笑起來。他之所以這樣，只是因為他自願來擔當小丑的角色。阿法納西·伊萬諾維奇是出名的能講優美動人故事的人，在這類晚會上一向是談話的中心，但是今天顯然快快不樂，甚至帶著他平常所沒有的慌亂狀態。其餘的賓客為數不多（有一個寒酸的、天曉得為什麼邀請來的老教師；一個不相識的、膽子極小的、始終不發一言的小夥子；一個很活潑的、四十來歲的女演員；還有一個特別美好，特別漂亮，一身珠光寶氣，而又特別不愛說話的少婦），他們不但不能使談話特別熱鬧起來，有時簡直就不知道說什麼話好。

因此，公爵的來臨簡直巧極了。女僕通報以後，大家顯出很驚奇的樣子，還發出幾聲微小的奇怪的笑聲。當他們從納斯塔霞．菲利波夫娜的驚訝神情中看出她根本沒有打算請公爵的時候，就越發驚奇和怪笑了。但是在驚訝之後，納斯塔霞．菲利波夫娜忽然表現出非常高興的樣子，因此，多數賓客立刻準備用笑臉來迎接這位不速之客了。

「這也許是由於他太天真的關係，」伊萬．費道洛維奇．葉潘欽說，「不管怎麼說，鼓勵這種傾向是很危險的事情。但是，在這個時候，他能夠想到光臨，就算是用這種古怪的方式，也的確是不壞的。」

「況且他是自動前來的！」費爾德先科立刻插嘴說。

「至少我可以斷定，他也許會給我們增加一些興趣。」

「你這話什麼意思？」將軍厲聲問，他是看不起費爾德先科的。

「這就是說，他應該交入場費。」費爾德先科解釋說。

「不過，梅什金公爵到底不是費爾德先科。」將軍忍不住說。直到這時候，他一想到自己和費爾德先科在一個宴會上平起平坐，心裡就不舒服。

「喂，將軍，您饒恕費爾德先科吧，」費爾德先科嬉皮笑臉地回答說，「我在這裡是有特殊地位的。」

「您有什麼特殊地位呢？」

「上一次我已經很榮幸地詳細向諸位解釋了一番，我現在可以給大人再重複一遍。大人，您可以看到：大家都有機智，唯獨我沒有。為了彌補這個缺點，我請求大家允許我說實話，因為諸位全都知道，只有沒有機智的人才會說實話。再說，我是一個喜歡報復的人，這也是因為沒有機智的緣故。我甘心忍受各種恥辱，但是，侮辱我的人一失敗，我就不會忍受了；他只要一失敗，我立刻就會記起前仇，立刻就設法報復，用伊萬・彼得洛維奇・普季岑形容我的話來講，就是用腳去踢，當然啦，普季岑自己是永遠不踢人的。大人，您知道克雷洛夫所寫的〈獅子與驢子〉那篇寓言嗎？咱們倆就是這樣，他寫的就是我們。」

「您大概又胡扯起來了，費爾德先科。」將軍發火了。

「您這又何必呢，大人？」費爾德先科接上去說。他覺得可以迎合幾句，再多添點醬油。「您不要擔心，大人，我知道自己的地位：如果我說咱們倆是克雷洛夫寓言中的獅子和驢子，那麼，驢子的角色當然由我來擔任，大人呢，就擔任獅子的角色。克雷洛夫的寓言說得好：

強大的獅子，叢林的霸王。
由於衰老而失去了力量。

大人，我就是那頭驢。」

「我同意你最後的一句話。」將軍不經心地說。

這些話當然很粗魯，而且是故意做作出來的，但是，費爾德先科扮演小丑的角色已經成為一種習慣了。「人家所以留下我，容許我到這裡來，」有 次，費爾德先科喊道，「就是為了我說這類的話。說真的，像我這樣的人，能夠受到招待嗎？我很明白這一點。請問：能不能把我，把我這費爾德先科，同阿法納西．伊萬諾維奇那樣文雅的紳士放在一起呢？自然而然只有一個解釋：讓我和他們平起平坐，本來就是不可想像的事情。」

他的話雖然很粗魯，可是很尖刻，有時十分尖刻，納斯塔霞．菲利波夫娜好像很喜歡這一點。凡是願意到她家裡來的人，只好甘心忍受費爾德先科的一套。他也許完全摸到了底，明白他所以受到款待，就是因為他自從第一次出現，便使托茨基感到難受的緣故。加尼亞也受過他無數次的折磨。在這方面，費爾德先科對於納斯塔霞．菲利波夫娜是很有用處的。

「公爵先要給我們唱一支流行歌，」費爾德先科一邊結束他的話，一邊看納斯塔霞．菲利波夫娜要說什麼。

「不見得吧，費爾德先科，請你不要弄得過火啦！」她冷冷地說。

「啊！如果他受到特別的庇護，我也只好放過他了……」

但是，納斯塔霞．菲利波夫娜不聽他的話，站起身來，親自去迎接公爵。

「我很抱歉，」她一陣風似的跑到公爵面前，說，「剛才我在匆忙中，忘記請您了。您現在給我一個機會，使我能夠感謝和頌揚您毅然光臨，我覺得十分高興。」

她說話時，眼睛緊盯著公爵，想弄明白他的來意。

公爵對於她的客套本來也可以回答幾句，但是他這時候弄得昏頭昏腦，連一個字也說不出來了。納斯塔霞．菲利波夫娜看見他那樣子，心裡很高興。今天晚上她穿著盛裝，特別動人。她拉住他的手，把他帶到賓客面前去。到了客廳門口，公爵突然站住了，他露出特別驚慌的樣子，匆忙地向她小聲說：

「您的一切都是完美的……連您身體的瘦削和臉色的蒼白都是這樣……誰也不會對您有另外想法的……我非常想來拜訪您……我……對不住得很……」

「用不著賠不是，」納斯塔霞・菲利波夫娜笑了，「這樣會損害一切奇怪和特殊的形態。人家說您是個怪人，這倒是實話。您認為我是一個完美的人嗎？」

「是的。」

「您雖然很會猜，不過您猜錯了。我今天就可以給您提出證明……」

她把公爵向賓客們介紹，當中有一大半都已經認識他了。托茨基立刻說了幾句客套話。大家似乎活躍些了，一齊談笑起來。納斯塔霞・菲利波夫娜讓公爵坐在自己的身旁。

「但是，公爵的光臨有什麼出奇的地方？」費爾德先科比大家喊得都響，「事情很清楚，不言而喻呀！」

「事情確是太明顯，太清楚了，」本來沉默著的加尼亞忽然應聲說，「今天一整天，自從公爵在伊萬・費道洛維奇的桌子上初次看到納斯塔霞・菲利波夫娜的照片那一瞬間起，我幾乎始終注意觀察他。我記得很清楚，我那時就想到一點，現在已經完全相信這一點了，再說，公爵自己也承認這一點。」

加尼亞說這話時，一本正經，沒有一點開玩笑的樣子，甚至露出陰鬱的語調，這使大家感到有些奇怪。

「我沒有對您承認什麼，」公爵漲紅了臉回答說，「我只是回答過您的問題。」

「妙極了，妙極了！」費爾德先科喊道，「至少是誠懇的，狡猾而誠懇的！」

大家哄堂大笑。

「你不要喊叫，費爾德先科。」普季岑嫌惡地向他低聲說。

「公爵，我沒想到您還有這樣一手，」伊萬・費道洛維奇說，「哪裡知道您是這樣一種人。我還以為您是一位哲學家呢！您這個狡猾的人哪！」

「公爵為了一句天真的玩笑話，臉就紅得像一個天真的處女似的，從這一點看來，我可以斷定他是個正直的青年，心裡懷抱著宏圖大志。」牙齒掉光了的、一直沒有發過言的七十歲老教師突然這樣說（或者最好說是嘟噥出來）。他的話是完全出人意料的，誰也沒想到他在這天晚上會說出話來的。大家聽罷，笑得更加厲害了。老教師大概以為是他的俏皮話逗得大家發笑，於是就望著大家，越發大笑起來，一直笑到猛烈地咳嗽為止，納斯塔霞．菲利波夫娜見到這種情形，連忙去照看他，吻他，吩咐僕人給他倒茶。她不知為什麼，特別喜愛這一類古怪的老翁、老嫗，甚至瘋子。她向走進來的女僕要了一件斗篷，裹在身上，又吩咐女僕再往壁爐裡加點木柴。她問現在幾點鐘，女僕回答說：已經十點半了。

「諸位，你們要不要喝香檳酒？」納斯塔霞．菲利波夫娜忽然問，「我已經準備好了，這也許會使你們更快樂些，請你們不要客氣。」

納斯塔霞．菲利波夫娜親自勸酒，特別是用如此天真的辭令說出來，使大家感到十分奇怪。大家都知道，她以前請客時總是非常謹嚴的。這時，晚會更熱鬧一些了，但和往常不同。不過，大家並沒有拒絕喝酒，首先是將軍本人，其次是活潑的太太，老教師，費爾德先科，然後，大家也都跟著喝了。托茨基也拿起酒杯，他想調整一下目前的新情調，盡可能使它具有輕鬆愉快的氣氛。只有加尼亞一個人，連一口也沒有喝。納斯塔霞．菲利波夫娜舉起酒來，宣布她今天晚上要喝三大杯。她今天晚上舉止奇特，行動有時十分急促和敏捷，她忽而無緣無故地狂笑，忽而一言不發，甚至沉思默想起來，大家對她有些莫名其妙。有些人疑惑她發了瘧疾。後來，他們看出她似乎在等待什麼，時常看表，顯出急不可耐和心不在焉的樣子。

「您不是有一點小瘧疾嗎？」活潑的太太問。

「是大的，不是小的。所以我披上斗篷了。」納斯塔霞．菲利波夫娜回答說，她的臉色果真顯得慘白，似乎時時忍住劇烈的哆嗦。

大家都驚慌起來，離開了座位。

「我們要不要讓女主人休息一下？」托茨基望著伊萬．費道洛維奇說。

「諸位，不必！我還要請你們多坐一會兒。特別是今天，你們的光臨對於我是很必要的。」納斯塔霞．菲利波夫娜忽然很堅決地，意味深長地說。因為賓客差不多全知道今天晚上要有十分重要的決定，所以她這幾句話就顯得特別有分量了。將軍和托茨基又交換了一下眼色，加尼亞好像抽筋了似的動彈著。

「最好是來個 petit-jeu（法文：小玩意）。」活潑的太太說。

「我知道一種最有意思的，新的小玩意，」費爾德先科搶上去說，「不過只玩過一次，而且還沒玩得很成功。」

「是什麼玩意？」活潑的太太問。

「有一次，我們幾個朋友聚在一起，當然是喝了酒，忽然有人提議說，我們每個人不離開桌子，就講述一段自己的故事，不過，每個人必須憑著自己的良心，認為是自己一生中幹的最蠢的事情；只是要誠實，主要的是老老實實，不能扯謊。」

「好奇怪的主意。」將軍說。

「的確再沒有比這更奇怪的了，大人，但是，它因此也是最好的了。」

「多麼可笑的主意，」托茨基說，「不過倒也容易理解，這是一種特別的誇耀方式。」

「也許我們正需要這種東西，阿法納西．伊萬諾維奇。」

「可是，這樣的 petit-jeu 只會使我們哭，不會使我們笑。」活潑的太太說。

「這是一種完全不可能的，而且荒唐可笑的玩意。」普季岑應聲說。

「你們玩得成功嗎？」納斯塔霞·菲利波夫娜問。

「不，結果沒有成功，弄得很壞。每個人的確都說了一些，有許多人說的是實話，您要知道，有些人講得還很得意呢。以後，大家都受不住了，人人都羞愧起來！不過，就整個來說，倒很別緻有趣。」

「真的，這倒不錯！」納斯塔霞·菲利波夫娜說，她忽然精神煥發，「真的，諸位，讓我們試一試吧！今天我們的確有點不快樂。如果我們每個人都肯講一點……這類的事情……當然要經本人同意，完全出於自願，對不對？我們也許受得住吧？至少這是極別緻的事情。」

「一個天才的主意！」費爾德先科附和著說，「不過，太太們除外，由男人開始講。大家抓鬮，和我們那天一樣，一定要這樣！一定要這樣！如果有人實在不願意講，當然也不勉強！不過，誰會那樣不顧面子呢！諸位，請把你們的鬮放到這裡來，放到我的帽子裡，讓公爵來抓。這是最容易的課題，講述自己一生中最愚蠢的行動，諸位，這是極容易的！你們瞧著吧！如果有人忘記，我立刻給他提醒！」

誰也不喜歡這個主意，有些人皺著眉頭，另一些人露出狡猾的微笑。有些人反對，但並不強烈反對，譬如伊萬·費道洛維奇就是其中的一個，他不願意和納斯塔霞·菲利波夫娜對抗，並看出她對這個怪主意感到十分有趣。納斯塔霞·菲利波夫娜只要表達一種願望，哪怕這種願望是極任性的，甚至對自己是很無益的，她永遠要堅持己見，絕不通融。現在她好像歇斯底里發作了，走來走去，痙攣地，間歇地發笑，特別笑托茨基那種驚慌的反對論調。她的黑色眼睛閃著光亮，蒼白的臉頰出現兩塊紅暈。有幾個賓客的臉上露出憂鬱和討厭的神色，這也許更燃燒起她嘲笑的願望，她也許就是喜歡這個主意的無恥和殘酷。有的人認為她一定有其他的打算。但是大家都同意了，無論如何，這種玩意是新奇的，對於許多人有誘惑力。費爾德先科比所有的人都興奮。

「假如有些事情……當著太太們的面不能講出來，那便怎麼樣？」一個沉默的青年難為情地說。

「那麼，您不講這個就行了；除了這個以外，壞事還會少嗎？」費爾德先科回答，「唉，您這個青年人！」

「可是，我不知道我的行為哪一樁是最壞的。」活潑的太太插嘴說。

「太太們可以免除講述的義務，」費爾德先科重複地說，「不過，只是免除義務而已，如果自己有興致來講，那應當竭誠歡迎。男人如果實在不願意，也不勉強。」

「怎麼能證明我不扯謊呢？」加尼亞問，「如果我扯了謊，這種遊戲就完全失掉意義了。而且，誰能不扯謊呢？每個人都一定會扯謊的。」

「就是看著人扯謊，也是十分有趣的事情。至於你呢，加尼亞，我們也不特別怕你扯謊，因為大家都知道你的最壞的行為了。但是，諸位！你們要想一想，」費爾德先科忽然極興高采烈地喊叫著，「你們要想一想，在我們講出來之後，譬如說在明天，我們將怎樣相見呢？」

「難道真能這樣做嗎？納斯塔霞·菲利波夫娜，難道您是真要這樣做嗎？」托茨基一本正經地問。

「怕狼怕虎，不在山裡住！」納斯塔霞·菲利波夫娜嘲笑地回答說。

「讓我問您一句，費爾德先科先生，這種 petit-jeu 能夠得到什麼結果呢？」托茨基繼續說，顯得更加驚慌起來，「我告訴您，這類玩意永遠不會成功。您自己不是說過嗎，那一次就沒有成功。」

「怎麼沒有成功！上一次我講我偷了三個盧布，我就老老實實地說了出來！」

「也許是的。不過，您要說得好像真有其事，而且使大家相信，那是不可能的。加夫里拉·阿爾達利翁諾維奇說得很對，只要有一點虛假，遊戲就完全失掉意義了。只有在偶然的情況下，才可能是真實的，也就是說，只有講述的人趣味低劣，想要用這種方式特別誇耀一番的時候，他才會講真話，在這裡，這是不可想像的，也是完全不體面的。」

「您真是一個精明到極點的人，阿法納西．伊萬諾維奇，連我都感到驚奇啦，」費爾德先科喊道，「諸位，你們想一想，阿法納西．伊萬諾維奇剛才說我不能把我偷東西的事情講得好像真有其事，他這句話就是極精明地暗示出我是不會真正偷竊的（因為這種話直說出來很不雅觀），但是我的內心裡，也許完全相信我費某人是個賊！現在我們言歸正傳，諸位，言歸正傳吧。鬮已經全收來了。阿法納西．伊萬諾維奇，您也把鬮放到裡面了。這就是說，沒有人不幹了。公爵，您抓吧。」

公爵默默地把手伸進帽子，掏出第一個鬮，這是費爾德先科的，第二個是普季岑的，第三個是將軍的，第四個是阿法納西．伊萬諾維奇的，第五個是他自己的，第六個是加尼亞的，等等。女人們沒有放鬮。

「天哪，這真倒楣！」費爾德先科喊道，「我以為第一個會輪到公爵，第二個會輪到將軍呢。但是還算好，至少伊萬．彼得洛維奇在我後面，我會得到補償的。諸位，我當然應該成為一個好榜樣，但是現在最可惜的是，我這個人太渺小了，沒有什麼特色，連我的官銜也是極小極小的。其實我費某做了什麼壞事，又有什麼興趣呢？我最壞的行為又是什麼呢？真是 embarras de riehesse（法文：太多了，不知道該怎樣選擇）。難道還是講那段偷竊的故事，為了使阿法納西．伊萬諾維奇相信不做賊也可以偷東西嗎？」

「費爾德先科先生，您使我相信的是：如果沒有人盤問，自己就講出那些卑鄙齷齪的行為，心裡的確可以感到非常愉快……不過……請您恕我失言，費爾德先科先生。」

「快開始吧，費爾德先科，您的廢話太多，總也沒完！」納斯塔霞．菲利波夫娜很惱怒地，不耐煩地命令著。

大家都看得出，她剛才發出歇斯底里性的狂笑之後，忽然變得陰鬱，暴躁，而且惱怒了；雖然如此，她還是頑固地，專橫地堅持來玩那種令人不能忍受的花樣。阿法納西・伊萬諾維奇感到很難過。他對伊萬・費道洛維奇也非常生氣：因為那個人若無其事地喝著香檳酒，甚至在等輪到他的時候講點什麼。

第十四章

「納斯塔霞·菲利波夫娜，我沒有機智，因此淨講廢話！」費爾德先科剛開始講，便喊起來，「如果我有阿法納西·伊萬諾維奇或伊萬·彼得洛維奇那樣的機智，我今天也一定坐在那裡，一言不發，與阿法納西·伊萬諾維奇和伊萬·彼得洛維奇一樣。公爵，請問您的尊見如何？我總覺得：世界上的賊要比非賊多，一輩子沒有偷過東西的老實人可以說連一個也沒有。這是我的看法，但是，我並不因此就武斷地論定，世界上的人全是賊，雖然說老實話，我有時真想做出這樣的結論。你以為如何？」

「哼，您這故事講得真笨，」達里亞·阿萊克謝夫娜說，「真是胡說八道！絕不會每個人都偷東西，我從來就沒偷過東西。」

「您從來就沒偷過什麼東西，達里亞·阿萊克謝夫娜，但是，且看公爵說什麼，他滿臉通紅了。」

「我覺得您說的是實話，不過太言過其詞了。」公爵說，不知為什麼，他的確漲紅了臉。

「公爵，您沒有偷過什麼東西嗎？」

「嗤，這話真可笑！您清醒一下吧，費爾德先科先生。」將軍插嘴說。

「道理簡單得很，您一入正題，就不好意思講下去了，所以您想拉住公爵，因為他是一個性情溫和的人。」達里亞·阿萊克謝夫娜說。

「費爾德先科，您不講就住嘴待著，用不著拉扯別人，您真叫人受不了。」納斯塔霞·菲利波夫娜嚴厲而且惱怒地說。

「稍微等一下，納斯塔霞．菲利波夫娜，我堅決認為公爵的樣子已經等於承認了，假使說他已經承認了，那麼，譬如說，別的什麼人（不必指出姓名）如果在想要說實話的時候說了出來，那又怎樣呢？至於我呢，諸位，完全用不著再講什麼。這很簡單，又愚蠢，又惡劣。不過，我應該告訴你們，我並不是賊。我偷過東西，卻不知道是怎麼偷的。這件事情是兩年前發生的，在謝敏．伊萬諾維奇．伊司琴克的別墅裡。一個星期日，飯後，男人們還留在那裡喝酒。我忽然想去請主人的女兒瑪麗亞．謝敏諾夫娜小姐出來彈鋼琴。我穿過角落上的一間房子。看到在瑪麗亞．謝敏諾夫娜的寫字桌上放著三個盧布，一張綠色的鈔票，是她取出來準備付什麼費用的。屋子裡什麼人也沒有。我取了這張鈔票，放在口袋裡，我也不知是為了什麼。我也不明白自己怎麼會幹這種事。我只是趕緊回來，在桌邊坐下了。我老是坐在那裡等候，心裡騷動得很厲害，嘴裡不停歇地亂說，我講笑話，哈哈地笑著。以後，我又到太太們堆裡去了。大概過了半個鐘頭，主人發現了，便詢問女僕們。他們懷疑是女僕達里亞偷的。我當時露出特別好奇和關心的樣子。我還記得，當達里亞驚慌失措的時候，我竟勸她認錯，極力保證說瑪麗亞．謝敏諾夫娜心腸軟，一定會原諒她。我當著大庭廣眾，高聲這樣說。大家都瞧著。當那張鈔票放在我的口袋裡，而我卻向女僕講道德說仁義的時候，我感到非常愉快。當天晚上，我就把這三個盧布在飯店裡花掉了。我一進飯店，就要了一瓶『辣飛德』酒。我從來沒有單要一瓶酒，還點了一些別的東西，我想趕快把錢花掉。我在當時和以後，都沒有感到良心上特別的譴責。我一定不會再做這種事情，你們相信不相信，那隨你們的便，我不在乎。好，現在說完了。」

「不過，這當然不是您最壞的行為。」達里亞．阿萊克謝夫娜嫌惡地說。

「這是一樁關於心理的事件，並不是行為。」阿法納西．伊萬諾維奇說。

「那個女僕呢？」納斯塔霞・菲利波夫娜問，不掩飾自己極端嫌惡的神情。

「這女僕呢，當然第二天就被開除了。那一家是極嚴厲的。」

「您竟看著不管嗎？」

「這才妙呢！難道我還能跑去自首嗎？」費爾德先科嘻嘻地笑了。但是，由於大家聽罷他所講的故事感到極不愉快，使他有點驚愕。

「這真是齷齪極了！」納斯塔霞・菲利波夫娜喊道。

「啊！您聽一個人講他的極壞行為，還要求裡面有什麼光彩嗎？極壞的行為永遠是很齷齪的。我們現在來聽伊萬・彼得洛維奇講這一點吧。有許多人因為有自用馬車，所以想裝得冠冕堂皇，好像善良的樣子。很多人有自用馬車……那是用什麼手段……」

一句話，費爾德先科完全控制不住自己了，他忽然憤怒起來，甚至忘掉自己，越出了範圍。他的整個臉都氣歪了。說也奇怪，他對於自己所講的故事顯然是期待得到完全不同的效果的。這種低劣趣味的「失敗」和「特別誇耀」（如托茨基所說）的行為，在費爾德先科已經司空見慣，和他的性格是完全相合的。

納斯塔霞・菲利波夫娜憤怒得直打哆嗦，眼睛瞪著費爾德先科。費爾德先科立刻膽怯起來，不出聲了。他害怕得渾身發冷，覺得自己扯得實在太遠了。

「我們完全結束這種遊戲，好嗎？」阿法納西・伊萬諾維奇狡猾地問道。

「現在輪到我了，但是我要利用我的特權，恕我不講了。」普季岑堅決地說。

「您不願意講嗎？」

「我不能講，納斯塔霞・菲利波夫娜。我認為這種 petit-jeu 是不能搞的。」

「將軍，好像輪到您了，」納斯塔霞．菲利波夫娜朝他說，「假使您也拒絕，那麼，我們就全跟著您垮台了。這樣一來，我會感到很遺憾，因為我想在最後講一講『我自己的生活』裡的一個行為。我很想在您和阿法納西．伊萬諾維奇講了之後再講，因為你們會給我一些勇氣。」她說罷，放聲大笑起來。

「如果您答應講，」將軍熱烈地喊道，「我準備把我一輩子的生活都對您講一遍。說實話，我已經準備一段故事，等著輪到我呢……」

「從大人的臉色就可以看出，他用怎樣特別愉快的創作心情構思自己的故事。」費爾德先科雖然還有幾分窘態，可是這時他歪嘴笑著，大膽說了一句。

納斯塔霞．菲利波夫娜瞥了將軍一眼，也暗自笑了。但是，她心裡的苦悶和氣惱顯然越來越強。阿法納西．伊萬諾維奇聽到她也要講故事，心裡更害怕了。

「諸位，我和每個人一樣，在一生中做過一些很不體面的勾當，」將軍開始說，「但是最奇怪的是，我自己認為我馬上就要講的一段小故事，是我一輩子最糟糕的一個故事。這件事情已經過了三十五年，但每當我回憶的時候，我永遠不能擺脫這個使人難過的印象。不過，這是一件十分愚蠢的事情。我當時剛剛當上少尉，在軍隊裡幹著很苦的差事。大家都曉得少尉是怎樣的：熱血雖然沸騰，兩手卻是空空。我當時使用一個馬弁，名叫尼基福爾。他很關心我的家務，他替我節省很多開支，洗濯和縫補都歸他管，甚至為了貼補家用，他到處去偷可以拿到的東西。他真是一個很忠誠老實的人。我對他當然很嚴，但是還算公平。有一次，我們駐紮在一個小城裡。我住在近郊，房東是一個退職少校的寡婦。這位老太太有八十歲，至少也差不了多少。她那所小板房屋已經老舊不堪。因為境況不好，連女僕也不用。最糟糕的是，她家裡本來人丁很旺，但是，有的已經死去，有的流落他方，有的把老太婆忘掉了，而她的丈夫又在五年前去世。幾年以前還有一個侄女和她同住，這個侄女駝著背，脾氣很壞，據說像惡魔一般，有一次竟咬老太婆的手指頭，可是，以後連這個人也死了。因此，老太婆已經過了三年孤苦伶仃的日子。我住在她家裡很悶。再加上她這人家徒四壁，我從她身上什麼也弄不到。後來，她偷了我一隻公雞。這件事至今還弄不清，不過除了她以外就沒有別人。我們為了那隻公雞吵起架來，而且吵得很厲害。恰巧遇到好機會，我剛請求搬家，上面就把我分配到另一所房子去居住了，地點在小城的另一邊，也是郊外，房主是一個商人，他家人口很多，我到現在還記得，這個商人生著一臉大鬍子。我和尼基福爾高高興興地搬走了，很不滿意地離開了那個老太婆。過了三天，當我訓練完畢回家的時候，尼基福爾報告我說：『大人，真糟糕，我們把那只大碗留在老太婆那裡，現在沒有東西盛湯了。』我當然驚訝起來：『怎麼？我們的大碗怎麼留在女房東家裡？』尼基福爾很吃驚地繼續報告說：當我們搬家時，女房東扣下我們的大碗不放，因為我把她的鍋子弄壞了，她為了補償鍋子，就把我們的大碗扣下了，據她說，是我自己提議這樣做的。她這種卑鄙的舉動當然使我十分生氣。我的血沸騰了，我跳了起來，飛也似的跑出去。我跑到老太婆家裡，怒火已經壓不住了。我看見她一個人坐在門口一個角落裡，好像在躲陽光似的，把手支在臉頰上面。您要知道，我立刻朝她咆哮起來，像霹雷一般。我罵她：『你這老渾蛋！你這老東西！』總之，用俄國式的罵人話臭罵她一頓。不過，我看著她有點奇怪：她坐在那裡，臉朝我看，眼睛瞪得很圓，一句話也沒有說。她用很奇怪的，很奇怪的眼神看著我，身子好像在那裡搖晃，最後，我息了怒，仔細地看著她，再三問她，但她還是一句話也不回答。我猶疑不決地站在那裡；蒼蠅嗡嗡地飛著，夕陽西下了，一片寂靜。我終於十分慚愧地走了。還沒有走到家，少校就傳我去，後來我又到連部去了一趟，因此回家時天色已經昏黑了。剛回到家，尼基福爾第一句話就是：『報告您，大人，我們的女房東死了。』『什麼時候死的？』「『今天晚上，一個半小時以前。』如此說來，就是在我大罵她的時候，她咽了氣。這件事使我大吃一驚，我跟您說，簡直把我嚇糊塗了。我心裡直想這件事，夜裡還做了夢。我當然並不迷信，可是到了第三天，我就到教堂送殯去了。一句話，時間隔得越久，我對這件事就想得越厲害。雖然不見得怎麼樣，但是有時一想到，心裡就不舒服。我左思右想，最後基本上得到了這樣的結論：第一，這個女人，就是所謂人類，就是現代所謂生物，她曾經生存，活了很久，活的年紀很大。她從前有過孩子、丈夫、家庭、親友，這一切都曾經在她周圍歡躍過，這一切都曾經對她微笑過，但是以後，忽然全都消逝了，全都飛走了，只剩下她孤單單一個人……好像一隻自開天闢地以來就挨罵的蒼蠅。最後，上帝帶她到安息之所去了。在一個靜靜的夏夜，我認識的那個老太婆也隨著日落而同逝了——當然，這裡是不能沒有說教意義的。就在那一剎那，一個盛怒的年輕少尉，不但沒有痛哭哀悼，反而將兩手插在腰際，為了丟一只碗，就用俄羅斯式的祖宗三代的臭罵，恭送她老人家走上天堂！毫無疑問，這是我的過錯。現在雖然事隔久遠，而且我的脾氣也改變了，早就認為自己再也不會幹出這種事情來，但是，我心裡還是一樣悔恨。我重複說一遍，我是覺得有些奇怪的。即使算我有錯，我也並不是完全錯了。她為什麼忽然想要在那個時候死去呢？當然，這只有一個解釋，就是我的行為是一種心理的行為。但是，我仍然不能安心，直到十五年以前，我把兩個時常生病的老太婆送到養老院去，費用由我負擔，使她們能夠舒舒服服地度過殘年，自己心裡才略見安靜。我想留下一筆款子，永遠做這種慈善事業。對，事情就是這樣。我要重複一遍，我一生中也許做錯了許多事情，但是憑良心說，我認為這是我一輩子最壞的行為。」

「大人，你沒有講一生中最壞的行為，而講了最好的行為，您騙了我費某人！」費爾德先科說。

「將軍，說老實話，我從來沒有想到您還有這種善心，我覺得很可惜。」納斯塔霞．菲利波夫娜漫不經心地說。

「可惜？為什麼呢？」將軍露出殷勤的笑容問，他帶著揚揚得意的樣子喝乾了一杯香檳酒。

現在輪到阿法納西・伊萬諾維奇講了。他也預備好了。大家預料，他和伊萬・費道洛維奇一樣，不會拒絕不講，而且為了某種原因，大家都懷著特別的好奇心等待他講，同時，又觀察著納斯塔霞・菲利波夫娜的臉色。他露出和他那堂堂的儀表十分適應的特別尊嚴的氣派，用平靜而且溫和的聲音開始講一段「可愛的故事」。（順便說一下：他這人態度大方，儀表堂堂，身材高大，有點禿頂，頭髮帶點斑白，身體相當肥胖，臉頰柔軟，紅潤，而且有些鬆弛，牙齒是鑲上的。他穿著寬大而講究的衣服，內衣也極漂亮。他那肥厚的、白淨的手令人愛不忍釋，在右手的食指上戴著一個貴重的鑽石戒指。）在他講述的時候，納斯塔霞・菲利波夫娜始終盯著自己衣袖上的細繡花邊，用左手的兩個指頭掐著它，她連一次也沒有去看講故事的人。

「我之所以覺得完成我的任務毫不費力，」阿法納西・伊萬諾維奇說，「是因為叫我一定講出我一生中最壞的行為，而不是講述別的東西。在這種情況下，是用不著猶疑的：良心和記憶馬上會指出應該講述些什麼事情。我很痛苦地承認，我一輩子有過無數輕佻的……也可以說薄倖的行為，其中有一件很沉重地壓在我的心裡，至今不能忘懷。大約在二十年以前，我下鄉到波拉東・渥爾東采夫的家裡去。不久以前，他被選為貴族團長，帶著年輕的妻子一同回鄉間度冬天的佳節。那時恰巧又遇到安菲薩・阿萊克謝夫娜的生日，所以決定舉行兩次舞會。當時，小仲馬的優美小說《茶花女》非常盛行，在上流社會裡轟動一時。據我看來，這部小說是不朽的佳作。外省的太太們一致讚美，至少那些讀過這部書的婦人是如此。美妙絕倫的故事，處理手法新穎的主人公，精細分析的煙花柳巷，以及書中到處都有的那些迷人的情節（例如輪流使用紅白茶花花束的情節）——總而言之，所有這些美妙的細節，加在一起，令人傾倒。於是，茶花變得時髦起來，大家都想要茶花，大家都在尋覓茶花。我請問你們：在一個縣城裡，每個人都要拿著茶花出席舞會（就算舞會次數不多），那麼，究竟可以弄到多少茶花呢？當時，彼卡・

伏爾霍夫斯基，那個可憐的傢伙，正因為安菲薩·阿萊克謝夫娜而患了相思病。我實在不知道，他們中間有沒有什麼故事，我的意思是說，他有沒有追到她的確實根據？這個可憐的傢伙像瘋了一樣，為安菲薩·阿萊克謝夫娜尋覓夜間參加舞會用的茶花。聽說從彼得堡來的蘇慈卡耶伯爵夫人（總督夫人的上客）和蘇費亞·白慈伯洛瓦，一定會拿著白茶花的花束赴會。安菲薩·阿萊克謝夫娜想要弄些紅茶花，大出一下風頭。可憐的波拉東被逼迫得幾乎發瘋，他是當丈夫的，當然免不了受點罪。他一口答應要弄到一束茶花。然而，怎麼樣呢？在要開舞會的頭一天，這束茶花卻被梅奇柴瓦·卡德鄰·亞歷山德羅夫娜搶走了。她在每件事情上，一向都和安菲薩·阿萊克謝夫娜極力競爭，她倆是死對頭。當然，太太發了一陣歇斯底里，幾度暈過去。波拉東的一番心血落了空。事情很明顯，如果彼卡能夠在這個微妙的時間從什麼地方弄到一束茶花，那麼，他的好事可能大有進展。在這種情況下，女人的感激是無盡的。他東奔西鑽，活像身上著了火，但是事情是辦不到的，這也用不著說。在生日和舞會的頭天晚上十一點鐘，我在瑪麗亞·彼得洛夫娜·左布柯瓦（渥爾東采夫的女鄰居）的家裡忽然遇到了他，只見他滿面喜容。我便問：『你怎麼這樣快活？』『我找到了！好極了！』『老兄，你真使我驚奇！在哪裡找到的？怎樣找到的？』『在葉克沙伊斯克（一個小鎮，在二十俄里以外，不歸本縣管轄），有個商人，名叫脫萊伯洛夫，他滿臉長著大鬍子，很有錢，和老伴住在一起，他們沒有孩子，只有一些金絲雀。老兩口都愛花，他家裡有茶花。』『哦，這個好像不太靠譜，萬一他不肯給呢？』『我要下跪，他不給我，我就趴在地上不起來，我非拿到手不走！』『你什麼時候去？』『明天一清早，五點鐘。』『好吧，祝你成功！』你們知道，我很替他高興。我回到渥爾東采夫家裡。到了一點多鐘，我心裡還想著這件事情。我剛想上床睡覺，忽然產生了一個古怪的念頭！我立刻跑進廚房，把馬車夫薩魏里喚醒，給他十五盧布，告訴他說，『半點鐘以內要把馬車套好！』過了半個鐘頭，馬車當然停在大門前了。人家告訴我說，安菲薩・阿萊克謝夫娜患偏頭痛，發燒，而且說胡話。我坐上馬車走了。四點多鐘，我到了葉克沙伊斯克的客店內。我等待天亮，只是要等到天亮：過了六點鐘，我就到脫萊伯洛夫家裡去了。我如此這般說了一套，問道：『您有沒有茶花？老先生，老太爺，請幫一下忙吧，救一救我吧，我要給您下跪啦！』我仔細一看，那老頭兒個兒很高，一頭白髮，一臉殺氣，好不嚇人。『不行，不行！我絕不給！』我朝他跪下了，趴在地上不起來。『您怎麼這樣啊，老先生？您怎麼這樣啊，老太爺？』他有些驚慌了。『人命攸關啊！』我朝他喊道。他說：『既然這樣，看在上帝的面上，您拿去吧。』我立刻把紅茶花全都剪下來了！這花真美妙極了！他家有一間小小的花室，裡面都是這種花。老人看我剪花，一直唉聲歎氣。我掏出一百盧布來。他說：『不必，老弟，你不要用這種方式來侮辱我。』我說：『老太爺，既然如此，就請您把這一百盧布捐給此地的醫院，作為改善病人伙食之用吧。』他說：『老弟，這倒是另一回事啦。這是高尚的善舉，上帝一定喜歡，我可以替您捐去，保佑您康健。』這位俄國老人，所謂地道的俄羅斯人，de la vraie souche（法文：地道的），我真喜歡他。我獲得了成功，立刻歡天喜地地乘車回去；我繞著路走，免得在路上和彼卡相遇。回到家後，等到安菲薩・阿萊克謝夫娜一醒，就把那束花送去。她當時的歡欣、感激和由於感激而流淚的情況，你們可想而知，波拉東，昨天還是那樣垂頭喪氣、活像死人的波拉東，竟伏在我的胸前痛哭起來了！唉！自從建立婚姻制度以來，所有的丈夫都是如此啊！我不必多費唇舌，不過，提起那個可憐的彼卡，自從這段事情以後，他的戀愛完全吹了。起初我以為，他弄清楚是怎麼回事以後，一定要殺死我，我已經準備和他碰頭。但是，後來卻發生了一件使我簡直不能相信的事情：他暈過去了，晚上說胡話，早晨發高燒；他像嬰兒一樣啼哭，渾身痙攣。一個月後，他病剛好，就請求調到高加索去。這簡直成了重大的風流韻事！他在克里米亞陣亡，才算了結這樁公案。當時，他的哥哥斯台潘・伏爾霍夫斯基當團長，立下很大的戰功。說實話，以後的許多年，我都受著良心的譴責：我為什麼，我有什麼目的要這樣打擊他呢？如果我當時愛上了那個女人，那還情有可原。實際並不是這樣，我只是一時好勝，要顯顯自己的本領，沒有別的原因。假如我不從他手裡抱走這束花，誰知道，也許他至今還活著，也許很幸福，也許很成功，他絕不想去打土耳其人。」

阿法納西．伊萬諾維奇帶著他剛講故事時那種威嚴的態度，靜默下去了。大家看到：納斯塔霞．菲利波夫娜的眼睛似乎特別閃著光輝；當阿法納西．伊萬諾維奇說完的時候，她的嘴唇都哆嗦了。大家好奇地望著他們兩個人。

「又騙了我費某人！竟然這樣騙我！哎呀，騙得我好苦哇！」費爾德先科用哭聲喊道，他瞭解在這時候可以而且應該插進一兩句話。

「誰讓您這樣不懂事？您應該向聰明人學習！」達里亞．阿萊克謝夫娜得意揚揚地對他說（她是托茨基忠實的老友和同盟者）。

「您說得很對，阿法納西．伊萬諾維奇，這 petit-jeu 乏味得很，我們應該趕緊結束，」納斯塔霞．菲利波夫娜漫不經心地說，「我既然答應你們，那我就講一下，然後大家玩牌吧。」

「但是，您要先講答應給我們講的故事！」將軍很熱烈地表示贊成。

「公爵，」納斯塔霞．菲利波夫娜忽然堅決而且出乎意料地對公爵說，「我的老朋友將軍和阿法納西．伊萬諾維奇在這裡，他們想叫我嫁人。請您說一說，您怎麼看？我能不能嫁人？您怎麼說，我就怎麼做。」阿法納西．伊萬諾維奇臉色發白，將軍也愣住了；大家都瞪著眼睛，伸著頭。加尼亞站在那裡呆住了。

「嫁給……嫁給誰？」公爵用低微的聲音問。

「嫁給加夫里拉．阿爾達利翁諾維奇．伊伏爾金。」納斯塔霞．菲利波夫娜依舊嚴厲地，堅決地，明確地說。

沉默了幾秒鐘。公爵拚命想說話，可是胸脯上好像壓著很重的東西，怎麼也說不出來。

「不，不……您不要出嫁！」他終於低聲說，並且用力透了一口氣。

「那麼，就是這樣吧！加夫里拉·阿爾達利翁諾維奇！」她帶著很威嚴的樣子，似乎揚揚得意地朝他說，「您聽見公爵的決定了嗎？我的回答就是這樣，這樁事情就算永遠了結啦！」

「納斯塔霞·菲利波夫娜！」阿法納西·伊萬諾維奇哆嗦著聲音說。

「納斯塔霞·菲利波夫娜！」將軍用勸告的，但是含著驚慌的聲音說。

大家開始移動了，都顯出很驚慌的樣子。

「諸位，你們怎麼啦？」納斯塔霞·菲利波夫娜繼續說，好像很驚異地觀看著客人，「你們為什麼這樣不安？你們大家的臉色怎麼這樣難看？」

「但是……您要記得，納斯塔霞·菲利波夫娜，」托茨基結結巴巴地小聲說，「您已經答應過了……完全出於自願的，最好對人有些同情……我很為難……當然很慚愧，但是……一句話，現在，在這個時候，當著……當著眾人，就這樣子……用 petit-jeu 來解決一件正經的事情，名譽和愛情的事情……這事情牽連到……」

「我不明白您的話，阿法納西·伊萬諾維奇。您真是太糊塗了。第一點，什麼叫作『當著眾人』？難道我們不是在高親貴友之間嗎？這和 petit-jeu 又有什麼相干？我的確想講一段故事，現在我講了出來，這難道不好嗎？您為什麼說是『不正經』呢？難道這還不正經嗎？您也聽見了，我對公爵說：『您怎麼說，就怎麼辦。』如果他說個『是』字，那我立刻就會答應，但是他說了個『不』字，所以我就拒絕了。我一生的好壞全靠他這一句話來決定，請問還有什麼比這更正經的呢？」

「但是，公爵是怎麼回事？這與公爵有什麼相干？公爵究竟是個什麼人？」將軍喃喃地說，他對於公爵那種可惱的權威，已經快忍不住，要發火了。

「我這件事要公爵干涉，就是因為在我有生以來，他是頭一個使我相信的人，我認為他是個誠懇忠實的朋友，他一看見我就相信我，我一看見他也相信他。」

「納斯塔霞．菲利波夫娜對我非常客氣，我只有感謝她的美意，」加尼亞臉色慘白，他終於歪著嘴，哆嗦著聲音說，「這當然是應該的……但是……公爵……公爵干涉這件事情……」

「您的意思是說，他是想得到七萬五千盧布，是不是？」納斯塔霞．菲利波夫娜忽然打斷他的話說，「您是不是想這樣說？您不要否認，您一定是想這樣說！阿法納西．伊萬諾維奇，我還忘記說了：您把這七萬五千盧布拿回去吧，我告訴您，您不用出錢，我就放您自由。夠了！您也該鬆口氣了！九年零三個月！明天就要重新做起，不過，今天是我的生日，今天是我有生以來初次能夠自作主張！將軍，您把您的珍珠也收回去，送給您的太太吧。這就是，您拿去吧！明天我就要從這個房子搬出去了。諸位，以後不能舉行晚會，招待你們啦！」

她說完這話，忽然站起身來，好像要走開似的。

「納斯塔霞．菲利波夫娜！納斯塔霞．菲利波夫娜！」四面八方發出叫喊的聲音。大家都驚慌了，大家都站了起來，把她團團圍住，很不安地聽著這些斷斷續續的、狂熱的、好像夢話似的言語。大家都感到有些不對頭，但是沒有人弄清楚，沒有人瞭解到底是怎麼回事。這時候，突然傳來一陣響亮的、劇烈的門鈴聲，正和今天加尼亞家裡那陣門鈴聲一樣。

「啊！啊！十一點半了，該收場了！收場的時間終於到了！」納斯塔霞．菲利波夫娜喊道，「諸位，請你們大家坐下來，這就是收場啦！」

她說完之後，自己先坐下了。她的嘴唇上飄蕩著奇妙的微笑。她默默地坐著，熱烈期待著，望著門。

「一定是羅戈任帶著十萬盧布來了。」普季岑自言自語。

第十五章

女僕卡嘉十分驚懼地走了進來。

「納斯塔霞・菲利波夫娜，不知道是怎麼回事，有十來個漢子闖了進來，他們都喝醉了，要求見您，說是姓羅戈任，又說是您認識他。」

「對，卡嘉，你立刻放他們進來吧。」

「果真……把大家全放進來嗎，納斯塔霞・菲利波夫娜？要知道，他們多麼不像樣子呀。可怕極啦！」

「把大家，把大家都放進來，卡嘉，你不要怕，把他們一個一個全放進來，否則他們會自己進來的。他們已經像今天上午一樣鬧起來了。諸位，我當著你們的面接待這群人，」她對客人們說，「你們也許要生氣吧？我很遺憾，請你們寬恕，但是，事情必須如此，所以我很希望你們大家留在這裡，做這次收場的見證人。不過，一切都聽諸位自便……」

客人們仍然很驚訝，他們交頭接耳，互相對望。大家完全明白了，這一切是預先計畫和安排好的。他們覺得，納斯塔霞・菲利波夫娜當然是發了瘋，但是，現在已經不可能使她回心轉意。大家都懷著很大的好奇心。而且，現在也沒有人懼怕。只有兩位太太：一位是達里亞・阿萊克謝夫娜，這位太太活潑大方，見過世面，不大容易使她感到難為情；還有一位是美麗的，生性沉默的，陌生的太太。這位沉默的陌生女客不見得會明白什麼；她是德國女人，剛到俄國，一點也不懂俄語；此外，她的愚蠢程度大概和她的美麗程度不相上下。她是新奇的人物，一有宴會，大家就邀請她出席。她穿著華麗的服裝，頭髮梳得像參加展覽會一般，她坐在那裡，好比一幅佳美的圖畫，給晚會添上好看的裝飾——正和有些人為了舉行晚會向朋友臨時借用圖畫、花瓶、石像或屏風一樣。至於說到男人們，那麼，普季岑和羅戈任是朋友。費爾德先科如魚得水，揚揚得意。加尼亞吃了一頓悶棍，還沒有蘇醒過來，他雖然很模糊的，但是內心裡有一種抑制不住的熱烈渴望，就是寧可受到奇恥大辱，也絕不想逃席。那位老教師不大明白內中情節，看見周圍的人們和納斯塔霞・菲利波夫娜臉上都露出特別驚慌的神色，他幾乎要哭出來，嚇得直哆嗦。他非常疼愛納斯塔霞・菲利波夫娜，把她當作自己的孫女看待。他寧願死去，也不願在這時候離開她。至於阿法納西・伊萬諾維奇，他當然不願意在這類事件中損害自己的名譽；不過，這件事雖然如此瘋狂地轉變，他還是特別關心的；再加上納斯塔霞・菲利波夫娜說過於他有利的兩三句話，所以他在事情沒有水落石出以前，無論如何也不願意走開。他決定坐到底，完全默不作聲，只作壁上觀，他為了保持自己的尊嚴，不得不如此做。只有葉潘欽將軍一個人，剛才因為女主人那樣不客氣地、令人恥笑地退還他的禮物，就已經感到羞辱了，現在看到所有這些不尋常的怪誕行動，又加上羅戈任的突然出現，便更加惱怒起來。像他這種有地位的人，肯和普季岑、費爾德先科等人坐在一起，這已經是遷就萬分了。他雖然受到強烈的感情衝動，但是到了最後，這種衝動終於被責任感、職務感、官級和地位的觀念，以及自尊心所戰勝。因此，將軍大人對於羅戈任及其同黨的出現是絕不能容忍的事情。

他剛向納斯塔霞・菲利波夫娜提出抗議，納斯塔霞・菲利波夫娜就立刻打斷他的話，說道：「哎喲！將軍！我竟忘記了！但是，請您相信我，我早就想到了這一點。如果您感到過於恥辱，我並不強留您，雖然我很希望現在您在我的身邊。無論怎樣，您和我相識一場，並且對我那樣垂青，我總是非常感激的，但是，假使您害怕……」

「哪裡的話，納斯塔霞．菲利波夫娜！」將軍喊道，露出騎士般的寬容態度，「您這是說哪裡的話？我只為了表示對您忠實，現在也一定要留在您的身邊。萬一有什麼危險……況且，說實在的，我本來有很大的好奇心。我只是擔心他們會弄壞地毯，也許還要砸碎什麼東西……我看，不必讓他們全都進來，納斯塔霞．菲利波夫娜，您以為怎樣？」

「羅戈任來了！」費爾德先科宣佈說。

「您以為如何，阿法納西．伊萬諾維奇？」將軍匆匆地向托茨基低聲說，「她是不是發瘋了？我不是打比喻，而是說真正的、醫學上的名詞，是不是？」

「我對您說過，她一向有這種傾向。」阿法納西．伊萬諾維奇很狡猾地耳語著。

「再加上瘧疾……」

羅戈任的一班人，大致和今天上午相同，只是增加了一個放蕩的小老頭子。他曾做過一家名譽欠佳的、專門揭人隱私的小報的主筆。他有一件逸事，據人家傳說，他曾經摘下金牙當了換酒喝。此外還有一個退伍的少尉，他和今天上午那位握著拳頭的先生，無論在技藝和職業方面，都是死對頭和競爭者，羅戈任的一派人裡誰也不認識他，他是從外面，從涅瓦大街有陽光的一邊選來的。他經常在那裡攔住行人，用馬爾林斯基[1]的文體請求救濟，而且很狡猾地說，他自己「也曾幫過人家的忙，每次給十五盧布」。這兩個競爭者立刻互相仇視起來了。那位握著拳頭的先生，在「請求者」入夥以後，竟感到自己受了侮辱，因為他生性沉默，所以有時只像狗熊似的吼叫一兩聲，他以非常輕蔑的神情望著「請求者」

1 譯注：馬爾林斯基：俄國十二月黨人，作家亞．別斯杜熱夫（1797—1837）的筆名。

對他做出那份假意殷勤的樣子。「請求者」是一個善於交際、極有政治手腕的人。從表面上看來，少尉可能以靈巧與機敏取勝，而不見得以力勝人，況且他的身材也比那位拳頭先生矮得多。他為人圓滑，不和人家明顯爭論，但是帶著非常誇耀的口氣。他已經有好幾次暗示說英國式的拳擊如何高妙了。一句話，他好像一位純粹的西方派。大拳頭先生聽到「拳擊」這兩個字，只是輕蔑地，惱怒地微笑了一下，不想和他的敵人做顯明的爭論，有時只是默默地，似乎不在意地，或者更正確地說，是有時顯露出一個完全民族性的東西——一隻巨大的、青筋嶙嶙的、多節的、長著一層栗色茸毛的大拳頭。大家都明白，如果這個地道民族性的東西百發百中地落在什麼東西上面，一定會把它搗成肉醬。

他們中間沒有一個人喝得爛醉，和今天上午一樣，這全是羅戈任努力的結果，因為他整天盡想著到納斯塔霞・菲利波夫娜家裡去拜訪這一件事情。他自己差不多已經完全清醒了，但是由於這是最亂七八糟的一天，他一生中從來沒有遇到過這樣一天，他所得到的印象太多了，因此幾乎變成傻子。每分鐘，每一剎那，都念念不忘一樁事情。他為了這一樁事情，從下午五點鐘到夜裡十一點鐘，一直非常苦惱和驚慌，和金台爾、皮斯庫普一類人打交道。那班人也幾乎發了瘋，為了他的事情東奔西跑，好像身上著了火似的。十萬盧布的現款到底弄到了手，這筆款子就是納斯塔霞・菲利波夫娜帶著嘲笑的樣子，偶然地、非常含糊地暗示過的。至於利率，連皮斯庫普本人和金台爾談起來的時候，由於不好意思，都不肯高聲說出來，只是輕輕地微語著。

羅戈任和今天上午一樣，首先走了進來，其餘的人們跟在他後面移動，他們雖然充分感到自己占了上風，但是仍然有點膽怯。他們最怕納斯塔霞・菲利波夫娜，也不知道是為了什麼。他們之中有一些人想，恐怕立刻會把他們所有的人都「踢下樓梯」。專能博得婦人歡心的花花公子扎聊芮夫，也是這樣想的一個人。至於別的人，尤其是那位大拳頭先生，雖然沒有說出口來，但是心裡對納斯塔霞・菲利波夫娜是十分輕視，甚至是仇恨的，所以走到她家裡來，好像是進攻城堡一樣。他們走進頭兩間屋子，那華麗的陳設，他們從未見過和從未聽過的一些東西，珍貴的傢俱，優美的圖畫，巨大的愛神雕像——所有這一切都引起他們深深尊敬，甚至恐懼的印象。當然，這並沒有妨礙他們大家漸漸地，帶著傲慢的好奇心，不顧一切恐懼，跟在羅戈任後面，擁到客廳裡去。但是，當大拳頭先生、「請求者」和其他的一些人看見客人中有葉潘欽將軍在內的時候，他們馬上失去了銳氣，甚至開始一步步地向後退到另一間屋子裡去。只有列別杰夫一個人非常勇敢，帶著充分的信心，差不多和羅戈任並排向前行進，明白一百四十萬的資財和現在手裡的十萬現款到底有什麼意義。不過，應該注意的是，他們大家，連「萬事通」列別杰夫也算在內，對於自己行使權力的範圍和界限已經有些疑問，不知道他們現在到底能不能為所欲為。列別杰夫在一剎那準備賭咒說，他們可以為所欲為，但在另一剎那，他又感到心裡不安，覺得為了預防萬一，必須記住法典中幾項特別可以給人打氣的條文。

納斯塔霞．菲利波夫娜的客廳留給羅戈任的印象，正好與他的同行者的印象截然相反。門簾揭起，他一見到納斯塔霞．菲利波夫娜，就什麼都忘了，正如早晨一樣，甚至比早晨還厲害。他面色蒼白，站了一會兒；由此可以猜到，他的心劇烈地跳動著。他畏怯地，慌亂地，目不轉睛地望了納斯塔霞．菲利波夫娜幾秒鐘。他忽然似乎喪失了全部的理智，搖搖晃晃地走到桌旁；中途撞到普季岑的椅子，骯髒的大皮靴又踩到那個沉默的德國美人華麗的湖色衣服的繡花邊上。他沒有賠罪，因為他也沒有注意到這一點。他走近桌旁，把一件奇怪的東西放在上面，這東西是他走進客廳時兩手捧在前面的。這是一大包紙，有三俄寸高，四俄寸長，用《交易所新聞》緊緊地包著，四面用粗繩紮得很牢，紮了兩道，好像紮大方塊的白糖一樣。然後他就站住了，一言不發，垂下手，好像等待宣判似的。他的服裝和上午完全一樣，只是在脖子上加了一條全新的、鮮綠的、帶紅花的絲圍巾，並用一隻鑲成甲蟲形狀的大鑽石別針釘住，在右手的一個骯髒的手指頭上戴著一只巨大的鑽石戒指。列別杰夫在離開桌子三步遠的地方站住，其餘的人，如上面所說的，慢慢地走進客廳裡來。納斯塔霞．菲利波夫娜的女僕卡嘉和帕莎也跑來，在揭起的門簾外面窺望，露出極驚訝和恐怖的神情。

「這是什麼東西？」納斯塔霞．菲利波夫娜問，好奇地盯著羅戈任，用眼光指著那件「東西」。

「十萬盧布！」他低聲回答說。

「啊，這個人真行，居然不失信！請坐，請坐！就坐在這張椅子上吧，待會兒我有話跟您說。與您一塊兒來的是什麼人？還是那班人嗎？讓他們也進來坐，他們可以坐在那邊沙發上，那邊還有一隻沙發。那邊還有兩把安樂椅……他們怎麼啦？不願意坐嗎？」

果然有幾個人感到十分羞愧，他們退了出去，坐在另一間屋內等候；但也有些人留下，分別坐到指定的地方，不過離桌子遠些，都在角落裡；有些人還打算溜走，另有些人卻越來越鼓起勇氣，而且鼓起得異常迅速。羅戈任也坐在指定的椅子上，但是坐了不久；他立刻站起來，後來就不再坐下了。他漸漸開始辨認和打量那些客人。他一看見加尼亞，就撇嘴一笑，自言自語：「這東西！」他向將軍和阿法納西．伊萬諾維奇看去時，並不帶著窘態，甚至也沒有露出特別的好奇神情。但是，當他看見公爵坐在納斯塔霞．菲利波夫娜身旁的時候，他目不轉睛地看了許久，十分驚訝，似乎弄不清公爵為什麼會在這裡。人們難免會懷疑，他有時候完全說著胡話。他除了這一天的種種奔忙而外，昨天整夜是在火車裡度過的，已經有兩晝夜沒有睡覺了。

「諸位，這是十萬盧布，」納斯塔霞．菲利波夫娜用一種像發高燒似的，不耐煩的口氣對大家說，「就在這個齷齪的紙包內，今天上午他像瘋子一樣喊叫，說到晚上給我送來十萬盧布，所以我一直等候他。他把我拍賣了：從一萬八千起，忽然加到四萬，以後又加到十萬。他總算沒有失約！你們瞧他的臉色多麼慘白！……這是今天上午在加尼亞家裡發生的事情：我去拜訪加尼亞的母親，拜訪我的未來家庭，但是他的妹妹當面對我喊：『為什麼不把這個無恥的女人趕出去！』還朝她哥哥加尼亞的臉上唾了一口。她是一個有性格的女郎！」

「納斯塔霞・菲利波夫娜！」將軍用責備的口氣說。他開始照他自己的想法，明白了一切。

「什麼事情，將軍？是不是不體面？不要再騙人了吧！我過去坐在法國戲院的包廂裡，像一個不可侵犯的高尚女人似的，我過去五年間像野人似的躲避那些追求我的人，顯出多麼驕傲的、清白的神情——這全是因為我有一股子傻勁！我過了五年清白生活以後，現在竟有人當著你們大家的面，跑來把十萬盧布放在桌子上，而且一定還準備好幾輛三套馬車，等我去坐。他給我的估價是十萬盧布！加尼亞，我看你至今還在生我的氣。是不是？難道你真想把我娶到家裡去嗎？把我，把羅戈任的女人娶去嗎？公爵剛才不是說過嗎？」

「我並沒有說您是羅戈任的，您絕不是羅戈任的！」公爵用顫抖的聲音說著。

「納斯塔霞・菲利波夫娜，算了吧，親愛的，得了吧，我的寶貝，」達里亞・阿萊克謝夫娜忽然忍不住說，「他們既然使你難受，你又何必去理他們呢？難道你真想跟這樣一個人走，哪怕就是為了十萬盧布！不錯，十萬盧布是一筆大款！你可以把十萬盧布收下，再把他趕走，應該這樣對他。唉，我處在你的地位上，一定要把他們全都……這算什麼樣子！」

達里亞・阿萊克謝夫娜甚至發怒了。她是一個和善的、容易受感動的女人。

「你不要生氣，達里亞・阿萊克謝夫娜，」納斯塔霞・菲利波夫娜對她冷笑了一聲，「我對他說的時候並沒有生氣。我責備他了嗎？我簡直不明白，我怎麼會這樣傻，竟想嫁到一個高貴的人家裡去。我見到他的母親，吻她的手。加尼亞，我今天上午在你家裡說著取笑的話，那是因為我要在最後一次親自看一看：你這人究竟會做到怎樣的地步？你真是使我十分驚訝。我抱著許多希望，但沒有料到竟會這樣！你明明知道他在你結婚頭一天送給我珍珠，我又收下來，而你還能夠娶我嗎？至於羅戈任呢？他在你的家裡，當著你的母親和妹妹，把我拍賣，而你在這之後還來求婚，甚至要把自己的妹妹帶來！羅戈任說，你為了三個盧布，就肯爬到瓦西里島上去，難道果真是這樣嗎？」

「他會爬的。」羅戈任忽然輕聲說，露出深信不疑的神色。

「如果你要餓死，那還情有可原，但是聽說你所得的薪水並不少呢！再說，就不算受恥辱吧，我知道你是恨我的，你竟肯把自己所恨的女人娶到家裡去！現在我相信，像你這樣的人，為了金錢是會殺死任何人的！現在這類人簡直個個都充滿貪婪的心腸，他們為錢而神魂顛倒，好像發瘋了一般！連一個嬰兒都想去放高利貸撈錢，我最近讀到一條新聞，說有一個人把剃刀纏上綢子，綁得緊些，然後從身後悄悄地把朋友殺死，像宰一頭綿羊似的。哼，你真是一個無恥的人！我是個無恥的女人，你卻比我更壞。至於那位取到花束的人，我也不必多說……」

「這是您嗎？這是您嗎？納斯塔霞·菲利波夫娜！」將軍拍著手，露出十分憂慮的樣子，「您本是態度那麼文雅，思想那麼細密的人，現在竟這樣啦！您說的是什麼話？是什麼話？」

「將軍，我現在喝醉了，」納斯塔霞·菲利波夫娜忽然笑了，「我想要盡情歡樂一番！今天是我的生日，我的佳節，我的偉大紀念日，我等候這個日子好久了。達里亞·阿萊克謝夫娜，你看這位拿花束的人，這位 Monsieur aux camélias（法文：拿著茶花的先生），你看他坐在那裡，笑我們……」

「我並沒有笑，納斯塔霞·菲利波夫娜，我只是非常注意地聽著。」托茨基帶著尊嚴的神氣反駁說。

「我為什麼折磨了他整整五年，不放他走呢？他值得我這樣做嗎？他確實應該成為這樣的人……他還會認為我對不起他呢。因為他使我得到教育，把我當作伯爵夫人來養活，花了許許多多的錢，他曾經在鄉下給我尋覓誠實的丈夫，而在這裡又找來了加尼亞。你以為怎樣？在這五年間，我並沒有和他同居過，不過錢是向他拿的，而且覺得應該拿！我完全弄糊塗了！你說，我可以收下十萬盧布，如果覺得討厭，可以把他趕走。實在是討厭……我早就可以出嫁，不見得就是嫁給加尼亞，然而，我也覺得很討厭。我為什麼在憤怒之中消磨了五年的光陰呢？你相信不相信，我在四年前有時就想，我何不就嫁給我的阿法納西．伊萬諾維奇呢？我當時所以這樣想，是由於我憤怒的緣故。當時我的腦筋裡有許多亂七八糟的念頭。要知道，我會強迫他娶我的！你相信不相信？他會自動來請求的。誠然他喜歡撒謊，但是他很容易受誘惑，他不會堅持得很久。後來，謝天謝地，我又想：他不值得我這樣憤怒！當時我忽然覺得他很討厭，即使他自己向我求婚，我也絕不嫁給他。整整五年來，我就這樣裝腔作勢地欺騙他！不行，我最好還是到街頭去，那裡是我應該去的地方。要不和羅戈任在一塊兒鬼混，要不明天就去給人家洗衣服！因為我身上沒有一點自己的東西。我走的時候，要把一切東西都還給他，連一塊抹布都留下。如果我一無所有，請問誰會來娶我？問一問加尼亞，娶我不娶？連費爾德先科都不會娶我的！……」

「費爾德先科也許是不會娶的，納斯塔霞．菲利波夫娜。我是一個很坦白的人，」費爾德先科插上去說，「不過，公爵會娶的！您竟坐在這裡訴冤，您倒看一看公爵呀！我早就在觀察著……」

納斯塔霞．菲利波夫娜好奇地回身看著公爵。

「真的嗎？」

「真的。」公爵微語著。

「您會要我這個一無所有的人嗎？」

「我會娶的，納斯塔霞．菲利波夫娜……」

「又出了新的笑話！」將軍喃喃地說，「這本來是可以料到的！」

公爵用憂愁、嚴厲和凝視的眼光，望著繼續看他的納斯塔霞・菲利波夫娜的臉。

「又找到了一個！」她突然又朝著達里亞・阿萊克謝夫娜說，「我知道，他是出於好心。我找到了一個恩人！人家說他有些……那個，這也許是真的。你既然這樣愛我，以一個公爵的身份，願意收羅戈任的女人做妻子，不知你靠什麼維持生活呢？」

「我想娶的您是純潔的女人，納斯塔霞・菲利波夫娜，並不是羅戈任的女人。」公爵說。

「您說我是純潔的女人嗎？」

「您是的。」

「唔，這些想法……全是從小說裡得來的！親愛的公爵，這一套話全是古老的夢囈，現在的社會已經聽明了一些。這全是胡說八道的話！你哪裡還能娶親，你自己還需要一個保姆照看哪！」

公爵站了起來，他用顫抖的、畏葸的聲音，但又露出充滿信心的神色，說道：「納斯塔霞・菲利波夫娜，我什麼也不懂，沒有見過世面，您這樣說是對的，但是我……我認為那是您給我一份光榮，而不是我給您一個面子。我是一個無足輕重的人，但是您受盡折磨，從地獄裡出來時還是一塵不染，這是很值得我敬佩的。您為什麼要感到慚愧，想跟羅戈任去呢？這是狂熱病……您把七萬五千盧布交還給托茨基先生，還說您要把這裡的一切全都拋棄掉，在座的人們，誰也做不到這一點。我……納斯塔霞・菲利波夫娜……我愛您。我可以為您而死，納斯塔霞・菲利波夫娜。我不許任何人說您壞話，納斯塔霞・菲利波夫娜……如果我們貧窮，我可以工作，納斯塔霞・菲利波夫娜……」

當他說出最後的那句話的時候，費爾德先科和列別杰夫嘻嘻笑起來了。連將軍都從鼻孔裡哼了一聲，表示極不高興。普季岑和托茨基總想笑，但是忍住了。其餘的人驚異得張著大嘴。

「……但是我們也許不會受窮，反而會很富的，納斯塔霞·菲利波夫娜，」公爵仍舊用畏葸的聲音繼續說，「我還不知道究竟如何，可惜我今天還來不及弄清楚。總之，我在瑞士接到了莫斯科一位薩拉慈金先生的信，他通知我說，我可以收到一大筆遺產。信在這裡……」

公爵果真從口袋裡掏出一封信來。

「他是不是在說夢話？」將軍喃喃地說，「這真成了瘋人院。」

接著是一陣沉默。

「公爵，您好像說過，您收到了薩拉慈金先生的一封信嗎？」普季岑問，「他在法律界是一個很有名的人。他是一個著名的律師。如果確是他通知您，那您可以完全相信的。幸而我認識他的筆跡，因為不久以前我和他接洽過一樁事情……假使您讓我看一看，我也許可以告訴您是真是假。」

公爵默不作聲，哆嗦著手，把信遞給普季岑。

「什麼？什麼？」將軍喊道，像瘋子似的望著大家，「果真是遺產嗎？」

大家的眼睛全盯在看信的普季岑身上。大家的好奇心又引起一場特別大的衝動。費爾德先科坐不住了，羅戈任帶著疑惑和極度不安的神情，一會兒向公爵看望，一會兒又把眼光轉到普季岑身上。達里亞·阿萊克謝夫娜等候著，好像坐在針氈上一般。連列別杰夫也忍不住，他從角落裡走出來，深深地彎著腰，從普季岑背後伸頭看信，帶著生怕有人立刻給他一拳的神氣。

第十六章

「的確是真的，」普季岑終於宣佈說，他折起那封信，交還給公爵，「您不用一點麻煩的手續，根據令姨母那張無可辯駁的遺囑，就可以得到很多的金錢。」

「這是不可能的！」將軍喊道，好像槍聲似的。

大家又張大了嘴。

普季岑於是解釋起來，主要的對象是伊萬．費道洛維奇。普季岑說，公爵的姨母於五個月以前死去，這位姨母從來沒有見過，是他母親的親姐姐，莫斯科三等商人帕普申的女兒。帕普申經商破產，潦倒而死。但是，這位帕普申的親哥哥卻是有名的富商，最近也死了。一年以前，他僅有的兩個兒子相繼死亡。這使他受到很大的打擊，過了不久，自己也得病而死。他成了鰥夫，弄得連一個繼承人也沒有，只剩下公爵的姨母，帕普申的親侄女。這個女人很窮，連一所房子都沒有。得到遺產時，這位姨母由於水腫病，已經離死期不遠，但是她立即委託薩拉慈金尋訪公爵，並且立下遺囑。顯然，公爵和醫生（公爵在瑞士時就住在他家裡）兩個人都不願意等候正式的通知，或者先行調查一下；公爵帶著薩拉慈金的信，決定親自回國……

「我只有一點可以對您說，」普季岑對著公爵，結束他的話說，「那就是：信上說的一切都是事實，無可爭論，薩拉慈金既然在信上對您說，您繼承遺產的事情是無可爭論的，合法的，那麼，您就可以把它當作口袋裡的現錢一樣。我現在恭賀您，公爵！您也許可以得到一百五十萬，或者更多一些。帕普申是非常有錢的商人。」

「最後的梅什金公爵萬歲！」費爾德先科喊道。

「萬歲！」列別杰夫用酒醉的聲音吼叫著。

「我今天早晨還把他當作窮人，借給他二十五盧布呢，哈，哈，哈！這真是一篇童話！」將軍說，他幾乎驚訝得目瞪口呆，「恭喜，恭喜！」他站起來，走到公爵身前，擁抱公爵。別人也跟著他站起來，來到公爵的身旁。連退縮到門簾後面的人們，也開始在客廳裡出現了。發出一陣嘈雜的說話聲，呼喊聲，甚至要求開香檳酒的聲音。大家擁擠著，忙亂起來。在一剎那，他們幾乎忘記了納斯塔霞．菲利波夫娜，忘記了她還是今天晚宴的女主人。但是等了一會兒，大家又幾乎一下子想到公爵剛才曾經向她求過婚。這件事情使得他們比以前更加幾倍地感到瘋狂和特殊了。托茨基非常驚訝，他聳了聳肩膀；差不多只有他一個人坐著，其餘的一群人全亂哄哄地擠在桌子旁邊。後來，大家證實說，納斯塔霞．菲利波夫娜就是從這時候起發了瘋。她繼續坐著，用一種奇怪的、驚訝的眼神向大家看了一會兒，好像不明白什麼，努力在那裡思索。後來，她忽然轉身向著公爵，緊鎖眉峰，眼睛盯著他；但這只是一剎那的工夫；也許她忽然覺得這全是玩笑和嘲諷；但是，公爵的神色使她立刻明白了一切。她凝思著，然後又微笑了一下，似乎沒有明顯地感到她微笑的是什麼……

「這麼說來，我真是公爵夫人了！」她帶著嘲笑的口吻自語著，不經意地望了達里亞．阿萊克謝夫娜一下，大笑起來。「出人意料的收場……我……沒有料到這樣……諸位，你們為什麼站在這裡？請你們大家坐下，給我和公爵道喜！好像有人要喝香檳酒。費爾德先科，你去吩咐一下。卡嘉，帕莎，」她忽然看見自己的女僕站在門旁，「你們來，我要出嫁了，你們聽見沒有？嫁給公爵，他有一百五十萬財產，他是梅什金公爵，他要娶我！」

「這是好事啊，親愛的，是時候了！不要放過這個好機會呀！」達里亞．阿萊克謝夫娜喊道，這一幕情景使她受到了強烈的震動。

「您坐到我身邊來，公爵，」納斯塔霞．菲利波夫娜繼續說，「這樣就對了，現在酒取來了，諸位，請來給我們道喜吧！」

「恭喜，恭喜！」許多聲音呼喊著。有許多人擠過去喝酒，羅戈任一夥的人差不多也全在其中。他們雖然呼喊，而且準備呼喊，但是有許多人不管周圍的情況和環境如何奇特，已經感覺到佈景在變換著了；另有些人顯得不安，帶著懷疑的心情等候著；有許多人交頭接耳，說這事情也是極普通的，公爵們本來可以娶任何女人，連吉卜賽女人也可以娶。羅戈任本人站在那裡望著，臉歪扭著，形成一個呆板的、疑慮的微笑。

「公爵，好兄弟，你清醒一下吧！」將軍很畏懼地微語著，他走到公爵身旁，拉公爵的袖子。

納斯塔霞．菲利波夫娜看到，哈哈地笑了。

「不，將軍！我現在已做了公爵夫人，您聽見沒有？公爵絕不會讓人家來侮辱我！阿法納西．伊萬諾維奇，您也來給我道喜呀！我現在可以和您的夫人到處同起同坐。您覺得我有了這樣的丈夫，好不好呢？有一百五十萬盧布，再加上是公爵，再加上，據說他是一個白癡，還有比這更好的嗎？我到了現在才開始真正的生活！你遲了一步，羅戈任！你把你那一包錢拿走，我要嫁給公爵，我比你富啦！」

羅戈任明白是怎麼回事。他的臉上露出無可名狀的悲哀。他攤開雙手，從胸內呼出一聲歎息。

「您把她讓給我！」他對公爵喊道。

周圍的人們笑起來了。

「讓給您嗎？」達里亞．阿萊克謝夫娜得意揚揚地搶上去說，「哼，這個鄉下人，竟把錢往桌上一扔！公爵是要娶她，而你是跑來搗亂的！」

「我也要娶她！立刻就娶，馬上就娶！我可以拿出任何東西來……」

「你瞧你這醉鬼，應該把你趕出去！」達里亞．阿萊克謝夫娜憤憤地說。笑聲更大了。

「您聽到了吧，公爵，」納斯塔霞．菲利波夫娜對公爵說，「這個鄉下人在那裡收買你的未婚妻。」

「他喝醉了，」公爵說，「他很愛您。」

「你的未婚妻幾乎要跟羅戈任逃走了，你以後不會感到羞愧嗎？」

「那是您在發著高燒哇！您現在還在發高燒，好像說胡話啦。」

「以後有人說你的妻子和托茨基姘居過，你不會害臊嗎？」

「不，我不會害臊……您在托茨基那裡並非出於自願。」

「永遠不會責備我嗎？」

「不會責備的。」

「你要留神，你不能擔保一輩子呀！」

「納斯塔霞．菲利波夫娜，」公爵輕聲地，似乎帶著同情的心思說，「我剛才對您說過，您同意嫁給我，我認為這是一種光榮。這就是您給我體面，而不是我給您體面。您笑我這句話，我聽見大家也在笑。也許我的話語顯得很可笑，我自己也很可笑，但是我老覺得，我……明白什麼是體面，並且相信我說的是實話。您現在想要無可挽回地戕害自己，因為您以後永遠不會寬恕您自己。其實，您並沒有一點過錯。您的生命絕不會就此完結的。羅戈任到您這裡來求婚，還有加夫里拉．阿爾達利翁諾維奇想欺騙您，與您又有什麼相干呢？為什麼您老提這種事情呢？我再跟您說一遍，很少有人能夠做出您所做的事情。您想跟羅戈任去，那是您在病勢發作的情況下決定的。您現在還在病中，您最好到床上去睡一下。到了明天，您就寧願去充當洗衣婦，而不願和羅戈任同居了。您很驕傲，納斯塔霞・菲利波夫娜，但是也許因為您過於不幸，所以竟真的認為自己有錯處。應該好好扶持您，納斯塔霞・菲利波夫娜。我要侍候您。我今天早晨看到了您的照片，就好像看見了一張熟識的臉龐。我立刻覺得您似乎已經在那裡召喚我……我……我要尊敬您一輩子，納斯塔霞・菲利波夫娜。」公爵忽然結束了他的話，他好像忽然清醒過來，臉漲得通紅，因為他明白他是當著什麼樣的人說出這種話來。

普季岑羞愧得垂下了頭，望著地面。托茨基心裡想：「雖然是白癡，卻知道諂媚是最容易博得人歡心的方法。這是本能！」公爵又看見加尼亞在角落裡，眼裡冒著火光，好像要用這種火光把公爵燒成灰燼似的。

「真是好人！」受了感動的達里亞・阿萊克謝夫娜說。

「是一個有學問的人，但是前途也已經完了！」將軍低聲微語著。

托茨基拿起帽子，準備站起來，悄悄溜走。他和將軍對看了一眼，預備一同走出去。

「謝謝你，公爵，從來沒有一個人和我講過這樣的話，」納斯塔霞・菲利波夫娜說，「大家都拍賣我，沒有一個體面人向我求過婚。您聽見沒有，阿法納西・伊萬諾維奇？公爵所說的一些話您覺得怎樣？有點不體面吧……羅戈任！你等一等再走。我看出來，你也不會走的。也許我還要跟你走，你打算把我帶到哪裡去？」

「葉卡捷琳戈夫，」列別杰夫從角落裡報告著，而羅戈任只是哆嗦了一下，睜大了眼望著，似乎不敢相信自己的耳朵。他完全愣住了，好像頭上吃了一下悶棍。

「你怎麼啦？你怎麼啦？親愛的！你真是有病，你是不是發瘋了？」達里亞．阿萊克謝夫娜大吃一驚，喊叫起來了。

「你以為是真的嗎？」納斯塔霞．菲利波夫娜哈哈地笑著，從沙發上跳起來，「以為我真要害這樣一個孩子嗎？這比較合阿法納西．伊萬諾維奇的胃口，因為他喜歡孩子！我們走吧！羅戈任！拿好你的錢包！你想娶我這倒沒什麼，不過錢可得給我。我也許還不肯嫁給你。你以為可以把人弄到手，又不傷財嗎？別妄想吧！我是個無恥的女人！我做過托茨基的姨太太……公爵！你現在所需要的是阿格拉婭．伊萬諾夫娜，而不是納斯塔霞．菲利波夫娜。要不然，費爾德先科那班人是會指著你的背嘲笑你的。你雖然不怕，可是我擔心我會害了你，還怕你以後責備我。你說我會給你面子，但這事托茨基很清楚。加尼亞，你錯過了阿格拉婭．伊萬諾夫娜，你知道這一點嗎？你如果不和她討價還價，她一定會嫁給你啦！你們大家全是這樣，你們應該一下子決定，究竟是和不體面的女人交往，還是和體面的女人結合。要不，你們一定會弄糊塗的……你們瞧，將軍張大了嘴望著呢……」

「這真是罪惡，這真是罪惡！」將軍聳起肩膀，反覆地說。他也從沙發上站起來，大家又都站立著。納斯塔霞．菲利波夫娜似乎發狂了。

「真的嗎？」公爵呻吟一聲，扭著自己的雙手。

「你以為不嗎？我雖然是個無恥的女人，但是也許我很驕傲。你剛才稱我為完美的人。一個人只是由於誇耀自己，看不起百萬家產和公爵名位而走進陋巷，這倒可以算作一種完美！但是以後呢，我能給你做一個怎樣的妻子呢？阿法納西．伊萬諾維奇，你要知道，我真的把百萬家產往窗外拋棄了！那麼你以為我會嫁給加尼亞，為了你那七萬五千盧布賣身嗎？你收回這七萬五千盧布去吧，阿法納西．伊萬諾維奇（你連十萬都拿不出，羅戈任壓過你啦）；我自己可以來安慰加尼亞，我有了一個主意。現在我要遊玩一番，我是一個賣笑的女人啊！我在監獄裡坐了十年，現在該我享福啦！你怎麼啦，羅戈任！快準備好，我們就走！」

「我們就走！」羅戈任吼叫起來，歡喜得幾乎發狂，「喂……你們……拿酒來！哈哈哈！……」

「多預備點酒，我要喝；有沒有音樂？」

「有的，有的！不許靠近她！」羅戈任看見達里亞．阿萊克謝夫娜向納斯塔霞．菲利波夫娜面前走去，就瘋狂地喊起來，「她是我的！一切是我的！我的皇后！完了！」

他歡喜得喘不過氣來。他在納斯塔霞．菲利波夫娜身旁來回走著，朝大家喊叫：「不許靠近她！」他那一夥人全都擠到客廳裡來了。有些人喝酒，有些人呼喊和嘩笑，大家都興奮極了，感到痛快淋漓。費爾德先科開始想要參加他們那一夥。將軍和托茨基又想要趕緊溜走。加尼亞也拿起帽子，但還默默地站在那裡，似乎還不能和他面前所展開的畫面脫離。

「不許靠近她！」羅戈任喊。

「你喊嚷什麼！」納斯塔霞．菲利波夫娜向他哈哈地笑著，「我還是我自己的主人，我一不高興，還可以把你趕出去。我還沒有取你的錢，那筆錢還在那裡放著。你把它拿來，整包拿來！這一包裡就有十萬嗎？哼，真是討厭！你怎麼啦，達里亞．阿萊克謝夫娜？難道真的讓我去害他嗎？（她指著公爵。）他哪裡還能娶親？他自己還需要一個保姆呢。你瞧將軍，他會給公爵當保姆的。你瞧，他總離不開公爵啊！你瞧，公爵，你的未婚妻收了人家的錢，因為她是一個荒淫的女人，而你還想娶她！你何必哭呢？你覺得悲傷嗎？依我看，你應該笑。」納斯塔霞．菲利波夫娜繼續說著，她自己的臉上已經有兩大粒淚珠閃爍著。「你必須相信時間，一切都會過去的！現在最好要仔細考慮一下，免得將來後悔……你們大家為什麼要哭——連卡嘉也哭了！卡嘉，親愛的，你怎麼啦？我要把許多東西留給你和帕莎，我已經安排好了。現在再見吧！我過去使你這個純潔的姑娘來侍候我這個荒淫的女人……這樣好些，公爵，的確這樣好些，因為以後你會輕視我，我們絕不會得到幸福！你不要發誓，我不相信！發誓是多麼愚蠢……不，我們不如好好地分手，要不然，我是一個愛幻想的女人，不會有好的結果！難道我不想嫁給你這樣的人嗎？你猜得很對，我老早就夢想著了。當我孤孤單單地在鄉下，在托茨基家，住了五年的時候，就一直在那裡思索，在那裡做夢，老想嫁給一個像你這樣善良、誠實、美好、帶點傻氣的人，他會忽然跑來說：『您沒有錯，納斯塔霞．菲利波夫娜，我崇拜您！』我有時竟想到發狂的地步……但是，來的卻是這個人。他每年住兩個月，給我帶來恥辱、侮蔑、頹廢、淫亂，然後就走了。我不知有多少次想跳到池子裡自盡，可是我很卑賤，勇氣不足，而現在呢……羅戈任，預備好了沒有？」

「預備好了！不許靠近她！」

「預備好了！」幾個聲音一齊喊。

「帶鈴的三套馬車等候著呢。」

納斯塔霞．菲利波夫娜把那包錢抓在手裡。

「加尼亞，我有一個想法。我現在想獎賞你一下，你為什麼要失掉一切，落得個兩手皆空呢？羅戈任，他為了三個盧布會不會爬到瓦西里島上去？」

「他會爬的！」

「你聽我說，加尼亞，我想最後一次看一看你的靈魂，你折磨我整整三個月了；現在該輪到我折磨你了。你看這包東西，裡面有十萬盧布。我現在要把它扔到壁爐裡去，扔到火裡去，當著大家的面，讓大家做證人！等到火把紙包周圍都燒到了的時候，你就伸手到壁爐裡去，但是不許戴手套，要光著手，把袖子捲起來，從火裡取出那個紙包！如果你取出來，就是你的，十萬盧布全是你的！你只會把手指頭燙痛一點——可是你要想一想，這是十萬盧布哇！用不了多少時間就可以取出來！我要欣賞你的心靈，看你怎樣把手伸到火裡去取我的錢。大家做見證，這包錢一定給你！如果你不去取，那就讓它燒光，我不讓任何人去搶救。往後退！大家都往後退！這是我的錢！我跟羅戈任住一夜，掙到這些錢。這是我的錢嗎，羅戈任？」

「是你的，親愛的！是你的，我的皇后！」

「那麼，大家都往後退！我想怎樣做就怎樣做！不許妨礙我！費爾德先科，你把火調好！」

「納斯塔霞．菲利波夫娜，我的手舉不起來！」費爾德先科嚇呆了，這樣回答說。

「真是的！」納斯塔霞．菲利波夫娜喊，抓起夾火的鉗子，撥開兩根快燒盡的木柴。等火剛一起來，就把紙包扔進去了。

周圍傳出一陣喊聲，許多人甚至畫起十字來。

「她發瘋了！她發瘋了！」周圍的人們喊叫著。

「我們要不要……要不要……把她綁起來？」將軍對普季岑小聲說，「要不要叫醫生……她發了瘋，真是瘋了！是不是瘋了？」

「不，這也許不是完全發瘋，」普季岑低聲說，他臉色像紙一樣白，渾身打著哆嗦，沒有力量使眼睛從燒起來的紙包上移開。

「我對您說過，她是一個剛強的女人，」阿法納西．伊萬諾維奇喃喃地說，他的臉色也有點慘白了，「要知道，這是十萬盧布哇！……」

「天哪，天哪！」周圍一陣喊聲。大家都擁到壁爐旁邊，大家都搶著來看，大家叫喊著……有些人甚至跳到椅子上，從人家頭頂上探望。達里亞．阿萊克謝夫娜跑進另一間屋子，很驚慌地跟卡嘉和帕莎耳語著。那個德國美人跑走了。

「母親！皇后！全能的女神！」列別杰夫狂喊著，跪著爬到納斯塔霞．菲利波夫娜面前，把手往壁爐裡伸。「十萬盧布！十萬盧布！我親眼看見的，當著我的面包好的！母親！仁慈的女神！請讓我爬到火爐裡去，我要把整個身子放進去，把我整個斑白的腦袋全伸到火裡去！……我的妻子有病，臥床不起，我有十三個孩子，全沒人照看。我上星期埋葬了我的父親，他是活活餓死的。納斯塔霞．菲利波夫娜呀！」他說完，就想爬到壁爐裡去。

「走開！」納斯塔霞．菲利波夫娜一邊推他，一邊喊道，「你們大家讓開一條路吧！加尼亞，你為什麼站在那裡？你不要害臊！你來拿錢吧！這是你的福氣！」

然而，加尼亞在這一天的白天和晚上所遇到的這些事，實在讓他受不了，他對於這最後的、意料不到的試驗絲毫沒有準備。那群人向兩邊分開，給他讓出一條路，他和納斯塔霞．菲利波夫娜面對面站著，只距離三步遠。她站在爐旁等候，明亮的眼光盯著他不放。加尼亞身上穿著晚禮服，手裡拿著帽子和手套，默默地站在她面前，兩手交叉著，眼睛望著壁爐裡的火。他那張像紙一樣蒼白的臉上，浮現出愚癡的笑容。誠然，他不能將眼睛從火上，從著了火的紙包上移開，但是有點新的東西進入了他的心靈。他似乎發誓要熬受這種苦刑，他沒有挪動地方。過了一會兒，大家開始明白，他不會去取那個紙包，他不願意去。

「喂，會燒光的！人家一定會臊你呀！」納斯塔霞．菲利波夫娜對他喊道，「以後你會上吊自殺的，我不是跟你說笑話！」

剛開始，火只是在兩根快燒盡的木柴中間燃燒。後來，當紙包落到上面去，把它壓住時，火幾乎熄滅了。但是，在一塊木頭的下角上，還有一道小小的藍色火焰。最後，一個薄薄的、長長的火舌舐著紙包，火一抓住紙包，就跳到紙包的邊緣上，整個紙包突然在壁爐裡燃燒起來，鮮紅的火焰往上面衝。每個人都深深歎了一口氣。

「母親哪！」列別杰夫又喊叫起來，又往前闖，但是羅戈任拉住他，又把他推開了。

羅戈任好像把整個身子變成一隻眼睛，一動不動地盯著納斯塔霞・菲利波夫娜。他迷醉了，樂得好像上了七重天一樣。

「這真像個皇后！」他不時重複著，向周圍隨便什麼人說，「這才是我們的派頭！」他忘形地喊道，「你們這些騙子，誰能這樣做呀？」

公爵憂鬱地，沉默地觀看著。

「只要有人給我一千盧布，我可以用牙齒把它叼出來！」費爾德先科提議說。

「我也會用牙齒叼！」拳頭先生在大家背後拚命喊叫，「真是糟糕！燒起來了！全要燒光了！」他看著火焰，喊了起來。

「燒起來了！燒起來了！」大家齊聲喊道，幾乎都擁到爐邊去了。

「加尼亞，你不要裝腔作勢啦，我最後一次忠告你！」

「快取出來吧！」費爾德先科吼叫著，簡直像發瘋似的跑到加尼亞面前，拉他的袖子，「你這個吹牛皮的傢伙，去取出來吧！快燒光了！唉，你這個混蛋！」

加尼亞用力推了費爾德先科一下，轉過身子，向門外走去。但是還沒有走上兩步，身子就搖搖擺擺，咕咚一下倒在地上了。

「暈過去了！」周圍的人們喊道。

「母親哪，快燒光了！」列別杰夫喊。

「要白白燒光啦！」周圍的人們怒吼起來。

「卡嘉，帕莎，給他取水來，再取點酒精！」納斯塔霞．菲利波夫娜喊道，她抓起夾火的鉗子，把那紙包取了出來。

外面的紙差不多已經燒成灰燼，但是立刻就看出來，裡邊是完整無缺的。那個紙包是用三層報紙包著的，鈔票沒有損壞。大家都鬆了一口氣。

「只有一千盧布有點損壞，其餘的全很完整。」列別杰夫很高興地說。

「全是他的！這包鈔票全是他的！諸位，你們要聽著！」納斯塔霞．菲利波夫娜把紙包放在加尼亞身旁，宣佈說，「他竟沒有去取，強忍住了！這麼說，他的自尊心還比他的貪財心要大一些。不要緊，他會蘇醒過來的！他為了這個，也許會殺人的……你們瞧，他已經蘇醒過來了。將軍，伊萬．彼得洛維奇，達里亞．阿萊克謝夫娜，卡嘉，帕莎，羅戈任，你們聽見沒有？這包錢是加尼亞的。我獎賞給他，他有全權處理……不管怎麼樣，我都要給他！你們對他說一聲。讓那紙包放在他的身邊……羅戈任，開步走！再見吧，公爵，我還是第一次看到一個真正的人！再見吧，阿法納西．伊萬諾維奇，merci（法文：多謝）。」

羅戈任一夥人一邊鬧哄哄地呼喊著，一邊從各房間裡向門外走，緊跟在羅戈任和納斯塔霞．菲利波夫娜的身後。在大廳裡，女僕們把皮大氅遞給納斯塔霞．菲利波夫娜。廚娘瑪爾法從廚房裡跑出來。納斯塔霞．菲利波夫娜一一吻了她們。

「太太，難道您真要完全離開我們嗎？您要到哪裡去？還在您的生日，在這樣一個好日子裡！」女僕們哭著問，吻她的手。

「我要到街頭賣笑去，卡嘉，你聽見了吧，那裡是我應該去的地方，再不我就去做洗衣婦！我跟阿法納西．伊萬諾維奇算混夠了！你們代我向他致意，你們不要記住我的短處……」公爵飛也似的向大門口奔去。在大門口，大家已經分坐在四輛帶鈴的馬車上。將軍在樓梯上就把他追上了。

「算了吧，公爵，你清醒一下吧！」將軍拉住公爵的胳臂說，「放棄了吧！你瞧她是什麼樣的人！我用老人的身份對你說……」

公爵看了他一眼，但是沒有說一句話，就掙脫了身子，跑下樓去。

幾輛三套馬車剛剛從大門口走掉。將軍到了那裡，看見公爵喊住路過的頭一輛出租馬車，叫車夫追趕那幾輛三套馬車，向葉卡捷琳戈夫趕去。將軍那輛套著灰色馬的快車隨後趕上來，把將軍送回家去。將軍心裡懷著新的希望和計畫，並且揣著那串珍珠——將軍在百忙中也沒有把它忘掉。在他的計畫當中，納斯塔霞．菲利波夫娜的迷人面孔也露出過兩三次。將軍歎了一口氣說：「可惜！真是可惜！一個完蛋的女人！一個發瘋的女人！……嗯，現在公爵不該要納斯塔霞．菲利波夫娜……」

納斯塔霞．菲利波夫娜的另外兩個賓客決定徒步走一段路，他們一邊走，一邊也談了一些這類說教式的、臨別贈言式的話語。

「您知道，阿法納西．伊萬諾維奇，聽說日本人也發生這類事情，」伊萬．彼得洛維奇．普季岑說，「在日本，一個人受了侮辱，他就會走到侮辱者的前面，對侮辱者說：『你侮辱了我，因此我來到你面前剖腹。』說完這話他果然就當著侮辱者的面把肚子剖開。他們好像真的報了仇，感到十分滿足。世界上真有怪人，阿法納西．伊萬諾維奇！」

「您以為今天的事情和這相像嗎？」阿法納西．伊萬諾維奇笑著回答說，「唔……您很俏皮地……打了一個極妙的比喻。但是，您自己看得見，親愛的伊萬．彼得洛維奇，我已經做了我所能做到的一切，我不能超出可能的範圍之外，您說對不對？您還要承認，這個女人有一些重要的優點……光輝的特徵。我剛才甚至想對她喊——如果我在這亂糟糟的環境中能這樣做——她本身就是我對於她的一切責難的最好的辯解。有時候，誰能不被這個女人迷惑到忘卻理性……忘卻一切的地步呢？您瞧那個鄉下佬，羅戈任，竟給她搬來了十萬盧布！即使剛才所發生的一切是短促的、浪漫的、不雅觀的，但是，您自己也得承認，這個有聲有色，十分別緻。我的天，以她這樣的性格，加上她這樣的美貌，可以做成多麼好的一個人哪！但是，無論怎樣地努力，無論她有多大的學問，一切都算完了！她是一顆沒有琢磨過的鑽石——這話我已經說過許多次了……」

接著，阿法納西．伊萬諾維奇深深地歎了一口氣。

第二部

第一章

在本書第一部結束時，我們敘述了在納斯塔霞．菲利波夫娜生日晚會上所發生的奇怪事情。這樁事情過去兩三天，梅什金公爵就忙著上莫斯科去領取意外的遺產去了。當時有人說，他的急於成行是另有原因的，但是關於這層，以及關於公爵在莫斯科，也就是他離開彼得堡的整個時期內的一切行動，我們所能提供的材料很少。公爵離開彼得堡整整六個月，即使是那些出於某種原因而多少有點關心他的命運的人，在這個時期內也不大能夠知道他的情況。誠然，有些謠言也偶然傳到某些人的耳中，但是大半是離奇的，幾乎永遠互相矛盾。最關心公爵的當然是葉潘欽府上，而公爵臨走的時候，竟來不及向他們辭行。不過，將軍當時和他見過面，甚至見過兩三次；他們很嚴肅地談論了一些問題。將軍雖然親自和他見過面，但並沒有把這件事告知家人。總之，在最初的時期裡，也就是在公爵離開後幾乎整整一個月內，葉潘欽家中絕口不提到他。只有將軍夫人伊麗莎白．普羅科菲耶夫娜一人最初表示說，她對公爵這個人的觀察大錯而特錯了。過了兩三天又說，但已經不再指出公爵的名字，而是不確定地說，她一生最主要的特質，就是在觀察人方面不斷犯錯誤。最後，過了十來天，她不知為什麼對女兒們生氣，又用格言的方式說：「我們錯得夠受了！以後不要再錯了！」我們還要注意的是，在很長時期內，他們家裡籠罩著一種不愉快的氣氛。大家都感到沉悶和緊張，好像人人不睦，各有難言之隱。大家全帶著愁眉苦臉的樣子。將軍日夜奔忙，辦理各種事務。他這樣忙碌，這樣積極，尤其在公務方面，過去還是很少見的。家裡的人簡直看不到他。至於葉潘欽家的小姐們，口頭上當然都沒有什麼表示。她們幾個人單獨在一起的時候，也許說得更少了。她們本來是傲慢自大的千金小姐，相互間有時還會感到羞愧。不過，她們不但從一句話裡，就是從一個眼神上也可以互相瞭解，所以說許多話有時也大可不必。

假使有旁觀者的話，他只能斷定一件事情，那就是：綜合上述的寥寥無幾的材料來看，公爵雖然只到葉潘欽家去過一次，待的時間又很短，可是他到底在那裡留下了特別深刻的印象。也許這只是公爵的一些奇怪舉動所引起的一般好奇的印象。無論怎樣說，印象總是留下了。

漸漸地，連流佈全城的謠言也蒙上了一層陰影。不錯，據大家傳說，有一個傻瓜公爵（誰也不能確切指出他的姓名）突然得到了一大筆遺產，娶了一位過路的法國女人，巴黎 Chateau-de-leurs[1] 的著名 Cancan[2] 舞女。但是另一些人說，領到遺產的是一個將軍，而娶了過路的法國著名舞女的是一個擁有無數財產的俄國商人，他在婚筵上喝醉了酒，由於誇口，就把價值七十萬盧布的最新發行的有獎債券用蠟燭燒毀。然而，所有這些謠言很快就平息了，這多半是客觀情勢所促成的。譬如說，在羅戈任的一夥裡，本來會有許多人可以胡說八道，可是他們在葉卡捷琳戈夫車站豪飲（納斯塔霞·菲利波夫娜也參加了）以後，過了一個多星期，就由羅戈任本人率領著，一齊到莫斯科去了。在所有關心納斯塔霞·菲利波夫娜的人中，有三兩個人道聽塗說，知道納斯塔霞·菲利波夫娜在葉卡捷琳戈夫豪飲的次日就逃之夭夭，不見影兒了，後來才探出她已經前往莫斯科，因此，羅戈任赴莫斯科一事恰恰和這個謠傳有些巧合。

加夫里拉·阿爾達利翁諾維奇·伊伏爾金在自己的圈子裡是相當有名的，關於他也有一些謠言。但

1 譯注：百花宮，一個歌舞場。
2 譯注：康康舞，一種下流的舞蹈。

是，他也發生了一種情況，使對他不利的流言迅速冷卻下去，最後完全消滅了。這就是他得了重病，不但不能在社交界出頭露面，甚至連辦公都不行了。他病了一個來月就痊癒了，可是不知什麼原因，他完全辭去了股份公司的職務，由他人繼任了。他再也沒有到葉潘欽將軍家裡去一次，所以就由別的官員給將軍當祕書了。加夫里拉·阿爾達利翁諾維奇的仇人們可能猜想他為了所發生的一切事情感到非常慚愧，只好躲在家裡，不好意思出門；但是他確實是得了病，甚至是得了憂鬱症，終日胡思亂想，肝火很盛。瓦爾瓦拉·阿爾達利翁諾夫娜在那年冬天和普季岑結婚。認識他們的人都很直接地指出，這個婚事和加尼亞的辭職有關，因為他辭職後，不但不能養家，而且自身也需要幫助，甚至需要他人來服侍了。

我們必須附帶指出，在葉潘欽家內，甚至從來都沒有提起過加夫里拉·阿爾達利翁諾維奇這個人——彷彿不僅在他們家內，在這個世界上也根本沒有這個人。但是，他們家裡的人很快就知道了一樁與加尼亞有關的十分有趣的事實，那就是：在決定他命運的那一夜，在納斯塔霞·菲利波夫娜家裡鬧出了那件不愉快的事以後，加尼亞回到自己的家之後，並沒有睡覺，而是像發瘧疾似的，急不可耐地等候公爵回來。公爵先到葉卡捷琳戈夫去，回來時已經是早晨五點多鐘。當時，加尼亞走到公爵屋內，把納斯塔霞·菲利波夫娜在他暈倒時送給他的那包燒焦的錢放在桌上。他很堅決地請求公爵，只要一遇到機會，就把這份禮物退還給納斯塔霞·菲利波夫娜。加尼亞剛到公爵房間裡去的時候，是帶著仇恨的、近乎悲憤的心情的。但是，他和公爵彷彿只說了幾句話，然後就在公爵那裡坐了兩個小時，一直哀哀地痛哭著。後來，兩人是在友善的氣氛中分開的。

葉潘欽家裡的人全都聽到了這個消息，後來證明這個消息完全是正確的。說來也真奇怪，這類消息竟會傳播得如此迅速，大家很快就都知道了。例如，納斯塔霞·菲利波夫娜家裡所發生的一切事情，到第二天，葉潘欽家裡就全知道了，甚至知道得非常詳細。關於加夫里拉·阿爾達利翁諾維奇的消息，我們可以推測是瓦爾瓦拉·阿爾達利翁諾夫娜帶到葉潘欽家裡去的——她忽然常常訪問葉潘欽家的幾位小姐，很快地和她們要好起來，這使伊麗莎白·普羅科菲耶夫娜都感到非常驚訝。不過，瓦爾瓦拉·阿爾達利翁諾夫娜雖然為了某種目的，認為必須和葉潘欽家的姐妹們接近，而她關於自己哥哥的事情，在葉潘欽家姐妹面前是絕口不談的。她雖然在那個幾乎是把她的哥哥驅逐出去的人家交了朋友，不過她也是一個驕傲的女子，具有一種獨特的驕傲。她以前就認識葉潘欽家的小姐們，可是很少和她們見面。她現在也很少進客廳去，只是從後門溜進去。伊麗莎白·普羅科菲耶夫娜雖然很尊敬瓦爾瓦拉·阿爾達利翁諾夫娜的母親尼娜·亞歷山德羅夫娜，可是始終不喜歡瓦爾瓦拉。因此，對於瓦里婭的頻繁來訪，她很驚訝，而且生氣，認為瓦里婭和自己女兒的交往是任意橫行，說女兒「不知要想出什麼花樣來和她作對」。但即使這樣，瓦爾瓦拉·阿爾達利翁諾夫娜仍然去拜訪她們，婚前婚後都是這樣。

公爵走後一個月，葉潘欽將軍夫人就接到老公爵夫人別洛孔斯卡婭的一封信，這位老夫人是兩個星期以前赴莫斯科去看出嫁的長女的。這封信對葉潘欽的夫人發生了明顯的影響。她雖然沒有把信的內容告訴伊萬·費道洛維奇和女兒們，但是她家的人，從她的許多跡象可以看出她有點興奮，甚至激動的樣子。她開始和女兒們攀談，而且盡講一些奇怪的、不尋常的話題。她顯然要把自己心裡的事說出來，可是為了某種原因還是忍住了。在接到信的那天，她對大家非常和藹，甚至吻了阿格拉婭和阿杰萊達，對她們說了一些懺悔的話，可是懺悔的究竟是什麼，她們也弄不清楚。甚至對整個月失寵的伊萬·費道洛維奇，也忽然變得寬大起來。當然，到了第二天，她就對昨天自己那樣動感情感到很生氣，不等吃午飯就和大家吵了一頓嘴；可是到了晚上，天空又晴朗了。總之，在整整一個星期內，她的情緒都很好，這是很久以來都沒有過的事情。

再過一星期，將軍夫人又接到別洛孔斯卡婭一封信，這一次她決定說話了。她鄭重其事地宣佈，

「別洛孔斯卡婭老太婆」（她在背後談論老公爵的夫人時，從來沒有其他的稱呼）告訴她一個關於那個……「怪物，嗯，就是那個公爵」的好消息。那個老太婆在莫斯科到處尋找他，查訪他，終於有了好消息。後來，公爵親自拜訪她，給她留下特別良好的印象。將軍夫人結束說：「顯然是由於這種原因，她請他每天下午一點到兩點到她家去，公爵也就每天前去，至今還沒有使老太婆感到厭煩。」將軍夫人又說，公爵經「老太婆」介紹，在兩三個上流家庭裡受到熱情的款待。「他不呆坐在家裡，也不像傻子似的害臊，那是很好的。」小姐們聽到這些消息後，立刻覺察出，母親瞞住了信裡的許多話沒有說出來。也許她們是從瓦爾瓦拉·阿爾達利翁諾夫娜那裡知道的。當然了，凡是普季岑所知道的關於公爵和他在莫斯科的一切情形，瓦爾瓦拉是不會不知道的。而普季岑比別人知道得都多。他雖然在正經事方面過份沉默寡言，但如果有什麼事情卻願意跟瓦里婭說。因此，將軍夫人更加不喜歡瓦爾瓦拉·阿爾達利翁諾夫娜了。

無論怎麼說，現在已經打破悶葫蘆，大家忽然可以談論公爵了。同時也更明顯地暴露出公爵給葉潘欽家所留下的印象有多麼特別，使人們對他有興趣多了。將軍夫人見到莫斯科消息竟會使她家的女兒們留下如此深刻的印象，不禁大吃一驚。而女兒們見到母親鄭重其事地宣佈說，她一生中最主要的特質，就是在看人這方面不斷犯錯誤，同時又委託「有權勢的」老太婆別洛孔斯卡婭在莫斯科關注公爵的行動，也很感到奇怪。她們都知道，母親對那個「老太婆」必須像求上帝那樣央求才行，因為別洛孔斯卡婭一向是不好管這類閒事的。

當悶葫蘆剛剛打破，有了新線索時，將軍也連忙發表了意見，他也非常關心這件事情。不過，他所談的只是「問題的事務方面」。原來，他為了公爵的利益，曾經委託兩位比較靠得住、在莫斯科很有勢力的先生監督他，並且特別監督他的顧問薩拉慈金。關於遺產（即關於遺產的事實），人們所講的一切都是正確的，但是歸根結底，遺產本身卻並不像以前風傳的那麼大。因為財產有一半陷入混亂狀態，既有債務，也有債權人出現，再加上公爵雖然有人為他謀劃，卻做出一些在事務方面十分欠妥的行動。將軍說：「上帝當然會保佑他的。」現在，當「悶葫蘆」已被打破的時候，將軍很樂於「完全誠心誠意地」發表聲明，因為「這小子雖然有點那個」，但他畢竟值得這樣做。不過，話說回來，他到底有點傻里傻氣。譬如說，已故商人的幾個債權人，竟拿著沒有價值的、值得懷疑的借據前來要帳，還有一些人探聽出公爵的為人，竟毫無憑據地跑來找他。結果怎樣呢？公爵的朋友雖然竭力主張，說那幫流氓和債權人完全沒有資格要帳，可是公爵差不多都給了他們。而他所以要還債，唯一的理由，就是他認為其中有些人確實蒙受了損失。

將軍夫人回答說，別洛孔斯卡婭的信裡也提到過這一點。「真蠢，太蠢了；傻病是無法治療的。」她很嚴厲地加上了這樣一句。但是從她的臉上可以看出，她是多麼喜歡這個「傻子」的行動。看來，將軍看出他的夫人對於公爵的關心好像對待親兒子一樣，而她對阿格拉婭又特別和藹。伊萬．費道洛維奇看到這種情形，一時也流露出極為鄭重的神情。

但是這種愉快的情緒並沒有存在許多時候。只過了兩星期，一切又變了，將軍夫人皺著眉頭，將軍聳了幾次肩膀，又守口如瓶了。事情是這樣：在兩個星期以前，他偶然得到一個消息，這個消息雖然很簡短，不夠清楚，卻很準確。據說納斯塔霞．菲利波夫娜曾經在莫斯科失蹤過，後來又在莫斯科被羅戈任找到，沒過多長時間又失蹤，又被他找到，最後才確實答應嫁給他。僅過了兩個星期，將軍忽然接到消息，說納斯塔霞．菲利波夫娜在即將舉行婚禮的時候，第三次逃走了，這一次逃到外省去，同時梅什金公爵也從莫斯科失蹤，把所有的事務都委託薩拉慈金照管。將軍最後說：「是和她一塊兒走的，還是追蹤而去——這不得而知，但是，裡面一定有點把戲。」伊麗莎白．普羅科菲耶夫娜也收到了令人不快的消息。在公爵走後兩個月，在彼得堡差不多完全沒有人談到他，葉潘欽家上「悶葫蘆」也不再打破。不過，瓦爾瓦拉·阿爾達利翁諾夫娜還是經常去探望葉潘欽家的小姐。

為了結束所有這些謠言和消息，我們要補敘一筆。在春天時，葉潘欽家上發生了很多的變動，所以很難不把公爵忘掉，況且公爵自己也沒有透露，也許不願意透露自己的消息。在冬季裡，他們經過長期商談以後，決定到國外去避暑，也就是說，伊麗莎白·普羅科菲耶夫娜帶著女兒們前去；將軍當然不能把時間消耗在「無謂的消遣」上面。這個決定是由於小姐們特別堅持自己的主張才通過的。她們深深地相信，她們的父母不願意帶她們到國外去，因為父母急著要把她們嫁出去，不斷給她們找對象，到了最後，父母也許認為在國外也可以給女兒找對象，出國避暑不但不會破壞他們的計劃，而且可以「促其實現」。這裡應該順便提一句，阿法納西·伊萬諾維奇·托茨基和葉潘欽家大小姐所預定的親事已經完全吹了，托茨基並沒有正式求婚。這事情是順其自然發展的，既未多費唇舌，也沒有引起任何家庭的鬥爭。自從公爵走後，雙方忽然都不提這門親事了。這種情況也是葉潘欽家內當時空氣沉悶的主要原因之一，雖然將軍夫人當時就表示她很喜歡，喜歡得「用雙手畫十字」。將軍雖然失了寵，感到自己做了錯事，但到底還鬱鬱寡歡了很長時間；他為阿法納西·伊萬諾維奇感到很可惜，「掙下這許多財產，而且是這樣一個靈活的人！」過了不久，將軍就知道阿法納西·伊萬諾維奇被一個過路的上等社會的法國女人所迷住，她是侯爵夫人，王朝正統主義派，他們即將舉行婚禮，結婚後阿法納西·伊萬諾維奇被帶到巴黎去，後來再到布勒塔尼去。「他跟這法國女人一走，就要無影無蹤啦。」將軍說。

葉潘欽一家人準備在初夏動身。這時，又忽然發生一種情況，使一切計畫又重新變更了，旅行的延期使將軍夫婦感到非常高興。有一位施公爵從莫斯科駕臨彼得堡，這位公爵是一個很出名的人，以性格極為良好而出名。他是那種誠實的、樸素的現代人，甚至可以說是現代的事業家，他一直誠懇地、自覺地為公眾謀福利，孜孜不倦地工作著，具備稀有的愉快性格，因此永遠找得到工作。這位公爵並不想出風頭，他躲避各黨派的殘酷鬥爭和無聊話語，他從不自命為領導者，但對於最近發生的許多事情都瞭解得十分透徹。他以前做過官，後來參加了地方自治的工作。此外，他還是幾個俄國科學團體的通訊員。他同一個熟識的工程師合作，用搜集材料和調查的方法，幫助確定了一條在計劃中的鐵路幹線的正確方向。他的年紀有三十五歲，他是「最上等社會」的人。另外，如將軍所說，他擁有「良好的、正經的、無可辯駁的」財產。將軍為了一樁極正經的事情，在他的上司伯爵那裡和公爵會見，就此認識了公爵。公爵由於某種特別的好奇心，從來不避免和俄國的「幹員」們交遊。恰巧公爵又和將軍的家人認識了。她們姐妹中的第二位，阿杰萊達．伊萬諾夫娜，給公爵留下很深的印象。快到春天時，公爵就向她求婚。阿杰萊達很喜歡他，伊麗莎白．普羅科菲耶夫娜也喜歡他。將軍十分高興。這樣一來，旅行當然延期了。婚禮定在春天舉行。

旅行本來可以在仲夏或夏末成為事實，哪怕由伊麗莎白．普羅科菲耶夫娜帶著兩個未出嫁的女兒出去遊玩一兩個月，也可以消除和阿杰萊達離別的愁情。但是又發生了一件新事：在暮春時（阿杰萊達的婚禮延緩到仲夏舉行），施公爵把他的一個交情極深的遠親引到葉潘欽家上來。那位遠親名叫葉夫根尼．帕夫洛維奇．拉多姆斯基，年紀還輕，二十八九歲，當副官，出奇的美男子，「望族」出身，富有聰明才智，屬於「新派」，「學問淵博」，財產無數。關於最後一點，將軍永遠是很看重的。他調查以後說，認為「的確是那樣，不過還需要加以調查」。這個年輕而有前途的副官，被從莫斯科來的老太婆別洛孔斯卡婭的評價抬得很高。不過，他的名譽也頗有問題，據說他通過姦，「征服」過幾個不幸女人的心。他自從見到阿格拉婭以後，就成了葉潘欽府上的常客。雖然還沒有說出什麼話來，甚至連任何暗示都沒有，但是，葉潘欽家父母總覺得夏季的國外之旅大可不必去想了。阿格拉婭自己也許別有見解。

這件事恰恰發生在本書主角第二次出場之前。那時候，從外表上來看，可憐的梅什金公爵已經被彼得堡人完全遺忘了。如果他現在忽然在熟人堆中出現，那簡直就會像從天上掉下來一般。讓我們再來報告一樁事實，借此結束我們的引子吧。

公爵走後，科利亞．伊伏爾金起初繼續過他以前的生活，那就是在上中學，找他的朋友伊波利特，照顧將軍，幫助瓦里婭管理家務，替她跑腿。但是，房客們很快都走空了：在納斯塔霞．菲利波夫娜家出事後的第三天，費爾德先科就搬出去，很快就失蹤了，所以關於他的消息都沒有了；有人說他在什麼地方喝酒，但也說得並不肯定。公爵到莫斯科去了。他一走，房客就沒有了。瓦里婭出嫁後，尼娜．亞歷山德羅夫娜和加尼亞都跟她一塊兒搬到伊茲瑪意洛夫斯基團普季岑的家裡去。至於伊伏爾金將軍，則發生了一樁完全意料不到的事——由於欠債而鋃鐺入獄。控訴他的就是他的女友大尉夫人，他陸續簽給她兩千盧布的借據。這件事完全出乎他的意料，可憐的將軍一向「極端信賴人心的善良」，結果竟成為這種信仰的「犧牲」。他對於簽發借據和期票已經習慣成性，以為這樣做並沒有什麼，萬萬沒有料到這些文件還會發生效力，原來並不是沒有什麼。「看你再信賴人吧！再掏出正直的信任心吧！」當他在達拉騷夫的牢房裡和新交的朋友坐下喝酒，向他們講述卡爾斯被圍和一個兵士復活的故事時，這樣悲苦地喊叫著。他在那裡生活得很好。普季岑和瓦里婭說這正是他應該住的地方，加尼亞也十分贊成他們的話。只有可憐的尼娜．亞歷山德羅夫娜一個人暗自淌眼抹淚（連家人都很驚訝），經常帶著病到伊茲瑪意洛夫斯基團去見丈夫。

自從發生了像科利亞所說的「將軍事件」以來，總之，自從他的姐姐出嫁以後，科利亞幾乎完全從家人的手裡掙脫出去，最近竟不大回家住了，聽說他結交了許多新朋友。此外，他在債務監獄內也大大出了名。如果尼娜．亞歷山德羅夫娜不帶著他上監獄，什麼事也辦不成；家裡的人現在也不拿一些好奇的問題囉嗦他了。瓦里婭以前對他十分嚴厲，現在對他的行徑一概不問了。讓家人感到最奇怪的是加尼亞，他雖然得了嚴重的憂鬱症，現在和科利亞說話也好，對待科利亞也好，有時完全表示出和善的態度。這種情形是前所未有的，因為加尼亞已經二十七歲了，他對十五歲的弟弟當然不會有一點和善的意思。他過去對科利亞的態度很粗暴，而且要求家人對科利亞也絕對嚴厲，還時常以「揪耳朵」來威脅，使科利亞越過「人類忍耐心的最後境界」。人們可以想到，現在科利亞有時對加尼亞有用了。科利亞萬萬也想不到，加尼亞會把那十萬盧布退回去，因此，他也覺得加尼亞有許多地方可以饒恕了。

公爵走後三個月來，伊伏爾金家裡聽說科利亞突然和葉潘欽家人相識，葉潘欽家小姐很款待他。瓦里婭不久就知道了這件事。不過，科利亞並不是由瓦里婭介紹而認識的，而是由於「毛遂自薦」的緣故。葉潘欽家上的人漸漸都喜歡他了。雖然剛開始的時候，將軍夫人對他並不滿意，但不久就對他和氣起來，「因為他坦白直率，不好拍馬」。說科利亞不好拍馬，這是十分正確的；他在葉潘欽家保持著完全平等和獨立的地位，他雖然有時也給將軍夫人讀讀書報，但那是因為他永遠愛給別人服務的緣故。他有兩次和伊麗莎白·普羅科菲耶夫娜吵得很厲害，說她是個專制魔王，以後再也不登她的家門。第一次的爭論是由「婦女問題」引起的，第二次是因為討論一年中哪個季節適宜捕捉金翅雀的問題。儘管如此不可思議，但將軍夫人在爭論後的第三天就派僕人給他送信，請他務必光臨。科利亞並不裝腔作勢，立刻就來了。只有阿格拉婭一個人不知道為什麼經常討厭他，瞧不起他。結果，他偏偏使阿格拉婭大吃一驚。有一次，在復活節的時候，科利亞找到一個沒人看見的機會，遞給阿格拉婭一封信，只說有人託他親自交給她。阿格拉婭威風凜凜地瞧著這個「傲慢的孩子」，但是科利亞沒有理她，就走開了。阿格拉婭拆開信來，讀道：

您以前曾經信任過我，也許您現在完全忘記我了。我怎麼會要給您寫信呢？我不知道。但是，我有一種迫切的願望，就是要請您注意我的存在。我不知有多少次感到，你們三位對我都十分需要，但在你們三位中，我只注意您一個人。我需要您，非常需要。關於我的一切，我沒有什麼可以寫給您，沒有什麼可講的。我並不想這樣做，我最希望的是您能夠得到幸福。您幸福嗎？我想對您說的就是這句話。

您的長兄列夫．梅什金公爵

阿格拉婭讀完這封簡短的、相當糊塗的信之後，忽然滿臉通紅，沉思起來。我們很難說出她在想些什麼。她自問道：「要不要給別人看呢？」她似乎有點害羞。結果，她帶著嘲諷的、奇怪的笑容，把那封信朝自己的小桌抽屜裡一扔。第二天，她又把信取出來，夾在一本硬皮的厚書裡面（她為了一找就可以找到，對自己的文件總是這樣處理）。過了一個星期，她才看看那是一本什麼書。原來是《堂吉訶德》。阿格拉婭哈哈大笑起來，不知道笑些什麼。

也不知道她是否把這封信給姐姐們看過。但是，當她還在讀信的時候，她忽然想到：公爵莫非選這個傲慢的和喜歡吹牛的孩子做他的通訊員了？也許是公爵在此地的唯一通訊員吧？她雖然帶著非常輕蔑的神情，但終於還是把科利亞叫來盤問了一番。這個「孩子」一向是好生氣的，在這一次，卻一點也沒有理會她那種輕蔑的神情；他簡單扼要，而且相當冷淡地對阿格拉婭解釋說，在公爵離開彼得堡之前，他雖然告訴公爵一個永久通訊處，並且表示願意為公爵效勞，但是，這是公爵初次給他的委託，這是公爵初次給他寫信，為了向阿格拉婭證明自己的話是真的，他掏出公爵寫給他的那封信。阿格拉婭馬上打開信讀。致科利亞的信中，說的是：

親愛的科利亞，請您費神將這封密封的信轉交給阿格拉婭·伊萬諾夫娜。祝您康健。

愛您的列夫·梅什金公爵

「委託你這樣的毛孩子辦事，總是很可笑的。」阿格拉婭惱恨地說，她把信還給科利亞後，便帶著輕蔑的樣子走開了。

這真是科利亞所不能忍受的。他為了辦這件事情，沒有說出什麼原因，曾特地向加尼亞借用一條全新的綠色圍巾。他感到自己受到極大的侮辱。

第二章

已是六月上旬，在整個星期內，彼得堡都是稀有的好天氣。葉潘欽家在伯夫洛夫斯克有一所富麗堂皇的別墅。伊麗莎白・普羅科菲耶夫娜忽然興奮和緊張起來，忙了不到兩天，他們就搬到別墅去了。

葉潘欽家搬家的第二天或第三天，列夫・尼古拉耶維奇・梅什金公爵乘著早班車從莫斯科回來了。沒有人到車站去接他，但下車的時候，公爵忽然覺得在包圍新到乘客的一群人中，有兩隻眼睛放出奇異的、熱烈的光彩。他定睛一看，那兩隻眼睛已經不見了。這當然只是一種幻覺，但他卻感到很不愉快。再加上公爵心裡本來就很悲哀，他沉思著，好像有什麼煩惱的事情。

馬車把他送到李鐵因大街附近的一家旅館裡。那家旅館不大好。公爵住兩個小房間，光線黑暗，陳設也很簡陋。公爵洗了洗臉，換好衣裳，一點東西也沒有要，就匆匆出去了，他似乎怕虛費光陰，或者訪人不遇。

半年前當他第一次到彼得堡時認識他的人中間，如果有人現在看到他，必將斷定他的外貌已經好得多了。但實際上並不是這樣，他只是在服裝方面有了完全的變動：所有的衣裳全是新的，都是由莫斯科的好裁縫給縫製的。不過，他的服裝也還有些缺點：縫得過於時髦（那些心地老實，但是才能不高的裁縫們永遠是這樣縫製的），而且是穿在對於此道沒有任何興趣的人身上；所以，如果仔細看上公爵一眼，非常愛笑的人也許就會找到一些笑料來。不過，可笑的東西還會少嗎？

公爵雇了一輛馬車，到潘斯基去。在洛士台司脫文斯基街上，他很快就找到一所小木板房。使他驚訝的是：這所房屋外表美觀，清潔，收拾得十分整齊，房前有個小花園，栽滿鮮花。臨街的窗子開著，裡面不斷傳出一個尖銳的聲音，好像喊叫一樣，似乎有人在那裡朗誦或演說：那聲音有時被幾個宏響的笑聲所打斷。公爵進了院子，走上台階說要找列別杰夫先生。

「他在那邊呢！」一個把袖子挽到胳臂肘上的廚娘開門之後，用手指著「客廳」回答說。

這個客廳用深藍色紙張裱糊，收拾得乾乾淨淨，相當講究，也就是有圓桌和沙發，帶玻璃罩的青銅時鐘，牆上掛著一個狹長的鏡子，天花板上吊著一盞帶有小玻璃的古式小型掛燈，燈鏈是古銅色的。列別杰夫先生站在客廳中間，背朝著走進去的公爵；他穿著背心，但沒有穿上衣，夏天打扮；他捶著自己的胸脯，很悲痛地演講著一個什麼題目。聽眾是：一個十五六歲的男孩，臉上喜氣洋洋，看來並不愚蠢，手裡捧著一本書；一個二十來歲的女郎，穿著孝服，抱著吃奶的孩子；一個十三歲的小姑娘，也穿著孝服，張著大嘴傻笑；最後，還有一個很奇怪的聽眾，他躺在沙發上，年紀二十來歲，長得很漂亮，臉色微黑，頭髮又長又密，眼睛黑而大，臉上剛露出一點鬍鬚的痕跡，這位聽眾好像時常打斷列別杰夫的話，和列別杰夫辯論。其餘的聽眾大概就是為了這個發笑。

「盧基揚．季莫費伊奇！盧基揚．季莫費伊奇！真是的！你倒是向後邊瞧瞧哪！……唉，你真討厭極啦！」

廚娘揮了揮手，走開了，她氣得滿臉通紅。

列別杰夫回過頭，一看到公爵，頓時像觸了電似的，呆呆站了半天，然後帶著諂媚的笑容向公爵奔去，但在中途又似乎愣住了，喃喃地說：「尊……尊……尊貴的公爵呀！」但是，他好像還找不到應持的態度似的，突然回過身去，沒頭沒腦地向那個抱著嬰孩的戴孝女郎奔去，她大吃一驚，就倒退了幾步；但是，他立即扔開她，又向那個十三歲的女孩子衝去，女孩子正立在第二間屋子的門檻上，臉上仍然堆著剛才殘留下來的笑容。她吃不住他的呼喊，立刻溜到廚房裡去了。列別杰夫還在她的身後跺腳，以此來嚇唬她。但是，他看見公爵帶著惶惑的眼神，便解釋道：「為了表示……恭敬，嘿，嘿，嘿！」

「您這大可不必……」公爵開始說。

「就來，就來，就來……像旋風似的！」

列別杰夫飛也似的跑出去了，公爵很驚異地看著女郎、男孩，還有躺在沙發上的那個人。此時，這些人全笑著。公爵也笑了起來。

「穿禮服去啦。」男孩說。

「這很遺憾，」公爵開始說，「我以為……請問，他是不是……」

「您以為他喝醉了嗎？」一個人的聲音在沙發上喊道，「一點也不！也許喝了三四杯，或者是五杯，但這算不了什麼——簡直是家常便飯。」

公爵正想對沙發上的聲音回話，女郎卻搶著說話了，她那可愛的臉上露出極坦白的神色：「他早晨從來不喝許多酒，如果您找他有什麼事情，現在說出來最好，正是好時候。如果等到晚上一回來，就會喝得爛醉。不過，他現在一到夜裡就哭，給我們朗誦《聖經》，因為我們的母親在五個星期以前去世了。」

「他之所以逃走，大概是因為他很難回答您的話，」沙發上的青年人笑了，「我可以打賭，他要欺騙您，現在正在想方法。」

「只有五個星期！只有五個星期！」列別杰夫穿了禮服回來，搶上去說，眼睛閃動著，從衣袋內掏出手帕來擦淚，「這些孤兒！」

「您為什麼穿著破衣服出來了？」女郎說，「您的新衣服在門後邊放著，沒有看見嗎？」

「別多嘴，小蜻蜓！」列別杰夫對她喊，「唉，你呀！」他朝她跺腳。但是這一次，她只是笑了笑。

「您嚇唬我做什麼，我並不是達娜，絕不逃跑。您這樣會把柳博奇卡吵醒，讓她得驚風的……您喊嚷什麼？」

「不，不，不，爛舌頭，爛舌頭……」列別杰夫忽然非常驚慌，跑到在女兒懷裡睡著的嬰兒面前，帶著害怕的樣子，朝她身上畫了幾次十字。

「願主保佑她，願主會保佑她！這是我親生的小女兒柳博奇卡，」他對公爵說，「這是我新死去的妻子葉蓮娜、我的正室夫人生的，她在生孩子時死去了。這個孩子是我的女兒薇拉，戴著孝……至於這個，這個，這個……」

「怎麼愣住了？」青年人喊道，「你繼續說下去，不要害臊。」

「大人！」列別杰夫忽然很衝動地喊出來，「關於芮瑪林家的謀殺案，您在報上看見沒有？」

「看過了。」公爵說，帶著幾分驚訝的神情。

「那個殺死芮瑪林全家人的真正兇手就是他！」

「您怎麼啦？」公爵說。

「這是比喻的說法，如果說有未來的第二個芮瑪林家，他就是未來的第二個兇手。他正在預備著呢……」

大家都笑了。公爵心想，列別杰夫也許真的在那裡裝傻，他因為預先感到公爵要提出一些問題，不知如何回答，所以故意拖延時間。

「他在那裡陰謀造反呢！」列別杰夫喊，他好像控制不住自己似的，「我能不能，有沒有權利，把這個好嚼舌的傢伙，也可以說是浪子、壞貨，當作我的親外甥，我的去世的妹子阿尼謝的獨子看待呢？」

「住嘴吧，你這醉鬼！您相信不相信，公爵，他現在忽然想當律師，替人辯護訴訟案件；他想發展他的辯才，和用崇高的文體對家裡的孩子們說話。五天以前，他在地方法院的審判員面前講過話。您知道他是替誰辯護的嗎？並不是那位央告和請求他的老太婆（有一個卑鄙的高利貸者把她的五百盧布，把她所有的財產都搶去了），而是那個放印子錢的扎意特賴爾，猶太人，因為那個人答應給他五十盧布……」

「勝訴給五十盧布，敗訴呢，只有五個盧布。」列別杰夫忽然用與剛才完全不同的聲音解釋說，就好像他從來沒有喊叫過似的。

「他當然鬧出了笑話。現在和過去情況不一樣了，在法院裡，大家嘲笑了他一頓。但是，他自己倒很滿意。他說，大公無私的推事們，你們要想一想，一個悲苦的、臥病不起的老人，一向依靠正直的勞動而生活，現在卻失去了最後的一塊麵包。你們要想一想立法者的一句名言：『法庭應以仁慈為主。』您相信不相信：他每天早晨在這裡對我們複述那篇演說，就和他在法庭說的一模一樣。今天已經是第五次了，就在您來以前還念著，高興得了不得。他在自吹自擂。他還預備替人辯護呢。您大概就是梅什金公爵吧？科利亞常對我提到您，說他在世界上至今還沒有遇到比您更聰明的人……」

「對！對！世界上絕沒有比他再聰明的人了！」列別杰夫立刻附和著說。

「他這是在扯謊哪！科利亞是敬愛您，這個人是在對您諂媚。不過，您要知道，我並不打算拍您的馬屁。您是懂得道理的：您把我和他評判一下。喂，你要不要讓公爵評判我們一下？」他對舅舅說，

「公爵，您這次忽然回來，我是很喜歡的。」

「我願意！」列別杰夫堅決地喊道，他的周圍又開始聚攏一些人，他不由得向那些人看了一眼。

「你們這裡有什麼事呢？」公爵說著，皺了皺眉頭。

他的頭真的疼起來，加上他越來越相信列別杰夫要愚弄他，因此倒也喜歡把正事往旁邊挪一挪。

「案情是這樣的。我是他的外甥，這話他沒扯謊，雖然他淨說一些謊言。我在學校沒有畢業，但是我希望畢業，而且一定要貫徹自己的主張，因為我有我自己的性格。但是為了生活需要，我在鐵路上謀到一份工作，每月有二十五盧布的薪水。我承認他幫過我兩三次忙。我身邊有二十五盧布，我把它輸掉了。您相信不相信，公爵，我竟是那樣卑鄙，那樣下流，竟把錢都輸掉了！」

「而且輸給那個渾蛋，你不應該給他錢的那個渾蛋！」列別杰夫喊道。

「是的，輸給那個渾蛋了，但是還是應該給他錢的，」青年人繼續說，「說他是渾蛋，這我可以證明，但並不是因為他揍了你。公爵，他是一個被革除的軍官，退伍的中尉，以前參加羅戈任的一隊，教授拳術。自從羅戈任把他們攆出去以後，他們就在各處流蕩著。最糟糕的是，我很知道他，我知道他是一個渾蛋、惡徒、小偷，結果還是坐下來和他賭錢，在輪到最後一個盧布的時候（我們賭『棍子戲』），我暗自想道：我如果輸了，便到盧基揚的舅舅那裡去央求，他不會拒絕我的。這真太卑鄙了！這真是太卑鄙了！這真是有意識的卑鄙行為！」

「這真是有意識的卑鄙行為！」列別杰夫重複著。

「你不要得意，再等一下，」外甥很生氣地喊道，「他還高興呢。我到他這裡來，一切都向他直說出來。我的行為很正直，我沒有原諒自己，我在他面前痛罵自己，盡我的力量痛罵自己，這裡的人都是證人。我為了在鐵路上當差，一定要把服裝弄得整齊一點，因為我身上穿的全是破衣服。您瞧這雙靴子！我如果不打扮一下，是不能夠到差的；我如果不能如期到差，別人就會頂我的位置，那時我只好失業，不知幾時才能找到另一個差事。現在我只向他借十五盧布，並且保證以後再也不向他借錢，而且在最近的三個月內，要把債務全部還清，一個戈比也不欠。我絕不失信。我會在幾個月內先吃麵包和格瓦斯[1]，因為我這人意志很堅強。三個月我可以賺七十五盧布。連我以前借他的，總共只有三十五盧布，所以我還得起。他要幾分利，我就給他幾分利！他難道還不知道我嗎？公爵，您問他：以前他幫助我的時候，我還他錢了沒有？為什麼他現在不願意借呢？他是因為我付給中尉賭帳而大生其氣，沒有別的原因！您瞧，他就是這樣一個人——既不利己，也不利人！」

「他不肯走！」列別杰夫喊道，「躺在這裡不肯走。」

「我已經跟你說過了。你不給錢，我絕不走。您為什麼微笑，公爵？您大概認為我不對頭吧？」

「我沒有笑，不過據我看來，您的確有點不對頭。」公爵不樂意地回答說。

「您不妨直截了當地說我完全錯了，您無須拐彎抹角。什麼叫作『有點』！」

「假使您願意聽的話，我說您是完全錯了。」

「假使我願意聽的話！真可笑！難道您以為我自己就不知道這樣做法是很難為情的嗎？錢是他的，就應該隨他來支配，我這樣做，便成了強制的行為。但是公爵，您……不大瞭解生活。這種人不教訓是不行的，他們需要教訓。我的良心是純潔的，憑良心說，我不會使他受損失，我要加上利息還給他。他看見我低三下四，精神上也得到了滿足。他還要什麼呢？如果他不幫人家的忙，他還有什麼用處呢？請問，他自己做些什麼呢？您問問他，他是怎樣對付別人，怎樣愚弄人家的？他靠什麼賺到這所房產？假

1 譯注：格瓦斯：一種酸飲料。

使他過去沒有愚弄您，假使他現在不想再多多愚弄您，我寧願把腦袋砍下來！您微笑呢，您不相信吧？」

「我覺得，這和您的事情完全無關。」公爵說。

「我已經在這裡躺兩天多了，我的見聞可不少啊！」青年人沒有聽見公爵的話，喊叫起來，「您想一想，他竟會懷疑這個安琪兒。這個姑娘，現在是一個孤兒，我的表妹，他自己的女兒，他卻每天夜裡到她的屋裡捉姦，還偷偷地到我這裡來，在我的沙發下面搜索。他由於懷疑而發瘋，看見每個角落都有小偷。他在夜裡經常跳起來，一會兒看窗子關好了沒有，一會兒推門試試，一會兒朝火爐裡探望，每夜總要來個七八次。在法院裡他替壞人辯護，可是自己夜裡起來禱告三次，跪在這間大廳裡叩頭，每次足有半個小時。他醉醺醺地替什麼人都禱告，把什麼事都哭訴出來。他還替杜．芭莉公爵夫人靈魂的安謐禱告呢，我是親自聽見的，科利亞也聽見了。他完全發瘋啦！」

「公爵，您看，您聽，他怎樣羞辱我！」列別杰夫喊道，他臉色通紅，真的發起火來。「但是他不知道，我雖然是一個醉鬼和小偷，強盜和惡徒，卻做過一件好事，那就是：當這個好嘲笑人的傢伙還是嬰兒的時候，我替他換過尿布，給他洗過澡。我的妹妹阿尼謝守寡，一貧如洗，我也是一樣窮，可是我整夜坐在那裡，夜夜不睡，侍候他們兩個病人。我還到樓下看門人那裡去偷木柴，唱歌給他聽，用手指頭打榧子逗他開心，而我肚子裡卻餓得空空的。總算把他養大了，他卻竟然笑起我來！就算我有一次真的為了杜芭莉公爵夫人靈魂的安謐叩頭，那和你又有什麼相干呢？公爵，我前三天在一部辭典上初次讀到了她的傳記。你知道不知道，杜芭莉是什麼人？你說，你知道不知道？」

「當然只有你一個人知道啦！」青年帶著嘲笑的語調，不高興地說。

「這個公爵夫人擺脫了羞辱，得到和皇后一樣的地位，有一位偉大的女皇，在親筆信內稱她為『ma

cousine』（法文：我的堂妹）。有一個紅衣主教，教皇的使臣，在 levée du roi（法文：朝服儀式）（你知道，什麼叫作 levée du roi?），親自去替她把絲襪子穿在光著的腳上，自己還認為非常光榮呢。她是這樣一位崇高的、神聖的人物！你知道不知道這個？我從你的臉上看得出來，你是不知道的！她怎樣死的？你既然知道，你就回答呀！」

「去你的吧！纏死人了！」

「她是這樣死的。她在享受了一切榮華富貴之後，劊子手薩姆孫就把這位無辜的、過去的權貴夫人拖到斷頭台上，供巴黎那些 poissardes（法文：社會底層的人）取笑；她嚇得不明白究竟出了什麼事情。她看見劊子手把她的脖子往刀子底下拉，還用腳去踢她——那些觀眾哈哈地笑著——她就喊道：『Encore, un moment, monsieur lebourreau, encore un moment!』那就是說：『再等一分鐘，劊子手先生，再等一分鐘！』也許就為了這一分鐘，上帝可以饒恕她，因為對於一個人的心靈，像這樣的 misére（法文：苦難）是無從想像的。你知道不知道，misére 這個字是什麼意思？我一讀到公爵夫人呼喊『再等一分鐘』的話，我的心就好像被針刺痛了似的。我在臨睡的禱詞裡提起這位大罪人的名字，又與你這壞蛋有什麼相干呢？我所以提到她，就因為自從開天闢地以來，大概還沒有一個人為她叩過頭，甚至連想都沒有想到這件事情。她在天有靈，知道下界有一個和她同樣的罪人為她祈禱，那她一定會很快樂。你笑什麼？你這無神派，什麼都不相信？你怎麼知道呢？你說你偷聽到我的禱告，這又是扯謊。我並不只替杜芭莉公爵夫人一個人禱告！我是這樣說的：『願主賜給大罪人杜芭莉公爵夫人和同她相似的人們以安謐。』這完全是兩件事，因為有許多同樣的大罪人和命運變幻無常的典型，他們過去受盡痛苦，現在輾轉呻吟，等待著。我還為了你，為了像你這樣傲慢無禮的人們，在那裡禱告，假使你偷聽我的禱告……」

「夠了，別說了，隨你去替什麼人禱告吧，千萬別喊叫啦！」外甥很惱怒地打斷他的話。「他讀了許多書，公爵，您不知道嗎？」這個青年又露出一種尷尬的笑容，補充說，「現在他淨讀這種書籍和回憶錄。」

「您的舅舅總算……是個有心人哪。」公爵不高興地說。他開始覺得這個青年十分討厭。

「您這樣誇獎他，他更要自高自大啦！您瞧，他已經把手放在心口，嘴唇高高撇起，立刻揚揚得意了。他也許是個有心人，不過，糟糕的是，他是個騙子。再加上他是個醉鬼。他好像喝了好多年酒的人一樣，全身都散了架子，哪個地方都不合適。我承認，他愛孩子，也尊敬我去世的姑母……他甚至還愛我，在遺囑裡分給我一部分財產。」

「一點也不分給你！」列別杰夫兇猛地喊道。

「您聽我說，列別杰夫。」公爵堅決地說，身體背著那個青年，「我從經驗上知道，如果您願意的話，您可以成為一位事業家……我現在時間很少，如果您……對不起，您的大名和父名是什麼來的？我忘記了。」

「蒂……蒂……蒂莫菲意。」

「還有呢？」

「盧基揚諾維奇。」屋裡的人又都笑起來了。

「撒謊！」他的外甥喊道，「他又撒謊了！公爵，他根本不叫蒂莫菲意．盧基揚諾維奇，而是叫盧基揚．季莫費伊奇。請問，你為什麼撒謊？你叫盧基揚啊，蒂莫菲意呀，不都是一樣的嗎？這對於公爵又有什麼相干？我告訴您，他的撒謊只是由於習慣！」

「難道是真的嗎？」公爵不耐煩地問。

「的確叫盧基揚．季莫費伊奇。」列別杰夫承認了，他覺得很不好意思，溫順地垂下了眼皮，又把手放在心口。

「我的天，您為什麼要這樣呢？」

「為了降低自己的身份。」列別杰夫喃喃地說，更加恭順地垂下頭去。

「哪裡是降低自己的身份！我現在只是要知道到哪裡去找科利亞！」公爵說罷，就轉過身，想走出去。

「我告訴您科利亞在哪裡。」青年人又自告奮勇地說。

「不，不，不！」列別杰夫發了火，開始忙亂起來。

「科利亞昨天晚上住在這裡，早晨一起來就去找他父親去了。您，公爵，不知為什麼，把他從監獄裡贖出來了。將軍昨天還答應到這裡來過夜，但是他沒有來。他大概住在『惠金』旅館裡，離這裡不是很遠。科利亞不是在那邊，便是在帕夫洛夫斯克，葉潘欽的家裡。他身邊有錢，昨天就想去。所以說，他不是在『惠金』，便是在帕夫洛夫斯克。」

「他在帕夫洛夫斯克，他在帕夫洛夫斯克！……我們到這裡來，到這裡來，到花園裡……喝一杯咖啡……」

列別杰夫拉著公爵的手。他們從屋內出來，穿過小院，走進一個柵欄門。裡面的確是一所極小的、極可愛的花園，因為天氣晴朗，園中的樹木都已經展開綠葉了。列別杰夫請公爵坐在綠色的、木製的長椅上，面前是一張綠色的在地上釘牢的桌子，他自己坐在公爵的對面。過了一會兒，咖啡真的端來了。公爵沒有拒絕，開始喝起來。列別杰夫仍然用諂媚和貪婪的神情察看公爵的眼睛。

「我竟不知道您有這樣的房產。」公爵說，他好像完全想著別的事情似的。

「孤兒們……」列別杰夫扭著身子，開始說，但是立刻就中止了：公爵心不在焉地向前面看著，當然已經忘掉他所提出的問題。又過了一分鐘，列別杰夫看著他，等待著。

「怎麼？」公爵似乎醒了過來，說，「啊，是的！列別杰夫，您自己也知道，我們有什麼事情；我是接到了您的信才趕來的。您說吧。」

列別杰夫露出慚愧的神色，想說什麼，但只是吃吃得說不出來。公爵等候著，帶著悲苦的微笑。

「我覺得我很瞭解您，盧基揚·季莫費伊奇，您一定沒有料到我會來的。您以為我絕不會一接到您的通知，就從荒僻的地方跑來，所以您寫一封信，為了洗清您的良心。但是我竟趕來了！算了吧！您不要騙我啦，不要侍候兩個主子啦。羅戈任已經到彼得堡三個星期了，我全知道。您已經像上次那樣，把她賣給羅戈任了嗎？請您說實話吧。」

「是這壞蛋自己打聽出來的，自己打聽出來的。」

「您不要罵他吧，他自然對您不大好……」

「他打我！他打我！」列別杰夫帶著特別激動的樣子搶上去說，「在莫斯科的時候，他放開狗來咬我，在一條很長的大街上一直追趕我，那是一隻獵狗，一隻可怕的野獸。」

「您把我當作小孩子看待啦，列別杰夫。您嚴肅地來說，她在莫斯科，這回真的又甩開他了嗎？」

「嚴肅地，嚴肅地，又在舉行婚禮那天逃脫了。羅戈任已經在那裡計算著還有幾分鐘的時間，而她竟跑到彼得堡來，直接來找我說：『盧基揚，你救救我吧，保護我吧，你不要對公爵說……』她還是最怕您，公爵，這真是怪事！」

列別杰夫狡猾地將手指放在額頭上。

「您現在又把他們拉在一起了吧？」

「尊貴的公爵，我怎麼能……我怎麼能不讓他們在一起呢？」

「夠了，我自己全會打聽出來的。您只要告訴我，她現在在哪裡？在他那裡嗎？」

「不！不，不！她還是自由自在。她說：『我是自由的。』您要知道，公爵，她堅持著這一點。她說：『我還是完全自由的！』她還住在彼得堡區，我的小姨的家裡，和我信中寫給您的一樣。」

「現在還在那兒嗎？」

「如果不是在那裡，就是因為天氣好，到帕夫洛夫斯克，達里亞·阿萊克謝夫娜的別墅去了。她說：『我是完全自由的。』昨天還對科利亞誇說了半天關於自由的話。這是一個不祥之兆哇！」

列別杰夫齜著牙笑了。

「科利亞常在她那裡嗎？」

「他是個輕浮的、莫名其妙的傢伙，做事又不守祕密。」

「您到那裡去已經很久了嗎？」

「每天去，每天去。」

「昨天也去了嗎？」

「不，不，大前天去的。」

「可惜您喝了一點酒，列別杰夫！要不，我想問您幾句話。」

「不，不，不！一點也沒有喝！」

列別杰夫豎著耳朵聽。

「您對我說一說，您離開時她是怎樣的？」

「尋覓……」

「尋覓嗎？」

「她好像老在尋覓什麼，好像丟失了什麼似的。她一想到結婚就頭疼，認為是一件受侮辱的事情。她只把他當作一塊橘子皮，不過如此。就算想得多些，也是帶著恐懼和害怕的心情。她甚至不許人提到他的名字，只在迫不得已時才和他見一面……他深深感覺到這一點！但是沒有辦法！……她不安靜，愛嘲弄人，好說謊，很粗暴……」

「好說謊，很粗暴嗎？」

「的確很粗暴，上次只為了一句話，她幾乎揪我的頭髮。我現在開始給她講《啟示錄》。」

「你說什麼？」公爵以為聽錯了，就反問道。

「講《啟示錄》。她是一個想像豐富的女人，嘿嘿！我還觀察出，她很喜歡正經的話題，雖然是一些旁不相干的題目。她喜歡這類的談話，她很喜歡這類的談話，甚至認為它代表著特別尊敬的意思。是的。我很會解釋《啟示錄》，已經解釋了十五年。她贊成我的說法，我說：我們現在處在第三匹黑馬的時代，手持天平的騎士的時代，因為在現世紀裡，一切東西都要在天平與合同上面衡量；一切人不找別的，只尋找權利；『一塊金幣買一升小麥，一些金幣買三升大麥』……同時，他們還想保持自由的精神，純潔的心靈，健康的身體，和上帝所賜給的一切。但是，只靠權利是保持不住一切東西的，隨後就要來一匹灰色的馬，來一個名叫『死亡』的人，跟著他下地獄……我們一遇見，就談這類話，這對她也產生了很大的影響。」

「您自己也有這樣的信仰嗎？」公爵問，用奇妙的眼神看了列別杰夫一下。

「我有信仰，所以就能解釋。因為我是一個窮光蛋，是滄海的一粟。有誰尊重列別杰夫呢？人人都嘲弄我，人人都想用腳踢我。但是在解釋《聖經》的時候，我的地位和大臣相等。因為我精通這東西！當大臣坐在沙發椅上，揣摩《聖經》的真義時，都會在我的面前發抖。前年快到復活節的時候，尼爾・

阿萊克謝維奇大人聽說我——那時我還在他的部裡服務，就特地派彼得．扎哈雷奇把我從值班室叫到辦公室裡去，私下問我：『你真是宣傳反基督教的人嗎？』我不瞞他，就說：『我是的。』於是我就敘述和解釋起來，我不但沒有減輕恐怖的成分，而且故意多說一些譬喻，使恐怖的成分增大，又列舉了一些日子和數字。他笑著，但是聽我說到日子和數字的時候竟顫抖著，叫我把書合上，走出去。他在復活節時發給我一筆獎金，但是過了一個星期，就升天見上帝去了。」

「真的嗎，列別杰夫？」

「真的。他在午飯以後，從馬車上跌下來了……頭撞到木樁上面，就像嬰孩一樣，就像嬰孩一樣，當時就咽了氣。他活了七十三歲，鶴髮童顏，身上灑滿了香水，他老是笑嘻嘻的，老是笑嘻嘻的，好像嬰孩一樣。彼得．扎哈雷奇當時記了起來，說道：『這是你預言的。』」

公爵站起來。列別杰夫吃了一驚，對於公爵的起立感到莫名其妙。

「您的注意力好像不很集中，嘿嘿！」他帶著諂媚的樣子大膽地說。

「我的確覺得不大舒服，頭昏昏沉沉的，大概是走路的關係。」公爵回答，皺緊了眉頭。

「您最好到城外去休養一下。」列別杰夫畏葸地說。

公爵站在那裡沉思著。

「再過三天，我就要帶著全家到城外去休養，一方面也為了維護這個新生的小鳥的健康，同時把此地的房屋大大修理一下。我們也是到帕夫洛夫斯克去。」

「您也到帕夫洛夫斯克去嗎？」公爵忽然問，「怎麼？府上全家都到帕夫洛夫斯克去嗎？您是說，您在那裡也有一所別墅嗎？」

「不是全到帕夫洛夫斯克去。伊萬．彼得洛維奇．普季岑把他低價購買的一所別墅租給我。那邊很好，很優雅，樹木又多，價錢又便宜，式樣高尚，富有音樂性，所以大家都上帕夫洛夫斯克去。不過，我住在偏房裡，至於原來那個別墅……」

「租出去了嗎？」

「不，不。沒有租出去。」

「租給我吧。」公爵忽然提議說。

大概列別杰夫也只是想引到這上面去。三分鐘以前，他的腦筋裡閃出了這個念頭。他本來並不需要房客，因為已經有承租別墅的人到他家來過，親自跟他說，也許可以租他的別墅。列別杰夫確切地知道，這並不是「也許」的問題，那個人一定會租下來的。但是，他現在突然閃出一個自己覺得有利的念頭，就是趁著原來那個承租人還沒有明確決定，將別墅轉租給公爵。他忽然想著：「完全的衝突，事態完全新的轉變。」他歡天喜地地應允了公爵的要求。當公爵直率地問房租費用時，他只是揮了揮手。

「隨您的便，讓我來研究一下，絕不會叫您吃虧的。」

他們兩個人已經從花園內走出來了。

「我可以告訴您……完全可以告訴您……假使您願意的話，高貴的公爵，我可以告訴您一點極有趣的，和那個問題有關的事情。」列別杰夫喃喃地說，他很高興地在公爵旁邊扭動著身體。

公爵站住了。

「達里亞·阿萊克謝夫娜在帕夫洛夫斯克也有一所別墅。」

「怎麼樣？」

「她有一個朋友，顯然是準備經常到帕夫洛夫斯克去拜訪她，懷著一種目的。」

「怎麼樣？」

「阿格拉婭・伊萬諾夫娜……」

「啊，夠了，列別杰夫！」公爵帶著一種不愉快的感覺打斷他的話，好像碰到瘡疤上似的，「這一切……全不對。您最好告訴我，您什麼時候搬家？我是越快越好，因為我住在旅館裡……」

他們一邊說話，一邊走出花園。他們沒有進屋，就穿過院子，走到大門那裡。

「最好是，」列別杰夫終於想出一個主意，「您今天就從旅館搬到舍下來住吧，後天我們一塊兒到帕夫洛夫斯克去。」

「讓我考慮一下。」公爵沉吟著說，然後就從大門走出去了。

列別杰夫看著他的背影。公爵那種突如其來的心不在焉的樣子，使他感到驚訝。他臨走時，連一聲「再見」都忘記說了，甚至頭也沒有點。列別杰夫熟知公爵一向彬彬有禮，但公爵今天的態度卻完全不同了。

第三章

已經十一點多鐘了。公爵知道，他如果到城裡葉潘欽府上去，現在只能遇見將軍一個人（將軍由於職務關係還留在城裡），而且也不見得在家。他想，將軍也許會拉住他，立刻帶他到帕夫洛夫斯克去，但是，他在這之前還急欲訪問一個人。公爵寧可晚一點到葉潘欽家，明天再上帕夫洛夫斯克去，他決定先去尋覓自己急欲訪問的那所房屋。

不過，從某一方面來說，這次訪問對於他是有危險的。他感到困難，猶疑不決。他知道那所房子在豌豆街，離花園街不遠，於是他決定先到那裡去再說，希望一走到那裡，便會做出最後的決定。

他走到豌豆街和花園街的十字路口。此時，他覺得異常激動，並對自己的激動感到驚訝了。他萬沒有料到自己的心會跳得如此厲害。有一所房屋，大概由於樣子奇特，從遠處就引起他的注意。後來，公爵記得自己曾經說：「一定就是這所房子。」他懷著特別的好奇心，走上前去，想考驗一下自己猜得對不對；他感覺到，如果自己猜對了，不知為什麼，他會特別地不愉快。這所房屋很大，陰森森的，總共有三層，沒有一點藝術性，塗著骯髒的綠色。這類房屋是前世紀末建築的，雖然為數不多，可是在這日新月異的彼得堡街道上，還有一些幾乎原封不動地矗立著。它們建造得很堅固，厚厚的牆，窗子很少。下層的窗子上有時裝著欄杆。樓下大半是錢莊。看守錢莊的閹人[1]出租樓上的房屋。這些房屋好像包藏

1 譯注：閹人：舊俄國的一個教派，信奉者到了一定的年齡將生殖器給閹割。

著隱私，無論內部或外部，全是冷冰冰的，沒有一點親切的樣子，究竟為什麼如此，只從它們的外貌來考察，是很難找到原因的。建築藝術的線條當然有它的一套祕密。在這些房屋內住著的幾乎全都是商人。公爵走到大門那裡，向牌子上一看，上面寫著：「世襲尊貴市民羅戈任住宅」。

他不再遲疑，打開了玻璃門。他進去之後，那扇門關上時發出了很大的聲音。他順著正面的樓梯走上二樓。樓梯是石造的，很粗糙，沒有光澤，牆上漆著紅色。他知道羅戈任和母親與弟弟都住在這所沉悶的房屋的二樓。

給公爵開門的僕人沒有先去通報，就領著他往裡走，而且走了許多時候。他們走過一間正廳，大廳的牆壁是用「充大理石」建造的，橡木塊地板，一八二〇年代的傢俱，又粗又重。他們又走過一些像小籠似的房屋，拐了幾個彎，一會兒上升兩三級，一會兒又下降兩三級，最後才去敲一扇門。門是帕爾芬·謝敏諾維奇自己來開的。他一看見公爵，臉色立刻變白了，呆呆地愣住了，一時之間，好像石頭雕像似的，他的眼睛露出發癡的、驚懼的眼神，他的嘴唇浮現出一種極度驚疑的微笑——好像認為公爵的拜訪是不可能的，簡直和奇蹟一樣。公爵雖然也料到會發生這種情況，但還是感到十分驚訝。

「帕爾芬，我也許來得不巧。如果是這樣，那麼，我可以走啊。」他終於尷尬地說。

「來得巧！來得巧！」帕爾芬終於清醒過來了，「請吧，請進來吧！」

他們稱兄道弟地談起來了。他們在莫斯科時常相見，晤談的時間很長，有幾次晤談在他們的心裡留下很深刻的印象。而現在，他們闊別三個多月了。

他的臉還是蒼白的，而且可以看出輕微痙攣的樣子。他雖然招待客人，但是仍然顯出異常的不安。當他領公爵到沙發那裡，請他坐在桌子旁的時候，公爵偶然回轉身去，看到他那副極端奇怪的、苦痛的眼神，不由得站住了。公爵想起了一種新近的、苦痛的、陰鬱的東西。他沒有坐下，呆呆地站在那裡，直看著羅戈任的眼睛，看了半天。在最初的一瞬間，羅戈任眼睛裡的光輝似乎更加強烈了。羅戈任終於笑了一下，但是覺得有些困窘，顯得不知所措。

「你為什麼這樣死盯著我？」他喃喃地說，「請坐呀！」

公爵坐下了。

「帕爾芬，」他說，「你坦率地對我說，你知道我今天到彼得堡來嗎？」

「我想到你會來，你瞧，我並沒有猜錯，」羅戈任惡狠狠地笑著說，「但是，我哪裡知道你今天會來呢？」

羅戈任在回答時所提出的反問裡，表現得那麼粗暴，那麼惱怒，更使公爵吃了一驚。

「你既然知道我今天會來，又何必這樣生氣呢？」公爵輕聲地說，顯得很窘。

「你問這個做什麼？」

「我今天下火車的時候，看到一雙眼睛，和你剛才從背後看我的眼神一樣。」

「真是的？那是誰的眼睛呢？」羅戈任帶著疑惑的神情喃喃地說著。公爵覺得他打哆嗦了。

「我不知道是誰，在人群裡，我甚至以為自己眼花了；我開始有點眼花啦。帕爾芬老兄，現在我覺得好像和五年以前發病時差不多了。」

「也許是你眼花了，我不知道……」帕爾芬喃喃地說。

他臉上露出溫和的微笑，在這個時候，他這種微笑是不相稱的。從這種微笑中看，就好像帕爾芬把什麼東西給折斷了。而他無論怎樣努力，也不能將它接在一起。

「怎麼，你又要到外國去嗎？」他問，忽然又說，「你還記得去年秋天，我們從普斯科夫同乘火車的情景嗎？我到這裡來，而你……穿著斗篷，你記得吧，還有鞋套？」

羅戈任突然笑了，這一次露骨地表示出兇狠的樣子，而且由於表示得露骨，自己感到很得意。

「你完全搬到這裡來住嗎？」公爵一邊問，四處打量著書房。

「是的，我住在自己的家裡。要不，叫我到哪裡去住呢？」

「我們好久沒有見面了。我聽到許多關於你的傳說，那些事情簡直不像是你做的。」

「人嘴兩扇皮，什麼說不出來。」羅戈任冷冷地說。

「你把那夥人全解散了，自己待在老家裡，不再出去搗亂。這倒很好。這房子是你自己的，還是你們大家的？」

「是我母親的房子，穿過走廊，就是她的房間。」

「你的兄弟住在哪裡？」

「舍弟謝苗·謝苗諾維奇住在廂房裡。」

「他有家眷嗎？」

「他的妻子死了，你問這些做什麼？」

公爵望了一下，沒有回答，突然沉思起來，似乎沒有聽見羅戈任的問話。羅戈任並不追問，只是靜靜地等待著。兩個人都沉默了一會兒。

「當我來的時候，在一百步以外，就看出這是你的房子了。」公爵說。

「為什麼呢？」

「我也不知道。從你房子的外貌來看，就可以瞭解你們整個家庭和你們羅戈任式的全部生活的特徵。你要問我為什麼這樣下結論，我也說不出來。這當然是胡說八道。它竟使我感到這樣煩惱，我真有些害怕。我以前沒有想到你住在這種房子裡，現在一看到，立刻就想道：『這正是他應該有的房子呀！』」

「真是的！」羅戈任不含糊地笑了一聲，他沒有十分瞭解公爵話裡的含義，「這所房子還是我祖父造的，」他說，「原先完全租給姓赫盧佳科夫的閹人住，現在他們還租我家的房子。」

「太暗了，你簡直待在黑洞裡。」公爵環顧著書房說。

那間房子很大，很高，可是也很陰暗，堆滿了各種傢俱——多半是些大公事桌，寫字台，書櫥，裡面存放著營業帳目和一些紙張。有一隻紅色的、鞣皮面的寬闊大沙發，顯然是羅戈任的床鋪。羅戈任請公爵靠著桌子坐下，公爵在那張桌上看見了兩三本書，其中一本是索羅維約夫[1]的歷史，已經翻開，還夾著一個書籤。牆上掛著幾幅油畫，金框帶著陰暗的顏色。畫面上已經熏黑，很難看出裡面畫的是什麼。一幅全身的畫像引起公爵的注意：那是一個五十多歲的人，穿著德國式的常禮服，但衣襟很長，脖子上掛著兩枚勳章，灰白的鬍鬚又稀又短，一副黃臉上佈滿了皺紋，眼睛顯出懷疑、詭祕、陰鬱的樣子。

「這位是不是你的父親？」公爵問。

「就是他。」羅戈任回答，發出一聲不愉快的冷笑，好像準備要對他故去的父親隨便開幾句玩笑似的。

「他不是舊式教徒嗎？」

「不，他常上教堂。不錯，他也說過舊教好些，他也很尊重閹人們，這就是他的書房。你為什麼問起他是舊教徒來？」

1 譯注：索羅維約夫（1820—1879），俄國歷史學家，莫斯科大學教授。

「你要在這裡辦喜事嗎？」

「是在這裡。」羅戈任回答，他聽到這突如其來的問題，嚇了一跳。

「很快了吧？」

「你自己知道，這事能由我做主嗎？」

「帕爾芬，我不是你的仇敵，也不打算妨礙你。以前有一次，也是在和這相仿的情況下，我曾對你表白過，現在我再把這話重複一遍。你的婚事在莫斯科進行的時候，我沒有妨礙，這你是知道的。第一次，在快要舉行婚禮的時候，她自己跑到我那裡，求我把她從你手裡『救』出來。我對你重複她自己的話。後來，她從我那裡逃走；你又找到她，拉她去和你結婚，但我聽說她又從你那裡逃到此地來了。這話對不對？列別杰夫把這些情況告訴我，所以我就來了。不過，關於你們倆在這裡又和好這事，我是昨天在火車上才聽到一個人說的，如果你願意知道的話，我可以告訴你，這就是你的老朋友扎聊芮夫告訴我的。我到這裡來另有一番用意，我想勸她出國去養病，她在身體和精神兩方面都很失調，特別是精神方面，據我看，非加緊注意不可。我並不想陪她到國外去，我要設法安排，使她不必和我一塊兒走。我對你說的都是實話。如果你們的確又已經和好，那我從此絕不見她，也絕不再來找你。你自己知道，我不會騙你，因為我和你永遠都是開誠佈公的。我從來沒有把我對於這件事情的看法隱瞞過你，總的來說：如果她跟著你，結果必遭滅亡。而你也要同歸於盡……也許比她還要糟糕些。如果你們又分開了，那我是很願意看到的。但是，我自己並不打算拆散你們，離間你們。請你放心，不要懷疑我。你自己也知道：我從來沒有成為你真正的情敵，即使她逃到我那裡去時，我也沒有這樣做。現在你冷笑了，我知道你笑的什麼。是的，我們是分開住的，在兩個不同的城市裡，你一定知道得很清楚。我以前對你說過，我愛她並不是『為了愛情，而是為了憐憫』。我覺得，我這話說得很確切。你當時說過，你瞭解我這些話的意思。對不對？了解沒有呢？你瞧，你帶著那麼憎恨的神情看著我！我跑來安慰你，就是因為我很看重你。我很愛你，帕爾芬。現在我要離開你，再也不來了。再見吧。」

公爵站了起來。

「再和我坐一會兒，」帕爾芬小聲說，他用右手托著頭，身子沒有站起來，「我有許久沒有看見你了。」

公爵坐了下來。兩人又開始沉默了。

「列夫．尼古拉耶維奇，我一看不見你，立刻就對你懷恨起來。在我們闊別的三個月內，我每分鐘都在恨你，這說老實話。我恨不得把你捉住，用什麼藥把你毒死！真是這樣。現在，你還沒有和我坐上一刻鐘，我的一肚子怒火就完全消滅了，我仍舊覺得你很可愛。你和我坐一會兒啊……」

「我和你在一塊兒的時候，你相信我，我不在的時候，你立刻就不相信我，又懷疑起我來。你真像你的老太爺。」公爵回答他時，很和藹地笑著，努力隱蔽自己的真實感情。

「我和你坐在一起的時候，我相信你的聲音。我也知道，你我兩個人是不能夠比的……」

「你為什麼要這樣說呢？你又惱怒起來了。」公爵這樣說，對於羅戈任感到很驚訝。

「老弟，人家是不會來徵求我們的意見的，」羅戈任回答說，「不跟我們商量就決定了。你瞧，我們戀愛方式也不同，在一切方面都有區別，」他沉默了一會兒後，又輕聲地繼續說，「你說，你所以愛她，是為了憐憫她。我對她可沒有一點憐憫的意思。她也最恨我，我現在每天夜裡都夢見她。在夢裡，她老是和別人一塊兒嘲笑我。老兄，實際上她也就是這樣。她可以和我到教堂去結婚，但是即使在那時候，她的心裡也沒有我，就好像她在換一雙鞋一樣。你信不信，我已經有五天沒有看見她了，因為我不敢到她那裡去；她會問我：『你來有什麼事情？』她羞辱我的次數太多了……」

「羞辱你？你怎麼會說這樣的話！」

「哼，你還裝不知道呢！你剛才不是說過，她在『舉行婚禮』那一天，和你一塊兒從我那裡逃走的嗎？」

「你自己都不相信……」

「她在莫斯科的時候，不是和那個軍官澤姆秋日尼科夫一塊兒羞辱過我嗎？我的確知道她羞辱過我，甚至在她自己規定了結婚日子以後。」

「不會的！」公爵喊道。

「我知道得很確實，」羅戈任自信地說，「你說，她不是這樣的女人嗎？老兄，你用不著說她不是這樣的女人。那只是自欺欺人。她和你在一起也許不是那樣的女人，她自己也許害怕這樣做，可是她和我在一起，就是這樣的女人了。的確是這樣的。她把我當作一個最無用的廢物。她和那個會打拳的軍官凱勒搞在一起，我確實知道，那只是為了要嘲笑我……你還不知道她在莫斯科對我耍了多少把戲呢！錢哪！錢哪！我不知道浪費了多少……」

「但是……你現在怎樣娶親呢？你以後怎麼辦呢？」公爵很害怕地問。

羅戈任帶著痛苦和可怕的神情看了公爵一眼，什麼也沒有說。

「我現在已經有五天沒有到她那裡去了，」他沉默了一會兒繼續說，「我老怕她驅逐我。她說，『我還是自己的主人，我一不高興，就把你完全趕出去，自己再到國外去。』（她已經對我說過要到外國去了——羅戈任補充說，特別望著公爵的眼睛。）不錯，有時候她只是嚇唬我，不知為什麼，她老覺得我很可笑。但是也有一些時候，她當真皺緊眉頭，低著腦袋，一句話也不說——我就是怕這個。後來我心想：我每次要帶點東西去見她，但是，這只會引起她發笑，後來竟使她生起氣來了。她把我送給她的一條圍巾賞給了女僕卡嘉，即使以前她過著奢侈生活的時候，恐怕也沒有看見過那樣的圍巾，至於我們什麼時候結婚，那我可不敢說。我去看她時心裡都打哆嗦，哪裡還算得上未婚夫呢？當我坐在家裡，實在忍不住的時候，我便偷偷地到她所住的那條街上，在她的房屋附近遛幾趟，或是躲在拐角上。有一天晚上，我守在她的大門旁邊，幾乎一直守到天明。當時我總是疑神疑鬼，想像著她一定從窗口看到我，然後說：『假使你看出我對不起你，你對我怎麼辦呢？』我忍不住說：『你自己知道。』」

「她知道什麼？」

「我怎麼知道哇？」羅戈任惡狠狠地笑了一下，「在莫斯科，我雖然經常跟蹤她，但結果並沒有捉住她和什麼人在一起。有一天，我拉住她說：『你已經答應和我結婚，你將要走進一個誠實的家庭裡去，可是你知道你現在是一個什麼樣的人嗎？我說，你就是那種人！』」

「你對她說了嗎？」

「說了。」

「結果呢？」

「她說：『我現在都不願意收你做僕人，更不要說是做你的妻子了。』我說：『那麼，我就不走了，反正也就是這麼回事啦！』她說：『我立刻去叫凱勒來，對他說，讓他把你摔到大門外面去。』我當時撲到她身邊，把她痛打一頓，打得鼻青臉腫。」

「不可能！」公爵喊道。

「我跟你說，的確是這樣，」羅戈任小聲說，但眼睛裡閃著亮光，「我整整一天半沒有睡覺，不吃不喝，不離開她的屋子。我跪在她面前說：『你不饒恕我，我死也不出去。你要是叫人把我攆出去，我就投水淹死；因為如果我沒有你，我活著還有什麼意義？』那天她就像瘋子似的，一會兒哭，一會兒要用刀子殺死我，一會兒又罵我。她把扎聊芮夫、凱勒、澤姆秋日尼科夫那班人全都叫了來，叫他們看我，羞辱我。『諸位，咱們今天一塊兒去看戲，如果他不願意出去，就讓他坐在這裡，我不能叫他絆住腳。帕爾芬．謝敏諾維奇，我不在家時，她們會給您端茶來的，您今天大概很餓了。』她獨自從戲院裡回來後，說：『他們全是膽小的、卑鄙的傢伙，都怕你，還嚇唬我說：羅戈任絕不會走開，他也許會殺死你。可是，我現在走進臥室，連門也不關；看我是不是怕你！我叫你知道，叫你看一看！你喝過茶了嗎？』我說：『沒有，我不要喝。』她說：『我對你儘量會客氣些，不過，這樣做對你也不見得適合。』她說得出，就做得到，果然沒有關房門。第二天早晨，她走出來笑著說：『你發瘋了嗎？你這樣不會餓死嗎？』我說：『你饒恕我吧！』她說：『我已經說過，我不願意饒恕你，也不會嫁給你。難道你在這沙發上坐了一整夜，沒有睡覺嗎？』我說：『沒有睡覺。』她說：『你多麼愚蠢！你現在還不想喝茶和吃飯吧？』我說：『我說過了，我不喝也不吃。你饒恕我吧！』她說：『你要知道，這種辦法對你很不相稱，就好像給牛身上加上馬鞍子似的。你是不是想嚇唬我？你挨餓坐著，對我又有什麼害處呢？你以為會嚇壞我嗎!?』她生氣了，但是過不了一會兒，又開始譏諷起我來了。我覺得很奇怪，她怎麼會連一點怒氣都沒有了呢？因為她是好記仇的，她對別人常常要恨許多時候！當時我想，她一定認為我太渺小了，根本不值得恨。這的確是真的。她說：『你知道羅馬教皇嗎？』我說：『我聽說過。』她說：『帕爾芬．謝敏諾維奇，你是沒有學過世界歷史的！』我說：『我什麼也沒有學過。』她說：『那麼，我要給你讀一段故事：從前有個教皇，他對一個皇帝發了怒，皇帝在他那裡三天不吃飯，不喝水，光著腳，跪在教皇宮殿的前面，一直等待教皇饒恕他。你以為，那個皇帝跪了三天，心裡想些什麼？發了什麼樣的誓？……等一等，讓我親自來給你讀這段故事吧！』她跳起來，取來一本書，說道，『這是詩。』於是，她就對我朗誦著詩句，內容是說這個皇帝在三天內如何發誓要對教皇報仇。她說：『你難道不喜歡這個嗎，帕爾芬．謝敏諾維奇？』我說：『你朗讀的一切，全是真實的。』她說：『啊，你自己說這是真實的了，這就是說，你也許會發這樣的誓：只要她一嫁給我，我就讓她知道我的厲害，我就要好好戲耍她一番！』我說：『我不知道，也許我會這樣想的。』她說：『你怎麼會不知道？』我說：『我真是不知道，我現在沒有想到這些。』她說：『那麼，你現在想什麼呢？』我說：『你一站起來，從我身邊走過，我就瞧著你，盯著看你；你的衣服沙沙一響，我的心情就頹喪了。你一走出屋子，我就回憶你用的每一個字，用的什麼嗓音，說了些什麼話。昨天一整夜，我什麼都沒有想，我始終在聽你睡覺時怎樣呼吸，你怎樣翻了兩次身……』她笑了，說道：『你一定連打我那件事情也不想了吧？也不記得了吧？』我說：『我也許想的，我不知道。』她說：『如果我不饒恕你，我不嫁給你呢？』我說：『我說過，我會投水自盡。』她說：『在投水之前，也許要先殺我吧……』她說完，就凝思起來。然後她生了氣，走出去了。過了一個鐘頭，她帶著非常陰鬱的神情來見我，說道：『帕爾芬．謝敏諾維奇，我要嫁給你，但並不是因為我怕你。我反正一樣是毀滅，我還要找什麼好地方呢？』她又說，『你坐下，我馬上叫她們端飯來給你吃。我既然嫁給你，就要做你忠實的妻子，你不必疑惑，也無須擔心。』她沉默了一下，說道，『你到底還不是奴僕，我一向認為你是一個十足的僕人。』當時，她就確定了結婚的日子。可是過了一個星期，她又離開我，逃到此地來找列別杰夫來了。我一跟著過來，她就說：『我並沒有完全拒絕你，我不過還想等一等，別管我等到什麼時候，因為我還是自己的主人。如果你願意，你就等著吧。』我們現在就是這個情形……你對於這些有什麼看法呢？列夫．尼古拉耶維奇？」

「你自己有什麼想法？」公爵很憂愁地望著羅戈任，反問道。

「我還能有什麼想法呢！」羅戈任脫口說道。他還想再說幾句話，但是由於苦惱到了極點，也就不出聲了。

公爵站了起來，又想走。

「我絕不會再來妨礙你。」他輕輕地，幾乎沉思著說，好像在回答自己的隱祕心情一般。

「你知道，我要對你說什麼話！」羅戈任突然興奮起來，他的眼裡閃出光輝，「我不明白，你怎麼會對我這樣讓步呢？是不是你已經不愛她了？我看得出來，你以前是為她苦惱過的。那麼，你現在為什麼又拚命追到這裡來呢？由於憐憫嗎？（他的臉歪曲成了惡毒的嘲笑。）嘿嘿！」

「你以為我騙你嗎？」公爵問。

「不，我相信你，但是我覺得莫名其妙。最可信的是，你的憐憫比我的愛情還要大呢！」他的臉上露出一種怨恨的神色和急欲表白自己的樣子。

「唉，你的愛和恨是分不開的，」公爵微笑著說，「等愛情一過去，也許更加糟糕了。帕爾芬兄，我要告訴你這一點……」

「我會殺她嗎？」

公爵不禁打一個哆嗦。

「你為了這種愛，為了你現在所受的一切痛苦，你一定會痛恨她的。最讓我感到奇怪的是：她怎麼還能嫁給你呢？我昨天一聽到這個消息，簡直就不敢相信，我心裡感到非常痛苦。她已經拒絕你兩次，在舉行婚禮那天逃走，這麼說來，她是有一種預感啦！……她現在需要你什麼呢？難道是你的金錢嗎？這是胡說八道。你的錢大概也浪費很多了。難道她只是為了找一個丈夫嗎？除你之外，她找多少丈夫找不到呢？除你之外，哪一個人都會比你好。因為你也許真的會殺死她，她現在也許很清楚這一點。也許因為你愛她太深嗎？也許就為了這個……我聽說有些人專門尋覓這種愛情……只是……」

公爵停下，沉思起來。

「你怎麼又朝我父親的相片發笑？」羅戈任問。他十分仔細地觀察公爵臉上的一切變化，一切動態。

「我笑什麼？我心想，如果你沒有遇到這種苦難，如果你沒有發生這段愛情，你也許會變成和你父親一模一樣的人，而且變得很快。你也許會帶著馴服而寡言的妻子，獨自不聲不響地住在這所房子裡，你不常說話，說時也很嚴厲，你不相信任何人，而且根本不想要相信人，只是默默地、陰鬱地賺錢。你至多也不過讚美一些古書，注意到如何用兩個手指畫十字，而且，這也到你年老的時候……」

「你儘管嘲笑吧。不過，她最近看到這張相片的時候，也說了和你一模一樣的話！你們現在竟會異口同聲地說話，真是奇怪……」

「難道她已經到你這裡來過嗎？」公爵好奇地問。

「來過，她對那張相片看了半天，並且詳細盤問關於先父的一切。『你也會變得和他一樣』，她後來笑著對我說，『帕爾芬・謝敏諾維奇，你有很強烈的欲火。如果你要糊塗的話，你的強烈欲火會送你上西伯利亞去服苦刑。不過，你還是很聰明的。』（她就是這樣說的，你相信不相信？我第一次聽到她說這樣的話！）她說：『你趕快把所有這些瘋勁拋棄吧！因為你是一個毫無學問的人，你會開始積蓄金錢，住在這所房子裡，和那些閹人在一起，像你的父親一樣；也許你到後來也會改信他們的教派，你會愛上自己的錢財，賺上二百萬，或者賺到一千萬，甚至會坐在錢袋上餓死，因為你對一切東西都有情欲，你會使一切東西都變成情欲的。』她就是這樣說的，這和她的原話差不多。在這之前，她從來沒有和我這樣說過！她淨和我說些不相干的話，淨嘲笑我；就是那一回，她開頭也是嬉皮笑臉的，到後來卻露出了陰鬱的樣子。她把整個房子都走遍了，到處觀看，好像懼怕什麼似的。我說：『我要把這一切改變一下，改裝一下，或者在我們結婚之前另外買一所房子。』她說：『不用，不用，這裡一點也不必改變，我們就這樣生活下去好了。我嫁給你以後，要和你母親住在一起。』我領她到母親那裡去——我母親很尊敬她，把她當作親生女兒一樣。我母親已經病了兩年，神志不清，自從我父親故去以後，她簡直完全變成嬰兒了，不能說話，不能走路，只是坐在那裡，看到人就點頭。如果不給她東西吃，她三天也想不起來吃東西。我拿起母親的右手，把她的手指折彎，說道：『媽媽，請您祝福吧，她快要和我結婚了。』她很熱情地吻著母親的手，說道：『你的母親一定遇到過許多愁事。』她一看見我這本書，就說，『你開始讀《俄羅斯史》了嗎？』（她在莫斯科時，有一次對我說：『你最好自修一下，至少要讀一讀索羅維約夫的《俄羅斯史》，因為你什麼也不知道哇。』）她說，『這很好，你就這樣做，讀下去吧。我親自給你開一個書目，告訴你應該先讀哪一些書，好不好？』她以前從來沒有對我這樣說過話，從來沒有，因此使我感到很驚訝。我第一次像活人似的呼出一口氣來。」

「我很喜歡這樣，帕爾芬，」公爵很誠摯地說，「我很高興。誰知道呢？也許上帝會把你們弄到一起的。」

「永遠辦不到！」羅戈任熱烈地喊道。

「我跟你說，帕爾芬，既然你這樣愛她，難道你不願意博得她的尊敬嗎？如果你願意的話，難道你不懷著希望嗎？我剛才說過，我真的感到莫名其妙，但是，我毫無疑問地覺得，這裡邊一定有一個充分的、合理的原因。她對你的愛情是相信的，也一定相信你的幾種優點。否則，她絕不會這樣！你剛才所說的話，就可以證明這一點。你自己對我說，她現在可以用和以前完全不同的語調來對你說話了。你這個人向來多疑，又好嫉妒，所以就把你所見到的壞事情加以誇大。當然，她像你所說的那樣，對你的印象很不好。要不然，她嫁給你，就等於有意識地投水自盡，或者把脖子伸到刀底下去。難道這是可能的嗎？誰會有意識地投水自殺或引頸待斃呢？」

帕爾芬帶著苦笑，傾聽著公爵這番熱誠的話。公爵的見解顯然是無可動搖的。

「你現在怎麼這樣沉痛地看著我呀，帕爾芬！」公爵帶著沉痛的心情，脫口說出這句話來。

「投水自殺或者引頸待斃！」羅戈任終於說，「哼！她之所以要嫁給我，正是期望我會殺她！公爵，你到現在，真的還沒有猜到真正的原因嗎？」

「我不明白你的話。」

「也許你真的不明白。哈，哈！人家說你有點……那個。你要明白，她愛的是別人哪！我現在多麼愛她，她現在也多麼愛另一個人；你知道，那個另外的人是誰？就是你！怎麼，你不知道嗎？」

「我嗎？」

「就是你！自從她過生日那一天起，她就愛上了你。不過，她覺得不能嫁給你，因為她怕使你受到羞辱，毀壞你的一生。她說：『誰都知道我是個什麼樣的女人了。』她至今自己還這樣講。這些話都是她當著我的面說的。她怕害了你，怕使你受到恥辱，可是嫁給我就沒什麼關係，她就把我看得這樣低！這一點你也要注意！」

「她怎麼會從你那裡逃到我這裡，又……從我那裡逃到……」

「又從你那裡逃到我這裡！哈，哈！她腦子裡的花樣可不少！現在她好像在渾身發燒。有一次她對我喊道：『我願意赴湯蹈火，嫁給你！我們快點結婚吧！』她自己來催我，定下日子，可是等日子快到了，她又害怕起來，或是生出別的念頭——誰知道是怎麼回事？你自己也看見過：她一會兒哭，一會兒笑，像發瘧疾似的打哆嗦。她從你那裡逃走，那又有什麼可奇怪的呢？她當時離開你，是因為她瞭解自己是如何熱烈地愛你。她覺得不能再和你住在一起了。你剛才說，我那時在莫斯科尋找她。這話不對，因為她是自己從你那裡跑來找我的，她說：『你定日子吧，我準備好了！給我拿香檳酒！我們到茨岡人那裡去！』她這樣喊叫著！……如果沒有我，她早就投水自殺了，這倒是實情。她之所以不投河，也許是因為我比水還可怕些。她是懷著恨意嫁給我……如果她果真出嫁，我敢確切地說，她一定是懷著恨意的。」

「但是你怎麼能……你怎麼能！……」公爵喊了出來，沒有把話說完。他很恐怖地望著羅戈任。

「你為什麼不說完？」羅戈任齜著牙說，「你想要讓我說出你此時的心情嗎？你是想：『她現在怎麼還能嫁給他？我怎麼能容許她這樣做？』我知道你想的就是這個……」

「我不是為這個到府上來的，帕爾芬，我對你說，我根本沒有想這件事……」

「你也許不是為這個來的，你也許沒有想這件事，但你現在一定變成為這件事而來了。嘿嘿！算了吧！你為什麼顯得那樣忐忑不安呢？你果真不知道這個嗎？你真使我莫名其妙！」

「這全是嫉妒，帕爾芬，這全是病態，你過於誇大一切了……」公爵特別激動地，喃喃地說，「你為什麼這樣？」

「你放下吧。」羅戈任說，把公爵從桌上書籍旁邊拿起來的那把小刀很快地搶過去，又放到原來的地方去了。

「我到彼得堡來的時候，彷彿已經知道，彷彿已經預感到……」公爵繼續說，「我本來不想到這裡來！我本來想忘掉這裡的一切，從心裡連根拔去！唔，再見吧……你為什麼要這樣！」

公爵在說話時，又心不在焉地從桌上拿起那把刀子，羅戈任又從他的手裡搶下來，挪到桌上。這把小刀式樣很普通，刀把是用鹿角製成的，不能折全，刀有三俄寸半長，像普通刀子一般寬。

羅戈任雖然看到公爵特別注意他兩次搶刀子的情況，可是仍然怒氣沖沖地把刀子抓起，插進書內，並把書摔到另一張桌子上去。

「你是用它來裁書的嗎？」公爵問，但是他還帶著心不在焉的樣子，而且似乎是在沉思默想。

「是裁書的……」

「但這不是花園裡用的刀子嗎？」

「是花園裡用的，難道不能用這種刀子裁書嗎？」

「不過……它是完全新的。」

「新的又有什麼？難道我現在不能買新刀子嗎？」羅戈任終於瘋狂地喊叫起來，越說越惱怒。

公爵哆嗦了，盯著羅戈任看。

「唉，我們是怎麼啦！」他忽然笑了，完全清醒過來，「老兄，請原諒我，當我的頭像現在這樣沉重的時候，還有這個病……我會完全變成那種精神恍惚、十分可笑的樣子。我並不想問你這樁事情……我不記得想問什麼了。再見吧……」

「不是從這裡走。」羅戈任說。

「我忘記了！」

「走這裡，走這裡，來吧，我給你領路。」

第四章

他們穿過公爵來時已經走過的那些屋子。羅戈任在前邊帶路，公爵緊跟在他的後面。他們來到了大廳。大廳牆上掛著幾張圖畫，全是主教的肖像以及分辨不出是什麼東西的風景畫。通往第二間屋子的門上掛著一幅畫，形式十分奇怪，寬約兩俄尺半，高卻不足六俄寸。上面畫著剛從十字架上卸下來的救世主。公爵瞥了一眼，似乎勾起什麼往事，但並沒有停步，而且繼續往前走，想走到門外去。他心裡感到很痛苦，想趕快離開這所房子。但是，羅戈任忽然在那幅畫前面站住了。

「所有這裡的畫，」他說，「都只是先父用一兩個盧布在拍賣行買來的，他喜歡這些畫。有一位專家把這裡的畫全都鑑定過了。他說這些全都是不值錢的貨色，只有那幅畫，在門上的那幅畫（也是花兩個盧布買來的），很有價值。有一個人請先父把畫轉讓給他，他願意出三百五十盧布，那個商人薩魏里耶夫·伊萬·特米脫里奇，很喜歡畫，他出到四百盧布，上禮拜又對舍弟謝敏·謝敏諾維奇說，可以加到五百盧布。但我自己留下了，沒有賣掉。」

「這是……從漢斯·賀爾拜因[1]的一幅畫臨摹下來的，」公爵仔細看了這幅畫以後說，「我雖然是起碼的行家，但我覺得這是很好的摹本。我在國外看見過這幅畫，我忘不掉它。但是……你怎麼啦？」

1 譯注：漢斯·賀爾拜因（1497—1543），文藝復興時期德國著名的寫生畫和水墨畫家。

羅戈任忽然離開了畫，順著舊路往前走去。當然，羅戈任採取這樣魯莽的行動，可能是由於他精神恍惚，心裡突然發生一種特別的、奇怪的惱怒情緒。但是，公爵感到有點奇怪，這次談話不是由他開始的，而現在竟會突然中斷，而且羅戈任並沒有回答他。

「列夫．尼古拉耶維奇，我早就想問你，你信不信上帝？」羅戈任走了幾步，忽然又說起話來。

「你問得多麼奇怪……你的眼神多麼奇怪！」公爵不由自主地說。

「我愛這幅畫。」羅戈任沉默了一會兒之後，又喃喃地說，好像忘記了自己的問題。

「看這幅畫！」公爵忽然叫起來，心裡驀地湧出一種思想，「看這幅畫！有的人看了這畫會把信仰喪失！」

「當然會喪失的。」羅戈任出乎意料地表示贊成。

他們已經走到正門那裡去了。

「怎麼？」公爵忽然站住了，「你是怎麼啦？我只是開個玩笑而已，你就這樣認真起來！你為什麼問我信不信上帝呢？」

「沒有什麼，隨便問問，我以前就想問你。現在有許多人不信上帝。有一個人喝醉了酒對我說：在我們俄國，不信仰上帝的人要比其他的國家多。你是到過國外的，你說他的話對不對？他說：『我們在這方面要比他們來得輕鬆些，因為我們已經走在他們的前面。』……」

羅戈任苦笑了一聲。他在提出自己的問題之後忽然打開門，手握著門柄，等候公爵出去。公爵覺得很奇怪，但還是走出去了。羅戈任跟他到樓梯口，關好了門。兩個人面對面地站著，好像都忘記自己來到什麼地方，忘記了該怎麼辦的樣子。

「再見吧！」公爵說，伸出手來。

「再見吧！」羅戈任說，然後緊緊地，但是完全機械地握住公爵的手。

公爵走下一級台階，轉過身來。

「關於信仰一層，」他開始說，微笑了一下（顯然不願意就這樣離開羅戈任），同時又突然回想起另一件事情來，「關於信仰這方面，我在上星期的兩天中，有過四次不同的遭遇。早晨，我在一條新鐵路上搭火車，和一個姓斯的人在火車裡談了四個來小時，我們立刻成了朋友。我以前就常聽人家談到他，還說他是個無神論者。他的確是一個很有學問的人，我能和一個真正的學者交談，心裡很是高興。此外，他是一個很有修養的人，所以在和我說話時，完全像對在認識和理解方面相等的人一樣。他不信上帝。只有一件事使我驚訝：他在所有的時候，好像講的並不是那個問題。我之所以驚訝，是因為：我以前遇見過許多不信上帝的人，還讀過許多這類的書籍，我老是覺得他們嘴裡所說的，和書上所寫的好像全不是那個問題，只是表面上像是那個問題罷了。當時，我曾經向他表達這個意思，大概說得不夠清楚，也可能是我不善於表達，因為他一點也沒有瞭解……晚上，我住在一個小縣的客棧內過夜。恰巧在頭一天夜裡，客棧內出了一樁人命案，當我到客棧的時候，大家都在談論著。有兩個農民，他們都上了年紀，不會喝酒，而且早就認識，是老朋友，他們喝完了茶，打算在一個房間內躺下睡覺。但是，在最近兩天，一個農民看見另一個農民有一只銀錶，拴在黃玻璃珠的錶鏈上面。他以前沒有看見他的朋友戴過這只錶。這個農民並不是小偷，甚至是一個很誠實的人，以農家的生活來說，一點也不貧窮。但是，這只錶太中他的意，太誘惑他，他終於控制不住自己了。他拿起一把刀子，當朋友轉過身去的時候，他便躡手躡腳地從後面走過去，用刀對準了朋友，然後仰頭朝天上看，畫了十字，暗中哀禱說：『主哇，看在基督的面上寬恕我吧！』然後就一下子把朋友殺死了，就像殺死一隻綿羊一樣，然後從朋友的身上把那只錶掏了出來。」

羅戈任笑得前仰後合，好像發了癲癇。在剛才那種愁眉苦臉的樣子之後，看到這種爽朗的笑，未免使人覺得奇怪。

「我喜歡這個！這個好極了！」他痙攣地喊著，幾乎喘不出氣來，「一個農民完全不信上帝，另一個農民信仰到這種程度，他在殺人時都做禱告……公爵，老兄，這是真實的事情，你永遠虛構不出的！哈，哈，哈！這是最好不過的！……」

「早晨我在城裡閒蕩，」在羅戈任剛剛停住笑聲，雖然他的嘴唇還在痙攣地，癲癇性地哆嗦著，公爵又繼續說，「我看見一個喝醉酒的兵士，在木板鋪成的人行道上晃來晃去，穿戴很不整齊。他走到我面前，說道：『老爺，請你買下這個銀十字架吧，我只要二十戈比，這是銀的！』我看見他手裡握著一個十字架，大概是剛從自己身上解下來的，繫著一條湖色的、破舊不堪的綢帶，不過，這十字架實際上是錫的，一眼就能看出來。它的尺寸很大，八角形，全是拜占庭的花紋。我掏出二十戈比給他，當時就把十字架掛在我的脖子上，從他的臉色中，可以看出他很滿意，因為他把一個愚蠢的老爺給騙過了，他當時就去把賣十字架的錢換酒喝，這也是毫無疑問的。老兄，在那時候，我對於親眼見到的俄羅斯的種種情況得到了極強烈的印象。以前我對於俄羅斯什麼也不明白，好像不聲不響地生長著，在國外的五年間，我對於祖國的回憶只是一種幻夢。我一邊走，一邊想：『不，我不要責備這個出賣基督的人吧。只有上帝知道，在這些醉酒的、軟弱的心裡包藏些什麼。』一個小時後，當我回到客棧裡去的時候，我看到一個農婦，她抱著一個嬰兒。農婦還很年輕，懷中的嬰兒大約剛生下六個星期。嬰兒對她笑了一下，據她的觀察，這是他生下來以後的第一個笑容。我看她忽然十分虔敬地畫了十字。我說：『大嫂，你這是什麼意思？』（我當時見到什麼都打聽）她說：『一個母親看見她的嬰兒第一次微笑，心裡的那份喜悅，正和上帝在天上每次看見罪人在他面前誠心誠意地禱告時所感的喜悅一樣。』這是農婦對我說的，我敘述得差不多和她的原話一樣，她表達了那麼深刻、精微的真正的宗教思想，在這種思想裡充分揭露出基督教的真諦，也就是關於視上帝如我們的親父，關於上帝對人們的喜悅如父親對親生孩子一樣的整個概念——這就是基督的最主要的思想！一個普通的農婦！不錯，她是個母親……但是有誰知道，這個農婦也許就是那個兵士的妻子呢？你聽著，帕爾芬，你剛才問我，現在我來回答你：我們把宗教情感的實質歸屬到任何議論或無神論中去，它與任何的行為和犯罪都毫不相干；這裡有點另外的東西，永遠會有點另外的東西！這裡有點無神論永遠忽略過去，永遠說不對頭的東西。但最主要的是：你可以在俄國人的心裡最明顯地、最迅速地看出這一點來，這就是我的結論！這是我從我們俄羅斯得來的一個主要信念。有許多事情可以做，帕爾芬！相信我的話吧，我們俄羅斯的土地上有許多事情可以做啊！你想一想，咱們在莫斯科的時候，有一個時期經常聚在一起談話……我現在完全不想回到這裡來！也完全沒有想到會和你相見！唔，好啦！……再見吧，再見吧！上帝是不會離開你的！」

他轉過身去，順著樓梯走下去了。

「列夫．尼古拉耶維奇！」當公爵走到第一個轉彎的梯頭時，羅戈任從上面喊道，「你向兵士買的那個十字架帶在你身邊嗎？」

「是的，在我身上。」

公爵又停住了。

「你拿來給我看。」

又是一件新鮮事！公爵想了想，又上了樓，把十字架掏出來給羅戈任看，但是沒有從脖子上拿下來。

「你送給我吧。」羅戈任說。

「為什麼？難道你……」

公爵不想放棄這個十字架。

「我要戴它。我把自己的給你，你戴上吧。」

「你要交換十字架嗎？好的，帕爾芬，我很喜歡。我們成為結拜兄弟吧！」

公爵取下自己的錫十字架，羅戈任取下自己的金十字架，他們互相交換了。羅戈任沉默著。公爵非常驚異地看出，他的義兄臉上仍然露出以前那種不信任的神情，以前那種近乎嘲諷的苦笑，至少在剎那之間表現得很清楚。羅戈任終於默默地握著公爵的手，站立了一會兒，好像想做什麼卻還沒有下決心似的。忽然，他拉著公爵，用聽不大清楚的聲音說：「來吧。」他們走到二層樓的梯台，在他們走出來的那扇門的對面按了門鈴。門很快就開了。一個老太婆，全身佝僂，穿著黑衣，紮著頭巾，一聲不響，向羅戈任低低地鞠躬。羅戈任迅速地問她什麼話，但並沒有停下來聽她回答，就領公爵走進屋裡去了。他們又走過一些黑暗的房屋。那些房屋顯得特別清冷，所陳設的古老木器，都蓋著潔淨的白布套，帶有一種淒涼肅穆的氣氛。羅戈任沒有通報一聲，就領公爵到一間不大的屋子裡去，那間屋子好像是客廳，用褪色的紅木屏風隔成兩截，旁邊有兩扇門，大概是通往臥室的。有一個小老太婆坐在客廳一角爐邊的沙發上，她的樣子不算很老，有一張顯得十分健康、愉快的圓臉，但是頭髮已經完全灰白了。一眼看去，就可以斷定她已經完全到了「鶴髮童顏」的境地。她穿著玄色毛料的衣服，頸上圍著一條大黑頭巾，還戴了一隻白色、乾淨、繫著黑緞帶的帽子。她的腳架在一張小長椅上，身旁坐著另一個打扮得很乾淨的老太婆，比她年長，也戴著孝，戴著白帽，大概是一位食客。這個老太婆默默地織毛線襪子。她們倆大概一直就沉默著。第一個老太婆看見羅戈任和公爵，對他們微笑一下，很和藹地點了幾次頭，表示喜悅的樣子。

「媽媽，」羅戈任說著，吻著她的手，「這是我的知己朋友，列夫·尼古拉耶維奇·梅什金公爵。我和他交換了十字架。他在莫斯科的時候，和我處得像親兄弟一般，給我很多幫助。媽媽，請你祝福他，像您給親生的兒子祝福一般。等一等，老太太，要這樣才行。等我把您的手指疊在一起……」

但是，那老太婆不等羅戈任動手，自己就舉起右手，把三隻指頭疊在一起，很虔敬地向公爵畫了三次十字。然後又和藹地，溫柔地對他點頭。

「我們走吧，列夫·尼古拉耶維奇，」羅戈任說，「我領你來就是為了這件事情……」

當他們又走到樓梯上的時候，羅戈任說：「人家說什麼話，她一點也不明白，也不明白我的話。但是，她還是為你祝福，可見她是出於自願……嗯，再見吧。你該走了，我也該走啦。」

他開了門。

「你這個奇怪的傢伙，至少在離別的時候讓我擁抱你一下吧！」公爵喊道，用溫和的責備神氣看著他，想要去擁抱他。但羅戈任剛舉起手來，立刻又垂落下去了。他沒有下決心，他轉回身去，不去看公爵。他不想擁抱公爵。

「你別害怕！我雖然拿了你的十字架，但是不會為了錶而殺人的！」他含混不清地說，忽然很奇怪地笑了。但是，他整個的臉馬上改變了樣子：他的臉色慘白，嘴唇發抖，眼睛冒著火光。他舉起手，緊緊地擁抱公爵，喘著氣說：「你把她弄丟吧，這是命中註定！她是你的！我讓給你！……你記住羅戈任這個人吧！」

隨後，他拋下公爵，再也不看公爵一眼，匆匆地走進自己的屋子，砰的一聲把門合上了。

第五章

時間已晚，差不多兩點半鐘，公爵到葉潘欽家裡去，沒有見到將軍。他留下一張名片，決定到「惠舍」旅館去找科利亞。假使科利亞不在家，就留一張字條。「惠舍」旅館的人對他說，尼古拉·阿爾達利翁諾維奇[1]「從早晨就出去了，不過臨走時留下話，說假使有人找他，就讓我們轉告客人，說他大約三點鐘回來。假如他三點半鐘還沒有回來，那就是乘火車上帕夫洛夫斯克，到葉潘欽將軍夫人的別墅去了，也就是要在那裡用飯。」公爵坐下來等候，順便叫了飯吃。

到了三點半鐘，甚至到了四點鐘，科利亞還沒有回來。公爵走了，機械式地，毫無目的地走著。彼得堡在初夏時期，偶爾可以回到美麗的日子——天朗氣清，風和日暖。今天好像故意似的，正好是這樣一個難得的日子。公爵沒有目標地閒走了一會兒。他不大熟悉這個城市。他在十字街頭，一些房屋的前面，廣場上和橋上，偶爾停步，有次走進一家糖果店去休息，有時帶著莫大的興趣觀看行人。但大部分的時間，他既不注意來往行人，也不知道自己往什麼地方走。他感到極端興奮和不安，同時又覺得特別需要僻靜孤獨。他想離群索居，完全任情地煩惱下去，不尋找一點點的出路。他討厭去解決那些堆在心頭和靈魂裡的問題。「難道這一切都是我的錯嗎？」他這樣自言自語著，對自己的話幾乎沒有一點意

1 譯注：阿爾達利翁諾維奇：科利亞的名字和父名。

識。

六點鐘時，他發現自己站在「皇村」鐵路車站的月台上。過了不久，他又覺得無法忍受這樣的孤獨，他的心又燃燒起新的烈火，在一剎那間，明亮的火光照亮了他的靈魂所陷入的那一片黑暗。他買了到帕夫洛夫斯克去的車票，急著動身。當然是有一種力量推動著他這樣做，而且這是現實，並不是如他所喜歡追求的那種理想。他剛剛要在車廂內坐定，忽然把方才買的車票往地上一扔，走出車站，帶著慚愧和陰鬱的樣子。過了一會兒，他走到街頭上，忽然像想起了什麼似的，又像忽然有所領悟，發現了一種十分奇怪的、長久使他心裡不安的東西。他忽然發現自己在做著一件事情，這事情他已經做了好久，但是在這之前自己並沒有覺察到：他已經有好幾個小時，甚至在「惠舍」旅館內，也許還在到「惠舍」旅館之前，他忽然開始在自己的周圍尋覓什麼東西。他有時忘記了，甚至忘得很久，一忘就是半個小時，然後忽然又很不安地環顧，向周圍尋覓。

但是，他剛剛注意到自己這種病態的、至今完全沒有意識到的、在他身上盤踞很久的衝動，忽然在他的面前又浮現出一種使他感到極大興趣的回憶。他回憶起，當他覺察到自己總是向四周尋覓什麼東西的時候，他正站在一家商店窗前的人行道上，好奇地觀看窗內陳列的物品。他現在一定要證實一下：自己現在是不是真的站在這家商店的窗前，或者是已經站了五分鐘之久；自己是不是在做夢，是不是弄錯了？這家商店，這種物品果真存在嗎？他今天確實感到身體特別不舒服，幾乎和以前他初次得癲癇病時的情形一樣。他知道，在癲癇發作以前的時期，他的精神特別散漫，如果不特別注意觀看各種對象和面龐，他常常弄得張冠李戴。但是所以急於想知道當時他是否的確站在商店的窗前，還有一個特殊的原因：在商店櫥窗內陳列著的貨物中間，他看到了一件東西，他甚至估價這件東西值六十戈比；他記得很清楚，不管精神如何散漫，心裡如何騷亂。因此，如果說這家商店是存在的，這件東西也確實在許多貨物中間陳列著，那麼，他站住就是為了這件東西。這件東西既然能在他剛剛離開鐵路車站，心亂如麻的時候，引起他的注意，那麼，他一定是對這件東西感到特殊興趣了。他走著，很煩惱地向右觀望，由於非常急躁，心跳得很厲害。但是，他終於找到這家商店了，他離開那家商店五百步遠，才想到回去。那件值六十戈比的東西擺在窗內。「當然只值六十戈比，多了不值。」他又重複說，並且笑了起來。但是，他的笑是歇斯底里的，他心裡很痛苦。他現在很清楚地回憶起來，就在這裡，當他站在窗前的時候，他曾經突然回過身去，好像今天早晨看到羅戈任的眼睛注視著自己時一樣。他證實自己沒有錯誤（其實他在驗證之前，就完全深信自己沒有弄錯了），便離開了商店，趕快從那裡走開，他覺得應該把這一切趕快思考一番，一定要這樣做。現在他明白了，他在車站上並沒有眼花，一定是發生了實在的、和他以前的種種不安相關的事情。但是，他的心裡又充滿了一種難以克服的嫌惡心情，他不願意去想任何東西，他也沒有去想任何東西，他完全在思考其他的事情。

他特別想起，他發生癲癇症之前，總有一個癲癇預備階段（如果癲癇是在他醒著的時候發生），在這個階段，當他憂鬱、苦悶，心裡像壓著一塊石頭的時候，他的腦子忽然閃出燦爛的火花，他的全部生命力量一下子就特別猛烈地振奮起來。在這像閃電一般短暫的時間內，他對生命的感覺和自我意識幾乎增加了十倍。他的智慧和心靈都照耀著不尋常的光亮，他的一切激動，一切疑惑，一切不安，一下子都平復了，它們融化成一種高度的寧靜，在這種寧靜裡充滿明朗、和諧的快樂和希望，充滿理性和真正的原因。但是這一瞬間，這種閃光，只是發生癲癇的最後一秒鐘（從來不會超過一秒鐘）的前奏。這一秒鐘當然是難以忍受的。他到後來恢復健康時，想到這一瞬間，時常對自己說：所有這些高度自我感覺與自我意識，也就是「最高存在」的閃電和光輝，只不過是一種疾病，只不過是對於平常狀態的破壞而已。既然如此，這根本就不是最高存在，相反，應該算作最低存在。但是，他最後終於得到一個極怪誕的結論：「即使這是病態，那又有什麼呢？」他終於決定說：「如果最後的結果，如果以後在健康情況下所記憶和所分析的那一瞬間的感覺，是極度的和諧與極度的美麗，能夠給人一種以前所未聽到或想到的完整、均衡、和睦，與最高的生命綜合熱烈和虔誠地融合的感覺，就說這種緊張狀態不正常，那又有什麼相干呢？」他覺得這些糊塗話很容易瞭解，雖然說勁頭還差得多。所謂「美麗和虔敬」，所謂「生命的最高綜合」，他認為是真實的，既無可置疑，也不容懷疑。他在這一瞬間莫非是夢見了不正常的、不存在的、好像麻醉藥、鴉片或毒酒一般毀滅理性和扭歪靈魂的幻影嗎？當疾病過去之後，他可以很好地判斷這一點。發病前的瞬間只是自我意識——假使可以用一個名詞來表現這種心理狀態的話——的特別增強，同時，自我感覺也達到最直接的地步。如果在這一秒鐘，也就是發病前最後的有意識的瞬間，他能夠很明確地，有意識地對自己說：「是的，為了這一瞬間，人可以將整個生命獻出去！」那麼，這一瞬間當然是值得用整個生命來換取的。然而，他不能夠堅持他的結論的辯證部分。因為，他將看到愚鈍、苦悶、白癡狀態是這「最崇高的一瞬間」的明顯後果。他當然不認真地辯論。在結論裡，也就是在他對這一瞬間的估價裡，無疑包含著一種錯誤，但是，這感覺的現實性到底使他有些困窘。在實際上，他究竟怎樣來對待現實呢？是的，他遇到了這種情況，而且就在那一秒鐘內，他能夠對自己說，由於在這一秒鐘自己充分感到無上的幸福，這一秒鐘就值得整個的生命。「在這一瞬間，」有一天，他在莫斯科和羅戈任聚會的時候說，「在這一瞬間，我對於『再沒有時間啦』這樣一句不尋常的話，似乎有些體會了。」他微笑著補充說，「大概就是用這一秒鐘，有癲癇症的穆罕默德沒有等到翻倒的水桶灑出水來，就看遍了真主的全部臣民。是的，他在莫斯科時常和羅戈任相會，所談論的也不只這些事情。公爵自己想道：「羅戈任剛才說，他在那時候把我看作親弟兄，這是他今天初次說出來的。」

他在想這些時，正坐在夏園一棵樹下的長椅子上，時間大約七點鐘。花園裡空空的，在一瞬間，一片黑影遮住了夕陽。天氣悶熱，大有雷雨自遠方來的樣子。他迷戀於現在這種萬物靜觀皆自得的狀態。他好像把回憶和思緒纏結到每一個外物上，因而感到十分喜歡。他始終想遺忘當前最迫切的東西，但是，他向周圍看上一眼，立刻又認清了陰暗的思想，他一直想要擺脫的那種思想。他想起剛才在飯店裡吃飯時，他曾經和夥計談到最近發生的一件極離奇的、轟動一時的命案。但是，當他剛想到這個的時候，忽然又發生了一件特別的事情。

一種異常的、無法抑制的、近乎誘惑的願望，突然麻痺了他的整個意志。他從椅子上站起來，離開花園，一直向彼得堡區走去。他剛才在涅瓦河岸旁，向一位路人問過從涅瓦河到彼得堡區去的道路。路人告訴他了，但他當時並沒有去。無論怎麼說，今天是不必去的。他知道這種情形。他早就知道了位址，而且可以很容易地找到莢白及夫的一個親戚的住宅。但是，他幾乎可以肯定，他去了也不會找到她。「她一定到帕夫洛夫斯克去了，要不然科利亞會按照所約，給『惠舍』旅館留話。」所以，他現在如果去的話，當然不是為了見她。現在，有另一種陰暗的、苦痛的好奇心在誘惑著他。他的腦筋裡出現了一個突如其來的新念頭……

但是，對於他來說，只要想走，又知道往哪裡走，就已經足夠了。他走著走著，過了一分鐘，又辨認不出他所走的道路了。他把這個「突如其來的想法」仔細思索一下，立刻就覺得十分討厭，覺得幾乎是不可能的了。他痛苦而緊張地注意觀看他所遇到的一切事物，他望著天空和涅瓦河，與路上遇到的一個小孩子攀談。他的癲癇病狀也許越來越厲害了。雷雨雖然來得很慢，但是烏雲的確是在往一塊兒聚攏。遠處已經響起雷聲，空氣更加沉悶了……

不知道為什麼，他現在又想起今天見到的列別杰夫的外甥，正好像偶然想起一個擺脫不掉的、討厭到極大的音樂基調一樣。奇怪的是，在他的記憶裡，列別杰夫的外甥就好像列別杰夫介紹他時所提到的那個兇手似的。是的，他最近還讀過關於這個兇手的新聞。自從回到俄羅斯以後，他常常讀到或聽到這類殺人越貨事件，他始終留意這一切。他剛才和旅館夥計談到發生在熱馬林的慘殺案時，就感到莫大的興趣。他記得，夥計很贊成他的議論。他又想起那個夥計，那是一個不很愚蠢的小夥子，老練而且謹慎。「不過，誰知道他到底是什麼樣的人。在新的國度裡很難認識新的人物。」他對於俄國人已經開始抱著強烈的信心了。啊，他在這六個月內，經歷了多少完全新穎的、猜測不出的、沒有聽過的、預料不到的事物啊！但是，陌生人的心靈是黑暗的，俄國人的心靈也是黑暗的，對於許多人都是黑暗的。例如，他和羅戈任相處很久，關係密切，形同「親手足」，但是，他能說瞭解羅戈任嗎？在這一切裡面，有時候是多麼混亂，多麼荒唐，多麼醜陋啊！他今天遇到的列別杰夫的那個外甥，又是多麼討厭，多麼自滿的一個小傢伙呀！但是，我怎麼啦？（公爵繼續幻想著。）難道他殺死那些傢伙——那六個人了嗎？……我似乎弄錯了……真是奇怪！我的頭有點暈……列別杰夫的大女兒的面孔多麼可愛，多麼迷人哪！就是抱著孩子的那個女郎，表情是多麼純樸天真，簡直和小孩子一樣，連那笑容都像小孩子似的！奇怪的是，他幾乎忘記了這張臉，現在才算想起來。列別杰夫雖然向他們跺腳，大概很疼他們。而且，像二加二等於四一樣，列別杰夫也一定疼他的外甥！

然而，自己今天才來，何必忙著做這樣肯定的評論呢？何必這樣匆促地判決呢？列別杰夫今天給他打了個悶葫蘆。他哪裡料到列別杰夫是這樣的人呢？難道他以前所知道的列別杰夫是這樣的嗎？列別杰夫和杜芭莉——天哪！如果羅戈任殺人，至少不會這樣亂殺的。絕不會發生這樣的混亂狀況。依照圖案定造兇器，和殺死六個人，這完全是在精神錯亂中幹的！羅戈任有依照圖案定造的凶器嗎？……他有……但是……難道能肯定羅戈任會殺人嗎？公爵突然哆嗦了。他喊道：「我進行這樣大膽無恥的猜測，不就是犯罪嗎？不就是卑劣的行為嗎？」於是，他一下子就羞得滿臉通紅。他驚訝起來，好像木雞一樣站在大路上。他的記憶裡一起湧出今天去過的帕夫洛夫斯克車站，今天去過的尼古拉耶夫斯克車站，當面對羅戈任提出的關於眼睛的問題，現在掛在他脖子上的羅戈任的十字架，羅戈任母親的祝福（是羅戈任自己領他到她那裡去的），還有在樓梯上的最後的痙攣性擁抱和羅戈任的最後讓步——在這一切之後，他又發現自己在周圍不住尋覓什麼，那個商店，那件東西……這多麼卑劣啊！而在這以後，到了現在，他還要懷著「特殊目的」，懷著「突如其來的念頭」向前走！他的整個心靈充滿絕望和苦痛。公爵立刻想回到自己住的旅館去；而且已經轉過身走了。但是，過了一分鐘，他又站住，仔細想了一想，重新又回到原路上去了。

他已經到了彼得堡區，離那所房屋很近。但是，他現在不是懷著以前那個目的到那裡去的，並不懷著「特殊念頭」，怎麼會這樣呢？是的，他的病又要重犯了，這是毫無疑問的，他的癲癇也許今天就會發作。整個的黑暗由癲癇而來的，他的「念頭」也是由癲癇而產生的！現在，黑暗被驅散了，魔鬼被趕走了，疑惑已不再存在，他的心裡充滿了歡喜！他已經很久沒有看見她，他希望看到她，而且……是的，他現在寧願遇見羅戈任，寧願挽著羅戈任的胳膊，他們一塊兒前去……他的心是純潔的。難道他是羅戈任的情敵嗎？明天他要自己去對羅戈任說，他看到了她；正如羅戈任剛才所說的那樣，他是飛到這裡來的，就是為了看她一面，也許他會見到她，她並不一定到帕夫洛夫斯克去！

是的，現在必須弄明白這一切，大家必須互相瞭解對方的心。而且不得再有像羅戈任今天所說的那種陰鬱而又熱情的退讓的話，讓這一切都做得自由而且……光明吧。難道羅戈任沒有走向光明的能力嗎？他說他不那樣愛她，他沒有慈悲，沒有「任何的憐憫」。不錯，他後來又補充說，「你的憐憫也許比我的愛還要深些」，但是，這是在誹謗自己。唔……羅戈任竟念起書來——難道這不是「憐憫」，不是「憐憫」的開端嗎？這本書的存在，不就證明他已經充分意識到他對於她的態度了嗎？還有他早上所講的那些話呢？不，這比單單的熱情還要深得多。她的臉難道只暗示出一種熱情嗎？現在這張臉還能不能暗示出熱情呢？它暗示的是痛苦，並主宰著人的整個心靈，它……公爵的心上突然掠過斷腸的、痛苦的回憶。

是的，這種回憶是很痛苦的。他想起來，當他最近一次從她身上發現瘋狂的跡象時，他感到何等的痛苦。那時候，他的心情幾乎是絕望的。她當初從自己身邊逃到羅戈任那裡去的時候，他怎麼可以放開她呢？他應該自己跑去找她，不應該等候消息。但是……羅戈任難道至今還沒有看出她的瘋狂來嗎？唔……羅戈任對一切事都另有一套看法，完全從情欲的角度來看！多麼瘋狂的嫉妒心啊！羅戈任今天早晨的推測，究竟是什麼意思呢？（公爵突然紅了臉，他的心裡似乎在顫抖。）

可是，何必想這些呢？雙方的行為都是瘋狂。如果說他——公爵熱愛這個女人，那是不可思議的，幾乎是慘無人道的。是的，是的！不，羅戈任是在誹謗自己，他有一顆巨大的心，這顆心可以承受痛苦，也可以發出同情。當他知道全部真相，看出這個受盡摧殘的半瘋女人是多麼可憐的生物時，難道他不會寬恕她以前的種種，忘卻自己所承受的一切痛苦嗎？難道他不會變成她的僕人、弟兄、知己、守護神嗎？同情心會促使羅戈任醒悟，會教他應該怎樣去做。同情是全人類生存最主要的，也許是唯一的法則。啊，他在羅戈任面前犯了多麼不可饒恕的、可恥的罪行啊！不對，「俄國人的心靈」並不是「黑暗的」，既然自己會想像出這樣可怕的事情，那說明自己的心靈是黑暗的。羅戈任在莫斯科，為了說出幾句出自肺腑的真心話，竟跟他稱兄道弟，而他呢……但這是病態！這是癡人說夢！這一切都會得到解決的！……今天早晨，羅戈任說他「喪失了信仰」時，神情多麼陰鬱！這個人一定有滿肚子的委屈和痛苦。他說，他「愛看這幅圖畫」，那不是因為他愛，而是因為他感到需要。羅戈任不僅有一顆熱情的心靈，他還是一個戰士——他想用力量奪回自己已經喪失的信仰。他現在非常需要信仰……是的，他需要相信些什麼東西，相信什麼人！但是，霍爾白因的那幅畫是多麼奇怪呀……啊，現在走到這條街上了！大概就是這所房子，對了，就是它，十六號，「十品文官夫人菲利索娃公館」。就是這裡！公爵按下門鈴，求見納斯塔霞・菲利波夫娜。

女房東親自出來開門，告訴他說，納斯塔霞・菲利波夫娜早晨就到帕夫洛夫斯克，達里亞・阿萊克謝夫娜家裡去了，「也許會在那裡住幾天呢。」菲利索娃是一個矮小、長眼睛、尖下巴的女人，四十來歲，很狡猾地，死盯盯地看人。她問公爵的姓名時，好像有意加上一種神祕的色彩。公爵本來不想回答，但立刻又轉過身，請她務必把他自己的姓名轉告給納斯塔霞・菲利波夫娜。菲利索娃在接受這種強烈的請求時，瞪大了眼睛，還帶著特別神祕的樣子，顯然是要表示：「您放心吧，我明白了。」公爵的姓名顯然引起她極強烈的印象。公爵漫不經心地看了她一眼，轉身走回旅館去了。但是，當他走出來的時候，他的樣子和剛開始敲菲利索娃的家門時不一樣了。在一剎那，他的心似乎又發生了一種不尋常的變動，又顯得慘白、軟弱、苦惱和激動了，他的膝蓋打哆嗦，他那發青的嘴唇上掛著模糊的、慌亂的微笑：他那「突如其來的念頭」忽然得到了證明和辯解——他又相信自己的魔鬼了！

但是，果真得到證明了嗎？但是，果真得到辯解了嗎？他為什麼又這樣哆嗦，這樣冒冷汗，這樣感到心靈黑暗和寒冷呢？是不是因為他現在又看見了這雙眼睛？但是，他從夏園跑到這裡來，正是為了看這雙眼睛！他的「突如其來的念頭」也就是如此。他堅決想看到「那雙眼睛」，以便來確定他一定會在那裡，會在那所房屋附近碰見它們。他非常熱烈地懷著這個願望。而他現在真的看見了，為什麼又那樣頹喪和驚愕呢？好像沒有料到似的！是的，今天早晨，當他從尼古拉耶夫司克鐵路的車廂裡走出來時，在人群中向他觀望的就是那雙眼睛（關於這一點，現在已經毫無疑問了）。後來，當他坐在羅戈任家的椅子上，他感到背後有人看他，也是那雙眼睛。（完全是那一雙！）羅戈任當時一口否認這一點。他撇著嘴，冷冰冰地笑著問：「那是誰的眼睛呢？」在幾個小時之前，當公爵到「皇村」鐵路車站，上火車，準備去見阿格拉婭時，忽然又看見了這雙眼睛，在一天之中已經是第三次看到它們了。當時，他很想走到羅戈任的面前，對他說：「那是誰的眼睛呢？」但是，他從車站跑了出來，只有當他站在刀櫥窗前，估計一件帶鹿角把手的東西值六十戈比才算清醒過來。奇怪而可怕的魔鬼完全附在他的身上，再也不想離開他。當他坐在夏園的菩提樹下，神志不清的時候，這個魔鬼對他耳語說：如果羅戈任從早晨起就偵查他，一步不離地追尋他，那麼，知道他不上帕夫洛夫斯克去（這對羅戈任來說當然是可怕的消息），羅戈任一定會到那裡去，到彼得堡區的那所房子去，一定在那裡守候公爵。就在今天早晨，公爵還對他發誓說不再見她。他到彼得堡來不是為了這件事情，而公爵卻拚命地向那所房子奔去。其實，就算他真的在那裡遇見羅戈任，又有什麼呢？他只看見一個不幸的人，這個人的心情很糟，但又很容易瞭解。這個不幸的人現在也不藏藏躲躲了。是的，今天早晨，羅戈任不知為什麼躲閃和撒謊，但是他在「皇村」車站上卻並不躲藏。在實際上，躲藏的倒是他——公爵，而不是羅戈任。現在他站在那所房子附近，站在街的對面，離開有五十步遠，站在人行道上，又開始等候著。他站在非常顯眼的地方，他似乎故意要站在這個顯眼的地方。他站在那裡，像是一個原告，又像一個裁判官，並不像……並不像什麼人呢？

為什麼公爵現在不親自走到他面前去呢？為什麼他轉過身，假裝什麼也沒看見，而其實他們已經互相看見了呢？（是的，他們的眼睛遇到一起了，他們互相對望了一下）他剛才不是還想拉著羅戈任的手，一塊兒到那裡去嗎？他不是想明天到羅戈任那裡去，對羅戈任說他自己到她那裡去了嗎？他剛才到那裡去，在半路上，心裡突然充滿喜悅的時候，不是擺脫了附在自己身上的魔鬼了嗎？難道在羅戈任的身上的確有一種東西，也就是說在這個人今天的整個形象裡，在他的言語、動作、行為和眼神裡的確有一種東西，能夠證明公爵的可怕預感，以及附在他身上的魔鬼憤怒的耳語都是對的呢？難道有一種東西，一看就看出來，但是很難分析和敘述，而且不能用充分的理由加以辯白，它又不管這種困難，給你留下十分完整的、不可動搖的印象，而且這種願望還會不知不覺地變成充分的信念呢？

信念——對什麼的信念呢？（啊，這種信念，「這種低級預感」的可怕和「卑鄙」，使公爵多麼痛苦哇！他曾多麼無情地責備自己呀！）「如果你有勇氣，你說，是對什麼的信念呢？」他帶著責備和挑戰的口氣，不斷對自己說，「把你的整個思想說出來，大膽地，明確地，毫不遲疑地表現出來！唉，我真是太不誠實了！」他又憤憤地說道，臉上露出紅暈，「我今後這輩子，用什麼臉來見這個人呢！唉，這是多麼糟糕的一天！天哪，這是多麼荒唐的一場噩夢！」

當公爵從彼得堡區走完這個又長又苦的路程時，有一瞬間，他心裡突然出現一個迫切的願望，他想要立刻到羅戈任那裡去，等候他，帶著羞愧和眼淚擁抱他，對他說出一切，一下子使一切都完結。但是，他已經到了旅館的門前……今天早晨，他是多麼不喜歡這個旅館，這個走廊，整個這所房子，以及裡邊的房間，乍一看去，他很不喜歡；他在一天之內，有好幾次帶著一種特別嫌惡的心情，想起他必須回到這家旅館來……「我今天怎麼像一個生病的女人，盡相信預感呢？」——他這樣想著，帶著惱怒的嘲笑神情，站在旅館門口。

在那門口，他心裡又湧起一股近似絕望的羞愧的怒濤，使他邁不動步子，他停了一會兒。人們有時是這樣的，當心裡的思緒按捺不住，突然回憶起往事——特別是令人感到羞愧的往事時，照例會停留在一個地方，一動不動地待上一會兒。「是的，我是一個沒有心的人，我是一個懦夫！」——他很懊惱地重複說，猛然向前走去，但是……又站住了。

門口本來就很暗，這時候，由於烏雲佈滿天空，遮去黃昏的光線，就更顯得暗了。當公爵走到房屋跟前時，烏雲忽然變成了雨。當他停了一會兒，猛然向前走去的時候，他剛好到了門口，也就是從大街進門的地方。他忽然看到大門深處，在半明半暗的地方，在樓梯口，有一個人。這個人，當然不能肯定說他究竟是誰。再加上，這裡來來往往有許多人，這裡是一個旅館，經常有人出入，在走廊裡來回走動。但是，他忽然充分地、確切地相信：他認識這個人，這個人就是羅戈任。過了一剎那，公爵跟在羅戈任的後面，奔到樓梯上去了。此時，他的心臟好像要停止了跳動。「現在，一切都會解決的！」他帶著奇怪的信念，自言自語。

公爵從門口跑上去的那座樓梯，通到第二層和第三層的走廊，旅館的房間就在走廊的兩邊。正如一切舊日建築的房屋裡一樣，這座樓梯也是石頭的，黑暗而狹窄，圍著一根粗石柱子盤旋。在第一個梯頭那裡，這根石柱有一個凹洞，頗像壁龕，寬不到一步，深有半步。但是，那個人可能藏在這裡。無論怎樣黑暗，公爵一跑到樓梯頭，立刻就看出在那個凹洞裡不知為什麼藏著一個人。公爵突然想走過去，不向右看。他已經跨了一步，但是忍不住，又轉回來了。

剛才的一雙眼睛，就是那雙眼睛，忽然和他的眼光碰到了一起。藏在凹洞裡的那個人也從裡面跨出了一步。他們兩人幾乎挨在一起，對面站了一秒鐘。公爵突然抓住他的肩膀，把他拉回樓梯光亮的地方去：他想更清楚地看這張臉。

羅戈任的眼睛閃著光，他瘋狂地微笑著，連臉都變歪了。他舉起右手，手裡有一件亮晶晶的東西，公爵不想抓住那隻手。他只記得自己似乎喊了一聲：「帕爾芬，我不相信！……」

接著，他的面前好像豁然開朗了：一種不尋常的內部光亮照耀著他的心靈。這一瞬間大概只有半秒鐘，但是他清清楚楚地記住了開頭的情況，記住了自己的第一聲可怕的慘叫，那是從他的胸內自然而然迸發出來的，是他用任何力量也無法制止的。隨後，他的意識立即喪失了，一切完全黑暗了。

他的癲癇已經許久沒有發作，現在又發作了。大家都知道，癲癇病，它就是白癡症，是會突然發作的。在這一剎那，病人的臉，特別是眼神，突然變了樣子。整個身體，整個面龐都發生抽風和痙攣。從胸內迸出一種可怕的、無可形容的、無可比擬的吼叫聲，在這種吼叫裡，好像所有的人性忽然都消失了，一個旁觀的人簡直不可能（至少很難）想像而且承認，就是那個人吼叫的。你甚至以為是另一個人在這個人的身體裡吼叫。至少有許多人是這樣講述他們的印象。有些人一看見癲癇的發作，就會引起極大的恐怖，這種恐怖甚至帶著一些神祕性。我們可以意料到的是：這種突如其來的恐怖印象，再加上當時的其他一些可怕的印象，忽然使羅戈任愣住了，使公爵躲開了那從來無從避免的、已經向他身上落下來的一刀。羅戈任當時還沒有猜到那是癲癇病在發作，他一看見公爵從他身旁倒退，忽然倒了下去，一直往樓梯下面滾，後腦勺猛撞在石階上，他就拚命往下跑，從倒下的人身上跳過去，幾乎像失去理智似的，從旅館逃走了。

由於抽風、哆嗦和痙攣，病人的身體從樓梯的階梯（一共不到十五級），一直滾到樓下。他躺在那裡，很快地（不到五分鐘），就被人發現，於是聚集了一大堆人。他的頭旁邊有一灘血，引起大家的疑惑：這個人究竟是自己摔下來的呢？還是「出了什麼命案」？但是，有幾個人馬上看出他是癲癇症發作了；有一個茶房認出公爵是剛剛來到的旅客。由於偶然的巧合，這場騷動極完滿地結束了。

科利亞·伊伏爾金本來約定四點鐘回到「惠舍」旅館，但是有事到帕夫洛夫斯克去了。他在那裡突然心血來潮，沒有在葉潘欽將軍夫人家裡吃飯，就回彼得堡，趕緊到「惠舍」旅館來，晚上七點鐘左右，他便到了旅館。他從留下來的字條上知道公爵已經來到彼得堡城，便按字條上留下的地址跑來找他。旅館裡說公爵已經出門，他便到下面的餐廳裡等候，一邊喝茶，一邊聽風琴。突然，他聽說有人癲癇症發作了，他憑著一種可靠的預感，立刻趕到現場去，認出正是公爵。大家立刻採取了必要的措施，他們先把公爵扶進房間。他雖然已經清醒，但還沒有完全恢復意識。人們請一位醫生來看他被摔傷的頭部，給他用藥水洗過，並說絲毫沒有生命危險。過了一個小時，公爵已經完全清醒過來，科利亞便雇了一輛馬車，從旅館送他到列別杰夫家裡去。列別杰夫極熱心地，極尊敬地招待病人。為了這個病人，他決定提前搬到別墅去：到第三天，大家已經在帕夫洛夫斯克了。

第六章

列別杰夫的別墅規模不大，但是很舒適，甚至很美麗。預備出租的那一部分特別油飾一新。從外面進入屋內時要通過一個平台，這個平台很大，列別杰夫為了能夠引人入勝，在這裡擺了一些栽在綠色大木桶裡的橘樹、檸檬樹和素馨花。有幾棵樹是他連同別墅一起買下來的，由於他看見那些樹給平台添了許多光彩，他就決心趁著這個好機會，順便在拍賣行裡購置一些同樣栽在木桶裡的樹木。在所有的樹都運到別墅並且擺好的那一天，列別杰夫三番五次從平台的梯級跑下去，由外面觀賞自己的房產，每次都在心裡增加了向未來房客索取的房租數目。公爵身體虛弱，心情煩悶，精神不振，他很喜歡這個別墅。不過，在搬到帕夫洛夫斯克來的那一天，也就是癲癇病發作後的第三天，從外表上看，公爵已經和健康人差不多了，只是心裡覺得自己還沒有復原。他很喜歡這三天來在自己周圍所看到的一切人，他很喜歡幾乎沒有離開過他一步的科利亞，他也喜歡列別杰夫的全家人（除了那個不見影兒的外甥），也喜歡列別杰夫本人；甚至很愉快地接待在城裡時就已拜訪他的伊伏爾金將軍。當他搬到這裡的那天晚上，在平台上有許多客人圍繞著他：加尼亞首先來到，公爵已經不大認識他了；半年以來，他的樣子改變了不少，而且瘦了。接著，瓦里婭和普季岑來了，他們也是帕夫洛夫斯克的避暑客。伊伏爾金將軍差不多一直住在列別杰夫家裡，而且好像是和他一塊兒搬來的。列別杰夫極力想辦法不叫他去見公爵，使他留在自己屋內。他對將軍很友好，顯然是老相識。公爵注意到，在這三天內，他們有時進行長時間的談話，常常發生爭論，似乎還談學術問題，看樣子，列別杰夫是感到很高興的。我們可以想到，他是需要將軍的。但是，自從搬到別墅以後，列別杰夫就是對於自己的家人，在有關公爵的問題上，也採取了嚴密防範的措施。他以不要驚吵公爵為由，不准任何人到公爵那裡去；他只要一猜疑女兒們到公爵所在的平台上去，即使公爵屢次請他不要趕走人，他也還是跺著腳，向女兒們撲去，把她們攆走，連抱孩子的薇拉也不例外。

「第一，如果您放縱她們，她們就不會尊敬您了；第二，她們也不大雅觀……」在公爵質問他為什麼這樣做的時候，他終於這樣解釋說。

「那為什麼呢？」公爵抗議了，「說真的，您這一套監督和看守只會使我痛苦。我一個人很悶，我已經對您說過許多次了。您老是不斷地揮手，還蹺著腳走路，使我更加苦悶了。」

公爵是在暗示列別杰夫，他雖然藉口病人需要安靜，把家人全都趕走，但他卻一連三天，幾乎時時刻刻都到公爵屋裡來；他每次先打開門，伸進頭，向室內張望，好像要弄明白，在這時候公爵沒有逃走嗎？然後就踮著腳，像小偷似的，悄悄走到躺椅那裡，因此有時冷不防，倒使房客大吃一驚。他不斷打聽公爵需要什麼，當公爵顯得不耐煩，叫他走開的時候，他便馴順地，不聲不響地轉過身子，躡手躡腳地退到門外；他在走的時候，老是揮著雙手，好像表示說：他只是來看看，他絕不說一句話，他已經走出來了，絕不會再來。然而，過上十分鐘，或者至多過一刻鐘，他又出現了。科利亞在公爵那裡自由出入，使得列別杰夫大為生氣，甚至非常惱恨。科利亞覺察出列別杰夫在門外站立半小時，偷聽他和公爵的談話，自然就把這種情況告訴了公爵。

「您好像把我據為己有，鎖了起來，」公爵提出抗議說，「至少在別墅裡，我不希望這樣；我告訴您說，我想見誰就見誰，我想要到哪裡去就到哪裡去。」

「這是絲毫沒有疑問的。」列別杰夫揮手說。

公爵從頭到腳把他仔細打量了一下。

「盧基揚．季莫費伊奇，您那只架在床頭上面的小櫥，也搬到這裡來了嗎？」

「不，沒有搬來。」

「真的留在那裡了嗎？」

「不能搬，如果搬它，必須把牆給拆掉……因為釘得很牢，很牢。」

「也許這裡會有同樣的東西吧？」

「還要好些，還要好些，我買別墅的時候，是帶它的。」

「啊！您剛才沒有放誰到我這裡來？在一個小時之前。」

「那是……那是將軍。我的確沒有放他進來，他到您這裡來不大方便。公爵，我很尊敬這個人，他……他是一個大人物；您不相信嗎？您以後會看出來的。不過……公爵閣下，您最好不要接見他。」

「請問您，那是為什麼呢？列別杰夫，您現在為什麼老是踮著腳站在那裡，當走到我面前來的時候，總像要貼著耳朵報告祕密似的？」

「我感覺到我很低賤，很低賤，」列別杰夫出乎意料地答道，很動感情地捶著自己的胸脯，「您不會覺得將軍太殷勤嗎？」

「太殷勤？」

「是的，太殷勤。第一，他也準備住在我家裡；這隨他去吧，不過這個人太不知分寸，他立刻攀起親戚來了。我們倆已經攀了幾次親戚，原來還是連襟呢。他昨天還對我說，您是他母親方面的表侄。如果您是他的表侄，那麼，公爵閣下，我和您也是親戚了。這還不要緊，不過是一個小小的缺點罷了。但是，他剛才還對我說，他一輩子，從少尉起一直到去年六月十一日，他家每天要有二百多個食客吃飯。後來，他更吹牛說，那些食客根本不離席，每晝夜要有十五個小時連著吃中飯、晚飯、喝茶，三十年一直沒有間斷過，簡直都沒有工夫換桌布。一個人剛剛站起來走了，另一個人就來了，在逢年過節的日子，食客要達到三百來人。在俄羅斯建國一千週年紀念日那天，食客竟然達到五百位。這是一種怪癖，這種大話是很糟糕的徵兆，誰也害怕接待這種殷勤好客的人，所以我想：咱們不覺得他過份殷勤了嗎？」

「不過，您和他的交情大概很好吧？」

「我們好像親弟兄似的，我認為這是一種玩笑。就算我們是連襟吧，這跟我又有什麼關係？只會給我增添一些榮譽。就是從他所講的招待二百位客人和俄羅斯建國一千年紀念的話中，我也看出他是一個極好的人。我說的是真話。公爵，您剛才談到了祕密，也就是說，您總覺得我走過來要對您說什麼祕密的話。偏巧就有個祕密：有一位您認識的太太剛才跟我說，她很想和您祕密相見！」

「為什麼要祕密相見呢？絕不。我可以去見她，今天都可以。」

「絕不，絕不，」列別杰夫揮手說，「她並不像您所想的那樣懼怕誰。我順便告訴您一聲，那個惡棍每天都來打聽您的健康，您知道嗎？」

「您為什麼老是管他叫惡棍？這使我很疑心。」

「您沒有什麼可疑心的，絕不會有什麼可疑心的，」列別杰夫連忙否認說，「我只是想解釋，那位太太並不是怕他，而是害怕另外一個人，另外一個人。」

「怕什麼呢，您快告訴我。」公爵急不可耐地追問著，望著列別杰夫那種吞吞吐吐的樣子。

「祕密就在這裡呀。」列別杰夫笑了。

「誰的祕密？」

「您的祕密。公爵閣下，是您自己禁止我在您的面前說話……」列別杰夫喃喃地說，當他看到已經把聽話人的好奇心撥弄到完全忍不住的程度，心裡很痛快，才忽然明白地說，「怕的是阿格拉婭·伊萬諾夫娜。」

公爵皺著眉頭，沉默了一會兒。

「列別杰夫，我的確要離開您這所別墅，」他突然說，「加夫里拉·阿爾達利翁諾維奇和普季岑夫婦在哪裡？在您這裡嗎？您也把他們引誘來了嗎？」

「來啦，來啦。連將軍也跟在他們後面來了。我要把所有的門打開，把我的女兒也叫來，立刻都叫來，立刻都叫來！」列別杰夫慌張地微語著，他揮著手，從一扇門跑到另一扇門去。

這時候科利亞從外邊進入平台，他宣佈說：有幾位客人隨後就到。伊麗莎白·普羅科菲耶夫娜和三個女兒。

「放不放普季岑夫婦和加夫里拉·阿爾達利翁諾維奇進來呢？放不放將軍進來呢？」列別杰夫聽到這個消息後大吃一驚，他跳了起來。

「為什麼不呢？全放進來，誰願意來誰就來。我告訴您，列別杰夫，您一開始就不大明白我的態度，所以您始終犯一種錯誤。我沒有任何理由來躲避人，藏起來。」公爵笑了。

列別杰夫看著他，認為自己有跟著笑的義務。列別杰夫雖然非常心慌，可是看樣子也很滿意。

科利亞所報告的消息是正確的，他只是為了預先來通知一聲，比葉潘欽一家人早到幾步。因此，客人們忽然從兩個方向走了進來，葉潘欽一家人從平台上邊來，普季岑夫婦、加尼亞和伊伏爾金將軍從屋內進來。

葉潘欽一家人剛剛從科利亞口中知道公爵生病，來到帕夫洛夫斯克。在這以前，將軍夫人曾經感到異常惶惑。將軍前天就把公爵的名片交給家人，伊麗莎白·普羅科菲耶夫娜看到這張名片以後，深信公爵一定立即到帕夫洛夫斯克來看她們。姑娘們跟她說，這個人半年沒有音信，他現在絕不會那麼匆忙，而且除了看她們之外，他在彼得堡也許有許多事情要做——誰知道他會有什麼事情呢？可是，她們的話等於白說。將軍夫人聽了以後，十分生氣，準備跟女兒打賭，說公爵最遲第二天一定來，說這樣「已經算晚了」。第二天，她等候了一個早晨，大家等公爵去吃午飯，等他在晚間閒談；等到暮色昏黑的時候，伊麗莎白·普羅科菲耶夫娜見到什麼都生氣，和一切人都拌嘴。當然，在吵嘴時，並沒有提到公爵一個字。在第三天一整天，也完全沒有提到公爵。阿格拉婭在吃飯時偶然脫口說出：「Maman 由於公爵沒有來，正生著氣。」將軍馬上回答說：「這不是他的錯。」伊麗莎白·普羅科菲耶夫娜聽了，馬上站起來，憤憤地離開飯桌走出去了。科利亞晚上終於來到，報告了所有的情況，敘述他所知道的公爵的一切遭遇。結果，伊麗莎白·普羅科菲耶夫娜雖然得了勝，卻還狠狠地數落了科利亞幾句：「他一連到這裡轉好幾天，攆也攆不掉他。哪怕自己不來，至少應該通知我們一下呀。」為了這句「攆也攆不掉他」，科利亞立刻要發脾氣，但是他決定留到下次再說了。如果這句話不太過火，他也許完全可以原諒的，因為伊麗莎白·普羅科菲耶夫娜在聽到公爵生病的消息時，那種慌亂和不安的樣子，使他十分喜歡。她始終主張立刻派人到彼得堡去請醫學界的頂尖人物，乘第一班列車到這裡來。但是，女兒們把她給勸住了。後來，母親忽然準備要去看病人，她們倒也不願離開她。

「他正在生死關頭上，」伊麗莎白·普羅科菲耶夫娜在忙亂中說，「我們還要守什麼禮節！他是不是我們家的朋友呢？」

「不問水勢深淺就鑽進去，這也是不對的。」阿格拉婭說。

「那麼，你就不必去了。這樣倒也不錯，因為葉夫根尼·帕夫洛維奇快來了，沒有人招待他。」

在說了這番話之後，阿格拉婭當然立刻就隨著大家同去了。其實，即使不這樣說，她也是打算前去的。施公爵正和阿杰萊達閑談，經她一邀請，立刻就答應跟她們前去了。以前，他和葉潘欽家剛開始相識的時候，聽到她們講起公爵的事情，就感到很大興趣。原來他也認識公爵，最近還在某處見面，並且在一個小城裡同住了兩個來星期。這是三個來月以前的事情了。施公爵講了許多有關梅什金公爵的事情，他對梅什金公爵表示很同情的態度，所以他現在是真心願意去訪舊友。這一天，伊萬·費道洛維奇將軍不在家。葉夫根尼·帕夫洛維奇也還沒有來。

從葉潘欽的別墅到列別杰夫那裡不到三百步路。伊麗莎白·普羅科菲耶夫娜的第一個不愉快印象，就是見到有一大群客人圍繞著公爵，更不用說，在這群人裡還有兩三個她恨透了的人；第二，她感到驚異的是：她原先以為公爵一定病入膏肓，奄奄一息，哪知道從外表上看，公爵卻是一個完全健康的、穿著漂亮衣服的青年人。他笑容可掬地來迎接他們。她覺得莫名其妙，不由得站住了腳步，這使得科利亞感到十分痛快。在她沒有從自己別墅動身之前，他本來可以對她好好說明並沒有人就要死去，也沒有人到了奄奄一息的程度。但是，他當時沒有說明。他很調皮地預料著：將軍夫人見到公爵後一定會發火，這是十分好笑的。依照他的估計，她一見到自己的好友——公爵那種健康的樣子，必然會生氣的。科利亞非常不客氣，他為了逗伊麗莎白·普羅科菲耶夫娜大發怒火，竟當眾把自己的推測說了出來。他和將軍夫人雖然交情很深，但是，他常常挖苦她，有時甚至和她狠狠舌戰一場。

「小傢伙，你不要忙，等著瞧吧！你可不要得意忘形啊！」伊麗莎白·普羅科菲耶夫娜坐在公爵給她拉過去的椅子上面，這樣回答說。

列別杰夫、普季岑、伊伏爾金將軍忙著給小姐們拿椅子，將軍遞給阿格拉婭一把椅子，列別杰夫又給施公爵端來椅子。這時候，他的彎腰的姿勢都表現出特別的尊敬。瓦里婭照例笑嘻嘻地，小聲向小姐們問好。

「說實在的，公爵，我原來以為你一定躺在病床上。我在驚慌之中，把實際情況誇大了。我絕不想跟你撒謊，剛才我看到你滿臉笑容，覺得非常可恨。但是，我可以對你發誓，這只是在我還沒有仔細考慮的那一分鐘。我只要一用腦子，無論說話和做事，總是會聰明一些。我想你也是這樣。老實說，我看到你的病好了，如果我有親兒子的話，也要比見到親兒子的病好了還要歡喜。如果你不相信我，那是你的羞恥，並不是我的羞恥。可是，那個小壞蛋跟我開的玩笑卻出格了。我想，你一定是他的保護人，所以我警告你將來總有一天，我會跟他絕交的。」

「可是，我有什麼錯呢？」科利亞喊道，「我無論怎樣告訴您，說公爵的病差不多好了，您也絕不願意相信；因為您想像他躺在床上快死了，心裡也大大地高興呢。」

「您是不是打算在我們這裡長住？」伊麗莎白・普羅科菲耶夫娜對公爵說。

「住一個夏天，也許還要多些日子。」

「您是單身嗎？沒有娶親嗎？」

「是的，沒有娶親。」公爵聽到這樣天真的諷刺不禁微笑了。

「有什麼可笑？這種事常常會發生。我說的是這所別墅。你為什麼不搬到我們那裡去住？我們的整個偏房是空著的。不過，隨你的便吧。你是向他租的嗎？向這個人嗎？」她回頭指著列別杰夫，輕聲說，「他為什麼老彎腰鞠躬？」

這時，薇拉從屋內到平台上來，還是手裡抱著嬰兒。列別杰夫完全不知道自己待在哪裡好，只是圍著椅子亂轉，不過，他根本不想走開。他一看到薇拉，就向她撲去，向她揮手，攆她離開平台，甚至很放肆地跺起腳來。

「他瘋了嗎？」將軍夫人忽然說。

「不，他是……」

「也許喝醉了吧？你的那夥朋友不怎麼樣，」她把其餘的客人打量了一番，毫不顧忌地說，「不過，這位姑娘多可愛呀！她是誰？」

「薇拉．盧基揚諾夫娜，這位列別杰夫的女兒。」

「啊！……很可愛，我想和她認識認識。」

列別杰夫聽到伊麗莎白．普羅科菲耶夫娜的誇獎，早就把女兒拉過來引見了。

「孤兒們，孤兒們！」他走過來的時候，喃喃地說，「她抱著的那個孩子也是孤兒，她的妹妹，我的女兒柳博奇卡，是我的髮妻葉蓮娜生下來的，可憐在六個星期以前，當她生這個孩子的時候，就受了上帝的寵召，死掉了……是的……她代替母親，其實只是個小姐姐，還不過是個小姐姐……不過是個，不過是個……」

「先生，請恕我直言，其實你也不過是個傻瓜。但是夠了，我想你自己會明白的。」伊麗莎白．普羅科菲耶夫娜忽然十分憤怒地說。

「這是千真萬確的！」列別杰夫極恭敬地，深深地鞠了一躬。

「我跟您說，列別杰夫先生，人家說您專門講解《啟示錄》，這是真的嗎？」阿格拉婭問。

「千真萬確……講了有十五年了。」

「我聽見過您，報紙上好像刊登過您的事情吧？」

「不，那是關於另一個講解人的，是關於另一個人的，那個人已經死了，由我繼承他。」列別杰夫得意忘形地說。

「勞您駕，請您用半天的時間給我講解一下，因為我們是鄰居。我對於《啟示錄》一點也不明白。」

「我不能不預先警告您，阿格拉婭·伊萬諾夫娜，他這一套全是騙人的把戲，您要相信我的話。」伊伏爾金將軍突然快嘴插了一句，他好像坐在針氈上，急切等待參與談話的機會，他坐在阿格拉婭·伊萬諾夫娜的身旁。「當然，在別墅裡避暑是有權利的，」他繼續說，「也是愉快的，傾聽這種特別的冒牌學者解釋《啟示錄》，也和別的遊戲一樣有趣，甚至是一種很聰明的遊戲，但是我……您大概對我很驚異吧？讓我介紹一下自己，我是伊伏爾金將軍。我還抱過您的呢，阿格拉婭·伊萬諾夫娜。」

「我很高興見到您。我認識瓦爾瓦拉·阿爾達利翁諾夫娜和尼娜·亞歷山德羅夫娜。」阿格拉婭喃喃地說，她竭力忍著，不笑出聲來。

伊麗莎白·普羅科菲耶夫娜臉紅了。心裡積存已久的怒火，忽然要爆發了。她對伊伏爾金將軍已經不能再容忍，她以前的確見過他，不過已經是很久以前的事了。

「先生，你又在撒謊，你從來沒有抱過她。」她憤憤地對他說。

「您忘記了，maman，他真是抱過的，在特維爾，」阿格拉婭忽然出來證明說，「那時候我們住在特維爾。我記得，我那時候有六歲。他給我做了一把弓箭，還教給我射箭，我射死了一隻鴿子。您記得，咱們一塊兒射鴿子的事情嗎？」

「那時候他送給我一頂用紙板做的軍帽，還有一把木劍，我也記得的。」阿杰萊達喊道。

「我也記得這件事，」亞歷山德拉證實說，「你們當時還為了那隻受傷的鴿子吵嘴，家裡罰你們各自站在一個牆角，阿杰萊達站牆角時還戴著軍帽，佩著木劍呢。」

將軍對阿格拉婭說他抱過她，本來是隨便那麼一說，打算找個話題；當他要和年輕人結識的時候，他幾乎永遠這樣開始談話。但是這一回，他恰巧說出實在的情形，而他又恰巧把這事情忘記了，當阿格拉婭忽然提到他們倆一同射鴿子的時候，他猛地就想起了過去的情景。人一上了年紀，常常對幾十年前的往事都記得很清楚，所以將軍對於那件事情，當然也想起了其中的一些細節。這種回憶對可憐的，還有幾分醉意的將軍來說，是多麼強烈的影響；不過，他忽然顯出特別受感動的樣子。

「我記得，我全都記得！」他喊道，「我那時是二等上尉。您是那麼小，那麼好看。尼娜．亞歷山德羅夫娜……加尼亞……我在你們府上……承你們的款待。伊萬．費道洛維奇……」

「你瞧你現在這樣子！」將軍夫人搶上去說，「你既然這樣受感動，那就表明你還沒有把自己高貴的情感全都喝完呢！你把你的太太簡直折磨死了。你本來應該教導孩子，可是你偏偏亂借錢，坐監獄。先生，你快離開這裡吧，你去找個地方，站在門後的角落裡痛哭一場吧。你如果回憶你過去的清白，上帝也許會饒恕你的。去吧，去吧，我對你說的是正經話。懺悔過去的種種，是改過自新的最好途徑。」

但是，用不著來重複她所說的那一篇大道理。將軍和一切經常喝醉的人們一樣，感覺很敏銳；他又和一切墮落太深的醉鬼一樣，一想到過去的幸福生活，就容易惹起閒愁。他站起來，很馴順地向門口走去，這倒使伊麗莎白．普羅科菲耶夫娜立刻對他可憐起來。

「阿爾達里昂．亞歷山德拉洛維奇，老太爺。」她朝著將軍的背呼喊，「你站一站。我們大家都是有罪的。當你感到良心不大責備你的時候，你到我家來吧，我們可以坐著閒聊過去的事情。我的罪也許比你多五十倍；好，現在你走吧，再見，你不必再坐在這裡了……」她忽然害怕他再回來。

「你暫時可以不必去服侍他，」公爵看見科利亞想跟著父親出去，便阻擋他說，「要不然，過一會兒他又要來麻煩，整個的時間就叫他全糟蹋掉了。」

「這話很對，你先不要管他，過半個鐘頭以後再去吧。」伊麗莎白・普羅科菲耶夫娜決定說。

「你瞧，他一輩子說了一次實在的話，竟感動得落淚了！」列別杰夫大膽地評論說。

「如果我聽到的話是實在的，那麼，先生，你也一定是個好人哪。」伊麗莎白・普羅科菲耶夫娜立刻對他進行攻擊。

公爵的全部客人的相互關係，漸漸明確起來了。公爵當然能夠珍惜，而且已經珍惜將軍的夫人和女兒對他那種親切的關懷。他當然也很誠懇地對她們說，在她們來訪之前，他就打算今天一定到她們家裡去，不管自己有沒有病，也不管時間晚不晚。伊麗莎白・普羅科菲耶夫娜看了他的客人們一下，回答說：「這立刻就可以辦到。」普季岑是個有禮貌而且很機警的人，他馬上站起來，到列別杰夫所住的屋子裡去，極希望把列別杰夫本人也帶走。列別杰夫答應就走。這時，瓦里婭和小姐們說開了話，就留在那裡了。她和加尼亞見到將軍出去，心裡十分高興；過一會兒，加尼亞也和普季岑走了。當他在平台上和葉潘欽家母女同坐的那幾分鐘，他的態度謙恭而莊嚴。伊麗莎白・普羅科菲耶夫娜雖然帶著很嚴厲的眼神，從上到下打量了他兩遍，他也沒有一點驚慌，以前認識他的人們，的確可以想到他已經大有轉變了。阿格拉婭看著很喜歡。

「剛才出去的就是加夫里拉・阿爾達利翁諾維奇嗎？」她突然問道，她有時喜歡這樣大聲地，嚴厲地發問，打斷別人的談話，並不單獨對什麼人說。

「就是他。」公爵回答說。

「我簡直不大認識他了，他大有轉變……向好的方面大大轉變了。」

「我替他很高興。」公爵說。

「他病得很厲害呢！」瓦里婭帶著很同情的聲音說。

「他怎樣向好的方面轉變呢？」伊麗莎白．普羅科菲耶夫娜顯出憤怒、困窘、幾乎吃驚的樣子問，「你這是從哪裡說起？我覺得沒有一點好的地方。你覺得好在哪裡？」

「不比『貧窮的騎士』好！」科利亞忽然開口說。他一直站在伊麗莎白．普羅科菲耶夫娜的椅子旁邊。

「我也是這樣想。」施公爵說，並且笑起來了。

「我的意見也完全相同。」阿杰萊達很莊重地說。

「什麼叫作『貧窮的騎士』？」將軍夫人問，她莫名其妙地，很惱恨地朝所有說話的人掃了一眼，但是，當看見阿格拉婭滿臉通紅時，便氣沖沖地說下去，「一些無聊的話！這個『貧窮的騎士』是誰？」

「您寵愛的那個壞孩子經常歪曲別人所說的話！」阿格拉婭帶著傲慢的神氣，很惱恨地回答說。

當阿格拉婭每次發怒的時候（她時常發怒），不管她在表面上多麼正經和嚴肅，但是幾乎每一次都要露出一些孩子氣的、小學生的急躁的、掩飾得很不好的神情，使人看到她，有時就不能不發笑。但這又使阿格拉婭更加氣惱，因為她不明白人家笑什麼，覺得「他們怎麼能夠笑我，怎麼竟敢笑我」。現在，姐妹們和施公爵都笑了，連列夫．尼古拉耶維奇公爵也微笑了，不知是什麼緣故，他的臉也紅了。科利亞哈哈大笑，露出得意揚揚的樣子。阿格拉婭真生了氣，顯得加倍嫵媚。她越是困窘，就顯得越好看，在困窘之外又加上惱恨，更顯得特別標緻了。

「他也常常歪曲你們的話呀。」她補充說。

「我是根據您自己所說的話呀！」科利亞喊道，「一個月以前，您讀《堂吉訶德》的時候，就喊出這句話來：『沒有比「貧窮的騎士」更好的啦。』我不知道您當時說的是誰：是說堂吉訶德呢？還是說葉夫根尼·帕夫洛維奇？還是說另外一個人？不過，您一定是指著一個人說的，而且談話的時間很長……」

「我的寶貝孩子，我看你胡猜亂想，已經過於隨便了。」伊麗莎白·普羅科菲耶夫娜很惱怒地阻止他說。

「難道只是我一個人嗎？」科利亞不肯住嘴，「當時大家都這樣說，現在大家也這樣說。剛才施公爵，阿杰萊達，以及每個人都說自己擁護『貧窮的騎士』呢。所以，『貧窮的騎士』是存在著的，一定會有的，據我看，如果不是阿杰萊達·伊萬諾夫娜的話，我們大家早已知道這個『貧窮的騎士』是誰了。」

「我有什麼過錯呢？」阿杰萊達笑了。

「您不願意畫他的肖像——這就是您的過錯！阿格拉婭·伊萬諾夫娜當時請您畫『貧窮的騎士』的肖像，而且講述了那張圖畫的全部題材。你還記得吧？那個題材是她自己編出來的。您不願意畫……」

「可是，叫我怎麼畫呢？畫什麼人呢？從題材上說，這個『貧窮的騎士』應該是：

他從來沒有揭開
自己臉上的鋼鐵面甲。

那麼，讓我怎樣畫他的臉呢？叫我畫什麼呢？是畫鋼甲嗎？還是畫一個無名英雄？」

「我一點也不明白，哪裡來的鋼甲！」將軍夫人惱怒了。她自己心裡明白，這個「貧窮的騎士」的稱呼指的是誰（他們大概早已約好使用這個稱呼了）。但是，她特別感到生氣的是，列夫·尼古拉耶維奇也露出困窘的樣子，最後他感到很不好意思，好像十歲的男孩子一樣。「這愚蠢的把戲幾時才能結束？有沒有人對我講出『貧窮的騎士』是什麼樣的人呢？這個難道那麼可怕，竟使人不能去接近嗎？」

然而，大家只是繼續笑著。

「這不過是一首奇怪的俄國詩，」施公爵終於開始說，他顯然想要趕快解圍，改變話題，「這首詩只是一個片段，無頭無尾，其中詠的是一個『貧窮的騎士』。一個月以前，大家吃過飯，一塊兒談笑，照例為阿杰萊達．伊萬諾夫娜的繪畫尋找素材。您知道，為阿杰萊達．伊萬諾夫娜的繪畫尋找素材，這早就成為全家的共同任務了。當時，大家就發現了那個『貧窮的騎士』，但究竟是誰先發現的，我也記不清了……」

「阿格拉婭．伊萬諾夫娜！」科利亞喊道。

「也許是的，我同意，不過我不記得了，」施公爵繼續說，「有些人嘲笑這個題材，也有些人說這個題材再高尚不過了，但是在畫這個『貧窮的騎士』時，無論如何要有一個人的臉；大家於是開始研究一切熟人的面孔，因為一個也不合適，所以就擱下了。就是這樣。我不明白，尼古拉．阿爾達利翁諾維奇為什麼忽然想起這件事，把它搬了出來。當時是可笑的，即興的，但現在看來，卻完全沒有意思了。」

「因為它意味著又要來一種新鮮的、惡毒的、可氣的愚蠢把戲了。」伊麗莎白．普羅科菲耶夫娜說。

「這裡面沒有什麼愚蠢把戲，只有深深的敬意。」阿格拉婭完全出人意料地用莊重的、嚴肅的聲音說，她已經完全恢復了原狀，把以前的窘態壓下去了。不但如此，如果你看一看她，從某些特徵上還可以看出，對於這種玩笑開得越來越大，是覺得很高興的。她的整個變化，是在公爵感到越來越困窘，而且這種困窘暴露得極明顯的一瞬間發生的。

「一會兒笑得像個瘋子，一會兒又說什麼深深的敬意！瘋子！敬意是什麼？你現在說說吧，為什麼你沒頭沒腦地來個深深的敬意？」

「深深的敬意就是因為，」阿格拉婭還是很莊重地，很嚴正地回答她母親怒氣沖沖的問話，「就是因為這首詩裡描寫著一個人，他擁有理想，在找到理想之後，他又能夠相信它，在相信之後，又能夠盲目地把生命貢獻給它。在現在的時代，是很難遇見這種人的。那首詩並沒有說出『貧窮的騎士』的理想究竟是什麼，但是顯然這是一個光明的形象，『純美的形象』，那個陷入情網的騎士竟用佛珠代替了圍巾，套在自己的脖子上。還有一種莫名其妙的暗號——A.H.B. 三個字母，畫在他的盾牌上……」

「A.H.Π.。」科利亞更正說。

「我說是 A.H.B.，我要這樣說。」阿格拉婭惱怒地說，「無論怎樣說，很明顯，這個貧窮的騎士是滿不在乎的：他不管愛人是誰，也不管她做什麼事情。只要他選中了她，相信她有『純潔的美』就夠了，以後便會崇拜她一輩子。他的本領就是，如果她以後做了小偷，他還是要相信她，為她那純潔的美折壞槍矛。詩人大概是想把一個中古世紀純潔而高尚的騎士柏拉圖式的愛情所有的真諦都添到一個光輝的形象裡去。當然，這一切全是理想。但是在『貧窮的騎士』的身上，這種情感已經達到最高境界，達到了禁欲主義。我們應該老實說：一個人能夠產生這樣的情感，那就有極大意義了，這樣的情感會使人具有極豐富的、極可讚揚的品質。至於堂吉訶德，那更不必說了。『貧窮的騎士』就是堂吉訶德，不過是正經的，而不是滑稽的。我起初不夠瞭解，所以笑他，現在卻喜歡這個『貧窮的騎士』，主要是尊敬他的業績。」

阿格拉婭說完了。大家看她的樣子，竟很難瞭解她說的究竟是正經話，還是笑話。

「那就是一個傻瓜，連他和他的業績都是的！」將軍夫人說，「你的話很無聊，你竟發了一大套議論。據我看，這對於你是不大合適的。總而言之，是不相宜的。什麼詩？你念出來吧，你一定會背誦的！我一定要知道這首詩。我早就知道，我一輩子最不喜歡詩。公爵，看在上帝的分上，忍耐一下，咱們倆只好共同忍耐一下吧。」她對列夫·尼古拉耶維奇公爵說，並帶著十分惱怒的樣子。

列夫·尼古拉耶維奇公爵本來想說什麼話，但是由於自己還在困窘之中，連一句話也說不出來。只有那在大發「議論」中大放厥詞的阿格拉婭，不但沒有絲毫慚愧感，而且高興起來。她當時站起來，照舊嚴肅而且莊重地，帶著一種似乎早已準備好，只待別人邀請的神氣，走到平台中央，站在公爵的對面（公爵還坐在沙發上面）。大家全都很驚訝地看著她，施公爵，她的姐妹，母親，大家幾乎都帶著很不愉快的心情，觀看這種新鮮的、正準備開始的淘氣行為——無論如何有些鬧得太過火的淘氣行為。但是很顯然，阿格拉婭喜歡她在開始讀詩儀式時那種裝腔作勢的樣子。伊麗莎白·普羅科菲耶夫娜很想把她攆回原來的座位，可是，當阿格拉婭剛剛開始朗誦著名詩歌的時候，恰巧有兩個新客人，一邊大聲說話，一邊從外面走進了平台。一個是伊萬·費道洛維奇·葉潘欽將軍，跟在他後面的是一個青年。當時發生了小小的騷動。

第七章

跟隨將軍一塊兒來的那個青年有二十八歲模樣，身材高大，體格勻稱，臉很漂亮，顯得很聰明，兩隻大黑眼睛閃耀著充滿機智與嘲笑神態的光芒。阿格拉婭連看也不看他一眼，繼續讀詩，她帶著裝腔作勢的神情，只看著公爵一個人，只對他一個人讀。公爵明白，她之所以這樣做，是別有用意的。但是，新來的客人至少稍微改變了他那難堪的地位。公爵一看見那兩個人，就站起來，老遠就很有禮貌地向將軍點頭，做出不要打斷朗誦的手勢。他自己則趁機溜到沙發後面，把左手靠在椅背上，繼續傾聽那首詩歌。他現在保持著比較輕鬆的姿勢，不像坐在沙發上那樣「可笑」了。伊麗莎白．普羅科菲耶夫娜也用命令的姿勢向走進來的人們揮了兩次手，吩咐他們停步。順便提一下，公爵對於隨將軍同來的新客人露出極大的興趣；他很明確地猜出這個人就是葉夫根尼．帕夫洛維奇．拉多姆斯基。他已經聽到這個人的許多事情，而且想過不止一次了。只是這個人穿著便服，使他有點迷惑不解，因為他聽說葉夫根尼．帕夫洛維奇是一名軍人。在阿格拉婭朗誦詩歌的全部時間內，新客人的嘴唇上始終浮現出嘲笑的神情，好像他已經聽見過關於「貧窮的騎士」的一些話語。

「也許是他自己想出來的。」公爵暗自想道。

但是，阿格拉婭的情形卻完全不同了。她把開始朗誦時那種矯揉造作的態度遮掩過去，繼而露出嚴肅的神情和深深體會詩作精神與意義的模樣。她用深刻的意義和極度的真誠讀出詩歌的每一個字，在讀完時不但引起大家的注意，而且因為她傳達出詩歌的崇高精神，這就表明她莊嚴地走到平台中央，過於裝腔作勢的神情也有些緣由了。從這種鄭重其事的態度裡，現在只能看出她對於自己所要傳達的東西是如何無限地，甚至是天真地尊敬著。她的眼睛閃著光芒，她那俊俏的臉龐上兩次浮現出輕輕的（幾乎看不出），由於興奮和喜悅而哆嗦的樣子。她這樣朗誦道：

世間有個貧窮的騎士，[1]
天性沉默而純真，
臉上雖然陰鬱、蒼白，
但他具有勇往直前的精神。

他心裡懷抱著
一個莫名其妙的幻想，
他心裡銘刻著
一個非常深刻的印象。

從此他的心像被烈火燃燒，
對女人不再去看一眼，

1 此為普希金的詩作。

他至死也不願意
和任何的女人交談。

他把佛珠套在頸上
用它來代替圍巾，
他從來沒有揭開
自己臉上的鋼鐵面甲。

他充滿了純潔的愛情，
他忠實於甜蜜的幻想，
他把A. M. D.三個字母
用自己的鮮血寫在盾上。

英勇的武士們，
在巴勒斯坦的沙漠上馳騁，
他們高呼貴婦的芳名，
在岩石間衝鋒陷陣。

Lumen coeli, sancta Rosa!（拉丁文：天堂的光輝，神聖的玫瑰）

他粗聲粗氣地呼喊，
他的聲音好像霹雷一般，
把回教徒嚇得心驚膽戰。

然後他回到遼遠的城堡，
度過孤寂的晚年，
無聲地，悲慘地，
在瘋狂中歸了天。

公爵事後憶起所有這段時間，許久都感到異常的困窘，為他所不易解決的一個問題而苦惱：怎麼能夠把真實美好的情感與明顯的、惡毒的嘲笑聯結在一起呢？他毫不懷疑其中有嘲笑的成分存在。他對這一點瞭解得很清楚，而且有確實的根據，就是當阿格拉婭誦詩時，竟將 A. M. D. 三個字母讀成了 H. ф. B.[1] 三個字母。他絕對相信（而且以後也得到證明），他並沒有弄錯，也不是聽錯了。總而言之，阿格拉婭的舉動，雖然是開玩笑，但她是故意地開這樣一個過於尖刻、過於輕浮的玩笑。在一個月以前，大家就談論過（也曾經「笑過」）這個「貧窮的騎士」了。但是，後來公爵無論怎樣回憶，也覺得阿格拉婭在說出這三個字母的時候，不僅沒有任何開玩笑或者嘲笑的樣子，而且也沒有著重讀出這三個字母，明顯傳達出其中所隱含的意義。恰恰相反，她始終用一種嚴肅認真和天真爛漫的態度，因而使人以為這

1 譯注：為納斯塔霞·菲利波夫娜·巴拉士柯娃名字的第一個字母。

三個字母原來就在詩歌裡，書上就是這樣寫著的。公爵的心裡感到很痛苦，很不舒服。伊麗莎白・普羅科菲耶夫娜當然不瞭解這些，也沒有覺察到字母的更換和所暗示的含義。伊萬・費道洛維奇將軍則只是聽出是在朗誦一首詩而已。而其他的聽眾，有許多人都明白這種舉動的大膽和其中所包含的用意，心裡非常驚異，但他們都沒有說話，並極為克制自己的神態。葉夫根尼・帕夫洛維奇不僅明白（公爵敢對這一點打賭），而且竭力表現出已經明白的樣子，並帶著極端嘲弄的神情笑了一下。

「這多麼好哇！」朗誦剛剛完畢，將軍夫人就帶著真正陶醉的樣子喊道，「這是誰做的詩？」

「Maman，這是普希金的詩。您不要使我們害臊，這真是難為情！」阿杰萊達喊道。

「有了你們這般女兒，我不成為傻子，那才奇怪呢！」伊麗莎白・普羅科菲耶夫娜很悲苦地回答說，「真是羞恥！我們一回家，就把普希金的詩給我看！」

「但是，我們家裡似乎沒有普希金的詩。」

「在很早以前，」亞歷山德拉補充說，「就有兩本破書扔在什麼地方。」

「我們要立刻派人到城裡去買，派費道爾或阿歷克賽去。阿格拉婭，你到這裡來！你吻我一下，你讀得很好。但是，如果你誠懇地來讀，」她輕聲說，「我為你惋惜，如果你帶著嘲笑的口吻讀它，我不贊成你的情感，所以你最好是完全不去讀它。你明白嗎？你去吧，小姐，我還有話和你談，不過我們坐得太久了。」

這時候，公爵向伊萬・費道洛維奇將軍寒暄，將軍把葉夫根尼・帕夫洛維奇・拉多姆斯基介紹給公爵。

「我在路上遇到了他，他剛下火車；他知道我到這裡來，我們的人都在這裡……」

「我也聽說您在這裡，」葉夫根尼・帕夫洛維奇插嘴說，「因為我早就想找一個適當的機會，不但要和您相識，而且要和您成為朋友，所以我不願意錯過這個良機。您不舒服嗎？我剛才知道……」

「我的身體很健康，我很高興和您認識。我聽說過您的許多事情，甚至和施公爵談起您。」列夫·尼古拉耶維奇一邊去握手，一邊回答說。

兩人互相說過了客套話，互相握過了手，又互相對看著。在轉瞬間，談話就變得很平常了。公爵覺察出（他現在對於一切事物都很迅速而且急切地加以注意，甚至會覺察出完全不存在的東西）：葉夫根尼·帕夫洛維奇的便服引起了大家的極度驚異，在一時之間，其餘一切的印象都被忘得乾乾淨淨了。可以推測到，這樣更換服裝是含有特別重要意義的。阿杰萊達和亞歷山德拉很驚疑地盤問葉夫根尼·帕夫洛維奇。他的親戚施公爵懷著極大的不安；將軍很興奮地說著話。只有阿格拉婭一個人很好奇地，但是非常安靜地看了葉夫根尼·帕夫洛維奇一會兒，似乎只想比較一下軍服和便服到底哪一種他穿著更合適，過了一分鐘，她扭過身去，不再看他了。伊麗莎白·普羅科菲耶夫娜也不想問什麼，不過，她也有點不安。公爵覺得葉夫根尼·帕夫洛維奇似乎在她身邊失了寵。

「他真使我吃了一驚！」伊萬·費道洛維奇對所有的問話回答說，「我剛才在彼得堡遇見他的時候，真不相信就是他。為什麼這樣突如其來？這真是一個疑問！他自己經常喊著，說不可隨便砸破自己的飯碗。」

從以後的談話中，大家都知道，葉夫根尼·帕夫洛維奇老早就說過他想要辭職的話，但每次他只是說完就完了，並沒有真正去實施，所以人們也就沒有把他的這些話當回事。再加上，當他談正經事的時候，總是喜歡開玩笑，因此很難弄清楚他真正的意思，如果他自己不願意人家弄清楚的時候，更是這樣。

「我的退職是暫時的，幾個月，至多一年。」拉多姆斯基笑了。

「您完全沒有這種必要，我至少知道您的情況。」將軍更加激昂地說。

「但是，怎樣到領地去巡視一番呢？您自己勸過我呀；而且，我還想到國外……」

大家很快地變換了話題；但是根據公爵的觀察，那種過份特別的、還繼續存在著的不安超出了應有的範圍，其中一定有特殊的原因。

「這樣說，『貧窮的騎士』又登場了嗎？」葉夫根尼·帕夫洛維奇走到阿格拉婭身邊，問她。

公爵感到驚訝的是，她莫名其妙地看了他一眼，似乎想要告訴他說，他們不可能談到「貧窮的騎士」，她甚至不明白他的問話的真意。

「現在派人到城裡去買普希金的詩集，那太晚了！太晚了，」科利亞竭力和伊麗莎白·普羅科菲耶夫娜爭論說，「我對您說過幾千遍了：已經晚了。」

「是的，現在打發人到城裡去的確晚了，」葉夫根尼·帕夫洛維奇連忙離開阿格拉婭，參加到這裡來了，「我想彼得堡的書店已經關了門，現在已經八點多了。」他說著，掏出一只錶來。

「您既然等候了這許久，也可以等到明天哪。」阿杰萊達插嘴說。

「而且，高等社會的人太注意文學，這也不大體面。」科利亞說，「您問一問葉夫根尼·帕夫洛維奇吧，最體面的是注意紅漆輪子的黃色馬車。」

「您又從書本裡偷幾句話來說啦。」阿杰萊達說。

「他說話總是掉字的，」葉夫根尼·帕夫洛維奇搶上去說，「他從批評文章中借用整個的語句。我老早就有幸聽尼古拉·阿爾達利翁諾維奇談過話，但是這一次，他不是從書本上偷來的。尼古拉·阿爾達利翁諾維奇顯然是指著我那輛紅漆輪子的黃色馬車說的，不過我已經換掉了，您說得晚了一點。」

公爵聽著拉多姆斯基所說的話……覺得拉多姆斯基態度大方，謙虛而活潑，特別喜歡他用完全平等的、友誼的口吻和嘲笑他的科利亞講話。

「這是什麼？」伊麗莎白．普羅科菲耶夫娜對列別杰夫的女兒薇拉說，薇拉站在她的面前，手裡拿著幾本大書，裝訂得很漂亮，有八九成新。

「普希金的詩集，」薇拉說，「我們的普希金。爸爸叫我送給您。」

「那怎麼行？那怎麼行？」伊麗莎白．普羅科菲耶夫娜驚異了。

「並不是送禮，並不是送禮！我不敢這樣！」列別杰夫從女兒肩後跳上前來，「照價算錢！這是我家祖傳的藏書，安年柯夫[1]版的《普希金全集》，現在買不到這個版本了。可以照價算錢。我極恭敬地給您拿來，想把它賣給您，借此滿足您這種高尚的欣賞文學的欲望。」

「如果您想賣，多謝得很。您放心好了，我不會讓您吃虧。不過，先生，請您不要裝腔作勢。我聽見人家說起您，都說您讀過許多書，等以後有機會，我們要好好談一下。您自己把書給我送去嗎？」

「我極虔誠地……極恭敬地給您送去！」列別杰夫一邊揚揚得意地扮著鬼臉，一邊從女兒手裡搶下書來。

「喂，您千萬不要弄丟一本！給我送去吧，不必極恭敬地也行。不過，可有一個條件，」她仔細打量著他，補充說，「我只許你到我家門口，今天我不打算接待您。至於您的女兒薇拉，您現在打發她來都可以，我很喜歡她。」

「您怎麼不講那幾個人呢？」薇拉不耐煩地對父親說，「這樣弄下去，他們會闖進來鬧亂子。列夫．尼古拉耶維奇，」她對公爵說，那時公爵已經拿起帽子，「有幾個人來求見您，一共是四個人，在

1 譯注：安年柯夫（1812-1887）：俄國批評家，一八五〇年編印《普希金全集》，為普希金的文學遺產奠定科學研究的基礎。

我們的屋子裡等您已經有好半天了，罵罵咧咧的，可是我父親不許他們上您這裡來。」
「來的是什麼人？」公爵問。
「他們說有事見您。不過，他們那種人是這樣的，如果您現在不放他們進來，他們就會在路上攔住您。列夫．尼古拉耶維奇，您最好放他們進來，然後再趕他們出去。加夫里拉．阿爾達利翁諾維奇和普季岑在那邊勸他們，他們不肯聽。」
「帕夫利謝夫的兒子！帕夫利謝夫的兒子！不必，不必，」列別杰夫揮手說，「不必聽他們的！而且，高貴的公爵，您為這件事操心也有點不體面。真是的，他們是不配的……」
「帕夫利謝夫的兒子！我的天哪！」公爵喊道，露出異常困窘的樣子，「我知道……但是我……我把這件事情委託給加夫里拉．阿爾達利翁諾維奇去代辦了。剛才加夫里拉．阿爾達利翁諾維奇對我說……」
此時，加夫里拉．阿爾達利翁諾維奇已經從屋內走到平台上來，普季岑跟在後面。可以聽見臨近一間屋內的喧嚷聲和伊伏爾金將軍洪亮的聲音，他的聲音好像要把幾個聲音一齊壓下去。科利亞立刻向喧嚷的地方跑去。
「這倒很有趣！」葉夫根尼．帕夫洛維奇大聲說。
「如此說來，他是知道這件事情的！」公爵心裡想。
「帕夫利謝夫的哪一個兒子？又……怎麼會出來一個帕夫利謝夫的兒子？」伊萬．費道洛維奇將軍莫名其妙地問。他帶著好奇的目光打量著大家的臉，很驚異地看出來，這件新鮮事只有他一個人不知道。
的確，大家都露出興奮和期待的樣子。公爵非常驚異，這件事完全是他個人的私事，怎麼在這裡竟會使大家發生這麼大的興趣。

「如果您現在親自去了結這件事情，那就太好了，」阿格拉婭說，她帶著特別正經的樣子走到公爵身邊，「請容許我們大家給您做證人。公爵，人家想糟蹋您的名譽，您必須很莊嚴地捍衛自己，如果您這樣，我現在就為您感到非常高興。」

「我也願意讓這件齷齪的勒索案件早點了結。」將軍夫人喊道。「公爵，你要好好地教訓他們一頓，不要饒恕他們！人家議論這件案子，把我的耳朵都聽聾了。我為您費盡了許多心血。再說，看一看他們也是很有意思的。你叫他們進來，我們可以坐下。阿格拉婭的主意很好。您聽見人家說過這件案子嗎，公爵？」她對施公爵說。

「當然聽說過，就是在府上聽說的。不過，我倒很想看看這幫青年人。」施公爵回答說。

「他們就是虛無派嗎？」

「不，他們不見得是虛無派，」列別杰夫向前跨了一步，驚慌得幾乎打哆嗦了，「這是另一派，是特別的一種。我的外甥說他們比虛無派還跑得遠。您不必想有您在旁邊做見證，就會使他們感到慚愧，他們絕不會覺得慚愧。虛無派有時到底還是有知識的人，甚至是有學問的人，可是這幫人卻差得很遠，因為他們首先是做生意的人。這其實是虛無主義造成的一種後果，但是，他們所走的，不是一條直路，而是道聽塗說，間接傳聞；他們並不在報刊上發表文章，而採取實際的行動。譬如說，他們講的並不是普希金作品的某個地方沒有意義，也不是講的俄羅斯必須分成幾部分。不是的，他們現在認為當然的權利是：如果你想得到什麼東西，那麼，任何障礙都不能阻擋你，哪怕殺死八個人也可以。不過，公爵，我反正不勸您……」

但是，公爵已經去為客人開門了。

「你這是誣衊造謠，列別杰夫，」他微笑著說，「您的外甥使您感到很不愉快。您不要信他的話，伊麗莎白．普羅科菲耶夫娜。我對您說，戈爾斯基和達尼洛夫之流不過是偶然的……他們只是有點……錯誤……不過我不想在這裡，當著大家的面來見他們。對不起，伊麗莎白．普羅科菲耶夫娜，他們進來以後，我給您看一下，然後就領他們出去。諸位，請進來吧！」

他又想起另一件事，心裡非常不安。他突然發生一個想法：是不是有人預先安排這件事情，使它恰巧在現在這個時候發生，使這些證人都看到他得到預期的恥辱，而不是勝利？但是，他為了這種「稀奇古怪的疑心病」，覺得太煩惱了。他覺得，如果有人知道他心裡生出這個念頭，他一定要死去的。當他的新客人走進來時，他很誠懇地準備承認，在周圍的人中間，他在道德方面是最落伍的人。

這時，有五個人走進來，四個是新客，另一個隨在他們的身後，就是伊伏爾金將軍。將軍表現出非常激動的態度，他心裡很慌亂，正在極力發揮雄辯的才能。「這個人一定擁護我！」公爵微笑著想道。科利亞隨著大家溜了進來。他和訪客中間的伊波利特熱烈地說著話：伊波利特一邊聽，一邊冷笑。

公爵請大家坐下。這些客人都很年輕，甚至沒有成年，他們使人對於這些事情的發生和隨著出現的那一套禮儀都感到很驚異。譬如說，伊萬．費道洛維奇．葉潘欽對於這個「新案件」一點也不明白，一點也不知道，他看著那些客人如此年輕，心裡竟憤恨起來，如果不是他的夫人對於公爵的私人利益那樣奇怪地熱心，使他不便開口，他一定早就提出抗議了。他仍舊留在那裡，這一部分是由於好奇心的驅使，一部分是由於心裡慈悲，甚至想幫點忙，在萬不得已的時候，也可以使用一下自己的權威。但是伊伏爾金將軍走了進來，遠遠地向他鞠躬，這又使他憤怒起來了。他皺緊眉頭，決定一言不發。

在四個年輕訪客中間，有一個已經三十來歲，他是一個退伍的「中尉，屬羅戈任一夥，是一位拳術家，當年曾給乞丐每人十五個盧布」。大家猜得出，他到這裡來是為的給其餘的人撐腰，以知己朋友的資格，遇到必要的情況時來幫幫忙。在其餘的人中間，站在最前面的主要角色，就是被稱作「帕夫利謝夫的兒子」的人，但他自稱為安季普．布林多夫斯基。這個人年紀很輕，穿戴很寒酸，而且不整齊。常禮服的袖口盡是油污，磨得像鏡子一樣明亮。油污的背心一直扣到脖子上面，沒有露出襯衫的影子。他那條黑絲圍巾髒得無以復加，而且擰成了一條麻繩。他的手沒有洗，臉上有許多疙瘩。他的頭髮是金黃色的，如果可以這樣形容的話，他的眼神是天真而且傲慢的。他的身材不矮，但是很瘦，年紀已有二十二歲模樣。他的臉上沒有一點譏諷或反省的表情；相反，他對自己的權利顯出十分陶醉的樣子，同時他不斷有一種奇怪的需要，就是受侮辱，而且經常感到自己在受侮辱。他說話時很驚慌，匆促而且口吃，似乎說不出完整的話來，好像一個大舌頭或者外國人似的，其實他是純粹的俄羅斯人。

隨他同來的那兩個人，一個是讀者已經很熟悉的列別杰夫的外甥，另一個是伊波利特。伊波利特是個很年輕的人，有十七八歲，他的臉顯得很聰明，然而時常浮現出惱怒的表情，疾病在他的臉上留下了可怕的痕跡。他瘦得只剩了骨頭架子，皮膚發黃，眼睛炯炯有光，兩頰各有一個紅斑點。他不停地咳嗽；他每說一句話，甚至每呼吸一下，都要喘息。可以看出，他的肺病已經到了最危險的程度，好像活不上兩三個星期了。他很疲乏，首先坐到椅子上。其餘的人走進來的時候，都有點拘束，幾乎帶著慚愧的神情，但是，他們顯然怕丟面子，擺出了很莊嚴的樣子，這完全和他們那種因為經常否認上流社會的社交禮儀和偏見，否認自己利益之外的一切東西而贏得的那種名聲非常不調和。

「安季普．布林多夫斯基。」「帕夫利謝夫的兒子」匆忙地，結結巴巴地說。

「弗拉基米爾．多克托連科。」列別杰夫的外甥用很明晰的聲音自我介紹說，他似乎在誇耀自己姓多克托連科。

「凱勒！」退伍中尉喃喃地說。

「伊波利特·捷連季耶夫。」最後一個做自我介紹的客人突如其來地用尖銳的聲音叫道。然後，大家坐在公爵對面的一排椅子上。他們在自我介紹以後，立刻就皺起眉毛，為了壯大聲勢，都把自己的帽子從這隻手移到另一隻手上。大家都準備說話，但是大家都默不作聲，用挑戰的神色期待著什麼。從這種神色中，彷彿他們在說：「不，老兄，你在撒謊，你不要騙我！」並使人感覺到：只要有人開始說出第一句話來，大家立刻就會一起說話，互相搶先，互相打岔。

第八章

「諸位，我料不到你們會來，」公爵開始說，「我到今天還生著病，您的那件事情（他對安季普·布林多夫斯基說），在一個月以前，我就委託加夫里拉·阿爾達利翁諾維奇·伊伏爾金辦理，當時也通知過您了。我當然可以親自解釋一番，不過，您大概也同意在這時候……我請您和我到另外一間屋子裡去，如果時間不長的話……我的朋友們現在都在這裡，您要知道……」

「朋友……隨便多少都行，不過，請允許……」列別杰夫的外甥忽然用嚴厲教訓的口吻插嘴說，不過還沒有十分提高嗓音，「請允許我們聲明一下，您應該對我們客氣一點，不要讓我們在您的下房裡等候兩個小時……」

「當然啦……我可……這是公爵的派頭！這……您也許是將軍！我可不是您的僕人！我可，我……」安季普·布林多夫斯基突然特別激動地說，他的嘴唇哆嗦著，聲音帶著怒氣，嘴裡飛出唾沫。他說出這些話時，好像連珠炮一般，非常急促，令人捉摸不到他的意思。

「這是公爵派頭！」伊波利特用尖銳的、破裂的聲音喊道。

「如果對我也是這樣，」拳術家喃喃地說，「也就是說，如果與我這個體面人物有直接關係，如果我處在布林多夫斯基的地位上……我……」

「諸位，我剛剛知道你們到這裡來，真的。」公爵又說了一遍。

「公爵，我們不怕您的朋友們，不管他們是什麼人，因為我們是有權利的。」列別杰夫的外甥又聲明了一句。

「請問您，您有什麼權利，」伊波利特又尖聲喊叫起來，這時他已經被激怒了，「把布林多夫斯基的案件放在您的朋友們面前裁判嗎？我們不願意您的朋友們來裁判，您的朋友們的裁判會有什麼意義，那是很容易瞭解的！……」

「布林多夫斯基先生，如果您不願意在這裡說話，」公爵對於這樣的開端吃了一驚，他好容易才插進話去，「那麼我對您說，我們立刻可以到另一間屋子裡去，至於你們諸位的光臨，我再重複說一遍，我是剛剛聽到的……」

「但是，您沒有權利，您沒有權利，您沒有權利！……把您的朋友們……是的！……」布林多夫斯基忽然又喃喃地說，他很粗野地，又很畏懼地向四周環顧了一番，他越不相信人，越不好意思，火氣也越大起來。「您沒有權利！」他說完這句話以後，猝然停止了，然後默默地瞪著那雙近視的、向外突出的、帶著很粗的紅絲的眼睛。他帶著疑問的神情盯著公爵，把整個身子向前彎。這一次，公爵驚異得也沉默了，只是瞪大眼睛，說不出一句話來。

「列夫·尼古拉耶維奇！」伊麗莎白·普羅科菲耶夫娜忽然招呼他，「你現在讀一讀，立刻讀，這對於你的事情有直接關係。」

她匆忙地把一張滑稽性質的週報遞給他，並指點著上面的一篇文章。在客人剛走進來的時候，列別杰夫就從側面跳到伊麗莎白·普羅科菲耶夫娜身邊（他極力巴結將軍夫人），一句話也不說，就從旁邊的口袋裡掏出這張報紙，一直放到她的眼前，用手指著圈出來的一欄文字。伊麗莎白·普羅科菲耶夫娜讀罷，感到非常驚訝和慌張。

「最好不要大聲讀。」公爵十分慚愧，喃喃地說。

「讓我一個人讀……然後……」

「那麼你來讀，立刻就讀。大聲讀！大聲讀！」伊麗莎白．普羅科菲耶夫娜對科利亞說，公爵剛剛摸到報紙，她就不耐煩地從公爵手裡把它搶走了，「對大家出聲念，使每個人都聽得見。」

伊麗莎白．普羅科菲耶夫娜是個火氣很大的、易動情感的女人，她有時一下子，連想也不想，就拔起所有的鐵錨，不管天氣好壞，而開到大海裡去。伊萬．費道洛維奇很不安地移動了一下身體。當大家剛開始愣在那裡，很驚疑地等候著的時候，科利亞就打開報紙，開始從列別杰夫跳過來指給他看的地方朗誦道：

貧民與貴裔。行動無異白晝行劫！前進歟！革新歟！公理歟！

在我們所謂神聖俄羅斯國內，在我們凡百革新、股份公司鼎盛的時代，在民族運動風起雲湧和每年外流數億盧布的時代，在鼓勵實業和壓制勞工的時代，等等（諸位，這裡讀不盡許多，還是言歸正傳吧），出了稀奇古怪的事情。一個過去的貴族階級（de profundis!〔拉丁文：發自肺腑〕）的後裔發生了稀奇的笑話。這類名門後裔的祖父在輪盤賭上輸光了銀錢，父親不得不服軍役，充當士官候補生和中尉，他們照例在支配公款方面犯了天真的錯誤，死在監獄裡面。他們的孩子就像我們這個故事裡的主角，長大時不是成為白癡，就是成為刑事犯，被捕下獄，不過陪審員為了給他們改過自新的機會，決定判他們無罪。也有為此鬧出一些駭人聽聞的笑話，玷辱我們這個本來就已經可恥的時代。我們這位名門後裔，在半年前穿了外國式樣的鞋套，一點也沒有襯裡的大氅，冬天從瑞士回到俄國。他在瑞士治療白癡病（sic!〔拉丁文：確實如此〕）。說實在的，他的時運亨通，為了有趣的疾病而到瑞士去治療，這一點固不必提（請想一想，白癡病能治療嗎！），他能夠證明俄國諺語「貴人自有福」是完全正確的。你們自己判斷一下：當我們這位男爵的父親故去時，男爵還是一個嬰兒，據說他的父親是一個中尉，因為賭牌時輸光全連的公款，入獄而死，也許由於鞭打下屬過份而吃官司（讀者諸君，你們必須記住這是舊時代的情形！）。當時有一個家財萬貫的俄國地主發了慈悲，將我們這位男爵收養下來。這位俄國地主——我們姑且稱他為伯——在從前的黃金時代擁有四千農奴（農奴！諸位，你們瞭解這幾個字嗎？我不明白。應該查一查詳解辭典：「傳說雖然新鮮，卻已很難置信」），他顯然是俄國的懶人和食客之一，在國外閑度歲月，夏天在水上，冬天在巴黎百花宮，一輩子在那裡揮霍無數的金錢。我們可以肯定地說，以前農奴所繳納的租稅，至少有三分之一落入巴黎百花宮老闆的腰包了（他真是個有福氣的人！）。無論怎樣說，無憂無慮的伯，總算把這位高貴的孤兒教養得如同一個公爵，為他雇用男教師和女保姆（當然都是美貌的），是他自己順便從巴黎帶來的。但是，族內最後的後裔是一個白癡。百花宮的保姆愛莫能助，所以我們這位學生到二十歲時，還沒有學會任何一種語言，連俄文也不例外。最後一點是情有可原的。以後，伯的俄羅斯農奴式腦筋忽然異想天開，就是要在瑞士教養白癡，使他成為一個聰明的人。這個幻想是合乎邏輯的，因為懶惰的資本家當然會想像出，只要有錢，就可以在市場上買到智慧，尤其是在瑞士。於是，這位白癡就在瑞士的一個著名教授那裡治療五年，用去了好幾萬盧布。白癡當然沒有成為聰明的人。不過，聽人家說，他總算勉勉強強有一點人形了。伯忽然得暴病身亡。當然也沒有留下任何遺囑。他的事業照例弄得亂七八糟。貪婪的繼承人來了一大堆，他們絲毫也不顧及在瑞士治療的白癡——那位最後的貴族後裔。這位貴族後裔雖然是個白癡，但是他卻隱瞞恩人死亡的消息，騙過教授，據說在教授那裡白治了兩年病。不過，教授也是個相當厲害的人物，他看見這位二十五歲的食客囊中空空如也，食欲又很旺盛，不禁害怕起來，便給食客套上自己的舊鞋套，又送給他一件破大氅，並以慈善為懷，打發他乘三等車 nach Russland（德文：回到俄國）——一腳把食客踢出了瑞士。我們的主人好像有些流年不利。不過，事實並非如此。幸運之神寧願使好幾省的人民活活餓死，而把它的一切恩惠都賜予這個貴族，好比克雷洛夫所寫的「烏雲」，它從乾旱的田地上空馳過，而在海洋上空下雨。就在他從瑞士回彼得堡的那個時期，他母親的一個親戚（他母親當然是商人出身），在莫斯科死去了，這個親戚無兒無女，一輩子經營商業，鬍鬚蓄得很長，信奉舊教，死時留下幾百萬財產，全是無可爭論的、十足的、純粹的現款，全部留給我們的貴族後裔，全都歸給在瑞士治白癡的那位男爵了！（讀者，你我如果能得到這筆財產該多麼好！）男爵得到遺產以後，情況頓時完全不同了。我們這位套著鞋套的男爵的周圍忽然聚集了一大群朋友，而男爵本人也拚命追求起一個著名的、美麗的暗娼來了。他的身邊還出現了親戚，大群的名門閨秀。這幫小姐拚命想要出嫁，這位男爵是再好也沒有的對象了：貴族，財主，而且是個白癡。他兼備許多資格，打燈籠都找不到這樣的丈夫，即使定製也沒有這樣合適的！……

「這個……這個我就不明白了！」伊萬．費道洛維奇氣憤不平地喊道。

「別念啦，科利亞。」公爵用哀求的聲音喊道。四面都發出了呼喊。

「讀下去！無論如何要讀下去！」伊麗莎白．普羅科菲耶夫娜高聲說，她顯然在極力忍住自己的怒火，「公爵！如果您不讓他讀，咱們是會吵嘴的。」

沒有辦法。科利亞異常興奮，漲紅了臉，用慌張的聲音繼續讀下去：

但是，正當我們這位暴發戶處於極樂世界的時候，竟節外生枝，發生了一件另外的事情。一天早晨，有一位訪客來見他。這位客人帶著平和與嚴肅的臉色，說話很客氣，體面，而且公正，衣服樸素大方，思想顯然有進步的傾向，他用三言兩語解釋了來訪的原因：他是一位著名的律師，一個青年人委託他辦理一件案子，他代表那個青年前來訪問。這個青年人就是去世的伯的兒子，雖然他用的是另一個姓。伯是個好色之徒，年輕時曾經勾引一位貞潔的、貧窮的女郎——她本來是一個女僕，但是受過歐洲的教育（這當然與過去時代農奴制度中貴族享有的權利有關）。當伯看出這段姻緣不久就要產生不可避免的後果時，就連忙把她嫁給一個在政界服務過的商人，這個人性格高尚，而且早就愛上了那位姑娘。伯起初還幫助這一對新婚夫婦，但是由於新郎性格高尚，不久就拒絕接受他的幫助了。過了一些時候，伯漸漸忘掉這個女郎，也忘掉了他和女郎所生下的兒子。後來，當他死去的時候，我們大家都知道，也沒有留下什麼遺囑。他的兒子是在女郎嫁人後生出來的，用別人的姓長大的，幸好他母親的丈夫性格高尚，承認是自己的兒子。但是，母親的丈夫後來也死了，他只好自己維持生活。而且在邊遠的外省還有一個多病的、臥床不起的母親。在京城裡每天出賣高尚的勞力，在商人家裡教書糊口。最初他在中學讀書，後來為了前途發展，又去旁聽對自己有益的專門課程。但是，在俄國商人家裡教書，每小時賺不了幾個錢，而且還要贍養臥病在床的母親。就是母親在邊遠的省份死去，他也不會感到輕鬆。現在發生一個問題：我們的貴族後裔應該怎樣下公正的判斷呢？諸位讀者，你們一定以為他會對自己說：「我一生都受伯的恩惠，他為了教育我，為了聘請保姆和治療我的白癡病，在瑞士花去了幾萬盧布。現在我自己擁有百萬家私，而具有高尚性格的伯的兒子，卻為了教授功課浪費自己的年華。在實際上，他對於那輕浮的、把他遺忘的父親的一切行為是沒有任何責任的。他父親在我身上用去的一切，按道理講，都應該用在他的身上。為我所花的那筆鉅款，在實際上並不是我的。這只是命運之神的盲目錯誤；這些錢應該由伯的兒子享用。這些錢應該花到他的身上，而不應該像輕浮而善忘的伯那樣任意胡來，花在我的身上。如果我為人非常高尚，有禮貌，公平正直的話，我應該將我所承繼的財產分一半給他的兒子。但是，因為我這個人最好打算盤，我很明白這件事不是法律問題，所以我不能將百萬家私分出一半去。如果我現在不把伯為治療我的白癡而用去的幾萬盧布歸還給他的兒子，那麼，至少我顯得過於卑鄙無恥（貴族後裔忘記了這樣做是不合算的）。這裡唯有良心與公理！如果伯當時不教養我，而去照顧自己的兒子，我將會成為什麼樣的人呢？」

但是不對的，讀者諸君！我們的貴族後裔並不這樣判斷。那位青年人的律師純粹為了友情，才來替他辦理這件事情，差不多違反了他的意志，差不多帶有強制的性質。但是，律師無論對他怎樣講，怎樣向他指出應該顧全名譽，愛護體面和公理，甚至給他講明瞭利害關係，這位瑞士留學生始終不為所動。結果如何呢？其實這也沒有什麼。最不可恕，而且不能用任何有趣的疾病加以解釋的是，這位剛剛扔掉鞋套的富翁，竟不能瞭解那個性格高尚、在教書中葬送一生的年輕人對他要求的並不是恩惠與幫助，而是自己的權利，雖然不是法律上的，卻是應得的權利。這甚至並不是他自己的要求，而是朋友們替他提出來的。我們這位貴族後裔自高自大，恃財欺人，竟拿出五十盧布的錢票，傲慢無禮的，用施捨的方式送給正直的年輕人。你們不相信嗎，讀者諸君？你們一定會憤慨，你們一定感到受人侮辱，你們一定會氣破了肚皮。但是，他已經這樣做了！當然，那筆錢當時就還給他了，可以說是當面擲還。這件事情該如何解決呢？這並不是法律的問題，現在只好向社會公開宣佈了！我們把這段故事向社會宣布，保證完全不是虛構。聽說我國有一位著名的幽默作家，特地做了一首絕妙的諷刺詩，這首詩不僅可以在外省，而且可以在京城的生活隨筆中佔有相當的地位：

小小的列夫[1]在五年中
穿著什奈德爾[2]的大衣，
盡用些愚傻的遊戲，
消磨空虛的時間。
他穿了狹窄的鞋套回來，
得到了百萬的遺產，
像俄國人一樣祈禱上帝，
卻搶劫貧苦的學生。

科利亞讀完以後，連忙將報紙交給公爵，一句話也不說，就跑到角落那裡，緊緊貼在牆上，用手掩住臉。他覺得十分慚愧，他那天真的、對於人間齷齪尚未熟悉的靈敏感覺，受到了過份的摧殘。他覺得發生了一件不尋常的事情，一切東西都忽然倒塌下來，由於他朗讀了這篇文章，他感到自己就是造成這件事情的禍首。

但是，大家也都有類似的感覺。

小姐們覺得很慚愧，很難為情。伊麗莎白．普羅科菲耶夫娜竭力忍住過份的憤怒，她也許在深深地悔恨自己參與了這件事情，所以她一言不發。公爵也像那些過於靦腆的人在遇到這類事情時的情況一樣。他為了別人的行為感到慚愧，他替自己的客人們羞愧，最初竟不敢用正眼去看他們。普季岑、瓦里

1 列夫：貴族後裔的名字。
2 什奈德爾：瑞士教授的名字。

婭、加尼亞，甚至列別杰夫——大家都似乎露出一點慚愧的神情。最奇怪的是，連伊波利特和「帕夫利謝夫的兒子」都有點驚訝，列別杰夫的外甥也露出不滿意的樣子。只有拳術家一個人四平八穩地坐在那裡，撚著鬍鬚，露出很莊嚴的神色，眼睛稍稍下垂，但這並不是由於慚愧，恰恰相反，是由於高尚的謙虛，是由於過於揚揚得意。看得出，他很喜歡這篇文章。

「這真是胡說八道，」伊萬．費道洛維奇低聲說，「好像有五十名奴僕聚在一起，寫成了這篇文章。」

「請問您，親愛的先生，您怎麼能用這樣的猜測來侮辱人家呢？」伊波利特說，全身顫抖著。

「這，這，這是對待一個正直的……您自己會承認，將軍，如果是正直的人，這就是侮辱的行為！」拳術家喃喃地說，不知為什麼，他也忽然打了一個冷戰，撚著鬍鬚，抽動肩膀和身軀。

「第一，我不是你們的『親愛的先生』；第二，我不打算給你們做任何的解釋。」伊萬．費道洛維奇非常生氣，很嚴厲地回答說，他從座位上站起來，不發一言，退到平台的出口，立在上面的梯級那裡，背朝著眾人——他心裡對伊麗莎白．普羅科菲耶夫娜極為憤懣，而她到現在還不想離開自己的座位。

「諸位，諸位，請容許，諸位，我最後說一句話，」公爵心煩意亂地呼喊道，「勞各位的大駕，讓我們來讀一讀，互相瞭解一下吧。關於這篇文章我是無所謂的，去它的吧；不過，諸位，這篇文章裡所寫的全不是事實。我之所以這樣說，就是因為你們自己也明白，這甚至是可恥的。所以，如果這篇東西是你們中間的哪一位寫的，我感到非常驚異。」

「我在此刻之前，不知道這篇文章，」伊波利特聲明說，「我不贊成這篇文章。」

「我雖然知道寫這篇文章的事情，但是……我也不贊成發表，因為為時還早。」列別杰夫的外甥補充說。

「我知道的，但是我有權利……我……」「帕夫利謝夫的兒子」喃喃地說。

「怎麼？這全是你們自己寫的嗎？」公爵問，好奇地看著布林多夫斯基，「但是，這是不可能的！」

「不過，我們不能承認您有提出這類問題的權利。」列別杰夫的外甥插嘴說。

「我只是驚異布林多夫斯基先生會參加……但是……我要問一句，您既然要把這件事情宣佈出來，那麼我剛才向我的朋友們談起來的時候，你們為什麼又那樣生氣呢？」

「對呀！」伊麗莎白．普羅科菲耶夫娜很憤慨地喃喃說道。

「公爵，您還忘記了，」列別杰夫按捺不住，忽然從椅子中間溜了出來，好像發瘧疾似的喊叫起來，「您忘記了，您接見他們，聽他們的說話，只是出於您的善良的意願，和您的無可比擬的善心，他們並沒有提出這種要求的權利，而況您已經把這件事情委託給加夫里拉．阿爾達利翁諾維奇去辦理，您這種做法也是出於您的過份的善心。現在呢，聖明的公爵，您正和幾位高貴的朋友談心，您不能夠為了這幾位先生而犧牲您的交際機會，您應該立刻把這幾位先生攆出去，我以房東的資格，是非常喜歡您這樣做的……」

「這話太對了！」伊伏爾金將軍忽然從房屋的深處喊叫起來。

「夠了，列別杰夫，夠了，夠了。」公爵開始說，但是，整個的憤怒的爆發將他的話給掩住了。

「不行，對不起，公爵，對不住，現在這是不夠的！」列別杰夫的外甥比誰喊得都響，「現在我們應該很明確，很堅決地提出這個問題來，因為大家顯然沒有瞭解它。這裡涉及一些法律上的小細節，而根據這些小細節，我們頗有被攆出去的危險！公爵，難道您認為我們是大傻瓜，您以為我們自己也不明白我們這件事情並不是法律問題，如果從法律上加以研究，我們沒有向您要求要一個盧布的權利嗎？但是我們明白，即使沒有法律上的權利，那還有人類的、當然的權利，常識的權利和良心的聲音，即使我們這種權利並沒有載在任何人類的腐敗法典裡，但是一個高尚誠實的人，也就是具有常識的人，在法典上沒有記載著的那些條目中，還應該成為一個高尚誠實的人。因此我們走了進來。我們不怕人家為了我們提出的不是請求，而是要求，為了我們在深更半夜做失禮的拜訪（我們來的時候還不晚，您讓我們在下房裡等了許多時候），而把我們攆出去（像您剛才威脅的那樣）。我跟您說，我們是毫不懼怕地跑了來，因為我們料到您是一個具有常識的人，也就是有良心和名譽的人。是的，不錯，我們走進來時沒有露出馴順的樣子，不像那些食客和請求幫助的人們，卻是昂著頭，像自由的人們一樣，我們絕不請求，而是提出自由的、驕傲的要求（您聽著，不是請求，而是要求，您要牢牢記住！）。我們體面地，直率地在您面前提出一個問題，在布林多夫斯基的這個案件裡，您認為自己是有理呢，還是無理呢？您是不是承認您受過帕夫利謝夫的恩，甚至是他救活了您的命？如果您承認的話（顯然您會承認的），那麼，您打算不打算，或者從良心上講，是不是在取得百萬遺產之後，認為應該給這個貧窮潦倒的帕夫利謝夫的兒子（雖然他現在姓布林多夫斯基）一點相當的報酬？是或不是？如果是的，換一句話說，如果您果真具有像您所常說的名譽和良心，而我們更正確地稱為常識的東西，您就應該滿足我們的要求，事情也就算了結。您不要希望我們哀求和感謝，就來滿足我們的要求吧。您也不必希望我們哀求或感謝，因為您這樣做，並不是為了我們，而是為了公理。如果您不想滿足我們的要求，也就是回答一個『不』字，我們立刻就走，事情也就中止進行了。我們要當面對您說，當著您的許多證人面前說，您是一個愚蠢無知和缺乏教養的人；您以後不敢，也沒有權利自命為有名譽和良心的人，您想用太低的價錢來買下這種權利。我的話說完了。我把問題提出來了。您現在可以把我們趕出去，如果您敢的話。您可以這樣做，您有這個力量。但是您要記住，我們到底是要求，而不是請求。要求而不是請求！……」

列別杰夫的外甥停止了說話，顯得十分生氣的樣子。

「我們是要求，要求，而不是請求！……」布林多夫斯基喃喃地說，臉紅得像一隻蝦。

列別杰夫的外甥說完這幾句話以後，大家開始一陣騷動，有人還說了幾句怨言。不過，客人們都顯然要避免參與這件事情。只有列別杰夫一個人不這樣，他好像正發著厲害的瘧疾。（奇怪的是，列別杰夫明明幫著公爵，但對於外甥的那套演說卻感到幾分家族驕傲；至少是帶著一些特別滿足的神色，向眾人掃視了一番。）

「據我看來，」公爵低聲說，「據我看來，多克托連科先生，在您剛才所說的話裡，有一半是完全對的，我甚至同意有一大半是對的。如果您的話裡沒有漏過去一點東西，我可以完全同意您的話。您放過去的究竟是什麼，我沒有力量，我不能夠正確地對您說出來，但是為了使您的話完全合理，當然還缺少一些什麼。我們現在且講正事吧。我請問你們，諸位，你們為什麼發表這篇文章？這篇文章裡句句都是誣衊。因此，諸位，據我看來，你們做出了極卑鄙的事情。」

「對不起！……」

「親愛的先生！……」

「這……這……這……」賓客中間一下子騷亂起來，發出這些聲音。

「關於這篇文章，」伊波利特用尖銳的聲音搶上去說，「關於這篇文章，我已經對您說過，我和別人全都不贊成！這是他寫的。」他指著坐在旁邊的拳術家說，「他寫得不漂亮，這我同意，他寫得文理不通，而且用的是像他那類退伍軍官所常用的格調。他很愚蠢，再加上是個商人，這我也同意。我每天當他的面說這一點，但是，他也有一半是對的；發表言論是每個人的合法權利，布林多夫斯基也具有這種權利。他的話荒唐與否，那要由他自己負責。至於我剛才代表大家反對您的朋友在場這一點，我認為必須對你們各位解釋一下，我之所以反對，只是為了表明我們的權利，而在實際上，我們還願意有證人在場。在我們還沒有進來之前，我們四個人就已經同意這一點了。我們不管您的證人是誰，哪怕是您的知己朋友也行，因為他們不能不承認布林多夫斯基的權利（這種權利顯然和數學公式一般確切），所以如果這些證人是您的朋友，那就更好了，真理是會愈辯愈明的。」

「這話不錯，我們同意。」列別杰夫的外甥證實說。

「你們的意圖既是這樣，那麼，在開始談話的時候，你們為什麼呼叫和吵嚷呢？」公爵很驚異地問。

「關於這篇文章，公爵，」拳術家插嘴說，他很想找機會說兩句，所以現在露出愉快活潑的神色，（可以猜測到，有女人在座，顯然對他發生強烈的影響）「關於這篇文章，我承認作者就是我。我的那位生病的朋友剛才顯然對它進行大肆攻擊，但是由於他的病體衰弱，我已經慣於饒恕他了。我把它寫好以後，就送到一個好朋友所辦的雜誌那裡去，用通訊的體裁發表了。只有那首詩不是我做的，的確屬於一位著名幽默家的手筆。我只給布林多夫斯基念了一下，沒有全念，他就立刻答應發表了，但是您要明白，我沒有得到他的同意也可以發表。公開發表是一項普通的、高尚的、有益的權利。公爵，您是很開通的，我希望您不會否認這個……」

「我一點也不否認，但是您必須知道，在您的文章裡……」

「您是想說太激烈了吧？但是，這對社會是有益的，這一點您必須同意，怎麼能夠把彰明較著的事件忽略過去呢？這對於犯錯誤的人們當然不好，但是，它首先對社會是有益處的。至於說有一些不盡屬實的地方，所謂誇張的詞句，那麼您必須同意，最要緊的是動機，最要緊的是目的和用意；最要緊的是先舉出有益的例子，然後才能研究個別的事件，還有所謂風格，還有所謂幽默的任務，再加上大家全是這樣寫的，您自己會知道的！哈，哈，哈！」

「這是一條完全虛偽的道路！我告訴你們，諸位，」公爵喊道，「你們發表這篇文章，以為我無論如何不會答應布林多夫斯基先生的要求，所以想用這個嚇唬我一下，報復一下。但是你們哪裡知道，我也許決定滿足布林多夫斯基的要求。我現在當著大家，直接對你們聲明，我可以滿足……」

「這才是一個聰明而且最正直的人所說的一句聰明而且正直的話呢！」拳術家喊了起來。

「天哪！」伊麗莎白．普羅科菲耶夫娜脫口說了一句。

「這真令人難以忍受！」將軍喃喃地說。

「等一等，諸位等一等，容我來把事實講一講。」公爵懇求說，「布林多夫斯基先生，在五個星期以前，您的全權代理人和律師到茲城來見我。他姓切巴羅夫。您在那篇文章裡把他描寫得太好了，凱勒先生，」公爵忽然笑著對拳術家說，「但是，我完全不喜歡這個人。我一下子就明白整個的關鍵全在這個切巴羅夫身上，也許就是他利用您布林多夫斯基先生的純樸性格，如果露骨地來說，就是他教唆您做這件事情。」

「您說有權利……我……我不是一個純樸的人……這個……」布爾多夫斯基心慌意亂地、喃喃地說著。

「您沒有任何權利做這樣的推測。」列別杰夫的外甥用教訓的口氣插嘴說。

「這太無禮啦！」伊波利特尖叫著，「這個推測是無禮的，虛偽的，與正事無關的。」

「對不起，諸位，對不起，」公爵連忙賠罪說，「請你們恕罪。我所以這樣說，就是因為我覺得我們最好是開誠佈公地說話；不過，這是你們的自由，隨你們的便。當時我對切巴羅夫說，因為我不在彼得堡，我要立刻委託一位朋友辦理這件案子，而且，布林多夫斯基先生，我把這種情況也通知過您。諸位，我對你們直說，我覺得這件事情是一個大騙局，也正是因為有切巴羅夫參加的緣故……啊，你們不要生氣，諸位！看在上帝的面上，不要生氣！」公爵又看見布林多夫斯基面帶怒色，他的朋友們也露出激昂和抗議的神色，就很驚慌地喊叫說，「我說我認為這件事帶有欺騙性質，這和你們是無關的。當時我不認識你們中間的任何人，不知道你們的尊姓大名，我是根據切巴羅夫一個人下的判斷；我只是一般地說說，因為……你們要知道，自從我繼承遺產之後，人們是怎樣猛烈地來欺騙我呀！」

「公爵，您太天真了。」列別杰夫的外甥嘲笑地說。

「再加上，您是公爵和百萬富翁！您也許真的具有善良潔白的心，但是，即使您是這樣，您也躲避不了普通的法律。」伊波利特喊道。

「可能這樣，很可能這樣，諸位，」公爵忙著說，「雖然我並不明白您講的是什麼樣的普通法律。我還要繼續說下去，只是請你們不要無端生氣；我敢賭咒，我沒有一點侮辱你們的意思。諸位，這究竟是什麼道理：連一句誠懇的話都不能說，你們立刻就會生氣！但是第一點，使我非常驚異的是，世上竟有『帕夫利謝夫的兒子』存在，而且存在於像切巴羅夫對我所說的那樣可怕的境遇裡。帕夫利謝夫是我的恩人和先父的知心好友。（唉，凱勒先生，您在那篇文章裡，為什麼對先父寫了許多不真實的話呢？他並沒有挪用軍團的公款，也沒有任何侮辱下屬的事情，我肯定相信這一點。您的尊手怎麼會舉得起來，寫這種造謠的話呢？）您所寫的關於帕夫利謝夫的一切，都是令人忍無可忍的：您把這位極為正直的人稱為貪好女色的浪子，您說得那樣大膽，那樣肯定，活靈活現，就好像都是真的一樣；而實際上呢，他是一個世間稀有的最有節操的人！他甚至是一位著名的學者；他會經常和許多可尊敬的科學家通信，用許多錢幫助科學的發展。至於說到他的善心，他的善事，您寫得當然很對，我當時幾乎成為白癡，什麼也不知道（雖然我還能說和聽懂俄國話），但是我總能對於我現在記憶的一切進行確切的估計……」

「對不住，」伊波利特聲明叫道，「這是不是太動感情了？我們不是小孩。您本來是打算言歸正傳的；請您不要忘了，現在已經九點多鐘。」

「好吧好吧，諸位，」公爵立刻表示同意說，「在我最初發生懷疑以後，我認為可能弄錯了，也許帕夫利謝夫真的留下一個兒子。但是，使我感到非常驚異的是，這個兒子竟這樣隨隨便便地，換言之，我是想說他竟然這樣明目張膽地宣佈自己出身的祕密，主要的是毀損自己母親的名譽。因為切巴羅夫在找我時，就拿公開宣佈為手段來威脅我……」

「多麼愚蠢的話！」列別杰夫的外甥喊道。

「您沒有權利……沒有權利。」布林多夫斯基喊道。

「兒子不能替父親的浪蕩行為負責，母親並沒有錯。」伊波利特狂熱地尖叫起來。

「我覺得，更應該愛惜她……」公爵畏葸地說。

「公爵，您不僅是天真，也許是太迂腐了。」列別杰夫的外甥惡狠狠地冷笑了一聲。

「您有什麼權利！……」伊波利特用極不自然的聲音尖叫說。

「沒有任何權利，沒有任何權利！」公爵連忙說，「我承認您的話說得很對，但是，這是不由自主的，我當時就對自己說，我的個人情感不應該影響到這樁公案，因為如果我為了自己對帕夫利謝夫的情誼，那麼，無論在什麼情況下，也就是說不管我尊敬不尊敬布林多夫斯基先生，我也要使他得到滿足。諸位，我起先這樣說，是因為我總覺得兒子公開洩露母親的祕密是不正常的事情……總而言之，我主要是因此深信切巴羅夫一定是個壞蛋，是他教唆布林多夫斯基先生進行這樣敲詐勒索的活動。」

「這真令人忍無可忍！」他的客人們喊出這句話來，有幾個人甚至站了起來。

「諸位！因為這樣，我心裡就認為這個可憐的布林多夫斯基先生一定是個普通的、孤苦無助的人，很容易上那些壞人的當，我覺得我更應該幫助他，像幫助『帕夫利謝夫的兒子』一樣——第一步，先反對切巴羅夫先生；第二步，以我的忠實和友誼來指導他；第三步，送給他一萬盧布，照我的計算，帕夫利謝夫在我身上就花了這些錢……」

「怎麼！只有一萬盧布！」伊波利特喊道。

「喂，公爵，你對數字太不高明了，也許是太高明了，而裝出傻里傻氣的樣子！」列別杰夫的外甥喊道。

「一萬盧布我不同意。」布林多夫斯基說。

「安季普！你就答應吧！」拳術家從伊波利特的椅背後面彎過身來，迅速而明確地微語說，「你先答應下來，以後再說！」

「您聽著，梅什金先生。」伊波利特尖聲喊叫著說。

「您要明白，我們並不是傻瓜，並不是庸俗的傻瓜，像您那些客人和這幾位女人所想的那樣，這幾位女人非常憤慨地朝我們冷笑，特別是這位體面的紳士（他指著葉夫根尼·帕夫洛維奇說），我當然還不認識他，不過，好像聽人家說……」

「對不住，對不住，諸位，你們又誤解我啦！」公爵慌亂地對他們說，「第一，凱勒先生，您在那篇文章裡把我的財產估計得太不準確：我並沒有取到幾百萬的遺產，我大概只有您所猜測的數目的百分之八或百分之十；第二，在瑞士的時候，我並沒有花去幾萬盧布；什奈德爾每年只收到六百盧布，而且是在最初三年，以後就沒有了。帕夫利謝夫從來沒有到巴黎去聘請美貌的保姆，這又是一個謠言。據我看，他花在我身上的錢，加在一起，也遠遠不到一萬盧布。但是，我願意拿出一萬盧布來。你們要知道，我無論如何不能拿出更多的數目向布林多夫斯基先生還債，即使我很愛他，我也不會這樣做，我之所以不能多給，還由於自己心裡有一種微妙的情感，我覺得這是還債，而不是施捨。諸位，我不知道你們為什麼竟不明白這一點！不過，我今後願意用我的友誼補償這一切，我一定積極關心不幸的布林多夫斯基先生的命運，他顯然是受了騙。他不可能沒有受騙，就主動地幹這種卑鄙的事情，像今天在凱勒先生的文章裡公開宣佈他的母親的一切……諸位，你們為什麼又生氣了！這樣一來，咱們是無法完全互相瞭解的！結果還是我的話說對了！我現在親眼證實我的猜測是對的。」公爵熱烈地說，他希望壓下心裡的激動，而沒有注意到激動得更加厲害了。

「怎麼？相信什麼？」大家幾乎帶著惱怒圍攻他。

「對不住得很，第一，我已經把布林多夫斯基先生看穿了，我現在親眼看出他是一個什麼樣的人……他是一個天真爛漫的人，大家都欺騙他！他是一個孤立無援的人……所以我應該憐惜他。第二，我把這件事情委託加夫里拉·阿爾達利翁諾維奇辦理，但我有許多時候沒有接到他的消息，因為我正在路上，後來又在彼得堡病了三天。剛才，在一個小時以前，當他第一次和我見面的時候，他忽然告訴我說，他已經弄清楚了切巴羅夫的用意，有相當的證據，切巴羅夫就是我當初所推測的那種人。諸位，我自己知道，有許多人認為我是白癡，因為我素有隨便把金錢給人的名聲，所以切巴羅夫認為很容易騙我，他所依靠的就是我對於帕夫利謝夫的情誼。但是，主要的是——諸位，請聽下去，注意聽下去！——主要的是，現在忽然發現布林多夫斯基根本不是帕夫利謝夫的兒子！剛才加夫里拉·阿爾達利翁諾維奇告訴我這一點，還說他獲得了確鑿的證據。唉，你們會怎樣想呢！在發生了這一切情形之後，誰也難以置信！但是有確鑿的證據！我還不相信，我告訴你們，連我自己都不相信；我仍然懷疑著，因為加夫里拉．阿爾達利翁諾維奇還沒有來得及把所有的詳細情況告訴我，至於說到切巴羅夫是壞蛋一點，現在已經是毫無疑問了！他把不幸的布林多夫斯基先生，以及你們這些基於正義跑來幫朋友忙（因為他顯然需要幫助，我也明白這個！）的先生，全都給欺騙了；他把你們大家都拖到敲詐的行為裡面，因為這實際上就是欺騙和敲詐！」

「怎麼是敲詐！……怎麼不是『帕夫利謝夫的兒子』？……那怎麼可能！……」一片喊聲。布林多夫斯基這一夥人整個陷入了極端混亂之中。

「當然是敲詐！……如果布林多夫斯基並不是『帕夫利謝夫的兒子』，那麼，在這種情況之下，布林多夫斯基先生的要求簡直就是敲詐（當然，如果他知道真相的話！），但是，在事實上，是人家騙了他，所以我主張替他辯白，所以我說他這種老實的性格是值得憐惜的，不能不幫他一下；否則，他在這件事情裡也成為一個騙子了。我自己深信，他一點也不明白內情！我自己到瑞士去之前也有過這樣情形，也喃喃地說出一些毫無聯繫的話語——想表達的意思卻表示不出來……我明白這個；我很同情，因為我自己也差不多是這樣的人，我可以說這個話！雖然現在已經沒有『帕夫利謝夫的兒子』，所有這一切都是虛假的，我仍然不改自己的決定，準備給他一萬盧布，作為紀念帕夫利謝夫。我在布林多夫斯基提出要求以前，就想提出用一萬盧布作為小學校的經費，以紀念帕夫利謝夫，但是現在呢，用作學校的經費，或是交給布林多夫斯基先生，都是一樣的，布林多夫斯基先生即使不是『帕夫利謝夫的兒子』，也差不多和『帕夫利謝夫的兒子』一樣。因為他自己受了很大的矇騙；他自己確實認為自己就是帕夫利謝夫的兒子！諸位，請你們聽加夫里拉．阿爾達利翁諾維奇說話，讓我們把這件事結束吧，你們不要生氣，不要著急，請坐下！加夫里拉．阿爾達利翁諾維奇立刻對我們解釋其中的詳情，說實在的，我自己很願意知道一切細節。他說他還到過普斯科夫，見過布林多夫斯基先生的令堂，她並沒有像那篇文章上所說的那樣，奄奄一息……你們坐下來，諸位，請坐下來！」

公爵坐下了，並且讓從座位跳起來的布林多夫斯基一夥人也都坐下來。在最後的十分鐘或二十分鐘內，他用急切的語調大聲說，越說越激烈，越來越起勁，努力比大家說得多，喊得響，當然他後來對於一些脫口而出的話語和推測感到深深地後悔。如果不是那些人把他惹怒，不是那些人使他發火——他絕不會這樣露骨地，匆促地表示他的一些猜測和過份坦白的話。然而他剛坐下來，心裡立刻感到非常後悔。他公然猜測布林多夫斯基先生有和他一樣的病，就是他到瑞士求治的那個病，這未免「侮辱」了布林多夫斯基先生，再加上又提出一萬盧布的數目，不捐給學校而送給布林多夫斯基，據他看這又是一個粗暴的、不謹慎的舉動，等於施捨一樣，尤其在大家面前說出來，這更加使他感到不安。「應該等一等，到明天再暗中向他提出來，」公爵當時想，「現在也許無可挽救了！是的，我是一個白癡，真正的白癡。」他心裡這樣想，既感到羞愧，又感到惱怒。

在這之前，加夫里拉·阿爾達利翁諾維奇躲在一邊，一言不發，現在經公爵邀請，才走到前面來，站在公爵身旁，開始平靜而且明晰地報告公爵委託他辦理的那個案件。所有的談話頓時沉寂了。大家用異常好奇的心情傾聽著，特別是布林多夫斯基那夥人。

第九章

「您當然不會否認，」加夫里拉・阿爾達利翁諾維奇面對著布林多夫斯基開始說，布林多夫斯基瞪著驚訝的眼睛，帶著忐忑不安的心情，仔細地傾聽著，「您不會否認，當然也不打算鄭重地否認，您是在令堂和令尊十品文官布林多夫斯基先生正式結婚後過了兩年生下來的。您的出生時間是很容易用事實來證明的，所以凱勒先生的文章裡，那種歪曲事實、過份侮辱您和令堂的地方，只好說是凱勒先生自己幻想的遊戲。他以為這樣就可以更顯明地表明您的權利，從而對您有益。凱勒先生說，他預先把這篇文章對您讀過，雖然並未全部讀過……無疑地，他並沒有向您讀到這個地方……」

「的確沒有讀到，」拳術家打斷他，「但是，所有的事實是一位有關係的人物通知我的，所以我……」

「對不住，凱勒先生，」加夫里拉・阿爾達利翁諾維奇阻止他說，「請允許我說下去。我可以向您保證，一會兒一定會輪到您的那篇文章，您到那時候再做解釋，現在我們最好挨著次序說下去。經舍妹瓦爾瓦拉・阿爾達利翁諾夫娜從中幫忙，我完全偶然地從她的知己女友薇拉・阿萊克謝夫娜・祖布科娃（一個孀居的地主婆）那裡，得到尼古拉・安德列維奇・帕夫利謝夫的一封信，是二十四年以前，他從國外寄給她的。我和薇拉・阿萊克謝夫娜接近之後，根據她的指點，前去見退伍中尉季莫費・費道洛維奇・維亞佐夫金，這個人是帕夫利謝夫先生的遠親，也是他當年最要好的朋友。我從維亞佐夫金那裡得到尼古拉·安德列維奇[1]的兩封信，也是從國外寄來的。在這三封信中，從信上的日期和信裡所講的事實看來，可以像數學公式般證明，毫無推翻或疑惑的餘地，那就是在布林多夫斯基先生出生的一年半以前，尼古拉·安德列維奇到國外去了，一連在國外住了三年。您也知道，令堂從來沒有離開過俄國。……現在我也不必讀出這幾封信來。現在時間已經很晚了，我只是把事實宣布出來。不過，布林多夫斯基先生，如果您願意的話，明天早晨就可以到我那裡見面，您儘管帶您的證人（有多少都可以）和專家一同來核對筆跡，那時您就不會不相信我所講的事實十分確鑿，這是我深信無疑的。果真如此，那麼這件案子就算自然而然地解決了。」

接著又是一陣普遍的騷動和深深的驚慌。布林多夫斯基忽然站了起來。

「既然如此，那我是被騙了，被騙了，不是受切巴羅夫的騙，而是老早老早就受騙了，我不需要專家，也不想到您那裡見面，我相信您的話，我拒絕……我不要一萬盧布……再見吧……」

他取了帽子，把椅子一推，就想走出去。

「如果可以的話，布林多夫斯基先生，」加夫里拉·阿爾達利翁諾維奇平靜而溫和地阻止他，「最好再待上五分鐘。從這件案子上還發現幾件極為重要的事實，特別是對於您，這些事實都是極有趣的。據我看，您不應該不知道這幾件事實，如果能把這件事情完全解釋清楚，您自己也許會更加愉快的……」

布林多夫斯基默默地坐下來，把頭微微低垂著，似乎陷入深深沉思的狀態。列別杰夫的外甥本來已經站起來，要隨布林多夫斯基出去，這時也隨著他坐了下來。這個人雖然還沒有喪失機靈和勇氣，但已

1 譯注：尼古拉·安德列維奇：帕夫利謝夫的父名，剛開始叫阿萊克謝維奇，這裡又改為安德列維奇，似屬兩歧，但因俄文原本如此，所以備仍其舊。

經露出十分惶惑的樣子。伊波利特皺緊眉頭，面帶愁容，似乎十分驚訝。但在這時候，他咳嗽得非常劇烈，手帕上沾滿了血。拳術家幾乎驚慌起來了。

「唉，安季普！」他很悲苦地喊叫著，「我那時候……前天就對你說，你也許真的不是帕夫利謝夫的兒子！」

突然傳出一陣沉悶的笑聲，而且有兩三個人的笑聲比別人大。

「凱勒先生，您剛才告訴我們的事實是十分珍貴的。」加夫里拉·阿爾達利翁諾維奇搶上去說，「我根據極為準確的材料，充分有權利來判斷，布林多夫斯基先生雖然一定非常熟悉自己的出生時代，但是他完全不知道帕夫利謝夫旅居國外的情況，帕夫利謝夫先生在國外度過大半生，回俄國的時期一向很短。再說，他當時出國又不是二十多年後還會使人記得的重大事件，連帕夫利謝夫的親友都不記得，更何況當時還未出生的布林多夫斯基呢？當然了，現在進行調查不是不可能；不過，我應該說實話，我所調查的一切情況完全是偶然得到的，也可能完全得不到它們。因此，對於布林多夫斯基先生，甚至對於切巴羅夫來說，這種調查確是不可能的，即使他們想去調查一下，也無從下手。再加上他們也完全想不到……」

「容我說一句，伊伏爾金先生，」伊波利特忽然很惱怒地打斷他的話，「您嘮叨這一大套話有什麼用呢？（請您恕我直說出來。）現在事情已經解釋清楚了。我們同意其中主要的事實，您何必囉囉唆唆講一套煩瑣的、氣人的話呢？您也許想誇耀一番您的巧妙的偵查手段，對我們，對公爵顯示一下您是一位多麼優秀的檢察官或偵探人員，是不是？或者您是想出來替布林多夫斯基辯白，為他開脫，說他是由於無知才參與這件事情的，是不是？但是，先生，這太魯莽了！我告訴您說，布林多夫斯基並不需要您的辯白和饒恕！他本來就很痛苦，這樣一來就更加難受了，他的處境很尷尬，您應該看到，應該明白這一點……」

「夠了，捷連季耶夫先生，夠了，」加夫里拉．阿爾達利翁諾維奇打斷他的話，「您安靜一下。不要發怒，您也許很不舒服，我很同情您。在這種情況之下，只要您願意的話，我就結束了，也就是說，只是萬不得已地，很簡單地告訴你們一點事實，這些事實，據我看來，不妨全部知道，」他發覺眾人之中也有類似不耐煩的普遍騷動情況，就這樣補充道，「我只想報告給一切有關係的人，我還可以提出證據來，布林多夫斯基先生，令堂所以時常得到帕夫利謝夫的優待和照顧，只是因為帕夫利謝夫在年輕時鍾情一個女僕，而令堂是那個女僕的親妹妹；他對那個女僕一往情深，如果她不得暴病而死，一定會娶她為妻。我有證據說明這件家庭隱私是千真萬確的事實，知道這件隱私的人很少，後來幾乎完全被忘記了。接下來，我還可以說明的是：令堂十歲時，由帕夫利謝夫先生當作親戚收養，並且給了她一大筆妝奩，所有這些照顧，當時在帕夫利謝夫的許多家人中間引起極可怕的謠言，他們甚至以為他會娶自己所收養的姑娘，然而結果呢，當她到二十歲的時候，由於愛上測地官員布林多夫斯基先生（我可以極確切地證明這一點），就嫁給他了。我還搜集了一些可作為證據的極為確鑿的事實，譬如說，令尊布林多夫斯基先生完全不是一位事務人才，在得到令堂那筆一萬五千盧布的妝奩以後，便辭官經商，結果受人欺騙，折了本錢，他由於不勝煩惱，就開始借酒澆愁，因此得了病，在和令堂結婚後的第八年去世了。後來，根據令堂親口所說，她陷入貧困的境地，如果沒有帕夫利謝夫時常慷慨救濟的話，她會完全走投無路的。他每年補貼給她六百盧布。還有無數的證據可以證明，當您還小的時候，他非常喜歡您。從這些證據上，又根據令堂的證明，發現他之所以愛您，主要是為了您在孩提時代具有口吃的樣子，殘廢的樣子，可憐和不幸的嬰孩的樣子（我根據確鑿的證據說，帕夫利謝夫一生有一種特別癖好，就是愛撫那些被壓迫和被自然摧殘的東西，尤其對於孩子們。——我相信，這件事實對於本案是極為重要的）。最後，我可以誇耀自己確切偵查出一個重要的事實，那就是帕夫利謝夫這樣特殊地眷愛您（您由於他的努力考進了中學，在特殊的監督下讀書）。後來，帕夫利謝夫的親戚和家人之間竟然逐漸產生一種想法，認為您就是他的兒子，令尊只是一個戴綠帽子的丈夫。但是，主要的問題還是在於，這種想法是在帕夫利謝夫晚年的時候，竟然變成大家確信不疑的事實，那時候，大家見到他的遺囑而大驚小怪起來，大家都忘掉了最初的事實，而且也無從去調查它們。毫無疑問，布林多夫斯基先生，這個想法也會傳到您的耳朵裡，而且完全佔據了您的心靈。我親自見過令堂，據她說，她雖然知道這些謠言，但是她至今還不知道（我也瞞住她），您，她的兒子，會受到這種謠言的蠱惑。布林多夫斯基先生，我在普斯科夫見到令堂的時候，她正有病，境況非常不好，她是在帕夫利謝夫死後陷入這種境況的。她含著感謝的眼淚告訴我說，她只是在您的支持之下，在您的幫助之下，才活在世上；她對於您的前途有許多期待，熱烈相信您未來會獲得成功……」

「這真是忍無可忍啦！」列別杰夫的外甥忽然很不耐煩地吵嚷道，「您幹嗎要講這些故事呢？有什麼目的？」

「這真是太荒唐了！」伊波利特劇烈地搖動著身體。但是，布林多夫斯基卻一言不發，連動也沒有動。

「為什麼要講？有什麼目的？」加夫里拉·阿爾達利翁諾維奇很狡猾地說，他準備用刻薄的口吻說出自己的結論，「第一點，布林多夫斯基先生現在也許完全相信，帕夫利謝夫先生愛他是出於仁愛的心腸，並不因為是自己的兒子。布林多夫斯基先生必須知道這個事實，因為剛才在讀那篇文章以後，他對於凱勒先生的話深表贊成，而且加以證明。我之所以這樣說，是因為我認為您，布林多夫斯基先生，是一個正經的人。第二點，在這個案子裡，切巴羅夫並沒有絲毫敲詐欺騙的意思。這對於我也是很重要的一點，因為公爵剛才在憤怒時曾經提到，說我也認為這樁不幸的事件是敲詐欺騙的行為。其實，正好相反，各方面對於這件事都有很充分的誠意。切巴羅夫實際上可能是一個大騙子，但是在這件案子裡，他只不過是個好耍手段的、詭計多端的訟師罷了。他希望以律師的資格發筆大財，他的算盤不但打得精巧，而且穩確可靠。他這個計畫的基礎就是公爵仗義捨財，公爵對去世的帕夫利謝夫非常尊敬，感念他的大德；而最要緊的，就是公爵對於名譽與良心的義務，具有一定的騎士精神。至於布林多夫斯基先生本人，我們可以這樣說，他由於自己的一些見解，竟被切巴羅夫和包圍他的一夥人完全蒙蔽，認為參與這個案子並不是為了發財，而是為了真理、進化，以及為人類服務。我剛才已經將各種事實宣佈了，大家全都會明白，布林多夫斯基先生不管外表如何，總算是一個純潔的人，公爵現在會比剛才更迅速地，更樂意地對他進行友誼的協助和實際的幫忙，像他剛才談到學校和帕夫利謝夫時所提到的那種幫忙。」

「住嘴，加夫里拉．阿爾達利翁諾維奇，住嘴！」公爵喊道，他露出真正的恐懼，但是已經晚了。

「我說過，我已經說過三次了，」布林多夫斯基怒喊道，「我不要錢，我不能收……為什麼……我不要……我要走啦！……」

他幾乎是從平台上跑了出去。但是列別杰夫的外甥拉住他的胳臂，對他耳語了幾句。他迅速轉回來，從口袋內掏出一個沒有封口的大信封，把它扔到公爵身邊的小桌上去。

「我在這裡！……您竟敢……竟敢！……錢……」

「這就是您經切巴羅夫的手，用施捨的方式寄給他的二百五十盧布。」多克托連科解釋說。

「文章裡說是五十盧布！」科利亞喊道。

「我錯了！」公爵走到布林多夫斯基面前說，「我對您，布林多夫斯基，辦了錯事，不過，您要相信，我並沒有當作施捨來寄給您。我現在做錯了……我剛才做錯了（公爵露出心慌意亂，帶著疲倦不堪的樣子，連話都說不連貫了）。我談到敲詐行為……但這不是說您，我錯了。我說您……您和我一樣，也是病人。但是您並不像我……您……您還教功課，贍養您的母親。我說您玷辱您母親的名節，但是您很愛她；她自己這樣……我以前不知道……加夫里拉．阿爾達利翁諾維奇剛才並沒有完全對我講……我錯了。我膽敢提出給您一萬盧布，那是我的錯，我不應該這樣做，但是現在……是沒有辦法挽救了，因為您現在看不起我……」

「這簡直是瘋人院！」伊麗莎白．普羅科菲耶夫娜喊道。

「當然是瘋人院！」阿格拉婭忍耐不住，很尖刻地說。但是，她的聲音被大家的吵嚷聲給掩蓋住了。這時候，大家全都大聲說話，全都議論起來，有的爭辯，有的狂笑。伊萬．費道洛維奇．葉潘欽極為憤慨，他帶著喪失尊嚴的樣子，等候伊麗莎白．普羅科菲耶夫娜。

列別杰夫的外甥最後說道：「是的，公爵，應該對您說句公平話，您很會利用您的……嗯，您的疾病（說得體面些）；您居然會用這種巧妙的方式提出友誼和金錢的話，現在使一個正直的人無論如何也不能夠接受。這也許是因為您太天真了，也許是因為您太靈巧了……您自己瞭解得最清楚。」

「對不起，諸位，」加夫里拉．阿爾達利翁諾維奇打開裝錢的信封喊道，「這裡面並沒有二百五十盧布，只有一百盧布。公爵，我說這句話，是為了防備發生什麼誤會。」

「不管了，不管了。」公爵對加夫里拉．阿爾達利翁諾維奇揮手。

「不行，這不能不管！」列別杰夫的外甥立刻搶上去說，「公爵，您說這句『不管了』，可使我們感到受了侮辱。我們並不躲藏，我們公開地聲明；是的，這裡只有一百盧布，不是二百五十盧布，但是這不一樣嗎？！……」

「不，這並不一樣。」加夫里拉．阿爾達利翁諾維奇帶著天真的驚訝神情插嘴說。

「您別打斷我的話，我們並不是像您所想的那樣傻，律師先生，」列別杰夫的外甥憤慨地喊叫，「當然，一百盧布並不等於二百五十盧布，它們並不一樣，然而，主要的是原則；主要的是動機，至於缺少一百五十盧布，那只是細節罷了。主要的是布林多夫斯基不接受您的施捨，閣下，他把這錢向您的臉上擲回去，在這個意義上，無論是一百盧布或是二百五十盧布，那都是一樣的。布林多夫斯基沒有接受一萬盧布，那是您看見的。如果他是一個不誠實的人，他絕不會歸還這一百盧布。另外一百五十盧布已經付給切巴羅夫，算作他去找公爵的差旅費。您現在可以恥笑我們笨拙，恥笑我們不會辦事；您本來就已經用盡力量使我們成為可笑的人物；但是您不敢說我們不誠實。先生，這一百五十盧布由我們大家合力歸還給公爵；我們哪怕是一個盧布一個盧布地歸還，也是要還清的，而且還要付利息。布林多夫斯基很窮，布林多夫斯基沒有百萬家產，而切巴羅夫回來以後，卻提出了一張帳單。我們希望獲得勝訴……誰在他的地位上又不這樣做呢？」

「誰不這樣做呢？」施公爵喊。

「我簡直要發瘋了！」伊麗莎白．普羅科菲耶夫娜喊道。

「這使我想起，」站在那裡觀察許多時候的葉夫根尼．帕夫洛維奇笑了，「最近一個律師的著名的辯護詞。他替一下子殺死六個人、企圖劫財的兇手辯護，提出他的貧窮作為免罪的理由，忽然做出下面的結論來，他說，『當然被告是為了貧窮才想到殺死六個人』『而且誰在他的地位上不會這樣想呢？』他說出這類很有趣的話。」

「夠了！」伊麗莎白．普羅科菲耶夫娜忽然喊道，她幾乎氣得直哆嗦，「現在別再胡說八道了……」

她異常衝動，她很威嚴地仰著頭，帶著傲慢的、激動的、急切的挑戰神情，目光炯炯，向全體客人掃了一遍，一時之間，辨不清誰是朋友誰是仇敵。她那蘊蓄已久、終於壓抑不住的憤怒已經到了爆發的頂點，這時候她的主要動機就是要立即戰鬥，立即去攻擊什麼人。深知伊麗莎白．普羅科菲耶夫娜的人們，馬上感到她的心裡發生了不平常的情形。第二大，伊萬．費道洛維奇對施公爵說，「她常有這種種情形，不過弄到像昨天那種程度，那還是少有的事，頂多三年一次，絕不會再多！絕不會再多！」他很明確地補充著。

「夠了，伊萬．費道洛維奇！離開我！」伊麗莎白．普羅科菲耶夫娜喊道，「您為什麼現在才把手伸給我？您剛才為什麼不把我拉走！您是丈夫，您是一家之主；如果我不肯聽您的話，不肯走出去，您應該揪我這個傻瓜的耳朵。就是為了女兒，您也應該關心些！現在沒有您，我們也會找到回家的道路，這種恥辱夠我受一年的了……等一等，我還想謝謝公爵！……公爵，多謝您的款待！我竟坐下來，聽這些年輕人說話……這真是卑鄙，這真是卑鄙！這種亂七八糟的醜態，我連做夢也見不到的！難道這類人有很多嗎？……住嘴，阿格拉婭！住嘴，亞歷山德拉！這不是你們的事情！……不要在我身邊亂打轉，葉夫根尼．帕夫洛維奇，我討厭死您了！……親愛的，你竟向他們請求饒恕嗎？」她又朝公爵說，「您說：『我錯了，竟敢送錢給您……』你這好說大話的人還敢笑人家，有什麼可笑的！」她忽然朝列別杰夫的外甥，對他進行攻擊，「你說：『我們不收錢，我們是要求，並不是請求！』你假裝不知道這位白癡明天就會跑到你們那裡奉獻自己的友誼，親自送錢上門！你去不去？你去不去呢？」

「我會去的。」公爵用平靜而溫和的聲音說。

「你們聽見了呀！這就是你所盼望的，」她又對多克托連科說，「現在那筆錢就等於在你的口袋裡放著一樣，所以你敢說大話，嘩眾取寵……不，親愛的，你去尋找別的傻瓜吧，我可看透你們了……你們那套把戲我全看透了！」

「伊麗莎白・普羅科菲耶夫娜！」公爵喊道。

「我們離開這裡，伊麗莎白・普羅科菲耶夫娜，現在該走了，我們把公爵也帶走吧。」施公爵極力顯出平靜的樣子，微笑著說。

小姐們站在旁邊，幾乎帶著驚懼的神色，將軍嚇得很厲害；大家都感到很驚異。有些人站得遠些，偷偷發出冷笑，相互竊竊私語著。列別杰夫的臉上現出極度歡欣的表情。

「太太，到處都可以見到醜態和亂七八糟的情形。」列別杰夫的外甥顯出十分狼狽的樣子說。

「並不像這樣糟糕！先生們，並不是像你們這樣糟糕，並不像這樣糟糕！」伊麗莎白・普羅科菲耶夫娜似乎歇斯底里病發作，以幸災樂禍的口吻搶上去說，「你們離開我好不好？」她對勸她的人們喊道，「葉夫根尼・帕夫洛維奇，您剛才自己就說，連律師都會在法院裡聲明，為了貧窮一連殺死六個人是最自然的一件事，那麼，這真是到了末日了。我還從來沒有聽見過這種事情。現在我全明白了！這個結巴（她指布林多夫斯基說，他非常驚疑地望著她），難道他不會殺人嗎？我敢打賭，他會殺人的！他也許不會取你的錢，取一萬盧布，為了良心不肯收下，可是他到夜裡會跑來殺你，從錢櫃裡把錢搶去，為了良心而搶去！這樣一來，他就不算不誠實了！這是所謂『正直義憤的爆發』，這是『否定』，誰知道怎麼回事……哼！一切都顛倒了，大家都頭朝下走路。在家裡養大一個姑娘，她在大街上，會忽然跳到馬車上說：『媽媽，我前幾天已經嫁給某個卡爾雷奇或伊萬南奇，再見吧！』你們以為這種行為好嗎？值得尊敬嗎？自然嗎？這是婦女問題嗎？這個孩子（她指著科利亞說），他在前幾天就爭論過，說這就是『婦女問題』。即使母親是一個傻瓜，你也應該把她當人看待呀！……你們今天晚上為什麼仰著頭走進來呢？你們好像是說：閃開路，我們來了。趕快把所有的權利都交給我們，你不許在我們面前開口說一句話。你應該對我們表示最大的敬意，從來沒有過的敬意，可是我們對待你，要比對待最下等的僕人還壞！這幫人口口聲聲說要尋找真理，維護權利，而在文章裡卻像邪教徒似的竭力誹謗他。『我們要求，而不是請求，我們絕不道一聲謝，因為您是為了滿足自己的良心而做的！』這是一種奇怪的理論。要知道，如果從你那裡得不到任何的感謝，那麼公爵也會回答你說，他對於帕夫利謝夫也沒有任何感謝，因為帕夫利謝夫是為了滿足自己的良心才行善的。你只是依賴他對帕夫利謝夫感恩圖報這一點；因為他並沒有向你借錢，他不欠你的錢，你不依賴感恩這一點，還能依賴什麼呢？那麼，你自己又怎麼可以不承認感恩呢？真是一群瘋子！他們認為社會是野蠻的，沒有人性的，因為它看不起被誘姦的女郎，引以為恥。你既然承認社會是沒有人性的，那麼，也就會承認女郎對於社會是感到痛苦的。她既然感到痛苦，那麼你為什麼又在報紙上宣揚她，把她暴露給這個社會，還要求她不感受痛苦呢？真是瘋子！真是好虛榮！不信仰上帝，不信仰基督！其實，虛榮和驕傲腐蝕你們，會把你們弄到互相亂咬的地步，我預先要告訴你們這一點。這不是空話，不是亂七八糟，不是醜態百出嗎？而在這之後，這個受了恥辱的人還要鑽上前去，請求他們饒恕！你們這種人究竟多不多呢？你們笑什麼：笑我和你們在一塊兒，自己喪失體面嗎？唉，我已經喪失了體面，現在還有什麼辦法！……你不許笑，你這骯髒的人！（她突然朝伊波利特攻擊）他自己都快斷氣了，還要引壞別人。你把我這小孩引壞了（她又指著科利亞）；他盡講你所說的一些怪話，你教他無神論，你不信仰上帝，而你自己，先生，還只是一個乳臭未乾的孩子，呸！……你去不去呢，列夫．尼古拉耶維奇公爵，明天你要不要到他們那裡去呢？」她又問公爵說，幾乎喘不過氣來。

「要去的。」

「從此以後，我不願意再認識你了！」她很迅速地轉過身去，但是忽然又回來了。「你要到這個無神派那裡去嗎？」她指著伊波利特，「你為什麼笑我？」她很不自然地喊叫了一聲，忽然奔到伊波利特身旁，受不住他的嘲笑。

「伊麗莎白．普羅科菲耶夫娜！伊麗莎白．普羅科菲耶夫娜！伊麗莎白．普羅科菲耶夫娜！」四周的人們一齊喊叫起來。

「Maman，這太不好看了！」阿格拉婭大聲喊道。

「您不要著急，阿格拉婭．伊萬諾夫娜。」伊波利特很平靜地回答說。伊麗莎白．普羅科菲耶夫娜跳了過去，一把抓住伊波利特的胳臂，不知道為什麼緊緊抓住不放；她站在他的面前，用瘋狂的眼神盯住他。「您放心，您的 maman 會看得出，對一個快要死的人是不能攻擊的……我準備解釋一下我發笑的原因……如果您允許我說，我是很喜歡的……」

他忽然很厲害地咳嗽起來，有整整一分鐘壓制不住咳嗽。

「人都快死了，還要夸夸其談！」伊麗莎白．普羅科菲耶夫娜喊道，放鬆了他的胳臂，幾乎帶著恐怖的神情看著他擦嘴唇上的血，「你不應該再說什麼話！你只應該去躺到床上……」

「好吧，」伊波利特用平靜的、嘶啞的聲音輕輕答道，「我今天一回去，立刻就躺下……我知道再過兩個星期我就要死去了……上個星期，博特金親自對我說過……如果您允許，我想對您說兩句臨別的話。」

「你發瘋了嗎？這真是胡說八道！你現在必須養病，還要說什麼話！快去，快去，快去躺下！……」伊麗莎白．普羅科菲耶夫娜驚慌地喊。

「我只要一躺下來，就會一直到死也起不來了，」伊波利特微笑著說，「我昨天就想躺下來，再也不起床，一直到死；但是，我決定推遲到後天再說，到兩條腿不能走路的時候再說……為的是今天和他們一塊兒到這裡來……只是太累了……」

「坐下來，坐下來，為什麼站著！這兒有一把椅子。」伊麗莎白．普羅科菲耶夫娜跑過去，親自把椅子挪到他的身邊。

「謝謝您，」伊波利特輕聲繼續說，「您坐在對面，我們好來說幾句話……我們一定要談一談，伊麗莎白．普羅科菲耶夫娜，我現在要堅持這一點……」他又向她微笑，「您想一想，我今天最後一次吸著新鮮的空氣，和人們在一塊兒，再過兩個星期，我就要進入土中了。所以，我這就等於和人們，和大自然告別。我雖然不十分感傷，但是您要知道，我很喜歡這一切都在帕夫洛夫斯克發生，因為在這裡到底可以望見樹上的葉子。」

「現在還要談什麼話？」伊麗莎白．普羅科菲耶夫娜更加吃驚起來，「你全身都在發燒！剛才你還嘰嘰喳喳地亂叫，現在已經要透不過氣來，憋死了！」

「我就會休息過來的，您為什麼想拒絕我最後的願望？……您知道不知道，我早就想和您見面，伊麗莎白．普羅科菲耶夫娜。我聽到關於您的許多話……從科利亞那裡聽見的。差不多只有他一個人不離開我……您是一個古怪的女人，特別的女人，我剛才也看出來了……您知道不知道，我甚至有點愛您。」

「天哪，我竟幾乎想打他一頓。」

「阿格拉婭．伊萬諾夫娜攔住了您。我沒有說錯吧？這位不是您的女兒阿格拉婭．伊萬諾夫娜嗎？她長得太美了，我雖然從來沒有見過她，可是一看就猜到是她。讓我最後一次看看美人，也算不虛度此生了。」他露出一種難看的、歪臉的微笑，「公爵在這裡，您的老爺也在這裡，大家都在這裡。您為什麼拒絕我的最後的願望呢？」

「拿椅子！」伊麗莎白．普羅科菲耶夫娜喊道，但是她自己抓了一把，在伊波利特對面坐下了。「科利亞，」她命令道，「你立刻和他一塊兒去，送他回去，明天我自己一定……」

「如果您允許，我想請公爵給我一杯茶……我太累了。您要知道，伊麗莎白．普羅科菲耶夫娜，我看您打算請公爵到您府上去喝茶，請您留在這裡，大家再坐一會兒，公爵一定會給咱們準備茶喝的。請原諒我這樣擅自安排。……但是我瞭解您，您是善良的人，公爵也是的……我們大家都是善良到可笑程度的人……」

公爵忙亂起來，列別杰夫從屋內跑出去，薇拉也跟著他跑出去。

「這是很對的，」將軍夫人斬釘截鐵地說，「你說吧，不過要說得輕些，不要太興奮！你使我的心變軟了……公爵！你不配留我在你這裡喝茶，不過既已如此，我就留在這裡吧，雖然我絕不向任何人請求饒恕！絕不向任何人胡說！……再有，如果我罵了你，公爵，請你原諒我——如果你想這樣做的話。我並不想留下任何人，」她忽然用異常憤怒的神色對丈夫和女兒們說，好像他們在她面前犯了什麼大錯誤似的，「我一個人也會走回家去的……」

但是，大家沒有讓她說完。大家走向前去，很欣悅地圍住了她。公爵立刻請大家留下喝茶，還道歉說，自己以前沒有想到這一點。連將軍都非常客氣，他喃喃說出一些安慰的話，向伊麗莎白・普羅科菲耶夫娜賠笑問道：「在平台上不覺得太涼嗎？」他還想問伊波利特。「你在大學裡讀了多長時間的書？」但是沒有問出來。葉夫根尼・帕夫洛維奇和施公爵忽然十分客氣和活潑起來，阿杰萊達和亞歷山德拉的臉上雖然還留有驚異的神情，但也露出愉快的樣子。一句話，在座的人見到伊麗莎白・普羅科菲耶夫娜息怒，莫不歡喜。只有阿格拉婭一人皺著眉頭，默默地坐在遠處。其餘的客人全留下來，沒有人想走，連伊伏爾金將軍也在內。列別杰夫順便向他耳語幾句大概很不愉快的話，所以他立刻退到角落裡去了。公爵也到布林多夫斯基一夥人面前去邀請，沒有例外。他們露出拘束的神色，喃喃地說要等待伊波利特，立刻退到平台最遠的角落，在那裡挨著坐下了。大概列別杰夫早就預備好了茶水，所以他立刻就端上來了。鐘打了十一下。

第十章

伊波利特在薇拉．列別杰娃遞給他的一杯茶裡沾一下嘴唇，就把杯子放到小桌上，忽然好像感到不好意思似的，很窘地向四圍望了一下。

「伊麗莎白．普羅科菲耶夫娜，您瞧這些茶杯，」他有點奇怪地急忙說道，「這些瓷杯大概是極好的瓷器，永遠放在列別杰夫的玻璃櫃裡面，鎖著不用……這是他妻子的嫁妝……照例應該存放起來的……現在他取出來給我們喝茶，當然是為了您這位貴客，他感到太高興了……」

他還想說幾句什麼話，但是沒有說出來。

「他覺得有點不合適，我是料到的！」葉夫根尼．帕夫洛維奇忽然向公爵耳語說，「這是很危險的，是不是？這是一個最可靠的徵兆，表示他懷著惡意，要做出什麼奇怪的把戲，使伊麗莎白．普羅科菲耶夫娜坐不住。」

公爵帶著疑問的神情看了看他。

「您不怕奇怪行為嗎？」葉夫根尼．帕夫洛維奇又說，「我也不怕，甚至還想看呢。我只是希望我們可愛的伊麗莎白．普羅科菲耶夫娜受到懲罰，就在此時此刻實現才好，我不看到她受懲罰，絕不想走。您大概在發燒吧？」

「以後再說，請不要妨礙我。是的，我不大舒服。」公爵心不在焉地，甚至不耐煩地回答說。他聽到了自己的名字，伊波利特提到他了。

「您不相信嗎？」伊波利特歇斯底里地笑起來，「也許會的。不過公爵一下子就會相信，絲毫不會驚異。」

「你聽見嗎，公爵？」伊麗莎白・普羅科菲耶夫娜回身對他說，「你聽見沒有？」

周圍的人都笑了。列別杰夫手忙腳亂地走上前去，在伊麗莎白・普羅科菲耶夫娜的面前旋轉。

「他說這小丑，就是你的房東……給那位先生修改過文章，就是剛才讀過的那篇關於你的文章。」

公爵很驚異地看了列別杰夫一眼。

「你為什麼不說話？」伊麗莎白・普羅科菲耶夫娜甚至跺起腳來了。

「那有什麼？」公爵喃喃地說，繼續打量著列別杰夫，「我看是他修改的。」

「真的嗎？」伊麗莎白・普羅科菲耶夫娜很快地向列別杰夫轉過身去。

「這是千真萬確的事情，夫人！」他堅定不移地回答說，把一隻手按在心口。

「好像還在誇口呢！」她幾乎從椅子上跳起來。

「下賤，下賤！」列別杰夫喃喃地說，開始叩擊自己的胸脯，把頭俯得越來越低。

「你下賤不下賤，與我有什麼相干！他以為他一說低賤，就會卸脫責任了。公爵，我還要問你，你和這些人來往，不覺得害臊嗎？我永遠不會饒恕你的！」

「公爵會饒恕我的！」列別杰夫帶著確信和溫和的神情說。

「僅僅是出於義氣，」凱勒忽然跳過來，朝著伊麗莎白・普羅科菲耶夫娜的方向走，用洪亮的聲音說，「僅僅是出於義氣，太太，還為了不願意破壞朋友的名譽，我剛才沒有提起修改的話，雖然剛才您自己也聽見了，他竟提議把我們從樓梯上趕下去。現在，為了弄明白真相，我承認我的確花了六個盧布請教過他，但這並不是為了修改文體，而是為了要弄明白有一大半我不知道的事實，因為他是知情人。關於鞋套，關於瑞士教授家裡的胃口，關於付出五十盧布，而不說付出二百五十盧布，一句話，所有這些佈局全出於他的手筆，一共給了他六個盧布，不過他沒有修改文體。」

「我應該聲明，」列別杰夫用極不耐煩的態度和慢吞吞的聲音打斷他的話，別人的笑聲也越來越多起來，「我修改的只是那篇文章的前半部，但是因為我們對中間的一段意見不合，還為了一個意思爭論過，所以我並沒有修改下半部，所以那些不通文理的地方，（不通的地方很多！）和我完全不相干……」

「他所關心的原來是這一點！」伊麗莎白·普羅科菲耶夫娜喊道。

「請問，」葉夫根尼·帕夫洛維奇對凱勒說，「你們什麼時候修改這篇文章的？」

「昨天早上，」凱勒回答說，「我們會見時，雙方約好要互相保守祕密。」

「這就是他匍匐在你的面前，講他如何對你盡忠的時候！人心真不可測呀！我不需要你的《普希金全集》，你的女兒也別登我的門！」

伊麗莎白·普羅科菲耶夫娜想站起來，但是，忽然很惱怒地對發笑的伊波利特說：「孩子，你把我留在這裡，難道是要給人做笑柄嗎？」

「哪裡的話，」伊波利特撇嘴笑著說，「不過最使我驚訝的是您那過份怪僻的性格。說實在的，我是故意引出列別杰夫修改的話來，我知道這在您身上會起作用，老是對於您一人起作用，因為公爵是會饒恕的，而且一定已經饒恕了……也許甚至已經在腦筋裡尋找道歉的話，對不對，公爵？」

他喘息著，他那奇怪的興奮狀態隨著每一句話加大起來。

「是這樣嗎？……」伊麗莎白·普羅科菲耶夫娜很憤怒地說，對於他的說話口氣表示驚訝，「是這樣嗎？」

「關於您的事情我已經聽到許多，全是關於這一類的……我十分高興……我已經學會了極端尊敬您。」伊波利特繼續說。

他所說的是一件事情，但是他好像有弦外之音，指著另一件事情。他說話時帶著嘲笑的口吻，同時又極端興奮。他很不安地向周圍看望。他顯然心慌意亂，說話時上句搭不上下句。再加上他那肺病的模樣，以及閃著奇妙光輝的、似乎瘋狂的眼神，不由得引起了人們對他的注意。

「我雖然不懂人情世故（我承認這一點），但是使我驚異的是：您不但自己留在我們這群使您有失體面的人群裡，而且還把那幾位……小姐留下，聽這件齷齪的事情，雖然說她們在小說裡面已經讀過了。我也許不知道……因為我的頭腦發昏了，但是無論怎麼說，除了您以外，誰還能聽從一個小孩的請求（我還是個小孩，這我也承認），陪他聊天聊了一晚上……對一切都表示同情……而到了第二天又感到羞愧……（我也同意，十分尊敬，雖然從您的老爺的臉色上可以看出，這一切對於他是如何的不習慣……）嘻，嘻，嘻！」他嘻嘻笑著，完全昏亂起來了，又忽然來一陣劇烈的咳嗽，足有兩分鐘不能說下去。

「氣都喘不上來了！」伊麗莎白．普羅科菲耶夫娜冷若冰霜地說，帶著嚴厲而好奇神情打量著他，「可愛的小孩，夠了，我們該走了！」

「先生，容我對您說一句話，」伊萬．費道洛維奇忍耐不住，忽然很惱怒地說，「夫人是到列夫．尼古拉耶維奇公爵家裡來，因為他是我們的好朋友和鄰居。無論如何，年輕人，您不該批判伊麗莎白．普羅科菲耶夫娜的行為，更不該當面解釋我臉上的表情。是的。如果說夫人為什麼留在這裡，」他繼續說，越說越惱怒，「先生，那多半是由於覺得奇怪，由於當今人人都懷抱著的一種想看看怪異年輕人的好奇心。我自己也留在這裡，這好比有時候停在街頭，當我看到什麼東西，把它當作……當作……當作……」

「當作稀奇的東西。」葉夫根尼．帕夫洛維奇提醒說。

「妙極了，對極了，」將軍一時想不出比方，聽了葉夫根尼．帕夫洛維奇的提醒之後，馬上高興地說，「就是當作稀奇的東西來看。但是，無論如何，我覺得最奇怪而且最可氣的，如果文法允許這樣說的話，就是您這個年輕人竟不明白伊麗莎白．普羅科菲耶夫娜現在之所以陪著您，就是為了您的病——如果您真的就要死去的話——也就是由於所謂的同情心，由於您說了一套可憐的話，先生，任何的爛泥都不會玷污她的名譽、品質和身份的……伊麗莎白．普羅科菲耶夫娜！」將軍紅著臉結束他的話，「如果你想走，我們就向我們這位善心的公爵告辭吧……」

「多謝您的教訓，將軍。」伊波利特突然很嚴肅地插嘴說，若有所思地望著將軍。

「我們走吧，maman，誰知道這還要到什麼時候呢……」阿格拉婭站起來，急躁而憤怒地說。

「再等兩分鐘，親愛的伊萬．費道洛維奇，如果你允許的話，」伊麗莎白．普羅科菲耶夫娜很威嚴地轉身對著丈夫說，「我覺得他全身發燒，簡直是在那裡說胡話，我從他的眼睛裡看得出這一點。不能夠讓他這樣下去了。列夫．尼古拉耶維奇！可不可以讓他在你這裡住一夜？免得今天還要回到彼得堡去！Cher prince（法文：親愛的公爵），您不覺得悶嗎？」她不知為什麼忽然對施公爵說。「你到這裡來，亞歷山德拉，我的姑娘，你把頭髮弄一弄。」

亞歷山德拉的頭髮本來不亂，母親卻給她整理了一番，並且吻她一下。母親叫她就是為了這件事情。

「我覺得您是能夠發展的……」伊波利特擺脫了思緒，又開始說話了，「是的！這就是我想說的話！」他好像忽然想起什麼事情，高興起來了，「布林多夫斯基滿心想保護自己的母親，是不是？但是結果呢，他反而損害了母親的名譽。公爵想幫助布林多夫斯基，滿心要把自己的友情和金錢送給布林多夫斯基，在我們所有的人中間，也許只有公爵不討厭他，但是他們倆也互相對立著，好像有不共戴天的仇恨似的……哈，哈，哈！你們大家都恨布林多夫斯基，因為在你們看來，他對待自己母親的方式太不厚道，太齷齪了，對不對？對不對？對不對？你們大家最喜歡看形式的美好和表面的厚道，你們所擁護的就是這個，對不對？（我早就猜到，你們所擁護的只是這個！）現在讓我告訴你們，你們中間就沒有一個人像布林多夫斯基那樣愛自己的母親！公爵，我知道您已經暗地裡讓加尼亞給布爾多夫斯基的母親寄錢去了，我敢打賭（哈！哈！哈！他歇斯底里地哈哈大笑著），我敢打賭，布林多夫斯基現在就會責備您採取的形式不好看，責備您不尊敬他的母親，我敢說就是這樣，哈，哈，哈！」

這時，他又喘不過氣來，開始咳嗽。

「全說完了嗎？現在全說完了吧？全說完了吧？好，你現在上床去睡覺吧，你在發燒呢，」伊麗莎白．普羅科菲耶夫娜不耐煩地打斷他的話，用不安的眼神盯著他，「哎，天哪！他還要說話呢！」

「您大概在那裡發笑吧？您為什麼老是笑我？我看出您在笑我。」他忽然很不安地，很惱怒地對葉夫根尼．帕夫洛維奇說；那個人的確是發笑來的。

「我只想問您一句，伊波利特……先生……對不住，我忘掉了您的姓。」

「捷連季耶夫先生。」公爵說。

「是的，捷連季耶夫，謝謝您，公爵，大家剛才提過，我的腦子記不清了……我想問您一句，捷連季耶夫先生，我聽見您說，您認為自己只要有一刻鐘對窗外的人民講話，他們立刻會贊成您，跟著您走，對不對？」

「我很可能說過……」伊波利特回答道，似乎想起了什麼，「一定說過的！」他忽然補充說，精神又活潑起來，很堅定地看著葉夫根尼．帕夫洛維奇，「那又有什麼呢？」

「絕對沒有什麼，我只是要把它當作補充資料。」

葉夫根尼．帕夫洛維奇頓時默不作聲了，但是伊波利特還是帶著焦急的神情看著他。

「怎麼？完了嗎？」伊麗莎白．普羅科菲耶夫娜對葉夫根尼．帕夫洛維奇說，「我的爺，你快說完吧，他應該去睡覺啦。你是說不出來嗎？」（她顯得異常惱怒。）

「我倒很想加以補充。」葉夫根尼．帕夫洛維奇繼續微笑著說，「捷連季耶夫先生，我從你的朋友們那裡聽到的一切，還有您剛才施展出的無可置疑的天才，說出來的那一番話，據我看來，全應該歸結到一種學說裡去，那就是權利應該佔優勢，應該把它擺在第一位，把它放在中心，完全排斥其他的一切，甚至也許在研究那種權利所包括的內容之前。我這話也說錯了吧？」

「您當然說錯了，我甚至沒有瞭解您的意思……接下來呢？」

角落裡也發出一陣怨聲。列別杰夫的外甥喃喃地說著什麼話。

「接下來差不多沒有什麼了，」葉夫根尼．帕夫洛維奇繼續說，「我只是想指出，如果站在這樣的立場來看，就很容易歸結到暴力的權利上去，也就是歸結到個人拳頭和個人意願上去，世界上時常會有這樣的結果。普魯東所主張的就是暴力的權利。在美國戰爭時，有許多最進步的自由主義者都宣佈他們擁護種植場主，因為他們說黑奴總是黑奴，比白種人低，暴力的權利應該在白種人方面……」

「那又怎樣？」

「那就是說，您並不否認暴力的權利嗎？」

「接下來呢？」

「您是 consequens（法文：符合邏輯的）。我只想說，從暴力的權利到老虎與鱷魚的權利，甚至跟到達丹尼洛夫和戈爾斯基，並不很遠。」

「我不知道，接下來呢？」

伊波利特不大聽葉夫根尼．帕夫洛維奇的說話，即使他在那裡說著「怎麼樣？」「接下來呢？」這樣的話，那似乎多半是由於談話的老習慣，而非由於注意與好奇。

「接下來沒有什麼……完了。」

「然而我並不生您的氣。」伊波利特忽然完全出人意料地說，他似乎根本沒有意識到做什麼，只伸出手來，甚至露出微笑。葉夫根尼．帕夫洛維奇起初很驚奇，但後來就帶著極嚴肅的神情，摸了一下朝他伸出來的手，似乎在接受人家的賠罪似的。

「我不能不再補充一句，」他用同樣含混不清的尊敬口吻說，「那就是我很感謝您傾聽我的這番好意，因為根據我多次的觀察，我們的自由派從來不容許別人擁有特別的見解，要是你有自己的主張，他們就馬上辱罵你，甚至採取更惡劣的對待方法……」

「您這話說得非常對。」伊萬．費道洛維奇將軍說，他倒背著手，帶著極煩悶的神情，向平台出口退去，在那裡很惱怒地打了一個哈欠。

「喂，朋友，你的話我聽夠了，」伊麗莎白．普羅科菲耶夫娜忽然對葉夫根尼．帕夫洛維奇說，「你使我感到討厭……」

「是時候了，」伊波利特忽然帶著關切的、幾乎恐懼的神情站了起來，他很惶惑地環顧一番，「我把你們留下來了，我想對你們全說出來……我想大家……最後一次……這是一個幻想……」

顯然他的活潑是由於衝動而來的，他忽然從真正的話語中脫離了幾秒鐘，忽然以充分的意識記起了什麼，便說出來，大半是零零落落的，也許是他在床上，在孤寂裡，在失眠時，在長久的、沉悶的時刻早已想到和學到的一切。

「唔，再見！」他忽然厲聲說，「你們以為我很容易對你們說出『再見』吧？哈哈！」他很生氣地嘲笑自己這個笨拙的問題。他好像為了自己總也說不出心裡的話而惱火，怒氣沖沖地大聲說，「閣下！我請您光臨我的葬禮，如果您肯賞光的話……諸位，請人家都來，跟在將軍的後面！……」

他又笑了，但這已經是瘋子的笑聲。伊麗莎白・普羅科菲耶夫娜很驚慌地跑到他面前，拉住他的手。他凝望著她，帶著同樣的笑，但這種笑已經無法繼續下去，它好像停止了，凝結在他的臉上。

「您知道不知道，我到這裡來是為了看樹的？就是這些……（他指著花園裡的樹）這不可笑嗎？這裡沒有可笑的地方嗎？」他很嚴肅地向伊麗莎白・普羅科菲耶夫娜問，忽然沉思了一下，過了一會兒，他又抬起頭來，在人群裡用好奇的眼光尋找。他在尋找葉夫根尼・帕夫洛維奇——這個人正站在右面不遠，還是以前的那個地方——但是他已經忘記了，而向周圍尋找，「啊，您還沒有走！」他終於找到了他，「您剛才笑我想向窗外說一刻鐘的話……您要知道，我的歲數並不是只有十八歲；我已經有許多時候躺在這枕頭上面，有許多時候向窗外觀望，有許多時候思索……每一個人……的事情……您要知道，死人是沒有年紀的。我在上禮拜，夜裡醒過來的時候還想到這一點……你們知道自己最怕的是什麼嗎？你們最怕的是我們的誠懇，雖然你們看不起我們！當時在夜裡，我在枕頭上面也想到了……您以為我剛才想笑您嗎？伊麗莎白・普羅科菲耶夫娜。不，我不是笑您，我只是想誇獎您……科利亞說，公爵稱您為嬰孩……這很好……我到底……還想要說什麼來著？……」

他用雙手捂住臉，沉思了一會兒。

「原來是這樣的。剛才您想離開這裡的時候，我忽然想：現在有這些人在這裡，到將來風流雲散，永遠不會再有了！樹木也是這樣。剩下的只會是一座紅牆，梅耶爾家的紅磚牆……在我的窗戶對面……喂，你把所有的話都對他們說……試著說出來；那邊有一個美女……要知道，你是個死人，你要說出自己是個死人，你就說：『死人是什麼話都可以說的』……瑪麗亞·阿萊克謝夫娜公爵夫人不會罵的，哈，哈！……你們不笑我嗎？」

他帶著疑惑的神情，向大家掃視了一下。

「你們知道，我在枕頭上產生了許多念頭……你們知道，我相信大自然是很會嘲笑人的……你們剛才說是無神派，可是你們應該知道這大自然……你們為什麼又發笑？你們是極殘忍的人！」他忽然朝大家看了一眼，帶著激憤的神情說。「我並沒有帶壞科利亞。」他好像忽然又想起什麼事情，用完全另一種嚴肅而肯定的口氣說。

「沒有人，沒有人在這裡笑你，你放心吧！」伊麗莎白·普羅科菲耶夫娜簡直感到了痛苦，「明天可以請一位新醫生來，那位醫生診察錯了。你坐下來，你站不住！你在說胡話……唉，現在怎樣安置他呢？」她忙亂著，扶他坐到沙發上。她的面頰上閃耀著淚珠。

伊波利特幾乎驚愕地站住了，他抬起一隻手，畏葸地伸出去，撫摸那淚珠。他像孩子一樣微笑著。

「我……對您……」他很高興地開始說，「您不知道我怎樣對您……他永遠那麼興高采烈地講到您，就是他，科利亞……我喜歡他那興高采烈的樣子。我並沒有帶壞他！我只是留下他做朋友……我想留下所有的人，留下大家做朋友——但是我沒有留下一個，連一個都沒有……我想做一個事業家，我有權利……啊，我真想做許多事情！我現在什麼也不想，什麼也不願意想，我已經發誓不再想任何事情；就讓他們撇開我，自己去尋找真理吧！是的，老天爺是好嘲弄人的！它為什麼，」他忽然熱烈地說，「它為什麼創造一些最優良的生物，只為了以後去嘲笑他們呢？由於它的擺佈，使大家認為地球上只有一個生物是至聖至神……由於它的活動，把這個生物介紹給萬民，叫這個生物說出一些導致大量流血的話語，如果這血一下子全都流出，一定會把人們都淹死了！啊，幸而我就要死了！否則我也許會說出一些可怕的謊話，老天爺是會這樣擺佈的！……我沒有帶壞任何人……我想為了大眾的幸福，為了發現和宣揚真理而活下去……我向窗外梅耶爾家的牆上觀望，只想說一刻鐘的話，說服大家，說服大家；雖然我一生中沒有遇見所有的人，但畢竟和您……相遇了一次！但是結果怎樣呢？一無所獲！結果只是你們看不起我！所以說我沒有用處，所以說我是個傻瓜，所以說我應該死了！我沒有給人留下任何的回憶！沒有留下一點聲音，一點痕跡，一點事業，我也沒有傳播一種思想和信念！……你們不要笑傻子吧！你們忘掉吧！忘掉一切……請你們忘記吧，不要那樣殘忍！你們要知道，我即使不得這種肺病，也要自殺的……」

他還想說許多話，但是沒有說下去，他倒在沙發上，用雙手遮住臉，像小孩子一樣哭起來了。

「現在對他怎麼辦呢？」伊麗莎白．普羅科菲耶夫娜喊道，她跳到他的面前，抓住他的頭，緊緊地，緊緊地偎到自己的胸前。他抽抽搭搭地嗚咽著。「得啦，得啦！你不要哭啦。得啦，你是個好孩子，上帝為了你無知，是會饒恕你的。夠了，勇敢一些……再說以後你會害臊的……」

「我家裡有，」伊波利特竭力抬起頭來說，「我家裡有一個兄弟，幾個妹妹，他們還是小孩子，貧窮，天真……她會教壞他們的！您是神聖的，您……自己就是一個嬰孩——您救救他們吧！從那個女人手裡搶救出來……她……真是可恥……啊，您幫助他們一下吧，幫助他們一下吧，上帝會給您百倍的報酬，看上帝的分上，看在基督的分上……」

「伊萬．費道洛維奇，你說現在應該怎麼辦呢？」伊麗莎白．普羅科菲耶夫娜怒喊道，「勞您駕，打破您莊嚴的沉默吧！如果您不採取措施，您應該知道，我一定要留在這裡過夜的，您用專制手段壓迫得我也受夠了！」

伊麗莎白・普羅科菲耶夫娜用激動和惱怒的口氣發問，並期待馬上得到回應。但在這種情形下，在座的人數雖然很多，只是大多數人報之以沉默和消極的好奇神情，不願將責任攬到自己的身上，等過了許久之後才會發表自己的意見。在座的人中間，也有一些人下了決心，就是坐到第二天早晨，也不發出一句話來。譬如說，瓦爾瓦拉・阿爾達利翁諾夫娜整個晚上就只是遠遠地坐著，一言不發，用異常好奇的神情一直在那裡傾聽，也許她自有一種原因。

「我的意思是，親愛的，」將軍說話了，「我們現在需要一個看護婦，這要比我們乾著急好得多。或者找到一個可靠的、清醒的人侍候他一夜才好。無論如何必須請教公爵，而且……要立即使病人得到休息。明天再想辦法照顧他。」

「現在已經有十二點鐘了，我們走吧。他是和我們一塊兒走呢，還是留在您這裡？」多克托連科很惱怒地、生氣地對公爵說。

「假使你們願意，你們也可以和他一塊兒留下來，」公爵說，「地方是有的。」

「將軍大人，」凱勒先生突然歡欣地跳到將軍身邊，「如果需要適當的人守夜，我準備為朋友犧牲……他是這樣一個人！我早就認為他很偉大，大人！我的學問當然十分欠缺，但是，如果他批評的話，那真好像一粒粒的珍珠，大人！……」

將軍失望地轉過身去。

「他留在這裡，我是很高興的；他現在回去當然是很困難的。」公爵說，回答伊麗莎白・普羅科菲耶夫娜惱怒的問題。

「你睡著了嗎？如果你不願意，朋友，我可以把他搬到我那裡去。天哪！他自己幾乎站不住啦！你有病嗎？」

伊麗莎白．普羅科菲耶夫娜剛才沒有發現公爵已經病得要死，只從他的外表上考察，過份誇大了他的健康狀況。但是他的病剛好不久，至今仍然有沉痾的餘痛，由於忙亂了一晚上，已經十分疲倦，再加上「帕夫利謝夫的兒子」事件，現在的伊波利特事件——這一切都把公爵敏感的神經刺激到幾乎要發燒的地步。除此以外，他的眼睛裡現在還另有隱憂，甚至是恐懼；他畏葸地看看伊波利特，似乎期待他還要做出什麼事情來。

伊波利特突然立起，臉色異常蒼白，在他那變形的臉上露出極度可怕的慚愧神情。在他那又憤恨、又畏葸地看著眾人的眼神裡，在他那顫抖的嘴唇上所浮現出來的茫然的、歪扭的、輕微的嘲笑裡，這神色顯得特別清楚。他立刻垂下眼睛，搖晃著身體，一邊還在微笑，慢慢走到布林多夫斯基和多克托連科的身旁。他們正站在平台的出口，他要和他們一塊兒走。

「我就怕這個！」公爵喊道，「正是應該如此！」

伊波利特帶著狂怒的神情向他猛地轉過身來，他臉上的每一個線條似乎都在顫動和說話。

「啊，您也就怕這個！依您看，『正是應該如此』嗎？那麼，您要知道，如果說我在這裡恨誰的話，」他大喊起來，帶著嘶啞和尖叫，嘴裡濺出唾沫，「我恨你們大家，你們我都恨！您，您，您這個偽善的甜蜜的的靈魂，白癡，偽善的百萬富翁，在所有的人當中，我最恨您；在世界上的萬物中，我最恨您！我最初一聽到您的時候，老早就瞭解您，恨上了您，我對您恨之入骨……這全是您剛才弄出來的！這是您使我發作起來的！您使垂死的人感到羞恥，您，您，您應該對於我這樣畏畏葸葸負責！如果我還能留在人世，我一定要殺死您！我不需要您的慈善，我不願從任何人手裡，您聽著，我不願從任何人手裡接受任何東西！我在胡言亂語，你們不要得意！……我詛咒你們大家，永遠詛咒你們大家！」

說到這裡，他完全喘不過氣來了。

「他對自己的淚感到羞恥了！」列別杰夫對伊麗莎白・普羅科菲耶夫娜微語，「『這大概是無法避免的！』公爵真行！一下子就看透了……」

但是伊麗莎白・普羅科菲耶夫娜連看都不看他。她站在那裡，驕傲地挺直身體，仰著頭，帶著蔑視的神情端詳審看著「這些小人物」。伊波利特說完之後，將軍聳了聳肩；夫人怒氣沖沖地從頭到腳看了他一眼，似乎要求他解答他那種行動的意義。她立刻轉向公爵。

「謝謝您，公爵，我們家的怪朋友，您給我們大家一個愉快的晚會。大概您的心裡現在很高興，因為您把我們都拖進您的愚蠢的行動裡去了……夠了，我家的親愛朋友，謝謝您，您總算讓我們看清了您是一個什麼樣的人！……」

她憤怒地整理自己的斗篷，等候「那幫人」先走。這時候，有一輛馬車跑來拉「那幫人」。這是在一刻鐘以前，多克托連科打發列別杰夫的兒子（那個中學生）去叫來的。將軍立刻隨著他的夫人發言了：「公爵，我真萬想不到……在這以後，在所有這一切之後，在所有的友誼關係之後……最後，伊麗莎白・普羅科菲耶夫娜……」

「那怎麼成呢？」阿杰萊達喊道，她迅速地走到公爵面前，和他握手。

公爵帶著茫然的神情向她微笑。一陣熱烈的、迅速的微語突然衝進他的耳朵。

「如果您不立刻拋棄這些討厭的人物，我一輩子，一輩子都要恨您這個人！」阿格拉婭低聲說；她好像發瘋一般，但是，不等公爵看她一眼，她就轉過身去了。其實，他現在已經沒有什麼東西或什麼人可拋棄了，因為就在這個時候，那些人已經把病人伊波利特攙上馬車，馬車已經走了。

「怎麼？伊萬・費道洛維奇，這一切還要繼續很久嗎？您覺得這些壞孩子的氣我還要受多久呢？」

「是的，我，親愛的……我……我當然準備，而且……公爵……」

伊萬·費道洛維奇雖然向公爵伸出手，但是來不及握，就跟著伊麗莎白·普羅科菲耶夫娜跑開了。將軍夫人帶著憤怒和響聲從平台上走下去。阿杰萊達、她的未婚夫，還有亞歷山德拉，都誠摯地，和藹地向公爵告別。葉夫根尼·帕夫洛維奇也去告別，只有他一個人歡天喜地。

「事情果不出我的所料！我只是可憐您這個倒楣鬼受了損害。」他極溫和地笑著說。

阿格拉婭沒有告別就走了。

但是這天晚上的把戲還沒有完，伊麗莎白·普羅科菲耶夫娜又有了一樁意外的遭遇。當她還沒有下台階，走上花園旁邊的道路，忽然有一輛漂亮的馬車，套著兩匹白馬，馳過公爵的別墅。馬車上坐著兩位漂亮的太太。那輛馬車還沒有走過十步，忽然站住了，一位太太急忙轉過身來，好像突然看到一位有事相商的朋友。

「葉夫根尼·帕夫洛維奇！是你嗎？」忽然發出一個清脆悅耳的聲音，這聲音使公爵（也許還使另一個人）打了一個哆嗦，「我真高興，到底找到你了！我特地打發人到城裡去找你。打發了兩個人！他們找了你一整天！」

葉夫根尼·帕夫洛維奇站在平台的梯階上面，好像遭到電擊似的。伊麗莎白·普羅科菲耶夫娜也站在那裡，但是並不像葉夫根尼·帕夫洛維奇那樣驚恐和發愣；她還是趾高氣揚地，露出冷淡輕蔑的神情，像五分鐘前看著「小人物」似的看著這個大膽的女人。然後立刻凝視著葉夫根尼·帕夫洛維奇。

「我有一件新聞！」清脆的聲音繼續說，「庫普費爾的期票你不要擔心啦。羅戈任已經照三十的價錢買下來了，是我跟他說好的。你至少可以安靜三個月了。至於皮斯庫普和那些壞東西，靠著朋友交情，我們一定可以講得通！所以一切都很順利。你快樂快樂吧。明天見！」

車輪再次轉動了，馬車很快就消失了。

「她是瘋子！」葉夫根尼．帕夫洛維奇終於喊出來，他氣得滿面通紅，莫名其妙地環顧了一下，「我簡直不知道她說的是什麼話？什麼期票？她是誰？」

伊麗莎白．普羅科菲耶夫娜又繼續看了他兩三秒鐘；然後，她迅速地，堅決地向自己的別墅走去，大家跟著她。整整過了一分鐘，葉夫根尼．帕夫洛維奇返回平台，慌慌張張地來見公爵。

「公爵，您說實話，您不知道這是什麼意思嗎？」

「我一點也不知道。」公爵回答。他自己也處於病態的、極度的緊張之中。

「不知道嗎？」

「不知道。」

「我也不知道，」葉夫根尼．帕夫洛維奇忽然笑了，「真是的，我和這些期票毫無關係，請您相信我的話！……您怎麼啦？您發暈嗎？」

「不，不，我告訴您，不會的……」

第十一章

到了第三天，葉潘欽一家才算完全安下心來。公爵雖然有許多事情照例責備自己，誠懇地期待得到懲罰，但是他起初就充分相信，伊麗莎白·普羅科菲耶夫娜絕不會真的跟他生氣，而多半是在生自己的氣。因此，到了第三天，這樣長時期的仇恨就使他感到極端苦惱了。其他的一些情況也促成他的愁悶，特別是其中的一件事情。這三天來，它使敏感中的公爵的疑竇越來越大（公爵最近還責備自己走兩個極端：一個是極「無意義的、令人厭煩的」輕信，另一個是「陰鬱的、低微的」疑心）。簡單地說，關於那個從馬車裡向葉夫根尼·帕夫洛維奇談話的怪女人的事情，到第三天終於在他的心裡驚疑起來。在公爵看來，這個謎的本質，拋開事情的其他方面不提，就在於一個可悲的問題；他是不是要對這個新的「怪事」負責，或者只是……但是，他沒有說出還有誰。至於 H. Ф. B. 這三個字母，據他的觀察，只不過是一種天真的淘氣行為，甚至是最幼稚的淘氣行為，所以如果去想它的話，他覺得不好意思，甚至在某方面幾乎是可恥的。

在那個混亂不堪的「晚會」後的第二天早晨（公爵是造成那種紊亂現象的主要「因素」），公爵就接見了施公爵和阿杰萊達兩個人：「他們到這裡來，主要是為了探問公爵的健康。」他們兩個人出來散步，順便看看他。阿杰萊達剛才在花園裡發現了一棵樹，繁茂的奇怪老樹，樹枝又長又彎，嫩葉又綠又濃，樹上有一個大洞和裂縫；她決意、決意去畫它！因此她在拜訪公爵的半個小時內，差不多都是在講這件事情。施公爵和平日一樣客氣而和藹，向公爵問起一些往事，回憶他們初次相識的情形，而對於前一天所發生的事情幾乎沒有談。後來，阿杰萊達終於忍耐不住，笑了一聲，承認他們是「微行」私訪，但是，她所承認的也只是這一點。不過，從這「微行」兩個字中，就可以看出她的父母，主要是伊麗莎白．普羅科菲耶夫娜，正特別不愉快。阿杰萊達和施公爵在拜訪的時候，關於伊麗莎白．普羅科菲耶夫娜，關於阿格拉婭，甚至關於伊萬．費道洛維奇，都一字未提。他們倆再次出去散步時，也沒有請公爵同去。至於說請他到家裡串門，那更是連一點暗示都沒有。在這一點上，阿杰萊達甚至透過一句很特別的話。據她講，她畫了一張水彩畫，很想給公爵看：「怎麼能快一點給您看呢？等一等！今天如果科利亞來的話，我就讓他給您帶來，要不等我明天和公爵出來散步的時候，親自給您帶來！」她結束自己的話，她為了自己這樣巧妙地，對大家都方便地解決了難題而感到喜悅。

施公爵在臨走的時候，好像忽然想起什麼似的：「噢，對了，」他問，「您知不知道，親愛的列夫．尼古拉耶維奇，昨天在馬車上喊葉夫根尼．帕夫洛維奇的那個女人是誰？」

「她是納斯塔霞．菲利波夫娜，」公爵說，「難道您還不知道她是誰？但是我不知道和她在一起的是誰。」

「我知道，我聽人家說了！」施公爵搶上去說，「不過，她那樣喊叫是什麼意思？說實話，這對於我真是一個謎……不但對於我，對於別人也是一樣。」施公爵帶著特別而明顯的驚訝神情說。

「她講葉夫根尼．帕夫洛維奇的什麼期票，」公爵很隨便地回答說，「由於她的請求，羅戈任把它從一個高利貸者的手裡弄過來，並答應葉夫根尼．帕夫洛維奇什麼時候方便，就什麼時候歸還。」

「我聽人家說了，我聽見人家說了，我親愛的公爵，不過，這是不會有的事情！葉夫根尼．帕夫洛維奇絕不會出什麼期票！他有的是財產……當然，他以前由於浪蕩輕浮，也出過這類事情，我也給他解過園……但是，以他這樣豐厚的財產，出期票給借印子錢的商人，並且為了這期票擔心，是不可能的事情。他也絕不會和納斯塔霞·菲利波夫娜以你相稱，並發生什麼親密的關係——這是最主要的一個問題。他發誓說，他一點也摸不著頭腦，我完全相信他的話。不過親愛的公爵，我想問您一下，您知不知道其中的原因？那就是說，您會不會偶然聽到什麼消息？」

「不，我一點也不知道。我還要向您聲明，我跟這件事情沒有一點瓜葛。」

「唉，公爵，您怎麼會這樣奇怪！我今天真對您的表現感到莫名其妙了。我難道會猜疑您參加這種事情嗎？……不過您今天精神不大痛快。」

他擁吻公爵。

「是說參加哪一種『這種』事情呢？我沒有看見任何『這種』事情。」

「毫無疑問，這個女人是想用什麼方法來阻礙葉夫根尼·帕夫洛維奇做某種事情，想在目擊者的面前，給他增加一些他身上所沒有，而且也不可能有的性格。」施公爵冷冷地回答說。

列夫·尼古拉耶維奇公爵感到很慚愧，但還是帶著疑問的神情盯著施公爵。施公爵沒有說話。

「是不是就是關於期票的事情？是不是就像昨天她所說的那樣？」公爵終於不耐煩地喃喃著說。

「但是我對您說，請您自己判斷一下，葉夫根尼·帕夫洛維奇和……她，還加上羅戈任，他們中間究竟有什麼共通點呢？我再重複說一遍，他的財產很多，那是我深知的；還有一筆財產，他正等候他的叔父遺留給他。那不過是納斯塔霞·菲利波夫娜……」

施公爵忽然又沉默了，顯然因為他不願意繼續對公爵談納斯塔霞·菲利波夫娜。

「這麼說來，他一定認識她啦？」沉默了一會兒以後，列夫·尼古拉耶維奇忽然問。

「大概是認識的，他是一個輕佻的人！不過，即使是認識，也是在很早以前，也就是兩三年以前。

他和托茨基也認識。現在絕不會有這類的事情，他們也永遠不會彼此以你相稱！您自己知道，她一直沒有在這裡，什麼地方也沒有見到她。有許多人還不知道她又露面，我發現那輛馬車也只有三天。」

「多麼漂亮的馬車！」阿杰萊達說。

「是的，馬車很漂亮。」

兩個人走了，施公爵用極友好的，可以說是兄弟一般的態度向列夫．尼古拉耶維奇辭行。

但是，對於我們的主人公來說，這次拜訪卻具有十分重要的性質。雖然說，從昨天夜裡起（也許還早些），他自己就發生很大的懷疑，但是，在他們來訪以前，他還不能十分確定自己的懷疑是對的。現在已經弄清楚了。施公爵對於事情的解釋誠然有些錯誤，但是他到底接近真理，瞭解其中必有陰謀（公爵想，施公爵也許完全瞭解是怎麼回事，只是不願意明說出來，所以故意進行錯誤的解釋）。最明顯的是他們（也就是施公爵）到他這裡來，是希望得到一些解釋的。如果真是這樣，那麼他們簡直認為他是陰謀的參加者。此外，如果這一切都是真的，那麼，她一定懷著某種可怕的目的。究竟是什麼目的呢？真可怕！「怎麼才能阻止她呢？當她確信自己的目標時，就沒有阻止她的可能！」這是公爵從經驗上知道的，「她瘋了！她瘋了！」

但是，這天早晨還有許許多多無從解決的問題都湊在一起，它們同時發生，都需要立即進行解決，因此公爵十分憂愁。使他稍為解悶的是薇拉．列別杰娃。她帶柳博奇卡來看他，一邊笑，一邊講述什麼事情，講了許多時候。她的妹妹張著大嘴，也跑來了。那個中學生，列別杰夫的兒子，也跟了來，他說，根據他父親的解釋，《啟示錄》裡所講的那顆落到泉水旁邊的地面上的「苦艾星」，就是在歐洲縱橫交錯的鐵路網。公爵不相信列別杰夫做這樣解釋，他決定方便時再問列別杰夫本人。公爵從薇拉．列別杰娃口裡知道，凱勒昨天就搬到她家裡來住，看樣子一時不會離開他們，因為他找到了夥伴，而且和伊伏爾金將軍處得很好。不過，他宣佈說，他住在這裡，只是為了完成自己的學業。在大體上，公爵一天天愛起列別杰夫的孩子們來了。科利亞整天沒有來，他一清早就上彼得堡了（列別杰夫也為了自己的什麼事情，天剛亮就走了）。但是，公爵急不可耐地等候加夫里拉．阿爾達利翁諾維奇的來臨，加夫里拉今天是一定要來找他的。

他在下午六點多鐘，吃完飯以後來臨了。公爵一見到他，心裡就想，這位先生至少應該知道事情的原委——他身邊有瓦爾瓦拉．阿爾達利翁諾夫娜和她的丈夫為助手，還能不知道嗎？但是，公爵和加尼亞的關係還是有點特別。譬如說，公爵委託他辦理布林多夫斯基的案子，而且特別懇求他辦理；但不管公爵在這方面怎樣信任他，不管以前的種種，在兩個人中間還保留著一些絕口不提的問題，就好像相互約定了似的。公爵有時覺得加尼亞也許願意主動對他吐露心聲。譬如說，他剛才進來的時候，公爵立刻覺得，加尼亞已經深信他們到了在一切問題上打破堅冰的時候。（不過，加夫里拉．阿爾達利翁諾維奇很忙；妹妹在列別杰夫那裡等他，他們兩人都忙著去辦什麼事情。）

但是，如果加尼亞果真期待公爵提出一連串急切的問題，並情不自禁地吐露真情，表示友好，他當然就大錯特錯了。在他來訪的二十分鐘以內，公爵一直悶悶不樂，精神恍惚。看樣子，公爵不可能提出加尼亞所期待的各種問題；或者更確切地說，不可能提出加尼亞最期待著的一個主要問題。當時，加尼亞也決定用極含蓄的語調說話，他一連講了二十分鐘，一邊笑，一邊極輕鬆、快速地拉扯一些廢話，但一直沒有提到主要的問題。

加尼亞也講到納斯塔霞．菲利波夫娜，說她到帕夫洛夫斯克來只有四天，已經引起大家的注意。她住在水準街一所難看的小房子裡，那是達里亞．阿萊克謝夫娜的家；但是，她的馬車幾乎是帕夫洛夫斯克最漂亮的。她的身邊已經聚集一大幫狂蜂浪蝶，有老有少；他們有時騎著馬，跟在她馬車的後面。納斯塔霞·菲利波夫娜還和以前一樣愛挑剔，只是自己看得順眼的才容許登門。就是這樣，她的身旁還是聚攏了大批人馬，遇到必要時，總有人會替她撐腰。有一個住在別墅裡的先生，已經為了她和自己的未婚妻發生爭吵；還有一位老將軍，為了她幾乎詛咒自己的兒子。她時常帶著一個漂亮的姑娘乘車出遊，這個姑娘剛剛十六歲，是達里亞·阿萊克謝夫娜的遠親。這個姑娘的歌唱得很好，所以每到晚間，她們的房屋就引起人們的注意。不過，納斯塔霞·菲利波夫娜的行為特別檢點，服裝也很樸素，只是趣味特別高尚，所有的太太全都「羨慕她的雅致、美貌和馬車」。

「昨天那件怪事，」加尼亞說，「肯定是有預謀的，當然不應該算數。如果想挑她的毛病，必須故意找碴兒，或者造謠生事，而那幫人很多就會這樣幹的。」加尼亞結束說，他預料公爵立刻會問：「他為什麼認為昨天的那件事是有預謀的？為什麼那些人很快就會這樣幹呢？」但是，公爵並沒有問這個。

關於葉夫根尼·帕夫洛維奇的事情，加尼亞也是自己說出來的，公爵並沒有特別問他，這是很奇怪的，因為他毫無緣由地提到了那個人。依照加夫里拉·阿爾達里昂諾維奇的看法，葉夫根尼·帕夫洛維奇以前並不認識納斯塔霞·菲利波夫娜，現在只是和她有一面之緣，是四天以前在散步的時候才有人介紹給她，可能連一次都沒有和別人一塊兒到她家裡去過。期票也許會有的（加尼亞確實知道這一點）；葉夫根尼·帕夫洛維奇的財產當然很多，但是「莊園方面有些事情的確很亂」。加尼亞剛談到這有趣的一點，忽然就打住了。關於納斯塔霞·菲利波夫娜昨天的舉動，除了上面偶然提到的以外，他沒有再說一句話。後來，瓦爾瓦拉·阿爾達利翁諾夫娜跑來找加尼亞，她坐了一會兒，也沒有人問起，就說：葉夫根尼·帕夫洛維奇今天或明天上彼得堡去，她的丈夫（伊萬·彼得洛維奇·普季岑）已在彼得堡，大概也是為了葉夫根尼·帕夫洛維奇的事情，那裡的確發生了什麼事情。臨走時，她說伊麗莎白·普羅科菲耶夫娜今天心情不好，最奇怪的是阿格拉婭和全家人吵架，不但和父母吵，而且和兩位姐姐吵，她認為「這很不妙」。兄妹兩人似乎在無意中透露了最後的這個消息（它對公爵是極重要的），然後就走了。關於「帕夫利謝夫的兒子」的事情，加尼亞也沒有提一句話，這也許是由於他假意謙恭，也許是因為「怕公爵傷心」。不過，公爵對於他這樣努力辦理案件，又向他道謝了一次。

終於只剩下自己一個人了，公爵很喜歡這樣。他從平台上走下來，穿過道路，走入花園；他想考慮並且決定一個步驟。但是，這並不是那種應該仔細考慮的「步驟」，而是不必考慮就能簡單決定的「步驟」；他忽然很想放棄這裡的一切，回到他原來的地方，立刻遠走他鄉，甚至不和任何人告別。他預感到，如果再在這裡留上幾天，他一定會無可挽回地被捲入這個社會的漩渦，從此他的命運就和這個社會分不開了。但是，他沒有考慮上十分鐘，就馬上決定逃走是「不可能的」，他認為這近乎怯懦，他覺得自己面臨著許多任務，他現在沒有任何權利不去解決它們，或者不用全力去解決它們。他散步不到一刻鐘，就懷著這樣心思回家了。他在這時候非常不快。

列別杰娃還沒有回家，所以在黃昏時分，凱勒就闖到公爵那裡去了，他並沒有喝醉，但極力想對公爵傾訴一下衷腸。他直截了當地說，他跑來的目的是要對公爵講述自己的一生，他就是出於這個目的，才留在帕夫洛夫斯克的。所以，想趕走他是絕對不可能的，因為怎麼也弄不走他。凱勒準備長時間地，籠統地說下去，但是他剛說幾句話，就跳到結論上去了。他說，他已經完全喪失「一切道德的幻影」（只是由於不信上帝），甚至偷起東西來了。——「您會想到這樣嗎！」

「凱勒，您聽我說。如果我是您的話，要是沒有特別的需要，就不必說出這些，」公爵開始說，「不過，您也許是故意說自己的壞話吧？」

「我是對您，單單對您一個人說的，單單是為了對自己的前途有利才說的！我絕不對其他的人說：我寧願死去後，把我的祕密帶到棺材裡去！但是，公爵，您要知道，您要知道，這年頭想弄點錢是多麼困難啊！請問您，究竟上哪裡去弄呢？只會有一個回答：『你拿黃金和鑽石來做抵押，我們可以借給你。』那正是我所沒有的東西。您會想到這個嗎？我等了又等，終於生起氣來了。我說：『用綠寶石做抵押能借給我錢嗎？』對方說：『用綠寶石做抵押，也可以借。』我說：『那就行。』於是戴上帽子走了。我心裡想：見鬼，你們這些壞蛋！真是的！」

「那麼，您有綠寶石嗎？」

「我哪裡有什麼綠寶石！公爵，您還是把人生看得那麼光明，那麼天真，甚至可以說是牧歌式的！」

末了，公爵產生了一種並不是可憐，卻像是慚愧的心情。他甚至有過這樣一個念頭：「可不可以用一種良好的影響，把這個人改造一下呢？」由於某些原因，他認為自己的影響是極不相宜的——這不是由於自視太低，而是由於自己對事物的看法與眾不同。他們漸漸地談起來，談到難捨難分的地步。凱勒特別爽快地講出一些誰都不肯暴露的事情。每當他開始講一樁事情，他都肯定地說自己內心如何地懺悔，「充滿淚珠」，但從他講話時的神情來看，卻好像對自己的行為十分驕傲，有時講得非常可笑，使他和公爵像瘋子一樣哈哈大笑起來。

「主要的是，您有一種孩子式的信任心和不尋常的真實性，」公爵終於說，「您知道，憑這一點，您就可以贖許多罪。」

「你真高尚，高尚，像騎士一樣的高尚！」凱勒和悅地說，「但是，您要知道，公爵，這一切全是幻想，全是一些胡話，實際上永遠不會有什麼結果！為什麼這樣？我自己也不明白。」

「您不要失望。現在可以肯定地說，您已把您的一切事情都對我講過了；至少我覺得在您所講的以外，現在已沒有什麼可添加的東西了，對不對？」

「沒有什麼可添加的？」凱勒帶著一些惋惜的語氣呼喊著，「公爵，您真是還在用瑞士的方式瞭解人。」

「難道還可以添加嗎？」公爵帶著畏葸和驚異的神情說，「那麼，您希望我做些什麼呢？凱勒，請您說一說吧！您跑來對我懺悔是為了什麼？」

「希望您？做些什麼？第一層，看您的純樸和天真是很有趣的，同您坐下談談也是很有趣的；我至少會知道，我面前是一個善良的人物，第二層，……第二層……」

他遲疑著，不好開口。

「也許您想借錢吧？」公爵很正經地，很直爽地說，甚至有些畏葸的樣子。

凱勒大吃一驚，帶著以前那種驚異的神情，很迅速地向公爵直望了一眼，將拳頭猛地朝桌子上一擊。

「您竟用這種手段把人打得發昏！公爵，您真行！您一會兒露出黃金時代所沒有的純樸天真，一會兒又洞察深心，像利箭似的穿入別人的肺腑。然而，公爵，這是需要加以解釋的，因為我……我簡直弄糊塗了！當然，我的最終目的是借錢，但是，照您問我話的口氣來看，好像您覺得借錢也無可指責，而應該是如此的。」

「是的……您也就應該如此。」

「您不生氣？」

「不……有什麼可生氣的呢？」

「我對您說，公爵，我從昨天晚上就留在這裡。第一，是為了對法國主教布林達魯表示特別的敬意（我們在列別杰夫的屋裡一直喝到凌晨三點鐘）；第二，也就是主要的一點（我可以對天發誓，我的話完全是真的），我之所以留在這裡，是為了想把我滿心的懺悔講給您聽，以便使我前途光明；我懷著這種願望在淩晨三點多鐘的時候，含著眼淚睡著了。我不知道您現在相信不相信一個正直人的話；正在我滿含著內心的眼淚和外在的眼淚（因為我到底哭了，我是記得的），想要睡上一覺的時候，我產生了一個壞念頭：『為什麼不在懺悔之後向他借錢呢？』因此，為了準備下一段懺悔詞，好像做了一盤『眼淚炒肉片』。想利用眼淚做引子，使您受感動之後，借給我一百五十盧布。您看，這不是太卑鄙了嗎？」

「但是，實際情況一定不是這樣，只不過是兩者巧合罷了。兩種思想的巧合是常有的事。我也不斷發生這種情形。不過，我覺得這不大好，您要知道，凱勒，我在這方面是極端責備自己的。您現在好像把我自己的事情講給我聽。我有時想，」公爵十分嚴肅地、誠懇地繼續說，露出極其關心的樣子，「既然所有的人全是如此，我也就開始稱讚自己，因為和這種雙重的思想進行奮鬥是非常困難的；我是經歷過的。誰知道這些思想是怎樣出現和產生的呢？但是，您竟稱這為卑鄙！現在，我又開始怕這些思想了。無論怎樣，我不是您的裁判官。據我看來，還不能就此稱為卑鄙，您以為如何？您想用眼淚騙錢，這種手段是巧妙的，但是您自己也曾發誓，您的懺悔具有另一種高尚的目的，並不只是以金錢為目的；至於金錢，那您是準備用來買酒喝的，是不是？在這樣的懺悔之後，這當然是很怯懦的行為。但是，您又怎能在一時之間就戒酒呢？這是不可能的。怎麼辦呢？最好是照自己的良心去做，您覺得呢？」

公爵極好奇地看著凱勒。他顯然早就考慮雙重思想的問題了。

「既然這樣，我真不明白為什麼大家還叫您白癡！」凱勒喊道。

公爵微微地臉紅了。

「傳教師布林達魯是不憐憫人的，而您卻憐憫人，從人道上來批判我！為了懲罰自己，為了表示我受了感動，我不向您借一百五十盧布，您只借給我二十五盧布就夠了！這是我在兩個星期中所需要的最少的開銷。我在兩個星期之內，絕不再向您要錢。我想讓阿加什卡快樂一下，但她是不值得的。親愛的公爵，願上帝祝福您！」

列別杰夫剛回家就到公爵屋裡來了，看見凱勒手裡握著二十五盧布，便皺了一下眉頭。但是，凱勒一有錢，就忙著走開了，頓時溜之大吉。列別杰夫於是開始說他的壞話。

「您的話不正確，他的確真誠懺悔來著。」公爵終於說。

「他的懺悔值個屁！就和我昨天說『下賤，下賤』一樣，其實只不過是空話罷了！」

「那麼，您所說的只是一些空話嗎？我還以為……」

「現在我對您，只對您一個人說真話，因為您看人很透徹：空話和行為，虛妄和真理──都集於我身上，而且是十分真誠的。真理和行動就在我的真誠懺悔中，信不信由您，我可以發誓；空話和虛妄是在我的壞思想裡（我永遠有這種思想），譬如怎樣設法找人，怎樣用懺悔的淚水佔便宜！真是這樣！我絕不對別人說這種話，因為人家會笑我，唾我；然而公爵您是從人道上來判斷的。」

「啊，這正和凱勒剛才對我說的一模一樣，」公爵喊道，「你們兩人都好像在那裡誇口。您真使我感到驚訝，不過，他比您誠懇一些，因為您已經把這個當成職業了。夠了，不要皺眉頭吧，列別杰夫，不必把手按在心口。您有什麼話對我說嗎？您沒有事是絕不會來的。……」

列別杰夫扮著鬼臉，扭起身體來了。

「我整天等候您，想向您提出一個問題；最好請您一開口就說實話，哪怕一輩子說一次實話也好。昨天那輛馬車的事情，您是不是參加了？」

列別杰夫又扮起鬼臉，開始嘻嘻地笑，搓著手，甚至還打了噴嚏，但不敢再說出什麼話來。

「我看出您是參加了的。」

「不過是間接的，只是間接的！我說的是實話！我的參加就是預先報告那位太太，說我家裡聚集了一群朋友，有某些人在座。」

「我知道您打發您的兒子到那裡去了，他剛才親自對我說過，但這是怎樣的一個陰謀呀！」公爵不耐煩地喊道。

「不是我的陰謀，不是我的，」列別杰夫搖手說，「是另一些人，另一些人，如果說是陰謀，還不如說是幻想。」

「究竟是怎麼回事呢？看在基督的分上，對我解釋一下吧！難道您還不明白，這對於我有直接的關係嗎？這簡直是糟蹋葉夫根尼·帕夫洛維奇的名譽。」

「公爵！尊貴的公爵！」列別杰夫又扭起身體來了，「您不容許我完全說實話，我已經開始對您講實話了，而且不止一次，您不許我繼續講下去……」

公爵沉默著，尋思了一會兒。

「好極了。您說實話吧。」他沉重地說，顯然內心經過一番極大的掙扎。

「阿格拉婭·伊萬諾夫娜……」列別杰夫立刻開始說。

「住嘴，住嘴，」公爵瘋狂地喊道，由於憤慨，也許由於羞恥，滿臉通紅了，「這是不可能的，這全是胡說八道！這全是您自己想出來的，或是和您一樣的瘋子想出來的。我永遠也不願意再聽您說這種話了！」

深夜，已經到十點多鐘的時候，科利亞帶著許多消息跑來了。他的消息有兩種：彼得堡的和帕夫洛夫斯克的。他很快地講述了彼得堡方面的主要消息（特別是關於伊波利特的消息和昨天的那件事），其餘的留待以後再加以補充。然後，他又連忙講起帕夫洛夫斯克的消息。三個小時以前，他從彼得堡回來，沒有先到公爵那裡，而是直接到葉潘欽家去了。「那裡出了可怕的事情！」當然，馬車的事件是主要的，但是那裡一定還發生了其他的事情——他和公爵兩個人都不曉得的一些事情。「我當然不去偵查他們，也不想細問任何人；不過，他們對我接待得太好了，好得出乎我的意料。但是，公爵，他們一句話也沒有提到您！」最重要而且最有趣的是，阿格拉婭為了加尼亞，剛才和家人爭論起來。其中詳細情形如何，我也不知道，不過確實是為了加尼亞（您想一想這件事！），而且吵得很厲害，那一定是十分重要的事情啦。將軍回來得很晚，皺著眉頭，和葉夫根尼·帕夫洛維奇一塊兒回來的。大家極力款待葉夫根尼·帕夫洛維奇，而他本人也異常快樂和藹。最重要的消息是：伊麗莎白·普羅科菲耶夫娜悄悄地把坐在小姐們那裡的瓦爾瓦拉·阿爾達利翁諾夫娜叫去，把她從家裡趕走，永遠地趕走，只是用那種十分客氣的方式。「這是我親自從瓦里婭那裡聽來的。」但是，當瓦里婭從伊麗莎白·普羅科菲耶夫娜那裡出來，和小姐們告別時，那些小姐並不知道母親永遠不許她上門，她和她們是最後一次辭別。

「但是，在七點鐘的時候，瓦爾瓦拉·阿爾達利翁諾夫娜到我這裡來過呀。」公爵很驚異地問。

「她是在七點以後，或是八點鐘的時候被趕走的。我很可憐瓦里婭，很可憐加尼亞……毫無疑問，他們總在那裡弄陰謀，他們非這樣不行。我從來也不知道他們想些什麼，而且也不願意知道。但是您必須相信，我的親愛的，善良的公爵，加尼亞是個有良心的人。他在許多方面已經無可救藥，但是，他在許多方面還具有值得關注的性格。我永遠悔恨自己以前沒有瞭解他……現在出了瓦里婭的那件事情之後，我不知道他是不是還要到他們那裡去。不錯，我從一開始，就是用完全獨立和單獨的形式和他們相見的，但是我仍然需要考慮一下。」

「您不必太可憐您的哥哥，」公爵對他說，「既然事情已經弄到這種地步，加夫里拉·阿爾達利翁諾維奇在伊麗莎白·普羅科菲耶夫娜的眼裡已經成為危險人物，那麼，他的某種希望是受到鼓舞的。」

「什麼破希望！」科利亞驚奇地喊道，「您是不是以為阿格拉婭……這是不可能的！」

公爵沉默了。

「您是一個可怕的懷疑派，公爵，」科利亞過了兩分鐘後說，「我覺得，您在不久之前已經成為一個極端的懷疑派；您開始什麼也不相信，一切都猜疑……在這情形之下使用『懷疑派』這個名詞，用得正確嗎？」

「我覺得很正確，雖然我自己並不確切知道。」

「但是，我自己現在不用『懷疑派』這個名詞，因為我發現了新的解釋，」科利亞忽然喊道，「您不是懷疑派，而是喜歡吃醋的人！您為了一位驕傲的女郎，大大地吃加尼亞的醋！」

說了這句話以後，科利亞跳起來，哈哈大笑了。他也許從來沒有那樣笑過。他看見公爵滿臉發紅，更加大笑起來。他想到公爵是為阿格拉婭吃醋，心裡非常喜歡，但是他一看見公爵真的生了氣，立刻也就不再出聲了。接著，他們又很正經地，很關心地談了一個小時，也許是一個半小時。

第二天，公爵為了一樁急事，在彼得堡待了一個上午。回到帕夫洛夫斯克時已經是下午四點多鐘了，他在火車站遇到伊萬·費道洛維奇。伊萬·費道洛維奇匆匆地拉住他的手，向四圍環顧，似乎很驚慌；他把公爵拖到頭等車裡，一塊兒坐下。似乎有什麼重要的問題要急切地談論。

「第一點，親愛的公爵，你不要生我的氣，如果我有什麼不是——請你忘記了吧。我昨天就想親自上你那裡去，但我不知道伊麗莎白·普羅科菲耶夫娜對於這點怎樣……我家裡……簡直成了地獄，一個神祕的人面獅身獸住在裡面，而我走來走去，摸不著頭腦。至於你呢，據我看，你的過錯比我們大家都少；當然啦，有許多事情是從你身上起來的。你瞧，公爵，行善最好，但也不盡是好。你也許已經嘗到這個滋味了。我當然喜歡行善，尊重伊麗莎白·普羅科菲耶夫娜，但是……」

將軍還繼續說這些話，而且說了一大堆，但是，他的話前言不搭後語，讓人無法聽得懂。顯然他是為了一件特別傷腦筋的事情而震驚，不知道該怎麼辦才好了。

「毫無疑問，我覺得你在這裡毫不相干，」他終於表示出比較明確的意思，「但是，你在一個時期之內不要來看我們，等風頭過去了再說。至於說葉夫根尼．帕夫洛維奇，」他特別熱烈地喊道，「那全是胡亂的誣衊，誣衊裡的誣衊！這是一種手段，一個陰謀，其目的是要破壞一切，離間我們。你瞧，公爵，我跟你說心裡話：我們和葉夫根尼．帕夫洛維奇之間還沒有說過一句話，你明白嗎？我們並沒有什麼約束。但是，也許有人說這句話，也許很快就會說出來！那麼，這就是為了達到破壞的目的。但是為什麼，有什麼原因——我不明白！她真是個奇怪的女人，真是個怪物。我非常怕她，夜裡都睡不著覺。那輛馬車，那兩匹白馬，真是 chic（法文：富麗堂皇）！的確是像法文裡所說的 chic！是誰供給她的？我真是犯了罪過，前天我竟對葉夫根尼．帕夫洛維奇產生懷疑。但後來我發現，這是不會有的。既然不會有，她為什麼想要破壞呢？這真是一個難題！是為了不放開葉夫根尼．帕夫洛維奇嗎？但是我再對你說一遍，對你發誓說，他和她並不相識，關於期票的事情，完全是虛構的！她竟會這樣厚顏無恥地在大街上『你呀，你呀』地呼喊著，純粹是一個陰謀！我們顯然應該置之不理，對葉夫根尼．帕夫洛維奇加倍地表示尊敬。這話我已經對伊麗莎白．普羅科菲耶夫娜說過了。我現在對你說出我最隱祕的想法：我深信她是為了以前的那些事，對我個人進行報復，你記得以前的事情，我從來也沒有什麼對不起她的地方。我一回憶起來就會臉紅。現在她又出現了，我以為她完全失蹤了呢。請問，這個羅戈任一直在哪裡藏著來的？我心裡想，她早就成為羅戈任太太了。」

總而言之，這個人完全被弄得糊塗。在一個來小時的路程裡，他獨自說話，獨自發出問題，自己又加以解答，並握著公爵的手，極力使公爵相信他對公爵沒有什麼疑惑。這對於公爵是很重要的。最後，將軍講到葉夫根尼．帕夫洛維奇的親叔叔，彼得堡某機關的長官——「他的地位很顯赫，有七十歲，是一個好揮霍、好吃的人，總之，是一個有特性的老頭子。……哈，哈！我知道他聽見納斯塔霞．菲利波夫娜的芳名以後，也去追過她。我剛才到他家裡去過，他沒有接見，身體不舒服，但是他很有錢，很有錢，還有地位。……但願上帝賜他長壽，但是，他身後的所有財產會遺給葉夫根尼．帕夫洛維奇……是的，是的……我還是有點害怕。不明白為什麼，可是我很怕。好像有什麼東西在空中，飛來飛去，一個災難好像蝙蝠似的飛來飛去。我真怕，我真怕！……」

我們在上面已經講過，到了第三天，葉潘欽家才和列夫．尼古拉耶維奇公爵正式重歸於好。

第十二章

下午七點鐘左右，公爵準備到花園裡去。伊麗莎白・普羅科菲耶夫娜突然一人走到他的平台上來了。

「第一，你不要以為，」她開始說，「我是來給你賠罪的。那是瞎扯！錯誤完全在你。」

公爵沉默著。

「有沒有錯呢？」

「我的錯和您的一樣大。不過我和您，我們兩個人所做的錯事並不是故意的。前天我自認是有錯的，現在才曉得不對頭。」

「你原來是這樣的！那很好。你聽我說，你先坐下來，因為我並不打算站著。」

兩個人坐下了。

「第二，關於那些壞孩子不許說一個字！我要和你坐下來談十分鐘，我是來向你調查一件事情（誰知道你心裡是怎麼想的呢？），如果你有一個字提到那些膽大妄為的孩子，我站起來就走，完全和你斷絕關係。」

「好的。」公爵回答說。

「請問你：兩個月或兩個半月之前，在復活節前後，你給阿格拉婭寄過一封信沒有？」

「寫過。」

「那是什麼意思？信裡寫的什麼？把信給我看一看。」

伊麗莎白・普羅科菲耶夫娜的眼睛熾燒著，她急得要打哆嗦。

「我身邊沒有信，」公爵驚異起來，顯得異常膽怯，「如果那封信還存在的話，那麼，它應該在阿格拉婭・伊萬諾夫娜那裡。」

「不許掉花槍！你寫的是什麼？」

「我不是掉花槍。我沒什麼可怕的。我找不到不該給她寫信的任何理由……」

「住嘴！你以後再說。信裡有什麼話？你為什麼臉紅了？」

公爵尋思了一下。

「我摸不透您的意思，伊麗莎白・普羅科菲耶夫娜。我只看出您很不喜歡這封信。您必須同意，我本來可以拒絕回答這樣的問題；但是為了對您表示我並沒有因為寫了這封信而有所懼怕，也沒有對自己所寫的話有什麼遺憾，也絕對沒有為了這個而臉紅（公爵的臉紅得更厲害了），我現在給您讀這封信的內容，因為我大概能背得出來。」

公爵說完以後，就讀這封信，幾乎是每個字都和信上所寫的一樣。

「真是胡說八道！依你看，這些胡話究竟有什麼意思？」伊麗莎白・普羅科菲耶夫娜注意傾聽這封信以後，很嚴厲地問。

「我自己完全不知道；我只知道我的情感是誠懇的。在那個時候，我心裡充滿豐富的生命力和特別大的希望。」

「什麼希望？」

「那很難解釋，但並不是您現在心裡所想的那種希望……一句話，那是未來的希望和快樂，由於我在那裡並不陌生，並不是因為外人而感到的快樂。我忽然很喜歡祖國的一切。於是，在一個陽光明媚的早晨，我取了筆，寫給她這封信。為什麼寫給她——我不知道。有時候人是希望有一個知己在旁邊的；我顯然是希望得到一個知己……」公爵沉默了一會兒以後，又說。

「你在戀愛嗎？」

「不。我……我這封信好像是寫給妹妹的。我署名也用兄長的稱呼。」

「唔！那是故意的，我明白。」

「我很難回答您這些問題，伊麗莎白．普羅科菲耶夫娜。」

「我知道你很難，不過你難不難，與我毫無關係。喂，你老老實實地回答我，像對上帝一樣：你對我說的是謊話呢？或者不是謊話？」

「我不說謊話。」

「你說你不戀愛，這話當真嗎？」

「我覺得是千真萬確。」

「真有你的，說什麼『我覺得』！是那男孩子送給她的嗎？」

「我請求尼古拉．阿爾達利翁諾維奇……」

「那個男孩子！那個男孩子！」伊麗莎白．普羅科菲耶夫娜很激昂地打斷他的話說，「我不知道什麼尼古拉．阿爾達利翁諾維奇！就是那個男孩子！」

「尼古拉．阿爾達利翁諾維奇……」

「我告訴你，那是男孩子！」

「不，不是男孩子，而是尼古拉・阿爾達利翁諾維奇。」公爵雖然聲很小，但終於堅決地回答說。

「好吧，親愛的，好吧！這個我依你。」

她竭力壓住自己的怒火，休息了一下。

「那個『貧窮的騎士』是什麼意思？」

「我完全不知道。那與我無關。那是開玩笑。」

「你的嘴倒真乖巧！不過，她真的對你有好感嗎？她經常管你叫『小怪物』和『白癡』呀。」

「您不必把這些話傳給我。」公爵用責備的口吻小聲說。

「你不要生氣。她是一個任性的、瘋狂的、嬌生慣養的姑娘。如果她愛上什麼人，她一定要對那人大聲辱罵，當面取笑；我以前也是這樣的。不過，請你不必得意，親愛的，她不是你的。我不願意相信這個，她絕不會是你的！我這樣說，就是為了使你現在就想辦法。喂，你對我發誓，你不娶那個女人。」

「伊麗莎白・普羅科菲耶夫娜，您這是說什麼話？」公爵幾乎驚訝得跳了起來。

「你不是幾乎快娶她了嗎？」

「幾乎快娶她了。」公爵微語，垂下頭來。

「這麼說，你是愛上她了嗎？現在就是為了她而來的嗎？為了那個女人嗎？」

「我不是為了結婚而來的。」公爵回答說。

「在這個世界上，你有沒有認為神聖的東西？」

「有。」

「你發誓並不是為了娶她而來的。」

「我可以隨您的意發誓！」

「我相信，你吻我一下，我這才算鬆一口氣。但是你要知道：阿格拉婭並不愛你，你應該去想辦法。我活在世上一天，她也不會嫁給你的！你聽見沒有？」

「聽見了。」

公爵滿臉通紅，竟不能直看伊麗莎白．普羅科菲耶夫娜。

「你記住吧！我曾經像等候天神降臨似的等你（你是不值得這樣看待的），我在夜裡流淚，把枕頭都濕透了——但這不是為了你，親愛的，你不必著急，我另有一種憂愁，而且永遠如此。我之所以這樣急切地等候你，是因為我仍然相信，上帝親自派你來，是給我當知己朋友和親兄弟的。在我身邊，除了那個老太婆別洛孔斯卡婭以外，就沒有一個人，現在連她也遠走高飛了，再加上她上了年紀，笨得像山羊一樣。現在你簡單地回答我：是或不是。你知道，她前天在馬車上呼喊是什麼意思？」

「說實在的，我並沒有參與那件事，一點也不知情！」

「夠了，我相信你的話。關於這件事情，現在我另有一個想法。昨天早上，我還把一切都歸罪到葉夫根尼．帕夫洛維奇的身上。前天一整天，還有昨天早上，都是如此。現在，我不能不同意他們的意見，顯然是人家在那裡取笑他，把他當作傻子看待，為了什麼緣故，反正總有些原因（這一點就很可疑，這就是不大體面），——但是阿格拉婭絕不會嫁給他，我可以告訴你！他雖然是個好人，事情也只是如此。我以前動搖過，不過現在已經完全決定了。我今天對伊萬．費道洛維奇這樣說：『除非您先把我放在棺材裡，埋到土裡，否則休想我把女兒嫁給他。』你瞧我多麼信任你，你看出來了沒有？」

「我看出來了，我明白。」

伊麗莎白．普羅科菲耶夫娜很尖銳地瞧著公爵；也許她很想知道公爵聽到葉夫根尼．帕夫洛維奇的消息後，會產生怎樣的印象。

「關於加夫里拉・伊伏爾金，你一點也不知道嗎？」

「您是說……我知道得很多。」

「你知不知道他和阿格拉婭通信？」

「我完全不知道，」公爵吃了一驚，甚至哆嗦了一下，「什麼？您說加夫里拉・阿爾達利翁諾維奇和阿格拉婭・伊萬諾夫娜通信？這不可能！」

「這是不久前發生的事，他的妹妹一整個冬天都替他開路，像一隻老鼠似的工作著。」

「我不相信，」公爵在稍加考慮，還露出慌亂的神情，然後很堅決地說，「如果有這種事情，我一定會知道的。」

「難道他會自己跑來，撞到你的懷抱裡哭訴嗎？！唉，你真是個蠢貨，真是個蠢貨！大家全都騙你，把你當作……當作……你信任他不覺得可恥嗎？難道你沒有看見他千方百計地欺騙你嗎？」

「我很了解他有時是騙我，」公爵不高興地輕聲說，「他也知道我了解這一點……」他補充了一句，但沒有說完。

「既然瞭解，還要信任他！真是豈有此理！但是，你會做出這種事情來的。我還有什麼可奇怪的呢，天哪！天底下竟有過這樣的人嗎？嗤！你知不知道這位加尼亞，或是那位瓦里婭，竟從中設法，使她和納斯塔霞・菲利波夫娜通信？」

「使誰？」公爵喊道。

「就是阿格拉婭。」

「我不信！這不可能！有什麼目的呢？」

他從椅子上跳起來了。

「雖然有證據，可是我也不相信。阿格拉婭是一個任性的姑娘，好幻想的姑娘，瘋狂的姑娘！一個脾氣壞透了的，壞透了的，壞透了的姑娘！我要說一千年：她是脾氣很壞的姑娘。我那幾個姑娘現在都是那樣，連那個可憐蟲亞歷山德拉也是這樣，但是，這個姑娘最要不得。不過，我也不相信她會幹出這種事情來！也許是因為我願意相信，」她好像自言自語地補充說，「你為什麼沒有來？」她忽然又轉身對公爵說，「這三天你為什麼沒有來？」她又很急躁地朝他喊叫。

公爵開始講述不去的原因，但是她又把他的話打斷了。

「大家都認為你是傻瓜，大家都欺騙你！你昨天進城去了，我敢打賭，你一定跑去央求那個壞蛋接受一萬盧布！」

「完全不是的，我想也沒有想到，甚至沒有見到他。再說，他也並不是壞蛋。我接到他一封信。」

「你把那封信給我看！」

公爵從皮包裡取出一張字條，遞給伊麗莎白·普羅科菲耶夫娜。字條上說道：

先生，我在人們眼中，當然沒有任何保留自尊心的權利。依照人們的意見，我太渺小了。但是，人們是這樣的看法，您的看法並不是這樣。先生，我深信您也許比別人好些。我不同意多克托連科的看法，我們倆在這方面的意見分歧了。我絕不願收您分文，承您幫助家母，我應該感激您，雖然我認為這是一種軟弱的行為。總之，我對您的看法與眾不同，我認為應該告知您這一點。我覺得，我們中間今後不會發生任何的關係。

安季普·布林多夫斯基

再啟：前款不足二百盧布，隨後奉還不誤。

「真是無聊！」伊麗莎白・普羅科菲耶夫娜一邊把字條扔還給他，一邊說，「不值得去讀它。你笑什麼？」

「您應該承認，您讀了這封信是很愉快的。」

「什麼！這一篇表現虛榮心的無聊話嗎？難道你沒看見他們全都是因為驕傲和虛榮而發瘋嗎？」

「是的，不過他總算認了錯，和多克托連科脫離關係了；他的虛榮心越厲害，也越有價值。您真像一個小孩子，伊麗莎白・普羅科菲耶夫娜！」

「你是打算吃我一記耳光嗎？」

「不，我完全沒有這種打算。我之所以這樣說，是因為您高興看這張字條，而又隱瞞了這種心情。您何必為自己的心情感到慚愧呢？您在每件事情上都是如此。」

「今後不許你再登我家的門，」伊麗莎白・普羅科菲耶夫娜氣得臉色煞白，跳起來說，「從今以後，連你的靈魂都不許進我的家門！」

「三天之後，您自己會跑來請我去的……您怎麼不害臊呢？這是您的最好的情感，您為什麼要感到羞恥呢？要知道，您只是自己折磨自己罷了。」

「從今天開始，我寧死也不來請你去！我要把你的名字忘得乾乾淨淨！我已經忘掉了！」

她離開公爵，跑出去了。

「您不禁止我去，也早就有人禁止我上您府上去了。」公爵在她的身後喊道。

「什麼？誰禁止你去？」

她一下子轉過身來，好像有一根針刺到她似的。公爵遲遲不答，他感到自己無意中說漏了嘴。

「誰禁止你？」伊麗莎白・普羅科菲耶夫娜發狂地喊。

來。

「阿格拉婭‧伊萬諾夫娜禁止的……」

「什麼時候？快說呀！」

「今天早晨派人來，讓我永遠不要到您府上去。」

伊麗莎白‧普羅科菲耶夫娜站在那裡愣住了，但她還是在那裡盤算著。

「派人送什麼來了？派什麼人來的？是經那個孩子的手嗎？是傳的口話嗎？」她忽然大聲喊叫起來。

「我接到了一張字條。」公爵說。

「在哪裡？快拿來！快！快！」

公爵想了一會兒，但是，他終於從背心口袋裡掏出一張不整齊的紙片，上面寫著：

列夫‧尼古拉耶維奇公爵！在發生一切事情之後，假使您還想光降舍下，使我驚異。那麼，您要知道，您不會在歡迎的人們中間發現我的。

阿格拉婭‧葉潘欽娜

伊麗莎白‧普羅科菲耶夫娜想了一會兒，然後，她忽然跑到公爵身前，抓住他的手，把他拉走。

「快！快！快去！必須現在就去，立刻就去！」她帶著特別激動和急切的神情喊道。

「您這樣會使我遭到……」

「遭到什麼？真是天真的蠢貨！簡直不像個男人！現在我自己全都要看見，親眼看見……」

「至少得讓我拿帽子……」

「你的討厭帽子在這裡！我們走吧！你連好看的服裝式樣都不會挑！……這是她……這是她在剛才發生的那樁事情之後……這是她在氣頭上寫的，」伊麗莎白．普羅科菲耶夫娜喃喃地說，她拉住公爵，一刻也不放手，「我剛才替你辯護，說你不來真是傻瓜……否則她就不會寫這種毫無意義的字條！一張不體面的字條。對於一個高貴的、有學問的、有教養的、聰明的女郎來說，這真不體面！……唔！」她繼續說，「當然，她因為你不去是動氣了，不過她沒有想到，不能夠給一個白癡寫這樣的信，因為他是會當真的，實際上也果然如此。你為什麼偷聽我的話？」她忽然發覺自己說漏了嘴，這樣喊道，「她需要你這樣一個丑角，她許久沒有見到了。她要你去，就是為了這個！我很高興，我很高興聽到她現在怎樣取笑你。真高興！就應該這樣對待你！她懂得這一套！哦，她會得很！……」

第三部

第一章

時常有人訴苦，說我國沒有實用人才，譬如說，我們有很多政客，也有很多將軍；至於各種管理員，不管需要多少，都能夠隨時找到，然而，實用人才卻沒有。至少大家全說沒有。據說在幾條鐵路上，連正正經經的服務員都沒有；又說，在輪船公司裡組織一個稍為看得過眼的管理部門都不可能。你可以聽到有人說，在某條新鐵路線上發生撞車事故，或者火車在橋上傾覆；也有人記載說，一列火車幾乎在雪地裡過冬，它剛開了幾個小時，在雪地裡停了五天。又有人說，有好幾千普特的貨物放在一個地方兩三個月，等候發運，結果卻腐爛了；也有人說（不過這很難讓人相信），有一個商店夥計追著問一位管理員（什麼監察員之類），要求發運貨物，結果竟挨了管理員幾個耳光。事後，那位管理員解釋這種官僚主義的行為時，竟說是自己「性情暴躁了」。官爵多如牛毛，令人一想就不寒而慄；以前大家全去做官，現在還是做官，將來還想做官，因此，人們不禁納悶，用這許多材料，怎麼就不能組成一個體面的輪船公司呢？

對於這個問題，有時會得到十分簡單的回答，簡單到連所說明的理由都令人難以置信。不錯，人家都說我國的人以前做官，現在還做官，這是依照德國最好的範例，這是二百年來從曾祖到曾孫的傳統。但是，做官的人也就是最無用的廢物，結果造成這樣一種情況，在做官的人們中間，一直到最近，竟認為空談理論和缺乏實際知識是最高的美德和榮譽。然而，我們無須來講那些做官的人，我們要講的倒是那些實用的人。毫無疑問，我們常常認為畏首畏尾和缺乏己見是實用人物最主要、最明顯的特徵，不但過去如此，現在還認為如此。但是，如果認為這種意見是一種責備的話，那我們又何必責備自己呢？自開天闢地以來，在世界上任何一個地方，都永遠認為缺乏創見是精明強幹的實用人物的最高美德和無上榮譽，在一百個人中，至少有九十九個（這是最少的估計），永遠抱著這種看法，只有百分之一的人，無論過去或現在，都具有不同的看法。

發明家和天才，在他們剛剛嶄露頭角的時候（也常有在終結之時），被社會認為是傻子——這已經是極陳腐的、人盡皆知的事情了。譬如說，在幾十年中，大家全把自己的錢送到錢莊裡存放，按四厘利息，存放幾十萬，那麼當錢莊不存在的時候，大家就只好自己管理了，當然啦，這些金錢中一定要有大部分喪失在股票交易的狂潮或騙子們的手裡——甚至體面和禮節就需要如此。是的，這正是禮節的需要；如果有禮節的畏首畏尾和有體面的缺乏創見，按照一般的見解，至今還成為能幹而規矩的人物必不可少的品質的話，那麼，突然加以改變就太不正常，甚至太不體面了。譬如說，凡是熱愛自己兒女的母親，在她的兒子或女兒稍有越軌行動的時候，哪一個不會感到驚慌，甚至嚇出毛病來呢？「不，但願他得到幸福，舒舒服服地過一輩子，不要標新立異。」——每個母親在給她的孩子推搖籃時，總是這樣想的。自古以來，我們的保姆們哄孩子睡覺時，總要在嘴裡念念有詞地說：「但願你穿金戴銀，當上一品大將軍！」這樣看來，連我們的保姆都認為將軍頭銜是俄國人無上的幸福，也成為民眾嚮往的安居樂業的美好理想。但實際上，一個人庸庸碌碌地通過考試，當上三十五年差事以後，最後誰能不成為將軍，不是在錢莊裡存下豐厚的一筆款子呢？因此，俄國人幾乎用不著做任何努力，就會獲得一個能幹和實用人物的頭銜。實際上，在我們國家裡，只有標新立異的人，換一句話，也就是不安分的人，才會當不上將軍。在這方面，也許會有一些誤會；但是一般來講，這大概是對的，我們社會在為實用人物下定義時，也是完全合理的。我們的廢話說得太多了。作者本來只是想略微解釋一下我們所熟識的葉潘欽的家庭。這一家人，至少說這個家庭中最有覺悟的分子，時常為一種普遍的家庭性格所苦惱——這種性格恰恰和上述的那種美德相反。他們並不充分瞭解事實（因為事實很難瞭解），但有時產生疑惑，總覺得他家的一切與別家大不相同。別家裡一帆風順，他家裡卻坎坷難行；別家裡一切步入正軌，他家裡卻經常脫離軌道。別人永遠知禮識趣，他們卻不是這樣。沒錯，伊麗莎白．普羅科菲耶夫娜甚至過份擔心，但這畢竟不是他們所嚮往的上流社會的循規蹈矩。也許只有伊麗莎白．普羅科菲耶夫娜一個人是愛害怕的。小姐們雖然都很聰明，愛嘲諷，但畢竟還很年輕。將軍雖然也很聰明（自然不是毫不遲鈍），但在遇到困難的時候，他只會說：「唔！」結果完全把希望寄託到伊麗莎白．普羅科菲耶夫娜身上。也就是把責任推到她的身上。這個家庭，譬如說，並不以標新立異、自有一套而著稱，也並不有意識地喜好獨出心裁，脫離軌道，如果這樣，當然是完全不體面的。哦，不對！實際上，絕對不是這樣，也就是說他們並沒有任何有意識規定的目的，但結果卻發生這樣的情況：葉潘欽一家雖然是十分可敬，但人們總覺得有點不對勁，和其他的一般世家不同。近來，伊麗莎白．普羅科菲耶夫娜常常自怨自艾，認為一切都是自己的「倒楣」性格造成的，因而更增加了她內心的苦痛。她經常自稱為「愚蠢的、不體面的老怪物」，因多疑而苦惱，不斷地惶惑不安，不能在某種極普通的事物衝突中找到出路，並且時常把災害誇大。

我們在本書開卷時就已經提到過，葉潘欽一家是受大家發自內心地尊敬的。伊萬．費道洛維奇將軍雖然出身狀況不詳，但是到處都殷勤款待他。他之所以值得尊敬，第一是因為他有錢有勢，第二是因為他這人雖然智力不高，卻十分正經。不過，有點遲鈍的頭腦，即使不是一切事業家的必備性格，至少也是所有正經的賺錢人不可缺少的素質。再加上將軍舉止大方，溫文有禮。他知道什麼時候該默不作聲，同時還不讓別人占自己的便宜，當然這並不單單因為他是將軍，而是因為他是一個誠實正直的人。最重要的是，他有力量雄厚的後台老闆。至於伊麗莎白·普羅科菲耶夫娜，前面已經說過，她出身望族，雖說我們並不重視門第，因為如果沒有相當的關係，出身再好也是枉然。但是，她也有一些高貴的朋友，而且為那些人所敬愛，結果，大家自然也就尊敬她，接待她了。毫無疑問，她對家庭所感到的痛苦是沒有根據的，其原因真是微不足道，只是誇大到可笑的程度罷了。這正如一個人的鼻子上或額上生了一個瘤子，你就覺得全世界的人只有一件事可做，那就是觀看你的瘤子，嘲笑你；為了這個瘤子而責備你，哪怕你發現了美洲大陸也是如此。毫無疑問，社會上的確認為伊麗莎白·普羅科菲耶夫娜是一個「怪物」，但在同時，又無可爭辯地在尊敬她。不過，伊麗莎白·普羅科菲耶夫娜並不相信大家都尊敬她——一切的不幸全在這裡。每當她看著女兒的時候，她就懷疑自己不斷妨害她們的前途，懷疑自己的性格可笑，不體面，令人不能忍耐——為了這，當然也不斷地責備女兒和伊萬·費道洛維奇，整天和他們爭吵。但同時，她又忘我地熱愛他們，熱愛到了近乎狂熱的程度。

最使她苦惱的是：她疑心女兒們會成為和她一樣的「怪物」，疑心上流社會根本就沒有，也不可能有像她女兒那樣的姑娘。「她們會成為虛無派，只不過如此！」她時常自言自語。這一年來，特別是在最近的時期，這種憂鬱的念頭一天天在她的心裡根深蒂固起來。「第一，她們為什麼不出嫁呢？」她時時刻刻詢問自己。「為了折磨母親——她們認為這是她們的生活目標，這自然是對的，因為這全是新的觀念，全是可惡的婦女問題在那裡作怪！在半年前，阿格拉婭不是想剪去她那漂亮的頭髮嗎？（天哪，我當年都沒有這樣的好頭髮！）她已經把剪刀握在手裡，我簡直要跪下來央求她別剪！……她在氣憤中這樣做，一定是為了折磨母親，因為她是一個壞透了的、任性的、嬌生慣養的姑娘，主要是壞透了的，壞透了的，壞透了的！那個亞歷山德拉不也是要模仿她，想剪去自己的秀髮，不過她不是因為氣憤，不是由於任性，而是像傻瓜一樣出於至誠。阿格拉婭竟會說服她，使她相信沒有頭髮可以睡得更舒適一些，不會頭痛。在這五年裡，有多少人追求她們，真不知道有多少啦！的確有些很好的人，甚至是上品的人物！她們究竟等待什麼？為什麼還不出嫁呢？也只是為了使母親傷心罷了。沒有其他任何的原因，什麼原因也沒有！什麼原因也沒有！」

最後，她的慈母之心到底升起了太陽。總算有一個女兒，總算阿杰萊達的親事辦妥了。「總算有一個女兒脫手了。」——伊麗莎白·普羅科菲耶夫娜在必須出聲表示的時候，總這樣說（她在心裡卻講得特別溫柔）。這件事情辦得真漂亮，真體面，交際場上大家全帶著尊敬的口吻來談這件事情。丈夫是一個有名的人，一個公爵，又有財產，人品也好，最主要是合姑娘的心意，還能有比這更好的姻緣嗎？不過，她以前對阿杰萊達並沒有像對另外兩個女兒那樣擔心，雖然阿杰萊達那種藝術家的習氣，常常使伊麗莎白·普羅科菲耶夫娜多疑的心感到不安。「然而，這個姑娘性格明朗，理智堅強，她總不會倒楣的。」母親終於這樣自安自慰地說。她最擔心的是阿格拉婭。我們順便提一句，關於長女亞歷山德拉，伊麗莎白·普羅科菲耶夫娜自己也不知道怎麼辦，是不是要替她擔憂？一會兒她覺得這個姑娘「完全完了」；她已經二十五歲，一定會成為老處女。而在另一方面，「她又是那樣地美！……」伊麗莎白·普羅科菲耶夫娜甚至在夜裡為她流淚，而在同一個夜裡，亞歷山德拉·伊萬諾夫娜卻睡得很香。「她究竟是什麼樣的人？——是虛無派呢，還是傻瓜？」她絕不是傻瓜，在這一點上，伊麗莎白·普羅科菲耶夫娜也不會有任何懷疑，因為她極尊重亞歷山德拉·伊萬諾夫娜的見解，喜歡和她商量事情。至於說她是「濕母雞[1]」，這是毫無疑問的：因為她「安靜到無法把她推醒的程度！不過『濕母雞』是不會安靜

1 譯注：指怯懦的人。

的。咦！她們竟把我弄糊塗了！」伊麗莎白・普羅科菲耶夫娜對於亞歷山德拉・伊萬諾夫娜懷著一種無可解釋的哀憐和同情，甚至比對她所崇拜的阿格拉婭還厲害。但是，那些急躁的舉動（她的母性和同情主要在這裡表現出來），吵鬧的話語，「濕母雞」的稱呼等，只是使亞歷山德拉覺得可笑。有時候，甚至一些極不相干的事情也會使伊麗莎白・普羅科菲耶夫娜生很大的氣，甚至狂怒起來。譬如說，亞歷山德拉貪睡，經常做許多夢。她的夢一向特別空虛而且天真——那是七歲孩子應該做的夢。可是，不知為什麼這些天真的夢，竟會觸怒了母親。有一次，亞歷山德拉夢見九隻雞，為了這，她和母親竟大吵了一頓。為什麼呢，這很難解釋。有一次，只有一次，她做了一個可以算作古怪的夢——她夢見一個修道士單獨坐在黑屋子裡，她不敢走進去。兩個妹妹聽到她說的這個夢，哈哈大笑起來，立刻鄭重其事地報告給伊麗莎白・普羅科菲耶夫娜聽。但是母親一聽，又生起氣來，罵她們三個都是傻瓜。「哼！她安靜得像個傻瓜，她完全是一隻『濕母雞』，怎麼也推不醒她，可是她也會發愁，有的時候完全露出憂愁的樣子！她愁什麼？她愁什麼呢？」她有時也對伊萬・費道洛維奇提出這個問題，照例是歇斯底里地，威嚴地，等著立即回答。伊萬・費道洛維奇只是「唔」「唔」地答應，皺緊眉頭，聳起肩膀，最後攤開兩手，決定道：「她需要一個丈夫！」

「但願上帝賜給她一個和你不一樣的丈夫，伊萬・費道洛維奇，」伊麗莎白・普羅科菲耶夫娜終於像炸彈似的爆發了，「在思想和判斷上不像你，也不像你那樣野蠻大老粗，伊萬・費道洛維奇……」

伊萬・費道洛維奇立刻溜走，伊麗莎白・普羅科菲耶夫娜在「爆發」以後也就安靜下來了。當然，到了那一天晚上，她免不了對伊萬・費道洛維奇，對那「野蠻的大老粗」伊萬・費道洛維奇，對那和善而可愛的、受崇拜的伊萬・費道洛維奇特別溫存、平靜、和藹和恭敬，因為她一輩子喜歡，甚至熱愛伊萬・費道洛維奇，伊萬・費道洛維奇也很知道這一點，所以他也無限地敬愛伊麗莎白・普羅科菲耶夫娜。

然而，經常使她感覺煩惱，放心不下的，主要還是阿格拉婭。

「完全像我一樣，完全像我一樣，在各方面都跟我一模一樣，」伊麗莎白．普羅科菲耶夫娜自言自語，「一個任性的、討厭的淘氣鬼！虛無派，怪物，瘋子，壞透了的，壞透了的，壞透了的傢伙！天哪，她將會如何地不幸！」

但是，我們在上面已經說過，初升的太陽立刻使一切變得柔和，而且普照一切。伊麗莎白．普羅科菲耶夫娜有生以來，第一次毫無牽掛地休養了一個來月。由於阿杰萊達的婚期將近，社交圈裡也開始提到阿格拉婭，而阿格拉婭的一舉一動都顯得那麼美好，那麼平和，那麼聰明，那麼得意，甚至有點驕傲的神情，但這種驕傲對她是多麼相稱啊！她在整個月裡，對母親是如何溫和，如何殷勤啊！（「當然，對這位葉夫根尼．帕夫洛維奇還須好好考察，好好研究，況且，阿格拉婭也不見得把他看得比別人重！」）無論怎麼說，忽然變成一個那麼漂亮的姑娘了——她是多麼美呀，天哪，她是多麼美呀，一天比一天好看！但是現在……

但是現在，這位討厭的公爵，這位可惡的白癡剛一出現，立刻就引起一陣騷亂，把家裡的一切都弄得天翻地覆！

可是，究竟出了什麼事情呢？

在別人看來，一定沒有出什麼事情。然而，伊麗莎白．普羅科菲耶夫娜和別人不一樣的地方，就是她能夠從一些平常事物的錯綜組合中，借著她永遠具有的不安性格，看出一些有時會把她嚇病的東西——那是一種極可疑，極難以解釋，因而顯得極沉重的恐怖。現在，忽然從亂糟糟的、可笑的、荒唐無稽的不安狀態中，的確發現一種似乎極為重要的、似乎值得驚慌、懷疑和猜測的東西，她的心境當然可想而知了。

「他們怎麼敢，怎麼敢給我寫這封可惡的匿名信，上面說起那個破貨，說起她和阿格拉婭互相通信？」伊麗莎白．普羅科菲耶夫娜在拉公爵到她家裡去時，一路上這樣想，到家以後，她讓公爵坐在全家團聚的圓桌旁邊時，也這樣想。

「他們怎麼竟敢這樣做？假使我有一點點相信，或者把這封信給阿格拉婭看，我是要羞死的！這真是對我們，對葉潘欽一家開玩笑！這全是，這全是伊萬．費道洛維奇的過錯，這全是您伊萬．費道洛維奇的過錯！唉，我為什麼沒到葉拉金島上去避暑呢？我不是說過要到葉拉金島去嘛！這信也許是瓦里婭寫的，我知道，或者也許……一切，一切都是伊萬．費道洛維奇的過錯！這是那個爛貨開他的玩笑，紀念他們以前的關係；她要使他露出醜相給大家看，她正像以前那樣恥笑他，愚弄他，把他當傻子看待，那時候，他還買珍珠送給她呢……不過，我們到底都牽連進去了，伊萬．費道洛維奇，您的女兒們，千金小姐，上流社會的女郎，待嫁的姑娘，到底全都被牽涉進去了。她們都在場，站在那裡，聽到了一切；她們和那些男孩子一同被牽涉進去了。您高興一下吧，她們也在那裡，而且聽到了一切！我決不饒恕，決不饒恕這個小公爵，永遠也不饒恕！阿格拉婭為什麼犯了三天的歇斯底里，為什麼幾次三番地和兩個姐姐拌起嘴來，甚至和亞歷山德拉也要吵嘴？——阿格拉婭一向像吻母親的手似的吻她的手，一向那樣地尊敬她！為什麼她在這三天的時間裡讓大家猜不透她的啞謎？加夫里拉．伊伏爾金是怎麼回事呢？為什麼她在昨天和今天竟誇獎起加夫里拉．伊伏爾金，還大哭了一場呢？為什麼匿名信裡提到那個可惡的『貧窮的騎士』，而她沒有把公爵的來信給姐姐們看一下呢？為什麼……我為什麼，我為什麼像一隻醉貓似的跑到他那裡去，現在還親自把他拖到家裡來？天哪，我發了瘋，我現在竟做出這樣的事情！我和一個年輕男人談論女兒的祕密，而且……而且是幾乎和他本人有關的一些祕密！天哪，幸而他是一個白癡，而且……而且……還是通家之好！不過，阿格拉婭果然看上那個醜八怪了嗎？天哪，我在胡扯些什麼！哼！我們都是些怪物……應該把我們大家都放在玻璃罩下展覽，供大家參觀，首先要展覽我，門票十個戈比一張。我不能饒恕您這一點，伊萬．費道洛維奇，永遠不能饒恕！為什麼她現在不嘲弄他？她說要嘲弄他的，可是並沒有嘲弄！你瞧，她睜著大眼睛看他，一聲也不響，站在那裡，並不走開；她原先是親自阻止他上門的……他坐在那裡，臉色慘白。可惡的，這個可惡的饒舌鬼葉夫根尼．帕夫洛維奇，他一個人把全部談話都壟斷了。你瞧他竟打開了話匣子，喋喋不休，連一句話也不讓人插進去。只要把話題引到這上面，我現在就可以把一切調查清楚……」

公爵坐在圓桌旁邊，臉色的確有點慘白，他好像非常驚恐，但在同時，又時時產生連他自己都莫名其妙的、滿腔的喜悅心情。啊，他真是怕朝那邊看，怕朝那個角落裡看，在那裡，有一雙熟悉的黑眼睛盯著看他；同時，在她給他寫信以後，他又能來到這裡，坐在他們中間，傾聽一個熟悉的聲音，他心裡感到多麼幸福。「天哪，她現在要說什麼話呢？」他自己連一句話還沒有說出，只是注意傾聽葉夫根尼．帕夫洛維奇滔滔不絕的談論；對葉夫根尼．帕夫洛維奇來說，很少有像今天晚上這樣興高采烈的神情。公爵雖然聽他講，但有許多時候，幾乎連一句話也沒有明白。除了伊萬．費道洛維奇還沒有從彼得堡回來之外，其他的全都在家。施公爵也在這裡。他們好像要等一會兒，在喝茶以前，一塊兒出去聽音樂。現在的談話顯然在公爵來到之前就已經開始了。一會兒，科利亞不知從什麼地方跑來，溜到平台上來了。「這麼說，他在這裡還是受到招待的。」公爵自己想著。

葉潘欽的別墅是一所豪華的別墅，具有瑞士農舍的風格，到處都是花草，收拾得十分雅致。它的周圍是一座美麗的小花園。大家都坐在平台上，和在公爵那裡一樣；不過這裡的平台比較寬敞，設備也漂亮些。

多數人都好像不喜歡現在的話題。可以看出，這個談話是由於一種不耐煩的爭論而起的，大家自然都想改變話題。但是，葉夫根尼．帕夫洛維奇好像越來越執拗，他不理睬別人的反應；公爵來到之後，他似乎更興奮了。伊麗莎白．普羅科菲耶夫娜皺緊眉頭，雖然她並沒有完全瞭解。阿格拉婭坐在旁邊的角落裡，沒有走，她傾聽著，始終保持沉默。

「對不住，」葉夫根尼．帕夫洛維奇熱烈地辯駁著，「我一點也不反對自由主義。自由主義並不是罪過，它是整體中的一個必要的組成部分，沒有它，整體就會解體或者僵死；自由主義具有存在的權利，正如最賢明的保守主義一樣；但是我反對俄國的自由主義，我再重複一遍，我之所以反對它，是因為俄國的自由派並不是俄國的自由派，而是非俄國的自由派。你們把俄國的自由派拿出來，我可以立刻當著你們面吻他。」

「只看他願不願意吻您。」亞歷山德拉．伊萬諾夫娜異常興奮地說。她的兩頰紅得比尋常厲害。

「你瞧，」伊麗莎白．普羅科菲耶夫娜心裡想，「她有時混吃悶睡，推也推不醒她，有時忽然站起，每年一次，說出一些令人無可奈何的話來。」

公爵偶然發覺，亞歷山德拉．伊萬諾夫娜大概很不喜歡葉夫根尼．帕夫洛維奇說得過於興高采烈；他在談論一個正經的題目，有時十分激昂，有時又似乎在開玩笑。

「公爵，我剛才，就是在您到來以前，曾經發表一個意見，」葉夫根尼．帕夫洛維奇繼續說，「就是說，直到現在，我國的自由派只由兩個階層的人組成，一個是以前的地主階層（現在已經廢除）；一個是宗教界，因為這兩個階層已經完全形成等級，形成和民族完全不同的東西，代代相襲，越來越甚，所以他們過去和現在所做的一切，都完全不是民族的……」

「怎麼？這麼說來，他們所做的一切全不是俄羅斯的嗎？」施公爵反駁說。

「不是民族的，雖然是俄國式的，但並不是民族的。我國的自由派不是俄羅斯的，保守派也不是俄羅斯的，他們全不是……你們要相信，凡是地主和教會所做的一切，民族絕不承認，現在不，以後也不……」

「這真是妙論！如果您不是開玩笑的話，您怎麼會發出這種妙論來呢？我不容忍這種攻擊俄羅斯地主的怪話；您自己也是俄國的地主。」公爵熱烈地反駁說。

「但是，我關於俄國地主的言論並不像您所體會的那樣。只是從我屬於這個階層的這一點來看，這也是一個可尊敬的階層；尤其是現在，當它已經不再存在的時候……」

「難道文學裡也毫無民族的東西嗎？」亞歷山德拉．伊萬諾夫娜插口說。

「我對於文學完全是外行，但是俄國文學，據我看，除去羅蒙諾索夫、普希金和果戈理之外，其他的根本就不是俄羅斯的。」

「第一，這已經不算少啦；第二，他們之中有一個來自民間，另外兩個是地主出身。」阿杰萊達笑著說。

「對是對的，但是您不要得意。因為在所有的俄國作家裡，自古至今，只有他們三個人還能夠各自說出一些的確是自己的、本人的、不是從別人那裡抄襲來的話，因此，這三個人也就立刻成為民族的了。在俄羅斯人中間，只要有人說出、寫出或做出一點自己的、完全是自己的、不是抄襲來的東西，那麼，他一定會成為民族的，即使他不大會說俄語也不要緊。這對於我是一個公理。但是，我們開始並沒有談論文學，我們講到社會主義派，我們是從社會主義派開始談起的；我認為，我們國內並沒有一個俄國社會主義派；現在沒有，以前也沒有，因為我們所有的社會主義派也全是地主或宗教界出身。所有那些壞透了的、大肆宣傳的社會主義派，無論是國內的，還是國外的，都只不過是農奴制度時代地主出身的自由主義派。你們笑什麼？把他們的著作拿出來，把他們的學說和他們的回憶錄拿出來，我雖然不是一個文學批評家，但是可以給你們寫出一篇極可靠的文學批評論文，十分明確地指出，他們那些書籍、小冊子和回憶錄的每一頁，首先是屬於舊俄國地主的手筆。他們的怨恨、憤怒和機智，全是地主式的（甚至是法穆索夫[1]以前的地主）；他們的喜悅，他們的眼淚，也許是真正的、誠懇的眼淚，但卻是地主式的！如果不是地主式的，便是教會式的……你們又笑了，您也笑了嗎，公爵？您也不贊成嗎？」

果然大家都笑了，連公爵也笑了。

「我還不能直說我贊成不贊成，」公爵說，忽然停止了笑，哆嗦一下，露出小學生犯錯誤而被捉住時的神情，「但是，我對您說，我特別愉快地聽您的言論……」

他說話時幾乎喘不過氣來，他的額角還出了一些冷汗。這是他坐下來以後說出的第一句話。他要向四周環顧，但又不敢；葉夫根尼·帕夫洛維奇看到他的動作，微微笑了。

「諸位，我要向你們講一樁事實，」他用以前的口氣繼續說，也就是一邊似乎帶著不尋常的熱情和激烈的口氣，一邊幾乎在那裡發笑，也許是在笑自己所講的話，「這個事實的觀察和發現我應該歸功於自己，甚至要歸功於自己一個人，至少說，任何地方都沒有講過或寫過這個事實。我所說的那類俄國自由主義的實質，就完全表現在這個事實裡。第一，一般講來，自由主義究竟是什麼，不就是攻擊現存的事物秩序嗎？（這攻擊是合理的或是錯誤的，那是另一個問題。）不就是這樣嗎？現在，我的事實就在於俄國的自由主義並不是對現存事物秩序的攻擊，而是攻擊我們事物的本質，攻擊事物本身；它不僅攻擊秩序，不僅攻擊俄國的秩序，而且攻擊俄國本身。我的自由派竟達到否認俄羅斯本身的地步，也就等

1 譯注：法穆索夫：格利鮑耶陀夫名劇《聰明誤》中的人物。

於仇恨和毆打自己的母親。俄國的每一件不幸和失敗的事實，都會使他歡欣若狂。他仇恨人民的風俗，俄國的歷史。他仇恨一切。如果有可以為他辯解的地方，那就是他不明白自己在做什麼，他把自己對俄國的仇恨當作最美好的自由主義。（噢，你們時常會在我們中間遇到一個自由派，眾人對他鼓掌歡迎，而其實呢，他也許是個最可笑、最愚蠢和最危險的保守派，自己卻還不知道這一點！）不久以前，我國還有一些自由派幾乎把這種對俄國的仇恨當作真正的愛國心。他們自我誇讚，認為自己對愛國心應該表現在什麼地方這個問題上，看法高過別人。但是，現在他們已經更加露骨了，甚至看見『愛國』這兩個字就感到羞恥，甚至認為這個概念有害，毫無價值，所以排斥它，消滅它。這個事實是千真萬確的，我敢擔保，而且……將來總有一天，必須把真理充分地、簡單地、公開地說明；但是，這種事實又是在任何地方，任何時候，自古以來，無論在哪一個民族裡都不會有和不會發生的，所以我認為這種事實是偶然的，是不能持久的。在其他任何地方，都不會有仇恨祖國的自由派。我們對這一切應該怎樣去解釋呢？我覺得還要用以前的話來解釋，那就是：至今為止，俄國的自由派還不是俄國的自由派；據我看，不能再有另外的解釋了。」

「我認為您所說的一切只是開玩笑而已，葉夫根尼．帕夫洛維奇。」施公爵正經地反駁說。

「我沒有見過所有的自由派，所以不能加以判斷，」亞歷山德拉．伊萬諾夫娜說，「但是，我對您的意見感到很憤慨；您把個別的現象當成普遍的規律，這也就等於誣衊。」

「個別現象嗎？啊！竟說出這樣的話了！」葉夫根尼．帕夫洛維奇搶上去說，「公爵，您以為怎樣？這是不是個別現象呢？」

「我也應該聲明，我不大和自由派見面，不大和他們來往，」公爵說，「但是，我以為您的話也許有點道理，您所說的那種俄國自由主義，的確有一部分是仇恨俄羅斯本身，而不只仇恨它的社會秩序。

當然，這只是一部分……當然，對全體絕不能這樣說……」

他覺得難以措辭，不再說下去了。他的內心雖然非常激動，但是對於談話卻露出極大的興趣。公爵有這樣一個特點，就是當他聽有趣的談話時永遠十分注意，當人家詢問他時，他的回答也會非常的率直。他的臉上，甚至他的身體動作上，都反映出他那種率直和信任的樣子，甚至對於嘲笑和幽默也並不懷疑。雖然葉夫根尼·帕夫洛維奇朝他發問時總是帶著特別的嘲笑神情，但是現在經他這樣一回答，竟很正經地望著他，似乎沒有料到他會有這樣的回答。

「啊……不過，您的話語有點奇怪，」他說，「您果真是正正經經地回答我嗎，公爵？」

「您難道不是正正經經地問我嗎？」公爵很驚異地反駁說。

大家笑起來了。

「您相信他吧，」阿杰萊達說，「葉夫根尼·帕夫洛維奇總是愚弄人家！您要知道，他有時是很正經地講什麼事情的！」

「據我看，這是一個很重要的話題，本來不應該來談它，」亞歷山德拉很嚴厲地說，「我們想出去散散步……」

「我們走吧，今天晚上很美！」葉夫根尼·帕夫洛維奇喊道，「但是，為了向你們證明我這一次說得十分正經，主要是為了向公爵證明這一點，（公爵，您使我發生極大的興趣，我可以向您發誓，我還完全不是像你們所想像的那種空虛的人——雖然在實際上我是一個空虛的人！）而且……如果你們允許，諸位，我還要對公爵提出最後一個問題，這是由於我好奇而提出的，談完我們就可以走了。這個問題是在兩小時以前好像特地鑽進我的腦海裡來的（你瞧，公爵，我有時也思索正經的問題）；我已經把它解決了，但是我們要看看公爵怎麼說。剛才談到『個別事件』的問題。這幾個字在我國有很重大意義的，時常可以聽到人們談到它。最近大家口頭上談論，報紙上也刊載某青年害死六個人的兇殺案，在審判時，辯護的律師發出奇怪的言論，據他說，兇手在貧困的情況下，自然會想到殺死這六個人。他的原話不是這樣，但是我覺得，意思的確是這樣，或者近似這樣。據我個人的意見，那位律師在表示這種奇怪的意見時，他深信自己所說的就是當代可能說出的最自由、最人道、最進步的話。但是您的看法怎樣呢？這種對概念和信仰的曲解，對此案採取歪曲和奇怪的看法，究竟是個別現象呢？還是普遍現象？」

大家哈哈地笑了。

「個別的，當然是個別的！」亞歷山德拉和阿杰萊達笑起來了。

「還要容我對您提醒一下，葉夫根尼·帕夫洛維奇，」施公爵說，「您的玩笑已經過於陳舊了。」

「您以為怎樣，公爵？」葉夫根尼·帕夫洛維奇沒有聽完就說下去了，但他已經發覺列夫·尼古拉耶維奇公爵向他投出好奇和嚴肅的眼光，「您覺得這是個別現象呢，還是普遍現象？說實話，我是為了您才想出這個問題來的。」

「不，這不是個別現象。」公爵輕聲地，但是堅定地說。

「得了吧，列夫·尼古拉耶維奇，」施公爵多少帶點惱恨的神情喊道，「您不知道他想要為難您嗎？他根本是在取笑您，想拿您開心。」

「我覺得葉夫根尼·帕夫洛維奇說得很正經。」公爵臉紅了，垂下眼睛。

「親愛的公爵，」施公爵繼續說，「您記不記得，三個月以前，我和您談論過一次；我們曾經說，在我們新設立的法院裡，可以指出許多非常卓越而有天才的律師來！陪審員們有多少極其巧妙的裁決呀？您當時是多麼喜悅，我當時又如何為您的喜悅而高興啊……我們說，我們可以自豪……這種拙笨的辯護，這種奇怪的論據，自然只是偶然的，只是千分之一。」

列夫．尼古拉耶維奇公爵想了想，然後輕聲地，甚至似乎很畏葸地，但帶著十分自信的神情說：「我只是想說，觀念和概念的曲解（如葉夫根尼．帕夫洛維奇所說），是時常可以遇見的。不幸的是，普遍現象比個別現象多得多。如果這種曲解並不是普遍現象，那麼，也許不會發生這類不可能的犯罪……」

「不可能的犯罪？但是，我可以告訴您說，像這樣的犯罪，甚至更重大的犯罪，從前就有，而且永遠都有，不僅在我國有，而且到處都有，據我看，以後還會長久地重演下去。區別只在於：我國過去不大公開，現在才開始公開談論它，甚至寫文章討論它，因此人們覺得這類犯罪是如今剛出現的。您的錯誤就在這裡，這真是一個極天真的錯誤，公爵，請您相信。」施公爵帶著譏諷的神情微笑了一下。

「我知道過去也有犯罪，而且是極大的罪行；我最近到監獄去過，認識了幾個罪犯和被告。在罪犯中還有比這個人更可怕的，他殺過十個人，至今完全不認罪。不過，我看出這樣一點：即使是最怙惡不悛的、不肯認罪的兇手，也都知道他是一個罪人，也就是從良心上承認他有過不良的行為，雖然並沒有絲毫悔罪的意思。他們全是如此。但是，葉夫根尼．帕夫洛維奇所說的那種人竟不願承認自己是罪犯，認為自己有權利……甚至認為這種行為還很好──情形就是這樣。據我看，重大的區別就在這裡。還要注意的是，他們全都是青年人，也就是說，他們的年齡是最容易受到觀念歪曲的影響。」

施公爵已經不再發笑，帶著懷疑的神情傾聽公爵說話。亞歷山德拉．伊萬諾夫娜早就想說什麼話，但是她沒有出聲，好像有一種特別念頭在阻止她。葉夫根尼．帕夫洛維奇十分驚異地看著公爵，這一次沒有絲毫訕笑的樣子。

「我的先生，您為什麼這樣驚異地看他呢？」伊麗莎白．普羅科菲耶夫娜突然干涉起來，「難道他比您傻，不能和您一樣判斷事情嗎？」

「不是的，我講的不是這個，」葉夫根尼・帕夫洛維奇說，「不過，公爵（對不住，我要問您一下），如果您看到，觀察到這一點，那麼您為什麼，究竟為什麼（我還要向您道一聲歉），在那件奇怪的事情裡……就是新近發生的……就是布林多夫斯基的那樁公案裡……您為什麼沒有注意到觀念和道德信念的那種歪曲呢？實際上是一模一樣的！我當時覺得，您完全沒有注意到呢。」

「是這樣的，先生，」伊麗莎白・普羅科菲耶夫娜很激動地說，「我們大家都注意到了。我們坐在這裡，在他的面前自吹自擂。但是，他今天接到他們中間一個人的信，就是那個最主要的，臉上長小疙瘩的，你記得嗎，亞歷山德拉？他來信向公爵道歉（雖然用的是自己的方式），還說，他和當時挑唆他的那個夥伴分手了——你記得嗎，亞歷山德拉？現在他最相信的就是公爵。我們雖然懂得怎樣嘲笑他，卻還沒有收到過這樣的信。」

「伊波利特剛才也搬到我們別墅裡了！」科利亞喊道。

「怎麼？已經來了嗎？」公爵顯得驚慌起來。

「您和伊麗莎白・普羅科菲耶夫娜剛走，他就來了，我帶他來的！」

「我可以打賭，」伊麗莎白・普羅科菲耶夫娜忽然發火道，她完全忘記自己剛才還誇獎過公爵，「我敢打賭，他昨天一定到那個傢伙住的閣樓上去，下跪求饒，懇求那個惡毒的傢伙搬到這裡來。你昨天去了吧？你剛才還承認過的，是不是這樣？你是不是下跪來的？」

「他根本沒有下跪，」科利亞喊道，「事實完全相反：昨天是伊波利特拉住公爵的手吻了兩次，這是我親眼看見的。他們兩人的談話就是這樣結束的。此外，公爵只說，伊波利特如果能住在別墅裡，病勢會減輕一些。伊波利特立刻答應等病勢稍微減輕，便搬過來。」

「您這是何必呢，科利亞……」公爵喃喃地說，站起來取帽子，「您何必講這個，我……」

「您這是要去哪裡呢？」伊麗莎白．普羅科菲耶夫娜阻止他說。

「您不必擔心，公爵，」科利亞興奮地繼續說，「您不必去，不要驚擾他，他一路上累了，現在已經睡著了。他很高興。您要知道，公爵，據我看，您今天最好不要見他，等明天再說吧，否則他又要覺得難為情了。他今天早上說，他已經有半年沒有感到這樣爽快，這樣強壯；甚至咳嗽也減少了大半。」

公爵看見阿格拉婭忽然離開座位，走到桌旁。他不敢望她，但是，他的整個身體都感到她在這一瞬間正看著他，也許很威嚴地看著他，她那雙烏黑的眼睛裡一定露出憤恨的神情，她的臉一定紅了起來。

「尼古拉．阿爾達利翁諾維奇，我覺得您不應該把他帶到這裡來，如果他就是那個小癆病鬼，那天他哭泣著，請我們參加他的葬禮，」葉夫根尼．帕夫洛維奇說，「他當時那麼娓娓動聽地談起鄰家的牆，他一定會思念那面牆的，您要相信這一層。」

「你說得很對，他會跟你吵嘴或打架，隨後當然就會走啦。」

伊麗莎白．普羅科菲耶夫娜很威嚴地把針綫盒挪到自己的身邊，她忘記大家已經站起身來預備出去散步了。

「我記得他對於那座牆曾經大大讚揚，」葉夫根尼．帕夫洛維奇又搶上去說，「沒有這座牆，他不能在巧辯中死去，而他是很想在巧辯中死去的。」

「那有什麼？」公爵喃喃地說，「如果您不想饒恕他，您不饒恕，他也會死去的……他現在是為了樹木搬來的。」

「哦，從我這一方面，我可以饒恕他的一切；您可以把這話轉告給他。」

「您不應該這樣瞭解，」公爵輕聲地，似乎不高興地回答，他沒有抬起眼睛，繼續朝地板上的一個點看望，「您也應該準備接受他的饒恕。」

「這和我有什麼相干？我對他有什麼過錯呢？」

「如果您不明白，那麼……不過您是明白的。他當時打算……祝福你們大家，並且接受你們的祝福，就是這樣……」

「親愛的公爵，」施公爵似乎小心翼翼地趕緊搶上去說，和在座的一些人交換了一下眼色，「地上的天堂很不容易得到哇；但是，您到底還想找到它；天堂是很難達到的東西，公爵，比您那善良的心中所想像的還要困難。我們最好不要再談下去，否則，我們大家也許又要慚愧起來，那時候……」

「我們出去聽音樂吧。」伊麗莎白．普羅科菲耶夫娜厲聲說，很生氣地從座位上站起來。

大家跟著她站起來了。

第二章

公爵忽然走到葉夫根尼·帕夫洛維奇的身旁。

「葉夫根尼·帕夫洛維奇，」他用奇怪的熱烈態度說，抓住他的手，「您要相信，我認為您是一個極正直的、極善良的人，無論在什麼情況下都是如此。請您相信我這句話……」

葉夫根尼·帕夫洛維奇驚奇得倒退了一步。在一剎那，他強忍住笑；但是仔細一看，他發覺公爵似乎有點精神恍惚，至少心情有些特殊。

「我敢打賭，」他喊道，「公爵，您想說的完全不是這個，也許完全不是對我說的……但是，您怎麼啦？您不舒服嗎？」

「可能，很有可能，您說我也許並不想對您說話，這話您說得很對！」

他說完這話以後，似乎很奇怪地，甚至很滑稽地笑了一下，但是，他好像忽然興奮起來，然後喊道：「您不要對我提起我在三天以前的行為！我對於這三天感到十分慚愧……我知道我有過錯……」

「但是……但是您究竟做了什麼可怕的事情？」

「我看出您大概比任何人都為我感到慚愧，葉夫根尼·帕夫洛維奇。您臉紅了，這是您心地善良的表現。我立刻就走，請您相信。」

「這是怎麼啦！他的毛病總是這樣發生的嗎？」伊麗莎白·普羅科菲耶夫娜很驚慌地對科利亞說。

「您不必擔心，伊麗莎白．普羅科菲耶夫娜，我沒有發病；我立刻就走。我知道，我……受了自然的侮辱。我病了二十四年，從出生一直到二十四歲。您現在就把我的話當作病人的囈語吧。我立刻就走，立刻就走，請您相信我。我並不臉紅——因為為了這個而臉紅是很奇怪的，不對嗎？——但是，在社會上我是一個多餘的人……我並不是由於自尊心才這樣說……我在這三天內反覆思索，決定一旦有機會，就誠懇而正直地通知您。我有一些理想，有一些崇高的理想，這是我不應該來講的，因為一講起來，一定會惹得大家嘲笑。施公爵剛才對我提過這一點了。……我沒有文雅的姿態，我不懂得權衡輕重；我只能說一些與思想不相符、不恰當的話，它是對這些思想的侮辱。因此我沒有權利……再說我好懷疑，我……我相信這府上沒有人會侮辱我，大家過份地愛我，但是我知道（我一定知道），在病了二十年以後，一定會遺留下疾病的痕跡，因此人家不會不笑我……有時候……不是嗎？」

他環顧四周，好像在等待回答和決定。這種突如其來的、病態的、在任何情況下都沒有來由的舉動，把大家弄得十分莫名其妙。但是，這種舉動引起一段奇怪的插話。

「您為什麼在這裡說這些話？」阿格拉婭忽然喊道，「您為什麼對他們說這些呢？對他們！對他們！」

她顯然到了怒不可遏的程度，眼睛閃著火光。公爵啞口無言地站在她的面前，臉色突然慘白了。

「這裡沒有一個人配聽這種話！」阿格拉婭的話爆發出來了，「這裡所有的人，所有的人，都趕不上您的一隻小指頭，都沒有您聰明，不如您心善！您比大家都誠懇，比大家都正直，比大家都美好，比大家都善良，比大家都聰明！這裡有些人，都不配彎下身去，拾起您剛才掉落的手帕……您為什麼輕視自己，貶低自己？您為什麼歪曲自己的美質，沒有一點自豪心呢？」

「天哪，誰會想到說這個呢？」伊麗莎白．普羅科菲耶夫娜把手一舉一拍，驚訝地說。

「貧窮的騎士！萬歲！」科利亞如醉如狂地喊。
「不許出聲！……您怎麼敢在您家裡侮辱我！」阿格拉婭忽然對伊麗莎白．普羅科菲耶夫娜責難道，她已達到了不顧一切的、什麼也攔擋不住的歇斯底里狀態，「你們大家為什麼個個都折磨我！公爵，在這三天裡，他們為什麼為了您而跟我糾纏呢？我無論如何也不會嫁給您！您要知道，無論如何，我永遠也不會嫁給您！您要知道這一點！一個女人難道能夠嫁給像您這樣可笑的人嗎？您現在用鏡子照一下自己，您現在站在這裡像什麼樣子！……為什麼，為什麼他們淨逗我，說我想嫁給您呢？您大概知道吧！您也和他們同謀吧！」
「從來沒有人這樣逗你呀！」阿杰萊達吃了一驚，喃喃地說。
「誰也沒有這樣想過，誰也沒有說過這樣的話！」亞歷山德拉．伊萬諾夫娜喊道。
「誰逗她了？什麼時候逗她了？誰會對她說這種話？她是不是在說夢話？」伊麗莎白．普羅科菲耶夫娜朝大家說，氣得直打哆嗦。
「在這三天內，大家都說來的，每個人都說來著！我永遠，我永遠也不嫁給他！」
阿格拉婭喊叫之後，苦淚橫流，她用手帕捂住臉，身子落到椅子上了。
「他還沒有對你求……」
「我還沒有對您求愛，阿格拉婭．伊萬諾夫娜。」公爵忽然脫口說出。
「什——麼？」伊麗莎白．普羅科菲耶夫娜忽然很驚訝地、激憤地、恐怖地喊道，「什麼？」
她不敢相信自己的耳朵。
「我想說……我想說……」公爵哆嗦了一下。「我只想對阿格拉婭．伊萬諾夫娜解釋……很榮幸地解釋，我根本沒有——向她求婚的意思……甚至將來也不……在這件事情上我一點也沒有過錯，真的，我一點也沒有過錯，阿格拉婭．伊萬諾夫娜！我從來不打算，我從來沒有想過；您自己也會看出，我今後也絕不想這樣。請您相信吧！一定是有什麼壞人在您面前造我的謠言！您放心吧！」

公爵一邊說，一邊走到阿格拉婭的身邊。她拿掉捂臉的手帕，匆匆地望了他一眼，她望著他那整個驚慌的姿態，琢磨著他那一番話的意義，忽然對著他哈哈大笑起來——笑得那麼爽朗，那麼放縱，那麼滑稽，那麼充滿譏諷的意味，阿杰萊達聽了，首先忍耐不住，尤其在她也看了公爵一眼的時候。她一下子奔到妹妹身旁，抱住她，發出和妹妹一樣的、忍不住的，像學生一般快樂的笑聲。公爵望著她們，忽然微笑起來，他帶著快樂幸福的神情反覆地說：「嗯，謝天謝地，謝天謝地！」

亞歷山德拉當時也忍不住，從整個的內心哈哈大笑起來。這三個人的笑聲好像沒完沒了似的。

「真是瘋子！」伊麗莎白，普羅科菲耶夫娜喃喃地說，「一會兒把人嚇死，一會兒又……」

但是，施公爵也笑了，葉夫根尼．帕夫洛維奇也笑了，科利亞哈哈地笑個不停，公爵望著他們也哈哈地笑了。

「我們去散步吧，我們去散步吧！」阿杰萊達喊道，「大家一塊兒去，公爵一定也要跟我們去。您不必走，您是一個可愛的人！他是一個多麼可愛的人，阿格拉婭！對不對，媽媽？再說，我一定要，一定要吻他，擁抱他，為了……為了他剛才對阿格拉婭的那番解釋。親愛的maman，您容許我吻他嗎？阿格拉婭，允許我吻你的公爵吧！」這個淘氣姑娘喊著，果真跳到公爵身旁，吻他的額角。公爵抓住她的手，緊緊握住，使阿杰萊達幾乎喊叫起來。他帶著無限的歡欣看著她，突然迅速地把她的手放到嘴邊，連吻了三遍。

「我們走吧！」阿格拉婭呼喊道，「公爵，您攙住我。這可以嗎，maman？可以叫拒絕我的男人攙我嗎？您不是已經永遠拒絕我了嗎，公爵？不是這樣，不是這樣把手遞給女人，難道您不知道應該怎樣攙著女人走路嗎？就是這樣，咱們走吧，咱們要走在最前面；您想不想走在大家前面，tête-à-tête（法文：就我們倆）？」

她滔滔不絕地說著，還在那裡一陣陣地發笑。

「謝天謝地！謝天謝地！」伊麗莎白・普羅科菲耶夫娜嘮嘮叨叨地說，連她自己也不知道為什麼喜歡。

「真是一些非常奇怪的人！」施公爵想，他自從和這些人相遇以來，已經想過上百遍了，但是……他很喜歡這些奇怪的人。至於梅什金公爵，他大概不十分喜歡。在大家都走出去散步的時候，施公爵皺著眉頭，似乎十分憂慮的樣子。

葉夫根尼・帕夫洛維奇心情好像極為快活，一路之上，一直到車站，他都逗得亞歷山德拉和阿杰萊達發笑。她們姐妹聽到他所說的玩笑話以後，笑得特別爽朗，使得他開始有點疑惑她們並沒有完全聽他說話了。由於這個念頭，他也毫無理由地就哈哈大笑起來，最後，帶著十分的、特別的誠懇神情笑了起來（他的性格就是如此）。這兩個姐妹懷著極愉快的心情，她們不斷地望著走在前面的阿格拉婭和公爵。顯然，妹妹給她們出了一個極大的啞謎，施公爵努力和伊麗莎白・普羅科菲耶夫娜談一些不相干的事情，他也許是想給她解悶，但是這使她感到非常厭煩。她好像心情很亂，有時牛頭不對馬嘴地回答一句，有時則完全不回答。但是，阿格拉婭・伊萬諾夫娜的啞謎在這天晚上還沒有結束。最後的一個啞謎已經落到公爵一個人的身上了。他們離開別墅，走了一百來步，阿格拉婭用急速的微語，對始終保持沉默的男伴說道：

「您朝右邊看哪。」

公爵看了一下。

「您仔細看一看。您瞧公園裡那只長椅，那裡有三棵大樹……不是有一只綠色長椅嗎？」

公爵回答說，他看見了。

「您喜歡這個地方嗎？我有時在早晨七點鐘，當大家還在睡覺的時候，一個人到這裡來坐坐。」

公爵喃喃地說，這地方很美。

「現在您離開我吧，我不願意再和您攙著手走了。不過，您最好還是攙著我的手走，但是不要同我說一句話。我願意獨自思索一下……」

不過這種警告是完全多餘的。因為就是不這樣吩咐，公爵在一路上也不會說出一句話來。當他聽到關於長椅的話時，他的心跳得非常厲害。他在一分鐘後醒過來了，很羞愧地趕走自己離奇的念頭……在帕夫洛夫斯克車站裡，大家都知道，至少大家都在那裡說，平常日子所聚集的群眾，比星期日和節日聚集在那裡的群眾「優秀些」。因為在星期日和節日，會從城裡跑來「各色人等」。群眾在平常日子的打扮並不花哨，但極美觀。大家去聽音樂已成為一種習慣。這裡的樂隊也許的確是俄國公園樂隊中最好的一隊，它時常演奏新曲。公園裡顯得非常體面和優雅，雖然從整個說來有一些家庭氣氛，甚至令人發生親切的感覺。所有避暑的人都到此地來會朋友。有許多人真正愉快地這樣做，而且只為了會朋友才來。但是，也有些人單單是為了聽音樂而來的。鬧亂子的事情特別少，不過，就是在平常的日子裡也發生過。這種事情本來就是不可避免的。

今天晚間很好，遊人眾多。樂隊正在演奏著，周圍的座位都坐滿了人。我們的一夥坐在靠邊的椅子上，在車站最左的那個大門附近。觀眾和音樂使伊麗莎白·普羅科菲耶夫娜的精神活潑了一些，也使小姐們解了悶。她們已經和幾個朋友打了照面，遠遠地向某些人很客氣地點頭。她們已經研究過服裝的樣式，發現一些奇怪的地方，討論了一番，露出嘲笑的神情。葉夫根尼·帕夫洛維奇也時常向人家鞠躬。阿格拉婭和公爵仍然在一起，已經引起某些人的注意。有些相識的年輕人馬上來到媽媽和小姐們的身邊；還有兩三個人留下來和他們談話；他們都是葉夫根尼．帕夫洛維奇的朋友。他們中間有一位年輕漂亮的軍官，十分活潑，很愛說話。他忙著和阿格拉婭攀談，竭力使她注意自己。阿格拉婭對他十分和氣，滿臉堆笑。葉夫根尼．帕夫洛維奇要把這個朋友介紹給公爵。公爵雖然不瞭解他們的用意何在，但雙方總算是認識了，兩個人互相鞠躬，伸出手來。葉夫根尼．帕夫洛維奇的朋友提出一個問題，但是，公爵不是不做回答，就是非常奇怪地咕嚕了幾句，軍官很奇怪地凝視著他，然後又看了看葉夫根尼．帕夫洛維奇，立刻就明白對方為什麼做這番介紹了。軍官微微冷笑一聲，又轉而對著阿格拉婭說話了。只有葉夫根尼．帕夫洛維奇一個人注意到，阿格拉婭突然為此而臉紅了。

公爵甚至沒有覺察出別人在那裡和阿格拉婭談話，向她獻殷勤；他有時候幾乎忘記自己是坐在她的身旁。他有時想走到什麼地方去，完全離開這裡，即使到一個陰沉的、空曠的地方去也是高興的，只要能夠獨自冥想，不使任何人知道他的所在就行。至少說，他願意回到自己家裡的平台上去，但是不要有人在旁邊，既不要有列別杰夫，也不要有他孩子的干擾；然後倒在沙發上，把臉伏在枕頭上，就這樣躺上一天，一夜，再躺一天。他有時候也想到那些山，想到他所熟知的山下的一個點。他一向喜歡懷念那一個點，當他住在國外的時候，他喜歡到那個地方去，從那裡瞭望下面的鄉村，瞭望在下面微微閃著光的、像一條白線似的瀑布，瞭望白雲，瞭望傾塌的舊堡壘。哦，他現在多麼想到那裡去。只想這一件事情——一輩子只想這件事情，就是想一千年也不夠！但願這裡的人完全忘記他。啊，甚至應該這樣。如果大家完全不認識他，他眼前的一切都是在夢境裡，豈不更好！但是，夢和現實還不是一樣嗎？他有時忽然開始端詳阿格拉婭，整整有五分鐘，眼神都沒有離開她的臉。他的眼神太奇怪了。他看著她，就好像看著離他有二俄里遠的東西一樣，或者好像在看她的照片，而不是在看她的真人。

「您為什麼這樣看我，公爵？」她忽然打斷和周圍人們的談笑，這樣說，「我害怕您。我老覺得您想伸出手來，用手指觸我的臉，撫摸一下。對不對，葉夫根尼．帕夫洛維奇，他的眼神是不是這樣的？」

公爵聽到阿格拉婭對自己說話，似乎感到很驚異。他尋思了一下，雖然也許不十分瞭解，並沒有回答。不過，他看見阿格拉婭和大家都在笑，忽然張開嘴，自己也笑起來了。周圍的笑聲更增大了；軍官大概是個愛笑的人，更是笑得前仰後合。阿格拉婭突然很憤怒地自言自語道：

「白癡！」

「天哪！難道她會這樣……難道她完全發了瘋？」伊麗莎白．普羅科菲耶夫娜自言自語地說。

「這是一個玩笑。這和從前那個『貧窮的騎士』一樣，只不過是一個玩笑，」亞歷山德拉堅決地向她耳語，「只是如此罷了！她和平常一樣，又和他開起玩笑來了。不過，這種玩笑開得太過份了；應該把它停止了，maman！她剛才好像女演員一樣，演出她的拿手戲，把我們嚇了一大跳……」

「幸好她攻擊的是那樣一個白癡。」伊麗莎白．普羅科菲耶夫娜和她微語著。女兒的話到底使她感到輕鬆一些。

公爵聽見人家叫他白癡了。他哆嗦了一下，但這不是由於人家管他叫白癡的緣故。他立刻忘掉「白癡」這兩個字了。但是，在人群中，在離他的座位不遠的地方，在旁邊的什麼地方——他怎麼也指不出來，究竟在什麼地方，究竟在哪一點上——閃出一張臉，慘白的臉，帶著濃黑的鬈髮，熟識的，而且十分熟識的微笑和眼神——它一閃就不見了。這很可能只是他的想像；從他所見的全部幻影中，留在他印象裡的只有撇嘴的微笑，兩隻眼睛，和繫在一閃而過的那位先生身上的淡綠的、漂亮的領帶。

過了一分鐘，他忽然急促地，不安地環顧了一番；這第一個幻影可能是第二個幻影的預兆和前奏。一定是這樣。在動身到車站來的時候，他莫非忘記了可能的遭遇嗎？誠然，他上車站來的時候，大概並不完全知道是到這裡來——他是處在這樣的精神狀態之中。如果他善於或者能夠仔細注意觀察的話，他在一刻鐘以前就能夠覺察出，阿格拉婭也似乎在那裡時時不安地環顧，也好像在自己的周圍尋找什麼東西。現在，當他的不安顯露出來的時候，阿格拉婭心中的激動和不安也隨著增長起來，他剛回頭一看，她也立刻回過頭去觀望。他們的驚慌不久就得到了解釋。

車站的側門離公爵和葉潘欽一家人所坐的地方不遠。這時，忽然出現了一大群人，至少有十個左右。那群人的最前面是三個女人；其中有兩個長得美若天仙，因此在她們後面跟著許多崇拜者也就不足為奇的。但是，這些崇拜者和這幾個女人，都帶有一種特別的，與樂隊周圍的聽眾完全不同的地方。大家幾乎是同時看到了他們，但是大部分人都竭力裝出完全沒有看見他們的樣子，只是有幾個青年向他們微笑，低聲交談著，大家沒法不看見他們：他們故意顯示自己，高聲談笑。從表面上一看，就會知道他們中間有許多人已經喝醉了。雖然他們有幾個人穿著漂亮而且十分講究的服裝，但其中也有一些樣子很奇怪的人，他們穿著奇裝異服，臉也紅得奇怪；他們中間還有幾個軍人，而且也不全是年輕人；有的人打扮得很順眼，穿著很合身的衣服，手上戴著戒指，袖上戴著袖扣，頭上有漂亮的、漆黑的假髮和鬍鬚，臉上露出特別高雅的，但是有點粗暴的神氣。然而，在社交界裡，大家都像躲避瘟疫似的迴避他們。在我們郊外的那些聚會場所中，雖然也有一些特別體面，聲譽極好的地方，但是，就是最謹慎的人，也不可能在任何時候都能防備鄰家屋上往下掉的磚頭。現在，這塊磚頭準備落到圍在那裡聽音樂的這群體面觀眾頭上。

如果要從車站走到樂隊所在的小廣場那裡，必須走下三個台階。那群人就在台階上止步了，不敢走下來。但是，有一個女人一直向前走，她的隨行人員中，只有兩個人敢跟隨著她。一個是相當樸素的中年人，外表十分體面，但顯出孤苦伶仃的樣子，也就是說，好像那種從來不認識任何人，也沒有人認識他的人物；另一個寸步不離那個女人，他穿著一身破爛，神情十分曖昧。除此之外，再也沒有人跟在那個奇怪女人的身後了。當她走下台階的時候，連瞧都沒有往後瞧，好像有沒有人她根本就無所謂。她照舊大聲說笑；她的打扮特別雅致，雍容富貴，但是有點過份奢侈。她經過樂隊，走向小廣場的另一端，在那裡，路旁有一輛自用馬車正在等人。

公爵已經有三個多月沒有看見她了。他來到彼得堡以後的這幾天裡，一直想去見她；但是，有一個神祕的預感把他給阻止住了。至少說，他怎麼也猜想不出，當遇到她的時候，將會產生怎樣的印象，他有時拚命地想像這種印象。有一點他很明白，這種相見一定是很痛苦的。在這六個月之內，他有好幾次回憶當他初次看見這個女人的照片時，她的面孔曾經使他產生怎樣的感覺；但是他回想起，即使是在看照片的印象裡，也包含著過多的痛苦成分。他在外省和她每天相見的那一個月，對他發生了一種可怕的影響，他有時願意把這不久以前的回憶都刪除掉。在這個女人的臉上，永遠有使他感覺痛苦的東西。公爵在和羅戈任談話時，曾經將這種感覺說成是無限的憐惜感，這是很正確的：從照片上看，這張臉就使他的心裡產生出極度憐惜的感情。他對於這個女人的同情，甚至為她而痛苦的感覺，永遠沒有離開他的心，現在也沒有離開。不，甚至還要強烈些。但是，公爵並不滿意他對羅戈任所說的話；到了現在，在她突然出現的一剎那，他也許從直接的感觸上，瞭解他對羅戈任所說的話裡的不足之處。不足之處就是他不曾說過一句可以表達他的恐懼的話；是的，就是恐怖！此時此刻，他充分感到了恐怖；他有特殊的理由相信，他完全相信，這個女人是一個瘋子。如果你愛一個女人甚於世間的一切，或者預感到這種愛情的可能性，而忽然看見她被鎖在鐵窗後面，在看守員的棍杖下面呻吟——那麼，這種印象和公爵現在所感覺到的就有點相像了。

「您怎麼啦？」阿格拉婭很迅速地微語著，她回頭看公爵，天真地拉他的手。

他把頭轉向著她，看了她一眼，望著她那雙烏黑的、在這時閃耀著使他莫名其妙的光輝的眼睛，試著對她笑一下，但是好像在一剎那忘記了她，又把眼睛移向右邊，注視他那特別的幻影。納斯塔霞．菲利波夫娜這時正從小姐們所坐的椅子旁邊走過。葉夫根尼．帕夫洛維奇繼續對亞歷山德拉．伊萬諾夫娜講一些大概十分滑稽可笑的話，他說得迅速而且熱烈。公爵記得阿格拉婭忽然微語地說：「怎樣的女人……」

這是一句不肯定的、沒有說完的話；她立即忍住了，不再增加什麼話，但是，這已經很夠了。納斯塔霞．菲利波夫娜旁若無人地走了過去之後，忽然回過頭來，朝他們看去，似乎現在才發現葉夫根尼．帕夫洛維奇。

「咦！他在這裡呢！」她忽然站住呼喊道，「人家打發多少人到處尋找，都找不到他，他卻好像故意坐在這使人料想不到的地方……我以為你已經……到你叔叔那裡去了！」

葉夫根尼．帕夫洛維奇滿臉通紅，瘋狂地望著納斯塔霞．菲利波夫娜，但是很快地回轉身去，背對著她。

「什麼！你難道不知道嗎？你們瞧，他居然還不知道！想想看！用手槍自殺了！你的叔叔今天早晨用手槍自殺了！在兩點鐘的時候，人家對我這樣講的；現在已經滿城風雨；聽說虧空了三十五萬公款，有的人說是五十萬。我還以為他會給你留下遺產呢；其實他已經全部花光了。他是一個極放蕩的小老頭子……嗯，再見吧，bonne chance（法文：祝你成功）！你果真不去嗎？怪不得你預先辭職，真是狡猾！不過這是胡說，你是知道的，預先是知道的：也許昨天就知道了……」

雖然在這種無禮的糾纏裡，在這種故意誇耀本來沒有的親密交情裡，一定含有什麼目的——現在這已經毫無疑問了。但是，葉夫根尼．帕夫洛維奇起初還想含糊了事，無論如何不去理會那個侮辱他的女人。不過，納斯塔霞．菲利波夫娜的話卻像霹雷似的打擊他；他一聽到叔叔死去，臉色頓時白得好像手帕，轉身向報信的女人看去。這時候，伊麗莎白．普羅科菲耶夫娜連忙從座位上站起來，大家也跟著她立起，幾乎從那裡跑走了。只有列夫．尼古拉耶維奇公爵還在原來的座位上留了一會兒，似乎遲疑不決似的。葉夫根尼．帕夫洛維奇沒有清醒，還站在那裡，沒有醒過來。但是，葉潘欽一家人還沒有走上二十步，就出了一個可怕的亂子。

那個和阿格拉婭談話的軍官，是葉夫根尼．帕夫洛維奇的好朋友，已經怒不可遏了：「就應該用鞭子來抽，否則你沒法駕馭這個賤貨！」他說話的聲音相當大。（他大概以前就是葉夫根尼．帕夫洛維奇的心腹。）

納斯塔霞．菲利波夫娜立刻向他轉過身去。她的眼睛閃著光輝，奔到站在兩步以外的素不相識的年輕人跟前，奪去那人握著的一根細馬鞭，用全力斜抽侮辱她的人的臉。這一切發生在一剎那……軍官氣得發昏，向她直撲過去。納斯塔霞．菲利波夫娜的隨行人員已經沒有一個人在她身旁：那個體面的中年紳士已經溜得無影無蹤，那個快活的先生站在一旁，拚命地大笑。再過一分鐘，警察自然是會趕到的，但是在這一分鐘內，如果沒有意外的援手，納斯塔霞．菲利波夫娜一定要吃些苦頭。公爵也離有兩步遠，他連忙從後面抓住了軍官的手。軍官一邊掙脫他的手，一邊朝公爵的胸脯上猛烈一推；公爵倒退兩三步，跌在椅子上了。但是，納斯塔霞．菲利波夫娜的身旁又出現了兩個保護者。一個是拳術家，也就是讀者已經熟知的那篇文章的作者，羅戈任以前那幫嘍囉中的活躍分子。他站到那個要行兇的軍官的面前。

「我叫凱勒！退伍中尉！」他很傲慢地自我介紹說，「如果您想打架的話，上尉，我可以代替女性來伺候您。我曾經學過英國拳術。上尉，您不要推來推去；我很同情您受了血的侮辱，但是當著大家向一個女人揮拳頭，我是不會同意的。如果您是一個體面的紳士，就應該用另外一種方法——您自然明白我的意思，上尉……」

然而，上尉已經清醒過來，不再聽他說話了。這時，羅戈任從人群中出現，迅速拉住納斯塔霞．菲利波夫娜的手，引她走開。羅戈任本人顯得十分慌張，臉色蒼白，渾身哆嗦。他領納斯塔霞．菲利波夫娜走開的時候，對著軍官的眼睛惡狠狠地笑了一下，用揚揚得意的商販口氣說：「喲！報應！臉上全是血！喲！」

軍官清醒過來以後，完全瞭解到他應該去找誰去算帳，因此他一邊用手帕捂住臉，一邊很有禮貌地朝那已經從椅子上站起來的公爵說話：「您是我剛才認識的梅什金公爵嗎？」

「她是瘋子！得了瘋病！請您相信我的話！」公爵用顫抖的聲音回答，不知為什麼向軍官伸出兩隻哆嗦的手。

「我自然不敢誇口說我在這方面有很多知識；但是，我必須知道您的尊姓大名。」

他點了點頭，就走開了。在最後一位登場人物走開以後，過了整整五秒鐘，警察才趕到。但是，這個亂子持續不過兩分鐘。群眾中有些人站起來走了，也有一些人只是從這個座位移到另一個座位上；有些人很喜歡看熱鬧；還有些人紛紛議論，露出極大的興趣。總而言之，這事情就這樣平平常常地終結了。樂隊又奏起音樂。公爵跟在葉潘欽一家人後面走去。如果在他被人家推開，坐到椅子上的時候，猜到或者向左看一看，一定會看見阿格拉婭站在離他二十步遠的地方，觀看這場鬧劇。當時，她的媽媽和姐姐走得比較遠，對她頻頻呼喚，她也不理睬。後來，施公爵跑到面前，勸她趕快走。伊麗莎白．普羅科菲耶夫娜記得：當阿格拉婭回到她們身邊的時候，神情非常緊張，幾乎沒有聽見她們的呼喚。整整過了兩分鐘，當她們走進公園以後，阿格拉婭才用尋常那種冷淡和任性的聲音說道：「我想看看這齣喜劇是怎樣收場。」

第三章

車站上的事件使母親和女兒們都產生了近乎恐怖的印象。在驚慌和騷亂中，伊麗莎白·普羅科菲耶夫娜領著女兒幾乎從車站上一直跑回家去。根據她的看法，在這事件裡發生和暴露了很多的東西，因此，在她那雖然非常混亂和驚慌的腦子裡，已經產生出一些果斷的想法。不過，大家也都明白發生了一種特殊的情況，也許還開始暴露出一種特殊的祕密，這倒是不幸中的萬幸。任憑施公爵以前怎樣肯定地說明和解釋，葉夫根尼·帕夫洛維奇「現在露出狐狸尾巴來了」，他現出了廬山真面目，「正式表明他和那個賤人有關係」，伊麗莎白·普羅科菲耶夫娜，還有她的兩個大女兒，都這樣想。從這個結論裡所得到的好處，就是啞謎更加糊塗了。小姐們雖然對於母親那樣驚慌失措的情況和明顯的逃走暗中有些不滿，可是在她驚魂未定的時候，她們也沒敢向她發問。此外，不知什麼緣故，她們以為小妹妹阿格拉婭·伊萬諾夫娜對這件事情要比姐姐和母親三個人知道得多。施公爵也是像滿面愁容，顯出沉思的樣子。伊麗莎白·普羅科菲耶夫娜一路上不和他說一句話，而他卻好像沒有注意到這一點。阿杰萊達開口問他：「剛才講的是哪一個叔叔？彼得堡出了什麼事情？」但是，他的臉上露出極不愉快的神情，喃喃地回答說有待調查等極不肯定的話，他還說，這一切當然都是荒唐的。「這是無可置疑的！」阿杰萊達回答，以後再也不問什麼了。阿格拉婭起初顯得格外安靜，只在路上說她們跑得太快了。她回頭看了一次，看見公爵正在追趕他們。她看到他努力追趕的情形，冷笑了一聲，再也不看他一眼。

最後，差不多到了別墅跟前，她們遇到迎面而來的伊萬．費道洛維奇。他剛從彼得堡回來。他一開口，就詢問葉夫根尼．帕夫洛維奇。但是，他的夫人威風凜凜地從他面前走過，沒有回答，甚至連看都不看他一眼。從女兒們和施公爵的眼神上，他立刻猜出家裡起了大風波。但是，即使沒有這種情況，他自己的臉上也顯出特別的不安。他立刻挽住施公爵的手，使他在家門口站住，悄悄和他說幾句話。從他們兩人走上平台，到伊麗莎白．普羅科菲耶夫娜那裡去時的驚慌神色，就可以猜出他們兩個人聽到了一種特別的新聞。大家漸漸聚到樓上伊麗莎白．普羅科菲耶夫娜那裡，平台只剩下公爵一個人了。他坐在角落裡，似乎在等待什麼，但他自己也不知道是怎麼回事；他看見這家人的混亂情形，竟沒有想到走開；他顯然忘卻了整個宇宙，準備一連坐上兩年，隨便人家把他放在什麼地方。有時候，他還聽見樓上驚慌不安的談話聲音。他說不出自己在這裡坐了多長時間。天色已晚，完全昏黑了。阿格拉婭突然走到平台上來。她的外表看起來很鎮靜，雖然臉色有點慘白。她看見公爵坐在屋角的椅子上，「顯然沒有料到」會在這裡碰見他，不由得驚疑地微笑了。

「您在這裡做什麼？」她走到他的跟前。

公爵喃喃地說些什麼，露出很不好意思的樣子，他從椅子上跳起來了；但阿格拉婭立刻坐在他的身旁，他於是也跟著坐下來。她忽然很仔細地看了他一下，然後又朝窗外看去，似乎並沒有想什麼，接著又朝他看。「也許她想笑，」公爵想，「但是不會的，如果要笑，她當時就會笑的。」

「您也許想喝茶吧？我叫他們沏茶。」她沉默了一會兒說。

「不，不……我不知道……」

「喲，這還不知道！哎，我問您，假使有人叫您去決鬥，您怎麼辦呢？我剛才就想問您。」

「但是……誰呢？……沒有一個人會叫我去決鬥的。」

「嗯，如果有人叫您呢？您會十分害怕嗎？」
「我想，我會十分……害怕的。」
「真的嗎？那麼，您是懦夫啦？」
「不是，也許不是。因懼怕而逃跑的人才是懦夫；雖懼怕卻並不逃跑的，那還不是懦夫。」公爵想了一想，微笑了。
「您不會逃跑嗎？」
「我也許不會逃跑。」他終於對阿格拉婭的問話笑起來了。
「我雖然是一個女人，但是我絕不會逃跑，」她幾乎惱怒地說，「不過，您在那裡笑我，而且就像平常那樣裝腔作勢，認為自己是一個很有趣味的人。請問您：射擊通常是不是在十二步以外？也有十步的嗎？如此說來，那是一定會被打死或者受傷的啦？」
「怎麼不會呢？普希金不是被打死了嗎？」
「那也許是偶然的。」
「完全不是偶然的：那是一場死鬥，他被殺害了。」
「子彈在他身上的位置很低，而丹特士[1]一定是向高處瞄準的，對著他的胸部或頭部：沒有人會像他那樣瞄準的。所以，子彈大概是偶然打中了普希金，一定是錯誤造成的結果。這是內行人對我說的。」
「有一次，我和一位兵士談話，他對我說，當他們的隊伍散開射擊的時候，按照要求，必須朝半身

1 丹特士：法國軍官，因追求普希金的妻子，兩人決鬥，最終普希金不幸受重傷而死。

瞄準。於是，他們就把這叫作『朝半身射擊』。不是朝胸部，也不是朝頭部，而是朝半身射擊。後來，我又問過一位軍官，他說這是對的。」

「這是對的，因為他們是遠距離射擊。」

「您會射擊嗎？」

「我從來沒有射擊過。」

「難道連把子彈裝到手槍裡也不會嗎？」

「不會。我知道怎樣裝，但我從來沒有裝過。」

「這麼說，您是不會的了，因為這需要實踐！您聽我說，要好好記住：最先要買一點上好的手槍用的火藥，不要濕的（人家說不能用濕的，而要用很乾的），還要細碎的，您必須買這樣的貨色，不要買放大炮用的火藥。人家說，子彈是他們自己鑄成的。您有手槍嗎？」

「沒有，也用不著。」公爵忽然笑了。

「唉，這真是沒有意義的話！您一定要去買，買一支上好的，法國式或英國式的，聽說那是最好的手槍。然後取一把火藥，或者兩把，塞進去。越多越好。然後塞進一塊毛氈（不知為什麼，聽說非用毛氈不可），這不難弄到，可以從一個褥墊裡，或是從門上，有時人家是把毛氈釘在門上的。把毛氈塞進去以後，再把子彈放進去——您聽著，必須先放火藥，然後放子彈，否則是射不出來的。您笑什麼？我希望您每天練習射擊幾次，一定可以學會射中目標。您能夠照辦嗎？」

公爵笑了，阿格拉婭惱恨地跺了跺腳。她在談話時那種嚴肅的神情，使公爵感到驚異。他多多少少感覺到，他應該打聽些什麼，詢問些什麼——總之，是要問一些比如何裝手槍更正經些的事情。但是，這一切都從他的腦海裡飛走了，只剩下一樣，那就是她坐在自己的身邊，他看著她。至於她講什麼話，在這一瞬間，他幾乎是無所謂的。

伊萬·費道洛維奇本人，終於從樓上走到平台上來了。他緊蹙眉頭，帶著憂鬱而堅決的神情到什麼地方去。

「啊，列夫·尼古拉耶維奇，你……現在到哪裡去？」他問道，雖然列夫·尼古拉耶維奇並沒想動地方，「咱們走吧，我要對你說幾句話。」

「再見！」阿格拉婭說，跟公爵握手。

平台上已經很黑，公爵在這時候完全看不清她的臉。一分鐘後，當他和將軍從別墅裡走出去的時候，他突然臉發紅，緊緊地握住自己的右手。

原來伊萬·費道洛維奇和他同路；伊萬·費道洛維奇不顧時間已晚，忙著要去和什麼人談話。但是，眼下他忽然急促地、驚慌地、極不連貫地和公爵談話，在談話裡時常提起伊麗莎白·普羅科菲耶夫娜的名字。如果公爵在這時間內能夠注意一下，他也許會猜得到伊萬·費道洛維奇想向他探聽些什麼事情，或者最好說是想直截了當地、公然地向他盤問什麼事情，但總也不能談到最主要的一點上去。使公爵感到慚愧的是，他的精神十分渙散，最初竟沒有聽見將軍說的是什麼，等到將軍向他提出一個熱烈的問題時，他不得不向將軍承認自己一點也沒有聽明白。

將軍聳了聳肩。

「你們全是一些奇怪的人，從各方面都是這樣，」他又開始說，「我對你說，我完全不明白伊麗莎白·普羅科菲耶夫娜的想法和擔憂。她犯了歇斯底里症，一邊哭，一邊說人家侮辱我們，我們受了侮辱。但是誰呢？怎樣呢？和誰呢？什麼時候？什麼原因？說實話，我是有過錯的（我承認這一點），我有許多過錯，但是，這個不安靜的，而且行為不端的女人的逼迫手段，可以叫警察來加以制止，我今天就打算和一個人見面，先和他打個招呼。一切都可以輕輕地、溫情地，甚至和藹地，借著朋友的交情安排妥當，絕不出什麼亂子。我也同意，將來會發生許多事情，有許多解釋不清的問題。這裡也有陰謀；但是，如果大家在這裡毫無所知，那麼，他們在那裡還是不會解釋清楚的。如果我沒有聽見，你沒有聽見，他沒有聽見，她也沒有聽見任何東西，那麼請問你，究竟誰聽見了呢？如果不把事情的一半解釋為海市蜃樓，解釋不存在的東西，好像日光……或其他的幻影，你看應該怎樣來解釋呢？」

「她是瘋子！」公爵喃喃地說，忽然很痛苦地憶起了從前的一切。

「假使你講的是她，我正是這樣說。我有時也會發生這樣的念頭，於是我就安安靜靜地沉睡了。但是我現在看出她們的意見正確些，便不相信她是發瘋。這女人誠然很無聊，但她的心思極細，絕不瘋狂。今天她對卡皮通・阿列克謝伊奇的那種行動，就足夠證明這一點。在她那方面，那是一種欺詐的手段，至少是偽善的舉動，是別有用心的。」

「哪一個卡皮通・阿列克謝伊奇？」

「唉，我的天，列夫・尼古拉耶維奇，你一點沒有聽我的話。我一開始就和你談起那個卡皮通・阿列克謝伊奇，我嚇得現在手腳還直打哆嗦。也就是為了這件事情，我今天在城裡多耽擱了一會兒。卡皮通・阿列克謝伊奇・拉多姆斯基，是葉夫根尼・帕夫洛維奇的叔叔……」

「啊！」公爵喊道。

「今天早晨，天剛亮，七點鐘，他開槍自殺了。這個老頭兒很值得尊敬，七十歲，是個樂天派。正和她所說的一樣，失掉公款，一大筆款子。」

「她從哪兒……」

「知道的呢？哈，哈！要知道，她剛一到這兒，她的周圍就成立了完整的司令部。你知道現在都有什麼人物到她那裡去，尋找這種『結交的榮耀』嗎？自然，她會從那些客人的口裡聽到的，因為現在整個彼得堡都已經知道這件事情，帕夫洛夫斯克也總有一半人已經知道了，也許整個帕夫洛夫斯克都知道了。但是，她所說的關於軍服的那句話是多麼細膩呀！據他們告訴我說，她曾經說葉夫根尼·帕夫洛維奇是預先辭職的！這真是一個惡毒的暗示！不，這並不表示瘋狂。我當然不相信葉夫根尼·帕夫洛維奇會預先知道這件禍事在什麼時候發生，也就是說在某天的七點鐘，等等。但是，他總會有一些預感的。至於我，我們大家，還有施公爵，全都以為那老頭子會給他留下一份遺產！真可怕呀！真可怕呀！但是你要瞭解，我並不責備葉夫根尼·帕夫洛維奇什麼，這是應該對你趕緊加以解釋的，不過，到底還是有點可疑。施公爵十分驚愕。這一切發生得太奇怪了。」

「但是，葉夫根尼·帕夫洛維奇的行動有什麼可疑的呢？」

「一點也沒有！他的舉止非常高尚。我並不做什麼暗示。我看，他自己的財產是完整的。伊麗莎白·普羅科菲耶夫娜當然不願意聽這個……但是最要緊的是，所有這類家庭災禍，或者最好說是所有這類無謂的糾紛，簡直叫人不知道該怎樣去稱呼……列夫·尼古拉耶維奇，你可以說是我們家庭的真正朋友，你想一想，原來葉夫根尼·帕夫洛維奇在一個月以前就已經向阿格拉婭求婚，遭到她嚴詞拒絕，當然這消息確不確切，還不得而知。」

「這是不可能的！」公爵熱烈地喊道。

「難道你知道一點底細嗎？」將軍哆嗦了一下，露出驚異的樣子，呆若木雞地站在那裡，「你瞧，親愛的，我也許不該對你說這些沒用的、不體面的話，但這是因為你……因為你……可以說是那樣的人。也許你知道點特別的情形嗎？」

「關於葉夫根尼·帕夫洛維奇……我一點也不知道。」公爵喃喃地說。

「我也不知道！我……我，老弟，他們簡直把我……把我往土裡活埋，也不想一想，這對於一個人是多麼難受的事情，我忍受不了這個。剛才又發生了一場吵鬧，真可怕！我對你說這話，因為我把你當作親兒子看待。主要是，阿格拉婭好像在那裡笑她的媽媽。關於葉夫根尼·帕夫洛維奇在一個月以前向阿格拉婭正式求婚，以及被她拒絕的事情，是她的姐姐們作為一種猜測說出來的，……不過是一種極可靠的猜測。當然，你知道，她是一個任性的、荒唐的姑娘，非言語所能形容！她也許有的是寬厚豁達，有的是心智方面的優點，但是她那份任性，那份嘲笑。一句話，她具有一個魔鬼的性格，以及荒唐的理想。現在她竟當面嘲笑媽媽，嘲笑姐姐們，嘲笑施公爵。對我就更不必提了，她很少有不取笑我的時候；至於我呢，你要知道，我很喜歡她，就是她取笑我，我也喜歡她——我覺得，這個小鬼就為了這一點而特別愛我，也就是勝過愛其他的人。我敢打賭，她也在那裡取笑你。我剛才看見，她在樓上大吵一陣以後，又去和你談話了。她和你坐在一起，像個沒事人似的。」

公爵臉色通紅，緊握住右手，但是默不作聲。

「親愛的，我的良善的列夫·尼古拉耶維奇！」將軍忽然帶著熱烈的情感說，「我……包括伊麗莎白·普羅科菲耶夫娜在內（她又開始罵你，還為了你罵我，雖然我不明白為什麼），我們總是愛你的，誠懇地敬愛你，甚至不管出什麼事情，不管外表如何。但是，你必須同意，親愛的朋友，你自己必須同意，突然來了一個多麼難猜的啞謎，令人感到多麼懊喪，當你聽到這個冷血的小鬼忽然（因為她站在母親面前，露出對於我們的一切問話、特別對於我的問話，非常輕視的態度，因為我鬼使神差地幹了一件蠢事，忽然想表示自己是一家之主——真是幹了一件蠢事），這個冷血的小鬼竟忽然嘲笑地宣佈，那個『女瘋子』，（她是這樣稱呼的，我覺得很奇怪，她會和你說一樣的話，她說：『難道你們至今還沒有猜對嗎？』）那個女瘋子『自己在心裡決定，無論如何要使我嫁給列夫·尼古拉耶維奇公爵，就為了這個，竭力想把葉夫根尼．帕夫洛維奇從我們家裡攆出去』……她只說了這句話；另外沒有任何解釋，自己哈哈地笑著。當時，我們驚得目瞪口呆；她自己則把門啪的一帶，就出去了。後來，有人把關於你和她的那些事告訴了我……親愛的公爵，你聽著，你是一個不愛生氣、很有判斷力的人，我看出你身上有這種品質，但是……你不要生氣：她的確是取笑你。她好像小孩似的取笑人，所以你不必生她的氣；但是事情確實是如此。你不必把這點和其他事聯結起來——只是想愚弄你，愚弄我們大家，由於無事可做的緣故。唔，再見吧！你知道我們的情感嗎？你知道我們對你的真摯感情嗎？這感情是永遠不變的，一點也不會變的……但是，我現在要到那裡去一趟，再見吧！我很少有像今天這樣心緒不佳（人家怎麼說來的？）的情況……這也算住別墅避暑！」

公爵獨自留在十字路口，向四面環顧一下，急匆匆地越過那條路，走近一所閃著燈光的別墅的窗子跟前，打開剛才和伊萬．費道洛維奇談話時，一直緊握在右手裡的那張小字條，借著微弱的燈光讀道：

明晨七時，我將在公園的綠椅上等候您。我決定和您談一件與您直接有關的極重要的事情。

再者：希望您不要把這封信給任何人看。我對您下這樣的命令雖然感到不好意思，但是我覺得，這是您應得的處分，也就寫下了。同時為了您那可笑的性格羞得臉紅。

又啟者：綠椅就是我剛才指給您看的那個。您應該感到難為情！我不能不補寫這一句。

這張字條大概是阿格拉婭走到平台上來之前在匆忙中寫成，馬馬虎虎折好的。公爵露出無可形容的、類似驚懼的激動神情，又緊緊地將那張小字條握在手裡，趕緊從窗戶旁邊，從光亮那裡跳走，像一個受驚的小偷一樣。就在這種行動裡，忽然和一直站在他身旁的先生相撞。

「我在看著您呢，公爵。」那位先生說。

「是您嗎，凱勒？」公爵很驚異地喊道。

「我正找您呢，公爵。我在葉潘欽家的別墅附近等候您，自然不能進去。您和將軍同行的時候，我在後面跟著。公爵，我願意為您效勞，您可以支使我。只要您需要，我準備犧牲，甚至準備死。」

「但是……為了什麼呢？」

「一定會發生一場決鬥的。那個莫洛夫佐夫中尉，我知道他，不過當面並不認識……他是不肯忍受侮辱的。對我們這幫人——也就是對我和羅戈任，他當然看得一文不值，這也許是應該的，因此他就只好找您一個人了。只好歸您付酒錢了，公爵。他問過您的姓名，我聽見的。明天他的朋友一定會上您那裡去，也許現在已經在那裡等候。假使您看得起我，選我為證人，我是準備為您效勞的；我就為了這件事來找您，公爵。」

「您也講起決鬥來了！」公爵忽然哈哈大笑起來，使凱勒感到特別驚異。他笑得很厲害。凱勒在提出充當證人的要求還沒有得到滿足之前，的確像坐在針氈上一樣不安，現在看著公爵這樣歡笑，幾乎生起氣來。

「但是，公爵，您剛才抓住他的手。對於一個體面的人來說，在大眾面前，這是難以忍受的。」

「但是，他推我的胸脯！」公爵笑著喊道，「我們沒有什麼可決鬥的！我向他賠一個罪，也就完了。不過，如果要打架，那就打吧！我寧願讓他先開槍。哈，哈，哈！我現在會裝手槍啦！您會裝手槍嗎，凱勒？應該先去買一點火藥，手槍用的，不要濕的，不要放大炮用的那種大粒的；應該先把火藥放進去，再從門上取一塊毛氈，以後再塞進子彈，而不是先放子彈，後放火藥，因為這樣是放不響的。凱勒，我跟您說：因為這樣是放不響的。哈，哈！難道這不是至理名言嗎，凱勒老兄？您知道，我現在想抱著您，吻您一下。哈，哈，哈！您剛才怎麼會忽然站在他面前？您快點到我家裡去喝香檳酒吧。我們喝它一個爛醉！您知不知道，我有一打香檳酒，放在列別杰夫的地窖裡？前天，也就是我搬到他那裡去的第二天，列別杰夫『偶然』賣給我的，我全部把它買下來了！我要邀請一大批客人！怎麼，您今天夜裡還想睡覺嗎？」

「和每個夜裡一樣，公爵。」

「那麼，祝您安眠！哈，哈！」

公爵越過道路，跑到公園裡去了，這使凱勒很窘，站在那裡尋思起來。他從未看見公爵有過這樣奇怪的情緒，簡直想像不到他會這樣的。

「也許是發了瘧疾，因為他是一個神經質的人，這一切使他發生強烈的印象，但是，他自然是不會膽怯的。這種人是不會膽怯的，真的！」凱勒心想。「嗯！香檳酒！這真是一個好消息。一打，有十二瓶酒哇！存貨倒真不少。我敢打賭，這批香檳酒一定是列別杰夫從什麼人那裡收下，當作抵押品的。嗯……這公爵是很可愛的人，我真愛這種人，現在不要錯過這個好機會……如果有香檳酒，現在正是應該喝的時候……」

他說公爵正在發瘧疾，這一點自然是對的。

公爵在黑暗的公園內徘徊了許多時候，終於「發現自己」是在一條林蔭路上走來走去。他的意識裡留下一個回憶。那就是：他在這條林蔭路上，從長椅到一株高大的老樹那裡，總共一百來步，已經來回走了三四十遍。他怎麼也記不起，他在公園裡逗留了至少有一小時，在這時間內想些什麼，即使他願意想起，也想不起來了。他發覺自己有一個念頭，為了這個念頭，他忽然忍不住笑起來了。雖然沒有什麼可笑的地方，但是他老想笑。他想，絕不只是凱勒一個人猜測會發生決鬥，如何裝子彈的故事也絕不是偶然說出來的……「哎喲！」他忽然站住，腦筋裡閃出另一個念頭，「她剛才到平台上去的時候，我正坐在角落裡。她發現我在那裡，顯得特別驚訝——竟笑起來了……還講到喝茶的話。其實，她的手裡當時已經握著那張字條，她一定知道我坐在平台上，為什麼要驚訝呢？哈，哈，哈！」

他從口袋裡取出那張字條，吻了一下，但是立刻停步，凝思起來：「這真是奇怪！這真是奇怪！」一分鐘以後，他甚至帶一種憂愁說著。在感到極度快樂的時候，他永遠會變得憂愁起來，他自己也不知道這是為什麼。他向四周仔細察看了一下，很驚訝自己會跑到這裡來。他很累，走到長椅那裡，坐了下來。四周特別寂靜。車站上的音樂已經停止了。公園裡大概已經沒有一個人了。時間自然是到了十一點半以後。夜是寂靜的、溫暖的、光明的——那是六月初的彼得堡之夜。在花草濃密、綠蔭如蓋的公園裡，在他停留的林蔭路上，差不多已經完全黑暗了。

如果在這時候有人對他說，他已落入情網，熱戀一個女人，他一定會大吃一驚，否認這種想法，甚至也許會憤慨起來。如果又有人說，阿格拉婭的信是一封情書，是約期幽會，那麼他會為那人羞愧得無地自容，也許要找他出去決鬥。這一切是完全誠懇的。他一次也不疑惑，或者容許一點點「雙重」思想的存在，以為這個姑娘可能愛他，甚至他可能愛這個姑娘。這個姑娘可能愛他，愛「他這樣一個人」，他認為這是一件荒誕的事情。他想，如果真有什麼事情，那不過是她的頑皮行為；但是，他對於這種頑皮行為感到非常冷淡，認為這是理所當然的；而自己呢，卻忙於另外一件完全不同的事情，為另外一件事情擔憂。剛才那個慌亂的將軍說過，她在那裡取笑人家，特別是取笑他，取笑公爵，他完全相信那句話。但是，他並不感到絲毫的侮辱；在他看來，這是應該如此的。他認為主要的是：明天一清早，他又可以看見她，和她並坐在綠椅上，聽她講把子彈裝進手槍的方法，看她的臉。他也不需要什麼別的東西。她究竟要對他說什麼話？她所說的和他有直接關係的重要事情，究竟是什麼？——關於這個問題，他也想過一兩次。除此而外，他對於阿格拉婭找他去商量的這件「重要事情」，一點也不懷疑這種事情的確是存在的，但是，他現在幾乎完全不去想這件重要的事情，甚至感覺不到有一點點去想它的心情。

林蔭路的沙子上發出一陣輕悄悄的腳步聲，使他抬起頭來。有一個人走到長椅前面，在他的身旁坐下了。在黑暗中，很難辨別這個人的臉。公爵迅速挪到那個人的身邊，幾乎挨到一起，這才看清了羅戈任慘白的臉。

「我就知道你在這裡的什麼地方溜達，不費多少工夫就找到了。」羅戈任從牙縫裡喃喃地說。

自從那一天在旅館的走廊裡相遇之後，他們還是第一次碰頭。羅戈任的突然出現，使公爵大吃一驚，在一時之間不能集中自己的思想，痛苦的感覺又在他的心裡復活了。羅戈任顯然明白他給公爵留下一個什麼樣的印象；他雖然起初有點混亂，似乎用一種熟練的輕鬆神情說話，但是公爵不久就覺得羅戈任並沒有一點熟練的，甚至並沒有一點特別慚愧的神色。即使在他的姿勢與談話中有什麼難為情的樣子，那也只是外表；這個人在內心裡是不會改變的。

「你怎麼……會到這裡找我？」公爵為了說點什麼話，先這樣問。

「是凱勒告訴我的（我到你那裡去過了），他說：『公爵到公園裡去了。』我想，原來如此。」

「什麼叫作『原來如此』？」公爵很驚慌地追問這句脫口而出的話。

羅戈任冷笑一聲，沒有加以解釋。

「我接到了你的信，列夫．尼古拉耶維奇。你用不著來這一套……你何必如此！……我現在代表她來見你：她一定請你去一趟。她有重要的話對你說。請你今天就去。」

「我明天去。我現在要回家去；你……到我家裡去嗎？」

「有什麼事？我已經對你全說過了。再見吧。」

「你難道不去嗎？」公爵輕聲問他。

「你這人真怪，列夫．尼古拉耶維奇，你真奇怪。」

羅戈任惡狠狠地笑了一下。

「為什麼？為什麼你現在這樣恨我？」公爵憂愁地、熱烈地搶上去說，「現在你自己也知道，你的想法完全是不對的。我覺得你至今還沒有消去對我的仇恨。你知道這是為什麼？因為你曾經想謀害我的性命，因此你的恨意還沒有消除。我對你說，我只記得一個帕爾芬．羅戈任——就是那天結拜為弟兄的那個羅戈任。我在昨天那封信裡提到這一點，希望你忘記那些噩夢，不要開始和我談這件事情。你為什麼從我的身邊躲開？為什麼把手藏了起來？我對你說，那天的一切，在我看來只是一個噩夢；我現在完全瞭解你當時的心情，正如瞭解我自己一樣。你想像的一切是不存在的，而且也不會存在。我們的仇恨為什麼要存在下去呢？」

「你還會有什麼仇恨？」羅戈任回答著公爵熱情的、突如其來的話語，又笑起來了。他的確躲著他，立在一旁，倒退了兩步，把手藏起來了。

「現在我根本不能到您那裡去，列夫．尼古拉耶維奇。」他最後慢吞吞地，很簡潔地補充說。

「你竟恨我到這種地步嗎？」

「我不喜歡你，列夫．尼古拉耶維奇，我為什麼要到你那裡去呢？公爵，你就像一個嬰孩，你想找玩具，而且立刻就要，但是你不明白事理。你現在所說的一切，在信中寫得明明白白，難道我不相信你嗎？我相信你的每一句話，我知道你從來不騙我，將來也不會騙我。但是，我還是不喜歡你。你在信上說，你已經忘掉一切，只記得一個結拜兄弟羅戈任，並不記得當時動刀要殺你的羅戈任。你為什麼知道我的情感？（羅戈任又笑了。）我從那時候起，對這件事一次也沒有懺悔過，而你卻把你饒恕弟兄的話寄給我了。我也許在那天晚上已經完全想別的事情，至於這件事情……」

「竟忘記想了！」公爵搶上去說，「那還用說！我可以打賭，你當時一直坐了火車到帕夫洛夫斯克來聽音樂，就像今天一樣，在人群裡尾隨和監視著她。這並沒有使我驚訝！你當時如果不是只想一件事，就絕不會舉刀來殺我。那天我從早晨起，一看到你就有了預感；你知不知道，你那時是怎樣的？當我們交換十字架的時候，我就有了這種念頭。你那時為什麼帶我到老太太那裡去？你不是想借此攔阻自己的手嗎？不見得是有意識地想，也許只是感覺到，像我一樣……我們當時具有同樣的感覺。如果你當時不舉手殺我（上帝把這手挪開了），我現在該怎樣對你呢？在我這裡反正已經對你產生了疑惑，我們的罪過是一樣的，是相同的！（你不要皺眉！喂，你笑什麼？）你說：『沒有懺悔過！』即使你想懺悔，你也許還不能懺悔，因為你並不喜歡我。即使我像天使一樣，在你面前是純潔的，你也不會容忍我，只要你想到她不愛你，只是愛我，你就容我不下。這就是妒忌。我在這星期內仔細想過，帕爾芬，現在我對你說：你知道嗎？她現在也許愛你比愛任何人都厲害，她越折磨你，也就是越愛你。她不會對你說這些，但是你自己必須學會觀察。為什麼她到底要嫁給你呢？以後她會對你說的。有些女人就希望人家這樣愛她們。她就是這樣性格的一個人！你的性格和你的愛情會使她發生強烈的印象！你知不知道，女人能夠用殘忍和嘲笑折磨男子，從來不感到良心的責備，因為她每次會看著你，心裡會這樣想：『現在我把他折磨得要命，以後可以用我的愛情來補償他』……」

羅戈任聽完公爵的話，哈哈地笑了。

「公爵，你自己不是碰到這樣的女人了嗎？我也聽到人家講你的事情，就不知道確不確切？」

「你聽到什麼話呢？」公爵忽然哆嗦了一下，止住步，顯出異常慚愧的樣子。

羅戈任繼續發笑。他帶著一些好奇心，也許還有些愉快地傾聽公爵的話。公爵那種快樂的、熱烈的情感使他感到驚異，給他增添了勇氣。

「我不但聽到，現在自己也看出，這是實在的。」他補充說，「你從什麼時候起像現在這樣說話？這樣的談話好像不是從你嘴裡說出來的。我如果不聽到人家說你這些話，我就不到這裡來了；而且是半夜裡到公園來。」

「我完全不明白你的話，帕爾芬・謝敏諾維奇。」

「她早已對我解釋過你的事情，今天我也親自看到你和那一位坐在一起聽音樂。她對我發誓，昨天和今天都對我發誓，說你像一隻小貓似的愛上了阿格拉婭・伊萬諾夫娜。公爵，這對於我反正一樣，而且這件事與我也不相干：即使你不再愛她，可她卻還在愛你。你要知道，她一定想要你和那一位結婚，她竟發了這樣的誓，哈，哈！她對我說：『不達到這個目的，我就不嫁給你，他們到教堂裡去，我們也到教堂裡去。』這是什麼意思，我弄不明白，而且永遠弄不清楚：她是不是愛你愛得沒有止境呢，還是……她如果愛你，為什麼又要你和別的女人結婚呢？她說：『我想看見他幸福。』這麼說，她是愛你的。」

「我對你說過，在信上也寫著，她……是發瘋啦。」公爵很痛苦地聽了羅戈任的話以後，這樣說。

「天曉得！你也許弄錯了……不過，今天當我把她從音樂隊那裡拉走的時候，她就定下了結婚的日期：過三星期以後，也許還會早些，她說，我們一定結婚；她起誓，把神像摘了下來，吻了一下。公爵，現在一切都在你的身上啦，哈，哈！」

「這全是胡說八道！你所說的關於我的一切，是永遠不會有的，永遠不會有的！我明天到您那裡去……」

「你怎麼說她是發瘋呢？」羅戈任說，「在別人看來，都認為她的神志很清醒，怎麼唯獨你一人認為她是發瘋呢？她怎麼會往那裡寫信呢？她既然是瘋子，從信上也可以看出來。」

「什麼信？」公爵驚懼地問。

「她寫信給那一位，那一位讀她的信。你還不知道嗎？嗯，你總會知道的；她一定會給你看。」

「這真令人無法相信！」公爵喊道。

「唉！列夫・尼古拉耶維奇，你呀！依我看，你對此道經驗太少了。你只是剛剛開始。你等一等：你可以雇私家偵探，自己日夜看守著，打聽她每一步的行動，只要……」

「你住嘴吧，永遠別再提這件事情！」公爵喊道，「我跟你說，帕爾芬，剛才在你沒有來以前，我到這裡來，突然大笑起來，也不知道為什麼。唯一的原因，就是我記起明天恰巧是我的生日。現在快到十二點鐘了。走吧，我們去迎接這個日子！我有酒，我們可以喝兩杯。請你祝賀我，至於祝賀什麼，我現在也不知道。你祝賀我，我也祝你幸福無疆。否則的話，你就把十字架還給我！第二天你並沒有把十字架送還給我呀！你帶在身上嗎？你現在還帶著嗎？」

「我身上帶著呢。」羅戈任說。

「好，那麼我們走吧。你不在的話，我不願意迎接我的新生命，因為我的新生命要開始了！你不知道，帕爾芬，我的新生命今天開始了嗎？」

「現在我親眼看見，而且知道它已經開始了，我要對她這樣報告，你現在完全不像你自己了，列夫・尼古拉耶維奇！」

第四章

公爵和羅戈任走近自己的別墅時，感到特別詫異，他看見平台上燈火輝煌，有許多人在那裡談笑。這夥人情緒很高，邊說邊哈哈大笑；他們好像大聲喊叫地辯論著。一看就會知道他們正在解悶消閒。當他走上平台的時候，果然看見大家正在喝酒，喝的是香檳酒，而且似乎已經喝得很久了，因為有許多人已經開始手舞足蹈了。客人全是公爵的熟人，奇怪的是：他們卻好像接到邀請，一下子都來了，而在實際上，公爵並沒有邀請任何人，就是自己的生日，他也是剛才偶然想起來的。

「你一定告訴過什麼人，說你要開香檳酒，所以他們全都跑來了，」羅戈任喃喃地說，隨著公爵到平台上去，「這種情形我們見多了；只要朝他們吹一下口哨就夠了……」他幾乎很惱怒地說，顯然憶起了他最近的情況。

大家向公爵呼喊和祝賀，把他包圍住了。有些人嚷得很厲害，也有些人安靜得多，但是，當大家聽到他過生日，就都忙著輪流上前道賀。公爵對某些人的到來感到很高興，譬如布林多夫斯基；但是，最使他驚異的是，葉夫根尼·帕夫洛維奇忽然也出現在這夥人裡面。公爵幾乎不敢相信自己的眼睛，他一看到那個人，不免嚇了一跳。

列別杰夫滿臉通紅，帶著興高采烈的神情，立刻跑來做解釋；他的酒已經喝得很夠程度了。從他那囉囉唆唆的話裡，可以知道大家的聚會完全是自然而然的，甚至是一種巧遇。將近黃昏時，伊波利特首先來到，他因為病體大大好轉，願意在平台上等候公爵。他橫躺在沙發上面；後來列別杰夫跑來看他，後來他的家人都來了，也就是他的女兒們，還有伊伏爾金將軍。布林多夫斯基是伴送伊波利特來的。加尼亞和普季岑大概剛來不久，順路進來看一看（他們是在車站上出事的時候來的）。後來凱勒來了，他宣佈公爵過生日，要香檳酒喝。葉夫根尼·帕夫洛維奇是半小時之前才來的。科利亞極力主張開香檳，舉行慶祝。列別杰夫很爽快地把酒取出來了。

「不過，這是我自己的，我自己的酒！」他對公爵喃喃地說，「為了祝賀您，這次由我請客。另外還預備了些菜、冷盤，小女正在張羅著，但是，公爵，您知道他們在討論什麼話題呀！您記得哈姆雷特所說『活下去還是不活下去』[1]的話嗎？一個現實的題目，現實的！問和答……捷連季耶夫先生興致勃勃……他不想睡！香檳酒他喝了一口，喝了一口，對他是不會有害處的……公爵，您坐得近些，現在由您做主！大家全等候您，只等著您施展卓越的智慧……」

薇拉·列別杰娃也忙著從人群裡擠到公爵面前，公爵看到了她那溫柔可愛的眼神。他越過大家，先伸出手來給她；她快樂得臉紅，祝他「從今天起一直過著幸福的生活」。然後，她很快地跑進廚房；她正在那裡預備冷盤；在公爵回家之前，她只抽出了一點工夫，跑到平台上來，用心傾聽那些喝了酒的賓客爭論某些極抽象的、她感到很奇特的問題。她的小妹妹張著嘴，在另一間屋的箱子上面睡熟了，但是那個男孩，列別杰夫的兒子，卻站在科利亞和伊波利特身旁，單從他那興奮的臉色就能看出：他準備一動也不動地站在這裡欣賞和傾聽著，哪怕一連站十個鐘頭都可以。

「我特別等候著您，看見您帶著這樣快樂的樣子回來，尤其感到特別高興。」當公爵與薇拉握過手

1 譯注：莎士比亞名劇《哈姆雷特》中主人公所說的話，即英文的「to be or not to be?」

之後，立刻走過去和伊波利特握手的時候，伊波利特這樣說。

「您怎麼知道我『這樣快樂』呢？」

「從臉上看得出來。您和他們寒暄之後，趕快坐到我們這裡來。我特別等候您，」他又補充說，特別著重在「等候您」這幾個字上。

公爵問：「你坐得這麼久會不會妨害身體的健康？」他回答說，他自己也覺得奇怪，他在三天以前幾乎要死了，可是從來沒有感到像今晚這樣舒服。

布林多夫斯基跳了起來，喃喃地說是「這麼回事……」說伊波利特是他「帶來的」，他也很喜歡；他在信裡寫了些「無聊的話」，現在「只是高興……」他沒有說完，就緊握公爵的手，坐到椅子上了。

公爵最後才到葉夫根尼·帕夫洛維奇面前去，葉夫根尼·帕夫洛維奇立刻攙住他的胳膊。

「我有兩句話對您說，」他低聲說，「有一樁極重要的事情；我們到那邊去一會兒。」

「兩句話。」另一個聲音朝公爵的另一隻耳朵上微語，另一隻手從另一邊挽住他的胳膊。公爵驚異地看見一個毛髮異常蓬鬆，臉色紫紅，一邊擠眉弄眼，一邊笑的人形，立刻就認出他就是費爾德先科，不知道是從哪裡鑽出來的。

「您還記得費爾德先科嗎？」那個人問。

「您是從哪裡來的？」公爵喊道。

「他正懊悔呢！」凱勒跑過來喊道，「他躲藏起來了，他不願意出來見您，他躲到那個角落裡懺悔，公爵，他覺得自己做了錯事。」

「有什麼錯處？有什麼錯處？」

「我遇見了他，公爵，我剛才遇見他，把他領來了；他是我的一個少有的朋友；但是他在那裡懺悔。」

「諸位，我很高興；來，你們和大家坐在一塊兒吧，我立刻就來。」公爵終於擺脫了他們，匆忙走到葉夫根尼．帕夫洛維奇那裡去。

「您這裡很有趣，」葉夫根尼．帕夫洛維奇說，「我很愉快地等候了您半個來小時。是這樣的，最敬愛的列夫．尼古拉耶維奇，我和庫爾梅舍夫全說好了，所以跑來安慰您。您不必擔心，他把這件事看得很慎重，何況，據我看來，本來就是他的錯。」

「和哪一個庫爾梅舍夫？」

「就是您剛才拉住他的手的……他非常憤怒，已經打算明天派人來跟您解釋。」

「算了吧，多麼無聊！」

「當然是無聊，也只好以無聊了結它；但是我們這些人……」

「您到這裡來也許還有別的什麼事情吧，葉夫根尼．帕夫洛維奇？」

「自然還有別的事情，」葉夫根尼．帕夫洛維奇笑了，「親愛的公爵，我明天天一亮就到彼得堡去辦那件不幸的事情（就是家叔的事情），您想一想，這一切都是確實的。除我之外，大家全都知道了。這使我震驚得竟來不及上那邊去（上葉潘欽家去）；明天我也不去，因為我要上彼得堡去，您明白嗎？我也許有三天不能回來。總而言之，我的事情有點尷尬。雖然事情並不特別重要，但是我想我必須極開誠佈公地和您解釋一下，而且不能喪失時機，也就是要在離開這裡之前。我現在想坐一會兒，等一等，如果您願意的話，我要等到那夥人散走；再加上我也沒有什麼地方去，我的精神十分不安，睡不著覺。雖然我這樣直接麻煩人，有點昧良心，而且不很體面，但是我要對您直截了當地說：我親愛的公爵，我是跑來尋求您的友誼的；您是一個天下少有的人，也就是說，並不是一個經常說謊的人，也許根本就不說謊，而我在一件事情上需要一個朋友和顧問，因為我現在已經完全成為不幸的人了……」

他又笑了。

「糟糕的是，」公爵尋思了一會兒說，「您想等他們散走，但是天曉得他們什麼時候走呢。我們現在最好到公園裡去；他們可以等候一下的。我可以向他們道歉。」

「不必，不必，我有自己的原因，不願人家懷疑我和您進行著含有目的的緊急談話；這裡有些人對於我們的關係很感興趣——您不知道這一點嗎，公爵？最好是使他們看見我們相互非常友善，並不是只具有特殊的關係——您明白嗎？他們過兩點鐘後散走，我只要借用您二十分鐘，或者半個小時的工夫就夠了……」

「好吧，非常歡迎。就是不解釋，我也很高興。您說我們具有友好的關係，我很感謝您。我今天精神恍惚，請您原諒；您知道，我不知為什麼這時候竟不能集中注意力。」

「我看見，我看見。」葉夫根尼·帕夫洛維奇微微一笑，喃喃地說。他今天晚上很愛笑。

「您看見什麼？」公爵抖動一下說。

「您不疑惑，親愛的公爵，」葉夫根尼·帕夫洛維奇繼續笑著，不直接回答公爵的話，「您不疑惑，我到這裡來是在存心騙您，順便向您探聽什麼事情嗎？」

「您到這裡來探聽，這一點是無可疑惑的，」公爵終於笑了，「您也許還決心騙我一下。但是沒什麼，我並不怕您；再說我現在有點滿不在乎。您相信嗎？而且……而且……而且因為我首先相信：您終歸是一個極好的人，結果我們也許會真的成了朋友。我很喜歡您，葉夫根尼·帕夫洛維奇，您……您是一個很正經的，據我看來，您是一個很正經的人！」

「無論如何，和您相處是極有趣味的，在任何事情上都是這樣，」葉夫根尼·帕夫洛維奇結束說，

「來，我為您的健康乾一杯。我到您這裡來，感到很滿意。喂！」他忽然站住了，「那位伊波利特先生搬到您這裡來住嗎？」

「是的。」

「我看，他不會馬上就死吧？」

「怎麼呢？」

「也沒有什麼；我和他在這裡同坐了半小時……」

伊波利特這些時候一直等候公爵，當公爵和葉夫根尼．帕夫洛維奇移到一旁談話的時候，還不住地望著他們。當他們走到桌子旁邊的時候，伊波利特狂熱地活潑起來了。他感到不安和興奮；額頭上直冒汗。他的眼睛閃閃發光，除了經常流露出的那種迷惘不安的神情之外，還隱隱有一種不耐煩的神情；他的眼光漫無目標地從這個東西移到那個東西，從一張臉移到另一張臉。他雖然至今還積極參加全體的、喧嚷的談話，但是，他的興奮只是狂熱的。其實，他對談話並不注意；他的爭論是沒頭沒尾的、含有嘲諷意味的、自相矛盾的。他不等把話說完，就把前一分鐘熱烈開始的談話給中斷了。公爵感到驚異和惋惜的是，他聽說大家竟不阻攔伊波利特，讓他在今天晚上喝了兩大杯香檳酒，現在剛開始喝的眼前那一杯酒已經是第三杯了。但是，他後來才知道這種情況，當時他並沒有注意到。

「您知道，今天恰巧是您的生日，我非常高興。」伊波利特喊道。

「為什麼？」

「您以後可以看出來，快坐下吧！第一，因為您的全班人馬都聚齊了。我早就料到大家會來的；我平生第一次料事成功了！可惜我以前不知道您的生日，否則我要帶點禮物來的……哈，哈！也許我帶著禮物來了！到天亮還很久嗎？」

「不到兩小時就要天亮了。」普季岑看了看錶說。

「現在為什麼還要盼天亮呢？不等天亮，在外面不也可以讀書嗎？」有人說。

「因為我要看日出。能不能為太陽的健康乾一杯？公爵，您以為怎樣？」

伊波利特厲聲地問，他對所有的人都不客氣，好像在指揮人家似的，不過，他自己好像沒有覺察出這一點。

「如果您願意的話，我們可以乾一杯；不過，您應該安靜一下，伊波利特，是不是？」

「您老是勸人睡覺。公爵，您成了我的保姆啦！等太陽一露頭，在天上『發出聲響』，（是誰作的一首詩，其中說：『太陽在天上發出聲響』？這句話沒有任何意義，但是很好！）我們再睡覺。列別杰夫！太陽不是生命的源泉嗎？《啟示錄》裡所謂『生命的源泉』是什麼意思？您聽見關於『苦艾星』的話嗎，公爵？」

「我聽列別杰夫說，他認為這個『苦艾星』就是遍佈歐洲的鐵路網。」

「不，對不起，不能這樣！」列別杰夫喊道，他跳起來，揮著手，似乎想止住大家剛開始的嘩笑。「對不起，這些先生們……所有這些先生們，」他忽然轉身對公爵說，「在某些點上，就是這樣……」於是，他就毫不客氣地在桌子上敲了兩下，使笑聲更大了。

雖然列別杰夫平常帶有「暮氣」的情緒，但是這一次他過於興奮了，被前面那段長時間的「學術」辯論所激動；在這種情況下，他對於自己的對手，總是抱著沒有窮盡的、十分公開的輕蔑態度。

「這不對！公爵，我們在半小時之前曾經互相約定，當一個人說話時，別人不許打斷他，不許哈哈大笑，讓他自由地發表一切意見，如果無神派願意的話，以後再加以反駁。我們推舉將軍當主席。就是這樣，要不會怎樣呢？那就會打斷任何人的理思想，把別人高深的理想打斷了……」

「您說吧，您說吧，沒有人來打斷您哪！」幾個聲音一齊說。

「您儘管說，但是不要瞎說。」

「什麼叫作『苦艾星』？」有人問。

「我不明白！」伊伏爾金將軍回答說，他大模大樣地坐在他剛坐的主席位子上。

「我最愛所有這些爭論和辯駁，公爵，這當然是學術方面的，」這時，凱勒喃喃地說，他帶著過度興奮急躁的神情在椅子上轉來轉去，「學術的和政治的，」他忽然突如其來地對坐在身旁的葉夫根尼·帕夫洛維奇說，「您知道，我最喜歡讀報紙上關於英國議會的記載，這並不是說，我注意他們在議會裡議論些什麼（您知道，我不是政治家），而是注意他們如何互相解釋，如何顯出所謂政治家的風度，譬如『坐在對面的高貴子爵』、『贊成鄙見的高貴伯爵』、『以自己的提案震撼歐洲的高貴反對派』，諸如此類的詞句，所有這種自由民族的議會政治——正是我們同胞感興趣的！我被迷惑了，公爵。我在心靈深處永遠是一個藝術家，我可以向您起誓，葉夫根尼·帕夫洛維奇。」

「既然這樣，」加尼亞在另一個角落興奮起來了，「從您的話裡就可以得到一個結論：鐵路是可以詛咒的，鐵路是害人的，它是降到地上來污染『生命的源泉』的瘟疫，對不對？」

這天晚上，加夫里拉·阿爾達利翁諾維奇的情緒特別高，非常活躍，公爵看他有揚揚得意的樣子。他本來是和列別杰夫開玩笑，煽動他，但是過不了多久，他自己也火起來了。

「不是鐵路，不是的！」列別杰夫反駁說，他一邊發火，一邊感到無上的愉悅，「僅僅是鐵路並不會污染生命的源泉，但是從整個來說，這一切是可詛咒的，我們最近數世紀的整個趨勢，在科學和實踐方面，也許的確是可詛咒的。」

「是一定可詛咒呢，還是也許可詛咒呢？這是必須弄明白的。」葉夫根尼·帕夫洛維奇問道。

「可詛咒的，可詛咒的，一定可詛咒的！」列別杰夫熱烈地、肯定地說。

「您不要忙，列別杰夫，您在早晨時善良得多。」普季岑笑著說。

「但是到了晚上坦白些！到了晚上誠實些，坦白些！」列別杰夫熱烈地對他說，「誠懇些，確定些，正直些，高貴些；我雖然把我的弱點暴露給你們，但是並沒有關係；我現在和你們大家，和所有的無神派挑戰；你們用什麼拯救這個世界，到哪裡去尋找正當的途徑呢？——我問你們這些科學家、工業家、公司老闆，領薪水的以及其他的人。用什麼東西呢？用借款嗎？什麼是借款？借款會給你們帶來什麼樣的結果？」

「您的好奇心可不小哇！」葉夫根尼・帕夫洛維奇說。

「我的意見是：凡是不關心和注意這類問題的人，便是上流社會裡的 chenapan（法文：壞蛋）！」

「至少會得出利益一致和均等的結論。」普季岑說。

「就是這樣！就是這樣！除了滿足個人的利己主義和物資需要以外，不承認任何的道德基礎嗎？全面的和平，全面的幸福，都是由於必要而產生的！請問，我的好先生，我對您的話瞭解得對嗎？」

「但是，生存與飲食的普遍需要，還有一種極完善的、科學的信念，即相信如果沒有利益的普遍聯結和一致，絕不能使這需要得到滿足，這大概是一種十分堅強的思想，可成為人類未來世紀的砥柱和『生命的源泉』。」加尼亞十分興奮地說。

「飲食的需要只是一種自衛的情感……」

「只是自衛的情感還嫌少嗎？自衛的情感是人類的正常法則……」

「這是誰對您說的？」葉夫根尼・帕夫洛維奇忽然喊道，「說法則呢，這是對的，但是，正常的法則也就是破壞的法則，也許是自我破壞的法則。難道人類的正常法則只在於自衛嗎？」

「嘿！嘿！」伊波利特喊道，迅速地轉身向著葉夫根尼．帕夫洛維奇，用野蠻而好奇的神情端詳著他；但是看見他在笑，自己也笑了出來，把站在旁邊的科利亞推了一下，又問他現在幾點鐘，甚至親自把科利亞的銀錶拉過來，貪婪地看著錶針。後來，他好像把一切都遺忘了，橫躺在沙發上，手叉在頭後，開始望天花板；半分鐘後他又坐在桌旁，挺直身體，傾聽著興奮到極點的列別杰夫在那裡嘮叨。

「一個狡猾的、嘲笑的想法，一個陰險的想法！」列別杰夫緊緊抓住葉夫根尼．帕夫洛維奇的怪論說，「發表這種想法的目的在於引誘敵人來戰鬥——但是，這是一個正確的想法！因為您是上流社會裡專好嘲笑的人，您是騎兵隊的軍官（自然不是沒有能耐的），您自己不知道您的思想是如何深刻的思想，是如何正確的思想！是的，自我破壞的法則和生存的法則，在人類中是同樣堅強有力的！魔鬼同樣在統治人類，一直到我們還不知曉的時候為止。你們笑嗎？你們不相信魔鬼嗎？不信魔鬼是法國式的思想，是一種輕浮的思想。你們知道魔鬼是誰？你們知道他叫什麼名字？你們連他的名字都不知道，竟會笑他的形式，就像伏爾泰的例子，笑他的蹄子、尾巴和尖角，笑你們自己創造出來的這些東西；因為魔鬼的靈魂是一種偉大的、可畏的靈魂，並沒有你們所發明的什麼蹄子和尖角。但是現在問題不在他的身上！……」

「您為什麼知道現在問題不在他的身上呢？」伊波利特忽然喊道，好像發了歇斯底里病似的哈哈大笑起來。

「一個巧妙而帶有暗示的思想！」列別杰夫搶上去說，「但是問題依然不在這裡。我們的問題在於『生命的源泉』會不會枯竭下去，自從增加了……」

「鐵路嗎？」科利亞喊道。

「急性的小夥子呀，並不是鐵路的交通，而是鐵路能夠作為所謂圖畫、所謂藝術表現為它服務的一種潮流。據說火車是為了人類幸福而隆隆地、轔轔地、風馳電掣地奔跑著。『人類顯得過於喧鬧和商業化了，缺少精神的安寧。』一個隱居的思想家抱怨說。『隨他去吧！但是，給挨餓的人們運糧食的車輛的轔轔聲，也許會比精神的安寧好些。』另一個到處亂跑的思想家用戰勝者的口吻回答他說，並且趾高氣昂地離開他走了。我這個卑賤的列別杰夫，就不相信給人類運送糧食的車輛，因為，給全人類運糧食的車輛，如果對行為缺乏道德基礎，就會十分冷淡地阻止大部分人類享受運來的東西，這種事情已經有過了……」

「車輛會冷淡地阻止嗎？」有人搶上去說。

「這種事情已經有過了，」列別杰夫證實說，並沒有注意人家的問話，「已經有過一個馬爾薩斯，他是人類的好友。但是，如果人類的好友缺乏穩固的道德基礎，便成為吃人的生番，至於他的虛榮心那就更不必提了。因為，只要你把這無數的好友中的任何一個人的虛榮心加以侮辱，他立即懷著淺薄的復仇心理，準備從四面八方縱火焚燒整個世界，就像我們所有的人一樣，說實在的，就像我這種最卑賤的人一樣，因為我也許是頭一個來送木柴，而自己連忙跑開。但是，問題還不在這上面！」

「那麼到底在哪裡呢？」

「討厭死了！」

「問題在下面的一段古老的故事裡，因為我必須講一講這段古老的故事。在現代，在我們祖國裡，諸位，我希望你們和我一樣熱愛祖國，因為我寧願流盡全部的鮮血，為了……」

「往下說！往下說！」

「在我們祖國裡，正和在歐洲一樣，根據可能的計算，按照我所能記憶的，現在每逢四分之一世紀，換句話，就是每隔二十五年，人類就要遇到一次全面的、普遍的、可怕的饑荒。對於確實的數字我不爭辯，但比較起來，這個數字是極少的。」

「與什麼做比較？」

「比較十二世紀前後。因為，根據作家們的記載和證明，當時每兩年一次，至少每三年一次，人類必然遇到普遍的饑饉。在這種情況下，人們竟會互相殘食，雖然他們保持著祕密。有一個吃人肉者，到了晚年，誰沒有逼迫他，就自動講出，他在漫長的、困苦的一生中，在極度的祕密中，親手殺死並吃掉了六十名修道士和幾個俗世的孩子——只有六個，也就是比他所吃掉的修道士的數目少得多。至於俗世的成人，他倒沒有去吃他們。」

「不會有這種事！」充當主席的將軍幾乎用惱怒的聲調喊叫說，「諸位，我時常和他討論和爭辯這種問題；但是，他時常說出那些離奇的話來，叫人連耳朵都聽得疼了，那些話一點也靠不住！」

「將軍！請你回憶一下卡爾斯被圍時的情況。諸位，你們要知道，我的故事是千真萬確的。我自己覺得，一切的現實雖然都具有其不移的法則，但是它永遠是難以置信的，永遠不像是真實的。事情越現實，有時就越顯得不真實。」

「難道吃掉六十個修道士是可能的嗎？」周圍的人們都笑了。

「他並不是一下子把這麼多人吃掉，這是十分明顯的。但是，他也許在十五年或二十年中間吃掉他們，這就很容易瞭解，而且自然……」

「自然？」

「很自然！」列別杰夫非常固執地說，「此外，天主教修道士天性好奇，容易上鉤，人們極容易把他誘入林中或其他僻靜的處所，照上述的方法處置他。但是，我也不否認被吃人數顯得太多這一點。」

「諸位，這也許是實在的。」公爵忽然說。

在這之前，他默默傾聽人們的爭論，沒有參加談話；在哄堂大笑之後，常常發出會心的笑聲。可見他極喜歡這樣熱鬧喧嘩，甚至喜歡他們喝這許多酒。他也許整個晚上都不說一句話，但現在卻忽然說起話來了。他講話時一本正經，所以大家忽然都以好奇的眼光望著他。

「諸位，我的意思是說，從前的確經常發生這樣的饑饉情況。我雖然不大知道歷史，但是也聽說過這種事情。但我覺得，事情大概應該是這樣的。當我進入瑞士的群山時，對於古代騎士城堡的廢墟大為驚異，這些城堡建築在山坡的懸崖上，那懸崖至少有半俄里高（這就等於數俄里的山路）。你們知道，城堡就是一大堆石頭。這是一種極艱巨的、不容易完成的工作！這當然全是那些可憐的臣民建造的。除此之外，他們還要繳納各種捐稅，供養僧侶。這樣一來，他們哪裡還能養活自己和耕地呢！他們當時的數目已經很少，一定餓死了許多，他們可能沒有一點吃的東西。我有時甚至這樣想：這些人當時怎麼沒有完全滅絕，怎麼沒有遇害，怎麼能夠支撐和忍受得住呢？毫無疑問，列別杰夫說得很對，當時有過吃人生番，而且也許有過很多。只是我不知道，他為什麼把修道士也夾雜進去，這種說法究竟有什麼目的？」

「大概在十二世紀時，只有修道士可吃，因為只有修道士身上很肥。」加夫里拉·阿爾達利翁諾維奇說。

「一個絕妙的、正確的思想！」列別杰夫喊道，「因為，他連一個俗世的人都沒有吃。在六十個修道士中就沒有一個俗世的人。這是一個可怕的思想，歷史的思想，統計學的思想，最後，內行的人就是用這類事實來創造歷史。因為精確的數字可以證明，當時僧侶階級的生活至少要比其餘的人們舒適和快樂六十倍。也許比其餘的人至少胖六十倍……」

「太誇張了！太誇張了！列別杰夫！」周圍的人們哈哈地笑著。

「我同意這是一個歷史的思想，但是您說這個有什麼用意？」公爵繼續問道。（他一本正經地說，雖然大家全都嘲笑列別杰夫，但是他對列別杰夫沒有一點冷嘲熱諷的意思；因此在這一夥人的一般語調中間，他的語調就不由得顯得有些滑稽了；再等一會兒，人家也許會笑他了，但是他沒有理會這一點。）

「公爵，難道您沒看出他是一個瘋子嗎？」葉夫根尼．帕夫洛維奇朝他彎過身來，「剛才在這裡有人對我說，他為了想做律師和作辯護詞發了瘋，並且想去參加考試呢。我想精采的好戲還在後哪。」

「我想得到極重大的結論，」當時，列別杰夫喊叫起來說，「但是，讓我們首先來分析一下罪人的心理狀態和法律地位吧。我們可以看出，罪人，也就是我的所謂主顧，儘管根本不可能找到其他可吃的東西，然而在他那有趣的生涯中卻幾次表示懺悔的意思，拒絕吃僧侶。我們可以從事實上明顯看出這一點。剛才我們還提到，他畢竟還是吃了五六個小孩，這個數目雖然比較小，但在另一方面也是值得注意的。他顯然受到良心上可怕的譴責（因為我可以證明，我的當事人是一個虔誠的、有良心的人），為了盡可能減少自己的罪孽，就以試驗的形式，六次將修道士的肉換成俗世人的肉。我說是以試驗的形式，這也是無可置疑的。因為，假使只是為了變變口味，那麼六個就未免太少；為什麼只是六個，而不是三十個呢？（我拿兩種人各一半來說。）但是，假使這只是由於害怕瀆神和侮辱教會的絕望念頭而做的一種試驗，那麼，『六』這個數字就非常容易瞭解了；因為試驗本來就不會成功，做六個試驗就足夠滿足良心的譴責了。第一，據我看，嬰孩太小，身體不大，所以在一定的期間，吃俗世嬰孩的數目就要比吃修道士多三到五倍，所以罪孽雖然在一方面減少了，可是歸根結底，在另一方面卻增加了，不是在質上增加，而是在量上增加了。諸位，我這樣判斷，自然是深入十二世紀罪犯的肺腑了。至於說到我這個十九世紀的人，我也許另有判斷的方法，這一點我應該通知你們一聲，所以你們諸位也不必咧嘴笑我。將軍，您這樣是極不雅觀的。第二，根據我個人的看法，嬰孩沒有養分，也許太甜，氣味也難聞，所以既不能滿足需要，而又會留下良心的譴責。現在就是結論，就是結局，諸位，在這結局裡包含著當時和現代的一個大問題的解答！結果，那個罪犯竟跑到僧侶們那裡去自首，向政府投案。請問，按照當時的情形，他將遭遇到怎樣的苦刑——是用車輪碾死，還是在火刑柱上燒死呢？還是被扔到火堆裡呢？是誰促使他去自首的？為什麼不在六十這個數字上打住，一直到死都保守祕密呢？為什麼不乾脆放棄僧侶，過終日懺悔的逸士生活呢？還有，為什麼自己不去充當僧侶呢？問題的答案也就在這裡！如此說來，一定有比火柱和火焰，甚至比二十年習慣更厲害的東西！如此說來，就有一種比一切不幸、歉收、折磨、瘟疫、痲瘋和整個地獄還要強烈的思想，人類如果沒有那種使人們團結、指導他們的心靈以及充實生命源泉的思想，就不能忍受地獄的苦難。在我們這種罪惡和鐵路的時代，你們把這類的力量拿出來給我看吧……我本來應該說輪船和火車的時代，但是我說在罪惡的鐵路的時代了，因為我喝醉了，不過我很公平！你們把聯結現在人類的思想，哪怕只有從前那些世紀的思想的一半力量，拿出來給我看。再有，你們大膽地說，在這顆『星』底下，在把人們捆綁住的這個網底下，生命的源泉並沒有枯竭，也沒有渾濁。你們不必用你們的繁華，你們的財富，饑荒的減少和交通的發達來嚇唬我！財富是多了，但是力量減少了；聯結的思想沒有了；一切都鬆懈了，一切東西都顯得沒有力量，一切人都顯得沒有力量！我們大家，大家，大家都像沒有力量！……但是，這已經夠了！現在問題並不在這上面，而在於要不要請諸位客人來吃早就給他們準備好的涼菜，尊貴的公爵？」

列別杰夫幾乎惹得幾個聽眾真正要冒火了（應該注意的是，酒瓶一直在不斷地開著），現在突如其來地拿涼菜來作為他這番話的結束語，立刻使那些反對者心平氣和了。他自己稱這個結論是「巧妙的、律師式的總結」。大家又發出愉快的笑聲，客人們活躍起來；所有的人都從桌邊站起，放鬆放鬆四肢，在平台上走一走。只有凱勒不滿意列別杰夫的言論，顯得特別激動。

「他攻擊文化，宣傳十二世紀的迷信，裝腔作勢，沒有任何真摯的情感。請問，他自己是怎樣賺到這所房屋的？」他大聲地向每一位客人訴說。

「我看見過一個真正解釋《啟示錄》的人，」將軍在另一角落裡，對另一些聽眾說，還特地抓住普季岑的鈕釦，對他說，「那便是去世的格里戈里·謝苗諾維奇·布林米斯特羅夫，他會把人們的心燃熾起來。他首先戴上眼鏡，翻開一大冊黑皮的古書，哦，再加上一把灰白的鬍鬚，兩枚由於捐款而領到的勳章。他威風凜凜地開始說話，將軍們全對他低頭，太太們昏厥過去。——然而這位竟用涼菜來做結論！真是一點也不像！」

普季岑聽了將軍的話，微微笑了，他好像要去取帽子，但又似乎猶疑不決，或者不斷地忘掉自己的打算。加尼亞還在大家從桌邊站起來之前，就忽然停止了喝酒，推開了酒杯。他的臉上飄過一絲陰影。當大家從桌邊站起來的時候，他走到羅戈任身旁，和他並肩坐下。這樣會使別人猜想，他們是極好的朋友。羅戈任起初也有幾次想悄悄溜走，現在卻坐在那裡，動也不動，低垂著頭，似乎也忘記了自己想溜走這件事了。他在整個晚上沒有喝一滴酒，露出十分沉鬱的樣子；只是偶然抬起眼睛，朝大家看了一下。現在可以猜到，他在這裡等待一件對他特別重要的事情，所以暫時決定不走。

公爵一共喝了兩三杯酒，顯得稍微快樂一點。他從桌邊站起，遇到葉夫根尼·帕夫洛維奇的眼神，想起他們中間將要有一番解釋，不由得愉快地笑了。葉夫根尼·帕夫洛維奇對他點頭，忽然朝伊波利特指著——當時他正凝視著伊波利特。伊波利特橫臥在沙發上睡熟了。

「公爵，這個孩子為什麼總糾纏著您？」他忽然說，很明顯地帶著一種惱恨甚至怨恨的神情，這使公爵感到驚異，「我敢打賭，他懷著不良的意圖！」

「我也看出來了，」公爵說，「至少我覺得，葉夫根尼·帕夫洛維奇，您今天對他發生了極大的興趣。對不對？」

「您可以補上一句：我本身就有許多事情應該去想一想，可是我整個晚上竟不能不看這張可憎的面龐，這使我自己也感到驚異！」

「他有一個美麗的臉龐……」

「你瞧，你瞧！」葉夫根尼・帕夫洛維奇拉住公爵的胳膊，喊道，「你瞧！……」

公爵又驚異地向葉夫根尼・帕夫洛維奇看了一眼。

第五章

列別杰夫講演終結時，伊波利特忽然在沙發上睡熟過去，現在忽然又醒了過來，好像有人從旁推他，他一哆嗦，抬起身來，向四圍環顧，臉色發白；他甚至帶著驚異的神情向四圍看了一遍。但是，在他憶起一切和努力思索的時候，臉上幾乎露出恐懼的神情。

「怎麼？他們散了嗎？已經完了嗎？全完了嗎？太陽出來了嗎？」他抓住公爵的手，驚慌地問，「幾點鐘了？看在上帝的份上，請告訴我：幾點鐘啦？我睡過時候了。我睡很久了嗎？」他幾乎帶著絕望的神情說，好像他睡這一覺，就失去了一個至少和他的全部命運有關的機會。

「您睡了七八分鐘。」葉夫根尼．帕夫洛維奇回答說。

伊波利特貪婪地看他一下，思索了幾秒鐘。

「啊……只有這些時候嗎？這麼說，我……」

他貪婪地、深深地換了一口氣，似乎從身上卸去了特別沉重的東西。他終於猜到，一切並「沒有完」，天還沒有亮，客人們從桌邊站起是為了預備吃涼菜，只有列別杰夫那番嘮叨的話剛剛說完。他微笑了，癆病的紅暈好像兩個鮮豔的斑點，在他的臉上飄動著。

「我睡覺的時候，您竟替我一分一分地數起來了，葉夫根尼．帕夫洛維奇，」他嘲笑地說，「您整個晚上目不轉睛地望著我，我看見了……羅戈任！我剛才夢見他，」他對公爵微語，皺著眉頭，朝坐在桌旁的羅戈任點頭。「噢，對啦！」他忽然又轉到別的題目上去，「那位雄辯家到哪裡去了？列別杰夫哪裡去了？那麼，列別杰夫說完了嗎？他說些什麼？公爵，您有一次是不是說過『美』可以拯救世界？諸位！」他對大家高聲喊道，「公爵說，美可以拯救世界！我說，他之所以生出這種遊戲的思想，是因為他現在陷入了情網。諸位，公爵在談戀愛；剛才他們走進來的時候，我就看出這一點。您不要臉紅，公爵，這會使我感到您可憐。什麼樣的美可以拯救世界呢？這話是科利亞轉告給我的……您是不是熱心的基督徒？科利亞說您自稱為基督徒。」

公爵仔細打量著他，沒有回答。

「您不回答我嗎？您也許心想我很愛您嗎？」伊波利特忽然補充這句話，似乎是脫口說出來的。

「不，我並不那樣想。我知道您不愛我。」

「怎麼？從昨天那件事情之後就如此嗎？昨天我對您不是十分誠懇嗎？」

「我昨天就知道您不愛我。」

「那是因為我妒忌您，妒忌您，是不是？您永遠這樣想，現在還這樣想，但是……但是我為什麼對您說這些呢，我還想喝香檳酒；請您給我倒一杯，凱勒。」

「您不能再喝了，伊波利特，我不能讓您再喝……」

公爵說著，就把酒杯從他身邊挪開了。

「真是這樣……」他立刻同意了，一面似乎在沉思著，「也許人家會說……不過，我才不管人家說什麼呢！對不對？對不對？隨他們以後怎麼說吧，對不對，公爵？以後怎麼樣，那與我們大家又有什麼相干！……不過，我是剛醒過來。我做了一個可怕的夢，現在才想起來……我不希望您做這樣的夢，公爵，雖然我也許的確不愛您。不過，即使您不愛一個人，又何必希望他倒楣呢，對不對？我為什麼總是問個沒完？我問他做什麼？你把手伸出來，我要緊緊地握一下，就是這樣……您居然把手伸了過來？這麼說，您知道我會誠懇地握它嗎？……也許我不再喝酒了！幾點鐘了？不用啦，我知道現在是幾點鐘。時間到了！現在正是時候。怎麼？在那邊角落裡擺上涼菜了嗎？這麼說，這張桌子空著嗎？好極了！諸位，我……但是這些先生都沒有聽著……我打算讀一篇文章，公爵，涼菜自然是有趣些，但是……」

忽然，完全出乎意料地，他從衣服上側的口袋裡掏出一個蓋著大紅印的、公事房用的巨型信封。他把它放在桌子上，放在自己的面前。

這個突如其來的舉動，在絲毫沒有準備的，或者更準確地說，雖然有準備而卻沒有準備這一點的人群裡，產生了效果。葉夫根尼・帕夫洛維奇甚至從椅子上跳了起來。加尼亞迅速地挪近桌旁，羅戈任也這樣做，但是他帶著一種厭惡的惱怒神情，似乎明白是怎麼回事了。列別杰夫恰巧站在近旁，他帶著好奇的眼光走到跟前，看著信封，努力猜測到底是怎麼回事。

「您這是什麼？」公爵不安地問。

「太陽剛一露頭，我就要躺下，公爵，這話我已經說過了；說實在的：您以後會看得到的！」伊波利特喊道。「但是……但是……難道您以為我不會拆開這個信封嗎？」他補充說，帶著一種挑戰的神情，用眼睛向大家身上掃射了一下，似乎毫無區別地看著大家。

公爵看出他全身在打哆嗦。

「我們誰也沒有這樣想，」公爵代表大家回答說，「您為什麼以為有人會產生這樣的念頭呢？……您怎麼會生出讀這篇文章的奇怪念頭來呢？您那篇文章是什麼東西，伊波利特？」

「這是什麼？他又出了什麼事情？」周圍的人們問道。

大家都走過來，有的人還在吃著涼菜；那只蓋著紅印的信封像磁鐵似的吸引了大家。

「這是我昨天自己寫的，公爵，就是在我答應到您這裡來居住以後。我昨天寫了一天一夜，今天早晨才算寫完；昨天夜裡，天快亮的時候，我做了一個夢……」

「明天讀不好嗎？」公爵畏葸地打斷他的話。

「明天該『沒有時間』了！」伊波利特歇斯底里地笑著說，「但是，您不要著急，有四十分鐘，頂多一個小時，我就可以讀完……您瞧，大家都發生興趣了，大家都走過來了；大家都看我的紅印，要知道，如果我不把那篇文章封在信封裡，它是不會產生任何效果的！哈，哈！所謂的神祕性，就是這個意思！打不打開，諸位？」他喊著，發出奇怪的笑聲，眼睛閃著光輝，「祕密，祕密！您記不記得，公爵，誰宣佈『再沒有時間』的？那是《啟示錄》裡一個強大有力的安琪兒宣佈的。」

「最好不要讀！」葉夫根尼．帕夫洛維奇忽然喊道，但是他露出一種意料不到的不安神色，使許多人都感到奇怪。

「不要讀！」公爵也喊起來，把手放在信封上面。

「念什麼？現在是吃涼菜的時候。」有人說。

「是一篇文章嗎？是送到雜誌社去的嗎？」另一個人詢問。

「也許是很沉悶的吧？」第三個人補充說。

「裡面究竟是什麼東西？」其餘的人詢問。但是，公爵那種畏葸的手勢好像使伊波利特都懼怕起來了。

「那麼……不要念嗎？」他似乎畏葸地對公爵低聲說，撇著發青的嘴唇微笑。「不要念嗎？」他喃喃地說，眼光朝著眾人身上，朝著大家的眼睛和面孔掃射，似乎又抓住大家，露出以前那種好像攻擊大家的態度，「您……懼怕嗎？」他又向公爵轉過身去。

「怕什麼？」公爵問，神色越來越改變了。

「誰有二十戈比的銀幣？」伊波利特忽然從椅子上跳起來，好像有人拖他一把，「隨便什麼錢幣都成，誰有？」

「這兒有！」列別杰夫立刻遞過去了；他心裡想，有病的伊波利特一定發了瘋。

「薇拉．盧基揚諾夫娜！」伊波利特急忙請求道，「您拿去，往桌子上扔；看看是鷹還是字。如果是鷹，就應該唸！」

薇拉驚懼地看著銀幣和伊波利特，然後又看看父親，帶著不好意思的樣子，把頭往上一仰，似乎她不應該看那銀幣似的；然後，她把銀幣往桌上一扔。結果上面是鷹。

「應該念！」伊波利特似乎為命運的決定所逼迫，喃喃地說；即使宣告處他死刑，他的臉色也絕不會更慘白了。「但是，」他忽然哆嗦一下，沉默了半分鐘，「這是怎麼回事？難道我剛才是抽籤嗎？」他帶著那種強求的、坦率的神氣向大家環顧了一下。「但是，這是奇怪的、心理的特徵！」他忽然對公爵喊道，露出很驚異的樣子。「這是……這是一種不可思議的特徵，公爵！」他證實說，精神很興奮，似乎清醒過來了，「公爵，您可以寫下來，記住它，您大概在收集關於死刑的材料……人家對我說的，哈，哈！唉，天哪，那是多麼荒唐無稽的事情！」他坐到沙發上，把兩個胳臂架在桌子上，用雙手捧住頭。「這甚至是可恥的！……我才不管羞恥不羞恥呢！」他幾乎立刻抬起頭來。「諸位！諸位！我現在要打開信封了！」他帶著突然發生的決心宣佈說，「不過，我……我並不強迫你們聽！……」

他用那激動得發抖的手拆開了信封，從裡面掏出幾張信紙，紙上寫滿了一行行的小字。他把幾張紙放在前面，用手把它們舒展開。

「這是什麼？這是什麼東西？他要讀什麼？」有幾個人很陰鬱地喃喃自語；另一些人卻沉默著。但是，大家全都坐了下來，很好奇地張望著。也許果真在等候著什麼不尋常的事情。薇拉緊緊抓住她父親所坐的椅子，嚇得幾乎哭出來；科利亞也差不多和她一樣害怕。列別杰夫本來已經坐下，忽然又站起來，拿起蠟燭，放在伊波利特身邊，使他讀信時更明亮些。

「諸位，你們立刻可以看出這……這是怎麼一回事，」伊波利特不知為什麼補充說，他突然開始念道，「『必要的解釋！』……題詞：『Après moi le déluge』[1]……喲！見鬼！」他喊著，好像被燙傷了似的，「我真會一本正經地寫下這種愚蠢的題詞嗎？……你們聽著，諸位！……我可以告訴你們，這一切，歸根結底，也許是極瑣碎的事情！這裡只是我的一些意思……如果你們以為這裡……有什麼神祕的……或者犯禁的……一句話……」

「不必來開場白，就讀下去吧。」加尼亞打斷他的話。

「裝腔作勢！」另一個人補充說。

「空話連篇！」始終沉默著的羅戈任插嘴說。

伊波利特忽然朝他看了看，當他們的眼睛相遇的時候，羅戈任齜著牙，做出陰鬱的苦笑，慢吞吞說出一些奇怪的話來：「這件事情不該這麼辦，小夥子，不該這麼辦……」

羅戈任想說什麼，自然誰也不明白，但是他的話對於大家卻引起極奇怪的印象；每個人的心頭都掠過一個共同的思想。這些話對伊波利特產生了可怕的印象；他哆嗦得那麼厲害，公爵見到，連忙伸手去扶他；看起來，他突然發不出聲來了，如果不是這樣，他一定會喊叫起來的。他有整整一分鐘說不出話來，沉重地呼吸著，一直向羅戈任看看。最後，他喘著氣，用盡氣力說：「原來是您……是您……您

1 譯注：法文，譯為「哪怕我死後有洪水」。相傳是法國國王路易十五的寵妾庫帕圖爾侯爵夫人的話。

嗎？」

「我怎麼啦？我又怎麼樣？」羅戈任莫名其妙地回答說。但是，伊波利特漲紅了臉，他幾乎忽然瘋狂起來，厲聲喊道：「上星期您在夜裡兩點鐘到我那裡去過，就是我早晨找您去的那一天。那是您！您老實說，是您嗎？」

「上星期在夜裡嗎？你果真發瘋了吧，小夥子？」

「小夥子」又沉默了一會兒，他把食指按在額頭，好像打量著什麼事情；但是在他那慘白的、由於恐懼而撇著的嘴唇所浮現的微笑裡，忽然閃過一種狡猾的，甚至得意的神情。

「那一定是您！」最後，他幾乎低聲地，但露出特別肯定的神情重複說，「是您到我這裡來，默默地在我家靠窗的椅子上坐了整整一小時；也許還多些；在半夜一點鐘前後；後來，在兩點多鐘的時候，您站起來走了……那一定是您，一定是您！您為什麼嚇唬我，您為什麼跑來折磨我——我不明白，但那一定是您！」

他的眼光裡忽然閃過無限仇恨的神情，雖然他的全身依然由於驚懼而發抖。

「諸位，你們立刻就會知道這一點……我……我……你們聽著……」

他又特別匆忙地抓起自己那幾張紙；那些紙張全扔散了，顯得十分零亂；他努力把它們折疊起來；那些紙在他哆嗦的手裡抖動著；他好半天才把它們撿到一起。

誦讀終於開始了。起初，有五分鐘工夫，這篇奇突文章的作者還在那裡一邊喘息，一邊很不連貫地，聲音忽大忽小地誦讀著；但是後來他的嗓音堅定下來，充分表現出他所讀的文章的意義。他有時來一陣十分劇烈的咳嗽，只有這個會打斷他；當文章讀到一半的時候，他的嗓音非常嘶啞了；他越讀越興奮，最後竟達到極大的程度；他對聽眾所產生的病態印象，也是這樣。下面就是這篇「文章」的全部內容。

我的必要的解釋

Après moi le déluge!

「公爵昨天早晨到我家來，勸我搬到他的別墅裡去。我早就知道他肯定會堅持這種主張，並且相信他一定會很直率地對我說，我到了別墅以後，依照他的說法，『在人們和樹木中間，可以死得更舒服些』。但是，他今天沒有說出『死』字，卻說『可以生活得舒服些』，但是，拿我的情況來說，這對於我並沒有什麼區別。我問他，他不斷提出『樹木』這兩個字究竟是什麼意思？他為什麼淨用這些『樹木』來纏我——當時，我很驚異地聽到他說，好像我自己在那天晚上說過，我是最後一次到帕夫洛夫斯克來看樹木。我對他說，無論是在樹木底下，或是望著窗外的磚牆，反正都是一樣的死，對於兩星期的日子是用不著這樣講究的，他當時同意我的話。但是據他看來，樹木和新鮮空氣一定會使我發生一些體質上的變化，我的激動和我的夢是會變化的，也許會減輕的。我又笑著對他說，他的口吻很像唯物派。他微笑著回答我說，他一向是個唯物派。因為他從來不撒謊，所以他這些話具有一定的意義。他的笑容很好；我現在仔細打量著他。我不知道，我現在喜不喜歡他；現在我沒有時間考慮這個。五個月來，我一直對他懷著仇恨，但是我必須指出在最後的一個月內，我已經開始完全解消這種仇恨了。誰知道，我到帕夫洛夫斯克來，也許主要就是為了看他。但是……我當時為什麼離開我的屋子呢？被判處死刑的人不應該離開自己的角落，如果我現在不做最後的決定，相反卻決定等到最後一小時，那麼，我當然絕不會離開自己的屋子，也絕不會接受搬到帕夫洛夫斯克他家裡來『死』的提議。

「我必須在明天以前，趕緊寫完這篇『解釋』。因此，我不會有重讀和修正的時間；明天我再去重讀，那時候，我要對著公爵和希望在那裡找到的兩三個證人面前朗讀。因為這篇文章裡沒有一句虛妄的話，字字都是千真萬確，堅定不移，所以我預先就很好奇地想：在我開始重讀的那個時間，它對我自己會產生怎樣的印象？不過，我用不著寫『千真萬確，定不可移』這句話；因為活兩個星期是不值得的，本來就用不著為兩個星期而說謊；這是我只寫實話的最好證明。（附注：不要忘記一個思想；我在這時候，也就是在這幾分鐘內，是不是發了瘋？有人對我肯定地說得癆病的人到了最後階段，有時是會發瘋的。明天在誦讀時，要通過聽眾的印象來檢查這一點。這個問題必須十分精細地解決一下；否則，什麼事情也無從著手。）

「我覺得，我現在寫了一些極拙笨的話。但是我說過，我沒有工夫加以修改和潤色；再說，我特意決定不在這篇手稿裡修改任何一行，即使我自己發覺每隔五行就有自相矛盾的地方，我也是如此。我想在明天誦讀時確定的就是：我的思想的邏輯理路是否正確；我是否覺察了自己的錯誤；也就是這六個月我在這間屋裡反覆思索的一切是否正確，或者只是一種譫語。

「假使在兩個月以前，我像現在似的完全離開我的屋子，和梅耶爾的牆壁告別，那麼，我相信，我會感到憂愁的。現在我什麼感覺也沒有，而明天便要永遠離開這個屋子和這面牆了！因此，我認為兩星期不值得惋惜，而且也不必發生任何感覺的信念，竟征服了我的天性，現在已經可以指揮我的一切情感。但是，這是真實的嗎？我的天性現在完全被征服了，這是真實的嗎？如果人家現在拷打我，我一定會喊叫出來，絕不會說不值得喊叫和感覺到痛苦，因為我活在世上只剩下兩星期了。

「然而我真的只能再活兩星期，而不會再多活些日子了嗎？我當時在帕夫洛夫斯克說了謊；博特金沒有對我說什麼，從來沒有見過我。但是，一星期以前有人領一個大學生，姓基斯洛羅多夫，前來見我。從他的見解來看，他是一個唯物派，無神派，虛無派，我之所以要叫他來，就是因為這個緣故；我需要一個人最後對我講出赤裸裸的真理，毫不婉轉，也不客氣。他就這樣做了，不但十分爽快，一點也不客氣，甚至很明顯地露出愉快的神情（據我看，這未免是多餘的）。他直率地對我講，我只能活一個來月；如果環境良好的話，也許稍微多些；但是，也許很早就會死的。據他的意見看，我會突然死去，甚至明天就會死的；這類事實是常有的，在科洛姆納就有一位年輕的太太，她得了癆病，情況和我相仿，前天正準備上市場買菜，忽然感到不舒服，躺到沙發上，歎了一口氣就死了。基斯洛羅多夫向我講一切情況的時候，甚至有些偽裝漠不關心的樣子，好像賞給我一個面子，借此表示他認為我和他自己一樣，也是那種否定一切的高尚人物，當然在他看來，死是無足輕重的事。不過，事實總算得到了印證；只是一個月的限期，絕不會更多！他不會發生錯誤，我對這一點深信不疑。

「使我十分驚訝的是：公爵為什麼剛才會猜到我做『噩夢』。他簡直說，在帕夫洛夫斯克，『我的激動和夢』是會變化的。怎麼知道是夢呢？他不是通曉醫術，便是的確具有異常的聰明，能夠猜透很多的事情。（但是，他到底是一個『白癡』，這也是毫無可疑的。）真也湊巧，在他來之前，我做了一個好夢（實在說，這種夢我現在有幾百個）。我睡熟了——我覺得是在他來的前一小時——夢見我在一間屋裡（但不是在我自己的屋子裡）。那個屋子比我的又高又大，陳設很好，又很敞亮；其中有衣櫃、抽屜櫃、沙發、我的又寬又大的床，床上鋪著綠細棉被。但是，我在這屋裡看到一隻可怕的動物，一個怪物。它像蠍子，但並不是蠍子，比蠍子更加難看，更加可怕得多，大概是因為天地間並沒有這種動物，它是特意在我那裡出現的，因此其中含著一種祕密。我看得很清楚：它是栗色的、有殼的、爬行的動物，長四俄寸，腦袋有兩個手指厚，越往尾巴那裡越薄，因此尾巴尖厚度還沒有十俄分厚。離頭一俄寸遠，挺出兩隻腳爪，和軀幹成四十五度角，一邊一隻，長約兩俄寸，所以從上面看來，整個動物就好像三叉戟的樣子。頭我沒有看清楚，只看見兩根短短的鬍鬚，像兩根硬針一樣，也是栗色的，尾巴尖和每個爪尖上也都有兩根鬍鬚，一共是八根。那個動物在屋子裡很快地跑來跑去，用爪和尾巴支著地，當它跑的時候，軀幹和腳爪像蛇一樣彎曲，雖然有殼，還是跑得飛快，使人看了十分討厭。我很怕它螫我；有人對我說過，它是有毒的，但是最使我感到苦惱的是：究竟是誰打發它到我屋子裡來的？它們有什麼用意？其中有什麼祕密？它藏在抽屜櫃和衣櫥的下面，向角落裡爬。我盤腿坐到椅子上，把兩腳壓在身子底下。它斜著迅速跑過整個的屋子，在我的椅子附近不見了。我嚇得向四處張望，但是，因為我盤腿而坐，所以希望它不會爬到椅子上來。我忽然聽見在我身後，幾乎在我的腦袋旁邊，有一種窸窸窣窣的聲音。我轉過身去，看見那東西在牆上爬著，已經和我的頭相平，它的尾巴彎曲和轉動得很快，幾乎碰到我的頭髮。我跳起來，那動物轉眼不見了。我怕上床，因為它也許會爬到枕頭底下了。我的母親，還有她的一個朋友，走進屋來。她們開始捕捉那個動物，她們比我穩靜，甚至一點也不害怕。但是，她們一點也沒看清。那動物突然又爬出來了，這一次它悄悄地爬，似乎具有一種特別的用意，慢慢盤曲著，又斜著穿過屋子，向門前爬去，那樣子更令人討厭。當時，我的母親打開門，呼喚我們的狗諾爾瑪。那是一隻巨大的、烏黑的長毛紐芬蘭狗；它在五年以前死掉了。它跑進屋內，在爬蟲旁邊紋絲不動地站著。那爬蟲也站住了，但是還在那裡蜿蜒，用爪尖和尾巴尖叩擊地板。假使我沒有弄錯的話，動物是不會感到神祕性的驚駭的。但在這時候，我覺得諾爾瑪的驚駭中似乎含有一種非常特別的，幾乎就是神祕的東西，它也和我一樣預感到這個動物身上包含著一種致命的東西，包含著一種祕密。它慢慢地從那爬蟲身邊向後倒退，那爬蟲卻穩靜而謹慎地向它那裡爬著；它似乎打算忽然奔過去，把狗螫一下。諾爾瑪雖然嚇得要命，四肢直打哆嗦，但是它惡狠狠望著。它突然慢吞吞地露出可怕的牙齒，張開巨大的紅嘴，蹲伏著，準備好了，決定好了，突然用牙咬住那隻爬蟲。那隻爬蟲一定是用勁要掙脫，所以，當它要逃跑的時候，諾爾瑪又一次用爪按住它，而當它已經逃跑的時候，諾爾瑪兩次用整個大嘴去啃它，好像要把它吞下去似的。硬殼在狗的牙齒上發出咯吱的響聲；露出在狗嘴外面的爬蟲的尾巴和腳爪，擺動得特別快，諾爾瑪忽然很可憐地尖叫一聲，原來那爬蟲已經螫了牠的舌頭。它痛得張開了嘴，帶著尖叫和哀號；我看見那條被咬破的爬蟲還在它的嘴邊動彈，從被咬的一半軀體上放出許多白汁，流到狗的舌頭上，那白汁很像被壓扁的黑蟑螂的汁水……我當時醒過來，公爵走進來了。」

「諸位，」伊波利特忽然停止誦讀，甚至帶著羞愧的神情說，「我並沒有重讀過，但是，我似乎的確寫了許多累贅的話。這個夢……」

「有點這樣。」加尼亞忙著插嘴說。

「我同意，文中關於個人的東西太多，也就是關於我自己的……」

伊波利特說這話時露出精疲力竭的樣子，他用手帕擦著額頭上的汗。

「是的，您太注意自己了。」列別杰夫說。

「諸位，讓我再說一遍，我絕不強迫任何人；誰不願意聽，儘管走。」

「在別人家裡……還要趕人出去。」羅戈任用極低微的聲音說。

「如果我們大家忽然站起來就走，那又怎樣呢？」費爾德先科突然說話了。在這以前，他是不敢出聲說什麼話的。

伊波利特忽然垂下眼皮，抓住那疊手稿；但是只過一瞬間，他又抬起頭來，眼睛閃閃發光，頰上露出兩個紅色的斑點，盯著費爾德先科，說道：「您完全不愛我！」

有人發笑；但是，大多數人並不笑。伊波利特滿面通紅。

「伊波利特，」公爵說，「您把您的稿子合上，將它交給我；您自己就留在這裡，到我屋裡去睡覺吧。在您睡覺以前，以及在明天，我們可以談一下子；但是有一個條件，您永遠不要再翻這些稿子。好不好？」

「難道這是可能的嗎？」伊波利特十分驚異地望著他。「諸位，」他喊叫起來，又露出狂熱的樣子，「這是一段愚蠢的枝節事情，在這件事情裡，我不會做出適宜的舉動來。我絕不願意使誦讀再中斷。誰願意聽，誰就聽下去……」

他急忙從玻璃杯中喝一口水，急忙把胳膊肘支在桌上，遮住眼光，並且很頑強地開始繼續讀下去。但是，他的羞愧心情不久就過去了……

「關於不值得生活幾個星期的觀念，開始猛烈地襲擊我（他繼續讀）。從一個月前，當我還能活四個星期的時候，我是這樣想的；但是在三天以前，當那天晚上我從帕夫洛夫斯克回來的時候，這個觀念才完全占據了我。我最初是在公爵的平台上完全地、直接地領會這個思想，也就是當我想做最後的生命試驗，想看一看人們和樹木（就算這是我自己說的）的那一瞬間；就是在我興高采烈，主張『我的近鄰』布林多夫斯基的權利，幻想他們大家忽然張開胳膊來擁抱我，求我寬恕，而我也向他們求恕的那一瞬間；一句話，結果我好像一個無能的傻瓜似的。就在這些時間內，我的心燃起了『最後的信念』。現在我覺得奇怪的是：我沒有這種『信念』，怎麼會生活整整六個月呢！我明確知道我得了無法治療的癆病；我不欺騙自己，對事情很明白。但是，我越瞭解它，便越急切地想活下去；我抓住生命，無論如何想活下去。我承認我當時能夠憎恨黑暗陰慘的命運，它壓迫我，就像壓死蒼蠅一般；當然，我並不知道為什麼這樣憎恨；但是，為什麼我沒有只限於憎恨呢？我明知自己已經不能開始生活，為什麼卻又當真開始生活呢？明知自己已經無可再試，為什麼還要試呢？我甚至讀不下書去，我停止了讀書；我只剩下六個月，我何必去讀書，何必去求知呢？這種思想屢次使我扔掉書本。

「是的，梅耶爾的這面牆會轉述許多話！我在這面牆上記載了許多東西。在這面骯髒的牆上，我沒有一個斑點不研究得爛熟。這面該死的牆啊！在我看來，它比帕夫洛夫斯克的所有樹木都珍貴，那就是說，如果我現在並不是滿不在乎的話，它比一切都要珍貴些。

「我現在回憶起，我當時怎樣仔細注意地觀察他們的生活；我以前沒有過這樣的興趣。當我病得很嚴重，不能離開屋子的時候，我有時不耐煩地等候著科利亞，一邊辱罵他。我開始注意一切細節，對於各種謠言發生興趣，我竟成為一個饒舌的人了。譬如說，我不明白這些人既有那麼多的生命，他們怎麼就不能成為富翁（我現在還不明白）。我認識一個窮人，後來聽說他餓死了。我記得，這個消息使我很憤慨；如果可以使這個窮人復活的話，我一定會弄死他。我有時在整整幾個星期內感到輕鬆，我可以到外邊去走走；但是，街道終於使我非常惱怒，所以我雖然可以和大家一樣走出去，但我還是故意整天待在屋子裡面。我忍受不了那些在人行道上從我身旁穿來穿去、來回奔忙、永遠帶著焦慮、陰鬱和驚慌神情的人。他們為什麼永遠這樣憂愁、驚慌和忙亂呢？他們為什麼永遠愁眉苦臉帶著惱恨的神情呢（因為他們是兇惡的，兇惡的，兇惡的）？他們雖然能活上六十年，但是他們多災多難，不懂得怎樣生活，這究竟是誰的過錯呢？扎爾尼岑有六十歲的壽命，為什麼竟把自己弄到餓死的地步？每人都指著自己的破爛衣服，自己勞動的手，很苦惱地呼喊道：『我們像牛馬一般勞動，我們天天工作，可是我們餓得像狗，窮得要命！另一些人並不工作，並不勞動，他們卻很有錢！』（永遠是這一套！）在他們旁邊，有一個『正經人』出身的可憐蟲，伊萬·福米奇·蘇里科夫——他住在我們的房子裡，在我們的樓上——從清晨到半夜，東奔西跑，忙忙碌碌，衣裳在胳膊肘那裡永遠是破的，鈕釦散落光了，他要聽各種人差遣，受許多人支使，從早到晚，跑來跑去。你和他談話，他總是說：『貧窮啊，沒錢哪，饑餓呀，妻子死了，沒錢買藥，孩子在冬天凍死了；大女兒給人家當姘頭……』他永遠抹鼻涕，他永遠哭泣！唉，我對於這些傻瓜連一點點，一點點憐惜都沒有，不論是從前或現在都是一樣——我可以很自豪地這樣說！他為什麼不做羅特希爾德[1]呢？他不像羅特希爾德那樣有百萬家財，他沒有像狂歡節時所搭的像高山那樣的金山，究竟是誰的錯處呢？他既然活在世上，那麼，他沒有權掌握一切！他不明白這一點，那是誰的錯處呢？

「啊，現在我已經滿不在乎，現在我已經沒有時間來怨恨，然而在當時，我再說一遍，在當時，我簡直整夜狂怒得咬我的枕頭，撕破我的被子。啊，我當時真是幻想著，真是希望著，有意地希望人家把我這十八歲的，沒有衣服穿，沒有東西蓋的孩子，突然趕到街上，孤孤單單，沒有住所，沒有工作，沒有一塊麵包，沒有親屬，沒有一個朋友，在大都市裡，挨餓，挨打（這樣更好！），然而身體很健康，於是，我就給他們看……

「給他們看什麼呢？

「哦，難道你們以為我不知道我這篇〈解釋〉已經使自己降低身份了嗎？唉，人人都會認為我是一個不懂人情世故的可憐蟲，忘記我已經不是十八歲，忘記我這六個月的生活就等於活到白髮蒼蒼了！但是，儘管讓他們去笑，讓他們去說，這一切全是童話吧。我也的確是在對自己講童話。我用這些童話消磨漫漫的長夜，我現在對這些童話還記得很清楚。

「可是現在，在童話時代對於我來說已經成為過去的時候，我還要把童話重新講述一番嗎？對誰去講述呢？當初我很想研究希臘文法，在我看清楚人家不許我研究的時候，我就只好拿童話來安慰自己。當時我想：『不等我讀到句法，我就會死去了。』我念第一頁時就這樣想，於是就把那本書扔到桌子底

1 譯注：羅特希爾德（1792—1868）：猶太財閥家族。

下去了。它現在還躺在那裡；我不准馬特廖娜去拾它。

「凡是見到我這篇〈解釋〉並耐心讀完它的人，也許認為我是個瘋子，也許認為我是個中學生，最正確的是認為我是一個被判處死刑的人，這種人自然會覺得除了他之外，所有的人都過於不珍惜生命；過於輕易地揮霍掉它，過於懶惰地、沒有良心地享受它，因此所有的人全都和生命不配合。好，隨他們怎樣想吧！結果怎樣呢？我現在宣佈，我的讀者是錯誤的，我的信念和我的死刑完全無關。你去問他們，你只要去問他們，他們大家，他們每一個人，明不明白什麼是幸福？啊，你必須相信，哥倫布並不是在發現美洲之後，而是在正在發現美洲的時候感到幸福；你必須相信，他最感到幸福的時間也許就在發現新大陸的前三天，當叛變的船員懷著絕望的心情，幾乎要使他們的船折回歐洲的時候！問題並不在於新大陸，即使它七分八裂也沒有關係。哥倫布幾乎沒有看到新大陸就死了，在實際上，他不知道發現了什麼地方。問題在於生命，只是在於生命——在於發現它，在於永遠不斷地發現它，而完全不在於發現的本身！但是，說了又有什麼用處呢？我懷疑，我現在所說的一切很像極普通的句子，大家一定認為我是一個低年級的學生，在交一篇以〈日出〉為題的作文，或者說我也許想發些議論，但是空懷著滿腔的願望，並不會『暢所欲言』。不過，我還要追加一句，在每一個天才的思想裡，在人類的新思想裡，或者在某人頭腦內產生的任何一個嚴肅的人類思想裡，永遠有一些怎樣也不能傳達給別人的東西，哪怕您著作頗豐，用三十五年的工夫來解釋自己的思想。您的腦筋裡永遠會保留一些怎樣也不願意暴露的東西，它永遠跟隨著您，您會帶著它死去，而不把您的最主要的思想傳達給任何人。雖然我現在也不能傳達出我在這六個月來的一切痛苦，但至少人家會明白我在得到現在這個『最後信念』時，我也許曾為它付出了極大的代價。這就是我認為為了我所知曉的目的，在這篇〈解釋〉裡必須先行申明的地方。

「讓我再繼續下去吧。」

第六章

「我不願意說謊：在這六個月內，現實也引我上了鉤，有時我為它所誘，竟忘記我死期將至，或者更準確地說，是不願意去思索它，甚至工作起來了。順便提一提我當時的情況。八個月之前，當我病得已經十分沉重的時候，我停止了一切交際，將我以前的同學全部遺棄了。因為我一向是個極陰鬱的人，同學們很容易把我忘記掉。當然啦，即使沒有這種情況，他們也會忘掉我的。我家的環境，也就是『在家庭裡』，也是很孤獨的。五個月以前，我將房門從裡面永遠關起，使自己和家裡人住的房屋完全隔絕。家裡人總是順從我，誰也不敢進我的屋子，除了在固定時間收拾屋子和給我端飯之外。我的母親戰戰兢兢地服從我的命令，我有時決定放她進屋，她甚至不敢在我面前低聲耳語。她時常為了我毆打孩子們，不許他們吵嚷，不許他們驚擾我。我時常抱怨他們吵嚷；但是，他們現在一定還很愛我！『忠實的科利亞』，我這樣稱呼他，我覺得我也把他折磨得夠受的。近來他也折磨我，這一切是很自然的，人們是為了互相折磨而創造出來的。但是我覺察到，他彷彿預先發誓寬恕病人，忍受著我愛發脾氣的性子。自然，這更使我生氣；但是，他似乎想模仿公爵那種『基督教的溫順』，這未免有點可笑。他是一個性子急躁的男孩子，自然要模仿一切；但是我有時覺得，他應該用自己的腦筋生活下去，我很愛他。我也折磨過住在我們樓上、從早到晚、受別人委託跑來跑去的蘇里科夫。我時常對他證明，他的貧窮是他自己的過錯造成的，他終於害怕起來，不再來看我了。他是一個十分溫順的人，最溫順的生物（附注：聽說溫順是一種可怕的力量；這一點必須問一問公爵，因為這是他自己的說法）；但是，當我三月裡上樓，到他家去看他所說的『凍死』的嬰兒的時候，我無意地對著那嬰兒的屍身冷笑了一下，因為我開始對蘇里科夫解釋說，那是他『自己的錯處』。當時，那個可憐蟲的嘴唇突然哆嗦起來，他一隻手抓住我的肩膀，另一隻手指著門外，輕輕地，幾乎和微語一般，對我說：『您走吧！』我走出去了。這使我很喜歡，當時，甚至在他趕我出去的那個時候，我就十分喜歡。但是到了後來，當我想起這件事的時候，他的話使我許久發生一種令人難受的印象，就是我根本不想有憐憫的心情，而對他一方面輕視，一方面卻懷著一種奇怪的憐憫。甚至在那樣受侮辱的時候（我感到我侮辱了他，雖然我並沒有這個意思），甚至在這種時候，他都不會發怒！當時他的嘴唇哆嗦著，我敢起誓，絕不是由於憤怒。他抓住我的胳膊，一點也不生氣地說出『您走吧！』這樣冠冕堂皇的三個字。他有尊嚴的神情，甚至有很多，根本不和他的臉相配（老實說，這裡也有許多滑稽的地方），但是並沒有憤怒。也許他只是忽然看不起我了。從那時候起，我有兩三次在樓梯上遇見他，他忽然在我面前脫下帽子（以前他永遠沒這樣做過），但是他已經不像從前那樣停留下來，而露出慚愧的樣子，從我前面跑了過去。如果他看不起我，那他也有另一種風格；他是『溫順地輕蔑著』。他的脫帽也許只是由於害怕債主的兒子，因為他時常欠我母親的債，怎麼也擺脫不開債務。這大概是最確實的原因。我打算向他解釋一下，並且一定知道，他在十分鐘後是會請我饒恕的；但是後來我決定，還是不理他好。

「在這時候，也就是在三月中旬，蘇里科夫把嬰兒『凍死』的時候，不知道什麼原因，我忽然感到十分輕鬆，這樣持續了兩個星期。我開始出門，多半是在黃昏時候。我最愛三月的黃昏，正在開始冰凍，點燃煤氣燈的時候。我有時走得很遠。有一次，我在六店街上，一個『上等』人從黑暗裡追上了我，我沒有看清他的臉；他手裡拿著一個紙包，身上穿著一件短小的、難看的大氅——薄得和當時的季節很不相符。當他走到街燈下邊的時候，在我前面有十步遠，我看見有件東西從他的口袋裡掉出來。我忙著把它撿起來，撿得倒正是時候。因為當時就有一個穿長衫的人跳了過來。但是，他一看見東西已經到了我的手裡，也就沒有跟我爭，只朝我的手裡偷看了一下，就溜走了。這是一隻舊式的鞣皮夾，裝得鼓鼓的；但是不知為什麼，我一眼就猜到裡面是別的東西，絕不是銀錢。那個丟東西的過路人已經離開我四十步，很快就要在人群裡消失了。我跑過去，朝他呼喊；但是，因為除了『喂！』以外，我喊不出什麼來，所以他也沒有轉過身子來。他突然朝左拐，走進一所房屋的大門。等我跑進烏黑的大門時，那邊已經一個人也沒有了。這所房屋很大，這類大廈是投機商人所建，分成許多套小住宅出租的；有些大廈包括成百套小住宅。當我跑進大門時，我覺得在右邊，在大院落後邊的角落裡，彷彿有一個人在走路，雖然我在黑暗裡看不大清楚。我跑到角落那裡，看見有一個通往樓梯的門。樓梯很窄，特別髒，完全沒有點燈。但是，我聽得有一個人還在高處的梯級上跑著，我趕緊跑上樓梯，想人家給他開門時，我便可以追到他。結果真是這樣。每段樓梯極短，但是段數很多，因此我喘不過氣來了。第五層有一個門開了又關上了，我在下面三層的樓梯上就聽出來了。等到我跑上去，在梯台上透一口氣，尋找門鈴的時候，已經過了幾分鐘。最後，一個村婦給我開了門。她正在窄小的廚房裡生茶炊。她默默地傾聽我的問話，當然一點也沒有明白。她默默地給我打開第二間屋子的門——那間屋子也很小，低矮得厲害，放著粗笨的應用傢俱，還有一張寬大的床，床前垂著簾子，『捷連季伊奇』（村婦這樣叫他）躺在上面，我覺得他有點醉了。桌上有一個鐵蠟台，上面點著一個蠟頭，還有一只酒瓶，差不多斟空了。捷連季伊奇躺在那裡，對我咕嚕著什麼，又向裡屋的門揮手，當時那個村婦已經走了，我除了去開那扇門之外沒有別的方法。我於是這樣做了，走進另一間屋子。

「這間屋子比前一間更窄更擠，我甚至不知道如何轉身；牆角放著一隻狹窄的單人床，它占了極多的位置；其餘的傢俱只有三把普通椅子，上面堆滿各種各樣的破絮，一只極普通的、廚房用的木桌放在漆布面的舊沙發前面。因此，桌子和床鋪之間差不多無法走路。桌子擺著鐵蠟台，也和那間屋子一樣，上面插著蠟燭。一個小小的嬰兒在床上哭叫，從哭聲判斷，他也許只生下三個星期。一個有病的、臉色慘白的女人替他換尿布。這女人似乎年紀很輕，穿著很隨便的內衣，也許是產後剛剛起床。那嬰孩不耐煩地喊叫著，等待著瘦弱的母親的乳頭。另外一個小孩睡在沙發上，那是一個三歲的女孩，好像用燕尾服蓋住身體。有一位穿著很破的常禮服的先生站在桌旁（他已經脫下大衣，放在床上），正在打開一個藍紙包，裡面包著兩磅白麵包和兩條小香腸。此外，桌上放著一把茶壺，裡面有茶，還放著幾塊黑麵包。床下露出一隻沒有關好的皮箱和兩個包著爛布的包袱。

「總而言之，秩序紊亂得可怕。我一眼就看出他們兩人，先生和太太，本來是體面人士，但是由於貧窮而淪落下去了。淪落以後，紊亂的秩序終於戰勝一切想消滅這種秩序的嘗試，甚至使人感到一種苦痛的需要，這種需要就是想在這種日益增大的紊亂秩序中，尋求一種辛酸的、似乎信念深重的快感。

「我和那位先生是前後腳進去的，當我進去時，他正在打開食品紙包，迅速而熱烈地和妻子說話。妻子還沒有換好尿布，但是已經啜泣起來；大概聽到的消息照例不是很好。從這位先生的外貌看，他有二十八歲模樣。他的臉是黑瘦的，生著黑色的絡腮鬍子，下巴剃得精光，看起來令人感到很體面，甚至是很舒服；他那張臉是憂鬱的，帶著憂鬱的眼神；但是，也露出一種病態的，極容易惹惱的驕傲的影子。當我走進去的時候，發生了奇怪的一幕。

「有些人對於自己惱怒的感覺特別欣賞，尤其在這種感覺達到極點的時候（永遠很快就會達到極點）；在這一剎那，他們會覺得受侮辱要比不受侮辱還痛快些。這些惱怒的人，當然啦，如果他們頭腦聰明的話，如果他們能夠想到自己的發火程度已經超過應有程度十倍左右的話，他們以後會永遠大大後悔的。那位先生很驚異地望了我一會兒，他的太太帶有害怕的神氣，彷彿有人到他們家裡是一件稀奇古怪的事情；但是，他突然如瘋如狂地向我奔來。他沒有等我說上兩句話，大概由於看到我穿得特別體面，而我膽敢如此無禮地張望他的角落，觀看他自感羞愧的一切簡陋陳設，認為是對自己的莫大侮辱。他得到這一個機會，可以在別人身上發洩一下自己半生潦倒的怒氣，自然十分高興。在一瞬間，我甚至覺得他要跑過來和我打架；他的臉色白得好像女人發作歇斯底里症時一樣，這使他的妻子嚇得要命。

「『您怎麼敢擅自走進來？滾出去！』他喊著，渾身發抖，甚至說不出話來。但是，他突然看見自己的皮夾握在我的手裡。

「『大概是您失落的。』我說，盡可能顯得安靜些，嚴肅些。（自然也應該如此。）

「他立在我面前，露出十分吃驚的神情，一時似乎失去了知覺；後來，他很迅速地抓住自己衣裳側面的口袋，嚇得張大了嘴，用一隻手拍打自己的額角。

「『天哪！您在哪裡拾到的？怎麼拾到的？』

「我用極簡短的話向他解釋，而且盡可能說得冷酷些。我講我如何撿起皮夾，如何奔跑，叫喊他，最後根據自己的猜想，幾乎是摸索著，隨他走上了樓梯。

「『我的天哪！』他對妻子喊道，『我們所有的證件都在這裡，我的最後工具都在這裡，這裡是我的一切……啊，先生，您知道不知道，您對我有多大的恩德？要不，我就會完蛋啦！』

「當時我抓住門柄，想不出一聲，就退出去。但是，我自己喘不過氣來了，我的興奮忽然勾起一陣極強烈的、抵禦不住的咳嗽。我看見那位先生向四處亂竄，給我找來一把空椅，他終於從一把椅子上抓起破衣爛衫，把它們扔到地板上，急忙把椅子遞給我，小心翼翼地按我坐下。但是，我仍然咳嗽不已，三分鐘還沒有停歇。當我恢復原狀的時候，他已經坐在我旁邊的另一把椅子上（大概也是把一些破衣爛衫從椅子扔到地板上去了），正在盯著看我。

『您大概……有病吧？』他用醫生開始診察病人時所說的那種語調說，『我自己是……醫務人員（他不說是醫生），』他說完這句話以後，不知為什麼，用手指給我看那間屋子，似乎在對自己現在的地位提出抗議，『我看，您……』

「『我有癆病。』我盡可能地說得簡短些，站了起來。

「他也立刻站了起來。

「『您也許誇大一些……在適當治療以後……』

「他弄得十分糊塗，似乎還沒有清醒過來；那只皮夾握在他的左手裡。

「『噢，您不必擔心，』我又打斷他的話，一邊抓住了門上的把手，『上星期博特金來給我診察過（我又把博特金拉了進去），我的命運已經決定了。對不起……』

「我又想去開門，離開這位發窘的、感激的、羞愧的醫生，但是，萬惡的咳嗽偏偏又來襲擊我。這位醫生當時堅持讓我再坐下來休息一會兒；他對妻子看了一眼，她沒有離開原來的位置，對我說了幾句感謝和歡迎的話。她也感到很窘，因而在她那淡黃的、清瘦的臉頰上浮現出兩點紅暈。我坐下了，但是露出每秒鐘都很害怕使他們受到拘束的神情（也應該如此）。我看出來，那位醫生在很苦痛地懺悔著。

「『假使我……』他開始說，時時刻刻中斷，從這句跳到那句，『我很感謝您，我不應該那樣對待您……我……您瞧……』他又指著這間屋子，『現在我處於這樣的境況之下……』

「『噢，』我說，『用不著看，事情是很明顯的；您大概是失掉了工作，所以到此地來疏通一下，再找一個位置，不是嗎？』

「『您……怎麼知道的？』他很驚異地問。

「『一眼就看出來了，』我不由得用嘲笑的口氣回答說，『有許多人從外省到此地來，懷著莫大的希望，跑來跑去，也就這樣生活下去了。』

「他忽然熱烈地說起話來，嘴唇打著哆嗦；他開始訴苦，開始講述。老實說，我覺得他的自述很有趣味；我在他那裡坐了一個來鐘頭。他給我講自己的歷史，一段很平常的歷史。他是一個省城裡的醫生，本來在官廳供職，但是有人在背後搞陰謀，連他的妻子都捲進去了。他露出一些驕傲，發了一些脾氣；省城當局便袒護在他的仇敵了。那幫人陷害他，控訴他，結果他就這樣失掉了官職。他使用最後幾個錢，跑到彼得堡來申一下冤。到彼得堡以後，大家都知道，他們申訴許久沒有得到受理，後來受理了，但又被駁回；後來又給他一個希望，然後又嚴詞回絕；後來吩咐他提出書面解釋，後來又拒絕接受他所寫的東西，吩咐他另遞呈文——一句話，他已經跑了四個多月，把一切都吃盡了，當光了；連妻子最後的一點破衣服都送進當鋪；那時恰巧生了一個孩子，而，而，……據他說，『今天對我所遞的呈文下了最後的駁覆，而我差不多已經沒有麵包，什麼也沒有了，妻子又生了孩子。我，我……』

「他從椅子上跳起來，轉過身去。他的妻子在角落裡哭泣，孩子又開始號哭了。我掏出我的日記簿，記載起來。當我記完站起來的時候，他站在我的面前，帶著畏葸的好奇眼光望著我。

「『我記下了您的名字，』我對他說，『哦，還有其他的一切：比如供職單位，貴省總督的姓名，年月日等。我有一個同學，姓巴赫穆托夫，他有一個叔叔，名叫彼得．馬特維耶維奇．巴赫穆托夫，是五品文官，現在當司長……』

「『彼得．馬特維耶維奇．巴赫穆托夫！』我的醫生喊道，他幾乎哆嗦起來，『這一切幾乎全靠他來決定啊！』

「的確，在那位醫生的故事和它的結局中，由於我偶然從旁幫忙，竟使一切順順當當，圓滿解決，這簡直好像在小說裡，故意安排好的一樣。我對這對可憐的夫婦說，請他們不要對我存什麼希望，我只是一個貧苦的中學生（我故意誇大自己的低微的地位；我早就畢業，已經不是中學生了），他們也不必知道我的姓名；但是，我立刻到瓦西里島去，找我的同學巴赫穆托夫，因為我確實知道他的叔叔，那個五品的文官，是個沒有子女的鰥夫，對自己的侄兒非常鍾愛，視為珍寶，認為他是本族裡的最後一支，所以我說，『我的同學也許會為你們，當然也就是為我，向他的叔叔說情的……』

「『只要能允許我向那位大人解釋一下就好了！如果我能得到恩施，口頭解釋一下就好了！』他喊道，哆嗦得好像發瘧疾一樣，眼裡閃著光亮。他竟說出『得到恩施』的話來。我又重複一遍說，這事情一定會吹的，一切都可能弄不好。我後來說，如果明天早晨我不到他們這裡來，那麼事情已經完了，他們也就不必再等候。他們鞠著躬送我出去，他們幾乎發了狂。我永遠忘不掉他們的面部表情。我雇了馬車，立刻上瓦西里島去了。

「我上中學的幾年中，一直和這個巴赫穆托夫處於敵對的狀態。在我們學校裡，大家認為他是貴族，至少我這樣稱呼他；他穿得很講究，坐自用的馬車上學，只是一點也不擺架子，很容易相處，總是露出特別快樂的樣子，有時甚至還有點小聰明，雖然他的智力並不見得十分高明，即使他在班裡永遠考第一名。至於我呢，無論哪門功課從來都沒有考過第一名。除我一個人以外，所有的同學全都喜歡他。這幾年來，他有好幾次想接近我，但是我每次總是沉著臉，很惱怒地躲開他。現在我已經有一年左右不見他的面了。他在大學裡求學。八點多鐘的時候，我到他家裡去（那裡很講究禮節，由僕人先進去通報我的姓名）。剛開始時，他帶著驚異的神情出來迎接我，甚至沒有一點歡迎的樣子，但是他很快就顯得很高興，看著我，忽然哈哈大笑著。

「『您怎麼忽然想到我這裡來了，捷連季耶夫？』他喊著，露出那種永遠可愛的逍遙自在態度，這種態度有時顯得很傲慢，但是永遠沒有侮辱的性質，我極愛他的這種態度，同時也為了這種態度而恨他。——『這是怎麼回事？』他驚慌地喊道，『您竟病到這種地步了！』

「咳嗽又來折磨我，我頹坐到椅子上，簡直喘不過氣來。

「『您別著急，我有癆病，』我說，『我來求您一件事。』

「他驚異地坐下了。我立刻把那位醫生的故事原原本本講給他聽，並且解釋說：他在叔叔跟前特別有威信，也許可以幫一點忙。

「『我可以幫忙，一定幫忙，明天就向家叔進攻。我也很喜歡這樣做。您把這件事情講述得太好了……但是，捷連季耶夫，您怎麼會想到來求我呢？』

「『一則這件事情完全在令叔一個人身上；二則，巴赫穆托夫，咱們倆一向是仇敵，而您是一個正直的人，我覺得您不會拒絕一個仇敵。』我帶著諷刺的口吻補充說。

「『好比拿破崙向英國求援！他喊著，哈哈大笑起來，『我來幫忙，我來幫忙！如果可能的話，我立刻就去！』他看見我很嚴肅地站起來，急忙又補充說。

「這件事情果然出乎意料地進行得十分順利。過了一個半月，那位醫生又在另外一省謀得一份差事，領到川費，外加津貼費。我懷疑常到他家裡去的巴赫穆托夫（我故意不登他家的門，醫生來看我時，我也表示很冷淡）——我懷疑巴赫穆托夫可能說服那位醫生，使醫生接受他的借款。在這六個星期內，我和巴赫穆托夫見了兩次，第三次是在給醫生餞行的時候。巴赫穆托夫在自己家裡設筵給醫生送行，還準備了香檳酒，醫生的妻子也出席了；但是她只待了一會兒，很快就回家看孩子去了。那是五月初的一個傍晚，天氣晴朗，巨球似的太陽落入海灣。巴赫穆托夫送我回家；我們在尼古拉耶夫橋上走著，兩人都喝了點酒。巴赫穆托夫說事情這樣圓滿解決，使他十分喜歡，他很感謝我，因為他做了好事以後，現在感到愉快；他還說，這件事情應該完全歸功於我；現在有許多人主張，行個別善事是毫無意義的——這種說法很不正確。我也很想發表自己的意見。

「『凡是攻擊個別「善事」的人，』我開始說，『那就等於攻擊人的天性，蔑視個人的尊嚴。但是，舉辦「公共善事」和個人自由的問題，這是兩個不同的、但不是互不相容的問題。個別善事永遠會存在下去，因為他是個性的需要，它是一個個性要直接影響另一個個性的迫切需要。莫斯科住著一個老人，一個「將軍」，也就是五品文官。他有一個德國人的姓。他一生在監獄裡走動，和罪人們周旋；每一批充軍西伯利亞的囚徒，預先都知道在雀山會有一位「老將軍」去看望他們。他極嚴肅而虔誠地做自己的事情；他來到以後，在充軍囚徒的行列裡走著。囚徒們把他團團圍住，他在每個人的面前都停留下來，詢問每個人缺什麼東西，他幾乎從來不對任何人說教，他管大家都叫「老弟」。他送給他們金錢和各種日用品，如裹腿布、襯衣、麻布，等等。有時他還帶來一些勸善的小書，分送給每個識字的人，深信他們在路上會加以誦讀，由識字的人讀給不識字的人聽。他不會問人家犯的什麼罪，如果罪犯自己說起來，他才會傾聽。他看一切罪犯完全平等，毫無區別。他和他們說話時如對親弟兄一般。不過，後來他們認為他是父親了。如果看到一個充軍的女人，抱著嬰孩，他便走過去，撫愛那個嬰孩，手指碰出響聲，引他發笑。他這樣做了許多年，直到去世為止。後來，全俄羅斯，全西伯利亞都認識他了，也就是說全部罪犯都知道他了。有一個到過西伯利亞的人對我講，他親自看見有些罪大惡極的犯人在怎樣懷念那位將軍，但是將軍訪問他們時，很少有施給每個人二十戈比以上的情況。誠然，犯人懷念他的時候並不如何熱烈，心情也並不沉重。在這些「不幸者」中間，有一個人殺害十二條性命，砍死六個小孩，原因只是由於他一時高興（據說真有這種人）。這個人忽然無緣無故地，也許二十年來頭一次歎了口氣，說道：「現在那位老將軍怎麼樣啦？還活著嗎？」也許在說這話時，他還發出一聲冷笑——也不過如此。您怎麼能知道，他二十年念念不忘的這位「老將軍」，往他的心靈裡永遠投進了怎樣的種子？您怎麼能夠知道，巴赫穆托夫，一個個性和另一個個性的聯結對被聯結的個性的命運具有多大的意義？……你要知道，這是整個一生的事情，在我們後面隱藏著無數的枝節。最優秀的象棋選手，他們中間最聰明的，也只能預先看出幾步棋，有一個法國選手預先能看出十步棋，報上就把他吹得神乎其神。在這件事上究竟要走多少步棋？我們看不出的又有多少？當您投下種子，「行善」和做任何形式的好事的時候，您就將您的一部分個性交付出去，承受另一個個性的一部分；你們互相聯結起來了。如再稍加注意的話，您便會獲得報酬，因為您會多得一些知識，以及一些意外的發現。最後，您一定會把您的事業看作一種學問；它會抓住您的整個生命，可以充實整個的生命。從另一方面看，您的一切思想，您所投下而也許被您遺忘的一切種子，都會滋長起來，從您手裡取得這些種子的人，會把它們轉送給別人。您哪裡知道，您在未來解決人類命運時會佔據怎樣的地位？如果您具有豐富的知識，您一生從事這種工作，您就可能投下巨大的種子，將偉大的思想遺留給世界，那麼……』這一套話，我當時說了很多。

「『您想一想，您雖然這樣談，可是您自己卻快死了！』巴赫穆托夫喊道，似乎在熱烈地責備什麼人。

「當時我們站在橋上，把臂肘支在欄杆上面，向涅瓦河上瞭望。

「『您知道我在想什麼？』我把身子更加彎到欄杆上面說。

「『難道想投河嗎？』巴赫穆托夫吃驚地喊。他也許從我臉上看出了我的想法。

「『不，現在只是這樣一個見解：『我現在只能活兩三個月，也許四個月；但是，譬如說，在只剩兩個月的時候，如果我極想做一樁好事，這事情需要工作、奔跑和張羅，就像那位醫生的事情一樣，那麼，為了我所剩的時間不夠，我就只好拒絕做這件事情，另外尋找一件比較小的、我的能力能辦得到的

「好事」（如果我真想做好事的話）。您必須同意，這是個有趣的想法！』

「可憐的巴赫穆托夫為我深深擔憂；他一直送我到家，而且非常識趣，他一次也沒有說安慰的話，幾乎始終沉默著。他和我告別時，緊緊地握住我的手，請我允許他常來看我。我回答他說，如果他想以『慰問者』的資格來看我（因為，我對他解釋說，即使他一聲不出，終歸是作為慰問者而來的），那麼，他每次就會更多地對我提到『死』這個字。他聳了聳肩，但對我的話表示同意了；我們十分客氣地告別，這是我料想不到的。

「然而，就在這個晚上，就在這個夜裡，投下了我的『最後信念』的第一粒種子。我貪婪地抓住這個新的思想，貪婪地分析它的一切奧祕和它的一切種類（我整夜沒有睡），我研究得越深入，越領會這種思想，心裡也越加害怕。最後我怕得不得了，以後幾天也一直害怕。有時候，在想起我這種經常不斷的恐怖時，我很快又生出了新的恐怖，渾身感到發冷。從這種恐怖中，我可以判斷我的『最後信念』已經深深地印在我的心裡，將來一定會得到解決。但是，我沒有足夠的決心來解決它。過了三個星期，一切都完了，決心也有了，但這是由於一樁極奇怪的事情而來的。

「在我這篇解釋裡，我記下所有的日期和數字；我自然認為一切都是無所謂的，但是現在（也許只是在這時候），我希望那些判斷我的行為的人能夠很明顯地看出，我的『最後信念』是從一套什麼邏輯結論產生出來的。我剛才寫過，我缺乏執行『最後信念』的最後決心，後來我有了這種決心，但是它不是從邏輯結論中產生的，而是由一種奇怪的刺激，由一種奇怪的事實，也許和事情本身毫無關係的事實產生的。大約十天以前，羅戈任為了一件事情來找我，這件事情我就不多費筆墨了。我以前從未見過羅戈任，但是關於他的情況聽到過很多。我向他提供他所需要的一切消息，他很快就走了。因為他只是來調查一件事情，所以我們之間的關係也就算結束了。但是，他使我發生很大的興趣，使我一整天都懷著一些極奇怪的思想，因此我決定第二天親自到他家裡去回拜。羅戈任顯然不喜歡我，甚至『很客氣』地暗示出我們不必繼續交往的意思。但是我總算過了很有趣的一小時，他大概也是如此。我們倆有顯著的不同，我們倆（尤其是我）也不能不注意到這一點：我是一個死期將至的人，而他卻過著極充實的、極天真的生活，他注意現實，一點也不考慮『最後』的結論，數字，或者其他的任何事情，除了那件……那件……那件使他發狂的事情；請羅戈任先生恕我寫下這樣的詞句，把我當成一個不會表達自己思想的蹩腳文學家看待吧！雖然他這個人不懂得客氣，但是我覺得他是一個聰明人，可能瞭解許多事情，雖然他對於與自己無關的事情不大感興趣。我沒有將我的『最後信念』暗示給他，但是不知為什麼，我覺得他在聽我說話時，已經猜到了。他沉默著，他很不愛說話。我臨走時暗示給他，我們倆雖然性格不同，而且有各種矛盾——是les extrémités se touchent（法文：兩個互相接近的極端）（我用俄文對他解釋這句話），所以我覺得，他離我的『最後信念』也許並不很遠。他聽了這句話，扮了一個極陰鬱苦澀的鬼臉來答覆我。他站起來，親自替我找到帽子，做出我似乎自己想走的樣子，而其實是他把我從那個陰沉的屋子裡趕出來；他還做出殷勤送我的樣子。他的房子使我很吃驚，好像一座墳場；但是他似乎很喜歡它。這一點很容易瞭解：他所過的那種充實的、天真的生活本身就極為豐富，不需要什麼佈景。

這次回拜羅戈任使我十分疲倦。再說，我從早晨起就感到不很舒適；到了晚上，我的身體十分衰弱，只好躺到床上，有時覺得身上燥熱，有時甚至發出譫語。科利亞陪我坐到十一點鐘。但是，我還是記得他所講的和我們談論的一切。我有時合上眼睛，那時總看到伊萬・福米奇，他似乎取得了幾百萬金錢。他完全不知道如何處置這些財產，並為此絞盡了腦汁。他生怕人家偷走，最後決定把這些金錢埋在地裡。我勸他不必把這一大堆金子白白埋到地裡，不如用它給那個『凍死』的嬰孩鑄造一隻小棺材，把那個孩子特地從土裡掘出來，裝到金棺材裡。蘇里科夫流著感激的眼淚，接受了我這個諷刺他的建議，立刻著手執行這個計畫。我好像睡了一口痰，就離開他了。當我完全清醒過來的時候，科利亞告訴我說，我根本沒有睡，一直和他談論蘇里科夫。我有時候感到極度苦悶和驚惶，因此科利亞臨走時露出不安的樣子。當我自己起床去鎖門的時候，我突然想起，我剛才在羅戈任那裡，在他家一間最陰暗的大廳的門上所看到的一幅油畫。他是無意中把那幅畫指給我看的；我在那幅畫面前站了有五分鐘左右。那幅畫在藝術方面並不出色，但它引起我一種奇怪的不安。

「那幅畫上畫著剛從十字架上卸下來的基督。我覺得，畫家們平常畫釘在十字架上或從十字架上卸下的基督的時候，總是把他的臉部畫得特別美；甚至在他受著劇烈苦痛的時候，畫家們也還竭力保持著這種美。但是在羅戈任的畫裡，根本沒有美可言；那完全是一個人的屍骸，他在上十字架之前就忍受著無比的痛苦，創傷，凌辱，守卒和人們的毆打，當他自己背著十字架，由於十字架太重而跌倒之後，還繼續受了六個小時十字架的痛苦（根據我們計算，至少有這些時間）。誠然，這是一個剛從十字架上卸下來的人的臉龐，那就是說，在臉龐上還保存著很多活力和體溫。死者的身體也還沒有變僵，因此臉上還露出痛苦的神情，似乎現在還感到痛苦（畫家對這一點畫得很好）；不過，這臉畫得一點也不留情面；它表現得十分逼真。一個人的屍骸，無論他是什麼人，在受過這種痛苦以後，總應該是如此的。我知道，基督教會在最初數世紀內就確定基督所受的不是形象上的，而是實際上的苦痛，他的身體在十字架上完全服從自然的法則。在這幅畫上，基督的臉龐受到兇猛的毆打，顯得浮腫，帶有可怕的、浮腫的、血污的傷痕，眼睛張著，眼珠歪斜；巨大的、張開的眼白，閃耀著一種死沉沉的、玻璃般的光彩。奇怪的是，當你看著這個受難者的死屍時，會產生一個特別有趣的問題：如果基督的所有弟子們，他的未來的主要使徒們，以及跟他走來並站在十字架旁邊的婦女們，一切信仰他、崇拜他的人看見了這樣的死屍（它一定應該是這樣的），那麼，他們看著這個屍骸，怎麼會相信這位受難者會復活呢？到了這裡，不由得會產生一個概念，那就是：如果死是這樣可怕，自然法則是這樣有力，怎樣才能克服它們呢？基督在生前戰勝過自然，使自然服從他，當他呼喊『姑娘，立起來吧！』的時候，那姑娘就立了起來；當他呼喊『拉薩路，出來！』時那死人就走出來了；而現在連他都不能戰勝自然規律，這些規律又怎樣去克服呢？在看這幅畫的時候，人對自然就產生一種錯誤，覺得它好像一個巨大的、殘忍的、不出聲的野獸，或者說得準確些，說得更準確些，雖然有點奇怪，它好像一台最新型的巨大機器，它沒有意義地、漠不關心地、毫無憐憫地抓住一個偉大的、珍貴的生物，把他揉得粉碎，吞了下去——這個生物本身的價值就抵得住整個自然，一切自然法則和所有的土地，也許地球就只是為了這個生物出生而創造的呀！這幅畫所表現的就是這種黑暗的、傲慢的、無意義的、永恆的、一切東西都要服從它的力量的觀念。這觀念自然而然地傳達到你們的心中。圍在死人身邊的人們（在圖畫中一個也沒有畫出），在他們的一切希望和信仰一下子被打得粉碎的那天晚上，應該感到多麼苦悶和慌亂哪。他們每個人雖然懷著一個永遠不能放棄的偉大思想，但是，當時他們一定在極度驚慌中散開。如果這位老師能夠在被處死刑之前看到自己的形象，他自己會那樣從容地升上十字架，像現在這樣就死嗎？當你看著這幅畫的時候，自然而然也會產生這個問題。

「在科利亞走後整整一個半小時裡，這一切斷斷續續地在我的心頭浮現出來，也許我是完全神志不清，但有時是有具體形象的。沒有形象的東西能不能現出形象來呢？但是，有時我覺得自己在一個奇怪的、不可能有的形式中看見這種無窮盡的力量，看見這個陰沉的、黑暗的、不出聲的東西。我記得，有一個人曾經拿著蠟燭牽著我的胳臂，給我看一隻巨大的、難看的蜘蛛，告訴我說，這就是那個黑暗的、陰沉的、強有力的東西，同時還對我的憤怒一笑而過。在我屋裡的神像前面，夜間總點著一盞油燈，光線黯淡而微弱，但是還能看清一切東西，甚至燈下還能讀書。我覺得已經過了午夜；我完全沒有睡，睜著眼睛躺在那裡；忽然我的門開了，羅戈任走了進來。

「他走進來之後，關上門，默默地看著我，輕輕地向牆角的一張椅子走去，那張椅子幾乎就放在油燈下面。我很奇怪，用期待的神情看著他；羅戈任把臂肘支在小桌上，默默地看著我。這樣過了兩三分鐘，我記得當時他的沉默使我十分惱怒。他為什麼不願意說話呢？他來得這樣晚，我自然覺得奇怪，但是我記得，我對於這一點並沒有十分驚訝。恰恰相反，在早晨時，我雖然沒有將我的想法向他明白表示出來，但是我知道他是瞭解的。為了這種想法，他自然可以跑來和我再談一次，哪怕時間已經很晚。我心想他是為這個而來的。我們早晨分別時，多少還帶著仇視的樣子，我甚至記得，他曾經用盡情嘲笑的神情看了我兩三次。就是現在我也可以看出他那嘲笑的眼神，這種嘲笑使我受到侮辱。我一開始就絲毫也不懷疑這確是羅戈任本人，並不是幻象，也不是狂想。我根本沒有這個念頭。

「他繼續坐在那裡，還是用那種嘲笑的樣子看著我。我惡狠狠地在床上轉了個身，也把臂肘支在枕頭上，決定也故意沉默著，即使我們一直這樣坐下去。我不知為什麼，一定要他首先說話。我想，這樣大約過了二十分鐘。我突然想起一個念頭：如果他不是羅戈任，而只是一個幻象，那該怎麼辦呢？

「我生病時和生病以前，從來還沒有看見過一個幻象；但我永遠覺得，在我還小的時候，甚至現在，也就是不久之前，我覺得只要看見一次幻象，就會立即死去，雖然我對任何幻象都不相信。但是，當我想到那人不是羅戈任，而只是幻象的時候，我記得，我一點也沒有害怕。不但沒有害怕，我甚至還為這個惱怒起來了。還有一件奇怪的事情：對於這究竟是幻象，還是羅戈任本人這個問題，我根本沒有興趣去探究，而且也使我感到驚慌，好像是應該如此的。我覺得，我當時所想的是一些別的事情。譬如說，最使我感興趣的，就是羅戈任在早晨是穿著便服和便鞋的，為什麼現在竟穿上燕尾服和白背心，打上了白領結呢？我的腦筋中還閃出一個念頭：如果這是一個幻象，我並不怕他，那麼我為什麼不站起來，走到他面前，親自加以證實呢？也許我不敢，我害怕。但是，當我剛想到我害怕的時候，忽然像有一陣冰水澆上我的全身；我感到背上發涼，我的膝蓋直打哆嗦。就在這一剎那，羅戈任好像猜到我害怕似的，移開支在桌上的那隻手，挺起身子，活動自己的嘴唇，好像要發笑；他盯著看我。我狂怒起來，我決心要朝他身上撲去；但因為我賭咒不首先開口說話，所以仍舊躺在床上，況且我還沒有完全肯定：他究竟是不是羅戈任呢？

「我記不清這種情形持續了多久時候；也記不清我有時是不是完全神志不清。但是，羅戈任終於站起身來，悠然地，仔細地看著我，像剛才走進來時一樣，但是他停止了嘲笑，輕輕地，幾乎躡著腳，走到門前，打開門，走了出去。我沒有下床，也不記得我睜著眼睛躺了多少時候，一直在那裡想著。天知道我在想什麼；我也不記得我怎樣又昏睡過去。第二天早晨九點多鐘的時候，外面有人敲門，才把我驚醒。我和他們約定，如果到九點多鐘我自己不開門出來，喊他們端早茶，瑪德鄰娜就要親自敲我的門。當我給她開門的時候，我立刻產生一個念頭；門扣得好好的，羅戈任怎麼能走進來呢？我檢查了一下，更加相信真正的羅戈任是不可能走進來的，因為我家所有的門夜裡全都上鎖。

「我如此詳細地記述這件特別的事，是因為我完全『下定決心』。因此，促成最後解決的並不是邏輯，也不是邏輯的信念，而是嫌惡的心情，生命既然具有這樣奇怪的、使我感受侮辱的形式，我不能再留在人間了。這個幻象侮辱了我。我不能服從具有蜘蛛形式的黑暗力量。到了黃昏，當我終於感到自己完全下了決心時，我才感到輕鬆一些。這只是第一階段；到了第二階段，我便來到帕夫洛夫斯克了。不過，我在上面已經講得很多，不再贅述了。」

第七章

「我有一支袖珍的小手槍，這是我小的時候買來的。當時我正在那種可笑的年齡，突然喜歡起關於決鬥和盜匪搶劫的故事，喜歡想像人家怎樣來找我進行決鬥，我怎樣勇敢地舉著手槍站在那裡準備決鬥。一個月之前，我在檢查這把手槍時，發現在放手槍的匣內有兩粒子彈，火藥匣內還存有放三次槍用的火藥。這是一支很糟糕的手槍，向外射擊，只能射十五步遠；但是，如果把它對準自己的太陽穴，當然也會把腦殼翻到一邊去。

「我決定到帕夫洛夫斯克去死，在太陽初升的時候到，並且公園裡去，免得驚動別墅中的任何人。我這篇〈解釋〉足夠把全部案情向警察解釋清楚。愛研究心理學的人們，還有那些願意知道的人，可以從這篇文章裡找出他們所需要的一切。但是，我不願意把這篇手稿公佈於世。我請公爵把這稿件自己保留一份，將另一份送給阿格拉婭·伊萬諾夫娜·葉潘欽娜。這就是我的遺囑。我把我的腦殼遺贈給醫藥科學院，以做科學研究之用。

「我不承認任何人有裁判我的權力。我知道我現在處於裁判官的一切權力之外。我最近還有一個可笑的理想：如果我現在忽然想殺死任何人，哪怕一口氣殺死十個人，或者做出一件在這世界上被認為最可怕最可怕的事情，那麼，在現在苦刑和拷問已被廢止的時候，在我這有限的兩三個星期內，審判官在我面前該有多麼尷尬？我可以在他們的醫院裡，在醫生的精細診察之下，暖暖和和地，舒舒服服地死去，也許比在自己家裡還舒適和溫暖得多。我不明白，那些和我情況相同的人們，哪怕只是為了開玩笑，為什麼腦筋裡不產生這樣的思想？然而，也許會產生出來的；在我們這裡，愛開玩笑的人多得很。

「雖然我不承認人家裁判我，但是我知道，在我已經成為啞巴，不能為自己辯護時，人家總要裁判我這個被告的。我不留下回答的話，絕不願意走開。我的話是發自真心的，不是強迫的，更不是為了替自己辯護——啊，不是的！我用不著向任何人請求原諒，也沒有請人原諒的事情——我之所以這樣做，因為我自己願意如此。

「首先，這裡發生了一個奇怪的思想：是什麼人，根據什麼權利，由於什麼動機，忽然想在我臨死的兩三星期內來爭奪我的權利？這和哪一個裁判官相干？是誰非得讓我受到判決，而且很好地熬過刑期？難道果真有人需要這一點嗎？為了道德嗎？我很明白，如果在我身體完全健康、強壯有力的時候，我企圖戕害我這『對鄰人等也許有益』的生命，那麼，道德也許會依照傳統的習慣，責備我連問也不問便支配了我自己的生命，或者用它自己知道的一套理由來責備我。但是現在，現在已經宣判了我的刑期，那該怎麼辦呢？有哪一種道德不僅需要您的生命，而且還需要您放棄最後一個生命原子時的最後喘息聲，一邊傾聽著公爵安慰的話語，而他根據基督教的理論，一定會有一種樂觀的說法，認為在實際上，您還是死了的好（像他這樣的基督徒永遠會懷抱著這種思想，這是他們最愛好的題目）。他們為什麼要談出那可笑的『帕夫洛夫斯克的樹木』？要使我在臨終之前快樂一番嗎？難道他們不明白，我越忘掉自己，越迷戀於這最後的生命與愛情的幻影（他們想用這個使我不去看梅耶爾的牆壁和在牆上那樣公開而且坦白地寫出的一切東西），便更加使我不幸了嗎？你們的自然風景，你們的帕夫洛夫斯克公園，你們的日出和日落，你們的蔚藍的天和你們的得意面孔，對於我又有什麼用處呢？在這整個不盡的宴席剛剛開始，首先把我一個人當作多餘的時候；當我每分鐘、每秒鐘都應該知道，現在不能不知道，連那隻在我身旁的陽光中嗡鳴的小蠅，連牠都參加這種宴席和歌詠隊，瞭解自己的地位，喜歡這種地位，並且感到榮幸，只有我一個人成為被遺棄的孤兒，只是由於我的怯懦，至今還不瞭解這一點的時候，這一切的美與我有什麼相干呢？啊，我知道，公爵和他們所有的人都想使我放棄所有這些『陰險惡毒』的言語，由於善心，為了道德的勝利，唱出米爾瓦幾行著名古典詩句：

啊，但願那些不理睬我的離別的朋友，
能夠看見您的美多麼神聖！
讓他們活到年年，死時有人哭泣，
讓他們有朋友給他們合上眼睛！[1]

「但是，你們相信不相信，相信不相信，誠實的人們，在這首法文詩裡，在這善良的詩句裡，在這學院派的對於世界的讚頌裡，包含著多少內心的怨恨，多少無法調和的、隱藏在韻腳裡的憤怒，連詩人自己也會成為傻瓜，將這種憤怒當作和悅的眼淚，以此而終；但願他的靈魂得到安謐！你們要知道，恥辱在自卑與軟弱的感覺中是有界限的，人不能越過這個界限一步，只要一越過這個界限，人就會從恥辱中感到極大的愉快……當然啦，在這個意義上，溫順是一種偉大的力量，我承認這一點——當然，這和宗教把溫順當作一種力量的意義迥然不同。

「宗教！我承認永恆的生命，也許我一向都承認。讓意識用崇高力量的意志燃燒起來，讓意識向全

1 原文為法文。這幾行詩並非出自法國詩人米爾瓦（1782—1816），而是詩人日爾博（1751—1780），但與原詩略有出入。

世界觀看，並且說道：『我在！』讓這最高的力量忽然命令它自行消滅，因為出於某種目的必須如此——甚至不必解釋出於什麼目的——既然有此必要，就這麼辦吧！我認為這一切是有可能的。但是，又來了一個永遠解決不了的問題：我的溫順到底有什麼用處呢？難道不能把我痛快吃下去，而不要求我讚頌吃我的事實嗎？難道在上天果真有人因為我不願等候兩星期而感到侮辱嗎？我不相信這一點，最好是這樣假定，這裡所需要的只是我低微的生命，一個原子的生命，為了使整個全面和諧，為了一種加和減，為了一種矛盾，以及其他等等，正好比每天需要犧牲許多生物的生命一樣。假使他們不死，其餘的世界便將不能成立了（只是應該注意，這並不是個偉大的思想）。但是，隨他去吧！我同意，如果不這樣，也就是人們不經常互相蠶食，世界便絕不可能維持下去；我也可以承認，我對於世界怎樣構成是毫不瞭解的；但是，我確實知道：如果一旦允許我懷著這種『我在』的意識，那麼，關於世界構成包含著錯誤，它不如此就不能維持下去這一點，與我又有什麼相干呢？在這以後，誰來裁判我？裁判我什麼呢？隨便你們怎麼說，這一切是不可能的，而且是不公平的。

「我雖然極願意這樣，但是我從來沒有設想沒有未來的生活，沒有神的存在。這一切大概都有，但我們對於未來的生活和他的法則並不瞭解。假使這一切那麼難於瞭解，甚至完全不可能瞭解，難道我會負起不能理解不可思議的事物的責任嗎？固然，他們會說，而且公爵也會和他們在一起說，這裡也需要服從，不加任何理論，只是由於虔信而服從著，為了我的溫順，我一定會在另一世界取得酬報。我們過於玷辱上帝，將我們的觀念加到祂的身上，由於我們不能瞭解祂而感到惱怒。但是，如果對上帝無從了解，那麼，我要重複一句，我們便難於負起沒有使人們瞭解的責任。既然如此，又怎麼能因為我不能瞭解神的真正意志和規律而裁判我呢？不，我們最好不要討論宗教吧。

「說得很不少了。在我寫到這幾行的時候，太陽一定已經升起，『在天上發響』，在整個大地上散佈它那偉大的、無可計算的力量。隨它去吧！我要直看著力量和生命的源泉而死去！我不需要這生命了！如果我有權不生出來，我一定不在這種嘲笑的條件下出生。但是，我還有死的權利，雖然我返還的日子已經屈指可數。這既不是偉大的權利，也不是偉大的反抗。

「最後的一個解釋：我要死了，但絕不是為了無力忍受這三個星期；啊，我的力量是足夠的，如果我願意使出來的話，只要我意識到所受的侮辱，便足以自慰而有餘；但是我不是法國詩人，不願意得到這種安慰。最後，還有一個誘惑：大自然宣判我只能活三星期，極度限制我的活動，因此我感到，自殺大概是我可以按照自己的意志開始和結束的唯一行動。也許我是想利用行動的最後可能性吧？反抗有時並不是一樁小的行動……」

〈解釋〉念完了！伊波利特終於停止了誦讀……

人們到了山窮水盡的時候，會採取最後的、恬不知恥的坦率態度。一個神經質的人會生氣動火，不再懼怕一切，準備做一切的搗亂行為，甚至樂於去做，他會向人們攻擊，而自己也懷著一個模糊的、但是堅定的目的，決定在一分鐘後從樓上跳下，一下子解決可能發生的各種疑難問題。體力的近乎衰竭通常也是這種心境的前兆。伊波利特在這之前所保持的特別的、近乎不自然的緊張狀態，已經達到這個最後的階段。這個十八歲的、被疾病折磨的男孩子，就像從樹上摘下的一片顫抖的小樹葉一樣軟弱；但是，他用眼光朝那些聽眾掃射一下——在最後的一小時內這是第一次——在他的眼神和微笑裡，就立刻表現出極傲慢、輕蔑和惱怒的厭惡情緒。他忙著向大家挑戰。但是，聽眾們也露出十分憤怒的樣子。大家吵吵嚷嚷地從桌旁站起，精神都很懊喪。疲倦、酒力和興奮，都增加了紊亂的狀態，假使可以如此形容的話，簡直好像是「印象的泥塘」。

伊波利特突然很快地從椅子上躍起，好像有人把他拖下來似的。

「太陽出來了！」他看到樹梢上閃耀的光輝，當作奇蹟一般向公爵指著，說，「太陽出來了！」

「您以為太陽不會出來嗎？」費爾德先科說。

「又要熱一整天，」加尼亞露出不經意的苦惱神情，喃喃地說，他雙手拿著帽子，挺下身體，打個哈欠，「如果整個月都這樣乾旱，那可怎麼好！……走不走，普季岑？」

伊波利特很驚異，呆若木雞地傾聽著；他的臉色忽然慘白得可怕，全身哆嗦著。

「您做出您那冷淡的樣子，想侮辱我，但是做得太笨拙了，」他盯著加尼亞，對他說，「您是渾蛋！」

「真是胡鬧，怎麼竟會這樣！」費爾德先科嚷叫起來，「多麼怯懦的行為！」

「簡直是傻瓜。」加尼亞說。

伊波利特鎮定了一些。

「我明白，諸位，」他開始說，照舊哆嗦著，每句話都結結巴巴地說不出來，「我理應受到你們大家的報復……我用這一篇夢囈（他指著稿件）折磨你們，我感到十分可惜，但是我又可惜我沒有把你們折磨夠（他傻笑著）……折磨了沒有，葉夫根尼．帕夫洛維奇？」他忽然跳到那人身前，問道，「折磨了沒有？您說呀！」

「有點冗長，但是……」

「全說出來呀！但願您一生中有一次不撒謊！」伊波利特一邊打哆嗦，一邊命令說。

「哦，這對於我根本是一樣的！勞您駕！請您饒了我吧！」葉夫根尼．帕夫洛維奇帶著嫌惡的神情轉過身去。

「明天見，公爵。」普季岑走到公爵身邊說。

「他立刻就會用手槍自殺的！你們怎麼啦！你們瞧他呀！」薇拉喊出來，跑到伊波利特身邊，露出特別驚慌的樣子，甚至抓著他的胳臂。「他說過，太陽出來以後，他就要自殺！你們怎麼啦？」

「他不會自殺的！」有幾個人喃喃地說，帶著幸災樂禍的神情，加尼亞也在其內。

「諸位，留神哪！」科利亞喊，也抓住伊波利特的胳臂，「你們只要看一看他的臉！公爵！公爵，您到底怎麼啦！」

薇拉、科利亞、凱勒和布林多夫斯基圍在伊波利特身旁；四個人全用手抓著他。

「他有權利的，他有權利的！……」布林多夫斯基喃喃地說，但是也顯出手足無措的樣子。

「對不起，公爵，您有什麼吩咐？」列別杰夫走到公爵面前。他喝得醉醺醺的，憤怒到了出言不遜的地步。

「什麼吩咐？」

「不行；對不起；今天我是主人，雖然我並不願意失去對您的敬意……即使主人是您，我也不願意在我自己的房屋內這樣……就是的。」

「他不會自殺的。這孩子太任性了！」伊伏爾金將軍帶著憤怒和自信的樣子，出其不意地喊道。

「將軍的話好極了！」費爾德先科附和著說。

「我知道他是不會自殺的，將軍，可尊敬的將軍，但是總歸……總歸我是主人。」

「喂，捷連季耶夫先生，」普季岑突然說，一邊和公爵告別，一邊向伊波利特伸出手來，「您在那篇文章裡好像提起過您的腦殼，您自己的腦殼，也就是您想捐出的骨頭嗎？」

「是的，我的骨頭……」

「那就對了，否則會弄錯的。聽說，已經有過這樣的事情。」

「您何必還取笑他呢？」公爵忽然喊道。

「弄得眼淚都流出來了。」費爾德先科補充說。

但是，伊波利特並沒有哭。他想從座位上站起來，但是圍住他的四個人忽然一下子抓住他的胳臂。發出一陣哄笑聲。

「弄得叫人家抓起他的胳臂來了；讀那篇文章，也就為了這個緣故吧。」羅戈任說，「再見吧，公爵。我們坐得很久了，骨頭都痛了。」

「如果您果真打算自殺，捷連季耶夫，」葉夫根尼．帕夫洛維奇笑了，「如果我處於您的地位，當人家說了這一套誇獎的話以後，為了逗一逗他們，就故意不自殺。」

「他們非常希望看見我自殺呢！」伊波利特對他喊道。

他說著話，好像準備向人們撲過去似的。

「他們看不到，一定會惱恨的。」

「您以為他們看不到嗎？」

「我並不煽動您，相反，我以為您很可能自殺。主要的是，您不要生氣……」葉夫根尼．帕夫洛維奇說，用庇護的口氣拉長自己的話。

「我現在才看出，我把那篇東西讀給他們聽，是犯了可怕的錯誤！」伊波利特說，突然用信任的神情望著葉夫根尼．帕夫洛維奇，彷彿向好友有所請教似的。

「一個可笑的地位，但是……說實話，我不知道應該替您出什麼主意。」葉夫根尼．帕夫洛維奇微笑著回答說。

伊波利特嚴厲地盯著他，眼珠轉也不轉一下，一直沉默著。可以料到，他有時完全陷入昏迷狀態了。

「不，對不起，他這種做法太奇怪了。」列別杰夫說，「他說：『我要在公園內開槍自殺，免得驚吵任何人！』他心裡就是想，只要他走下樓梯，跨上三步，進了花園，就不會驚吵任何人了。」

「諸位……」公爵開始說。

「不，對不起，尊敬的公爵，」列別杰夫憤怒地搶上去說，「因為您自己看見這並不是開玩笑，因為您的客人中間至少有一半人意見相同，相信他說出這套話以後，為了保住他的名譽，他一定會開槍自殺，那麼，我以主人的資格，當著許多證人面前，宣佈我應該請您幫我的忙！」

「要我做什麼呢，列別杰夫？我準備幫您的忙。」

「是這樣的：第一，他應該立刻把他在我們面前誇耀的手槍和一切零件交出來。如果他交出來，我就同意准許他在這房子裡過一夜，由於他的身體有病，自然要受我的監督。但是，明天他必須離開這裡，隨他到什麼地方去都可以。對不起得很，公爵！如果他不交出手槍，我立刻抓住他的手，我抓住一隻，將軍抓住另一隻，馬上派人去報告警察，那就可以把這事情交給警察去審理了。費爾德先科先生，看在交情的分上，您去一下吧。」

接著一陣喧嘩聲。列別杰夫發起火來，壓抑不住他的情感了。費爾德先科準備去警察局；加尼亞極力強調說，絕對沒有人會自殺的。而葉夫根尼．帕夫洛維奇一言不發。

「公爵，您曾經從鐘樓上跳下過嗎？」伊波利特突然向他微語。

「沒有……」公爵天真地回答。

「難道您以為我不曾預見所有這些仇恨嗎？」伊波利特又微語著，眼睛閃閃發光；他望著公爵，彷彿真是期待他的回答。「夠了！」他忽然朝眾人喊嚷，「我錯了……我比大家都錯得厲害！列別杰夫，鑰匙在這裡（他掏出一個皮包，從裡面取出一隻鋼圈，上面掛著三四條小鑰匙），就是這把，倒數第二把……科利亞會指給您的……科利亞！科利亞哪裡去了？」他喊道，用眼睛尋找科利亞，但並沒有看見他，「是的……他會指給您看的。他剛才和我一塊兒整理那只手提包的。你領他去，科利亞；在公爵的書房裡，桌子底下……我的手提包……就用這鑰匙，在底下，在小箱子裡……我的手槍和火藥匣。列別杰夫先生，那是他剛才自己放好的，他會指給您；但是有一個條件，明天一清早我回到彼得堡去的時候，您應該把手槍交還給我。您聽見沒有？我為了公爵才這樣做，並不是為了您。」

「這樣就好了！」列別杰夫抓住鑰匙，惡狠狠地冷笑一聲，然後跑到鄰室去了。

科利亞站住，想說什麼話，但列別杰夫把他拉走了。

伊波利特望著那些發笑的客人。公爵發覺他的牙齒叩擊著，好像在劇烈地打著冷戰。

「他們全是渾蛋！」伊波利特又瘋狂地對公爵小聲說。他和公爵說話的時候，老是俯下身體微語。

「您不要理他們，您的身體很弱……」

「立刻，立刻……我立刻就走。」

他突然擁抱公爵。

「您也許覺得我是瘋子嗎？」他望著公爵，奇怪地笑了。

「不，但是您……」

「立刻，立刻，請您不要說了，一句話也不要說了；請您站好……我想看一看您的眼睛……您這樣站著，讓我看一下。我在和人類告別呢。」

他站在那裡，呆呆地看著公爵，默默地看了十來秒鐘，臉色十分慘白，鬢角間被汗水浸透了，他的一隻手很奇怪地抓住公爵，似乎害怕放去公爵。

「伊波利特！伊波利特！您怎麼啦？」公爵喊。

「立刻……夠了……我要躺下來。我要喝一口酒，祝太陽的健康……我要，我要，你們不要管我！」

他迅速地從桌上拿起酒杯，從原來的地方走開，一剎那便走到平台的台階那裡。公爵想跑過去追他，但葉夫根尼．帕夫洛維奇好像故意似的，偏偏在這時候伸出手來和他告別。過了一秒鐘，平台上突然傳出一陣喊聲。隨後，有一段極度騷亂的時間。

當時的情況是這樣的：

伊波利特走到平台的台階那裡，便停了步，左手握著酒杯，右手伸到大衣的右邊口袋裡。後來凱勒說，伊波利特以前就把這隻手始終放在右邊口袋裡，在他和公爵說話，用左手抓公爵肩膀和領口的時候就是這樣，凱勒說，他將這隻右手放在口袋裡，使凱勒首先起了疑心。不管怎麼說，凱勒總覺得有點不安，所以他跑去追趕伊波利特。但是，他沒有追上。他只看見伊波利特的右手裡突然有什麼東西發亮，就在這一秒鐘內，一隻袖珍小手槍突然頂在他的鬢角旁邊了。凱勒奔了過去，抓住他的手，但是就在這一瞬間，伊波利特扣動了槍機。槍機發出激烈的、乾澀的響聲，但是並沒有傳來射擊的聲音。凱勒攔腰抱住伊波利特，伊波利特倒在他的懷裡，好像失去了知覺，也許他以為自己真的已經中彈死了。手槍已經落到凱勒手裡。大家扶著伊波利特，端來一把椅子，讓他坐下。大家圍在他的四面，呼喊著，詢問著。大家聽到槍機的響聲，但是看見的是一個活人，甚至連擦傷都沒有。伊波利特自己坐在那裡，不明白發生了什麼事情，用無神的眼光望著周圍的人們。列別杰夫和科利亞就在這時跑了進來。

「火門閉塞了嗎？」周圍的人們問。

「也許沒有裝火藥吧？」另一些人猜度。

「裝著的！」凱勒檢查著手槍，宣佈說，「但是……」
「難道是火門閉塞嗎？」
「根本沒有銅帽。」凱勒說。
隨後一幕可憐的場面是難以用筆墨來形容的。大家最初的驚慌很快就被笑聲所代替了；有些人甚至哈哈大笑起來，享受著幸災樂禍的快感。伊波利特歇斯底里地嗚咽著，絞著自己的手，奔到眾人面前，甚至跑到費爾德先科面前，雙手抓住他，向他發誓說，他忘記了，「完全偶然地，而不是故意地忘記了」放銅帽，說「銅帽全在這裡，在背心口袋裡，有十來個」（他取出給大家看），說他以前沒有裝進去，是因為害怕手槍在衣袋裡走火，只是想在需要的時候總來得及把它裝進去，但是今天忽然忘記了。他奔到公爵面前，又奔到葉夫根尼·帕夫洛維奇面前，哀求凱勒把手槍還給他，他立刻對大家證明，「他的名譽，名譽」……他現在「永遠喪失了名譽！……」
他終於倒在地上，真的失去了知覺。大家把他抬進公爵的書房，列別杰夫的酒已經完全醒過來了，他立刻打發人去請醫生，自己則與女兒、兒子、布林多夫斯基和將軍留在病人床前。當大家把人事不省的伊波利特抬進公爵屋內的時候，凱勒站在屋子中間，精神抖擻地，字字清晰地大聲宣告說：
「諸位，如果你們中間還有人敢在我面前公然表示懷疑，覺得銅帽是故意遺忘的，因此認為這位不幸的青年人只是演了一場喜劇，那麼，這樣的人應該找我說話。」
但是，沒有一個人回答他。客人們終於匆忙地、一窩蜂似的走了。普季岑，加尼亞和羅戈任是一同走的。
公爵感到很奇怪：葉夫根尼·帕夫洛維奇竟改變了主意，不向他說話就要走出去。
「您不是想在大家散去以後和我說話嗎？」公爵問他。

「是的，」葉夫根尼．帕夫洛維奇突然坐在椅上，又請公爵坐在他的旁邊，「但是現在，我暫時改了主意。我對您說實話，我有點心慌，您也是這樣。我的思想被攪亂了。再說，我想和您商談的事情，不但對於我極其重要，對於您也是很重要的。您瞧，公爵，我想在一生中哪怕做一次完全誠實的事情，也就是說完全沒有私心在內的事情，但是我覺得，我現在，在這一瞬間，是不能完全做出這種誠實的事情來的，您或者也……所以……嗯……我們以後再談吧。如果我們再等兩三天，這幾天我要到彼得堡去一趟，也許我們雙方對於事情會更清楚些。」

他說罷，又從椅子上站起來。很奇怪，不知為什麼，他又坐下來了。公爵也覺得葉夫根尼．帕夫洛維奇心裡不滿意，而且生著氣，露出仇視的神情，眼光完全和剛才不同了。

「順便問一下，您現在想去看病人嗎？」

「是的……我害怕。」公爵說。

「您不要害怕，他一定會活過六個星期，也許會在這裡養好病的。但是，最好明天就趕走他。」

「也許真是我促使他自殺，為了……我沒有說一句話的緣故；也許，他心裡想，我不相信他會自殺？您怎麼看，葉夫根尼．帕夫洛維奇？」

「一點也不，您的心太好了，竟會顧慮到這一點。這種事情我曾經聽見過，但是我從來沒有實地看到，一個人會為了使人家恭維他，或是為了人家不恭維他而懷恨在心，故意自殺。主要的是，我就不相信人會這樣公開地表現自己的怯懦！明天您最好是把他趕走吧。」

「您以為他還會自殺嗎？」

「不，他現在是不會自殺的。但是，對於我們這種在家裡長大的拉瑟涅，還是應該當心一點！我向您重複一句，犯罪常常是這種無能的、急躁的、貪婪的無用東西的避難所。」

「難道他是拉瑟涅嗎？」

「實質是一樣的，雖然典型也許不同。您看吧，這位先生一定會弄死十個人，只是為了『開開玩笑』，正像他剛才讀給我們聽的那篇〈解釋〉裡寫的那樣。他那些話現在會使我睡不著覺。」

「您也許太過慮了吧。」

「公爵，您這人真是奇怪；您不相信他現在能夠殺死十個人嗎？」

「我害怕回答您，這是十分奇怪的；但是……」

「那就隨您的便吧，隨您的便吧！」葉夫根尼・帕夫洛維奇很惱怒地結束說，「再說，您是一個勇敢的人，但願您自己別落到十個人的數目裡去呀。」

「他多半是不會殺死任何人的。」公爵說，若有所思地望著葉夫根尼・帕夫洛維奇。

葉夫根尼・帕夫洛維奇惡狠狠地大笑起來。

「再見吧！我該走啦！您可注意到，他把那篇懺悔錄抄了一份送給阿格拉婭・伊萬諾夫娜嗎？」

「是的，我注意到了……而且還在想這一點。」

「這是對的，假使他殺死了十個人。」葉夫根尼・帕夫洛維奇又笑起來，然後就走了。

一個小時後，也就是三點多鐘的時候，公爵走進公園裡去。他曾經想在家裡睡一覺，但是由於心臟跳得太厲害，沒有睡著。家裡一切都安排妥當，盡可能地安靜下去。病人睡熟了，醫生來後，宣布說沒有什麼特別危險。列別杰夫、科利亞、布林多夫斯基在病人的屋內躺下，以便輪流守護；所以，已經沒有什麼可擔心的了。

但是，公爵的不安心情一分鐘比一分鐘增長。他在公園內閑走，精神恍惚地向周圍看望。當他走到車站前的小廣場上，看見一排空長椅和樂隊的譜架時，很驚異地站住了。這地方使他震驚，不知為什麼，他覺得這個地方非常醜陋。他轉回身去，一直順著昨天和葉潘欽一家人上車站的那條路，走到阿格拉婭約好和他見面的綠長椅那裡，坐在上面，突然大笑起來。他立刻對自己感到極度的憤怒。他感到很煩悶，他想走開，到什麼地方去……他不知道往哪裡去好。有一隻小鳥在他頭頂的樹上啼鳴，他的眼睛開始在樹葉間尋覓它。那小鳥突然從樹上飛走了，這時候他不知為什麼想起伊波利特所寫的在「炎熱的陽光下」的「小蠅」，想起那個「牠知道自己的地位，參加公共的合唱隊，只有他一個人被人們遺棄」的話。當時他對這句話感到很驚奇，現在他想起來了。他想起一樁早已被遺忘的事情，忽然覺得眼前明亮了。

這事發生在瑞士，是在他養病的第一年，甚至是在最初的幾個月裡。那時候他還完全是一個白癡，甚至不大會說話，有時不能瞭解人家要求他幹什麼。有一次，在一個陽光明媚的日子裡，他上山走了許久，懷著一種苦痛的，但是什麼也不能體會的心情。他的眼前是明淨的天空，下邊是一片湖，周圍是沒有邊際的、永無窮盡的、光亮的地平線。他觀看了許久，心中感到莫名的苦痛。他現在想起，他曾經將兩隻胳膊伸向明亮的、無盡的蔚藍天空，然後痛哭起來。他所感到痛苦的，是他對這一切完全陌生。這算什麼宴席？這算什麼永遠偉大的佳節？（它沒有盡期，很早就誘引他，從孩提時代就經常誘引他，但他怎麼也參加不進去。）每天早晨升起同樣光輝的太陽；每天早晨瀑布上出現虹彩；每天晚上最高的雪山上遙遠的天邊燃起紫紅的火焰；每隻「在炎熱的陽光下面，在他身旁嗡鳴的小蠅參加到合唱隊裡；牠知道自己的地位，愛這個地位，而且感到幸福」；每根小草都不斷生長，幸福異常！一切東西都有自己的道路，一切東西都知道自己的道路，它歌唱而去，歌唱而來；只有他一個人什麼也不知道，什麼也不明白，他既不瞭解人們，也不瞭解聲音，對於一切都是陌生的，成為被遺棄的孤兒。哦，他當時自然不能用這些話說出來，不能表達自己的問題，他心裡暗自痛苦；但是現在，他覺得他當時也曾說過這一切，說過所有這些話；至於「小蠅」一詞是伊波利特從他那裡，從他當時的話和眼淚裡得到的，他深信這一點。他想到這裡，心不知為什麼跳躍起來了……

他在長椅上睡熟了，但是他在夢中依然感到驚慌。他在入夢之前，想起伊波利特可能殺死十個人的話，對這種荒謬的猜測冷笑了一下。他的周圍景色豔麗，萬籟俱寂，只有樹葉發出微微的響聲，因此，周圍顯得更加寂靜和孤獨了。他做了許多夢，而且全是驚慌不安的夢，因此時時打哆嗦。一個女人終於到他這裡來了，他認識她，由於認識而感到痛苦；他永遠能夠叫出她的名字，指出她這個人；但是奇怪得很，現在她的臉彷彿完全和他以前所知道的不一樣，他很不願認為她就是那個女人。這張臉上充滿懺悔和可怕的表情，使人一看到就覺得她是一個可怕的罪犯，剛剛犯下可怕的罪行。淚水在她慘白的面頰上抖動；她對他招手，把一個手指按在嘴唇上，似乎警告他，叫他悄悄地跟著她走。他的心好像停止跳動了；他怎麼也不願意，怎麼也不願意承認她是一個罪犯；但是他感到，立刻會發生一樁葬送他一生的最可怕的事情。她大概想在公園裡，在不遠的什麼地方，指給他看一件什麼東西。他站起來，想要跟她走去，但是，在他身旁忽然發出什麼人的明朗清脆的笑聲；一隻手突然塞在他的手裡。他抓住這隻手，緊緊地握住，就此醒了過來。阿格拉婭正站在他面前，大聲笑著。

第八章

她又笑又生氣。

「睡覺呢！您還睡著了！」她帶著輕蔑和詫異的神情喊道。

「原來是您哪！」公爵喃喃地說，還沒有完全清醒，很驚異地辨認出她來，「哎喲！是的！我們在這裡約會……我卻睡熟了。」

「我看見啦。」

「除了您以外，沒有人叫醒我嗎？除了您以外，沒有人在這裡嗎？我心裡想，另一個女人到這裡來過。」

「另一個女人到這裡來過嗎？」

他終於完全醒過來了。

「只不過是一個夢，」他若有所思地說，「真奇怪，在這時候會做這樣的夢……您請坐吧。」

他拉她的手，讓她坐到長椅子上；自己坐在她身旁，沉思起來。阿格拉婭沒有開始談話，只是凝望著他。他也看她，但是有時看得好像完全沒有看見她似的。她開始臉紅了。

「啊，是的！」公爵哆嗦了一下，「伊波利特開槍自殺了！」

「什麼時候？在您家裡嗎？」她問，但是沒有露出很大的驚異。「他昨天晚上大概還活著的，是不是？您遇到這種事情之後，怎麼還能在這裡睡覺呢？」她喊道，突然顯得活潑起來。

「但是，您要知道，他並沒有死，手槍沒有放響。」

阿格拉婭逼著公爵立刻把昨夜所發生的事情詳詳細細講給她聽。當他講述時，她總催他講得快些，但是，她自己卻不斷用一些幾乎與這件事毫不相關的問題和他打岔。她興味津津地傾聽著葉夫根尼·帕夫洛維奇所說的話，有幾次還叫他重講一下。

「夠了，應該快一點，」她全部聽完了之後，這樣說，「我們在這裡約會只有一個小時的時間，到八點鐘為止，因為一到八點鐘，我就必須要回家，不讓他們知道我到這裡來過。我到這裡來是有事情的。我有許多話要告訴您。不過，您現在完全把我攪亂了。關於伊波利特，我覺得他的手槍之所以不出來，這與他的性格十分相合。但是，您相信他一定想開槍自殺，並沒有欺騙嗎？」

「沒有絲毫的欺騙。」

「這大概是對的。所以他寫信說，要請您把他的懺悔錄送給我。可是，您為什麼沒有送來呢？」

「但是，他並沒有死呀。我去問他一下。」

「您一定要送來，不必再問。他一定覺得這是愉快的事情，因為他自殺的目的，也許就為了使我以後讀他的懺悔錄。請您不要笑話我，列夫·尼古拉耶維奇，因為這是很可能的。」

「我並沒有笑，因為我自己也相信，您這話也有理由。」

「您相信嗎？難道您也這樣想嗎？」阿格拉婭突然異常驚異起來。

她迅速地發問，匆忙地說話，但是有時彷彿前言不搭後語，而且經常沒有把話說完。她常常忙著下警告；總而言之，她露出特別驚慌的樣子，雖然眼神十分勇敢，帶著挑戰的意思，但在實際上卻有點膽怯。她穿著很隨意的家常衣服，但很合身。她坐在長椅的邊上，時常哆嗦，臉紅。當然公爵證實伊波利特自殺的目的是為了使她讀他的懺悔錄時，她很驚訝。

「當然啦，」公爵解釋說，「他希望除了您之外，我們大家也都誇獎他……」

「怎麼誇獎呢？」

「那就是……這話怎麼說呢？這是很難說的。不過，他一定希望大家圍住他，對他說，大家很愛他，很尊敬他，大家全都極力勸他活下去。也許他最注意您，因為他竟在這個時候提到您……雖然他也許並不知道自己在注意您。」

「您一會兒說他注意到我，一會兒又說他不知道自己在注意我，這真叫莫名其妙。但是，我好像是可以明白的。您知不知道，當我十三歲的時候，我曾經有三十次想要服毒自殺的念頭，並給父母留一封信，把這一切都寫明白，我還想著自己如何躺在棺材內，大家為我痛哭，並責備自己對我太殘酷了……您為什麼又微笑起來？」她迅速地補充說，並緊皺著眉頭，「當您獨自幻想的時候，您會想些什麼？也許您想像自己是一員海軍大將，把拿破崙給打敗了。」

「對，說實在的，我真是這樣想，特別是我快要睡熟的時候，」公爵笑了，「不過我所擊敗的，並不是拿破崙，而是奧地利人。」

「我並不想和您開玩笑，列夫·尼古拉耶維奇。我很想和伊波利特見面；請您先通知他一下。在您這一方面，我認為這一切都很糟糕，因為這樣觀察，並像您裁判伊波利特那樣來觀察一個人的心靈，是很魯莽的。您沒有溫柔的性格，單憑一個真理，所以並不公平。」

公爵陷入了沉思。

「我覺得，您對我並不公平，」他說，「要知道，我對於他的想法看不出有什麼壞的地方，因為大家都這樣想；再說，他也許完全不那樣想，只是希望著……他希望他能在最後一次接近人，博得人們的尊敬和喜歡；這本來是很好的情感，只是結果完全不是那樣；這可能是因為他有病，還加上其他的一些原因！再說，不管什麼事情，有些人永遠做得很好，有些人簡直就不成……」

「您一定是在說自己吧？」阿格拉婭說。

「是的，是在說我自己。」公爵回答，沒有覺察出問話裡有任何惡意。

「不過，如果我處在您的地位，怎麼也不會睡著的。這樣看來，不管待在什麼地方，您都會睡覺的。這樣子可不很好。」

「可是我一夜沒有睡覺了。後來我又一直走著，走著，還到這聽音樂的地方……」

「什麼聽音樂的地方？」

「就是昨天演奏的那個地方。後來我才到這裡來，坐在椅子上想著，就睡熟了。」

「原來是這樣啊？這就變得對您有利了……可是您為什麼到聽音樂的地方去了？」

「我不知道，就是這樣……」

「好了，好了，以後再說；您盡打斷我的話。您上音樂台那裡去，又和我有什麼相干？您夢見的是哪一個女人？」

「就是……您見過她的……」

「我明白，我很明白，您對她很……您怎樣夢見她的？她當時是什麼樣子？不過，我並不想知道這個，」她忽然憤憤地說，「您不要打斷我的話……」

她停了一會兒，似乎在那裡聚精會神，或者努力消除滿腔的惱恨。

「我請您到這裡來，是為了這樣一件事：我想向您提出，要您做我的知己朋友。您為什麼忽然這樣死盯著我？」她幾乎很惱怒地補充說。

這時候，公爵果然仔細地打量著她，看出她的臉又通紅了。在這種情況下，她的臉越紅，她越是生自己的氣，在她那光亮的眼睛裡很明顯地表露出這一點來。平常的時候，只要過上一分鐘，她就一定把自己的怒氣發洩到對方身上，也不管那個人有沒有錯；她要開始和那個人發生口角。她知道而且感到自己的粗野性格和好害羞的脾氣，平常不大參加談話，比兩個姐姐沉默一些，有時甚至顯得過於沉默了。當她非開口不可的時候，特別是在這種微妙的場合，她便用特別傲慢的神情，彷彿帶著挑戰的樣子，開始講話。她永遠會預感到什麼時候開始臉紅，或者什麼時候就要臉紅。

「也許您不願意接受我的提議吧。」她傲慢地望著公爵。

「不，我願意的。不過，完全沒有這種必要……那就是說，我怎麼也想不到您應該做這樣的提議。」公爵露出慚愧的神情。

「那麼，您是怎麼想的？您以為我請您到這裡來是為了什麼事情？您心裡是怎麼想的？不過，您也許認為我是一個小傻瓜，我家裡的人都這樣認為，是不是？」

「我不知道他們認為您是個傻瓜，我……我並不認為您這樣。」

「您不認為嗎？這是您非常聰明的地方。您的話說得特別聰明。」

「據我看，您有時是很聰明的，」公爵繼續說，「您剛才忽然說出一句很聰明的話。您談到我對伊波利特懷疑的時候說：『單憑一個真理，所以並不公平。』我要記住這句話，仔細想想。」

阿格拉婭忽然快樂得臉紅了。所有這些感情，在她的心裡異常公開地，而且特別迅速地變動著。公爵也高興起來，望著她，快樂地笑起來了。

「您聽著，」她又開始說，「我等候您許多時候，想把這一切都告訴給您聽。從您寄給我那封信的時候開始，甚至在這之前就等候著……昨天我已經講了一半了。我認為您是最誠實最可靠的人，比一切人都誠實而可靠。如果人家說到您的腦筋……也就是說您的腦筋有時出毛病，那是不公平的。我肯定這樣想，而且和人家爭論。因為，您的腦筋雖然實際上有毛病（當然，請您不要生氣，我這是從最高的觀點來說的）。但是您的主要腦筋要比他們大家都好，他們大家連做夢也沒有夢到過這樣的腦筋，因為腦筋有兩種：一種是主要的，一種是不主要的。對不對？對不對呢？」

「也許是這樣的。」公爵勉強地說道，他的心直跳，身上哆嗦得很厲害。

「我就知道您會明白的，」她鄭重其事地說，「施公爵和葉夫根尼·帕夫洛維奇怎麼也不明白有兩種聰明，亞歷山德拉也不明白，但是您想想看：maman 倒明白了。」

「您很像伊麗莎白·普羅科菲耶夫娜。」

「怎麼？真的嗎？」阿格拉婭感到很驚奇。

「確實是這樣。」

「我謝謝您，」她想了一下，說，「我很高興自己像 maman。您一定很尊敬她吧？」她補充了一句，完全沒有覺察到這句問話有多天真。

「很尊敬，很尊敬。您馬上會明白這一點，這使我感到很高興。」

「我也很高興，因為我看出人家有時……笑她。但是，現在您且聽要緊的話：我想了許久，最後終於選上了您。我不願意家裡的人們笑我；我不願意人家認為我是小傻瓜；我不願人家取笑我……這一切我立時都明白了，我一口回絕了葉夫根尼·帕夫洛維奇，因為我不願意人家不斷地想把我嫁出去！我願意……我願意……我願意逃出家庭，我選上您是為了要您幫我的忙。」

「逃出家庭！」公爵喊道。

「是的，是的，逃出家庭！」她忽然喊道，暴怒起來，「我不願意，我不願意他們永遠逼我臉紅。我不願意在他們面前，在施公爵面前，在葉夫根尼．帕夫洛維奇面前，在任何人面前臉紅，所以也就選上了您。我願意和您把一切事情都說出來，甚至在我高興的時候，說出那最主要的事情。另一方面，您也不應該對我有一點隱瞞。我想和一個人無所不談，就像和自己一樣。他們忽然說我等您，說我愛您。這還在您來到這裡之前，而我並沒有給他們看那封信；現在大家都這樣說了。我願意勇敢起來，什麼也不怕。我不願意參加他們的跳舞會，我願意做點有益的事情。我早就想走了。二十年來我被封閉家庭裡，大家全都想把我嫁出去。我十四歲的時候就想逃走，雖然那時還是一個傻瓜。現在我已經考慮過一切，等候著您，向您打聽國外的一切情形。我連一座哥特式的教堂都沒有看到過，我想到羅馬去，我想參觀一切的科學研究所，我想到巴黎去求學；最近一年我一直在準備功課，讀了許多書；我把所有的禁書都讀過了。亞歷山德拉和阿杰萊達什麼書都讀，允許她們讀，而不允許我讀全部，他們監督著我。我並不想和姐姐們拌嘴，但是我早就對父母宣佈，我願意完全改變我的社會地位。我決定從事教育工作，我對您懷著極大的希望，因為您說過，您很愛小孩子。我們可以在一塊兒從事教育工作，雖然不是現在，而是在將來，好不好？我們可以在一塊兒做點有益的事業；我不願意做將軍的小姐……請問，您是極有學問的人吧？」

「哦，完全不是的。」

「這很可惜。不過我想……我怎麼會這樣想的？您總歸會指導我，因為我選上了您。」

「這真是離奇得很，阿格拉婭．伊萬諾夫娜。」

「我願意，我願意逃出家庭，」她喊道，眼睛又閃起光輝，「如果您不同意，我就嫁給加夫里拉．阿爾達利翁諾維奇。我不願意家裡認為我是一個討厭的姑娘，亂七八糟地責備我。」

「您發瘋了吧？」公爵幾乎從座位上跳起來，「他們責備您什麼？誰責備您？」

「家裡所有的人都責備我，母親，姐姐，父親，施公爵，甚至那個討厭的科利亞！他們即使沒有直說出來，心裡總是這樣想的。我當他們的面說過這一點，對父母都講過。Maman 病了一天；到第二天，亞歷山德拉和爸爸就對我說，我自己不明白是在胡說八道，自己不明白是在說些什麼話。我當時很直率地對他們說，我已經明白一切事情和一切話，我已經不是小孩子，我在兩年以前就特地讀過保羅．德．科克[1]的兩部小說，為的是瞭解一切事情。Maman 一聽了我的話，幾乎暈了過去。」

公爵的頭腦裡忽然閃過一個奇怪的念頭。他盯著阿格拉婭，微微一笑。

他甚至不敢相信，坐在他身邊的，就是以前曾經那麼高傲而輕蔑地把加夫里拉．阿爾達利翁諾維奇的信讀給他聽的那個姑娘。他弄不明白，這位傲慢的、冷若冰霜的美人，怎麼竟會變成一個嬰孩，甚至到現在還的確聽不懂所有的話的嬰孩。

「您老在家裡住著嗎，阿格拉婭．伊萬諾夫娜？」他問道，「我的意思是說，您沒有上過中學或大學嗎？」

「我從來沒有上什麼地方去過；我老待在家裡，像被封閉在瓶子裡一般，將來就直接從瓶子裡出嫁。您為什麼又笑了？我覺得您大概也在笑我，和他們一個鼻孔出氣，」她緊緊皺起眉頭，補充說，「您不要惹我生氣。我就是不生氣，還不知道該怎麼辦好呢……我敢肯定說，您到這裡來的時候，一定相信我是愛上了您，約您來幽會的。」她很惱怒地說。

「昨天我的確怕這個，」公爵很坦白地說（他露出很窘的樣子），「但是，今天我相信您……」

「怎麼！」阿格拉婭喊道，她的下唇忽然哆嗦起來，「您怕我……您竟敢以為我……天哪！您也許懷疑我喚您到這裡來，為的是把您引進網裡，好讓別人撞見，強迫您娶我……」

1 譯注：保羅．德．科克（1774—1871），法國作家，著有一些輕鬆喜劇和許多長篇小說。一提起他的名字，通常就會想到庸俗下流的色情文學。

「阿格拉婭・伊萬諾夫娜！您怎麼不害臊呢？您那純潔天真的心靈裡怎麼會產生出這種齷齪的念頭來？我敢打賭，連您自己也不相信您所說的每一句話……您自己不知道您在說什麼話！」

阿格拉婭坐在那裡，頑強地低著頭，似乎害怕自己所說的話。

「我完全不害臊，」她喃喃地說，「您怎麼知道我的心是天真的？您當時怎麼敢把情書寄給我呢？」

「情書？我的信是情書嗎？這封信是極恭敬的。這封信是在我一生最苦痛的時間從我的內心流出來的！我當時想起您，好像想起一種光明……我……」

「好，好。」她忽然打斷他的話，但是口氣和以前完全不同了；她露出非常懺悔，甚至恐懼的樣子。她把身體俯到他旁邊，仍然竭力不去直看他；她想觸動他的肩膀，為的是更加懇切地請他不要生氣。「好了，」她又補充了一句，顯得十分慚愧，「我感到，我使用了很愚蠢的話。我這是……為了試探您一下。您就當我沒說吧。如果我得罪了您，請您多原諒。請您不要這樣逼著看我，請您轉過身去。您說這是很齷齪的念頭；其實，我是故意這樣說的，想要刺激您一下。我有時害怕我想要說的話，可是我會忽然說出來。您剛才說，您在一生中最苦痛的時間寫了這封信……我知道這是怎樣的時間。」她眼睛看著地上輕輕地說。

「唉，假使您全知道才好呢！」

「我全知道！」她帶著新的激動神情喊道，「您從前跟那個討厭的女人一起逃走，和她住在一所房子裡，整整一個月……」

她說這話時已經不再臉紅，反而顯得蒼白了。她突然離開座位，站起來，彷彿陷入昏迷狀態；但是，她立刻就清醒過來，坐了下去。她的嘴唇又哆嗦了好半天。沉默了一分來鐘。公爵對她這種突如其來的舉動感到特別震驚，不知道怎樣應付才好。

「我完全不愛您！」她突然毫不客氣地這樣說。

公爵沒有回答，兩人又沉默了一分來鐘。

「我愛加夫里拉．阿爾達利翁諾維奇……」她說得很快，但是聲音細微，幾乎不大聽見，同時，她把頭更加低下去。

「這不是真的。」公爵也輕聲說。

「這麼說，我是說謊嗎？這是實話。前天，就在這把長椅子上，我答應他了。」

公爵驚慌起來，沉思了一會兒。

「這不是真的，」他堅決地重複說，「這一套話是您編造的。」

「您真是夠客氣的！您知道，他已經改過了。他愛我，勝過愛他自己的生命。他在我面前燒自己的手，只是為了證明他愛我，勝過愛他自己的生命。」

「燒他自己的手嗎？」

「是的，燒他自己的手。您相信不相信，這與我無關。」

公爵又沉默了。阿格拉婭的話沒有開玩笑的意思，她很生氣。

「怎麼？如果事情是在這裡發生的，難道他把蠟燭帶到這裡來了嗎？否則我想不明白……」

「是的……他帶來蠟燭了。這有什麼不可能的？」

「是整支蠟燭呢？還是安在蠟台上的？」

「是的……不……是一半蠟燭……蠟燭頭……整個蠟燭——那全是一樣的，您不要瞎纏！……如果您想聽的話，我可以告訴您：他還帶來了火柴。他點上蠟燭，手指在蠟燭上面放了整整半小時。難道這是不可能的嗎？」

「昨天我見到他，他的手指還好好的。」

阿格拉婭忽然撲哧一笑，完全像嬰孩一樣。

「您知道我剛才為什麼說謊嗎？」她突然對公爵顯出孩子般的信任神情，嘴唇依然因發笑而抖動，「因為當你說謊的時候，如果很巧妙地插進一點不大尋常的、古怪可笑的東西，您知道，插進一點極為罕見，甚至完全沒有的東西，那麼，這個謊會變成極可信的。我注意到這一點。不過，因為我不會說謊，所以露了馬腳……」

她忽然又皺緊眉頭，似乎清醒過來了。

「那一天，」她對公爵說，很嚴肅地，甚至很憂鬱地望著公爵，「那一天，我給您讀《貧窮的騎士》，那是想……為了一件事恭維您，同時又想責罵您的行為，對您表示我什麼事都知道……」

「阿格拉婭，您對待我……對待您剛才說得那麼可怕的那個可憐女人，都很不公平。」

「因為我全都知道，一切都知道，所以說出這樣的話來！我知道您在半年以前當眾向她求過婚。您不要打斷我的話，您瞧，我說這話，並不加任何批評。在那之後，她和羅戈任逃走了；後來您又和她同住在一個村子裡，或者在一個城市裡，她又離開您，跑到別人那裡去。（阿格拉婭滿臉通紅。）後來她又回到羅戈任那裡，他愛她，好像……好像瘋子一般。後來，您也是很聰明的人，您一打聽到她回到彼得堡來，立刻就趕到這裡來找她。昨天晚上您跑過去救她，剛才又夢見她……您瞧，我全都知道；您是為了她，為了她才到這裡來的吧？」

「是的，為了她，」公爵輕輕地回答，他帶著憂鬱和沉思的神情低下頭，沒有意識到阿格拉婭用怎樣閃耀的眼光望著他，「為了她，只是想弄明白……我不相信她和羅戈任在一起會有幸福，雖然……一句話，我不知道我能夠為她做什麼事，我能幫她什麼忙，但是我來了。」

他哆嗦著，看了阿格拉婭一眼；阿格拉婭帶著仇恨的樣子聽他說話。

「假使您跑到這裡來，不知道為了什麼事情，那麼，您一定很愛她。」她終於說。

「不，」公爵回答說，「不，我不愛她。啊，您要知道我回憶起和她相處的那些日子，心裡感到多麼可怕！」

在說出這番話時，他的身體哆嗦了一陣。

「您全說出來吧！」阿格拉婭說。

「在這方面，就沒有什麼話是不可告訴您的。我為什麼只想對您講這些話，只對您一個人說，我不知道；也許因為我的確很愛您。這個不幸的女子深信她是世界上最墮落的、最有罪的人。啊，您千萬不要羞辱她，不要朝她身上扔石頭！她用那種不應得的恥辱感覺，把自己折磨得夠愛！但是她有什麼錯？天哪！她時時刻刻瘋狂地呼喊，她不承認自己有罪，她是別人的犧牲物，是淫棍和惡徒的犧牲物；但是，她無論對您說什麼話，您知道，她自己首先不相信自己，相反，她從整個良心上相信她……自己有錯。當我嘗試去趕走這種暗影的時候，她竟陷入極大的痛苦，現在使我一想起那段可怕的時間，我的心便隱隱作痛。我的心好像永遠被刺破了。她離我而去，您知道是為了什麼？只是為了對我證明她是一個低賤的女人。但是，最可怕的是，她自己也許並不知道只是向我證明這一點，她之所以逃跑，是因為她在內心裡一定要做出一樁可恥的事情，以便能夠對自己說：『現在你做出新的可恥行為了，因此你是個低賤的東西！』也許您不明白這一點，阿格拉婭！您知道，在這種對於恥辱的不斷感覺中，也許包含有可怕的、不自然的愉快成分，彷彿是對什麼人進行報復似的。有時候，我想使她重又看到自己周圍的光明；但是她立刻憤慨起來，狠狠地責備我在她面前誇耀自己崇高的地位（其實我心裡並沒有這種思想），對於我的求婚，她最後竟然宣佈說：她並不向任何人要求傲慢的同情和幫助，或者上升到任何人的水平。您昨天看見她了；您果真覺得她和那群人在一起會感到幸福，覺得那是她應該處的社會嗎？您不知道她有多麼高的文化程度，她的知識多麼淵博！有時她甚至使我驚異！」

「您在那裡也對她這樣說教嗎？」

「不，」公爵若有所思地繼續說，沒有注意到她問話的口氣，「我不出聲的時候多。我經常想說話，但是，我實在不知道說什麼好。您知道，在某些情況下，最好什麼也不說。是的，我愛過她，而且很愛她……但是後來……後來……後來她全部猜到了。」

「猜到什麼了？」

「猜到我只不過是可憐她，我……已經不愛她。」

「您怎麼知道，也許她真的愛上了那個……和他一同逃跑的地主呢？」

「不，我全知道；她只是要笑他。」

「她從來沒有戲弄過您嗎？」

「不。她常常在惱怒時戲弄我。哦，這個時候，她會怒氣沖沖地、惡狠狠地責備我。而她自己也非常痛苦！但是……後來……唉，您別再對我提這件事情吧，別再對我提這件事情吧！」

他用雙手掩住自己的臉。

「您知不知道，她差不多每天給我寫信？」

「這麼說，這是真的啦！」公爵驚慌地喊道，「我聽說過，但是始終不願意相信。」

「誰告訴您的？」阿格拉婭膽怯地抖動了一下。

「羅戈任昨天對我說，不過說得不很清楚。」

「昨天嗎？昨天早晨嗎？昨天什麼時候？在聽音樂以前，還是之後？」

「之後;晚上十一點多鐘。」

「嗯,既然是羅戈任,那還好……您知道,她在那些信裡對我說些什麼?」

「我一點也不會吃驚,她是個瘋子。」

「這就是那些信(阿格拉婭從口袋裡掏出三封信,扔到公爵眼前)。她已經有整整一個星期央求我,勸告我,引誘我,讓我嫁給您。她……她這人雖然瘋狂,但是很聰明。您說得很對,她比我聰明得多……她給我寫信,說她愛上了我,說她每天都找機會看到我,哪怕從遠處也好。她在信裡說,您很愛我,她知道這個,早就看出來了,您在那裡常和她談到我。她希望您將來幸福;她相信只有我能使您幸福。……她寫得很粗野……很奇怪……這些信我沒有給任何人看過,我一直等著您。您知道這是什麼意思?您一點也沒有猜到嗎?」

「這是瘋狂,這說明她是瘋狂的。」公爵說,他的嘴唇哆嗦起來。

「您是不是哭了?」

「不,阿格拉婭,不,我沒有哭。」公爵看著她說。

「那叫我怎麼辦呢?您給我出個什麼主意呢?我不能老收到這樣的信哪!」

「您不要理她,我懇求您,」公爵喊道,「您在這種黑暗中有什麼辦法呢?我要用盡全力,使她不再寫信給您。」

「如果這樣,您真是一個沒心沒肺的人!」阿格拉婭喊道,「難道您沒有看見,她並不是愛我,而是愛您,只愛您一個人!難道您能看出她身上的一切,而看不到這一點嗎?您知道這是怎麼回事?這些信說明什麼?這是嫉妒,這比嫉妒還要厲害!她……您以為她果真想嫁給羅戈任,像她在這信裡所寫的一樣嗎?只要我們一結婚,第二天她就會自殺的!」

公爵哆嗦了一下，他的心幾乎停止了跳動。但是，他吃驚地看著阿格拉婭；他奇怪地發現，這個女孩子早就成為女人了。

「上帝可以看見，阿格拉婭，為了使她回復安寧，使她得到幸福，我可以獻出我的生命，但是……我已經不能夠愛她，她也知道這一點！」

「那麼您可以犧牲自己，您是慣於這樣做的！您是一個偉大的慈善家。您不要稱呼我『阿格拉婭』……剛才還隨隨便便地稱呼我『阿格拉婭』……您應該，您必須使她復活，您應該再和她出走，使她的心平靜和安寧。您是愛她的呀！」

「我不能這樣犧牲自己，雖然我有一次曾經想過……也許現在還想。但是，我確實知道，她和我在一塊兒是會同歸於盡的，所以我離開她。我約定今天七點鐘見她；我現在也許不去了。以她這樣的驕傲，她永遠不會饒恕我的愛情，結果，我們就要同歸於盡！這是不自然的，這裡面的一切都是不自然的。您說她愛我，但是，難道這是愛情嗎？在我曾經滄海以後，難道還會有這樣的愛情嗎？不，這是別的東西，並不是愛情！」

「您的臉色多麼蒼白呀！」阿格拉婭突然嚇了一跳。

「不要緊，我睡得太少了，身子發虛，我……當時，我們的確談到過您，阿格拉婭……」

「那麼，這是真的嗎？您果真和她談到我嗎？……您只見過我一面，怎麼就能愛上我呢？」

「我不知道怎麼會這樣。在我當時的黑暗境界裡，我曾經夢想……也許是憧憬一種新的曙光。我不知道怎麼會首先想到您。我當時寫信給您，說我不知道，那是實話。當時這只不過是一個夢想，由於當時的恐怖而發生的……我後來開始工作；我本可以三年不到這裡來……」

「這麼說來，您是為她而到這裡來的嗎？」

阿格拉婭的聲音有點顫抖。
「是的，為了她。」
雙方都悶悶不樂地沉默了，過了兩三分鐘。阿格拉婭從座位上站起來。
「您也許說，」她用不堅定的聲音開始說，「您相信那個……您的那個女人……是個瘋子，但是，她那瘋狂的理想可與我毫不相干……列夫．尼古拉耶維奇，請您收下這三封信，替我擲還給她！如果她，」阿格拉婭忽然喊道，「如果她敢再給我寫一行字，那麼請您對她說，我會告訴我的父親，叫人把她送到感化院裡去……」
公爵跳起來，很驚慌地望著阿格拉婭突然暴怒的樣子；似乎有一陣迷霧忽然落在他的面前……
「您不能有這樣的感覺……這話不是真的！」他喃喃地說。
「這是真的！這是真的！」阿格拉婭喊道，幾乎發了瘋。
「什麼是真的？什麼是真的？」他們的身邊突然響起一個驚懼的聲音。
伊麗莎白．普羅科菲耶夫娜站在他們的面前。
「我要嫁給加夫里拉．阿爾達利翁諾維奇，這是真的！我愛加夫里拉．阿爾達利翁諾維奇，明天就和他從家裡逃走，這是真的！」阿格拉婭對母親狂喊道，「您聽見沒有？您的好奇心得到滿足了嗎？您這就滿意了吧？」
她說罷，就跑回家去了。
「不行，先生，您現在不能就這樣走開，」伊麗莎白．普羅科菲耶夫娜阻止住公爵，「勞您的駕，請您對我解釋一下……這真太痛苦了，我整夜沒有睡著……」
公爵跟她走著。

第九章

伊麗莎白·普羅科菲耶夫娜走進家裡，就在第一間屋內停住了；她再也不能往前移動了，她坐到長沙發上，筋疲力盡，甚至忘記請公爵坐下了。那是一間很大的廳堂，中間放著一隻圓桌，有壁爐，窗邊的木架上擺著許多花，後牆還有一扇玻璃門，可以進入花園。亞歷山德拉和阿杰萊達立刻走進來，疑惑而納悶地看著公爵和母親。

在別墅裡，小姐們平常在九點鐘左右起床；只有阿格拉婭一個人在最近兩三天起得稍為早些，到花園裡散步，不過，就算早些，也並不是在七點鐘，而是在八點鐘，甚至還要晚些。伊麗莎白·普羅科菲耶夫娜由於種種不安，果真一夜未睡，到八點鐘左右起床；她預料阿格拉婭已經起來，特意上花園裡去找她；但是，在花園和臥室裡，都沒有找到她。她當時頗為驚慌，於是便把兩個大女兒叫醒了。女僕們告訴她說：阿格拉婭·伊萬諾夫娜在六點多鐘就到公園去了。兩位大小姐對於荒唐妹妹的新花招不禁冷笑一聲，然後對母親說，如果母親到公園去找阿格拉婭，阿格拉婭也許還要生氣的，她現在一定坐在綠椅子上看書，三天以前她講過那把椅子，為了那把椅子，她幾乎和施公爵吵起架來，因為施公爵認為綠椅子附近並沒有什麼特別的景色。伊麗莎白·普羅科菲耶夫娜看見女兒和公爵在那裡會晤，又聽到女兒說出一些奇怪的話，由於許多原因，她感到十分吃驚。但是，現在她把公爵領來以後，又不敢明說出來：「阿格拉婭到底為什麼不能在公園內和公爵談話，即使他們是預先約好的？」

「親愛的公爵，您不要以為，」她終於鼓起勇氣說，「我拖您到這裡來，是要拷問您……親愛的，自從昨天晚上以後，我寧願長期不和您相見……」

她的話中斷了一會兒。

「但是您到底很想知道，今天我和阿格拉婭·伊萬諾夫娜是怎樣相會的吧？」公爵很平靜地說。

「我當然想知道！」伊麗莎白·普羅科菲耶夫娜的臉立刻紅了，「我不怕有話直說。因為我並沒有得罪任何人，也不願意得罪任何人……」

「那當然啦！不管得罪不得罪，您自然是想知道的。您是做母親的呀。我是應阿格拉婭·伊萬諾夫娜昨天的邀請，今天早晨七點整，在綠椅那裡和她相見。她昨天晚上給我一張便條，說她要見我，和我談一件重大的事情。我們見面以後，在整整一小時內，談論與阿格拉婭·伊萬諾夫娜一人有關的各種事情，就是這樣。」

「自然就是這樣，親愛的，無疑地就是這樣。」伊麗莎白·普羅科菲耶夫娜很威嚴地說。

「好極了，公爵！」阿格拉婭突然走進屋來，說，「我衷心地感謝您，因為您也認為我沒能把自己降低到說謊的地步。夠了吧，maman，您還打算拷問嗎？」

「你知道，我從來就沒有在你面前為了什麼事情臉紅過，雖然你也許喜歡這樣，」伊麗莎白·普羅科菲耶夫娜用教訓的口吻回答說，「再見吧，公爵；我驚吵您，真是對不起。我希望您能相信，我對您的尊敬是不變的。」

公爵立刻朝兩面鞠躬，默默地走出去了。亞歷山德拉和阿杰萊達冷笑了一聲，互相耳語。伊麗莎白·普羅科菲耶夫娜很嚴厲地看了她們一眼。

「我們笑不過是因為，maman，」阿杰萊達笑起來了，「公爵鞠躬的姿勢太奇妙了；有的時候笨手笨腳，現在忽然竟像……像葉夫根尼·帕夫洛維奇。」

「優雅和尊嚴是自己的心教導的，而不是舞蹈教師教導的。」伊麗莎白·普羅科菲耶夫娜像讀格言似的說，然後便上樓到自己的屋裡去，對阿格拉婭連看都不看一眼。

公爵回到自己家裡，已經九點鐘左右。他在平台上遇見薇拉·盧基揚諾夫娜和一個女僕。她們在一塊兒整理和掃除昨夜淩亂場面的殘餘。

「謝天謝地，我們總算在您回來以前收拾完了！」薇拉快樂地說。

「您好哇！我的頭有點暈；我沒睡好，我想睡一下。」

「就在這平台上，像昨天一樣嗎？好的。我對大家說，不許他們叫醒您。爸爸不知到什麼地方去了。」

女僕出去了，薇拉也跟著走出去，但是又回來了，帶著焦慮的神情走到公爵面前。

「公爵，您可憐那個……不幸的人吧！今天不要趕他出去。」

「我絕不趕走他，隨他自己的便吧。」

「他現在不會做出什麼來的……您不要對他太嚴厲了呀！」

「不會的，那為什麼呢？」

「還有……不要取笑他，這是最要緊的。」

「絕對不會啊！」

「我是個愚蠢的人，不應該對您這樣的人說這種話，」薇拉臉紅起來了，「您雖然很累，」她笑著，轉過一半身子，準備走出去，「但是，在這時候，您的眼睛是極可愛的……愉快的。」

「真是愉快的嗎？」公爵急切地問，興致勃勃地笑起來了。

薇拉本是一個天真爛漫，像男孩一樣魯莽的姑娘，但不知為什麼，她忽然害羞起來，臉越來越紅，她一邊依舊笑著，一邊趕緊從房中走了出去。

「多麼……可愛的女孩子……」公爵想，但是立刻忘記了她。他向平台的角落走去。那裡放著一隻長沙發，沙發前面有一張茶几。他坐了下來，用雙手捂住臉，而且整整坐了十來分鐘。他忽然匆忙而驚慌地把手伸入旁邊的口袋，從裡面掏出三封信來。

門又開了，科利亞走了進來。公爵覺得很高興，因為他必須把信放回口袋，等過一會兒再看。

「嘿，真是新聞！」科利亞坐到長沙發上說，他像和他年紀相仿的孩子一樣，開門見山地直奔主題，「現在您對伊波利特採取什麼樣的態度？不尊敬他嗎？」

「為什麼……但是，科利亞，我累了……現在再開始來講這件事情，那未免太淒慘了……不過，他怎樣啦？」

「睡著了，還會睡兩個鐘頭。我知道，您沒有在家裡睡，到公園裡去了……自然心裡很亂……那還用說！」

「您怎麼會知道我上公園了，沒有在家裡睡覺呢？」

「薇拉剛才說的，她勸我不要進來；我按捺不住，坐一會兒就走。我在他的床前守了兩小時，現在讓科斯佳·列別杰夫替我；布爾多夫斯基走了。公爵，您躺下吧。祝您晚……不，祝您日安！您知道，我真是感到震驚！」

「自然……所有這一切……」

「不是的，公爵，不是的；我對於那篇〈解釋〉感到震驚。主要的是他講到上帝和未來生活那一段。那裡面有一個巨大的思想！」

公爵和藹地看著科利亞。他之所以走進來，自然就是為了趕快說出那個巨大的思想。

「但是主要的，主要的不只在思想方面，而在整個環境上面。如果寫這篇東西的是伏爾泰、盧梭、普魯東，我讀下去，把它記住，絕不會震驚到這種程度。但是，一個人明知他只能活十分鐘，而說出這樣的話來……這不是驕傲嗎？要知道，這表示自我尊嚴的最高獨立性，要知道，這是公然的反抗……不，這是巨大的精神力量！而在這以後，還說他有意不放銅帽進去——這是低卑的，不自然的！您知道，他昨天耍了花招，欺騙我們：我從來沒有和他一塊兒收拾過行李，也沒有看見過手槍；行李是他自己收拾的。所以，他忽然把我弄糊塗了。薇拉說，您答應留他在這裡住；我敢發誓，絕不會有什麼危險，況且我們大家一刻也不離開他。」

「你們當中誰守夜來的？」

「我、科斯佳．列別杰夫和布林多夫斯基。凱勒待了一會兒，後來就到列別杰夫那裡去睡覺了，因為我們這裡沒有地方可睡。費爾德先科也睡在列別杰夫那裡，七點鐘的時候走的。將軍總是在列別杰夫家裡住，現在也走了……列別杰夫也許很快會到您這裡來；我不知道為什麼事情，他曾經找您，問了兩次。現在您既然想躺下來睡覺，那讓不讓他進來呢？我也想去睡覺。哦，對了，我要對您說一件事情。剛才將軍使我吃了一驚：布林多夫斯基在快到七點鐘的時候，也許就在六點鐘的時候，把我喚醒，叫我去看守。我走出去一下，忽然看見將軍，他還沒有醒酒，竟沒有認出我來。他呆呆地站在我面前。他一醒過來，就朝我奔來問：『病人怎麼樣啦？我是來打聽病人的情況的……』我一五一十地講給他聽。他說：『這一切都很好，但是，我之所以到這裡來，我之所以老早就起床，主要是為了警告你；我有理由猜想，在費爾德先科先生面前不能把話全說出來……應該保留一點。』您明白嗎，公爵？」

「真的嗎？不過這……對於我們是一樣的。」

「是的，當然是一樣的，我們並不是共濟會會員[1]！將軍特地為了這件事情夜裡跑來喚醒我，我覺得很奇怪。」

「您說，費爾德先科走了嗎？」

「七點鐘走的，還順便到我這裡來了一趟，那時候我正在看護病人。他說要到維爾金家裡去補睡一會兒——這裡有一個叫維爾金的人，也是醉鬼。我走啦！啊，盧基揚．季莫費伊奇也來了……公爵想睡覺，盧基揚．季莫費伊奇，請回去吧！」

「我只是待一分鐘，尊敬的公爵，為了一件在我看來十分重要的事情，」列別杰夫走進來，用勉強裝出來的沉穩嗓音低聲說，他鄭重其事地鞠了一躬。他剛從外邊回來，還沒來得及進自己的屋子，因此，帽子還握在手裡。他的臉上帶著焦慮的樣子，顯出特別莊重的神情。公爵請他坐下。

「您找過我兩次嗎？您也許為昨天的事情還在不安……」

「您以為是關於昨天那個孩子的事情嗎，公爵？哦，不是的。昨天我的思想很混亂……但是今天我已經不打算contrecarrer（法文：反對）您的任何主張。」

「Contre……您說什麼？」

「我說contrecarrer；這原是一個法國字，像俄文中許多別的外來詞一樣；但是，我最不主張這個辦法。」

「列別杰夫，您今天怎麼這樣神氣活現，擺起官僚架子，咬文嚼字地說話呢？」公爵冷笑了。

「尼古拉．阿爾達利翁諾維奇！」列別杰夫幾乎用溫和的聲音對科利亞說，「我有點事情對公爵

1 譯注：共濟會：十八世紀在歐洲各國所產生的宗教神祕組織。

說，關於我自己的……」

「當然啦，當然啦，這不關我的事！再見吧，公爵！」科利亞立刻退出去了。

「我愛這個孩子的懂事，」列別杰夫目送著他說，「這孩子很敏捷，但是好刨根問底。我遇到了極大的不幸，尊敬的公爵，昨天晚上，或是今天黎明時候……我還不能確定在哪個時間。」

「什麼事？」

「從旁邊的口袋遺失了四百盧布，尊敬的公爵。我遭了洗劫！」列別杰夫帶著苦笑說。

「您丟了四百盧布嗎？這很可惜。」

「尤其是一個貧窮的、以正當的勞動過生活的人。」

「是呀，是呀！怎麼會丟的呢？」

「就為了酒喝。我來找您，就好比來求神一般，尊敬的公爵。這四百銀盧布的款子是我昨天下午五點鐘從一個放債人手裡取來的。後來我就坐火車回到這裡來了。皮夾放在口袋裡。當我把制服脫下來，改穿便服的時候，便把錢改放到便服的口袋裡。我是想放在身邊，準備晚上借給一個戶頭……我在等一個代理人。」

「順便問一句，盧基揚·季莫費伊奇，聽說您在報上登廣告，借貸錢款，用金銀器具做抵押，是這樣嗎？」

「經代理人的手，我自己的姓名和住址是不露出來的。我有一點小小的資本，再加上家庭人口的增加，您會同意一種正當的利息……」

「是的，是的。我只不過是詢問一下。我打斷您的話，對不起得很。」

「代理人沒有來。在那時候，他們把那個不幸的人弄來了。我在吃中飯的時候，已經有些喝多了。

後來那些客人來了，喝著茶……我高興起來。真是倒楣透了！在很晚的時候，那個凱勒走了進來，宣佈慶祝您的生日，還吩咐開香檳酒，親愛的、尊敬的公爵，我具有一顆心（您大概也看出來，因為您應該看出我這一點來），我具有一顆心，我姑且不說是一顆重感情的心，只說是知恩圖報的心，我也以此而自豪——我為了準備十分隆重地迎接您，等候給您道賀，忽然想去更換我的舊衣裳，仍舊穿上我回來時換下的制服，我怎麼想就怎麼做，所以，公爵，您一定看見我整夜都穿著那套制服了。當我換衣裳時，忘記了放在便服口袋裡的那個皮夾……當上帝想懲罰人時，一定先奪去他的理性，這話說得真對。到了今天早晨七點半鐘，我才睡醒，然後像半瘋似的跳起來，首先就去抓那件便服——口袋裡竟是空空如也，那個皮夾連影兒都不見了！」

「唉，這真傷腦筋！」

「真傷腦筋！您的腦筋真快，馬上找到了適當的字眼。」列別杰夫有些狡猾地補充說。

「可不是！不過……」公爵一邊驚慌起來，一邊露出沉思的樣子，「這是很正經的。」

「的確是正經的，公爵，您又找到了另一句話，為了表示……」

「算了吧，盧基揚·季莫費伊奇，有什麼可找的？要緊的不是言語……您覺得自己在喝醉的時候，皮夾會從口袋裡掉出去嗎？」

「會的。在喝醉的時候，一切都是可能的，您這句話說得十分誠懇，尊敬的公爵！但是請您想一想，如果我在換衣裳的時候，那個皮夾從口袋裡掉出去，那麼，它應該掉在地板上。但是，這東西到哪裡去了呢？」

「您沒有放在桌子抽屜裡嗎？」

「全都找遍了，到處全翻遍了，而且，我沒有藏在任何地方，也沒有打開任何抽屜，我記得很清楚。」

「櫥櫃裡看過沒有？」

「首先就看過，今天已經看過好幾次了……我怎麼會放到櫥櫃裡呢，我的尊敬的公爵？」

「說實在的，列別杰夫，這使我感到不安。這麼說，一定有人從地板上撿去了！」

「或者是從口袋裡偷走的！兩者必居其一。」

「這使我十分不安，因為究竟是誰呢？……這真是問題！」

「毫無疑問，這是一個主要的問題；您十分正確地找到適當的語言和思想，確定適當的情況，尊貴的公爵。」

「喂，盧基揚．季莫費伊奇，請您別嘲笑人，這裡……」

「嘲笑！」列別杰夫喊道，把雙手一舉一拍。

「好了，好了，我並不生氣，這完全是另一件事情……我是替人擔憂。您懷疑是誰幹的？」

「這是個極困難……極複雜的問題！我不能懷疑女僕，她當時坐在廚房裡面。我也不能懷疑自己的孩子……」

「那還用說。」

「這麼說來，一定是客人裡的什麼人了。」

「但是，這可能嗎？」

「完全不可能，極端可能了，但是，一定是這種人。但是，我可以承認，甚至於深信，假使這錢是被竊的，那麼，絕不是在晚間大家聚會的時候，而一定是在夜裡，甚至是在大清早，被住在這裡的人偷去的。」

「哎喲，我的天哪！」

「我覺得，布林多夫斯基和尼古拉．阿爾達利翁諾維奇自然不算在內，因為他們沒有走進我的屋內。」

「那當然啦，即使走進去也不會幹這事！誰在您那裡過夜的？」

「連我在內，一共有四個人在那裡過夜，在兩間相連的屋子裡：我、將軍、凱勒和費爾德先科先生。這麼說，就是我們四個人當中的一個啦！」

「也就是說三個人中間的一個啦，但到底會是誰呢？」

「我為了公平合理起見，我把自己也算在內了；但是，您必須同意，公爵，我自己絕不會偷竊自己的東西，雖然世界上也有過這類事情……」

「列別杰夫，這真是悶死人了！」公爵不耐煩地喊道，「快入正題吧，您何必這樣拖拉……」

「這麼說來，還剩下三個人，第一個是凱勒先生。他是一個沒有常性的人，愛喝酒的人，在某些情況下是個自由派，也就是指他對衣裳口袋的態度而言。但是在其他方面，如果說他是自由派，還不如說他是古騎士派。他起初在這裡過夜，是在病人的屋子內，深夜才搬到我們那裡去，他借口說光地板睡著太硬。」

「您懷疑他嗎？」

「我懷疑過。我在早晨七點多鐘像半瘋似的跳了起來，用手抓自己的額角，立刻把正在做著美夢的將軍喚醒。我們倆覺得費爾德先科走得很奇特，就已經引起一些疑心，因此立刻決定搜查躺在那裡像……像……差不多像一根鐵釘似的凱勒。我們搜查得很仔細：他口袋裡沒有一分錢，甚至沒有發現一隻沒有破洞的口袋。他有一條藍色的、方格的布手絹，樣子很不雅觀。還有一封情書，是一個女僕寫給他的，向他要錢，還帶著一些恐嚇的話，此外便是您已經知道的那段小品文的殘稿了。將軍肯定不是他偷的。為了得到充分的消息，我們喊他，好容易才把他推醒了，他不明白是怎麼回事；張大了嘴，帶著醉酒的樣子，面部浮現出荒唐、天真，甚至愚蠢的表情——絕不是他！」

「噢，我多麼高興！」公爵很高興地吸一口氣，「我真是替他擔心！」

「您擔心嗎？那麼，您有理由懷疑他嗎？」列別杰夫瞇縫著眼睛說。

「不，我只是這樣說說，」公爵口吃起來，「我說我擔心，這話說得太愚蠢了。勞您駕，列別杰夫，不要把這話對任何人說……」

「公爵呀，公爵呀！我把您的話藏到心裡……藏到我內心的深處！絕不洩露！……」列別杰夫歡欣地說，把帽子緊按到心口上。

「好啦，好啦！——這麼說，一定是費爾德先科啦？我是想說，您懷疑費爾德先科嗎？」

「還有誰呢？」列別杰夫輕輕地說，眼睛盯著公爵。

「那當然啦……還有誰呢？……但是我又要問啦，有什麼證據嗎？」

「當然有證據的。第一，在早晨七點鐘的時候，甚至是在六點多鐘的時候，他就溜走了。」

「我知道的，科利亞告訴過我，他到科利亞那裡去說，他要離開這裡，到……到誰家去補睡，我忘記是到誰家了，反正是到他的朋友那裡去的。」

「到維爾金那裡。那麼，尼古拉·阿爾達利翁諾維奇已經對您說過啦？」

「他並沒有說過丟錢的事情。」

「他並不知道，因為我對這件事暫時保密。這麼說，他是到維爾金那裡去了；說起來，這沒有什麼稀奇的，一個醉鬼到另一個醉鬼那裡去，哪怕是天還沒有亮的時候，哪怕沒有任何的來由，又有什麼要緊？但是，他在這裡露出一個馬腳：他離開的時候，留下了地址……現在請您注意，公爵，這裡有個問題：他為什麼留下地址呢？……他為什麼故意到尼古拉．阿爾達利翁諾維奇那裡轉一個彎，告訴他，『我到維爾金家裡去補睡』呢？有誰會注意他的走開，甚至到維爾金那裡去呢？何必預先告訴人家呢？不，這裡面有文章，賊人的妙處就在這裡！這意思就是表明：『我故意不隱藏我的蹤跡，這樣一來，我哪裡還是賊呢？難道賊會預先告訴他上哪兒去嗎？』這是一個多餘的關心，意在避去嫌疑，所謂擦去沙子上的腳印……您明白我的意思嗎，尊敬的公爵？」

「明白，很明白，但是這一點並不充分。」

「第二個證據：那個蹤跡是虛偽的，他留下的地址也不正確。一小時後，也就是在八點鐘的時候，我已經跑去敲維爾金家的門；他就住在第五街，我和他還認識呢。那裡並沒有費爾德先科。我雖然從一個完全耳聾的女僕那裡打聽出，在一小時之前，的確有人敲他們家的門，而且敲得相當厲害，把鈴兒都拉斷了。但是女僕不肯開，不願意吵醒維爾金先生，或者也許自己不願意起床。這是常有的事。」

「您的證據就是這一些嗎？這還不夠。」

「公爵，但是還能懷疑誰呢，您想一想？」列別杰夫很和藹地說，在他的冷笑裡露出一點狡猾的樣子。

「您再仔細查一查屋內和抽屜裡！」公爵沉思一會兒以後，很焦慮地說。

「都查過了！」列別杰夫更加溫和地吸了一口氣。

「唔！……您為什麼，為什麼要換這件衣服呢？」公爵喊道，惱怒地敲著桌子。

「這是一個古代喜劇裡的一個問話。但是，正直的公爵！您把我的不幸過於放在心上了！我不值得您這樣關心。也就是說：我一個人是不配的；但是，您也替罪犯痛苦……替那個一文不值的費爾德先科先生，是不是？」

「是的，是的，您真是使我感到焦慮，」公爵很冷淡地，而且很不愉快地打斷他的話，「那麼，現在您打算怎麼辦……如果您這樣深信是費爾德先科幹的話？」

「公爵，尊敬的公爵，哪裡會有別人呢？」列別杰夫越發和藹地說，「既然沒有別的什麼人可以懷疑，也就是說，除去費爾德先科先生以外，既然完全不能懷疑任何人，這就是懷疑費爾德先科先生的又一個證據，這已經是第三個證據啦！因為，我再問一句，另外還有誰呢？我不能懷疑布林多夫斯基先生啊！哈哈哈！」

「真是瞎說！」

「也不能懷疑將軍吧？哈哈哈！」

「更是胡說八道！」公爵幾乎生氣了，他不耐煩地在座位上轉過身去。

「當然是胡說八道！哈哈哈！那個人，就是將軍，真把我笑死了！我剛才和他兩個人，不失時機地追到維爾金家去……您應該注意，我在發現失竊之後首先叫醒他的時候，他比我還顯得震驚，甚至臉色都改變了，一會兒紅，一會兒白，最後，忽然表現出嚴厲而高尚的激憤神情，我真想不到會達到這種程度。他真是一個極端高尚的人！雖然他由於性格軟弱，時常說謊，但是，他是一個具有最崇高的情感的人，為人並不奸詐，因為他很天真，就贏得人們的完全信任。我已經對您說過，尊敬的公爵，我不但對他有偏心，甚至還敬愛他。他忽然在街道中心站住，解開上衣，露出胸脯，說：『你搜查我吧。你搜查過凱勒，你為什麼不搜查我呢？這樣做才算公道！』他的手腳都哆嗦著，他的臉色慘白，他露出很可怕的樣子。我笑了一下，對他說：『你聽我說，將軍，如果有人對我說你如何如何，我立即親手把我的腦袋摘下來，放在一個大盤子上，親自端著送給一切猜疑你的人們，說：「你們瞧這個腦袋，我可以用自己的腦袋替他擔保，不但是用腦袋，就是跳火坑也可以！」我說，『我準備這樣替你擔保！』他立刻抱住我，在大街當中，流著眼淚，打著哆嗦，把我緊緊地摟在胸前，壓得我簡直要咳嗽起來。他說：『你是我在患難中唯一的知己！』真是一個好動感情的人！當時，他在路上自然又觸景生情地講了一段故事。他說，他在青年時代，也有一次人們懷疑他偷了五十萬盧布，但是在第二天，他跑進一所失火的房子，從火焰裡救出懷疑他的伯爵和尼娜．亞歷山德羅夫娜，尼娜．亞歷山德羅夫娜當時還是一個姑娘。伯爵擁抱他，尼娜．亞歷山德羅夫娜因此和他結了婚。在失火的第二天，他們又在廢墟上發現了那只裝著所遺失的銀錢的小匣；那只小匣是鐵的，英國的出品，帶有暗鎖，不知怎麼掉到地板底下去了，因此誰也沒有注意到它，失火之後才找出來。這完全是謊話。但是，當他提到尼娜．亞歷山德羅夫娜的時候，他甚至啜泣起來。尼娜．亞歷山德羅夫娜是一個十分正直的女人，雖然有點惱我。」

「你不認識她嗎？」

「差不多不認識，但我很願意認識她，哪怕只是為了在她面前辯白一下也好。尼娜．亞歷山德羅夫娜生我的氣，說我現在用酒帶壞了她的丈夫。但是，我不但沒有帶壞他，反而使他老實了；我也許還使他離開了那幫有害的朋友。再說，他是我的知己朋友，跟您說實話，我現在絕不離開他，也就是說；他走到哪裡，我也到哪裡，因為他這個人只能用熱情來感化。他現在完全不去找那位上尉夫人了，雖然說他在心裡對她仍然念念不忘，有時一想到她就呻吟起來，尤其是在每天早晨起身後穿皮靴的時候，我不知道他為什麼一定在這個時候呻吟。他沒有錢，這很糟糕，但是上她那裡去，沒有錢是不行的。他沒有向您借錢嗎，尊敬的公爵？」

「不，沒有借。」

「他是想借的，只是不好意思借。他甚至對我說過，他想來打擾您，但是有點害臊，因為您不久以前已經借錢給他，而且他想，您不會再借給他了。他跟我說了這些，認為我是他的知己。」

「您沒有借錢給他嗎？」

「公爵！尊敬的公爵！不但是錢，為了這個人，就算是犧牲性命……不，我不願意誇張——雖然不是性命，但是，如果發生極大困難的話，像瘧疾、長疙瘩，甚至咳嗽，等等，我的確願意替他忍受；因為我認為他是一個偉大的，然而已經完結的人！是這樣的，不但是錢！」

「這麼說，您借過錢給他嗎？」

「沒有，我沒有借錢給他，他自己知道，我絕不會借給他。但是，這只是為了節制他，使他改過自新。剛才他還纏著我，要和我一塊兒到彼得堡去。我到彼得堡去，是為了趕緊追尋費爾德先科先生的蹤跡，因為我知道，他一定到彼得堡去了，所以我的將軍急得不得了。但是，我擔心他到了彼得堡之後就會從我身邊溜開，去找上尉夫人。說實在的，我甚至故意想讓他離開我，我們已經約好到彼得堡以後，馬上分道揚鑣，為了更容易找到費爾德先科先生。我放他走之後，再突然到上尉夫人家裡去捉他，好像冷水澆他的頭一樣。這是為了使他明白自己是個有家室的人，而且是個堂堂大丈夫，因而感到羞恥。」

「不過您不要弄出亂子來，列別杰夫，看在上帝的分上，千萬不要弄出亂子來呀。」公爵低聲說，心裡感到非常不安。

「不，只是為了使他害臊，看一看他出什麼洋相，因為從一個人的相貌上可以判斷出許多事情，尊敬的公爵，尤其在這種人身上！啊，公爵！我自己雖然非常不幸，但是我現在也不能不想到他，想到改造他的道德品質。我對您有一個要緊的請求，尊敬的公爵，我實話對您說，我就是為這個而來的。您已經和他的家庭認識，而且在他家裡住過。假使您，好心的公爵，肯在這方面幫我的忙，只是為了將軍一個人，為了他的幸福……」

列別杰夫叉起雙手，好像哀求一般。

「什麼事？怎樣幫忙？請您相信，我很願意完全瞭解您，列別杰夫。」

「我有這樣的信心才到您這裡來的！您可以從尼娜・亞歷山德羅夫娜那裡使點勁；應當在這位將軍的家庭內部時常監督他，觀察他。可惜我不認識他們……再加上，尼古拉・阿爾達利翁諾維奇很敬愛您，對您佩服得五體投地，他也許可以幫一下忙……」

「不……讓尼娜・亞歷山德羅夫娜管這個事情……那是辦不到的！您還要把科利亞……不過，我也許還沒有瞭解您，列別杰夫。」

「也完全沒有什麼可瞭解的！」列別杰夫甚至從椅子上跳起來了，「只有，只有情感和溫柔，才是我們這個病人的良藥。您，公爵，允許我把他視為病人嗎？」

「這很可以表示出您的禮貌和聰明。」

「我打比喻來對您解釋，為了明顯起見，我從實際生活中找來這個例子。您瞧，他是怎麼樣一個人：他現在只有一個弱點，就是對上尉夫人戀戀不捨，但是他沒有錢就休想登她的門。為了他的幸福，我今天就想在她家裡捉住將軍；但是，如果他不僅僅迷上了上尉夫人，而且還犯了罪，幹出一些見不得人的勾當來（雖然他是不會這樣做的），那麼，我對您說，只要用一種高貴的溫柔，就可以完全說服他，因為他是一個極有情感的人！請您相信我的話，他忍不上五天，就會自己說出來，一邊哭一邊承認一切——尤其是，如果由他的家庭和您監督他的一切行動，用一種巧妙的、正直的手段……啊，善心的公爵！」列別杰夫跳起來，帶著很興奮的樣子，「我並不是說他一定……我現在準備為他流盡全身的血，雖然您應該同意，放蕩、酗酒，以及上尉夫人，這三者合在一處，就會使他什麼事情都做得出來。」

「為了這種目的，我當然永遠準備幫忙，」公爵說，站起身來，「不過，列別杰夫，我對您說實在的，我感到十分的不安；請問，您是不是還在……一句話，讓您自己說，是不是還在懷疑費爾德先科先生？」

「除了他，還能懷疑別人嗎？另外還有什麼人呢，尊敬的公爵？」列別杰夫又討好似的交叉著手，滿面賠著笑容。

公爵皺著眉頭，從座位上站起來。

「您瞧，盧基揚．季莫費伊奇，在這種事情上，最可怕的是錯誤。這個費爾德先科……我不願意講他的壞話……但是這個費爾德先科……誰知道，也許就是他幹的！……我是想說，他幹這種事情的可能性，也許的確比別人大一些。」

列別杰夫睜大了眼睛，聳起了耳朵。

「您瞧，」公爵前言不搭後語地說，他的眉頭皺得越來越緊，在屋內來回踱步，儘量不去看列別杰夫，「人家告訴我……有人對我講，費爾德先科先生是那樣一種人，在他的面前應該非常謹慎，不要說出……一點多餘的話——您明白嗎？我覺得在這件事情上，他的可能性也許的確比別人大……但是不要弄錯——這是最主要的，您明白嗎？」

「誰向您講費爾德先科先生來的？」列別杰夫簡直喊叫了出來。

「哦，有人附耳告訴我的；不過我自己並不相信這個……我很遺憾，我不能不把這話告訴您，但是您必須相信，我自己並不相信這個……這是一些無聊的話……唉，我做得多麼愚蠢哪！」

「您瞧，公爵，」列別杰夫甚至全身抖動起來。「這是很重要的，現在這是十分重要的。我不是說費爾德先科先生，而是說這個消息怎麼竟會傳到您的耳朵裡。（列別杰夫說這話時，跟在公爵的身後，在屋內來回踱步，努力和他腳步一致。）是這樣的，公爵，我現在可以告訴您：剛才我和將軍到維爾金家去的時候，他對我講完了那段失火的故事，就氣勢洶洶地，忽然對我講出那套關於費爾德先科先生的話，他說得十分離奇，驢唇不對馬嘴，使我不由得對他提出幾個問題，因此，我也就深信這個消息只不過是將軍大人一時心血來潮，吃飽了撐著，所以編造出來的。因為他這個人說謊，常常只是由於自己不能控制自己的情感作用。現在您瞧，如果他說謊（我是深信他說謊的），那麼，您怎麼會聽到這個消息呢？公爵，你要明白，那只是他一時心血來潮。究竟是誰告訴您的呢？這是很重要的……這是很重要的……」

「這話是科利亞剛才告訴我的，他是聽他父親說的。他在六點鐘，在六點多鐘，為了什麼事外出，在前廳那見到他的父親。」

公爵把一切情形詳詳細細地講了出來。

「這就是，這就是所謂線索！」列別杰夫搓著手，不出聲地笑著說，「我就是這樣想的！這就是說，將軍大人在五點多鐘的時候故意打斷自己的美夢，去叫醒他的愛兒，告訴兒子說，和費爾德先科先生交往是十分危險的！這樣一來，費爾德先科先生會成為多麼可怕的人，將軍大人的慈父心腸又是多麼不安！哈哈哈！」

「您聽著，列別杰夫，」公爵終於感到惶惑起來，「您聽著，這件事要悄悄地辦！不要大喊大叫！我請求您，列別杰夫，我哀求您……在這種情形下，我可以發誓說，我一定幫您的忙，但是不要讓任何人知道，別叫任何人知道！」

「請您相信吧，誠懇的、正直的、好心的公爵，」列別杰夫十分興奮地喊道，「請您相信，我把這一切裝在自己高貴的心裡，絕不洩露一個字！我們要共同採取穩靜的步伐！我甚至可以流盡我全部的血……尊貴的公爵，我在心靈上和精神上都是低賤的，但是隨便問什麼人，不僅是低賤的人，甚至無賴的都算在內：他喜歡跟什麼人來往呢？是喜歡跟他那樣的無賴來往呢？還是跟您——最誠實的公爵——這樣的正直人來往呢？他一定會回答說：他願意跟極正直的人來往，道德的勝利就在這上面！再見吧，尊敬的公爵！我們要共同採取穩靜的步伐……穩靜的步伐……」

第十章

公爵終於明白了，每碰到這三封信的時候，他的身上為什麼發冷，他為什麼要把讀它們的時間推延到晚上。他早晨在長沙發上昏睡的時候，還不敢打開那三封信中的任何一封，當時，他又做了一個可怕的夢，那個「女罪犯」又到他身邊來，又在向他看，長長的睫毛上停留著晶瑩的淚珠，並呼喚他跟著她走。他又像剛才那樣醒過來，痛苦地回憶她的面容。他立刻想要到她那裡去，但是不能夠。他終於懷著幾乎絕望的心情，打開信來讀了。

這三封信也像夢一樣。人有時會做出一些奇怪的、不可能的、不自然的夢；醒了以後，還會清清楚楚地記住它，對於怪夢感到驚異。你首先會記得在你做夢的整個時間內，理智並沒有離開你；你會記起，在那很久很久的時間內，兇手們把你包圍，他們還對你施展狡猾手段，掩蓋自己的用意，對你稱兄道弟，而他們卻已經準備好武器，只等信號一發就開始動手；你記起你最後如何靈巧地騙過他們，躲開他們；然後你猜到他們已經看穿你的騙局，他們知道你藏在什麼地方，只是不露聲色而已；但是你又想出妙計，把他們瞞了過去，這一切你記得很清楚。但是，你的理智和你夢中所充滿的那些顯然稀奇古怪和不可能的事實為什麼能夠和平共處呢？在那些包圍你的兇手裡面，有一個當著你的面變為女人，又由女人變為一個小小的、狡獪的、討厭的侏儒——而你為什麼立刻把這一切當作既成的事實，幾乎沒有絲毫懷疑的樣子，同時在另一方面，你的理智又極度緊張，顯示出異常的力量、狡猾、懷疑和邏輯性呢？

為什麼在睡醒以後，在完全回到現實裡之後，你幾乎每次都感到，有時還特別強烈地感到，你隨著夢留下一點你所不能解釋的東西呢？你會笑你的夢過於離奇，同時也會感到，在這種古怪離奇之中包含著一種思想，但是，這個思想是現實的，與你的現實生活有些關聯，它在你的心裡存在著，而且一向就存在著；你的夢彷彿對你說出了一些嶄新的、預言性質的、你所期待的東西；你的印象是強烈的，它可能是快樂或痛苦的，但是，它究竟是什麼，對你意味著什麼——你既不能瞭解這個，也回憶不出這一切。

在讀了三封信以後，差不多就是這樣。但是，在沒有打開信封的時候，公爵感到這幾封信的可能存在，就好像一場噩夢。他在晚上獨自散步的時候（他有時自己都不知道是往哪裡走），他問自己說：她怎麼敢給她寫信呢？她怎麼能夠寫這些事情？她的腦子裡怎麼會生出這樣瘋狂的幻想來呢？但是，這個幻想已經實現了，他感到最奇怪的是，當他讀這三封信的時候，他幾乎相信這種幻想是可能的，甚至是可以為之辯護的。不錯，這當然是一個夢，是一個噩夢，是一種瘋狂現象；但是，它裡面包含著一種痛苦的現實和悲哀的正義，足以為這個夢，這個噩夢和這種瘋狂做辯解。他一連好幾小時，彷彿被所讀的字句迷住了，時時想起其中的片段，研究它，揣摩它。他有時想對自己說，他預先就感到，預先就猜到這一切了；他甚至覺得，他在很久很久以前就讀到了這一切，而在他老早就讀過的這三封信裡，包含著他至今所憂慮的一切，他至今所苦惱和懼怕的一切。

「在您打開這封信的時候（第一封信是這樣開始的），請您首先看一看信末的署名。這個署名可以向您說明一切，解釋一切，因此我大可不必對您辯白什麼，解釋什麼。如果我和您地位相等的話，您對於我這種魯莽行為也許會感到侮辱：然而我是什麼人？您又是什麼人？我們是兩個極端，我的地位比您差得太遠了，因此，即使我想侮辱您，也不可能侮辱到您。」

下面，她在另一個地方寫道：

「請不要把我的話當作狂人的夢囈。在我看來，您是一個完善的人物！我看見過您，我每天都看見您。我並不想評論您，我並不是從理智出發，認為您是完善的人物，我只是信仰您。但是，我在您面前也是有罪的，因為我愛您。完善的人物是不能愛的；對於完善的人物，只當作完善的人物來景仰，不是這樣嗎？然而我卻愛上了您。雖然愛情可能把人們拉到平等的地位上去，但是請您放心吧，我絕不把您放在和我相等的地位上去，就是在我內心的深處，我也絕不這樣想。我對您寫：『你放心吧！』難道您能不放心嗎？……如果可能的話，我願意吻您的腳印。啊，我和您的地位不相等啊……請您看署名，快看署名吧！」

「但是，我覺察到（她在另一封信中寫道），我把您和他的名字聯結在一起，連一次也沒有問，您愛不愛他？他只看見您一面，就愛上您了。他思念您，就像思念『光明』一樣；這是用他自己的話來說的，我親自聽他這樣說過。但是，用不著他說，我也瞭解您是他的『光明』。我在他身邊住了整整一個月，才明白您也愛他；對於我來說，您和他是一樣的。」

「這是什麼意思？（她又寫道。）我昨天從您身邊走過時，您彷彿臉紅了，這是不可能的，只是我的錯覺。就是把您領到一個最藏污納垢的巢穴裡去，把赤裸裸的罪惡指給您看，您也不應該臉紅。您絕不可能為了恥辱而激憤。您可以仇恨一切卑鄙而低賤的人，但這不是為了自己，而是為了別人，為了受他們侮辱的人們。您是不會受人侮辱的。您知道嗎？我覺得，您很應該愛我。您對於我，正如您對於他一樣，是光明之神；一個安琪兒是不能恨人，也不能不愛人的。能不能愛一切一切的人們，愛所有自己的鄰人？——我時常對自己提出這個問題。當然是不能的，甚至是不自然的。在對人類的抽象的愛裡，一個人差不多只是永遠愛自己。但是，這對於我們是不可能的，而您又有所不同；您在不能把自己和任何人相比的時候，您在超越一切恥辱，超越一切個人激憤的時候，您怎麼能不愛什麼人呢？只有您一個人可以不懷私心地去愛人，只有您一個人可以不為了自己，而為了您所愛的對象去愛人。哦，如果我知道您會為了我感到羞恥或憤恨，那我該多麼痛苦啊？如果您這樣，那就會趨於滅亡，您立時會降低到和我同等地位……

「昨天我遇見您之後，回到家來，想出了一幅圖畫。畫家們全根據《聖經》上的故事畫基督：我願意把基督畫成另外一種樣子。我要畫他一個人——他的門徒有時是會留下他一個人的呀。我只留一個小小的嬰孩和他在一起。那嬰孩在他身旁遊戲；也許正用小孩子的語言對他講什麼，基督聽著他的話，但是馬上又沉思起來；他的手不由自主地，像被遺忘似的留在嬰孩的光亮的頭上。他向遙遠的地平線上觀望，他的眼神裡藏著和整個世界一樣宏大的思想；他的臉上帶有愁容。嬰孩不出聲了，把身子靠在他的膝頭，用小手托著臉頰，舉起小頭，凝神地，有時像小孩們那樣凝神地看著他。太陽正往下落……這就是我的那幅圖畫！您是天真的，您的一切完善就存在您的天真裡面。哦，您千萬要記住這一點！我對您的熱情，和您有什麼相干呢？您現在已經是我的了，我將一輩子留在您的身邊……我快死了。」

在最後的一封信裡這樣寫道：

「看在上帝的面上，請您不要對我有什麼猜疑，不要以為我用給您寫這封信的方式降低我自己的身份，也不要以為我屬於那類以降低自己身份而快樂的人，哪怕他們是由於驕傲而這樣做。不，我有我自己的慰藉；但是，我很難對您解釋這一點。我甚至很難對自己明白說出這一點，雖然我正為它而苦惱著。但是我知道，即使是由於驕傲的原因，我也不會自行降低身份。我更不能由於心地純潔而做降低自己身份的舉動。因此，我是絕不會降低自己身份的。

「為什麼我想使你們結合起來？是為了您呢？還是為了我自己？當然是為了我自己。我早就對自己說過，這樣就會解決我的一切困難……我聽說您的姐姐阿杰萊達曾經評論我的照片，說一個人有這樣的美貌，可以把全世界都翻過來。但是，我放棄了這個世界。您看見我穿著綾羅絲緞，戴著金鑽寶石，整天和一些酒鬼流氓鬼混在一起，聽我這樣說不覺得可笑嗎？您不必注意這個，我差不多已經不存在了，我很清楚；上帝知道我為什麼還活著。我從兩隻可怕的眼睛裡，每天可以看出這一點；那一雙眼睛經常看著我，甚至它們不在我面前的時候也是一樣。這雙眼睛現在沉默著（它們一直沉默著），但是我知道它們的祕密。他的住宅是陰沉的，愁悶的，裡邊存在著祕密。我相信他的抽屜裡藏著一把剃刀，用綢子裹著，正和那個莫斯科兇手一樣；那個兇手也是和母親同住在一所房子裡，也用綢子裹著剃刀，為了割斷一個人的喉嚨。我到他家去的時候，老覺得在地板底下什麼地方隱藏著一具死屍，也許就是他父親隱藏的，用漆布蓋好，就像那個莫斯科兇殺案的死人一樣，周圍也擺著一些盛著防腐劑的瓶子，我甚至可以把這個角落指給您看。他一直沉默著，我知道他太愛我，愛到已經不能不仇恨我的地步。您的婚禮要和我的婚禮同時舉行，我和他已經這樣約定了。我對他沒有祕密。我會由於恐怖而把他殺死……但是，他一定先把我殺死……現在笑著說我在說夢話呢；他知道我給您寫信。」

在這三封信裡，還有許許多多同樣的夢囈。第三封信是用兩張大信紙，滿滿寫著蠅頭的小字。

公爵終於從黑暗的公園裡走了出來。他和昨天一樣，在公園內閒蕩了許多時候。光亮的、透明的夜色，他覺得比平常更加光亮一些。他心裡想：「難道天還這樣早嗎？」（他忘記帶錶了。）他彷彿聽到遠方的音樂聲。「大概在車站上，」他又想，「當然，他們今天是不會到那裡去的。」當他轉到這個念頭時，他發現自己已經站在葉潘欽別墅的門前了。他早就知道，他最後一定會到這裡來。他沉下心，走上了平台。沒有人迎接他，平台上是空的。他等候了一下，開門走進大廳。「他們這扇門永遠不關的。」他的心裡這樣想，但是連大廳也是空的，裡面黑洞洞的。他驚疑地站在屋子中央。門突然開了，亞歷山德拉·伊萬諾夫娜手持蠟燭，走了進來。她一看見公爵，大吃一驚，帶著詢問的神情站在他面前。她顯然只是經過這間屋子，從這個門到那個門，完全沒想到在這裡會遇到什麼人。

「您怎麼會到這裡來的？」她終於說。

「我……順便走過……」

「Maman 不很舒服，阿格拉婭也是這樣。阿杰萊達要睡了，我也就要去睡。我們今天晚上完全沒有外人。爸爸和施公爵到彼得堡去了。」

「我來了……我到你們這裡來了……現在……」

「您知道現在幾點鐘？」

「不知道……」

「十二點半。我們總是在一點鐘睡覺。」

「哎喲，我以為……只有九點半。」

「不要緊！」她笑起來了，「您剛才為什麼不來？我們也許等候您呢。」

「我……以為……」他一邊走出去，一邊喃喃地說。

「再見吧！明天我會招大家笑的。」

他順著圍繞公園的道路，走回自己的別墅。他的心怦怦直跳，他的思緒十分凌亂，他周圍的一切都好像在夢境裡一般。突然，就和昨天他兩次從同樣的夢幻中醒來時一樣，他又看見同樣的幻象了。那個女人從公園出來，站在他的面前，好像在那裡等候他似的。他哆嗦了一下，停住了；她抓住他的手，緊緊把它握住。「不，這不是幻象！」

她終於面對面地站在他的面前。自從他們分離之後，這還是第一次。她對他說什麼話，但是他只是默默地望著她。他百感交集，苦惱得連心都發疼。啊，他永遠不會忘記這次和她相遇的情景，永遠懷著同樣的痛苦回憶著。她跪在他面前，就在街頭上，像瘋子一般。他驚懼地退後了一步，而她捉住他的手，吻它，和他夢中所見的一樣，她的淚珠在那長長的睫毛上閃著光。

「起來吧，起來吧！」他驚懼地輕聲說，把她扶起來，「快起來呀！」

「你快樂嗎？快樂嗎？」她問，「只要對我說一句話就行：你現在快樂嗎？今天，現在？你到她那裡去了嗎？她說什麼？」

她沒有站起來，她沒有聽他說話；她匆匆忙忙地問，匆匆忙忙地說，彷彿有人在後面追她似的。

「我明天就走，依照你的吩咐。我不會再……這是我最後一次見你，最後一次！現在已經完全是最後一次了！」

「你安靜些，你起來呀！」他絕望地說。

她貪婪地看著他，抓住他的手。

「再見吧！」她說。她終於站起來，並且迅速地離開他，幾乎是跑著走的。公爵看見羅戈任忽然出現在她的身邊，抓住她的胳膊，領她走了。

「等一等，公爵，」羅戈任喊道，「我過五分鐘再回來。」

五分鐘後，他果真回來了；公爵在原來的地方等候他。

「我扶她上了馬車，」他說，「馬車就在角落裡，從十點鐘就等候著。她早就知道你會在那位小姐家裡待一晚上的。你今天寫給我的信，我已經切實轉達給她了。她不會再給那位小姐寫信，她已經答應了。她還決定依照你的願望，明天就離開這裡。她想在最後一次見你一面，哪怕你拒絕了她。我們就在這地方等候你回家，就在那張長椅子上面。」

「她自己跟你一塊兒來的嗎？」

「怎麼不呢？」羅戈任齜著牙說，「我看見了我預先知道的事情。信你讀了沒有？」

「你真的讀過嗎？」公爵問，他想到這一點甚感驚奇。

「那還用說：每封信她都親自給我看。你記得吧，還有關於剃刀的話，哈哈！」

「她是瘋子！」公爵喊，扭著自己的手。

「誰知道呢，也許不是。」羅戈任小聲說，似乎在自言自語。公爵沒有回答。

「唔，再見吧，」羅戈任說，「我明天也要走了！我有什麼對不起的地方，請原諒吧！喂，老弟，」他很快地轉過身來，補充說，「她問你『你快樂不快樂』的時候，你怎麼一句也不回答呢？」

「不，不，不！」公爵喊道，露出無比憂鬱的神情。

「當然不會說『是』啦！」羅戈任惡狠狠地笑了一聲，連頭也不回地走了。

第四部

第一章

我們這部小說的兩個人物在綠色長椅上會晤之後，又過了一個多星期。在一個晴朗的早晨，十點半左右，瓦爾瓦拉．阿爾達利翁諾夫娜．普季岑娜出去拜訪朋友後回家，露出極度沉思的神情。

有一種人，我們很難一下子把他們的極典型的特徵整個形容出來，這類人一般稱為「普通人」和「大多數人」。的確，他們是構成每個社會的大多數。作家在寫長篇和中篇小說時，有一大半要選取幾個社會典型的人物，然後把他們形象化和藝術化——這些典型雖然在實際上極少整個地遇到，但是他們幾乎比現實本身還要現實一些。波德科列辛[1]這個典型也許過於誇張了些，但絕不是沒有這種人。有許多聰明人讀過果戈理的波德科列辛之後，立刻發現自己有成十上百的良朋好友酷似波德科列辛。原來他們在沒讀果戈理的作品之前，就已經知道他們這些良朋好友和波德科列辛一樣，只不過不知道他們就叫這個名字罷了。在現實中，新郎很少結婚時從窗戶跳出去的，因為，別的且不必說，這樣做總有些不大方便。然而有多少新郎，甚至是體面而聰明的人們，在結婚之前準備從良心深處自認為是波德科列辛呢？再舉個例子，並不是所有的丈夫每走一步路喊一聲「Tu l'as voulu, George Dandin!」[2]但是天哪，全

---

1 譯注：波德科列辛：果戈理《婚事》中的人物。

2 俄文本注：法文，譯為「你自己願意這樣，喬奇．當丹！」出自莫里哀所著喜劇《喬奇．當丹》，已成為常用的俗語。

世界的丈夫們，在度過蜜月之後，誰知道，也許就在結婚第二天，會千千萬萬遍發出這種內心的呼聲呵！

我們不再更深入地來解釋，而只想說，在現實中，人物的典型性似乎被水沖淡了，這些喬奇．當丹和波德科列辛，在實際的生活中是存在的，每天在我們面前跑來跑去，只不過典型的濃度比較稀薄罷了。最後，為了充分說明真理，我們還要補充一句，就是莫里哀所創造的喬奇．當丹，雖然並不多見，但在現實裡是完全可以遇到的。我們的議論到這裡打住吧，因為它開始像一篇雜誌的批評文章了，不過，我們還遇到這樣一個問題：小說家究竟應該怎樣處理平凡的、完全「普通」的人物，究竟怎樣把他們呈現到讀者面前，使他們變得更有趣味些呢？在小說裡絕不能完全忽略他們，因為平凡人物在人生事件的鎖鏈中，時時刻刻地，而且多半是必要的一環。因此，忽略他們就等於破壞真實性。在一部小說裡，如果堆積一些典型，或者只是為了增添趣味，寫出一些莫須有的奇怪人物，那就未免失真，也許反倒乏味了。據我看，作家應該竭力從平凡中間挖掘既有趣味，又有教育意義的東西。譬如說，如果有些平凡人物的本質就是他們那種永久不變的平凡性，或者情形更好一些。如果這些人物不管如何努力擺脫平凡和因循的軌道，而結果仍不過成為不變的、永久的因循現象的時候，那麼這種人物甚至會取得一種別的典型——一種平凡性，那就是怎麼也不願存留它本來的形象，無論如何也想標新立異，獨立存在，但同時並沒有達到獨立的任何方法。

本書的幾個人物就屬於這類「尋常人」或「平凡人」。作者承認，至今還沒有把他們向讀者交代清楚。瓦爾瓦拉．阿爾達利翁諾夫娜．普季岑娜，她的丈夫普季岑先生，她的哥哥加夫里拉．阿爾達利翁諾維奇，都是這類人。

譬如說，家財富有，出身望族，儀表堂堂，有些教養，並不愚蠢，甚至有些善良，但同時又沒有任何天才，沒有任何特點，甚至沒有任何怪僻，也沒有一點自己的理想，根本「和大家一樣」，在實際上，再也沒有比當這種人更傷腦筋的事情了。財富是有的，但沒有羅特希爾德那麼多；姓氏是有名望的，但從來並沒有特別顯著；儀表是堂皇的，但很少鮮明的特徵；學識是充分的，但不知該如何使用；聰明是有的，但沒有自己的理想；心是善良的，但並不寬宏，等等，在各方面都是這樣。這類人在世界上很多，甚至比我們所想像的還多；他們像所有的人一樣，分成兩大類；一類是知識有限的，另一類是「聰明得多的」。前一類比較幸福些。打個比方吧，一個知識有限的「尋常人」，最容易自命不凡，認為自己是個奇人，而且毫無疑問地引以為樂。我們的小姐們中間有幾個只要剪去頭髮，戴上藍眼鏡，自稱為虛無派，便立刻深信，在戴上眼鏡以後，她們當時就有自己的「見解」了。另一些人只要自己心裡稍微有點人道的、善良的感覺，便立刻深信，沒有人具有像他那樣的情懷，他已成為整個社會發展中的前驅者。還有些人只要隨便聽到一些什麼思想，或是無頭無尾地讀了一頁什麼書，便立刻相信，「這是自己的思想」，是在他自己的腦筋裡產生出來的。在這種情形下，天真的無恥（如果可以有這樣的說法）竟達到了奇怪的境界；這一切是離奇的，但是隨時可以遇到。這種天真的無恥，一個愚人對於自己和自己的天才的深信不疑，果戈理在皮羅戈夫中尉[1]這個奇怪的典型中巧妙地揭發出來了。皮羅戈夫不但不懷疑自己是個天才，而且覺得比一切天才還高；他深信不疑到這種程度，甚至連一次也沒有反躬自問過這個問題；不過，他對什麼都不存在問題。偉大的作家終於不能不揍他一頓，以補償自己讀者被侮辱的道德感情，但是，果戈理一看見那個偉大人物只是搖了搖身體，為了補充精力，在挨打之後吞吃了一個夾層餡餅，他也就驚異地擺擺手，把讀者丟開不管了。果戈理只給偉大的皮羅戈夫那麼小的官銜，

1 譯注：皮羅戈夫中尉：果戈理著名中篇小說《涅瓦大街》中的主人公。

使我永遠感到遺憾，因為皮羅戈夫已經自滿到極大的程度，他很容易想像自己的肩膀會因年月和升擢而加寬和扭曲，因而成為非常人物，譬如說大元帥；他甚至還不是想像，簡直是一點也不懷疑這一點；他既然升做將軍，怎麼不會做大元帥呢？有多少這類的人，以後在戰場上一敗塗地啊！在我們的文學家、科學家、宣傳家之間有過多少皮羅戈夫哇！我雖然說「有過」，但現在當然也還是有的。

這個故事裡的人物加夫里拉．阿爾達利翁諾維奇．伊伏爾金屬於另一類，他屬於「聰明得多」那一類人，雖然從頭到腳，整個身子都充滿想標新立異的願望。但是我們上面已經提過，這一類人比前一類人不幸得多。原因是聰明的「普通」人即使偶然（但也許一輩子）想像自己是有天才的、很奇異的人，他的心裡總歸還保存著疑惑的念頭，這種念頭有時會使聰明的人陷於完全絕望的地步。如果他表示屈服，那已經是完全中了根深蒂固的虛榮心的毒害。不過我們所取的總歸是極端的例子：這類聰明人多半不會有如此悲慘的結局，只是在晚年時肝臟多多少少受些損傷，僅此而已。但是在順從和屈服之前，這類人到底有時會十分長久地從青年到馴服下來的年齡為止，做出些不正經的舉動，而這全是出於想標新立異的觀念。甚至會發生奇怪的事情：由於想要標新立異，有些誠實的人竟準備幹出低賤的勾當；甚至還有些不幸的人，他不僅誠實，甚至十分善良，他成為全家的守護神，不僅用自己的勞力贍養家人，甚至贍養外人，但結果如何呢？他竟會一輩子都不安心！他一點也不能由於自己如此完美地盡了為人的本分而自安自慰；相反，這個念頭竟刺激著他。他說：「我這一輩子全浪費到這上面去了，全是這一切束縛我的手腳，全是這一切妨礙我發明火藥！沒有這一切，我也許一定會有所發明的——不是發明火藥，便是發現美洲——雖然發明什麼還不知道，但是一定會發明的！」這些老爺身上最大特點是：在實際上，他們一輩子也不能確切地知道他們需要發明的究竟是什麼，他們一輩子準備發明的到底是什麼：是發明火藥呢，還是發現美洲？但是他們的苦痛，他們對於想要發明事物的煩悶，足以抵得上哥倫布或伽利略而有餘。

加夫里拉・阿爾達利翁諾維奇就是這樣開始的，只不過還在開始而已，他還要胡鬧許多時候。他一邊深深地、不斷地感到自己沒有才能，一邊懷著一種不可抗拒的願望，深信他是一個獨立有為的人，這兩種感情很有力地刺傷了他的心，幾乎從少年時代起就是如此。這個青年人天性嫉妒，私欲強烈，生來就好像神經過敏。他認為私欲強烈是一種力量。他十分想出人頭地，因此有時就準備孤注一擲，採取輕率的舉動；但是剛達到輕率冒進的邊緣，我們這位主人公永遠顯出過人的聰明，遇到適當的機會，便會決心做出極為卑劣的事情。但是好像鬼使神差似的，他一到那個分界線上，永遠會變為過於誠實的人，不能去幹那種極卑劣的事情。（至於小的卑劣事情，他是永遠準備去做的。）他見到自己家庭貧窮和沒落，又是嫌惡，又是怨恨。他明明知道自己母親的名譽與性格現在還是他升官發財的主要靠頭，可是他對母親抱著十分鄙夷的態度。在到葉潘欽那裡去服務的時候，他立刻對自己說：「既然要做卑劣的舉動，那就卑劣到底，只要取得勝利就行。」——不過，他幾乎從來沒有卑劣到底。他為什麼想像自己一定要做卑劣的事情呢？他當時簡直害怕阿格拉婭，但是並沒有和她斷絕往來，只是拖延下去，以備萬一，雖然他從來沒有真正相信她會垂青於他，後來，在和納斯塔霞・菲利波夫娜發生了那段情感糾葛的時候，他忽然想像金錢可以買到一切。「卑劣就卑劣吧，」他當時每天很自滿地、但也有些恐怖地反覆說，「既然要卑劣，那就卑劣到頂點吧。」他時時刻刻地鼓舞自己，「尋常人在這種事情上是會膽怯的，而我們可不會膽怯！」他失去了阿格拉婭，而且由於情勢所迫，他完全頹喪起來，果真將當初那個瘋狂女人扔給他的，即由另一個瘋狂的人送給她的那筆款子，交還給公爵了。關於送還金錢這事，他後來懺悔過千遍，雖然也曾不斷引以為榮。他在公爵留在彼得堡的時候，果真痛哭了三天，但是在這三天裡，他也恨上了公爵，因為公爵用過於憐憫的神情看著他，同時關於交還銀錢的這件事實，他覺得「也並非是大人都敢做的」。但是最使他感到痛苦的是，他坦率承認自己的一切煩悶，只不過出於不斷被摧毀的虛榮心。只是過了許多時間以後，他才看清，而且深信，他和阿格拉婭那樣天真而且奇怪的人物來往，會產生多麼嚴重的後果。他不斷地懺悔；他辭去了職務，沉入煩惱和悲哀裡去。他隨著父母住在普季岑家裡，靠普季岑供養，還公開地蔑視普季岑；不過，他也聽普季岑的勸告，而且還很識趣地永遠向他請教。譬如說，加夫里拉·阿爾達利翁諾維奇見到普季岑不想做羅特希爾德，不抱定這樣的目標，心裡十分生氣。「既然是放印子錢的，那就要做到底，壓榨人們，用他們鑄成錢，表現出你的性格，做猶太人的皇帝！」普季岑是一個謙虛而且安靜的人，他聽了加尼亞的話也只是笑笑。但是有一次，他也認為必須嚴肅地向加尼亞解釋一下，而且帶著幾分嚴肅的態度這樣做了。他對加尼亞說，他不做絲毫不光彩的事情，加尼亞不應該稱他為猶太人；如果金錢的價值如此，那並不是他的過錯；他的所作所為一直是誠實正直的，實際上，他只不過是「這類」事情的代理人，最後說，由於他辦事謹慎，已經被那些一流人物所知曉和賞識，於是他的事業也就擴張了。「我不會做羅特希爾德，而且也不必去做。」他笑著補充說，「但是我要在李鐵因大街上弄一所房子，也許兩所，這樣就行了。」「誰知道呢，也許可以弄三所哇？」他這樣想，但從來沒有說出，一直把自己的夢想隱藏在心裡。大自然寵愛這類人；它賞賜給普季岑的一定不止三所房子，而是四所房子，因為他從兒童時代起，就已經知道自己永遠成不了羅特希爾德。但是大自然怎麼也不會給他四所以上房子，普季岑的一生頂多也就這樣了。

加夫里拉·阿爾達利翁諾維奇的妹妹是一個完全不同的人物。她也具有強烈的願望，但是這些願望是很固執的，不是突發性的。在事情達到最後境界的時候，她有許多常識，但在未達到這個境界時，常識也不離開她。誠然，她也是幻想古怪行為的「普通」人之一，但是她很快就認識到自己沒有一點特別古怪的地方，心裡也不十分引為遺憾——誰知道，也許是由於一種特別的驕傲才如此吧。她用特別的決心邁出了第一個實際步驟，那就是嫁給普季岑先生。但在出嫁時，她並沒有對自己說：「既然卑劣，那就卑劣下去吧，只要達到目的就成。」而加夫里拉．阿爾達利翁諾維奇呢，他在遇到這種情況時，免不了會這樣說的。（甚至在她面前，當他以長兄資格贊成她的決定的時候，幾乎就要表示出來。）事情甚至恰恰相反：在出嫁以前，確實相信她未來的丈夫是一個謙遜的、有趣的、頗有學問的，永遠不會做出極卑劣的事來。關於小的卑劣舉動，瓦爾瓦拉．阿爾達利翁諾夫娜認為都是末節，她並沒有過問；她覺得，這種末節不是到處都有嗎？她不是要尋找完美人物哇！況且她知道，她一出嫁，就可以給父母和弟兄找到一個安身之處。她看見哥哥遭到不幸，便不顧以前那些家庭誤會，很想去幫助他。普季岑有時催加尼亞出去做事，自然用的是極友誼的態度。「你看不起那些將軍，看不起將軍的職位，」他有時開玩笑似的對加尼亞說，「但是你瞧，『他們』結果都會當上將軍；如果你壽命長，自然會看到的。」「他們從哪裡看出我看不起將軍和將軍的職位呢？」加尼亞帶著嘲諷的心情尋思道。為了幫助哥哥，瓦爾瓦拉．阿爾達利翁諾夫娜決定擴大她的活動範圍：她想法鑽進葉潘欽府裡去。兒童時代的回憶在這方面對她大有幫助，她和她的哥哥在小的時候就和葉潘欽家姐妹在一處玩。我們應該在這裡提一句：如果瓦爾瓦拉．阿爾達利翁諾夫娜對葉潘欽家的訪問，存有某種不尋常的幻想，那麼，她也許立刻就從自己所歸屬的那一類人裡脫離了；不過，她並沒存有什麼幻想；她的打算是很有物質基礎的：她所盤算的是這一家族的性格。她曾經毫不厭倦地研究阿格拉婭的性格。她抱定的目標是：要把她哥哥和阿格拉婭兩個人重新撮合在一起。她在實際上也許達到了幾分目的；但也許陷入錯誤裡，譬如說，她對於哥哥的期望過高，而他永遠，而且無論如何不能做到這一點。不管怎樣吧，她在葉潘欽家裡活動得十分巧妙；她在好幾個星期內，一點也不提起她的哥哥，她總是顯得十分真摯誠懇，帶著純樸但是嚴肅的態度。至於說到她的內心深處，她並不害怕內心窺視，也完全沒有可以責備自己的地方。這也使她增添了勇氣。她只是有時感覺到，她也會發怒，她有很大的自尊心，甚至還有許多未經摧毀的虛榮心；在某些時候，差不多每次離開葉潘欽家的時候，她都特別地感覺到這一點。

現在她從葉潘欽家回去，我們已經說過，帶著憂鬱的沉思神情。在這憂鬱中也露出一點苦笑的樣子。普季岑住在帕夫洛夫斯克一所不大體面、但很寬敞的木板房內。這所房屋坐落在一條塵土飛揚的大街上，不久就要完全歸他所有，所以已經開始把它售賣給什麼人。瓦爾瓦拉．阿爾達利翁諾夫娜走上台階時，聽見樓上有非常響亮的喧鬧聲音，她辨別出那是他哥哥和父親在叫喊。她走進大廳，看見加尼亞在屋內來回跑著，氣得臉色發白，幾乎要撕自己的頭髮。她皺著眉頭，帶著疲乏的神色坐到沙發上面，並不脫去帽子。瓦里婭很明白，如果她還沉默一分鐘，不問哥哥為什麼這樣跑，那麼，哥哥一定會生氣的，因此，她趕緊問道：「還是以前那套故事？」

「還是以前的！」加尼亞喊，「還是以前的！不，鬼知道現在出了什麼事情，絕不是以前的！老頭兒瘋狂得一塌糊塗……母親哭著。真的，瓦里婭，不管怎麼說，我要把他從家裡趕出去，或是……或是自己離開你們。」他補充說，大概是想起從別人家裡趕人出去是不可能的。

「原諒一點吧！」瓦里婭喃喃地說。

「原諒什麼？對誰原諒？」加尼亞臉紅了，「原諒他那些卑賤行為嗎？不行；隨便怎麼說，這是不行的！不行，不行，不行！這算什麼作風：他自己做了錯事，還要擺臭架子，『我不願意從大門裡進去，你給我拆圍牆吧！……』你為什麼這樣坐著？你的臉色怎麼不好看？」

「臉色還是和平常一樣啊。」瓦里婭不愉快地回答。

加尼亞仔細地看她。

「到那裡去了嗎？」他突然問。

「去了。」

「等著，又喊起來了！多麼可恥，恰巧還在這時候！」

「什麼時候？這並不是什麼特別的時候。」

加尼亞更加仔細地看著妹妹。

「打聽到什麼事情啦？」他問。

「至少沒有什麼意料不到的事情。我打聽出，這一切全是確實的。我的丈夫說得比我們倆都有理；他一開始說的話全都應驗了。他在哪兒？」

「不在家，應驗什麼了？」

「公爵已經成為正式的未婚夫，事情已經決定了。兩位姐姐對我說的。阿格拉婭已經同意了。她們甚至不再瞞人了。（要知道，葉潘欽家以前非常保守祕密。）阿杰萊達的婚事又要推遲，以便兩個一塊兒舉行婚禮，在同一個日子。真是一件風流韻事！多麼富有詩意。你最好做一首賀新婚的詩，也比白白在屋內跑來跑去好得多。別洛孔斯卡婭今天晚上到他們那裡去，她來得正是時候；還會有另外一些客人。他們要把公爵介紹給別洛孔斯卡婭，雖然他和她已經認識了。這場訂婚大概會正式宣佈的。他們只怕他走進屋來迎接客人的時候會掉落什麼東西，或是碰碎什麼東西，或者自己撲通一聲，倒下地去，他是會做出這類舉動來的。」

加尼亞十分注意地傾聽著，但是使他的妹妹驚訝的是：這個應該使他感到驚心動魄的消息，似乎並沒有產生驚動他的作用。

「這是很明顯的，」他思索了一下說，「這麼說來，一切都完了！」他帶著一種奇怪的嘲笑神情補充說。他狡猾地望著妹妹的臉，還繼續在屋子內走來走去，但是腳步已經安靜多了。

「你用哲學家的態度接受這一切，這很好，我的確很高興。」瓦里婭說。
「這可以從肩膀上卸下重擔了，至少是從你的肩膀上。」
「我總算極誠懇地替你服務了，既不發議論，也不使你討厭。我沒有問過你，你想向阿格拉婭尋覓什麼樣的幸福。」
「難道我想……向阿格拉婭尋覓幸福嗎？」
「請你不要鑽進哲學裡去！自然是這樣的。一切都完了！我們沒有什麼可做的了！我們當了一陣傻瓜。我實話對你說，我從來沒有把這件事情看得十分正經。我擔任這個任務，不過存著萬一僥倖的心理。我對於她那可笑的性格抱著奢望，而主要的還是為了安慰你。我知道十成裡頭有九成會吹的。甚至到現在，我自己還不知道，你心裡究竟存著什麼主意。」
「你和你丈夫現在就會催我去做事，說一套為人應該不屈不撓，意志堅強，不輕視小事情等等大道理，我會背得爛熟的。」加尼亞哈哈地笑起來了。
「他的腦筋裡有點新的念頭。」瓦里婭想。
「葉潘欽家怎麼樣？——父親和母親都高興嗎？」加尼亞忽然問道。
「大概不會。不過，你自己是可以判斷的。伊萬・費道洛維奇很滿意；母親有點懼怕，她以前總是不願意他成為她的未婚夫。這是大家都知道的。」
「我講的不是這個。他是一個不可能的、想像不到的未婚夫，這很明顯。我問的是現在，現在葉潘欽家怎麼樣？她已經正式同意了嗎？」
「她至今沒有說出一個『不』字——也就是這樣；但是，你從她那裡再也不會得到另外的東西。你知道，她的羞愧和不好意思，過去真是到了瘋狂的地步：她在兒童時代，只是為了不想出去見客人，就會鑽進衣櫥裡坐上兩三個鐘頭。她雖然長成一個高個子，但是現在還是如此。你知道，我總認為這裡面一定有點嚴重的事情，甚至她那方面也有。聽說她從早到晚竭力取笑公爵，為了不暴露自己的真實感情；但是，她每天一定會輕輕地對他說些什麼話，因為他好像在天上走路一樣，滿面春風……人家說，他那樣子真是十分可笑。我這也是從她們那裡聽來的。我還覺得她們當面笑我，那兩個姐姐。」

加尼亞終於皺起眉頭來了。瓦里婭也許為了摸清他的想法，故意扯到這個題目上去。但樓上又發出一聲呼喊。

「我要把他趕出去！」加尼亞這樣吼叫著，他喜歡遷怒到別人身上。

「那時候他又會到各處去丟我們的臉，像昨天一樣。」

「怎麼——怎麼像昨天一樣？什麼叫作像昨天一樣？難道說……」加尼亞忽然十分恐懼起來。

「哎喲，我的天哪，難道你還不知道嗎？」瓦里婭突然補充說。

「怎麼……難道他真的到那裡去過嗎？」加尼亞喊道，臉上由於羞愧和狂怒而漲得通紅。「天哪，你是從那裡來的！你打聽到什麼沒有？老頭兒去過嗎？去過沒有？」

加尼亞說完，就向門外跑去；瓦里婭追到他面前，兩手抓住他。

「你怎麼啦？你要去哪裡？」她說，「你現在放他出去，他會幹出更壞的事情，他會去找每一個人！……」

「他在那裡做了什麼事情？他說了些什麼？」

「她們自己都不會講，也沒有弄明白；不過把大家都嚇了一大跳，他跑去見伊萬．費道洛維奇，恰巧將軍不在家；他又請見伊麗莎白．普羅科菲耶夫娜。他起初向她求差使，想找個事做，後來開始抱怨我們，抱怨我和我的丈夫，特別是抱怨你……說了一大堆話。」

「你沒有打聽出來他說些什麼嗎？」加尼亞像發作歇斯底里症似的直打哆嗦。

「我上哪裡打聽去！他自己也不見得明白說什麼話，不過人家也許沒有把一切話都告訴我。」

加尼亞捧住頭，跑到窗前；瓦里婭坐在另一個窗戶前邊。

「阿格拉婭真可笑！」她突然說，「她喚住我，說道：『請您替我對令尊和令堂轉達我個人特別的敬意；過幾天我一定找個機會和令尊見面。』她說得十分正經。太奇怪了……」

「不是取笑嗎？不是取笑嗎？」

「當然不是，所以才奇怪呢。」

「她知道不知道老頭兒的事情？你覺得怎樣？」

「他們家裡並不知道，我對這一點毫不疑惑。但是你提醒了我，阿格拉婭也許是知道的。只有她一個人知道，因為當她那樣正經地請我向父親轉達敬意的時候，她的兩位姐姐也感到驚異。為什麼偏偏要對他致敬呢？如果她知道的話，一定是公爵告訴她的！」

「不難猜出是誰告訴她的！賊！真是豈有此理！我們的家庭裡出了一個賊！『一家之主！』……」

「這真無聊極了！」瓦里婭喊道，很生氣，「這不過是醉鬼鬧出來的把戲，沒有別的。這是誰想出來的？列別杰夫，公爵……他們自覺不錯；他們的腦筋太聰明了！我可不大相信這個。」

「老頭兒是個賊，是個醉鬼，」加尼亞惱怒地繼續說，「我是乞丐，妹夫是放印子錢的——這足夠阿格拉婭驚奇的！沒什麼可說的，美麗極了！」

「這個放印子錢的妹夫給你……」

「給我飯吃，是不是？請你不要客氣。」

「你生什麼氣呢？」瓦里婭立刻接著說，「你真像一個小學生，什麼也不懂。你以為這一切會使你在阿格拉婭面前丟人嗎？你不知道她的性格。她會拒絕一個最合適的未婚夫，而非常高興地跟一個學生跑到亭子間去挨餓——這是她的理想！如果你能用堅定和驕傲的態度忍受我們這樣的環境，她會認為你是一個非常有趣的人，不過，你永遠也不會瞭解這一點。公爵之所以能夠使她上鉤，就因為：第一，他完全沒有放釣竿；第二，他在眾人面前是一個白癡。她為了他而把整個家庭攪得一塌糊塗，只從這件事實，就可以看出她現在喜歡的是什麼。唉，你是一點也不會瞭解的！」

「瞭解不瞭解，咱們走著瞧吧，」加尼亞很神祕地嘟噥著，「不過，我到底不願意她知道老頭兒的行為。我覺得，公爵是不會講出來的。他也不讓列別杰夫亂說，連我死乞白賴問他的時候，他都不願意全盤托出……」

「如此說來，你看，就是不講，大家也會知道的。現在這對你有什麼關係？你還希望什麼？如果還殘存著希望，那麼，這也不過使她把你看作可憐蟲罷了。」

「不管她如何喜歡浪漫主義，她總會害怕出亂子的。一切都是到一定的界限為止，人人都要到一定的界限為止。你們全是這樣。」

「阿格拉婭會害怕嗎？」瓦里婭臉紅了，她鄙夷地看了哥哥一眼，「你的心靈可真卑賤！你們全都是一文不值的人。即使她是個可笑的怪物，也比你們大家高貴一千倍。」

「沒有什麼，沒有什麼，你不要生氣。」加尼亞又自滿地喃喃著。

「我只是替母親可惜，」瓦里婭繼續說，「我害怕父親的這段故事會傳到她的耳朵裡去。我真害怕！」

「一定已經傳到了。」加尼亞說。

瓦里婭站起身來，想上樓到尼娜．亞歷山德羅夫娜那裡去，但是她又站住了，仔細地向哥哥看了一眼。

「誰會對她說呢？」

「大概是伊波利特。我想，他一搬到我們這裡來，最快樂的事情就是向母親報告這件事情。」

「但是，他怎麼會知道的？請你告訴我。公爵和列別杰夫決定不對任何人講，科利亞連一點都不知道。」

「伊波利特嗎？他自己打聽出來的。你想像不出他那鼻子很快就會嗅出一切不好的、丟人的事情。信不信由你，我深信他會把阿格拉婭抓在手裡的！如果他現在沒有抓住，將來也是會抓住的！羅戈任也和他有關係。公爵怎麼沒有覺察出這一點來！他現在很想把我打倒！他認為我是他的死敵，我早就看出來了。這是為什麼呢？他何必如此呢？要知道，他總歸要死的。我真弄不明白！但是我會欺騙他；你等著瞧吧，結果是我把他打倒，而不是他把我打倒！」

「你既然這樣恨他，為什麼要招引他來呢？他還值得一擊嗎？」

「那是你勸我招引他到我們這裡來的。」

「我覺得他是會有益處的。你知道，他現在自己愛上了阿格拉婭，時常寫信給她嗎？人家向我問過他的……他幾乎要給伊麗莎白・普羅科菲耶夫娜寫信呢。」

「在這方面，他並不危險！」加尼亞說，惡狠狠地笑了一下。「不過，你一定搞錯了。說他墜入情網，這是可能的，因為他是一個男孩子呀！但是……他絕不會給老太婆寫匿名信。他是一個那麼兇惡的、毫無價值的、自高自大的庸人！……我深信，我確切地知道，他已經跟她說我是一個陰謀家。他就從這裡開始。說實話，我起初像傻子似的把一切話都對他說了出來；我覺得他僅僅為了對公爵復仇，就會為我的利益而活動。他真是一個狡猾的東西！啊，我現在完全弄清楚他了。關於偷竊的事情，他是從他的母親——上尉夫人那裡聽來的。老頭兒所以敢於做出這種事情來，那是為了討上尉夫人的歡心。他忽然無頭無腦地告訴我，『將軍』答應給他母親四百盧布，他就這樣完全無頭無腦地告訴我，沒有一點客氣。我當時全都明白了。他就這樣看我的眼睛，露出一種愉快的樣子。他一定也對母親說過，只是為了高興看她傷心。為什麼他還不死呢，我請問你？他答應過三個星期就死，但到了這裡反而發胖了！連咳嗽也停止了；昨天晚上，他自己說已經有兩天不咯血了。」

「你把他趕出去好啦。」

「我不是恨他，卻是看不起他，」加尼亞驕傲地說，「是的，是的，就算我恨他好了！就算是這樣吧！」他突然特別憤怒地喊道，「我要當面對他表示出來，即使在他倒在枕頭上快要死去的時候，我也要說！你如果讀過他的懺悔錄——我的天，那真是天真到無恥的地步！他是悲劇裡的皮羅戈夫中尉，他是諾茲德謬夫[1]，而主要的是一個乳臭未乾的毛孩子！我當時真想痛痛快快地揍他一頓，使他驚醒過來。現在他為了當時沒有弄成功，想對大家報復一下……這是怎麼回事？又吵起來了！這究竟是怎麼回事？我真是忍受不住了。普季岑！」他朝著走進屋裡來的普季岑喊道，「這是怎麼回事？我們這裡究竟會弄到什麼地步？這是……這是……」

然而喧鬧的聲音越來越近，門突然敞開，老伊伏爾金漲紅了臉，氣沖沖地，激動得控制不了自己，也朝普季岑身上攻擊起來。尼娜．亞歷山德羅夫娜和科利亞跟在老頭後面，在最後面的是伊波利特。

1 譯注：諾茲德謬夫：果戈理《死魂靈》裡的人物、地主、說謊者和吹牛家，喜歡發笑、打架。

第二章

伊波利特搬到普季岑家裡來，已經有五天了。這事好像是自然而然發生的，他和公爵之間並沒有特別的閒言，也沒有任何的爭吵。他們不但沒有爭吵，在分手時外表上還像密友一般。加夫里拉·阿爾達利翁諾維奇那天晚上本來對伊波利特抱著十分仇視的態度，但在出事後的第三天，竟親自跑來探問伊波利特，大概是由於心血來潮的關係吧。不知是什麼原因，羅戈任也常來看病人。公爵起初覺得，如果「可憐的孩子」從自己家裡搬出去，對於那孩子也許好些。但是在搬走的時候，伊波利特說他要搬到普季岑那裡去，因為「那個人心眼好，能給他一個安身的地方」，同時，他好像故意似的一次也沒有提他要搬到加尼亞那裡去，雖然是加尼亞主張把他接到家裡來住。加尼亞當時就覺察出這一點，暗暗地記在心裡。

他對妹妹說病人已大見康復，這話是對的。伊波利特的確比以前好了些，一眼就可以看出，他不慌不忙地走進屋裡來，落在大家後面，露出嘲諷的、仇恨的微笑。尼娜·亞歷山德羅夫娜十分驚慌地走了進來。（她在這半年變得很厲害，顯得瘦了；自從女兒出嫁，自己也搬到女兒家裡居住以後，她幾乎不再公開干涉兒女的事情。）科利亞顯得十分焦慮，似乎在驚疑著；他對於「將軍的瘋勁」（用他自己的話來說），有許多莫名其妙的地方，他當然不知道家裡這次新騷亂的主要原因。但是他明白父親竟整天地到處亂嚷，忽然變成和以前完全不同的人了。使他感覺不安的是，老頭兒在最近三天已經完全不喝酒了。他知道，父親已經跟列別杰夫和公爵分了手，而且爭吵了一頓。科利亞剛剛回家，手裡拿著一大瓶伏特加酒，是他用自己的錢買的。

「真是的，媽媽，」他還在樓上的時候就對尼娜·亞歷山德羅夫娜說，「真是的，還是讓他喝點酒好。他已經有三天沒有接觸到一滴酒，自然會感到煩惱。他喝了的確會好些；他住監獄的時候，我也常送酒給他喝……」

將軍大敞開門，站在門檻上，氣得直打哆嗦。

「先生！」他用雷鳴一般的聲音對普季岑喊道，「如果您果真決定為了那個乳臭未乾的無神派而犧牲可尊敬的老人、您的父親，至少說是您的岳父、在朝廷上有功的人，那麼，我的腳從現在起不再跨進您家一步。您自己選擇吧，先生，立刻選擇吧。不是我，便是那個……螺旋！是的，螺旋！我脫口說了出來，但他就是螺旋！因為他像螺旋似的鑽破我的心靈，沒有絲毫敬意……簡直就像螺旋！」

「您是不是說開酒瓶的螺絲錐？」伊波利特插嘴說。

「不，不是螺絲錐，因為我站在你面前是一位將軍，並不是酒瓶子。我有勳章，它們表示我有過……而你卻什麼也沒有。不是他，便是我！請您決定吧，先生，立刻決定，立刻決定！」他又向普季岑狂喊。科利亞當時遞給他一把椅子，他頹然地坐在上面。

「真的，您最好是……睡一會兒。」震驚異常的普季岑喃喃地說。

「他竟威嚇起來了！」加尼亞對妹妹小聲說。

「睡覺，」將軍喊道，「我沒有喝醉酒，先生，您簡直侮辱我。我看出來了，」他繼續說，又站起身來，「我看出來了，這裡的一切東西都反對我，一切東西和所有的人。夠了！我要離開這裡……但是您知道，先生，您知道……」

大家不讓他說完，又按他坐下；勸他安靜一些。加尼亞憤憤地走到角落去了。尼娜·亞歷山德羅夫娜一邊哆嗦，一邊哭泣。

「我對他做了什麼事情？他抱怨些什麼！」伊波利特嘲笑著說。

「難道您沒有做嗎？」尼娜·亞歷山德羅夫娜突然說，「您尤其應該感到慚愧……折磨老人是一件不人道的事……就是在您所處的地位也一樣！」

「第一件，我所處的是什麼樣的地位，老太太！我很尊敬您，尊敬您本人，但是……」

「他是一隻螺旋，」將軍喊道，「他鑽我的靈魂和心臟！他想叫我相信無神論。你要知道，你這乳臭未乾的小兒，當你還沒出生的時候，我已經得到許多榮譽和獎賞了。你只是一個愛嫉妒的人，咳嗽得彎下了腰……在憤恨和不信神之中等死……加夫里拉為什麼把你弄到這裡來？大家全反對我，從外人一直到親生的兒子！」

「得了吧，別再演悲劇啦！」加尼亞喊道，「只要不弄到全城人都羞辱我們，就算不錯！」

「怎麼？你這小毛孩子，我會使你丟人嗎？我會使你丟人嗎？我只能給你增添榮譽，絕不會丟你的臉！」

他跳了起來，大家已經不能壓制住他了。但是加夫里拉·阿爾達利翁諾維奇顯然也不能控制自己了。

「你還講名譽呢！」他惡狠狠地喊。

「你說什麼？」將軍怒吼起來，他面色發白，向加尼亞身前走了一步。

「只要我張一下嘴，就可以……」加尼亞突然怒喊道，但沒有說完。兩人面對面立著，都很激動，尤其是加尼亞。

「加尼亞，你怎麼啦！」尼娜．亞歷山德羅夫娜喊，跑過去阻止兒子。

「你們都胡說八道起來了，」瓦里婭憤怒地喊道，「算了吧，媽媽！」她抓住母親。

「只是看在母親面上，饒你一次。」加尼亞用悲劇的聲調說。

「你說吧！」將軍怒吼著，露出完全瘋狂的樣子，「你不怕父親的詛咒，你就說吧……你就說吧！」

「你瞧，就好像我怕你的詛咒似的！你八天來像瘋子一樣，那是誰的過錯呀？已經有八天了，你瞧，我連日子都知道的……你不要把我惹急了；我全會說出來的……你昨天為什麼到葉潘欽家裡去？還要自稱為白髮老人，一家之主！真好極了！」

「住嘴，加尼亞！」科利亞說，「不要再說了，傻瓜！」

「我怎麼，我怎麼侮辱他啦？」伊波利特固執地說，但是他還好像用那種嘲笑的口氣，「他為什麼管我叫螺旋，你們聽見沒有？他自己來糾纏我。他剛才跑了來，提起那個葉羅皮戈夫上尉的事情。將軍，我並不願意陪您說話；我以前也竭力避免，您自己是知道的。葉羅皮戈夫上尉的事情與我毫不相干，這話您自己也同意吧？我並不是為葉羅皮戈夫上尉搬到這裡來的。我不過對他表示出我的意見，說葉羅皮戈夫上尉這個人也許就根本不存在。他頓時發起脾氣來了。」

「毫無疑問，是不存在的！」加尼亞堅決地說。

但是，將軍呆呆站在那裡，只是無意義地環顧左右。兒子的話這樣率直，使他大吃一驚。在最初一瞬間，他簡直說不出話來。最後，伊波利特用哈哈大笑來回答將軍，並且喊道：「您聽見沒有，您的親兒子也說沒有葉羅皮戈夫上尉這個人！」這時候，老頭兒才前言不搭後語地喃喃地說道：「是卡皮通．葉羅皮戈夫，不是上尉……卡皮通……退伍的中校，葉羅皮戈夫……名字是卡皮通。」

「連卡皮通也沒有的！」加尼亞完全火起來了。

「為……為什麼沒有？」將軍喃喃地說，臉上一陣紅。

「算了吧！」普季岑和瓦里婭勸他說。

「住嘴，加尼亞！」科利亞又喊道。

但是，旁人的勸架似乎使將軍想起來了。

「怎麼沒有？為什麼不存在？」他威風凜凜地攻擊兒子。

「就是因為沒有。沒有就得了，而且完全不可能有！就是這樣。我對你說，躲開我吧。」

「他還是兒子……還是我的親生兒子，我把他……天哪！硬說沒有葉羅皮戈夫，沒有葉羅什卡．葉羅皮戈夫這個人！」

「你瞧，一會兒是葉羅什卡，一會兒是卡皮通！」伊波利特插嘴說。

「是卡皮通，先生，卡皮通，不是葉羅什卡！卡皮通，阿列克謝耶維奇上尉，不對，卡皮通……中校……退職的……娶了瑪麗亞．彼得羅夫娜。蘇……蘇……朋友和同事……蘇圖戈娃，甚至從在軍官學校學習的時候起。我為他流了……我擋住他……被殺死了。卡皮通．葉羅皮戈夫怎麼會沒有呢！怎麼不存在呢！」

將軍拚命呼喊，但是令人覺得，他所喊的事情好像與原來的問題毫不相關。不錯，如果在其他的場合，即使有人說出了比卡皮通．葉羅皮戈夫這個人根本不存在這些使他更加感到恥辱的言論，他也能夠忍受，頂多呼喊一兩下，鬧點亂子，生一下氣，然後回到樓上自己的屋內去睡覺。但現在，人心真的特別奇怪，像懷疑葉羅皮戈夫並不存在這樣的小事，他也容納不下了。老頭兒的臉漲得紫紅，舉起手來，喊道：「夠了！他媽的……離開這個家！尼古拉，你把我的手提包拿來，我走……離開這裡！」

他匆匆忙忙，特別憤怒地走了出去。尼娜．亞歷山德羅夫娜、科利亞和普季岑在後面緊追著。

「你現在做出了什麼事情！」瓦里婭對哥哥說，「他也許又要跑到那邊去。真是丟臉！真是丟臉！」

「不應該去偷東西呀！」加尼亞喊，憤恨得幾乎透不過氣來。他的眼神忽然和伊波利特相遇；加尼亞幾乎直打哆嗦。「但是您呢，先生，」他喊道，「您應該記住，您到底還是住在別人家裡……受人款待，不應該觸怒這老頭子，他顯然已經發了瘋……」

伊波利特也好像要打起哆嗦來，不過他一下子按捺住了。

「您說令尊發瘋，我不十分同意，」他很平靜地回答說，「真的，我反而覺得他的理性最近增多了，您不相信嗎？他已經變得那麼謹慎，那麼多疑了，對於每件事都很注意，說每句話時都要考慮一下……關於這個卡皮通，他和我提起是另有用意的。您想一想，他是想引我……」

「他想引您到什麼地方去，那關我什麼屁事！我請您不要跟我要什麼手段，不要和我裝腔作勢，先生！」加尼亞尖聲叫喊，「如果您也知道老頭兒現在之所以有這種心境的真正原因（您這五天盡在我這裡偵查，一定是知道的了），您根本就不應該惹惱……這個不幸的人，不應該誇大事實，使我母親感到痛苦，因為這件事情本來很無聊，只不過是醉鬼鬧出來的把戲，並沒有什麼的，甚至連證據都沒有，我並不怎樣重視……但是您一定要使人難受，刺探人家的祕密，因為您……您……」

「是一隻螺旋。」伊波利特冷笑了。

「因為您是一個壞蛋，因為您把大家折磨了半個小時，您想用沒有裝好子彈的手槍自殺，來嚇唬嚇唬他們，結果鬧了一個丟人的大笑話。您這人是連自殺都不肯正正經經去做的，您走來走去，到處撒播怨恨的種子。我好心好意款待您，您發了胖，停止了咳嗽，而您所報答的卻……」

「請容許我說兩句話，我是住在瓦爾瓦拉·阿爾達利翁諾夫娜家裡，沒有住在您的家裡。您並沒有給我任何的款待。我以為，您自己也是寄在普季岑先生籬下的。四天之前我就請我的媽媽在帕夫洛夫斯克給我租一所房子，叫她也搬到那裡去，因為我在此地確實覺得輕鬆些，雖然我根本沒有發胖，而且仍舊咳嗽著。媽媽昨天晚上通知我，房子已經租好了。我趕緊通知您，我今天就要向令堂和令妹道謝，然後搬到自己租的房子裡去，這件事我昨天晚上就決定好了。我打斷您的話，實在對不起。您好像還打算說許多話哩。」

「既然如此……」加尼亞哆嗦著說。

「既然如此，請容許我坐下吧，」伊波利特補充說，十分安靜地坐在將軍坐過的那把椅子上，「我到底是個有病的人。我現在準備傾聽您的話，況且這是我們最後的一次談話，也許是最後一次的會晤。」

加尼亞突然感到慚愧起來。

「您要相信，我不會把自己的身份降低到跟您算帳的地步，」他說，「如果您……」

「您何必這樣驕傲，」伊波利特打斷他的話說，「我在搬到這裡來的第一天，就決定在我們分手時，痛痛快快地，用完全公開的方式，把一切都對您傾吐出來。我現在就打算履行自己的諾言，當然，要在您說完以後。」

「但是，我請您離開這個房間。」

「您最好還是講吧，要知道，如果您不講，以後會後悔的。」

「不要講了吧，伊波利特。這一切是非常可恥的。勞您駕，不要講了吧！」瓦里婭說。

「只是看在太太的面上，」伊波利特站起身來，哈哈大笑道，「瓦爾瓦拉·阿爾達利翁諾夫娜，我為了您，一定準備把話縮短一些，但並不是不說，只是縮短一些，因為我和令兄之間有幾句話必須解釋一下。我在弄清誤會之前，無論如何不會離開這裡。」

「您簡直就是一個專門搗亂的傢伙，」加尼亞喊道，「所以，您要是不搗亂一下是不肯走的。」

「您瞧，」伊波利特冷冷地回答說，「您已經按捺不住了。您現在不說，將來真會後悔的。我讓您先說，我可以等一下。」

加夫里拉·阿爾達利翁諾維奇沉默著，露出輕蔑的神情。

「您不願意說，您打算磨煉一下自己的性格，那隨您的便吧。至於我呢，我要盡可能說得短些。今天我有兩三次聽到人家責備我接受你們的款待，這是不公平的話。您邀請我到這裡來，是您自己想把我捉進網中，您指望的是我會對公爵進行報復。您又聽到阿格拉婭·伊萬諾夫娜對我表示同情，讀了我的〈解釋〉。您不知為什麼以為我會用全力維護您的利益，您希望會得到我的幫助。我不打算更詳細地解釋啦！我也不要求您的承認和證實，我只要使您問一問自己的良心就夠了。我們現在相互間是很能瞭解的。」

「天曉得，您竟把一件很普通的事弄成這個樣子！」瓦里婭喊道。

「我對你說過：『他是一個造謠生事的孩子。』」加尼亞說。

「對不起，瓦爾瓦拉·阿爾達利翁諾夫娜，我繼續說下去。對於公爵，我當然不能愛他，也不能尊敬他。但是，他根本是一個好人，雖然是個……可笑的人。我完全沒有什麼可以恨他的地方；在令兄教唆我反對公爵的時候，我沒有表明態度；我只是希望到最後時取笑他一下。我知道令兄會對我說出來，並鑄成大錯。結果真是如此……我現在準備饒了他，但這只是由於尊敬您，瓦爾瓦拉·阿爾達利翁諾夫娜。我在向您解釋清楚我不那麼容易上鉤以後，還要對您解釋我為什麼這樣高興把令兄當成傻瓜。您知道，我這樣做完全是由於仇恨，我可以坦白承認。我在臨死以前（因為我到底是會死的，雖然像您所說的那樣發了胖），我在臨死以前，如果能把那些為數眾多的、迫害我一輩子的、我也恨他們一輩子的人當中的代表者愚弄一下，我就會心平氣和地走進天堂。令兄就是我所說的那些人當中最顯著的例子。我之所以恨您，加夫里拉．阿爾達利翁諾維奇，就是為了──你也許覺得很奇怪──就是為了您是最蠻橫的、最自滿的、最庸俗的、最討厭的平凡人物的一個最高級典型、化身和體現！您是妄自尊大的尋常人物，您是剛愎自用、道貌岸然的尋常人物；您是尋常人物中的最尋常人物！在您的腦筋裡，在您的心裡，永遠不會擁有一點點自己的思想。但是您非常好妒忌；您自認為自己是偉大的天才，但有時在陰暗的內心世界裡還會發生懷疑，於是您就惱恨起來，嫉妒起來。哦，在您的地平線上還有烏黑的斑點！當您完全變得愚蠢的時候（這時候已經不遠了），它們會過去的。但是您到底還要走一段冗長的、坎坷的道路。我不能說它是一條快樂的道路，我很喜歡這一點。第一，我可以對您預言，您是不會把那位姑娘弄到手的……」

「這真叫人不能忍受！」瓦里婭喊道。

「您說完了沒有，討厭的傢伙？」

加尼亞臉色慘白，渾身哆嗦，默不作聲；伊波利特止步，很愉快地注視著他，又朝瓦里婭身上看了一眼，然後冷笑一聲，鞠了一躬，便走出去了，沒有再說一句話。

加夫里拉．阿爾達利翁諾維奇完全有理由抱怨自己命運的不幸和人生的失敗。瓦里婭一時不敢同他講話，甚至當他邁著大步從她身旁走過的時候，都不敢看他一眼。最後，他退到窗前，背向她站著。瓦里婭想起了俄國的「吉凶莫卜」這一個俗語。樓上又傳來了喧鬧的聲音。

「你要走嗎？」加尼亞聽見她從座位上站起來時，突然轉過身來問她，「等一等，你瞧瞧這個。」

他走過來，把一個小紙片扔到她前面的椅子上，那張小紙片疊成便條的樣子。

「天哪！」瓦里婭喊道，並舉起雙手拍了一下。

便條上一共只有三行字：

加夫里拉·阿爾達利翁諾維奇！我自己有一件十分重要的事情，由於我深信您對我抱著友善的態度，所以決定向您請教一下。我希望明天早上七點在綠椅上與您會晤。那地方離我們的別墅不遠。瓦爾瓦拉·阿爾達利翁諾夫娜一定伴您同來，她很熟悉這個地方。

阿·葉[1]

「現在你去和她算帳吧！」瓦爾瓦拉·阿爾達利翁諾夫娜攤開雙手。

這時候，加尼亞雖然不願意誇口，但是還是情不自禁地露出得意之色，當伊波利特說出那句帶有侮辱性質的預言之後，更是如此。他的臉上顯露出自滿的笑容，瓦里婭也快樂地笑了。

「這正在他們宣佈訂婚的那一天！現在你去和她算帳吧！」

「依你看，她明天想說什麼話呢？」加尼亞問。

「不管她說什麼，都沒有什麼關係，主要的問題是，她和你有六個月不見面，現在頭一回想和你相見了。你聽我說，加尼亞，無論怎樣，無論結果如何，你要知道，這也是很重要的一件事情！這件事情太重要啦！你不要再做出傲慢的樣子，不要再發生錯誤，千萬不要膽怯！我半年來淨到她們家裡去，這

1 譯注：即阿格拉婭·葉潘欽娜。

是為了什麼，她還能不曉得嗎？你瞧，她今天竟一句話也沒有對我說，一點也沒有露出來。我還是偷偷到她們那裡去的，老太太並不知道我坐在那裡，要是知道的話，也許早把我趕出來了。我為了你冒險前去，無論如何要打聽出來……」

樓上又傳來呼喊和吵鬧的聲音，幾個人從樓梯上走下來。

「現在無論如何不能容許有這種事情發生！」瓦里婭上氣不接下氣，驚驚惶惶地喊道，「一點搗亂的影子都不能有，你快去賠罪吧！」

但是，一家之主已經走到街上去了，科利亞在後面拖著他的手提包。尼娜．亞歷山德羅夫娜站在台階上面痛哭；她想跑去追他，但被普季岑給攔住了。

「您這樣做，更會使他冒火，」他對她說，「他沒有地方可去，過半個鐘頭後人家就會把他帶回來，我已經和科利亞說過了，您讓他做點傻事吧。」

「您吵鬧什麼？您往哪裡去？」加尼亞從窗裡喊，「您沒有地方可去！」

「回來吧，爸爸！」瓦里婭喊，「鄰居們會聽見的。」

將軍止了步，轉過身來，伸出一隻手，喊道：「我詛咒這所房子！」

「他一定要裝出唱戲的口調來！」加尼亞喃喃地說，把窗戶啪的一聲關上了。

鄰居們果真聽見了，瓦里婭從屋內跑出來。

瓦里婭走出去之後，加尼亞從桌上拿起字條，吻了一下，用舌頭吮出響聲，踮著腳做了一次旋舞。

第三章

在其他的任何時候，將軍的紛擾都不會有什麼結果。以前，他也經常像這樣突然胡鬧起來，不過次數很少，因為一般來說，他是一個很溫和的、脾氣不壞的人。他也許有一百次和他近年來常有的壞脾氣鬥爭過。他突然想起他是「一家之主」，便和妻子和解，誠懇地哭泣。他尊敬，甚至是崇拜尼娜．亞歷山德羅夫娜，因為她時常默默地饒恕他，就是在他丟人現眼、醜態百出的時候，她也愛他。但是，他對自己壞脾氣的控制通常並不堅持很久；將軍還是一個過於「容易衝動」的人，雖然他的衝動是一種特殊的衝動。他平常總是忍受不了在家那種閉門思過、無所事事的生活，結果就來一陣反抗。他陷入一種狂熱的心情，在有這種心情的時候，他也許會責備自己，但是並不能控制住自己。他要和人爭吵，滔滔不絕地說一堆大話，要求人家過份低、格外地尊敬他，到了最後，就要棄家出走，有時還失蹤許多時候。近兩年來，他只是在大體上知道自己家裡的事情，或者只是得諸耳聞；他也不詳細打聽，因為他覺得沒有任何的必要。

但在這一次，「將軍的紛擾」卻出現一點異乎尋常的性質；大家似乎知道一些什麼事情，大家似乎怕說這些事情。將軍在三天以前才「正式」回家，也就是到尼娜．亞歷山德羅夫娜那裡去，但是他完全不像以前每次「露面」時那樣低聲下氣，並開始懺悔，而是露出特別惱怒的神情。他的話顯得很多，而且焦灼不安，不管遇到誰都要大談一番，似乎要攻擊到人家身上去；但是，他所談的話題多種多樣，很多話都是憑空而來，使人怎麼也弄不清楚，他內心真正感到不安的究竟是什麼。有時候他顯得很高興，但經常陷入沉思，但自己也不知道想些什麼；他會突然開始講什麼——講葉潘欽家裡的情形，講公爵和列別杰夫，但突然又中斷了，完全無話可說。人家如果追問，他就只用傻笑來回答，他甚至都沒有注意到人家在問他，他就微笑了。他頭一天晚上是在歎息和呻吟中度過的，把尼娜．亞歷山德羅夫娜折磨得好苦，他整夜沒有睡覺，她不知為什麼給他敷上薰蒸藥劑；清晨時他忽然睡著了，睡了四個小時，等到醒來時，突然疑心病發作，結果和伊波利特大吵一通，並「詛咒這個家庭」。大家也注意到，他在這三天內不斷地產生極強烈的虛榮，因此特別容易動怒。科利亞堅持地對母親說，這全是由於他想喝酒，也許是想念近來和將軍特別要好的列別杰夫。但在三天前，他突然和列別杰夫吵起嘴來，在異常憤怒之中分了手。他甚至和公爵也發生了一些糾紛。科利亞曾經請公爵解釋其中的原因，並覺得公爵好像還有什麼話不願對他說似的。如果像加尼亞所猜測的那樣，伊波利特和尼娜．亞歷山德羅夫娜之間曾經進行過什麼特別的談話，那麼奇怪的是，這個惡毒的年輕人（加尼亞公開管他叫作造謠的人），卻並不樂意用同樣的方式把祕密洩露給科利亞。他也許並不像加尼亞對妹妹所講的那樣，是一個可惡的「壞孩子」，而是另一種類型。他也不見得僅僅是為了「使她傷心」，而將自己的某種觀察告訴尼娜．亞歷山德羅夫娜。我們不要忘記，人類行為的原因，通常總比我們事後對這些原因所作解釋更為複雜多樣，而且是很多弄得清楚的。一個講故事的人，有時最好是直述各種事件。我們在下面解釋將軍的這場亂子時，就是採取這個好辦法。因為我們不管怎樣匆忙，已經感到必須打破以前的計畫，非對本書中的這位二流角色更加注意和多費些篇幅不可了。

這些事件是按照下面的順序逐漸發生的：

在列別杰夫到彼得堡去找費爾德先科，當天就同將軍一塊兒回帕夫洛夫斯克的時候，並沒有向公爵報告什麼特殊的事情。如果公爵當時不是有另一些極其重要的事情縈繞腦際，使他過於分神，他一定很快就會發覺，在以後兩天裡，列別杰夫不但沒有對他做任何解釋，甚至恰好相反，不知為什麼好像故意躲避他。公爵後來注意到這一點，使他驚訝的是：在這兩天內，當他和列別杰夫偶然相遇的時候，他總覺得列別杰夫興致勃勃，而且差不多總是和將軍在一起，兩個人形影不離。有時候，公爵聽到樓上傳來洪亮而迅速的談話聲，嘩笑和愉快的辯論聲：有一次深更半夜，他突然聽到軍人唱的狂飲曲，立刻就聽出那是將軍嘶啞的低音。但是那歌沒有唱完，突然就停止了。後來有一小時左右，樓上一直繼續著極興奮的談話，從各種跡象來看，談話的人已經喝醉了。他可以猜得出在樓上作樂的那兩個好友正在互相擁抱，後來有一個哭了。後來忽然又發生激烈的爭吵，但爭吵聲也很快就平息了。在這期間，科利亞總是有一種特別焦慮的情緒。公爵時常不在家，有時很晚才回家；每當他回來的時候，家裡總是報告他說，科利亞整天在找他，問他在家不在家。但是，當他見到科利亞的時候，科利亞並沒有什麼特別要說的話，只說他對將軍和將軍現在的行為非常「不滿意」，「他們整天到處閒逛，在附近的酒館裡喝得醉醺醺的，互相擁抱，然後在街頭爭吵，互相挑唆，但誰也離不開誰。」公爵對他說，以前每天也是這樣的，科利亞根本不知道怎樣去面對，也無法解釋他的真正的不安究竟在哪裡。

在唱過狂飲曲和爭吵之後的第二天早晨，十一點鐘左右，公爵正想從家裡出去，將軍忽然站在他的面前，顯得十分驚惶，露出受到驚動的模樣，不知道是怎麼回事。

「我早就想找一個機會與您相見，尊敬的列夫．尼古拉耶維奇，很久，很久了，」他喃喃地說，緊握著公爵的手，幾乎使公爵發痛，「很久，很久了。」

公爵請他坐下。

「不，我不坐。而且會耽誤您的工夫，我下次再來吧。我覺得我可以恭賀……您完成了自己的心願。」

「什麼心願？」

公爵很窘。他正和許多處在他這個地位上的人一樣，總覺得根本沒有人看出，沒有人猜出，也沒有人瞭解他的事情。

「請您放心吧，請您放心吧！我不會擾亂您那極其微妙的感情的，我自己體驗過這種感情，我自己也知道所謂『多管閒事』是什麼意思。我每天早晨都會有這種體會。我是為了另一件事情來的，為了一件重要的事情來的。為了很重要的事情，公爵。」

公爵又請他坐下，自己也坐了下來。

「一秒鐘是可以的……我是來請教您一件事情。我在生活中自然沒有實用的目標，但是我很尊重自己……尊重一般俄國人所疏忽的求實精神……我希望使我自己、我的妻子和我的孩子得到這樣一種地位……一句話，公爵，我是跟您請教的。」

公爵熱情地稱讚他的意圖。

「這一切全是沒有意義的，」將軍突然打斷他的話，「我主要的並不是要談這個，我是要談另一件重要的事情。我只是要對您解釋，列夫．尼古拉耶維奇，因為您這個人態度誠懇，心性高尚，這是我所深信的，因為……因為……您對於我的話不感到驚異嗎，公爵？」

公爵如果不是帶著特別的驚異神情，便是帶著過份的注意和好奇心注視著他的客人。老將軍的臉色有些蒼白，嘴唇有時微微地抖動，手好像找不到適當的地方放似的。他只坐了幾分鐘，就已經有兩次不知為什麼突然從椅子上站起來，突然又坐了下去，而且顯然一點也沒有注意到自己的那種行動。桌上放著一些書籍；他拿起一本，一邊繼續說話，一邊翻開書看，但立刻又把書合上，放到桌子上；然後又拿起另一本書，但這回並沒有翻開，在臨走之前始終握在右手裡，不斷在空中揮動著。

「夠了！」他忽然大喊道，「我覺得，我打擾您太過份了。」

「一點也不，請您繼續說下去吧！恰恰相反，我在這裡傾聽，並希望猜到……」

「公爵，我希望使自己獲得受到尊敬的地位……我希望尊重自己……和自己的權利。」

「一個人具有這樣的願望，就已經是值得尊敬的了。」

公爵說出這句自己從書法字帖中臨寫下來的話，並深信這會產生良好的效果。他似乎本能地猜到，這類空洞的，但是好聽的句子，如果說得恰是時候，就會使得將軍那樣的人，尤其是懷著將軍那樣心情的人馬上心平氣和起來。無論如何要使這種客人輕鬆愉快地走出去，這真是一個很難辦到的問題。

這句話果然使將軍深受感動，使他從心眼裡往外喜歡；他忽然動了情感，一下子改變語氣，並開始進行冗長的解釋。但是公爵無論怎樣費勁，無論怎樣傾聽，還是一點也聽不懂他說的是什麼意思。將軍說了足有十分鐘，說得又熱烈，又快，好像一下子要吐出滿腔情緒似的；最後，他的眼眶裡盈著淚水，但是他所說的仍然是一些沒頭沒尾的句子，一些突如其來的話和一些意料不到的想法，像狂風驟雨似的，一個接著一個往外猛衝。

「夠了！您瞭解我，我也就安心了，」他忽然站起來，結束他的話，「像您這樣的心一定會瞭解一個苦心人的。公爵，您是一個理想的高尚的人物！別的人和您比起來，豈不是和糞土一樣嗎？您的年紀還輕，我祝福您。最後，我是來請求您指定一個時間和我進行重要的談話，這就是我最主要的希望。我尋找的不過是友誼和同情，公爵：我永遠不能控制我內心的要求。」

「為什麼不馬上談呢？我洗耳恭聽……」

「不，公爵，不！」將軍迅速地打斷他的話，「現在不能談！現在只是一個夢想！這太重要了，太重要了！談這話的一小時將成為決定最後命運的一小時。這是我的時間，在這種神聖的時間裡，我不願意有一個不速之客，有一個莽撞漢跑進來打斷我們，要知道，這類人是不少的，」他俯到公爵的耳邊，帶著奇怪的、神祕的、幾乎驚慌的語調輕聲說，「那種莽撞漢還沒有您腳上的鞋跟有價值呢，可愛的公爵！哦，我不是說比我腳上的鞋跟！您要特別注意，我並沒有提我的腳；因為我太尊重自己，不肯爽爽快快地說出來；但是只有您一人能夠瞭解，我在這種情況下放棄我的鞋跟，也許正是表示極驕傲的尊嚴。除了您之外，是沒有任何人會瞭解的，特別是他更不瞭解。他一點也不明白，公爵；他完全，完全不會瞭解的！必須有一顆心，才能瞭解！」

後來公爵幾乎害怕起來，他只好向將軍約定明天這個時候再見。將軍精神抖擻地走了出去，心裡得到很大的慰藉，差不多平靜了下去。晚七點鐘，公爵打發人請列別杰夫來一趟。

列別杰夫很匆促地走了進來。「我認為十分榮幸……」他一走進來，立刻就這樣開始說，一點也看不出他三天來好像在躲藏著，顯然避免和公爵相遇。他坐在椅子邊上，不停地擠眉弄眼和諂笑，雙手搓來搓去，露出極天真的期待神情，好像在等著聽什麼期待已久的、卻已經猜到的重要消息。公爵看到他這個樣子，覺得很不痛快，他開始明白，大家忽然從他身上期待著什麼，大家看著他，似乎希望向他道賀，做出一些暗示、微笑和眼色。凱勒已經跑來三次，顯然也是懷著道賀的心情：每次總是那樣歡欣地、曖昧地開始說話，不等說完，就匆匆地溜走了。（他近幾天在某處喝了許多酒，還在一家彈子房內吵鬧過。）科利亞雖然十分憂鬱，但他也模模糊糊地和公爵談了兩次。

公爵直率地，帶著幾分惱怒地問列別杰夫，他對於將軍現在這種心境有什麼看法，為什麼將軍顯得如此的不安？公爵用幾句話把剛才的那一幕講給列別杰夫聽。

「各人都有各人的不安，公爵……尤其在我們這種奇怪的、不安的時代，是這樣的！」列別杰夫冷冷地回答說，他很惱怒地沉默著，露出大失所望的神情。
「好一套哲學理論呀！」公爵冷笑了。
「哲學是需要的，在我們的時代是很需要的，在實用方面是很需要的，但是大家輕視它，就是這樣。從我這方面說來，尊敬的公爵，我雖然在您所知道的某一點上，蒙您對我有所信任，但這也只是在一定程度上，絕不超出那件事本身有關的各種情況……我明白這個，而且一點也不抱怨。」
「列別杰夫，您好像在為了什麼事情生氣吧？」
「一點也不，尊敬的、光輝的公爵，一點也不！」列別杰夫用一隻手按著心口，歡欣地喊道，「恰恰相反，我立刻明白，以我在世界上所處的地位而言，以智慧和心靈的發展而論，以所積累的財產而論，以我從前的行為和意識而論——我完全不配得到我所預期以外的您對我的信任；如果我有可以為您效勞的地方，我願意做您的奴隸和僕人，非這樣不行……我並不是生氣，而是有點憂愁。」
「盧基揚．季莫費伊奇，算了吧！」
「非這樣不行！現在就是這樣，在現在這種情況下就是這樣！我在遇到您，在心裡和思想裡觀察您的時候，自己總是說：我不配得到您的友誼和信任，但是我以房東的資格，在適當的時候，在預期的日子以前，也許可以得到一個所謂的『指示』或者至少是關於那即將發生的、大家期待著的變動的通知……」
列別杰夫說出這話的時候，用那兩隻銳利的小眼睛盯著公爵，而公爵正在很驚訝地看著他；他還在希望能夠滿足自己的好奇心。
「我根本一點也不明白，」公爵幾乎憤怒地喊道，「您……您真是最可怕的陰謀家！」他突然極其真誠地笑起來了。

列別杰夫也立刻笑了，他的眼神充滿了快樂，表示出他不但肯定了自己的希望，而且大大增加了。

「您知道我要對您說什麼，盧基揚．季莫費伊奇？但願您別生我的氣，我對於您的天真，也不只是您一個人的天真，感到非常驚異！您露出那份天真的態度，對我期待著一些什麼，就在此時此刻，都使我覺得對您有點不好意思，因為我沒有任何東西可以使您得到滿足；但是我可以對您發誓，根本沒有任何東西，您自己可以想像一下！」

公爵又笑了。

列別杰夫露出嚴肅的樣子。不錯，他在好奇之中有時顯得太天真，太固執；但在同時，他是一個極狡猾的、城府極深的人，在某些事情上過於緘默不言，公爵由於不斷地疏遠他，幾乎使他變成了自己的冤家對頭。但是，公爵之所以疏遠他，並不是因為看不起他，而是因為他所好奇的題目太微妙了。幾天之前，公爵還把自己的一些夢想當作一種罪行，但是，盧基揚．季莫費伊奇卻把公爵的拒絕當成是對他個人的嫌惡和不信任，很傷心地走開了，他不但為了公爵而嫉妒科利亞和凱勒，甚至還嫉妒自己的女兒薇拉．盧基揚諾夫娜。此時，他本來能夠向公爵報告一個對公爵極有興趣的消息，而且他也非常願意這樣做，但是他很陰鬱地沉默著，沒有說出來。

「我在哪方面可以替您效勞呢，尊敬的公爵，因為現在總算是您喚我……來的？」他沉默了一會兒以後，終於這樣說。

「我想問關於將軍的事情，」公爵也在那裡沉思了一會兒，突然很急促地回答說，「還有……您告訴我的那件失竊的事情……」

「您指的是什麼呢？」

「哎呀，您現在好像不明白我的話啦！天哪，盧基揚．季莫費伊奇，您總是這樣裝糊塗！那筆錢，

那筆錢，就是從您的皮夾裡丟失的那四百盧布，就是那天早晨，您要到彼得堡去之前，跑來跟我說的——您到底明白了沒有？」

「哎喲，您講的是那四百盧布嗎？」列別杰夫拉著長聲說，好像現在才明白過來似的，「公爵，謝謝您對我這樣的關心；我覺得真是太榮幸了，但是那錢呢……我找到了，早就找到了。」

「您找到了！哎喲，謝天謝地！」

「您這樣歡呼是非常高尚的，因為對於一個窮人，靠艱苦的勞力過生活的人，有一大群沒娘的孩子的人來說，四百盧布是很了不起的數目……」

「我說的不是這個！當然，您找到了，我很高興，」公爵連忙改口說，「但是……您怎麼找到的呢？」

「很簡單，就在掛外衣的那把椅子底下，顯然那個皮夾是從口袋裡溜到地板上去了。」

「怎麼是在椅子底下？這不可能，因為您對我說過，所有的角落您都找遍了，您怎麼會把最主要的地方漏過去了呢？」

「我覺得我是看過的！我記得很清楚，記得清清楚楚，我是看過的！我趴在地上，用手在那個地方摸過，還把椅子搬開，因為我不相信自己的眼睛；我沒有看見什麼，只是一塊空空的、光滑的地方，就像我的手掌一般，但是我還繼續摸。一個人在遺失一筆巨款、到處搜尋的時候，總是會暴露這樣的弱點：他明明沒有看見什麼，只是一個空地方，可是還要朝那地方看上十遍，甚至二十遍的。」

「是的，也許如此；但是，這究竟是怎麼回事呢？……我老是不明白，」公爵被弄得莫名其妙，就喃喃地說，「您以前告訴我說，那裡並沒有什麼，您在那個地方也尋找過，可是怎麼突然又發現了呢？」

「真是突然又發現了。」

公爵奇怪地看了列別杰夫一眼。

「將軍呢？」他忽然問。

「將軍是怎麼回事呢？」列別杰夫又不明白了。

「哎喲！我的天哪！我問，當您在椅子底下找到皮夾的時候，將軍說什麼話？你們之前不是一塊兒搜尋的嗎？」

「之前是一塊兒搜尋的。但是這一次，說實話，我沒有出聲，而且我也不願告訴他我已經單獨找到皮夾了。」

「為……為什麼呢？……錢一個也不少嗎？」

「我打開皮夾看過，原封未動，連一個盧布也不少。」

「您應該跑來告訴我一聲！」公爵沉鬱地說。

「我怕當面驚擾您，公爵，因為您也許正沉浸在美妙的假想中；此外，我自己也假裝沒有發現什麼的樣子。我打開皮夾，查看一番，然後又把它合上，又放到椅子底下了。」

「那是為了什麼？」

「是這樣的，因為這件事進一步激起了我的好奇心。」列別杰夫搓著手，突然嘻嘻地笑起來。

「那麼從前天起，它一直還放在那裡嗎？」

「不！只放了一晝夜，您瞧，我很想使將軍找到它。因為如果我能找到的話，那麼，將軍為什麼看不見那件從椅子底下露出來的、所謂『觸目』的東西呢？我把椅子舉起好幾次，挪動一下，使那只皮夾完全顯露出來，但是將軍一點也沒有注意到，這樣繼續了整整一晝夜。他現在顯出心神不安的樣子，簡直摸不清楚是怎麼回事。他一邊說呀，講啊，笑哇，一邊又忽然對我發火，我也不知道這是為什麼。我們後來從屋內走出，故意把門敞開；他遲疑了一下，想說什麼話，大概為那個裝錢的皮夾擔心，但是他忽然又大發脾氣，一句話也不說。我們在街上沒有走兩步，他就把我扔下，到街道對面去了。我們晚上才在酒館裡遇見。」

「但是，您後來到底從椅子下面拿起那只皮夾沒有？」

「沒有，就在那天夜裡，那只皮夾在椅子底下遺失了。」

「那麼，它現在在什麼地方呢？」

「就在這裡，」列別杰夫突然笑了，從椅子上站起來，愉快地看著公爵，「忽然發現在這裡，在我的外褂的前襟裡面。您自己摸摸看。」

果然在左面的前襟裡，一直在前面最顯眼的地方，好像形成了一個口袋，摸一摸立刻就可以猜出裡面是個皮夾，它是從破衣袋漏下來的。

「我掏出來看過，錢一個也不少。我又把它放到裡面去，從昨天早晨起，就這樣穿著衣服到處走。那東西放在前襟裡，來回搖晃，老打我的腿呢。」

「您沒有注意到嗎？」

「我沒有注意到，哈哈哈！您想一想，尊敬的公爵——雖然這東西並不值得您這樣特別注意——我的口袋永遠是完好的，但是在一夜之間，忽然發現了它有這樣的破洞！我很好奇地仔細觀察過——好像是用裁紙刀割壞的，差不多是這樣吧？」

「但是……將軍呢？」

「他整天生氣，昨天和今天都在生氣；他非常不滿意，他一會兒快樂，歡欣，甚至拍我的馬屁，一會兒又感動得掉淚，要不然便忽然生起氣來，弄得我非常害怕，真的。公爵，我畢竟不是軍人。昨天我們坐在酒館裡，我的前襟似乎故意放在最顯眼的地方，簡直就像一座山；他斜眼望著，一直在生氣。他現在早就不正眼看我的眼睛，只有在喝得大醉，或者十分感動的時候才那樣看我；但是昨天他有兩次那樣看我，使我的脊背好像掠過一道寒流。我打算明天去找那只皮夾，在這之前，我還要帶著它出去玩一晚上呢。」

「您為什麼這樣折磨他呢？」公爵喊道。

「我沒有折磨他呀，公爵，我沒有折磨他呀，」列別杰夫熱烈地搶上去說，「我真是敬愛他……尊敬他……現在，不管您相信不相信，我覺得他更加可貴了，我更加看重他了！」

列別杰夫把這幾句話說得那樣嚴肅而誠懇，使公爵甚至狂怒起來。

「您愛他，而又這樣折磨他，就憑他把您丟失的東西給您放在顯眼的地方，放在椅子底下和上衣裡面，您就饒了他吧，僅憑這一點，就可以看出他要直接向你表明，他不想和您耍什麼手段，而老老實實地求您饒恕。您聽著：他是在求您饒恕！他就是這樣指望您寬大為懷；他也就是這樣相信您對他的友誼，但是您竟把這樣一個……老實人弄到如此低賤的地步！」

「老實人，公爵，真是最老實的人，」列別杰夫搶上去說，眼睛閃著光芒，「只有您一個人，最正直的公爵，只有您一個人能夠說出這樣公平的話來！我就是為了這個崇拜您，信賴您，即使我因為犯了各種罪惡而朽爛，也會這樣！現在我決定了！我現在立刻就要掏出那只皮夾來，不等明天了。我現在就當著您的面把它掏出來。這不就是嗎？！錢全在這裡！最正直的公爵，您現在拿去吧，保存到明天。明後天我來取；您知道，公爵，這件遺失的東西頭一夜顯然是放在我那小花園裡的石頭底下。您對這怎麼看？」

「您留點神，不要當面對他直說您找到了皮夾。只要使他看見前襟裡已經沒有什麼東西，他也就明白了。」

「是這樣嗎？要不要直接對他說我已經找到了，但裝出一副我至今還猜不透的樣子呢？」

「不，」公爵沉思著說，「不，現在已經晚了。這樣做更危險。真的，最好不要說！您對他和藹一點，但是……不要做得太過份，而且……而且……您知道……」

「我知道，公爵，我知道，那就是說，我雖然知道，但我也許不會做到。因為在這裡需要有像您這樣的心。加上他自己喜歡生氣，好耍脾氣，現在有時對我過於傲慢；一會兒哭起來，擁抱著，一會兒忽然又開始糟蹋我，嘲笑我；所以我一來氣，就故意把前襟露在外面，哈哈，再見吧，公爵，因為我顯然占去您許多時間，阻礙您去抒發有趣的情感……」

「但是看在上帝的分上，還是和以前一樣保守祕密吧！」

「腳步輕些！腳步輕些！」

事情雖然已經算了結了，但公爵卻比以前顯得更憂心忡忡。他急不可耐地等待著明天和將軍會面。

第四章

約定好的時間是十二點鐘，但是公爵完全出乎意料地耽誤了。他回到家時，將軍已經在他那裡等候著他了。一看之下，他便覺察出將軍的臉上帶有不滿意的神情，也許是因為公爵遲到，讓他等候的原因。公爵道完歉後，連忙坐下去，但是膽怯得有些奇怪，就好像他的客人是一個瓷器娃娃，他得時時刻刻擔心，生怕把它弄碎。他以前見到將軍從來不膽怯，腦子裡根本沒有膽怯的想法。公爵很快就看出他和昨天相比已經判若兩人；今天已經不是心慌意亂和精神恍惚，而是露出一種不尋常的矜持態度。可以斷定，這個人已經胸有成竹，下了最後的決心。不過，安靜是表面的，並不是實際上的。但是無論如何，這位客人做出落落大方的樣子，還隱隱地露出幾分威嚴。在起初的時候，他好像用一種寬宏的態度對待公爵——有些驕傲而懷著怨氣的人，有時會做出這樣從容而大方的態度。他說話很和藹，雖然語氣間不免帶點憂鬱。

「這是我上次向您借的那本書，」他意味深長地朝他所帶來的、已經放在桌上的一本書點了點頭說，「謝謝。」

「啊，不錯。您讀過那篇文章嗎，將軍？您喜歡嗎？不是很有趣嗎？」公爵因為能夠很快談起一些閒事而感到快樂。

「也許有趣，但是很粗野，自然是荒唐無稽的。也許每一句都是謊話。」

將軍充滿自信地說，甚至把話拉長一些。

「啊，這是多麼樸實的故事：是一個親眼看見法國兵蹂躪莫斯科的老兵所敘述的故事，有些地方寫得很妙。而且，一切目擊者的筆記都是寶貴的材料，不管那目擊者是誰。不對嗎？」

「如果我做編輯，我是不會刊載的。至於說到一般目擊者的筆記，那些雖然胡說八道，但是講得很有趣味的人總比那些可尊敬的、有功勞的人可以信任些。我知道幾種記述一八一二年的筆記……我決定了，公爵，我要離開這所房子——列別杰夫先生的家。」

將軍意味深長地看了公爵一眼。

「您在帕夫洛夫斯克有住宅，在……在您的小姐那裡……」公爵說，他不知道說些什麼。他想起將軍是為了一件和他的命運有關的重要事情而來向他討教的。

「在內人那裡；換句話說，在自己家裡，在小女的家裡。」

「對不住，我……」

「我要離開列別杰夫的房子，因為，親愛的公爵，因為我和這人斷絕關係了。昨天晚上斷絕的，我後悔沒有早一點斷絕。我要求人家尊敬我，公爵，希望我把心都呈獻給他們的那些人尊敬我。公爵，我時常把心獻給人家，而我差不多永遠受騙。他這個人是不配接受我的禮物的。」

「他有許多毛病，」公爵很沉著地說，「還有幾種性格……但是，從所有這一切中，可以看出一顆心，可以看出他狡猾的、有時很有趣的智慧。」

公爵所用的優雅的詞句和尊敬的口氣，顯然博得了將軍的歡心，雖然他有時還帶著突如其來的不信任神情看著公爵。但是，公爵的口氣是那麼自然，那麼誠懇，簡直無可置疑。

「說到他有好性格這一點，」將軍搶上去說，「我首先聲明，我幾乎把自己的友誼送給這個人了，我既然有自己的家庭，便不需要他的房屋和他的款待了。我對於自己的缺點並不打算辯解；我不肯節制自己，我和他在一塊兒喝酒，現在我也許還為這事痛哭。但是，並不只是為了喝酒（公爵，請您饒恕一個惱怒的人所表現的粗野的坦率態度），並不只是為了喝酒，我才和他結交的。使我感到榮幸的，就是您所說的性格。但是一切都有一定的界限，連性格也是如此；如果他忽然當面粗野無禮地告訴我，在一八一二年，還在嬰孩時代，在小的時候，他喪失了左腳，把它埋在莫斯科『瓦甘科夫』公墓，那就是超出了範圍，表示不尊敬，顯得太無恥了……」

「也許這不過是一種玩笑，使人家歡笑一場罷了。」

「我明白。為了博得一場歡笑，說出天真的謊話，即使是彌天的大謊，也不會使人心感到侮辱。有些人說謊，只是由於友誼，為了給予對方一點快樂；但是，如果露出了不尊敬，如果想借著這種不尊敬表示他對於友誼已感到痛苦，那麼，一個正直的人只有轉過身去，和侮辱他的人斷絕關係，讓對方懂得自重。」

將軍說話時，臉都紅起來了。

「列別杰夫不會在一八一二年到莫斯科去的，那時候他年紀很小，這太可笑了。」

「這是第一點，再說，即使他當時已經出生，他又怎能當面對人說，一個法國步兵為了取樂，竟把大炮瞄準了他，打掉他的腿呢。他還說當時他把那條腿撿了起來，帶回家去，後來把它葬在『瓦甘科夫』公墓，他又說在公墓上立了一個紀念碑，碑的一邊寫著『九品文官列別杰夫之一足安葬於此』，另一邊寫著『願寶貴的遺骨靜臥，以待快樂的清晨』，最後還說，他每年要祭奠這隻腿（這已經是瀆神的行為），每年專為此事到莫斯科去一趟。他為了證明自己所言非虛，還叫我到莫斯科去參觀墳墓，甚至還要領我到克里姆林宮去看那尊被繳獲的法國大炮。他說，從大門那裡數起，第十一尊舊式法國鷹炮就是。」

「再加上他的兩條腿完好無缺，明顯得很！」公爵笑起來了，「我告訴您，這是天真的玩笑，您不要生氣呀。」

「但是請您也准許我發表我的見解，關於他明明有兩隻腳這一點——也許不是完全不可思議，他說他的腳是切爾諾斯維托夫給他裝上的……」

「啊，不錯，聽說用切爾諾斯維托夫所裝的假肢還可以跳舞呢。」

「我完全知道：切爾諾斯維托夫發明假肢的時候，首先跑來給我看。但是，切爾諾斯維托夫發明的假肢，要比一八一二年晚得多……他還一口咬定，他那去世的太太在他們結婚以後，一直都不知道她丈夫的腿是木頭的。『如果你，』當我指出他完全是胡說八道的時候，他說，『如果你在一八一二年做過拿破崙的侍從，你一定允許我在「瓦甘科夫」公墓埋葬我的腿。』」

「難道您……」公爵開始說，感到很尷尬。

將軍用極高傲的態度去看公爵，幾乎露出嘲笑的樣子。

「您說下去吧，公爵，」他特別溫和地說，「您說下去吧。我是寬宏大量的，您什麼都可以說出來。您得承認，您一想到會在自己面前看見一個真正潦倒……而又毫無用處的人，同時聽說這個人目睹……種種偉大的場面，心裡就不覺得可笑。他還沒有來得及對您……說三道四吧？」

「沒有，我什麼也沒有聽列別杰夫說過——如果您指的是列別杰夫……」

「嗯……我猜他已經說過了。昨天我們兩人所談的，恰巧就是《史料叢錄》中那篇奇妙的文章。我指出那篇文章的離奇，因為我自己是目睹的人……您微笑了，公爵，您在那裡看我的臉，不是嗎？」

「不，我……」

「我的外貌還年輕，」將軍拉長了語調，「但是我的實際年齡比外貌要老一些。我在一八一二年是十歲或十一歲。我的歲數連我自己也不大知道。履歷表上把我的歲數減少了；我有一個毛病，就是喜歡把自己的歲數減少。」

「將軍，我告訴您，關於一八一二年您在莫斯科這一點，我完全不覺得奇怪……我以為，您當然可以講出一些消息……和其他親身經歷的人們一樣。我國有一位自傳作家，在他那本自傳一開頭就說，一八一二年他還是個吃奶的孩子，法國兵如何在莫斯科給他麵包吃。」

「您瞧，就是這樣啊，」將軍很謙恭地同意說，「我那件事件和普通的事件當然不一樣，但其中並沒有任何不尋常的東西。僅僅從外表上看，是無法找到真理的。少年侍從！這聽起來當然覺得很奇怪。但是一個一歲兒童的奇遇也許只能從他的年齡加以解釋。十五歲的孩子也許不會遇到這類事情，而且一定是如此，因為我如果是十五歲，就絕不會在拿破崙侵入莫斯科那一天，從我們所住的舊巴司曼街的木屋逃走，輕易離開我的母親。我的母親當時因為來不及離開莫斯科，嚇得直打哆嗦。我到了十五歲，也許會膽怯的，但在十歲時卻一點也不害怕，從人群裡穿過，甚至一直擠到宮殿的台階旁邊，恰巧拿破崙正在下馬。」

「無疑的，您所說的是對的，在十歲的時候是不懂得害怕……」公爵湊上去說，還有點膽怯，擔心自己就要臉紅。

「無疑地，一切發生得那樣簡單而且自然，就像實際上真的發生那樣；如果由小說家來寫這件事，他一定會編出一些不可置信的、離奇的故事來。」

「這是不錯的！」公爵喊道，「我也有過這種想法，甚至是在最近的時候。我聽說一件為了偷一只錶而殺人的案子，這是真實的事情，現在各報已經刊載出來。如果這是作家虛構出來的，那些熟悉人民生活的人和批評家們立刻就會喊出這是不可思議的事情；但是您既然是在報紙上讀到這個事實，您就會感覺到，您正可以拿這些事實來研究俄國的現實。您剛才說的一番話很妙，將軍！」公爵熱烈地結束說，因為能夠避免臉上出現明顯的紅暈而感到異常的高興。

「是不是？是不是？」將軍喊道，甚至樂得眉開眼笑起來，「一個男孩，一個嬰兒，他不懂得危險，從人群裡穿出，去看熱鬧的場面，輝煌的制服，隨從的官員，最後還去看大家已經在他耳邊喊得爛熟的那個偉大人物。因為許多年來大家一直都在議論這個人物，所以全世界到處都聽到這個名字；我從吃奶的時候就聽到它。拿破崙在兩步以外走過，無意中看到了我。我當時穿著小貴族的服裝，我的打扮很好。在那大群人裡，只有我一個是這樣的，您可以相信這一點……」

「當然，這應該使他感到震驚，而且還證明給他看，莫斯科的人並沒有全部離開，還剩下一些貴族和他們的子女。」

「正是！正是！他本來就有拉攏俄國貴族的意思！在他的鷹眼朝我身上看的時候，我的眼睛大概在閃著光回看他。『一個多麼活潑的男孩！你的父親是誰？』[1]我立刻回答他，激動得幾乎喘不過氣來：『一個死在祖國戰場上的將軍。』『一個俄國貴族的兒子，而且是勇敢的！我愛俄國的貴族。你愛我嗎？』[2]對於這個突如其來的問題，我也迅速地回答說：『俄國人的心能辨別出偉大的人物來，即使他是祖國的敵人！』我不記得這是不是我當時的原話……我當時是一個小孩……但是大意一定是這樣的！拿破崙十分震驚，他想了想，就對隨員說：『我喜歡這孩子的驕傲！如果俄羅斯人全都擁有這孩子的思想，那麼……』他沒有說完，就走進宮裡去了。我立刻夾雜在隨員中間，在他後面跑著。隨員們全讓我

1 原文為法文。
2 原文為法文。

先走，把我當作皇帝的寵臣看待。但是，這不過是一剎那的工夫……我只記得皇帝走進第一個大廳，忽然在葉卡捷琳娜女皇的相片前邊站下了，沉思地看了好半天，最後說道：『這是一位偉大的人！』於是就走開了。過了兩天，宮內和克里姆林宮所有的人就已經全知道我了，管我叫作『le petit boyard』（法文：小男孩）。我只是回家去睡覺。家裡人幾乎要發瘋了。又過了兩天，拿破崙的少年侍衛德・巴贊庫爾男爵，因為受不住行軍的艱苦，病死了。拿破崙想起我來。我被喚了進去，也不跟我說明原因，就給我穿上巴贊庫爾男爵的制服。那個男爵是一個十二歲的孩子。我穿好了制服以後，他們就領我去見皇帝。他對我點了點頭，然後向我宣佈，我奉諭擔任皇帝的少年侍從。我很開心，我的確早就對他發生熱切的同情心……再加上，您也知道，一套漂亮的制服對於一個孩子來說，是很了不起的事情……我穿著深綠的禮服，後面拖著狹長的裙尾，金鈕釦，繡著金邊的袖子上有紅色的緣飾，繡著金邊的、高聳的、敞開的領子，裙尾上也有刺繡；狹窄的白羚羊皮褲子，白綢背心，絲襪子，帶扣的皮鞋……在皇帝乘馬出遊時，如果我也隨著前去，便穿上高馬靴。雖然當時的局勢並不太好，已經預感要遭到極大的災難，但仍然盡可能保持舊的禮節，甚至越明顯地預感到這種災害的到來，越拘泥於禮節。」

「當然了……」公爵喃喃地說，幾乎帶著手足無措的神情，「如果您能記載下來……一定特別有趣。」

將軍現在所講的，當然就是昨天講給列別杰夫聽的那一套，所以他講得很流暢；但是立刻又帶著不信任的神情，斜著眼看了公爵一眼。

「我的回憶，」他帶著加倍的驕傲口吻說，「寫下我的回憶嗎？但是這並不能引誘我，公爵！您要知道，我的回憶錄早就寫好了。但是……它們放在我的寫字台上了。等到我進了墳墓的時候，才能發表出來，當然也會譯成許多外國文字，但這不是由於它們的文學價值，而是由於那些重要的大事件，是我目睹的，雖然我當時還只是一個孩子。就因為我是個孩子，所以能闖進這位『偉大人物』的所謂祕密臥室裡去！我在夜裡聽到這位『陷入不幸的偉人』的呻吟，他是不會因為在一個孩子面前哭泣和呻吟而感到不好意思的，雖然我已經明白，他所以悲哀的原因就在於亞歷山大皇帝保持沉默。」

「的確，他寫過信……提議講和……」公爵畏葸地附和著說。

「我們根本不知道，他在信中到底提了什麼建議，但是他每天、每小時都在那裡寫，一封接一封地寫，顯得十分焦急。有一天夜裡，趁著沒人的時候，我流著眼淚跑到他面前，（啊，我是很愛他的！）對他喊道：『您請求饒恕，向俄皇亞歷山大請求饒恕吧！』其實我應該說：『請您和俄皇亞歷山大講和吧。』但是我是一個小孩，所以我很天真地說出我的意見。『唉，我的孩子！』他回答說——他在屋內踱來踱去，『唉，我的孩子！』他當時好像沒有注意到我只有十歲，很愛和我談話。『唉，我的孩子！我準備吻俄皇亞歷山大的腳，但是那個普魯士國王，但是，那個奧地利皇帝，我永遠恨他們，而且……而且……你當然對政治是一竅不通的！』他好像忽然想起和誰說話，就沉默了，但是他的眼睛還長久地閃耀著金星。如果我把所有這些事實描寫出來——我是目睹那些偉大事實的——如果我現在發表出來，那麼所有這些批評家，所有這些文學的虛榮，所有這些嫉妒、黨派……不，我才不幹呢！」

「關於黨派這一點，您說得當然很對，我很同意。」公爵沉默了一會兒之後，輕聲回答，「最近我也讀過一本敘述滑鐵盧戰役的書，是沙拉斯寫的。這本書顯然寫得很嚴肅，專家都非常肯定地說，作者非常瞭解情況。但是，這本書的每一頁都流露出以侮辱拿破崙為快的情緒，只要能夠對拿破崙在其他戰役上一切天才的表現提出異議，沙拉斯大概就會特別高興。但是，在一本嚴肅的著作裡採取這樣的態度是不好的，這就是黨派。您當時在拿破崙皇帝身邊服務，很忙碌嗎？」

將軍大為高興。公爵的話是那麼嚴肅而率直，使將軍連最後一點不信任的心情也煙消霧散了。

「沙拉斯！我也十分憤怒！我當時就寫信給他，但是……我現在根本不記得了……您問我當時公務忙不忙，不忙！人家稱我為少年侍衛，但是當時我並不認為這很了不起。再說，拿破崙很快就失掉了和俄羅斯人接近的希望，自然也會忘掉我的（因為他為了政治關係才和我接近……），如果他……如果他自己不愛我的話，我現在可以大膽地這樣說。我的心傾向到他身上去了。我沒有確定的職務，只是偶爾進宮一趟……陪皇帝騎馬出遊，也就行了。我擅長騎馬。他在午飯前出遊，隨行的平常總是達武、我、馬木留克兵魯斯丹……」

「康斯丹。」公爵不知怎麼，忽然脫口說出。

「不，康斯丹當時沒有在那裡；他當時去送一封信……給約瑟芬皇后。但是，代替他的是兩個傳令兵，幾個波蘭槍騎兵……他的隨員就是這幾個，當然將軍們和大將們不算在內，拿破崙時常帶他們出去視察地形，部署軍隊，還互相商議……我還記得，常在他身邊是達武：一個魁梧的、肥胖的、冷靜的人，戴著眼鏡，露出奇怪的眼神。皇帝經常和他商議，很珍重他的意見。我記得，他們曾經商議過好幾天；達武早晚都來，甚至時常辯論，最後拿破崙終於表示同意了。他們倆在書房裡，第三個就是我，他們差不多不注意我的存在。突然，拿破崙的眼神偶爾落到我的身上。他的眼裡閃出一個奇怪的念頭。『孩子！』他忽然對我說，『你覺得怎樣？如果我信奉正教，釋放你們的農奴，俄羅斯人會服從我嗎？』『永遠不會的！』我憤激地喊道。拿破崙十分震驚。他說：『我從這小孩閃耀著愛國主義光芒的眼睛裡，』他說，『看出了全俄羅斯人民的意向。算了吧，達武，這全是幻想！再講您的另一個計畫吧。』」

「是的，不過這個計畫也是一個堅強的意念！」公爵說，顯然感興趣了。「您覺得這個計畫是達武所主張的嗎？」

「至少是他們互相商議的。當然，這是拿破崙的思想，是鷹的思想，但是另一個計畫也是極有見地的……那就是最有名的『conseil du lion』（法文：獅子的計策），拿破崙自己這樣稱呼達武的計策。這個計策的內容就是：率領全軍死守克里姆林宮，建造軍營，修築工事，配置大炮，盡可能多宰馬，醃馬肉；盡可能多劫糧食，度過嚴冬；到了春天，再從俄羅斯人中間殺開一條血路。拿破崙對這個計策很中意。我們每天在克里姆林宮牆周圍巡視，他指出什麼地方應該拆除，什麼地方應該建築，什麼地方築眼鏡堡，什麼地方築三角堡，什麼地方造一排碉堡——他眼光銳利，思路敏捷，目標堅定。一切終於決定了。達武逼他做最後的決定。他們倆又在一起，第三個是我。拿破崙又交叉著手，在屋內來回走著。我不能把自己的眼神從他的臉上移開，我的心怦怦直跳。『我走了！』達武說。『往哪兒去？』拿破崙問。『醃馬肉去！』達武說。拿破崙哆嗦了一下，命運已經決定了。『孩子，』他突然對我說，『你覺得我們的計畫怎麼樣？』他這樣問我，當然就和那些具有絕頂聰明的人在最後的一剎那，有時用錢幣的正反面來決定事情一樣。我沒有面向拿破崙，而是面向達武，彷彿帶著靈感地說：『您最好溜回家去吧，將軍！』這個計畫就這樣破產了。達武聳了聳肩膀，在走出去時，低聲說：『Bah! Il devient superstitieux!』（法文：咦，他迷信起來了！）第二天就宣佈退卻。」

「這一切是很有趣味的，」公爵十分平靜地說，「如果真有這些事情的話……也就是我想說……」他連忙改口說。

「公爵呀！」將軍喊道，他對自己所講的故事入了迷，連很不謹慎的話都衝口而出了，「您說：『如果真有這些事情！』我告訴您，不但有，而且有許多呢！這一切只是一些微不足道的政治方面的事件。但是，我要再對您說一遍，我親眼見過這個偉人在深夜流淚和呻吟，這件事除了我，誰也沒有見過！不錯，後來他已經不哭了，不掉眼淚了，有時只是呻吟著；但是他的臉上的愁容越來越多。好像陰間的黑影把他遮住了一般。有時候在夜裡，我們倆一塊兒度過數小時，一言也不發。——康斯丹在鄰屋內打鼾，這人睡得太死了。『他是忠於我和朝廷的。』拿破崙這樣談到他。有一天，我感到異常痛苦，他突然看到我眼睛裡的淚水；他驚異地望著我，喊道：『你可憐我呢！你是小孩，也許還有一個小孩憐惜我，那就是我的兒子，le roi de Rome（法文：羅馬王）；其餘的所有人全都恨我，弟兄們首先會在我不幸的時候把我賣掉！』我嗚咽著，奔到他身邊去，他當時也忍不住了；我們擁抱著，我們的眼淚摻和在一起。『您寫信，寫信給約瑟芬皇后！』——我嗚咽地對他說。拿破崙哆嗦了一下，想了想，對我說：『你讓我想起愛我的第三顆心來了；我很感謝你，我的好友！』他立刻坐下來，寫信給約瑟芬，第二天就派康斯丹把信送去了。」

「您做得太好了，」公爵說，「您使他的兇惡念頭轉換為善良的感情。」

「就是這樣，公爵，您解釋得真好，和您自己的心相適應！」將軍興高采烈地喊道，奇怪的是，他的眼睛裡真的有眼淚了，「是的，公爵，是的，這是多麼壯觀啊！您知不知道，我幾乎跟著他到巴黎去，如果去了，自然會和他一起『被囚在酷熱的島上』，但是我們的命運是各有不同的！我們分手了：他到酷熱的島上去，他在那裡，在異常憂鬱的時間，總會有一次想起他在莫斯科時，有一個可憐的孩子曾經抱住他，饒恕他，流過眼淚；而我呢，後來被送入士官學校，在那裡接受嚴格的訓練，受到同學的欺侮……唉！一切都化為灰燼了！『我不願意從你母親手裡把你奪走，所以不帶你去！』他在撤退的那一天對我說，『但是我願意為你做一點事情。』他已經上馬了。『請您在我妹妹的紀念冊上寫幾個字，留個紀念吧！』我怯生生地說，因為他當時心緒不佳，十分陰鬱。他轉回來，要了一枝筆，把紀念冊拿過去。『你的妹妹多大了？』他問我，手裡已經握住筆。『三歲了。』我回答說。『Petite fliilealors.』（法文：還是一個小女孩呢。）說完，他便在紀念冊上寫了幾個字：

Ne mentez jamais.

Napoleon votre ami sincère.

（法文：永遠不要撒謊。

您的摯友拿破崙。）

「在這樣的場合，竟然有這樣的勸告，您想一想，公爵！」

「是的，這是極可紀念的。」

「這張紙放在金邊鏡框裡，罩著玻璃，我妹妹一輩子把它懸掛在客廳最顯著的地方，一直到她死去——她是在產後死的；現在這張紙在哪裡，我不知道……但是……我的天哪！已經兩點鐘了！我耽擱了您多長時間哪，公爵！這是無可饒恕的。」

將軍從椅子上站起來。

「哦，哪裡的話！」公爵喃喃地說，「您給我許多快樂……這終於……這是太有興趣了，我很感謝您。」

「公爵！」將軍說，又把他的手握得生疼，眼睛閃閃發光地注視著他，好像突然想起什麼事情，被那些念頭嚇呆了似的，「公爵！您這人太良善了，太坦白了，我甚至有時覺得您十分可憐。我很和悅地看著您，願上帝賜福給您！但願您的生命從此在愛情中……開花結果。我的一生已經完結了。哦，請饒恕我，請饒恕我！」

他迅速地走出去，用雙手掩住臉。他的內心的確很激動，公爵對這一點是沒有懷疑的。他也明白，老人走出去的時候，為自己獲得的成功所迷醉；但是，他仍然感到他屬於那類說謊的人，他們雖然說謊到狂熱的程度，甚至到了遺忘自己的程度，然而，當他們迷醉到極點的時候，心裡總要暗中懷疑人家不相信他們，而且也不能相信他們。在老人現在所處的地位上，是可能自己醒悟過來的，他會感到過份的羞愧，懷疑公爵極度哀憐他，因此覺得受了侮辱。「我把他引到這樣的靈感上去，不會更壞嗎？」——公爵驚慌起來，他突然忍不住，哈哈大笑起來，笑了有十來分鐘。他開始責備自己發出這樣的狂笑，但又立即明白也沒有什麼可責備的地方，因為他對於將軍感到無窮的憐惜。

他的預感應驗了。他在晚上就接到一封奇怪的信，文字簡單，但是意思很堅決。將軍通知他說，要和他絕交，將軍說雖然尊敬他，感謝他，但是不願從他那裡接受「有損一個本來就不幸的人的體面」。公爵聽到老人躲在尼娜·亞歷山德羅夫娜那裡之後，就放心了。但是我們已經看見，將軍在伊麗莎白·普羅科菲耶夫娜那裡也闖下不少禍事。我們在這裡雖然不能詳述，但是可以簡單地說明，這次會見的結果是：將軍使伊麗莎白·普羅科菲耶夫娜吃了一驚，由於他說了加尼亞的一些壞話，使她非常惱怒。他終於很可恥地被攆出來了。他之所以這樣度過一夜和一早晨，精神完全錯亂，幾乎發瘋地跑到街上去了。就是這個原因造成的。

科利亞還沒有完全瞭解事情的真相，甚至希望用嚴厲的態度對付他。

「將軍，您以為我們現在該跑到哪兒去呢？」他說，「您既不願意到公爵那裡去，又和列別杰夫吵架了，您身邊又沒有錢，而我是永遠沒有錢的。這樣一來，我們就只好在街上喝西北風了。」

「坐在街上喝西北風，總比沒有西北風喝的痛快多了，」將軍喃喃地說，「我這句雙關語引起……軍官們的……狂笑……那是四十四年……一千……八百……四十四年，是的！……我不記得了……唉，你不要提醒我，不要提醒我！『我的青春到哪裡去了？我的新鮮活力到哪裡去了？』有人這樣喊叫……這是誰喊的，科利亞？」

「這是果戈理在《死魂靈》裡喊叫的，爸爸。」科利亞回答說，很膽怯地斜眼看了父親一下。

「《死魂靈》！是的，《死魂靈》！等你埋葬我的時候，墓碑上要寫上這樣幾個字：『死魂靈安眠於此！』

恥辱襲擊我！

這是誰說的，科利亞？」

「我不知道，爸爸。」

「怎麼會沒有葉羅皮戈夫？怎麼會沒有葉羅什卡．葉羅皮戈夫！……」他瘋狂地呼喊，在街頭停留了一下，「這是兒子，親生的兒子！葉羅皮戈夫這個人有十一個月和我像弟兄一樣，我替他出去決鬥……維戈列茨基公爵，我們的上尉，在喝酒的時候對他說：『格里沙，你在哪裡得的「安娜」勳章，你說呀！——『在祖國的戰場上，就是在那裡得到的！』我喊道：『妙極了，格里沙！』因此就發生了決鬥，後來他和瑪麗亞．彼得羅夫娜．蘇……蘇圖金娜結婚，在戰場上犧牲了……子彈從我胸前的十字架那裡跳出去，一直跳到他的頭上；『我一生一世也不會忘記的！』他喊了一聲，就倒地而死。我……我規規矩矩地服務來的，科利亞。我正正直直地服務來的，但是恥辱——『恥辱襲擊我！』你和尼娜一塊兒到我墳上去……『可憐的尼娜！』我以前這樣稱呼她，科利亞，那是老早了，還在最初的時候，她真是愛我呀……尼娜！尼娜！我把你弄成這樣苦命！你為什麼愛我，你這能忍耐的心靈啊！你母親的心靈像安琪兒一般，科利亞，你聽見沒有，像安琪兒一般！」

「這個我知道，爸爸。好爸爸，我們回到媽媽那裡去吧！她跑出來追我們，您為什麼站住了呢？好像沒有明白……您哭什麼呀！」

科利亞自己也哭了，吻父親的手。

「你吻我的手，吻我的！」

「是的，吻您的手，您的手。這有什麼奇怪呢？您何必在大街上哭泣，還自稱為將軍、軍人呢。唔，我們走吧！」

「好孩子，願上帝祝福你，因為你對於一個受恥辱的……是的！受恥辱的老人，你自己的父親，十分尊敬……你將來也會有這樣的一個孩子……le roi de Rome……唉，『這個家真該死，這個家真該死！』」

「但是，這究竟是怎麼一回事啊！」科利亞突然喊道，「發生了什麼事情？為什麼您現在不願意回家呢？您怎麼發瘋了呢？」

「我會解釋，我會對你解釋……我全對你說；你不要喊，人家會聽見的……le roi de Rome……唉，我真難受，我真憂愁！

乳母哇，您的墳墓在何處！

「這是誰呼喊的，科利亞？」

「我不知道，我不知道是誰呼喊的！我們現在馬上回家！我要揍加尼亞一頓，如果必要的話……您又要到哪裡去呢？」

但是，將軍拖他到鄰近一所房子的台階上去。

「往哪兒去？這是別人家的台階！」

將軍坐到台階上面，拉住科利亞的手，把他牽到自己身邊。

「你俯下身去，你俯下身去！」將軍喃喃地說，「我全對你說……恥辱……俯下身去……用耳朵，用耳朵；我貼著你的耳朵說……」

「你這是怎麼啦？」科利亞十分害怕，但是還是把耳朵湊上去了。

「Le roi de Rome……」將軍低聲說，似乎渾身都在哆嗦。

「什麼？……您為什麼淨說le roi de Rome？……什麼？」

「我……我……」將軍又微語著，把「自己孩子」的肩膀抓得越來越緊，「我……我想……我對你……一切，瑪麗亞，瑪麗亞，瑪麗亞……彼得羅夫娜．蘇——蘇——蘇……」

科利亞掙脫了身子，抓住將軍的肩膀，像瘋子似的看著他。老人的臉漲得通紅，嘴唇發青，面部仍然在不停地抽搐。他突然俯下身子，開始輕輕地倒入科利亞的懷中。

「中風了！」科利亞喊得整條街都聽得見，終於猜到了是怎麼回事。

第五章

實際上，瓦爾瓦拉·阿爾達利翁諾夫娜和哥哥談話時，對於公爵向阿格拉婭·伊萬諾夫娜求婚消息的準確性多少有點誇大了。也許因為她是個目光敏銳的女子，所以預先猜到在最近的將來應該發生的事情；也許因為她的夢想已經破滅，所以感到失望（其實，她自己也不相信這個夢想能夠實現）；她既然是一個人，就不免誇大災禍，將更多的毒汁灌進哥哥的心，而且引以為樂，雖然她真心愛他，為他煩惱。但無論如何，她不可能從她的女朋友——葉潘欽家小姐們那裡，得到非常準確的消息；有的只是一些暗示、未盡的話語、緘默和猜測。也許阿格拉婭的姐姐們欲擒故縱，為了從瓦爾瓦拉·阿爾達利翁諾夫娜口中打聽出一點什麼，而用幾句模棱兩可的話來引逗她。後來，她們也許和其他的女人一樣，願意逗弄一下女友，即使是兒童時代的女友。在那麼長的時間裡，她們不可能一點也看不出她的用意。

從另一方面講，公爵在竭力使列別杰夫相信，自己沒有什麼話可以告訴他，而且也沒有發生什麼特別的事情的時候，他所說的誠然完全是實話，但是也許會弄錯了。實際上，人人都好像發生了什麼離奇古怪的事情：一方面是什麼事情都沒有發生，而同時又似乎發生了很多事情。而瓦爾瓦拉·阿爾達利翁諾夫娜憑藉女性可靠的本能猜出來的，就是後一種情況。

葉潘欽家的人全都不約而同地一下子認為，阿格拉婭發生了重要的事件，她的命運正在決定中——這很難按照次序來講述。但是這個念頭在大家心裡剛一出現，大家馬上一齊說他們早就看出來了，他們早就很清楚地預見到了；自從「貧窮的騎士」開始，甚至還在這之前，他們就全都明白了，不過當時還不願意相信這樣荒唐的事情。姐姐們都這樣說。當然，伊麗莎白·普羅科菲耶夫娜是比大家先看出，先知道的，「她的心早已痛起來了」，但是，不管早也好，晚也好，現在她一想到公爵，忽然就感到很不自在，因為這個念頭已經把她弄糊塗了。這裡還有一個問題必須立刻解決，然而，它不但不能得到解決，連問題本身都不能完全搞清楚，可憐的伊麗莎白·普羅科菲耶夫娜無論怎樣著急也沒有用。事情是很困難的：「公爵這人好不好呢？這一切好不好呢？如果不好（這是毫無疑問的），那麼，究竟什麼地方不好？如果好（這也是可能的），那麼，究竟又好在什麼地方呢？」伊萬·費道洛維奇身為一家之主，雖然首先感到驚奇，但是後來忽然承認說，「真的，他也一直有這種感覺，現在好像突然又想到了這一點！」他在夫人威嚴的目光之下，立刻沉默下去了；但是，他在早晨沉默著，而到了晚上，當和夫人單獨相對，不能不再說話的時候，忽然好像特別勇敢地說出一些令人意料不到的想法：「實際上怎麼樣呢？……」（沉默。）「當然，這一切是很奇怪的，只要是實在的話。他並不爭論，但是……」（又是沉默。）「從另一方面說，如果對於事物進行直接的觀察，那麼，公爵的確是一個極好的青年，並且……並且……再加上姓氏，我們這一族的姓氏，這一切東西將會顯出一種樣子，就是維持已經失去社會地位的氏族名譽，也就是從這個角度來看，也就是因為……自然是社會，社會就是社會；但是公爵到底不是一個沒有財產的人，即使只有一點點……他還有……還有……還有……」（持久的沉默和根本無話可講。）伊麗莎白·普羅科菲耶夫娜聽了丈夫的話，她的怒氣完全控制不住了。

在她看來，已經發生的一切事情都是「不可原諒的，甚至是犯罪性的東西，這是一種荒誕的、愚蠢的、離奇的現象！」第一，「這個小公爵是一個有病的白癡；第二，他是傻瓜，沒有見過世面，在社會上沒有地位：把他拿出來給誰看？把他往哪裡安置？一個不能容忍的民主派，甚至連個職位都沒有，還有……還有……別洛孔斯卡婭會怎麼說呢？我們為阿格拉婭所設想的、所計畫的就是這樣的、這樣的丈夫嗎？」最後一個論據當然最為重要。母親一想到這裡，她的心就哆嗦起來，充滿了血和淚，雖說與此同時在這顆心裡又有一種東西蠕動著，突然對她說：「公爵的哪一點不合您的要求呢？」唉，使伊麗莎白．普羅科菲耶夫娜最頭疼的，就是她自己心裡的這些反對意見。

阿格拉婭的姐姐們一想到公爵，不知為什麼心裡很喜歡，她們也不覺得奇怪。一句話，她們隨時有完全傾向到他那方面的可能。

但是，她們倆決定保持沉默。葉潘欽家已經養成一個一成不變的習慣，那就是在全家爭論某一點時，伊麗莎白．普羅科菲耶夫娜有時反駁和抵抗越頑強、越激烈，便越表明她在這一點上，對大家的意見已經同意。但是，亞歷山德拉．伊萬諾夫娜是不能完全沉默的。母親早已把她當作自己的顧問，現在時時刻刻都叫她進來，徵詢她的意見，主要是讓她回憶一些往事，比如：「這些事情是怎麼發生的？為什麼誰也沒有看見？為什麼當時沒有說？當時那個該死的『貧窮的騎士』究竟有什麼意思？為什麼她——伊麗莎白．普羅科菲耶夫娜——一個人必須照顧一切，注意一切，預先料到一切，而別的人卻馬馬虎虎，不聞不問呢？」等等。對於這些問題，亞歷山德拉．伊萬諾夫娜剛開始時很謹慎，只說父親的意見她認為很對，因為葉潘欽家選梅什金公爵為東床佳婿，社會上一定會很滿意的。她漸漸地興奮起來，甚至說，公爵並不是「傻瓜」，從來也沒有成為傻瓜，至於說到地位這一點，她覺得誰也不知道過幾年之後，一個正人君子在我們俄國究竟從哪方面表現出來，是和以前一樣，必須博取功名呢，還是在別的方面呢？母親對於她這些話，立刻嚴厲地反駁，說亞歷山德拉是「一個自由思想派，全是可惡的婦女問題在那裡作祟」。半個小時之後，母親進城去了，又從城裡到石島去找別洛孔斯卡婭。別洛孔斯卡婭是阿格拉婭的乾娘，她這時恰好在彼得堡，但不久就要離去。

「老太婆」別洛孔斯卡婭傾聽了伊麗莎白．普羅科菲耶夫娜那一套發瘧疾似的、絕望的自白之後，一點也沒有被那弄得糊里糊塗的母親的眼淚所打動，甚至帶著嘲笑的樣子看著她。這「老太婆」極端專橫，在與別人交往中，甚至在多年的交往中，很不喜歡和對方處於平等的地位，她把伊麗莎白．普羅科菲耶夫娜根本就看作是一個 protegée（法文：被保護人），仍舊和三十五年前一樣，怎麼也看不慣被保護人那種魯莽的、獨立的性格。她說：「他們家裡的人由於舊習慣作祟，似乎神經過敏，大驚小怪；她無論怎樣傾聽，還是不相信他們家果真發生了什麼重大的事情；不如等一等，看以後怎樣再說；她認為公爵是一個很正派的年輕人，只是身體有病，行為奇特，而且在社會上的地位很低。最糟糕的是，他竟公然養個情人。」伊麗莎白．普羅科菲耶夫娜心裡很明白，別洛孔斯卡婭因為自己所介紹的葉夫根尼．帕夫洛維奇沒有成功，有點生氣。她回到帕夫洛夫斯克去的時候，比離開時更加惱怒；回到家裡，立刻就把氣撒到大家的身上，並說「大家全氣瘋了」，只有她家的人幹這種蠢事，任何人也不會這樣做；她說「何必這麼忙呢？出了什麼事情呢？無論我怎樣仔細看，怎麼也不能斷定，果真出了什麼事情！等一等，看一看情形再說吧！伊萬．費道洛維奇總是喜歡幻想，何必如此大驚小怪呢？」等等。

這樣一來，就只得保持安靜，冷靜地觀望和等待了。然而，可歎的是，這種安靜並沒有能夠保持到十分鐘。在母親到石島去的時間所發生的新聞，首先打擊了冷觀的態度。（伊麗莎白．普羅科菲耶夫娜的進城是在公爵半夜十二點（不是九點）拜訪葉潘欽家的第二天。）兩個姐姐對於母親那種不耐煩的盤問，都很詳細地回答了，她們首先說，「她不在家的時候，似乎沒有什麼事情」，公爵來是來過的，但是阿格拉婭很久沒有出來見他，過半小時以後才出來，她一出來，立刻向公爵提議下象棋；但是公爵並不會下，阿格拉婭很快就贏了；她覺得很快樂，因為公爵不會下，她盡羞他，百般嘲笑他，使人看著公爵覺得十分可憐。後來她又提議打紙牌，打「耍傻瓜」[1]。但是結果恰恰相反：公爵很會玩「耍傻瓜」，正像……正像一位教授似的；他耍得太巧妙了，儘管阿格拉婭怎樣施展欺騙的手段，調換紙牌，當著他的面就偷被吃的牌，他每次還是打贏了，使她成為「傻瓜」；一連五次都是如此。阿格拉婭於是惱羞成怒，甚至完全放肆起來了；她對公爵說出許多尖刻的、無理的話，使他都停止了笑聲。後來，她對他說：「當他在座的時候，她的腳再也不會跨進這屋子來；在出了一切事情之後，他還時常到她們家裡來，半夜十二點多鐘還來，他簡直太沒有良心了。」她說這些話以後，公爵的臉變得十分蒼白。隨後，她把門一摔，就走出去了。公爵離開葉潘欽家的時候，就好像送完殯回家似的，不管大家怎樣安慰也沒有用。公爵走後不到一刻鐘，阿格拉婭突然從樓上跑到平台上來，她那樣子非常匆忙，連眼淚都沒有擦乾，她的眼睛已經哭腫了；她之所以跑下來，是因為科利亞來了，而且帶來了一隻刺蝟。她們大家全看起刺蝟來了；她們問科利亞刺蝟是從哪裡弄來的，科利亞解釋說，這刺蝟並不是他的，他現在是和中學同學科斯佳·列別杰夫一塊兒路過這裡，那個同學留在外面，不好意思進來，因為手裡還握住一把斧頭；他們剛才遇見一個農夫，刺蝟和斧頭是從農夫手裡買來的。那農夫出售刺蝟，索價五十戈比，至於斧頭是他們自己要向農夫買的，因為它恰巧有用，而且還是一把好斧頭。阿格拉婭忽然死乞白賴地纏著科利亞，要他立刻把刺蝟賣給她。她顯得非常興奮，甚至稱科利亞為「親愛的」。科利亞一直不肯答應，但終於經不起人家一再的請求，就把科斯佳·列別杰夫叫了進來。那個中學生果真拿著一把斧頭走進來，顯得很不好意思。但仔細一問，原來這刺蝟並不是他們倆的，而是屬於另一個學生彼得羅夫的。彼得羅夫把錢交給他們兩個人，讓他們向第四個學生買一本施洛塞爾的《歷史教科書》，因為那個學生

1 譯注：耍傻瓜：一種打紙牌的方式。

等著錢用，賣得很便宜。他們本來要去買施洛塞爾的《歷史教科書》，但是途中遇到刺蝟，忍不住就買下了，所以刺蝟和斧頭都屬於第三個學生，他們現在就要給他送去，以代替施洛塞爾的《歷史教科書》。阿格拉婭堅持要買刺蝟，後來他們決定把刺蝟賣給她了。阿格拉婭剛買下那隻刺蝟，立刻讓科利亞幫忙，把它放在藤筐內，蓋上餐巾，她請科利亞不要再到別處去，立刻把刺蝟送給公爵，用她的名義送去，請公爵接受，以表示她的「深深的敬意」。科利亞很快樂地應允了，滿口說他就送去，但是，他立刻追著問：「用刺蝟做禮物是什麼意思？」阿格拉婭告訴他，這與他並不相干，他回答說，他相信這裡一定含有什麼寓意。阿格拉婭生氣了，對他厲聲說：他只是一個小孩子，什麼都不懂。科利亞立刻反駁她說，如果他不是尊重女人，特別是尊重自己的信念，一定立即叫她看看，他能夠怎樣對付這種侮辱的行為。然而，結果還是由科利亞高高興興地把刺蝟送去，科斯佳·列別杰夫也跟著他走了。阿格拉婭看見科利亞把筐子搖晃得太厲害，竟忍不住，從平台上對他的背影喊道：「科利亞，好弟弟，請你不要讓它掉在地上啊！」——那種親切樣子，就好像剛才沒有和科利亞吵過嘴似的；科利亞站住了，也好像他們沒有吵過嘴一般，用極暢快的樣子喊道：「不，我不會掉的，阿格拉婭·伊萬諾夫娜。請您完全放心吧！」說罷，立刻就低著腦袋跑開了。阿格拉婭哈哈大笑了一陣，很滿意地跑到自己屋裡去，然後一整天都沉浸在快樂中了。

　　這種新聞使伊麗莎白·普羅科菲耶夫娜完全嚇呆了。這究竟是為了什麼呢？但是，她的情緒顯然是很惡劣的。她的驚慌已經達到極點。主要的是那隻刺蝟。刺蝟究竟是代表什麼？牠暗含著什麼意思？有什麼約定？那是什麼暗號？什麼電報密碼？況且那個可憐的伊萬·費道洛維奇正在旁邊，經他一盤問，開口就把事情完全弄壞了。照他的看法，這裡面並沒有什麼電報密碼，至於刺蝟呢，「那隻是刺蝟罷了——牠含著互相友好、冰釋前嫌、雙方和解的意思，總而言之，這一切全是開玩笑，一個天真的、可以原諒的玩笑。」

我們應該附加一句：他完全猜對了。公爵從阿格拉婭那裡回來，受了她的恥笑，又遭她的驅逐，呆呆坐了半小時之久，露出極陰鬱的絕望神情，這時，正好科利亞忽然拿著一隻刺蝟跑來。於是，所有的烏雲立刻散了。公爵好像復活過來，並開始盤問科利亞，對於科利亞所說的每一句話都仔細琢磨，反反覆複追問了十幾遍，像嬰兒一般笑著，旁邊的那兩個學生也笑著，很坦然地看著他，他不時來握他們的手。原來公爵明白，阿格拉婭已經饒恕了他，他今天晚上又可以上她家裡去，這對於他不但是極重要的，甚至就是一切。

「我們還只是一些孩子，科利亞！並且……並且……我們全是孩子，這多麼好哇！」他終於如醉如癡地喊了出來。

「公爵，她簡直是愛上了您，就是這麼回事！」科利亞帶著很有威信的樣子，莊嚴地回答說。公爵臉紅了，但是這一次沒有說出一句話來，科利亞只是拍掌大笑；過一分鐘，公爵也笑了，接下來他每五分鐘便看一次錶，看看時間過了多少，離晚上還有多長時間，就這樣一直看到晚上。

但是壞情緒占了上風：伊麗莎白．普羅科菲耶夫娜終於忍不住，發作了歇斯底里症。儘管她的丈夫和女兒們都反對，她還是立刻打發人去喚阿格拉婭來，想向她提出最後的問題，並要她明確地給予最後的答覆。「為了一下子痛快解決，從肩頭卸去重擔，從此就不必再提它了！」她說，「否則的話，我會連晚上也活不到！」到了這時，大家才明白過來，原來事情已經弄到這步田地。除了故作驚異，憤怒，狂笑，嘲笑公爵，嘲笑一切盤問的人之外——從阿格拉婭那裡並沒有得到任何東西。伊麗莎白．普羅科菲耶夫娜躺到床上，到了喝茶的時候，到了大家都等候著公爵到來的時候才出來。她膽戰心驚地等候著公爵，等公爵到來時她幾乎發作了歇斯底里症。

公爵自己也是畏畏縮縮地走了進來，他好像偷偷摸摸的，帶著奇怪的微笑，朝大家的眼睛看著，似乎向大家發問。此時，因為阿格拉婭不在屋內，使他立刻又嚇了一跳。晚上沒有外人，全是家裡的人。施公爵還在彼得堡，為了葉夫根尼．帕夫洛維奇叔叔的事情。「如果他在這裡，說上兩句話那該多好哇。」伊麗莎白．普羅科菲耶夫娜渴念著他。伊萬．費道洛維奇悶坐在那裡，顯出十分焦慮的樣子。姐姐們也板著臉，好像故意沉默著似的。伊麗莎白．普羅科菲耶夫娜不知道如何開始談話。最後，她忽然拚命罵起鐵路來，用堅決的挑釁神情看著公爵。

唉！阿格拉婭始終不出來，公爵感到非常失望。他一邊顫抖著，露出很慌張的樣子，一邊發表意見，說修路是極有益處的，但是阿杰萊達突然笑了，公爵又受了挫折。就在這一剎那，阿格拉婭帶著平靜而驕傲的神情走了進來，她很有禮貌地向公爵鞠了一躬，很莊嚴地坐在圓桌旁邊的一個極顯眼的地方。她帶著疑問看了公爵一眼。大家全明白，已經到了解決一切疑難的時候了。

「您收到我的刺蝟沒有？」她堅定地，幾乎生氣地問。

「收到了！」公爵回答，臉色發紅，沉住呼吸。

「請您立刻解釋一下，您對這是怎樣想法？為了使母親和我們全家人安心，必須這樣。」

「喂，阿格拉婭……」將軍突然不安起來。

「這，這簡直超出一切範圍了！」伊麗莎白．普羅科菲耶夫娜忽然有點懼怕了。

「並沒有什麼範圍呀，maman！」阿格拉婭立刻很嚴厲地回答說，「我今天打發人送給公爵一隻刺蝟，想知道他對這怎麼看。怎麼樣，公爵？」

「什麼意見，阿格拉婭．伊萬諾夫娜？」

「關於刺蝟的。」

「那就是說……我想，阿格拉婭・伊萬諾夫娜，您是願意知道，我怎樣接受……那隻刺蝟……或者最好是說我有什麼看法……對於這個禮物……刺蝟……如果這樣，我覺得……一句話說……」他透不出氣來，沉默了。

「您說得並不多呀，」阿格拉婭等候了五秒鐘，「好，我答應把刺蝟放在一邊不談；但是我很高興，我終於能夠打破這一切積聚下來的疑團。現在我當面請問您：您是不是向我求婚？」

「唉，天哪！」伊麗莎白・普羅科菲耶夫娜脫口喊了出來。

公爵哆嗦了一下，身體搖動了。伊萬・費道洛維奇嚇呆了，姐姐們皺著眉頭。

「不要說謊，公爵，說實話吧。為了您，大家都奇怪地盤問我；這類問題究竟有什麼根據呢？說吧！」

「我過去沒有向您求婚，阿格拉婭・伊萬諾夫娜，」公爵說，忽然顯得活潑起來，「不過……您自己也知道，我是怎樣愛您，相信您……現在也是如此……」

「我問您，您現在是不是向我求婚？」

「我求婚！」公爵回答，屏住了呼吸。

隨著是一陣普遍而劇烈的騷動。

「這一切全不對，親愛的朋友，」伊萬・費道洛維奇說，露出十分激動的樣子，「如果這樣，這……這幾乎是不可能的，阿格拉婭……對不起，公爵，對不起，我的親愛的！……伊麗莎白・普羅科菲耶夫娜！」他向太太求援，「你應該……瞭解……」

「我拒絕，我拒絕！」伊麗莎白・普羅科菲耶夫娜直搖手。

「請讓我說下去，maman，我在這種事情裡總還應該占個重要地位吧，因為現在正是決定我命運的重大時刻（阿格拉婭就是這樣說出來的），所以我願意自己知道，還願意當著大家的面……請問您，公爵，如果您『有這樣的心願』，您打算怎樣保障我的幸福？」

「我真不知道，阿格拉婭．伊萬諾夫娜，應該怎樣來回答您；回答什麼呢？而且……有必要嗎？」

「您大概害臊起來，喘不過氣來啦。您稍微休息一會兒，振作一下精神；喝一杯水吧，馬上就會給您端茶來。」

「我愛您，阿格拉婭．伊萬諾夫娜，我很愛您，我愛您一個人……請您不要開玩笑，我很愛您。」

「但是，這是一件重大的事情；我們不是小孩子，應該進行正確的觀察……現在請您說明一下，您的財產狀況怎麼樣？」

「得啦，得啦，阿格拉婭！你是怎麼啦？這不對，這不對……」伊萬．費道洛維奇驚慌地、喃喃地說著。

「真丟人！」伊麗莎白．普羅科菲耶夫娜大聲說。

「發瘋了！」亞歷山德拉也大聲說。

「財產……那就是錢嗎？」公爵驚異了。

「就是的。」

「我有……我現在有十三萬五千盧布。」公爵喃喃地說，臉漲得通紅。

「只有那麼一點嗎？」阿格拉婭大聲地說，而且公開表示很驚異，她一點也不臉紅，「但是不要緊；如果省吃儉用的話……您打算做官嗎？」

「我想應家庭教師的考試……」

「這很好，這樣當然會增加我們的收入，您打算充當侍從武官嗎？」

「侍從武官嗎？我並沒有想到幹這個，但是……」

說到這裡，兩個姐姐都忍不住，迸出笑聲來了。阿杰萊達早就在阿格拉婭抽動著的臉上看出有迅速的、控制不住的笑意，只不過阿格拉婭在竭力忍住罷了。阿格拉婭朝發笑的姐姐們狠狠地瞪了一眼，但是僅僅過了一秒鐘，她自己也忍耐不住，頓時極瘋狂地，幾乎歇斯底里性地哈哈大笑起來；她終於跳出去，從屋內跑出去了。

「我早就知道，這只是開開玩笑，沒有別的！」阿杰萊達喊道，「從最初起，從那個刺蝟起。」

「不，我不能允許這個，我不能允許這個！」伊麗莎白．普羅科菲耶夫娜忽然怒喊道，她急忙出去追阿格拉婭，姐姐們也立刻跟著她跑出去。室內只留下公爵和葉潘欽將軍兩個人。

「這個，這個……你能想像到這類事情嗎，列夫．尼古拉耶維奇？」將軍厲聲喊道，顯然自己還不知道想說什麼呢，「不，正正經經地說？」

「我看，阿格拉婭．伊萬諾夫娜是在那裡取笑我。」公爵悶悶地回答說。

「等一等，老弟，我先去，你等一等……因為……你最好跟我解釋一下，列夫．尼古拉耶維奇，最好跟我解釋一下；這一切是怎樣發生的，這一切，從整個說來，究竟是什麼意思？老弟，你自己也會同意吧——我是當父親的，我畢竟還是個父親哪，所以我一點也不明白？你最好對我解釋一下！」

「我愛阿格拉婭．伊萬諾夫娜；她知道的……好像早就知道。」

將軍猛然聳了聳肩膀。

「奇怪，奇怪……你很愛她嗎？」

「很愛。」

「奇怪，這一切我覺得很奇怪。這樣的意外和打擊……你瞧，親愛的，我並不指財產而言（雖然我原來以為你的財產會更多一些），但是……我女兒的幸福……到底……你能不能保障……這幸福呢？並且……並且……這是怎麼回事：她是開玩笑呢，還是實在的？不是說你，而是說她。」

門內傳出亞歷山德拉．伊萬諾夫娜的聲音，喚她的父親進去。

「等一等，老弟，等一等，等一等，想一想；我立刻就來……」他匆忙地說，驚驚慌慌地向亞歷山德拉呼喚的地方奔去。

他看到夫人和女兒互相抱著，兩人都流著眼淚。這是幸福的、溫柔的、和解的淚水。阿格拉婭吻母親的手、頰、唇；兩人緊貼在一起。

「你瞧她，伊萬．費道洛維奇，現在這是她整個的樣子！」伊麗莎白．普羅科菲耶夫娜說。

阿格拉婭把她的幸福的、流淚的面孔從母親的懷裡移開，轉過去看了父親一眼，大聲笑起來，跳到他身邊，緊緊地抱著他，吻了幾遍。然後又奔到母親身前，把臉完全藏到母親的懷裡，不讓任何人看見，立刻又哭了。伊麗莎白．普羅科菲耶夫娜用圍巾的一端遮蓋著她。

「你這個殘忍的姑娘，你想把我們弄成什麼樣子呀？我要問問你！」母親這樣說，但是她已經露出快樂的樣子，好像突然呼吸得輕鬆了。

「殘忍的！我是殘忍的！」阿格拉婭突然搶上去說，「我是壞透了的姑娘！我是嬌生慣養的姑娘！您告訴爸爸去吧！哎喲，對啦，他在這裡呢。爸爸，您在這裡嗎？您聽見的！」她帶著眼淚笑了。

「我的姑娘，我的寶貝！」將軍滿臉都是幸福的笑容吻女兒的手。（阿格拉婭並不掙開她的手。）「那麼，你愛這個……這個年輕人嗎？」

「不，不，不！我不愛……您這位年輕人，我受不了！」阿格拉婭忽然發怒了，抬起頭來，「如果您，爸爸，再敢……我對您說正經話；你聽著：我說的是正經話！」

她果真正經地說話：整個臉都紅了，眼睛閃耀著光芒。父親愣住了，非常驚慌，但是伊麗莎白・普羅科菲耶夫娜從阿格拉婭背後對他示意，他明白這意思是：「別再追問啦。」

「如果這樣，我的安琪兒，那就隨你便吧，這是你的自由。他一個人在那裡等候，要不要對他暗示一下，客客氣氣地，讓他走開？」

將軍也向伊麗莎白・普羅科菲耶夫娜使了一個眼色。

「不，不，這是多餘的；尤其不必『客客氣氣地』。您先出去陪他，我隨後就來。我想對這個……年輕人賠罪，因為我得罪了他。」

「得罪得很厲害。」伊萬・費道洛維奇很嚴肅地同意說。

「既然這樣……你們大家最好留在這裡，我一個人先去，你們立刻跟在我後面出來，你們要馬上就來呀，這樣好些。」

她已經走到門旁，忽然又回來了。

「我要笑出來的！我會笑死的！」她悲哀地說。

但是就在這一剎那，她轉過身去，跑到公爵那裡去了。

「喂，這究竟是什麼意思？你怎麼看？」伊萬・費道洛維奇急促地說。

「我怕說出來，」伊麗莎白・普羅科菲耶夫娜也急促地回答說，

「據我看來，這是明顯的。」

「據我看來，也是明顯的，像白晝一樣明顯。她愛他。」

「不但是愛，簡直是迷戀上他了！」亞歷山德拉・伊萬諾夫娜說，「不過，她迷戀的可是什麼人哪？」

「假如她就是這樣的命，願上帝祝福她！」伊麗莎白．普羅科菲耶夫娜虔誠地畫十字。

「她一定是這個命，」將軍表示同意說，「人是逃避不掉命運的！」

大家全走到客廳裡去，那裡又有奇怪的事情等待著他們呢。

阿格拉婭走近公爵身旁的時候，不但沒有像她所擔心的那樣笑出聲來，反而怯生生地對他說：「請您饒恕一個愚蠢的、惡劣的、嬌生慣養的女孩子吧（她拉他的手），而且請您相信，我們大家都非常尊敬您。如果說我竟敢拿您那美好的……善良的、率真的性格當作笑料，那麼，就請您把我當作小孩子，饒恕我的頑皮行為吧！請您恕我逼問出那些離奇的話來，這些話自然不會有一點後果的……」

阿格拉婭用特別著重的口氣，說出最後的兩句話。

父親、母親和姐姐們一齊走進客廳的時候，正好看見這一切情況，聽見這些談話。她所說的「這些話不會有一點後果」以及阿格拉婭說出這句離奇話時所表現出來的嚴肅態度，使大家非常驚異。大家用疑問的神情對看了一眼；但是公爵似乎沒有瞭解這句話，他感到極度的幸福。

「您為什麼這樣說呢，」他喃喃地說，「您為什麼要……請求……饒恕……」

他甚至想說，他是不配有人向他請求饒恕的。誰知道呢，他也許已經明白那句「這些話不會有一點後果」的意義，但是，因為他是一個怪人，或者喜歡這句話也未可知。毫無疑義，只要他還能不受阻攔地經常到阿格拉婭那裡去，允許他和她說話，和她坐在一處，和她一同出去散步，這對於他已經是無上的幸福。誰知道，他也許會一輩子以此為滿足！（伊麗莎白．普羅科菲耶夫娜心裡最害怕的似乎就是這種滿足；她已經猜到他的心情；她心裡害怕許多事情，而她又不能把這些事情說出來。）

我們很難形容公爵這天晚上是怎樣充滿了活力，充滿了勇氣。他是那樣高興，使得大家都看著他高興起來——阿格拉婭的兩位姐姐後來這樣說。他開始談笑風生，這是半年以來，自從他初次和葉潘欽家相識的那個早晨起所沒有過的。當他重返彼得堡的時候，他很明顯地，故意地沉默著，最近他當著大家的面，對施公爵說他必須竭力忍耐，默不作聲，因為他沒有自己吐露思想，而又把它壓抑下去的權利。這天晚上，他差不多唱獨角戲，一個人說了許多話，他很明確地、愉快地、詳細地回答一切問題。但是，他的話裡沒有一點類似喁喁情話的東西。他所談的全是一些嚴肅的、有時也很深奧的思想。公爵甚至講出了他自己的幾個觀點，自己內心的一些觀察體會。如果他這一席話不是「說得頭頭是道」（像在座的人後來承認那樣），也許會顯得十分可笑了。將軍雖然要聽嚴肅的話題，但是他和伊麗莎白·普羅科菲耶夫娜暗中都覺得學究氣未免太重了些，因此，他們後來甚至顯得憂鬱了。然而公爵興致勃勃，後來竟講了一些可笑的故事，因為他自己首先笑起來，別人也跟著笑了，如果說他們是對那些故事本身笑，倒不如說他們是對公爵的快樂笑聲而發笑。至於阿格拉婭，她幾乎整個晚上都沒有說話；她不間斷地聽列夫·尼古拉耶維奇說話，甚至不見得是聽他說話，而只是看著他。

「她不住地看著他，連一眼也不離開；她仔細傾聽他的每句話；簡直就像捕捉它一般，簡直就像捕捉它一般！」伊麗莎白·普羅科菲耶夫娜後來對丈夫說，「但是你要是對她說，她愛上了他，那她無論如何是不愛聽的！」

「那有什麼辦法，這是命中註定啊！」將軍聳了聳肩，把這句心愛的話重複好半天。我們還要補充一句：因為他是個務實的人，所以，他對當前這種情況有許多地方很不喜歡，而主要的是在於事情含混不清；不過在暫時之間，他也決定默不作聲，只是看著伊麗莎白·普羅科菲耶夫娜。

這個家庭的愉快氣氛沒有維持很久。第二天上，阿格拉婭就又和公爵吵起嘴來了，在以後的日子也仍然是如此。她常常一連好幾個小時取笑公爵，幾乎使他成了小丑。誠然，他們有時在家裡小花園的涼亭內坐上一兩個小時，但是大家看得見，這個時候，差不多總是公爵給阿格拉婭讀報紙，或是讀什麼書。

「您知不知道，」有一次阿格拉婭打斷了正在讀報的公爵，對他說，「我覺得您太沒有學問。如果人家問您，某人是什麼樣的人？某件事發生在哪一年？根據的是哪個條約？您總是不大知道的。您太可憐了。」

「我對您說過，我是沒有什麼學問的。」公爵回答說。

「既然這樣，您還有什麼呢？既然這樣，我怎麼能尊重您呢？您讀下去吧；也許乾脆算了吧，您不必再讀下去了。」

就在那天晚上，大家又從她身上發現了一個疑團。施公爵回來了，阿格拉婭對他非常和藹，問了許多關於葉夫根尼．帕夫洛維奇的話。（當時列夫．尼古拉耶維奇公爵還沒有來。）施公爵突然暗示出，「家庭內不久將有新的變動」，根據伊麗莎白．普羅科菲耶夫娜吐露的幾句話，可以猜到，阿杰萊達的結婚又要延期，以便同時舉辦兩件喜事。誰也沒有料到，阿格拉婭對「這些愚蠢的推測」竟大發脾氣；她甚至脫口說出這樣的話來：「她還不打算去頂任何人的姘頭的位置。」

這些話使大家很震驚，特別是她的父母。伊麗莎白．普羅科菲耶夫娜和丈夫祕密商議時，堅持主張他要去和公爵徹底談清納斯塔霞．菲利波夫娜的問題。

伊萬．費道洛維奇發誓說，這只不過是一種「乖張行動」，是由於阿格拉婭「怕羞」產生的；如果施公爵不提結婚的話，便不會出現這種「乖張行動」，因為阿格拉婭自己也知道，而且確實知道，所謂「情人」只不過是壞人們所造的謠言，而納斯塔霞．菲利波夫娜是要嫁給羅戈任的；公爵不但沒有和她發生關係，而且是毫不相干的；如果說句實話，可以說他們從來就沒有什麼關係。

公爵一點也沒有感到不安，他仍然過著逍遙自在的生活。當然他有時看到阿格拉婭瞟起陰鬱的、急切的眼光；但是因為他對另外的某種事情更具有信心，所以那種陰鬱的神情也就自消自滅了。他一旦相信某種事情以後，就已經不再有什麼動搖了。他也許顯得過份安靜了；至少伊波利特有這樣的感覺。有一次，伊波利特偶然在公園內和公爵相遇。

「我當時對您說，您已經愛上了女人，豈不是說對了嗎？」他開始說，自己走到公爵身前，擋住公爵的去路。公爵和他握手。向他道賀，說他「氣色極好」。病人自己也覺得精神爽快，這是害肺癆的人常有的現象。

他走到公爵面前，本來由於公爵滿面春風，他打算說幾句嘲弄的話，但他立刻感到迷惘起來，於是就談起了自己。他開始抱怨，很長時間說出不少抱怨的話，而且說得極不連貫。

「您不會相信，」他說，「他們大家是怎樣易怒、瑣碎、自私、虛榮、庸碌，您相信不相信，他們把我收留下來，只有一個條件，就是使我趕快死去，而現在我沒有死，病情反而減輕些，這就使大家都發瘋了。這算是一幕滑稽劇！我可以打賭，您不相信我。」

公爵不想反駁他。

「我有時甚至想再搬到您那裡去住，」伊波利特不經意地補充說，「那麼您並不認為他們之所以收留一個人，就為了他一定會死，而且很快就會死的緣故嗎？」

「我以為，他們請您去住，是另有緣由的。」

「咦！您並不像人家所說的那樣簡單！現在還不是時候，否則，我可以把加尼亞的事情和他的希望告訴您一些。公爵，有人在您的背後施展陰謀，毫不留情地施展陰謀……您還這樣安靜，真使我感到可惜。但是，唉，您就不可能是別的樣子呀！」

「您倒憐惜起我來啦！」公爵笑起來了，「怎麼，難道您以為我不安靜些，就更幸福了嗎？」

「寧可做一個不幸的人，知道一切，也不要做一個幸福的人，而過著……傻瓜的生活。您似乎一點也不相信，在那個方面……有人和您競爭嗎？」

「您所說的關於競爭的話，是有點嘲諷味道的，伊波利特；我很抱歉，我沒有權利回答您。至於說到加夫里拉．阿爾達利翁諾維奇，如果您知道一些他的事情，您自己也應該同意，他在喪失了一切之後，心裡自然不會感到舒服的。我覺得最好從這個角度去看問題。他還來得及改變，他的前途是不可限量的，而且是豐富的……然而……然而……」公爵突然不知所措了，「關於陰謀這一點……我簡直不明白您指的是什麼事情，我們最好別談這話了，伊波利特。」

「暫時不談也好！再說，您當然不能不顯出君子風度來的。公爵，您必須自己用手指去摸，才會不相信的，哈哈哈！您現在很看不起我，您說是不是？」

「為什麼？就是為了您以前比我們苦痛，現在仍然受到很大痛苦嗎？」

「不是的，只是為了我不配受這痛苦。」

「一個人所受的痛苦越多，便越配多受痛苦。阿格拉婭．伊萬諾夫娜讀過您的懺悔錄之後，很想見您一面，但是……」

「她在拖延……她不能夠，我明白，我明白……」伊波利特打斷他的話，好像趕快要避免談這件事實，「聽說您把這一套嘮裡嘮叨的話朗誦給她聽了，那篇東西是糊里糊塗寫出來的。我不明白，一個人怎麼會弄到這種地步——我姑且不說這是殘忍（因為這對於我是恥辱的），但可以說怎麼會有那樣幼稚的虛榮心和報復心，竟用這懺悔錄來責備我，用它當作武器來反對我！您不必擔心，我並不是說您……」

「但是，我覺得可惜的是，您拒絕這篇文章，伊波利特，而這篇文章是很誠懇的，您要知道，即使是其中最可笑的地方，也是如此，至於可笑的地方，那是很多的，（伊波利特皺緊眉頭，）——也可以用痛苦來補償，因為承認這一切也就是一種痛苦……也許是一種很大的勇敢。那種鼓舞您的思想，不管外表上怎樣，一定具有高尚的基礎。時間越長，我越看得清楚，我可以對您起誓。我並不是批評您，我這樣說是為了表示自己的意見。我很可惜自己當時沒有說話……」

伊波利特臉紅了。心想，也許公爵在那裡裝模作樣，要探聽出他的底細。但是，他仔細看了看公爵的臉，不能不相信公爵的誠懇。於是，他的臉色立刻明朗了。

「但是總歸要死的！」他說著，幾乎要加上一句，「像我這樣的人！」——「您想一想，您的加尼亞真把我折磨得夠了；他異想天開地反駁說，在當時聽我那篇文章的人們中間，也許要有三四個人比我先死！這是什麼話！他以為這是給我一個安慰，哈哈哈！首先，他們還沒有死；如果這些人全部死光了，我又得到什麼安慰呢，您自己想一想！他是在以己度人；而且，還不只如此，他現在簡直罵起人來了，他說，在這種情況下，正經的人是會默默而死的，而我這樣做，只不過是自私自利的表現！這是什麼話！是呀，他那才是自私自利的表現呢！他們的自私自利是如何的明顯，也可以說像公牛一樣的粗魯，而他們從自己身上卻看不出這一點！……公爵，你讀過十八世紀斯捷潘．格列博夫被處死的故事嗎？我昨天偶然讀到……」

「哪一個斯捷潘．格列博夫？」

「在彼得大帝時代被釘在木樁上的。」

「哎喲，我的天哪，我知道的！在木樁上待了十五個小時，在嚴寒的時候，他穿著皮裘，極莊嚴地死去了；我讀過的……怎麼了呢？」

「上帝給一些人這樣的死法，但是不給我們！您也許以為，我不會像格列博夫那樣死嗎？」

「哦，一點也不，」公爵很窘地說，「我只是想說，您……您並不見得像格列博夫，但是……您……您那時候會成為……」

「我猜到了，會成為奧斯特曼，並不是格列博夫；你是不是想說這句話？」

「哪一個奧斯特曼？」公爵驚異了。

「奧斯特曼，外交家奧斯特曼，彼得時代的奧斯特曼。」伊波利特喃喃地說，忽然有點慌亂了。接著，兩個人都顯得有點窘。

「不，不！我並不想說這個，」公爵在沉默了一會兒之後，突然拉長聲調說，「我覺得，您……從來沒有成為奧斯特曼。」

伊波利特皺起眉頭。

「我為什麼這樣說呢？」公爵突然搶上去說，顯然想加以糾正，「因為當時的人們（我對您發誓，這永遠使我震驚），好像完全和我們現在的人不同，不是現在我們這個世紀的種族，的確像是另一個族類……從前人們好像只有一個理想，而現在都顯得神經質一點，腦筋靈一點，情感多一點，好像一下子會產生兩三個理想……現在的人心胸寬闊些——我可以發誓說，這一點正妨礙他成為像從前那樣單純的人……我……我說這話只是為了這個，並不是……」

「我明白，您不同意我的幼稚言論，現在正為了這個竭力來安慰我。您完全是一個小孩子，公爵！但是，我注意到，你們大家全把我當作……當作一個瓷杯……不要緊，不要緊，我並不生氣。不管怎麼說吧，我們倆的說話是極可笑的；您有時完全是一個小孩子，公爵。您知道，我也許想成為比奧斯特曼好一點的人；為了奧斯特曼，是不值得從死人堆裡復活的……但是我看出我必須快點死，否則我自己……請您離開我吧。再見！好啦，您對我說吧，您以為我怎樣死才好呢？是不是要盡可能地……合乎道德一些?喂,說吧!」

「您從我們身邊走過去,饒恕了我們的幸福吧!」公爵輕聲說。

「哈哈哈!我早就料到您會這樣說!我知道您一定會說出這類的話!但是您……但是您……得了吧!您這人真能花言巧語!再見!再見!」

第六章

關於葉潘欽家別墅舉行晚會，等候別洛孔斯卡婭光臨的消息，瓦爾瓦拉·阿爾達利翁諾夫娜也是十分正確地通知了她的哥哥。那天晚上，葉潘欽家的確等候客人的光臨；不過，她的話又有一些言過其實。誠然，這件事安排得過於匆忙，甚至有點完全無用的驚慌，但這是因為葉潘欽家「辦事，一切都要與眾不同」。主要的原因就是「不願再有所疑惑」的伊麗莎白·普羅科菲耶夫娜懷著急不可耐的心情，父母兩人對愛女的幸福關懷太深。再說，別洛孔斯卡婭的確不久就要離開這裡。由於這老太婆的庇護在上流社會的確舉足輕重，葉潘欽家夫婦希望她能對公爵產生好感，以通過一個極有權勢的「老太婆」的手，使「上流社會」直接把阿格拉婭的未婚夫接受下來；如果其中有什麼奇怪的地方，那麼，在她的撐腰之下，也就不會顯得奇怪了。其中的關鍵就在於，父母自己無論如何不能解決。「這件事情究竟有沒有奇怪的地方？如果有，那麼奇怪到什麼程度？或者完全沒有奇怪的地方？」現在，由於阿格拉婭的緣故，還沒有最後做決定，在這時候，那些有權威且有資格的人們的友好和坦率的意見是很有用處的。無論如何，或早或晚，公爵一定要被引到上流社會上去的，而他對於這上流社會卻沒有一點概念。簡單地說，他們打算把他拿出來「給大家看一看」。不過，那天的晚會計畫得很簡單；只邀請了一些「家庭好友」，而且人數很少。除去別洛孔斯卡婭以外，還邀請一位夫人，一個極重要的貴族和顯宦的太太。在年輕人中，只邀請了葉夫根尼·帕夫洛維奇一人，他是陪著別洛孔斯卡婭同來的。

關於別洛孔斯卡婭光臨的消息，公爵在晚會的前三天就聽說了；至於舉辦晚會的事情，他頭一天才知道。他自然看出了葉潘欽家上下忙亂的情形，甚至從他們向他說話時所帶的暗示性的焦慮神色上，也看出他們正擔心他給人留下一種不好的印象。不過，葉潘欽家的人不論是誰都有同一種想法，認為他頭腦簡單，根本不能看出大家替他擔心的情形。因此，大家一看見他，心裡就暗自發愁。在實際上，他也的確沒有重視當前的事件；他所忙的完全是別的事情。阿格拉婭一小時比一小時變得更乖張，更陰鬱——這使他感到十分焦急。當他聽說葉潘欽家邀請了葉夫根尼．帕夫洛維奇的時候，他十分高興，並且說他早就希望見見這個人。不知為什麼，沒一個人愛聽他這句話。阿格拉婭很惱恨地離開屋子，到深夜十二點來鐘，當公爵要走時，她才抓到一個機會，一邊送他，一邊對他單獨說了幾句話。

「我希望您明天一整天不要到我們家裡來，晚上等那些客人都到齊的時候您再來。您知道有客人來吧？」

她不耐煩地，特別嚴厲地說著，初次說起這個「晚會」。人人都看得出來，她對於所請的這些客人幾乎是不能忍耐的。為了這件事情，她也許很想跟父母吵一頓，但由於驕傲和怕羞，沒有開口。公爵立刻明白，她也在為他擔心（但又不願意承認她在擔心），忽然自己也害怕起來了。

「是的，我被邀請了。」他回答說。

她顯然難於繼續說下去。

「能不能和您正正經經地談點什麼？哪怕一生中只有一次呢？」她突然非常生氣，不知道為了什麼，而且也沒有力量控制自己。

「可以，我現在洗耳恭聽，我很高興！」公爵喃喃地說。

阿格拉婭又沉默了一分鐘，帶著很明顯的厭惡神情開始說。

「我不高興和他們爭論這件事情，有些情形你沒法使他們瞭解。媽媽有些規矩永遠使我感到討厭。我並不想講父親，指望他是沒有用的。媽媽自然是一個正直的女人，你只要敢對她講出下流的話，就可以看得出來。但是，她為什麼要崇拜這些……無聊的人呢！我並不是指著別洛孔斯卡婭說的。她雖然是一個無聊的老太婆，性格也無聊得很，但是她很聰明，會把他們大家掌握在手掌裡——這就是她的長處。唉，真是卑賤極了！而且也可笑得很！我們永遠是中等階級的人，是地地道道中等階級的人；為什麼一定要爬進那上流社會裡去呢？姐姐們也想爬到那裡去；施公爵把大家都弄糊塗了。您為什麼喜歡葉夫根尼·帕夫洛維奇出席晚會呢？」

「我跟您說，阿格拉婭！」公爵說，「我覺得，您為我十分擔心，怕我明天在這個上流社會裡……栽跟斗，是不是？」

「為您擔心嗎？我怕嗎？」阿格拉婭的臉完全紅了，「為什麼我要為您擔心，哪怕您……哪怕您完全受人家取笑呢？對於我又有什麼相干？您怎麼會說出這樣的話來？什麼叫作『栽跟斗』？這是很難聽的、庸俗的字眼。」

「這是……小學生用的字眼。」

「真的，這是小學生用的字眼！不好聽的字眼！您明天大概也打算用這種字眼聊天。您先在家裡搬字典，多找出一些這類的字眼，管保可以發生很大的效果！真可惜，您還懂得怎樣進人家的大門呢。您從哪兒學來的規矩？當大家故意看著您的時候，您會不會很有禮貌地舉杯喝茶呢？」

「我想我會的。」

「這很可惜，不然我一定要笑出來的。您至少應該把客廳裡的那個中國花瓶砸破！它很值錢。請您砸破吧。這花瓶是人家贈送的。媽媽一定會發瘋，當著大家的面哭泣——因為她最珍視這只花瓶。您做出您平常所做的那種手勢，碰倒它，把它砸破了吧。您可以故意坐在它的旁邊。」

「正好相反，我要儘量坐得遠些。謝謝您的提醒。」

「這麼說來，您預先就害怕自己會亂揮胳膊啦。我敢打賭，您會講起那些『話題』，那些嚴肅的、有學問的、高尚的話題來的，是不是？這將多麼……有體面哪！」

「我覺得有點愚蠢……如果說得不是時候。」

「喂，您現在應該永遠記住，」阿格拉婭終於忍不住了，「如果您談起什麼死刑，或是俄國經濟的狀況，或是『美可以拯救世界』等等，那麼……我自然很高興，而且會笑出來的，但是……我要預先警告您：您以後再也別見我！您聽著，我說的是正經話！這一次我說得很正經！」

她果真是很正經地說出這番威嚇的話來，因此，從她的話裡可以聽出，從她的眼神裡也可以看出公爵以前所沒有注意到的不尋常的東西，這當然並不像開玩笑。

「您這樣一來，倒使我感到一定會『高談闊論』起來，我由於害怕，一定會把花瓶碰碎。我也許會在光滑的地板上摔跤，或是弄出這樣的事情來，因為我已經有過這樣的事情了；今晚我會做一夜這樣的夢；您為什麼偏要提起這個來呢！」

阿格拉婭陰鬱地對他看了一眼。

「我告訴您說：明天我乾脆就不來！我推說有病，也就完了！」他終於這樣決定說。

阿格拉婭跺著腳，氣得臉都白了。

「天哪！滿天底下，誰見過這樣的事情！人家特地為他請客，他倒不來……我的天哪！跟您這樣……頭腦不清的人打交道，真是夠受的！」

「好啦，我來就是啦！」公爵連忙打斷她的話，「我可以對您起誓，我整個晚上坐著，一句話也不說，我會這樣做的。」

「您這樣做很好。您剛才說『推託有病』；您到底是從哪裡學來的這種話？您何必用這種字眼和我談話呢？您想逼我嗎？」

「對不起；這也是一句小學生用的話；我以後不用了。我很明白……您……您替我擔心……（您可不要生氣呀！）我很喜歡這樣。您不知道，我現在是多麼害怕，同時又是多麼高興聽到您的話。但是，我可以對您發誓，所有這些驚懼全是瑣碎的，無聊的。真的，阿格拉婭！剩下來的便是快樂。我很高興您是這樣一個孩子，這樣一個美好善良的孩子！您可以達到多麼美好的地步哇，阿格拉婭！」

阿格拉婭聽了這話，當然會發脾氣的，而且已經想要發脾氣了，但是在一剎那，忽然有一種意想不到的情感抓住她的整個心靈。

「在以後……什麼時候您會不會責備我現在所說的這些粗野的話？」她突然問道。

「您怎麼啦！您怎麼啦！您為什麼又臉紅了？又那樣陰鬱地看著我！您有時看我露出過於陰鬱的神情，阿格拉婭，這是以前從來沒有過的。我知道這是為什麼……」

「別說啦！別說啦！」

「不，還是說了好。我早就想說，我已經說了，但是……這還不夠，因為您不肯聽我的話。我們中間到底有一個人……」

「別說啦，別說啦，別說啦！」阿格拉婭忽然打斷他的話，緊緊抓住他的手，幾乎帶著驚恐的樣子看著他。這時候有人喚她，她好像很高興似的，甩開他走了。

公爵整夜發寒熱病。奇怪得很，他已經一連幾夜忽冷忽熱了。這一次他在半夢囈中，產生了一個念頭。如果明天當眾忽然暈倒又怎麼辦呢？他不是在白天暈倒過嗎？他一想到這個就發起冷來；他整夜想像自己處在一個奇怪的從來沒有聽見過的社會裡，在一些奇怪的人物中間。主要的是他「高談闊論起來」了。他知道不應該說，但是他一直說著，他勸那些人。葉夫根尼．帕夫洛維奇和伊波利特也在這些客人中間，好像交情很不錯。

他在九點鐘的時候睡醒了，頭痛，思想混亂，心裡充滿一些奇怪的印象。不知為什麼，他很想見一見羅戈任；見他一面，和他談許多話——究竟說什麼，連他自己也不知道。後來，他決定到伊波利特那裡去辦點事情。他的心裡有些混亂，因此，今天早晨所發生的事情雖然使他留下極強烈的印象，但畢竟記不清楚了。其中有一件事情就是列別杰夫的訪問。

列別杰夫出現得極早，九點剛過就來了，他差不多完全喝醉了。公爵近來雖然不大注意外面的事情，但是他也看得出來，自從伊伏爾金將軍三天前搬走以後，列別杰夫的行為就十分不好。他的衣裳忽然弄得很髒，染上許多油污，他的領帶歪到一邊，衣服也撕破了。他在自己家裡大吵大鬧，隔著小院都能聽到，薇拉有一次流著眼淚跑來，告訴公爵出了什麼事情。他今天早晨來了，捶著自己的胸脯，說了一些奇怪的話，對自己責備了一番……

「由於我背信棄義，卑鄙無恥，我已經得到了……得到了懲罰……挨到了一記耳光！」他終於像演悲劇似的說。

「耳光！……誰給你的？……這樣早嗎？」

「早？」列別杰夫諷刺地微笑著，「時間沒有一點關係……即使是對肉體的懲罰……但是，我挨了一記精神上的……精神上的耳光，而不是肉體上的！」

他突然不客氣地坐下來，開始講述是怎麼回事。他的講述是不連貫的，公爵皺著眉頭，想要出去；但是，突然有幾句話使他震驚。他由於震驚而愣住了……列別杰夫先生講出一些奇怪的事情。

剛開始時，他顯然是講到一封什麼信，並提到阿格拉婭．伊萬諾夫娜的名字。後來，列別杰夫忽然很悲苦地責備起公爵來，可以想見他曾經受到公爵的侮辱。據他說，公爵起初曾經把自己和「某人」（即納斯塔霞．菲利波夫娜）的事情委託給列別杰夫，但是後來完全和列別杰夫斷絕了關係，把他攆走，傷了他的面子，甚至弄到非常可氣的程度，最後連他問一句「家裡將有變動」的話都很粗暴地拒絕答覆。列別杰夫醉眼朦朧地承認說，「此後他絕不能忍耐下去了，尤其是他聽到很多事情……很多事情……從羅戈任那裡，從納斯塔霞．菲利波夫娜那裡，從納斯塔霞．菲利波夫娜的女朋友那裡，從瓦爾瓦拉．阿爾達利翁諾夫娜本人那裡……從……甚至從阿格拉婭．伊萬諾夫娜本人那裡……您想一想看，這全是由薇拉從中幫忙，由我的愛女薇拉，獨生的……不對……並不是獨生的，因為我有三個孩子。是誰寫信給伊麗莎白．普羅科菲耶夫娜，甚至嚴守祕密，哈哈！是誰把一切關係……把納斯塔霞．菲利波夫娜這個人物的行動報告給她，哈，哈！請問，那個寫匿名信的人是誰，到底是誰？」

「難道是您嗎？」公爵喊道。

「正是，」醉鬼帶著尊嚴的神氣回答說，「就在今天早晨八點半，只有半小時……不，三刻鐘，我曾通知那位尊貴的母親，我有一件重大的事情轉告她……我寫了一張便條，交給女孩子，從後面的台階那裡送去。她收下了。」

「您剛才看見伊麗莎白．普羅科菲耶夫娜嗎？」公爵不能相信自己的耳朵，問道。

「我剛才去見她，竟挨了一記耳光……精神上的。她把信還給我，甚至擲了過來，但沒有拆開。……她指著我的脖子，把我推出去了……但只不過是精神上的，不是肉體上的……不過，幾乎等於肉體上的，相差並不太遠！」

「她扔給您什麼信，沒有拆開來的？」

「難道……哈，哈，哈！難道我還沒有告訴您嗎？我以為我已經說過了……我接到了這樣一封信，託我轉交的……」

「誰的信？給誰的？」

但是，列別杰夫的一些「解釋」是很難弄清楚，或者加以瞭解的。公爵費了許多力量，才明白那封信是大清早由女僕送給薇拉．列別杰娃，託她按地址轉交的……「還和以前一樣……還和以前一樣由同一個人物交給某個人……（內中一個我稱為「人物」，另一個單稱為「某人」，以做區別，而且是為了表示輕蔑的意思；因為天真而且高貴的將軍女公子和……茶花女之間是有極大區別的。）這封信是那位『人物』寫的，他的名字的第一個字母是A字……」

「那怎麼可能呢？寫給納斯塔霞．菲利波夫娜的嗎？真是無聊的事情！」公爵喊道。

「有的，有的。如果不是給她，便是給羅戈任，給羅戈任也是一樣……還有一封信，是由A字母的人物交給捷連季耶夫先生轉交的。」列別杰夫使了一個眉眼，微笑著。

因為他時常從這件事糾纏到另一件事上去，忘記了最初的話題，所以公爵索性不說話，讓他一個人發言。但還是弄不明白，那封信是經他的手，還是經薇拉的手轉交的。如果他自己說，「給羅戈任和給納斯塔霞．菲利波夫娜都是一樣」，那麼，如果真是有那些信的話，那些信不是經他的手的。至於現在這封信怎麼會落到他手裡去，根本無從加以解釋；大概可以猜到的是，他用什麼方法從薇拉手裡搶來……輕輕地偷來，別有用心地送到伊麗莎白．普羅科菲耶夫娜那裡去。公爵終於這樣推測到，而且瞭解到了。

「您發瘋了！」他十分慌亂地喊出來了。

「並不完全是，可尊敬的公爵，」列別杰夫帶著些憤恨回答說，「不錯，我本來想親手交給您，為了替您效勞……但後來想到不如替那邊效勞，把這一切報告給那位尊貴的母親……因為以前我給她寫過一次匿名信。剛才我寫了一張字條，請在八點二十分相見，下面署名也是：『您的祕密通訊員。』到了那個時候，他們會立刻地，甚至非常匆促地，領我從後門過去見那位尊貴的母親。」

「後來呢？……」

「後來您已經知道了，幾乎把我揍了一頓；所謂幾乎，就可以說是差不多要揍我了。她還把信擲還給我。她本來想把信留下——但是她想了一下，又擲還給我了：『既然人家委託你轉交，你就轉交好了……』她甚至生氣起來。她既然不好意思對我說這話，那一定是生了氣。她的脾氣暴躁極了！」

「現在信在哪裡？」

「還在我身邊，這不就是？」

於是，他把阿格拉婭給加夫里拉·阿爾達利翁諾維奇的信交給公爵，這封信就是今天早晨，加夫里拉·阿爾達利翁諾維奇收到後兩小時，得意揚揚地給他的妹妹看的。

「這封信不能留在您手裡。」

「給您，給您！我現在呈獻給您，」列別杰夫熱烈地搶上去說，「我過去一度叛變，現在又成為您的僕人，完全成為您的僕人，從頭到心！正如英國的、大不列顛的……托馬斯·莫爾[1]所說的一樣：『懲罰心，饒恕鬍鬚。』正如羅馬教王所說的：Mea culpa, mea culpa.（拉丁文：我承認自己的錯誤）……不對，那是羅馬教皇，我竟稱他為羅馬教王了。」

「這封信應該立刻轉出去，」公爵忙亂起來，「讓我來轉交吧。」

1 譯注：托馬斯·莫爾（1478—1585）：英國傑出的人道主義思想家，空想社會主義的創始人之一。著有《烏托邦》一書。

「好不好，好不好，富有教養的公爵，好不好……這麼辦！」

列別杰夫扮出一副奇怪的、帶著阿諛神情的鬼臉。他顫抖得很厲害，好像有人忽然用針扎了他一下，還很狡猾地擠眉弄眼，打著手勢。

「什麼意思？」公爵很威嚴地問道。

「把信先拆開來？」他巴結地，極祕密地微語著。

公爵怒不可遏地跳起來，把列別杰夫嚇跑了；但他剛跑到門前，又站住了，他等一下，看公爵能不能饒恕他。

「唉，列別杰夫哇！您怎麼會達到這樣卑鄙的、這樣無法無天的地步？」公爵很悲傷地喊道。列別杰夫的一臉愁雲飛散了。

「卑鄙得很！卑鄙得很！」他立刻走過來，含著淚，捶著自己的胸脯。

「這真是卑鄙齷齪的行為！」

「正是卑鄙齷齪的行為！這話說得真對！」

「您這種奇怪的行為……算什麼道理？您……簡直是個偵探！您為什麼要寫匿名信，驚擾那樣正直而良善的女人？阿格拉婭．伊萬諾夫娜怎麼會沒有權利給任何人寫信？您今天是跑去告密的嗎？您打算在那裡得到什麼？您跑去告密有什麼目的動機？」

「僅僅是一種愉快的好奇心……還有就是一顆正直的心靈，願意替人效勞，就是這樣！」列別杰夫喃喃地說，「現在我全是您的人，又全是您的人啦！您讓我上吊都可以！」

「您就是像現在這種樣子去見伊麗莎白．普羅科菲耶夫娜的嗎？」公爵很嫌惡地露出好奇的樣子。

「不……比較清醒些……甚至體面些；我是在丟了臉以後……才弄到這個地步的。」

「好極了，您離開我吧。」

但是，這個請求必須重複幾次，客人才敢走出去。他完全把門打開了，又轉回來，躡著腳走到屋子中央，又開始做手勢，表示如何拆開信，因為他不敢再用話語來勸告。後來，他就出去了，輕輕地，和藹地微笑著。

聽到列別杰夫的這些話，公爵是非常難過的。從這一切話中，只發現一個非常主要的事實，那就是：阿格拉婭不知為什麼極為驚慌，極為猶豫，極為痛苦。（公爵自言自語：「這是嫉妒。」）顯然，那些惡人正在攪擾她，很奇怪的是，她竟會這樣信任他們。當然，在這缺乏經驗的、熱情的、驕傲的腦筋裡，正在醞釀著一些特別的計畫，它們也許是有害的，並且是……粗野的。公爵顯得特別恐懼，在慌亂中不知如何決定才好。一定要做一番警告，他感到了這一點。他又朝那個封得很嚴的信封上所寫的地址看了一眼：對於這個他是沒有疑惑和不安的，因為他很相信。在這封信裡，使公爵不安的是另一種情形：他不相信加夫里拉．阿爾達利翁諾維奇。但是，他決定親自把這封信送去，而且馬上出發，但在路上他又改變了主意。因為公爵正好在普季岑家的旁邊看到了科利亞，於是就委託他把信轉交給他的哥哥，就像直接從阿格拉婭．伊萬諾夫娜那裡取來的。科利亞沒有細問，就送去了，所以加尼亞並不知道，這封信已經輾轉了多少人的手，才到了他這裡。公爵回家時請薇拉．盧基揚諾夫娜到他那裡去，把應該說的話全部告訴給她，並且好好安慰她一番，因為她一直在那裡尋找那封信，而且一直哭著。當她知道這封信是自己父親拿走時，顯得非常恐怖（後來，公爵從她那裡知道，她曾經為羅戈任和阿格拉婭．伊萬諾夫娜祕密地做過很多事；她沒有想到這樣做對公爵是有害的）……

公爵心裡十分懊惱，兩小時後，當科利亞打發人跑來報告父親生病的時候，他最初幾乎不明白究竟是怎麼回事。但是這件事情使他的心情恢復了原狀，因為這件事情吸引了他的注意力。他在尼娜．亞歷山德羅夫娜那裡（病人自然被抬到那裡去了），差不多一直坐到晚上。他在那裡不見得有什麼用處，但是有這樣一種人，當你在痛苦時看見他們坐在身邊，不知為什麼，你會感到舒服的。科利亞大為震驚，歇斯底里地哭著，但是一直跑來跑去地忙個不停：他跑去請醫生，找到三個，然後又跑到藥房和理髮館裡去。將軍被救活了，但還沒有清醒過來。醫生們認為「病人尚未脫離危險」。瓦里婭和尼娜．亞歷山德羅夫娜沒有離開病人一步；加尼亞感到慚愧和震驚，但是他不想上樓去，甚至怕見到病人。他扭著自己的兩隻手，前言不搭後語地和公爵聊天，他說：「竟弄出這樣不幸的事情，簡直像故意似的，而且偏偏在這個時候！」公爵心裡明白加尼亞所指的是什麼時候。公爵沒有在普季岑家裡遇到伊波利特。傍晚的時候，列別杰夫跑來了，自從早晨對公爵進行那番「表白」之後，他一直睡到現在。他的酒現在差不多都醒了，他真的流淚了，當著病人哀哭，就好像哭他的親哥哥一樣。他大聲責罵自己，但沒有說出由於什麼原因；他死纏著尼娜．亞歷山德羅夫娜，時時刻刻對她說，「他是造成這一切混亂的主要原因，不是別人，只是他自己……只是為了好奇的緣故，『死者』（不知為什麼，他對還活著的將軍堅持這樣稱呼著）簡直是個有天才的人！」他特別嚴肅地說將軍有天才，好像這樣一說，就會馬上產生莫大利益似的。尼娜．亞歷山德羅夫娜見到他流著誠懇的眼淚，終於絲毫不加責備地，甚至露出和藹的神情對他說：「得了吧，不要哭了！上帝會饒恕您的！」列別杰夫受這幾句話以及說這幾句話時的語氣所感動，因此整個晚上都不想離開尼娜．亞歷山德羅夫娜（在以後的幾天內，一直到將軍死去為止，他差不多從早到晚，一直逗留在他們家裡）。那天，伊麗莎白．普羅科菲耶夫娜兩次派人到尼娜．亞歷山德羅夫娜那裡打聽病人的情況。晚上九點鐘，當公爵走進已經坐滿客人的葉潘欽家客廳時，伊麗莎白．普羅科菲耶夫娜立刻向他詢問病人的情況，而且問得很詳細，顯得十分關切。別洛孔斯卡婭問道：「誰病啦？尼娜．亞曆山德羅夫娜是誰？」她在回答時，神態也顯得很莊嚴。這頗使公爵喜歡。當他向伊麗莎白．普羅科菲耶夫娜說明情況時，據阿格拉婭的姐姐們後來所說，真是講得「好極啦」；她們說他「謙恭，沉穩，沒有廢話，不指手畫腳，很有氣派；進門時的儀態很好，衣服穿得也很講究」，他不但沒有像頭一天她們所擔心的那樣「在光滑的地板上摔跤」，而是顯然博得了大家的好感。

等他坐定，向四圍觀看了一遍之後，立刻就發覺這個聚會既不像昨天阿格拉婭所嚇唬他的那樣可怕，也不像他昨夜的噩夢那樣驚心。他有生以來，初次看到用「上流社會」這幾個可怕字眼稱呼的一個角落。由於他懷著一些特別的用意、想法和欲望，早就要擠進這個迷魂陣，因此他對這個階層的最初印象是十分強烈的，也可以說他的最初印象是非常美妙的。當時，他忽然覺得所有的這些人，似乎一生下來就在一起；他還覺得葉潘欽家這天晚上並不是開什麼「晚會」，招待來賓，因為他們全是「一家人」，而他自己早已成為這些人忠實的朋友和同志，他是在暫時離別以後，現在又回到他們的圈子裡來了。優雅的舉止，坦率的作風，再加上外表的誠懇，真是令人神往。他絕不會想到：所有這些坦率和正直，機智和派頭，也許只不過是一種富麗堂皇的偽造藝術品罷了。在客人中，雖然大多數儀表堂堂，但他們都是繡花枕頭，內心非常空虛；不過，由於他們自負和自滿，所以連他們自己都不知道，他們身上的許多優點只是一些做作出來的東西。但是，這些過錯倒不在他們身上，因為他們只是不知不覺地，由祖先傳下來的罷了。由於公爵對這些人的第一印象非常好，所以根本就沒有想到這一點。比如有一位老人，出身高官顯貴，以年齡而論，與他的祖父相當，他見到那位老人為了傾聽他這樣一個涉世未深的青年說話，自己竟停止了對別人的談論；那老人不但傾聽公爵說話，而且顯然尊重他的意見，待他非常和藹，露出誠懇而和善的態度，而他們倆本來素不相識，今天是頭一次見面。也許是這種彬彬有禮的態度，公爵的多情善感的心靈起了很大的作用。也許他早就有了主見，傾心於這種令人愉快的印象。

所有的這些人，雖然可以稱為「家庭密友」，或是彼此知己，但實際上並不像公爵被介紹和他們相識時所想像的那樣，他們既不是和葉潘欽家有很深的交情，彼此之間也並不親密。這裡面有些人，永遠不會承認葉潘欽家的人和自己是平等的。這裡有些人，他們互相之間完全充滿了仇恨。別洛孔斯卡婭老太婆一輩子也「看不起」那位上年紀的「顯貴」的夫人，而那位夫人又很不喜歡伊麗莎白．普羅科菲耶夫娜。那位「顯貴」，也就是那位夫人的丈夫，不知是什麼原因，從葉潘欽夫婦年輕的時候起，就成為他們的保護者了，現在在賓客之中，也高居上座。在伊萬．費道洛維奇看來，他是一個了不起的人物，伊萬．費道洛維奇在他面前，除了崇拜和恐懼之外，沒有另外的感覺；如果他有一分鐘認為自己和那位大人物平等，而不認為是奧林匹斯山的主神，那他一定真心實意地瞧不起自己，甚至認為自己不是人。在座的客人中，有些已經幾年沒有見過面，他們互相漠不關心（如果不說是憎惡，就是沒有任何的情感可言）。然而現在相見以後，他們卻好像昨天還歡聚一堂似的，彼此稱兄道弟。不過，今天出席晚宴的人數並不多。除了別洛孔斯卡婭和那個老「顯貴」（他當真是位要人）以外，除了他的夫人以外，貴賓中間還有一位體格十分魁偉的武職將軍，伯爵或男爵，他的姓是德國人的姓。這個人沉默寡言，由於精通政務，學問淵博而有很大的聲譽，他是那些「除了俄羅斯本身之外」萬事皆通的高官顯貴之一，五年來始終把「極其深刻」這幾個字作為口頭禪，而到將來，這句話一定成為諺語，就是在社會底層中也會廣為流傳；他是那樣一種高級官吏，在宦海中浮沉很久（長久得都有些奇怪），到死時一定爵位很高，差事很肥，金錢很多，他們沒有什麼赫赫的功勳，甚至對功勳還抱著一些敵意。這位將軍是伊萬．費道洛維奇的頂頭上司，伊萬．費道洛維奇由於感恩心切，甚至是由於特別的自尊心，也認為他是自己的恩人，不過那位將軍卻不承認自己是伊萬．費道洛維奇的恩人，雖然很樂意伊萬．費道洛維奇在各方面為他效犬馬之勞，但他卻保持著十分冷酷的態度。一旦有所必要，哪怕沒有太大的必要性，他也會將伊萬．費道洛維奇立即撤職，調換他人。在座的還有一個老邁的、架子十足的紳士，好像是伊麗莎白．普羅科菲耶夫娜的親戚，其實根本不是；此人高官厚祿，出身望族，體格粗壯，十分健康；他好說話，甚至是出名的牢騷王（不過他的牢騷是完全無傷大雅的），他好動肝火，這也是出了名的（但在他身上，動肝火也是極愉快的）。他具有英國貴族的風度和英國人的嗜好（譬如喜歡吃帶血的牛排，愛用馬具和僕人，等等）。他是那位「顯貴」的好友，博得了那位「顯貴」的歡心。另外，不知為什麼，伊麗莎白·普羅科菲耶夫娜懷著一個奇怪的念頭，認為這位老紳士（這人的行為有些輕浮，特別好色）說不定什麼時候會向亞歷山德拉求婚。在這次晚會中，除了這些高貴人物之外，還有一些比較年輕的客人，他們也具有極端完美的性格。除施公爵和葉夫根尼·帕夫洛維奇之外，以英俊出名的恩公爵也屬於這一類人。此公善於勾引婦女，馳名全歐洲，現在雖然已經四十五歲，但仍然儀表堂堂，能說會道，他本來財產很多，但現在已經成了破落戶。他通常多半旅居國外。在來賓之中還有些人，他們似乎組成了第三種特別的階層，他們雖然不屬於社會上的「不可侵犯的階層」，但是不知為什麼，他們就和葉潘欽夫婦一樣，有時讓人在這「不可侵犯的階層」裡遇到他們。葉潘欽夫婦有一種慣例，他們雖然沒有經常舉行宴會，但在請客時總喜歡把上等社會的人物和比較下層的人們（即「中等人物」的優秀代表）相容並包，湊在一起。為了這一點，大家都誇獎葉潘欽夫婦，說他們對自己地位有所認識，極為知趣，而葉潘欽夫婦聽到大家的意見，也頗為揚揚得意。這天晚上，中流人物的代表之一，就是一位工兵上校，此人極為嚴肅，是施公爵的知己朋友，也就是由他介紹到葉潘欽家來的。這位上校在交際場中沉默寡言，右手的食指上戴著一隻很顯眼的大戒指，極有可能是別人贈送的。在座的還有一個文學家、詩人，在德國出生，他是一位俄羅斯的詩人。他長得十分體面，所以把他介紹到上流社會裡，是用不著擔心的。他總是笑嘻嘻的，但不知為什麼令人感到有些討厭。他的年紀大約三十八歲，穿得十分講究，出身於一個十分富有，而且極可尊敬的德國家庭，屬於資產階級上層。他善於利用各種機會獲得上流人物的庇護，使他們始終寵愛他。他曾經從德文裡翻譯德國某位著名詩人的一部重要作品，他很巧妙地將這部翻譯的詩作獻給一位已故的俄國著名詩人，誇耀他和這位詩人有過深厚的友誼（有一類作家特別喜歡在刊物上發表自己和已故的大作家交往的佚事）。他是最近由老「顯貴」的夫人介紹給葉潘欽夫婦的。這位夫人素以保護文學家與學者出名，而且的確通過她所熟悉的權貴，給一兩個作家弄到過津貼，因為她很有門路。這位夫人年約四十五歲（對於她丈夫那樣老態龍鍾的人來說，還是個小媳婦呢）。她年輕時很有美麗姿色，現在依照一般四十來歲的徐娘的風習，喜歡穿紅戴綠。她的頭腦不見得聰明，也沒有什麼了不起的文學素養。但是，保護文學家已成為她的一種癖好，正和她愛穿華麗服裝一樣。有許多創作的作品和翻譯的作品都在扉頁上寫著呈獻給她；有兩三位作家得到她的許可，發表了他們寫給她的、討論一些重大問題的書信……現在，公爵把這夥人視為極純的金幣，成色十足的黃金，沒有一點銅錫在內。而所有的這些人，在這次晚會中，也彷彿故意表示十分高興，帶有自滿的神情。他們大家都知道，他們的駕臨是給葉潘欽夫婦很大的面子。然而，可惜的是，公爵並沒有看出這其中的奧妙。譬如說，他並沒有看出，葉潘欽夫婦在解決女兒終身大事這樣重要的問題時，就不敢不讓公認為葉潘欽家保護人的老「顯貴」看一看列夫．尼古拉耶維奇公爵。那個老顯貴就是聽說葉潘欽夫婦倒天下的大楣，也會完全巍然不動的，可是，如果葉潘欽夫婦不和他商量，不徵得他的同意，就宣佈女兒訂婚，那老頭子非生氣不可。恩公爵是一個態度溫和、富有機智、十分誠懇的人，他自信好像太陽一般，今夜懸在葉潘欽家客廳的上方。他認為葉潘欽夫婦比自己低賤得多，正是由於他懷著這種坦率而高尚的念頭，所以他對葉潘欽夫婦極端和藹，露出友好的態度。他很清楚，這天晚上他一定要講一個故事，博得大家的歡心，因此，他大動腦筋準備了一番。列夫．尼古拉耶維奇公爵聽完恩公爵所講的故事之後，就覺得自己從來沒有聽到像恩公爵這樣唐璜式的人物，說得如此幽默，如此愉快，如此天真，而且如此動人。其實他哪裡知道，這個故事已經老掉牙了；人人背得爛熟，在別家的客廳裡已成為令人討厭的廢物；只有在天真的葉潘欽夫婦那裡，它又成為一件新聞，成為一個光輝燦爛的人物的即興的、誠懇的、美麗的回憶！還有，那位德國詩人雖然顯得特別客氣和謙恭，但是他也幾乎認為自己的光臨是給葉潘欽家很大的面子。公爵卻沒有覺察到這種內幕，也沒有注意到任何的潛流。連阿格拉婭都沒有預料到這種不幸。今天晚上她顯得特別美麗。三位小姐雖然不太華麗，但都打扮起來了，甚至打了特別的髮結；阿格拉婭坐在葉夫根尼．帕夫洛維奇旁邊，和他特別友善地談話，還開著玩笑。葉夫根尼．帕夫洛維奇的舉止似乎比別的時候稍微莊重些，這也許是由於尊敬顯宦的緣故。不過，在交際場上大家早已認識他了；他年紀雖輕，但已經成為上流社會的一員了。這天晚上，他上葉潘欽家去的時候，帽子上纏著黑紗，為了這塊黑紗，別洛孔斯卡婭還把他誇獎一番，說如果換一個愛交際的侄兒，在出席這種宴會時，也就不會給叔父戴孝的。伊麗莎白．普羅科菲耶夫娜也覺得很滿意，但是總的來說，她好像有點擔心。公爵看見阿格拉婭兩次朝自己看，他覺得很滿意。他漸漸地覺得太幸福了。他剛才那些「幻想」和顧慮（在他和列別杰夫談話以後），現在突然地，但是時常地想起來，竟是多麼不現實的、不可能實現的，甚至可笑的夢啊！（在整整一天之內，他的最主要的、無意識的願望和衝動，就是想辦法使自己不相信這個夢！）他說話很少，所說的不過是回答別人的問話，後來完全沉默下去，坐在那裡，一直聽著，顯然充滿了愉快的心情。他心裡漸漸產生一種靈感，一遇到機會，就會爆發出來……他的說話是出於偶然的，也是在回答別人的問話，似乎並沒有特別的用意……

第七章

就在他帶著愉快的心情，端詳著正和恩公爵以及葉夫根尼．帕夫洛維奇聊天的阿格拉婭時，那個英國派的老紳士正在另一個角落照應那位「顯貴」，向那位「顯貴」大講特講著什麼，他忽然提起了尼古拉．安德列維奇．帕夫利謝夫的名字。公爵很迅速地向他們那方面轉過身去，聽起來了。

他們談論的是當前的時局和某省地主莊園的破落。英國派紳士所講的內容大概很有趣，因為那位老「顯貴」終於笑起他那種激動的樣子來了。他講得很流暢，好像訴怨似的把話拉長，而且將重音很柔和地放在母音字母上面。他說自己為了遵守現行的法規，不得不以半價賣掉在某省內的一片良田，其實他並不特別需要什麼銀錢；而在同時，他又不得不保留那些已經荒蕪了的、受損失的、正在跟別人打官司的田產，甚至還要倒貼一些錢。「我為了避開再為帕夫利謝夫的地打官司，連忙躲開他們了。如果再來一兩筆這樣的遺產，我就要垮台了。不過，我可以得到三千俄畝肥美的田地！」

「原來……伊萬．彼得洛維奇是已故尼古拉．安德列維奇．帕夫利謝夫的親戚……你大概尋找過親戚的。」伊萬．費道洛維奇對公爵輕聲說。他見到公爵十分注意傾聽談話，突然來到公爵的身旁。在這之前，他竭力款待那位上司將軍，不過，他也早已看出列夫．尼古拉耶維奇縮在一邊，因此不安起來；他想找一個機會使公爵參加談話，以便再向「上流人物」介紹一下，讓那些人物看看。

「列夫．尼古拉耶維奇，在他父母死後，就由尼古拉．安德列維奇．帕夫利謝夫做他的監護人。」

他在遇到伊萬·彼得洛維奇的眼神以後，這樣插嘴說。

「很好，」伊萬·彼得洛維奇說，「我記得很清楚。剛才伊萬·費道洛維奇給我們介紹的時候，我立刻就認出您了，甚至連臉都記得清楚。您的外貌真是沒有什麼變動，雖然我當時看見您的時候，您還只是一個小孩子，那時您只有十歲，或十一歲。您的面貌上有某種可以使人記住的東西……」

「我小的時候，您看見過嗎？」公爵問，露出特別驚異的樣子。

「哦，這是很久以前的事情了。」伊萬·彼得洛維奇繼續說，「在茲拉托韋爾霍沃，當時您住在我的表親家裡。我以前常到茲拉托韋爾霍沃去，您不記得我嗎？也許您不會記得……您當時……您當時有病，我有一次看到您，非常驚訝……」

「我一點也不記得了！」公爵熱烈地重複了一遍。

他們還做了一些解釋性的談話，在談話的過程中，伊萬·彼得洛維奇極為穩靜，而公爵卻顯得非常激動，原來那兩位老處女，是已故帕夫利謝夫的親戚，住在他的茲拉托韋爾霍沃莊園裡；她們是伊萬·彼得洛維奇的表姐妹，公爵就是託她們養大的。伊萬·彼得洛維奇也和大家一樣，幾乎解釋不出帕夫利謝夫之所以那樣照顧他的義子——小公爵的原因。他說「當時竟忘記注意到這一點了」，但是，後來卻發現他的記憶力很強，因為他還記得大表姐瑪爾法·尼基季什娜對待她所養育的孩子十分嚴厲，「有一次為了教育您的方式，我竟和她吵起嘴來，因為她竟用鞭子抽打一個有病的孩子——自己想一想……這真是……」而那個二表姐，娜特莉婭·尼基季什娜，卻恰恰相反，對可憐的孩子態度很溫和……「她們姐妹倆，」他又往下解釋說，「現在住在某省（不過，我不知道她們現在是不是還活著），在那裡，帕夫利謝夫遺給她們一個極好的小莊園。瑪爾法·尼基季什娜似乎想進修道院，不過我不敢肯定；也許我聽到的是別人的事情……是的，我前兩天聽見那位醫生太太想要這樣……」

公爵傾聽這些話時，眼裡閃耀著快樂與溫和的光輝。他帶著特別的熱情說，他在內地各省旅行的六個月期間，沒有找機會去拜訪他小時的女教師，永遠感到這是不能原諒的事情。他每天想去，總是被別的事情岔開了……現在他自己發誓……一定……要到某省去一趟……「您認識娜特莉婭．尼基季什娜嗎？她是一個多麼漂亮，多麼高尚的女人哪！但是，瑪爾法．尼基季什娜也……對不起，您對瑪爾法．尼基季什娜大概看錯了！她誠然很嚴厲，但是……您要知道，當時我是個白癡。教育我這樣的孩子……誰也忍耐不住的。（嘻！嘻！）您要知道，我當時完全是一個白癡呀。（哈！哈！）然而……然而……您當時看見過我，並且請問，我怎麼會不記得您呢？這麼說，您……哎，天哪，難道您果真是尼古拉．安德列維奇．帕夫利謝夫的親戚嗎？」

「您應該相信我。」伊萬．彼得洛維奇微笑著，朝公爵看了一眼。

「我的意思並不是……懷疑……這有什麼可懷疑的呢？（嘿！嘿！）……哪會有一點懷疑呢？這就是說，一點懷疑也沒有！（嘿！嘿！）我要說的是，已故尼古拉．安德列維奇．帕夫利謝夫的確是個非常好的人！我對您說，他真是一個慷慨大方的好人！」

當時公爵並不是發生急喘，而是像阿杰萊達和她的未婚夫施公爵在第二天早晨聊天時所說的：「由於心腸好，憋住氣了。」

「唉，我的天哪！」伊萬．彼得洛維奇哈哈笑起來，「我為什麼不能成為一個慷慨大方的正直的人的親戚呢？」

「唉，我的天哪！」公爵喊道，露出慚愧的神情，匆匆忙忙地，而且越來越興奮地說，「我……我又說了一些蠢話，但是……也應該如此，因為我……我……我又說得驢唇不對馬嘴了！並且在這樣利益之下……在這樣極大的利益之下……請問，現在我又算得了什麼呢？和這樣慷慨大方的人比較起來——

因為他的確是一個慷慨大方的人，不對嗎？不對嗎？」

公爵甚至全身都顫抖著。他為什麼忽然那樣驚慌起來，為什麼完全沒來由地產生那樣喜悅的情感，好像和所談的話題一點也不相稱呢——這是很難說得清的。當時他的心情的確是這樣，在這時候，不論對什麼人，為了什麼事情，他都懷著熱烈的、極深厚的感謝心情——不僅僅是對伊萬．彼得洛維奇，就是對所有的客人也是這樣。他真是快樂極了。伊萬．彼得洛維奇開始向他仔細端詳；「顯貴」也十分關注他。別洛孔斯卡婭對公爵怒目而視，緊咬著嘴唇。恩公爵、葉夫根尼．帕夫洛維奇、施公爵、小姐們，大家都停止了談話，傾聽起來。阿格拉婭顯得十分驚慌，伊麗莎白．普羅科菲耶夫娜甚至膽怯起來。這母女也真奇怪：她們本來希望公爵最好默不作聲地坐一晚上；但是剛一看見他縮在屋子的角落裡，十分孤寂，並且完全安於自己的命運，她們馬上又驚慌起來了。亞歷山德拉已經打算走到他那裡，小心謹慎地穿過整個屋子，參加他們的一夥，也就是參加恩公爵那一夥，坐在別洛孔斯卡婭身旁。現在公爵剛一開口，她們母女更加驚慌了。

「您說他是個極好的人，這話很對，」伊萬．彼得洛維奇莊嚴地說，已經收住了笑容，「是的，是的……他是一個很好的人！是一個值得尊敬的好人，」他沉默了一會兒又說，「甚至可以說極端值得崇拜的人，」他在第三次停頓以後，更加莊嚴地補充說，「並且……就是從您這方面來看，也是很有趣的……」

「這個帕夫利謝夫是不是有過一段……很奇怪的故事……和那個天主教修道院院長……和那個修道院長……我忘記是和哪一個修道院長了，不過，大家當時都在談論著。」「顯貴」似乎想起舊事，這樣說。

「就是跟古羅院長，天主教耶穌會的神父，」伊萬．彼得洛維奇提醒說，「是的，我們那些好人，那些值得尊敬的人就辦這類事情！因為他這個人到底是世家，有財產，做過宮中高級侍從，如果能夠……繼續服務下去……但是他忽然辭去官職，拋棄一切，改信天主教，當起耶穌會的神父來了，而且明目張膽地，很高興這樣幹。總算死的是時候……是的，當時大家都說……」

公爵不能控制自己了。

「帕夫利謝夫……帕夫利謝夫改信天主教了嗎？這是不會的！」他恐怖地喊出。

「哼，竟然說『不會的』！」伊萬．彼得洛維奇很威風地說，「這話說起來很長，您自己也明白，親愛的公爵……但是您太看重已故的帕夫利謝夫了……他的確是個好人。那個渾蛋古羅之所以能夠成功，在我看來，主要是和帕夫利謝夫的性格有關。但是，您要知道，我後來為了這件事情……也就是為了這個古羅，弄了多少麻煩，出了多少亂子！您想一想看，」他突然對那個老頭兒說，「他們甚至想對遺囑提出異議，我當時就不得不採取最厲害的手段……去說服他們……因為他們什麼事都幹得出來！真是奇怪！不過，這事幸好發生在莫斯科，我立刻去見伯爵，我們終於說服了……他們……」

「您不會相信，您是怎樣使我惱怒和驚訝呀！」公爵又喊道。

「我很抱歉；但在實際上，說實在的，這一切都是無關緊要的事情，我相信，結果也會和往常一樣雲消霧散的。去年夏天，」他又對老頭兒說，「聽說克伯爵夫人在國外時，也曾經到一個天主教修道院裡去。我們俄國人如果上了這些……無賴的圈套，不知怎麼的，便經受不住了，尤其在國外的時候。」

「我以為，這全是由於我們……太疲乏了，」老頭兒很有權威地說，「他們那種傳教方法……是漂亮的、別緻的……他們還會嚇唬人。我跟您說，一八三二年的時候，我在維也納，他們也嚇唬過我；不過我沒有屈服，從他們那裡逃走了。哈！哈！」

「我聽說，先生，您當時是和那位美麗的伯爵夫人列維茨卡婭從維也納跑到巴黎去的，放棄了自己的職務，但並不是從耶穌會教士那裡逃走的。」別洛孔斯卡婭突然插嘴說。

「一定是從耶穌會教士那裡逃走的，總歸是從耶穌會教士那裡逃走的。」老人搶上去說，他由於回憶起往日的歡娛，不由得笑起來了。「您大概極有宗教觀念，現在在年輕人中間是不大會遇見的。」他對列夫・尼古拉耶維奇公爵和藹地說。公爵張口結舌地聽著，露出很驚異的樣子。老頭兒顯然想對公爵認識得更清楚些。由於某一些原因，他對公爵產生了興趣。

「帕夫利謝夫頭腦靈敏。他是一個基督教徒，正直的基督教徒，」公爵忽然說，「他怎麼能皈依基督教以外的宗教呢？……天主教就不是基督的宗教！」他突然又補充了一句，他的眼睛閃耀著光芒，目光炯炯有神地看著前方，並向大家掃射了一下。

「這是太過份了。」老頭兒喃喃地說，很驚異地向伊萬・費道洛維奇看了一眼。

「為什麼天主教不是基督的宗教呢？」伊萬・彼得洛維奇在椅子上轉動著，「那麼，是什麼樣的宗教呢？」

「第一，它不是基督的宗教！」公爵顯得特別激動，他過分尖銳地說了起來，「這是第一；第二，羅馬的天主教比無神論還壞，我就有這樣的意見！是的，我就有這樣的意見！無神論只宣傳沒有神，天主教跑得更遠；他們宣傳歪曲的基督，被他們誹謗和糟蹋的基督，矛盾的基督！他們宣傳反基督主義，我可以對您賭咒，我可以使您相信！這是我個人很早就有的想法，這個想法使我自己感到很痛苦……羅馬天主教相信，教會沒有全世界性的政權，就不能在地球上立足，因此喊著：Non possumus!（拉丁文：我們不能夠！）據我看，羅馬天主教簡直不是宗教，它完全是西羅馬帝國的繼續。從信仰起，一切都屬於這個思想。教皇佔據土地，登上寶座，手執寶劍；從那時候起，一直就是這樣做，只不過在寶劍之外，另加上說謊、奸詐、欺騙、狂熱、迷信、計謀，玩弄人民的最神聖的、真誠的、純樸的、火熱的感情。他們為了爭權奪利，把一切一切都出賣了。這不是反基督的教義嗎？從他們那裡怎麼會不產生無神論呢？無神論就是從他們那裡，從羅馬天主教本身產生的！無神論首先是從他們本身開始的！他們還能信仰自己嗎？無神論是由於對他們的嫌惡積累起來的，它是他們造謠撒謊和精神貧乏的產物！無神論！我們國內不信上帝的，只有前兩天被葉夫根尼．帕夫洛維奇形容得那麼漂亮的、失去了根基的特殊階級，才不信上帝；在歐洲那裡，絕大多數人民已經開始不信神了——最初是由於黑暗與說謊造成的，現在則是由於狂熱，由於仇恨教會和基督教造成的。」

公爵停了一會兒，換了一口氣。他說得非常快，臉色慘白，一直在那裡發喘。大家你看看我，我看看你；但是到後來，老頭兒公開地笑了起來。恩公爵掏出單眼鏡來，目不轉睛地注視著公爵。德國詩人從角落裡爬出來，走到桌邊，露出邪惡的微笑。

「您未免太——誇——張了，」伊萬．彼得洛維奇拉長嗓子說，微微露出沉悶的神情，甚至有點羞愧的樣子，「在歐洲的教會裡，也有很值得尊敬的、道德高尚的代表人物……」

「我從來不談論教會裡的個別代表人物。我說的是羅馬天主教的實質，我說的是羅馬。難道教會會完全消滅嗎？我從來沒有說這句話！」

「我同意，但這一切是大家都曉得的，甚至是……不需要的，並且屬於神學的範圍……」

「哦，不！不！並不只屬於神學，我跟您說，不是這樣！這一切跟我們的關係，要比您所想像的還密切得多。我們在這方面的全部錯誤，就在於我們還看不出這件事並不單純屬於神學範圍！您要知道，社會主義也是天主教和天主教本質的產物！社會主義正如它的弟兄無神論一樣，是從絕望中產生出來的，它從道德的意義上反對天主教，以便代替宗教所喪失的道德權力，以便消除人類的精神饑渴，不是用基督，而是用暴力來拯救人類！這也是用暴力來獲得自由，這也是用劍與血來達到統一！『不許信仰上帝，不許有私人財產，不許有個性，fraternité ou la mort（法文：要不是兄弟般的團結，要不就是死），二百萬顆頭顱！』正如古語所說：欲察其人，先察其行，我們要從他們的行動瞭解他們。你們不要以為這只是兒戲，沒有什麼可怕的；我們需要抵抗，越快越好，越快越好！必須使我們的基督發出光芒，抵抗西歐。我們保存了基督，他們是不知道的。我們不應該像奴隸似的上了耶穌會教士的鉤，我們要把我們俄羅斯的文化輸送給他們，現在就應該站在他們前面，我們不要說他們的佈道如何地優美、別緻，像剛才有人說的那樣……」

「但是，請允許我說一句呀，允許我說一句呀，」伊萬．彼得洛維奇非常不安，向四周環顧，甚至開始膽怯起來，「我們所有的思想自然值得稱讚，而且充滿愛國主義，但這一切是極度地誇張的，而且……不如不去講它……」

「不，不但沒有誇張，反而有些縮小了；之所以縮小，就是因為我沒有能力表達出來，但是……」

「請容我說呀！」

公爵沉默了。他挺著身子坐在椅子上，一動也不動，用火焰般的眼光看著伊萬．彼得洛維奇。

「我覺得，您的恩人那件事情給予您很大的影響，」老頭兒和藹地說，依然十分穩重，「您也許是由於過孤寂的生活……顯得過份熱情了。如果您能和人們常在一起，到社會上去活動，我希望人家都會歡迎您，認為您是一個有趣的年輕人，那麼，您自然就會心平氣和，把這一切看得更簡單一些……而且這種少有的事件之所以發生，據我看……一部分是由於我們存有厭倦之感，一部分是由於……寂寞無聊……」

「就是的，就是這樣，」公爵喊道，「一個十分美妙的想法！正是『由於寂寞無聊』，由於我們的寂寞無聊，並不是由於厭倦，相反地倒是由於饑渴……並不是由於厭倦，您這是弄錯了！不但由於饑渴，甚至是由於發炎，由於像生熱病似的饑渴！而且……而且您不要以為這是一件小事，笑笑就算了。對不起，這是應該預感到的！我們俄國人只要達到岸邊，確定是岸之後，便會歡喜得跳起來一直跑到終點。這是為什麼呢？您對於帕夫利謝夫表示驚訝，您認為一切都是出於他的瘋狂或善心，但是，事實並非如此！我們俄國人在這種事情上的熱情，不但使我們一般人，甚至使全歐洲人都為之驚異；我們俄國人如果改信天主教，一定會成為耶穌會的教士，而且還是極下層的；如果成為無神派，一定會開始要求用暴力，也就是用劍來斷絕對上帝的信仰！為什麼，為什麼一下子會這樣狂熱呢？難道您不知道嗎？因為他發現了他在這裡所忽視的祖國，因此感到很高興；他發現了岸，土地，奔過去吻它！俄國的無神派和俄國的耶穌會教士的產生，並不只是由於人們愛好虛榮，並不完全由於惡劣的虛榮心，而是由於精神的苦痛，由於精神的枯竭，由於對高尚事業、對堅實的彼岸、對祖國的懷念——他們對這祖國已不再信仰，因為他們從來也沒有瞭解它！俄國人是很容易成為無神派的，比全世界其他的人們都容易！我們俄國人不只成為無神派，卻一定要信仰無神主義，似乎把它當作新的信仰，一點也沒有覺察到他們所信仰的是一片空虛。我們俄國人的渴望總是這樣的！『誰的腳下沒有堅定的土地，誰就沒有上帝。』這句話不是我說的，是我在旅行時遇見的一個信舊教的商人說的。這誠然不是他的原話，他說的是：『誰拒絕了祖國的土地，誰就沒有上帝。』您只要想一想，我們那些有學問的人竟會相信起鞭笞教來……但是，在這種情況下，鞭笞教要和虛無主義、耶穌會主義、無神論相比起來，究竟壞在什麼地方呢？甚至也許還要深些！你瞧，煩悶竟會弄到這種地步！……請你們給正在饑渴和發炎的哥倫布的同伴們發現『新大陸』的海岸，給俄國人發現俄國的『世界』，把這黃金，把這地下寶藏給他們尋找出來！把整個人類未來的革新和復興途徑指示出來，這種革新和復興也許可以用俄國的思想，用俄國的上帝和基督來完成，你們就會看到一個多麼堅強、真誠、英明而溫和的巨人在驚異的世界面前成長起來，全世界的人們所以驚異和恐怖，就是因為他們以為我們只會用劍，用劍和暴力，就是因為他們以己度人，總以為我們不可能不使用野蠻手段。以前是這樣，今後越來越會這樣！並且……」

然而，剛說到這裡時，忽然發生了一件事，演說家的演說詞突然中斷了。

這一大套狂熱的議論，這一整套疾風驟雨式的熱烈的和不安的言辭，以及歡樂的思想，彷彿在慌亂中擁擠到一起，一個接一個出來似的，這一切預示著一個突然無緣無故興奮起來的年輕人的情緒中，有一種危險的、特殊的東西。葉潘欽家客廳裡所有認識公爵的人，全部很畏縮地（有些人很羞愧地）對他的舉動表示驚異，因為他一向非常穩重，甚至有些靦腆；他在某些情形下特別出奇地機敏，他對於最高的禮貌有一種本能的感覺，而現在卻完全不同了。大家不瞭解他怎麼會這樣子。大家覺得告訴他帕夫利謝夫的事情，並不是使他發瘋的原因。女人們的確把他當作瘋子看待，別洛孔斯卡婭後來承認說，「再等一分鐘，她就打算逃席了。」「老頭兒們」弄得驚慌失措；那個上司將軍坐在椅子上看著，露出不滿意的、嚴厲的神情。工兵上校一動也不動地坐著。德國人臉色慘白，但還發出虛假的微笑，看著別人，他要看別人採取怎樣的態度。然而這一切和「整個鬧劇」，都可以用極平常而且自然的方法加以解決，也許過一分鐘就可以解決；伊萬．費道洛維奇顯得特別驚訝，但是他比大家都明白得早些，他有好幾次想去阻止公爵講話；他沒有能夠阻止住，現在正想用堅決果斷的態度來對付公爵。再過一分鐘，如果需要的話，他可能就以公爵有病為由，很友善地把公爵扶出去，而公爵有病原本就是確有其事，伊萬．費道洛維奇也很相信這一點……然而，這件事實得到了另外一個結局。

公爵剛剛走進客廳時，他盡可能坐得離阿格拉婭提醒過他的那只中國花瓶遠一些。說也奇怪，自從昨天阿格拉婭提醒他之後，他的心裡就產生一種不可磨滅的信念、一種奇怪到極點的預感，昨天他就覺得，今天他一定會砸碎那只花瓶，無論怎樣躲開它，無論怎樣避免這個災難也不行！情形也的確是如此。在這天晚上，我們已經講過，他的心裡充滿了另一些強烈的、光明的印象，這使他忘掉了自己的預感。當他聽見別人講帕夫利謝夫的事情，伊萬．費道洛維奇又領他謁見伊萬．彼得洛維奇的時候，他改坐在離桌子較近的沙發上，緊靠著一只好看的中國大花瓶，那只花瓶就放在木架上面，就在他的胳臂肘旁邊，稍微靠後一點。

他在說出最後幾句話的時候，忽然從座位上站起來，胡亂地揮了一下手，好像用肩膀一推……於是大家齊聲喊叫起來！花瓶搖晃了，起初好像猶疑不決，看看是不是要落到一個老人的頭上去，但是，它忽然傾斜到相反的方向，朝嚇得幾乎跳起來的德國人的方向，一下子摔到地板上去了。一聲轟響，一陣喊叫，散在地毯上的貴重瓷器的碎片，害怕，驚異——當時公爵的情形很難描寫，而且也沒有描寫的必要！但是，我們不能不提起一種奇怪的感覺，這種感覺使他在一瞬間大吃一驚。最使他吃驚的並不是羞愧，不是亂子，更不是恐怖，而是阿格拉婭的預言竟已經應驗！在這個念頭裡，究竟是什麼東西這樣引人入勝，他自己無法解答；他只是感到這東西打中他的心，他站在那裡，露出近乎神祕的恐懼神情。再過一會兒，好像一切都在他的面前擴展了，代替恐怖的是光明和快樂，是興奮和歡欣；他喘不過氣來了……但是，一瞬間就過去了。謝天謝地，並不是那回事！他換了一口氣，向四圍看望。

他好像有很長時間沒弄明白自己身旁那種忙亂的情況，也就是說，他雖然完全明白，也全都看見了，但是他站在那裡，好像一個無牽無掛的特別的人物一樣，彷彿童話裡的隱身人，溜進屋內，觀察那些陌生的、但是他很感興趣的人物。他看見人家收拾碎片，聽見匆促的說話聲，看見阿格拉婭臉色慘白，奇怪地，很奇怪地看著他：她的眼睛裡完全沒有怨恨的神情，一點也沒有怒氣；她用驚慌的、但是非常同情的眼光看著他，同時用閃耀的眼光看著別人……他的心忽然疼痛起來，但是疼痛的滋味很好受。他終於很奇怪地看見大家全都坐下了，甚至笑著，好像沒有出什麼事情似的！再過一分鐘，笑聲增多了。大家全看著他，看著他那種呆癡的樣子而發笑，但他們的笑充滿友誼和快樂。許多人都和他交談，說話的態度很和藹。領頭的是伊麗莎白．普羅科菲耶夫娜，她一邊笑著，一邊說了一些非常和氣的話。他突然感到伊萬．費道洛維奇很親密地拍著他的肩膀；伊萬．彼得洛維奇也笑著；那個老頭兒表現得更好，更有趣，更使人歡喜，他握住公爵的手，輕輕地捏著，又用另一隻手輕拍著公爵的那一隻手，勸他冷靜下來，好像勸一個受驚的小孩子一樣，這使公爵感到非常愉快，後來他把公爵按在自己身旁坐下了。公爵很愉快地注視著他的臉，不知為什麼，他還沒有力氣開口說話，公爵喘不過氣來了。公爵很喜歡老人的面孔。

「怎麼？」他終於喃喃地說，「您果真饒恕我嗎？還有……您，伊麗莎白．普羅科菲耶夫娜，也是這樣嗎？」

笑聲更大了，公爵的眼睛裡盈滿淚水；他不相信自己，他被鬼迷住了。

「當然，花瓶是很好的。我記得它擺在這裡已經有十五六年了，是的……有十五六年……」伊萬．彼得洛維奇說。

「嗯，這沒什麼大不了的！人早晚都會死的，何況是一個用泥製成的花瓶！」伊麗莎白．普羅科菲耶夫娜大聲說，「你何必這樣驚慌，列夫．尼古拉耶維奇？」她甚至很膽怯地補充說，「算了吧，親愛的，算了吧！你真會把我嚇壞的。」

「您一切都饒恕我嗎？除了花瓶以外，一切都饒恕我嗎？」公爵突然從座位上站起來，但是老頭兒立刻又去拉他的手，不肯放他走開。

「C'est très curieux et c'est très sérieux!（法文：這是十分有趣的、十分認真的！）」他隔著桌子對伊萬．彼得洛維奇小聲說，但是聲音十分清晰；公爵也許聽見了。

「那麼，我沒有侮辱你們中間的任何一個人嗎？你們不會相信，這種想法使我多麼高興！但是，也應該這樣！難道我能夠侮辱這裡的任何人嗎？如果這樣想，我又要侮辱你們了。」

「冷靜一下吧，我的朋友，您這話有點誇張了。沒有什麼可以使您這樣感謝的；您的情感是美好的，但是太誇張了。」

「我不是感謝你們，我不過是……羨慕你們，我看著你們，感到很快樂；也許我說的太笨了，但是，我必須說一說，必須解釋一下……哪怕是出於尊重自己。」

他身上的一切都是激動的、模糊的、狂熱的。他所說的話常常不是他所想說的。他似乎用眼神在詢問：他可不可以說話？他的眼神落到別洛孔斯卡婭身上。

「不要緊，先生，繼續說下去，繼續說下去，不過，不要喘不過氣來，」她說，「剛才您一開始就氣短，竟弄到了這種地步；但是，您不要害怕說話。這些先生和太太還見過比您更奇怪的人，大家不會對您感到驚異。再說，您還不夠古怪。您只是砸破了花瓶，嚇了我們一跳罷了。」

公爵微笑著聽她的說話。

「就是您，」他忽然對小老頭兒說，「就是您在三個月之前想辦法使大學生波德庫莫夫和官員什瓦布林免予充軍，是不是？」

小老頭兒臉紅了一點，他喃喃地勸公爵別太激動。

「我還聽見過有關您的事情，」他立刻又對伊萬·彼得洛維奇說，「在某省，那些已經解放的、給您帶來不少麻煩的農人的房子失火燒掉的時候，您曾經送給他們木材，讓他們建築房屋，是不是？」

「唔，這是——誇——誇張。」伊萬·彼得洛維奇喃喃地說，可是，他很愉快地裝出威嚴的神氣。這一次他說是「誇張」，是很對的，因為公爵聽到的消息不很確實。

「公爵夫人，您呢，」他忽然笑嘻嘻地對別洛孔斯卡婭說，「半年以前，由於有伊麗莎白．普羅科菲耶夫娜的信，您在莫斯科曾經把我當兒子看待，是不是？是的，您對待我像對待親兒子一樣，您給我的忠告使我永遠不能忘懷。您記不記得？」

「你何必這樣激動呢？」別洛孔斯卡婭懊惱地說，「你為人很好，然而有些可笑！只要送給你兩枚銅錢，你就千恩萬謝，好像救了自己性命一樣。你以為這一點值得誇獎，但實際上是討人厭惡的。」她已經要生起氣來，但是忽然轉怒為笑，而這一次是善意的笑。伊麗莎白．普羅科菲耶夫娜面有喜色，伊萬．費道洛維奇也露出了笑容。

「我說過列夫．尼古拉耶維奇是這樣一個人……一個人……總而言之，只要他不像公爵夫人所說的那樣喘不過氣來……」將軍在狂歡中喃喃地說著，他重複著別洛孔斯卡婭那幾句使他驚異的話。

只有阿格拉婭一個人有點憂鬱，但她的臉依然紅紅的，也許是餘怒未息。

「他真是很可愛的。」老頭兒又對伊萬．彼得洛維奇小聲說。

「我走進來的時候，心裡懷著苦痛，」公爵繼續說，他的心情越來越激動，他的話越來越快，越來越奇特，越來越興奮，「我……我怕你們，也怕自己。最怕的是自己。我回到彼得堡來的時候，曾發誓一定要結識我國第一流的人物，一些名門世家的貴族，因為我自己也屬於貴族階級，在貴族中間，我的出身是最高貴的。現在我跟和我一樣的公爵們坐在一起，不是這樣嗎？我想瞭解你們，這是必要的；這是十分必要的！……我時常聽到大家講你們的壞話，這要比講你們的好話多得多；大家談論你們的利益如何瑣碎和特殊，你們如何落後，知識如何淺薄，習慣如何可笑。在筆頭上和口頭上，有多少涉及你們的東西呀！我今天懷著好奇的心情，忐忑不安地到這裡來；我必須用自己的眼睛，親自瞭解一下：這個俄羅斯人的上層階級是不是已經毫無用處，它的時代是不是已經過去，它是不是壽命已盡，只好坐以待斃；它是不是不顧死期將至，還妒忌未來的人們，妨礙他們，跟他們糾纏不清。我以前完全不相信這種看法，因為我們俄國從來沒有上等階級，只有宮中侍御，或是從制服上，或是……從機會中得來，而到現在，這個階級已經完全消滅了，對不對？對不對？」

「不，這完全不對。」伊萬．彼得洛維奇惡狠狠地獰笑起來。

「嘿，他又聊起來了！」別洛孔斯卡婭忍不住，終於這樣說了出來。

「Laissez le dire（法文：讓他說去吧），他全身都哆嗦起來了。」老頭兒又輕聲警告說。

公爵根本不能控制自己了。

「結果怎樣呢？我看到了優雅的、坦白的、聰明的人們；我看到了老人很和藹地傾聽像我這樣的小孩子的話；我看見一些能夠瞭解和饒恕的人，看見了善良的、差不多和我在國外遇到的一樣真誠的好人，而且只有過之，並無不及。你們想一想，我是感到多麼驚喜啊！請你們允許我把這種心情表白出來！我不但聽到很多，而且自己也相信：上流社會已經徒有其表，只剩下空殼，實際上早已不存在了。但是，現在我看得出，我國的情況並不是這樣；在別的國家也許如此，在我們這裡就不是這樣了。難道你們現在全是耶穌會教士和騙子嗎？我聽見恩公爵剛才講過，難道這不是純樸天真的、充滿靈感的幽默嗎？難道這不是真正仁愛敦厚嗎？從一個死人口裡，從一個智枯才盡的死人口裡，難道能說出這樣的話嗎？難道死人會像你們這樣對待我嗎？難道這不是能夠證明……為了未來，為了希望？難道這樣的人會不明白，會落後嗎？」

「再請求您安靜一下，親愛的公爵，我們以後再談這些，我很喜歡……」「顯貴」冷笑了。

伊萬．彼得洛維奇喉嚨裡發出咯咯的聲音，在沙發椅上旋轉了一下；伊萬．費道洛維奇動了動身體；上司將軍和顯貴的夫人談話，一點也沒有注意公爵；但是顯貴的夫人卻時常傾聽和觀看。

「不，你們要知道，還是讓我來說好些！」公爵帶著新的、瘧疾似的激動神情，繼續說話，他對小老頭兒似乎特別信任，甚至像進行密談一樣，「阿格拉婭．伊萬諾夫娜昨天禁止我說話，甚至還指出了一些不應該談論的題目。她知道我談這些題目時會成為一個可笑的人。我今年雖然已經二十七歲，但是我知道，我還像個小孩子似的。我沒有表現我的思想的權利，我早就說過了。我只是在莫斯科和羅戈任公開地談話……我和他在一起讀普希金的詩，什麼都讀；他什麼也不懂，連普希金的名字都不知道……我總是害怕我的可笑的樣子會玷辱思想和主要的理想。我沒有優雅的姿勢，我的姿勢總是不恰當，這會使人發笑，使我的思想受到損害。我又不知道分寸，這是主要的原因，甚至是最主要的原因……我知道，我最好坐在那裡，不發一言。在我保持緘默的時候，我甚至會顯出極懂事的樣子，而且會仔細考慮一切。但是現在我還是說出來好些。我所以說起話來，是因為您那樣和藹地看著我；您的臉色太好了！我昨天曾經向阿格拉婭．伊萬諾夫娜發誓說，我一晚上都不說一句話。」

「Vrainlent?（法文：真的嗎？）」老頭兒微笑了。

「但是，有時我覺得我這樣想是不對的。誠懇的態度不是比講話的姿勢更有價值嗎？是不是？是不是？」

「有時候是這樣。」

「我想把一切都解釋出來，一切，一切，一切！是的！您以為我是烏托邦主義者嗎？是一個思想家嗎？不是的，說真的，我的頭腦裡全是一些普通的思想……您不相信嗎？您微笑嗎？您要知道，我有時是卑鄙的，因為我失去了信仰。剛才我到這裡來，心想：『我怎樣和他們談話呢？應該從什麼話說起，使得他們能夠明白一些呢？』我非常害怕，但是我更替你們擔心。真是可怕！真是可怕！但是我能害怕嗎？我這樣害怕不是很可恥嗎？前進的只有一個，而落後的、不善良的人卻多得數不過來，那怎麼辦呢？我之所以喜歡，就因為我現在深深地相信，落後的人並不是數不過來，他們全是活生生的材料！不必為了我們可笑而感到不安，是不是？實際上，我們的確很可笑，舉動輕浮，惡習很多，我們煩悶無聊，不善於觀察，不善於瞭解，我們全是這樣的，您，我，他們，全是一樣！我現在當面說很可笑，您不感到受了侮辱嗎？既然如此，難道您不是很好的材料嗎？據我看，當一個可笑的人，有時是好的，甚至是非常好的；因為這比較容易互相饒恕，也容易馴順一些。我們不能一下子瞭解所有的事物，也不能一開始就得到圓滿的結果！為了得到完滿的結果，首先應該對許多事情糊塗一些。如果瞭解得太快，那麼了解的深度就一定不夠。這話我是對你們說的，你們已經能夠瞭解許多事情……而對許多事情是保持糊塗的。我現在並不為你們擔心。像我這樣的小孩子對你們說出這樣一套話，不會使你們生氣嗎？您笑我嗎，伊萬．彼得洛維奇？您以為我替那些人擔心，我是他們的辯護人，民主主義者，擁護平等的人物嗎？」他歇斯底里地笑了（他時時發出短短的、歡欣的笑聲），「我是為你們擔心，為你們所有的人，為咱們大家擔心。我自己也是世襲的公爵，和公爵們坐在一起。我說這話，是為了拯救我們大家，為了不使我們的階級白白地消亡。在黑暗中，我們辨別不出任何東西，我們咒罵一切，喪失掉一切東西。當我們能夠成為先進者，成為領導者的時候，我們為什麼要自消自滅，把位置讓給他人呢？我們應該成為先進者，我們應該成為領導者。讓我們為了做首領，才去做僕人吧。」

他想從椅子上站起來，但是老頭兒時常攔住他，帶著越來越不安的神情看著他。

「你們聽著！我知道空口說白話是不好的，最好要舉例子，最好開始說……我已經開始了……難道當真會是一個不幸者嗎？啊！如果我能夠成為幸福的人，那麼我的憂愁和災難又算得了什麼呢？我真不明白，當一個人從一棵大樹旁邊走過，看到它，怎麼會不感到幸福呢？和一個所愛的人談話，怎麼不感到幸福呢？啊，我只是不會表達我的意思……世界上到處都有美麗的東西，就連最失望的人也會感到美麗。請您看一看嬰兒吧！看一看旭日東昇吧！看一看小草怎樣生長吧！看一看望著您和熱愛您的眼睛吧……」

他早已站起來說話了。老頭兒膽戰心驚地看著他。伊麗莎白．普羅科菲耶夫娜喊道：「哎喲，我的天哪！」她首先看出不對頭來，所以把兩手一舉一拍。阿格拉婭迅速地跑到他面前，恰巧把他接在懷裡，她帶著恐怖的神情，帶著由於苦痛而斜歪的臉，聽到一個不幸者「驚心動魄」地喊叫一聲。——病人躺在地毯上面了。有人連忙把枕頭墊在他的頭下。

誰也沒有料到這一點。這一刻鐘，恩公爵，葉夫根尼．帕夫洛維奇，小老頭兒想使晚會再度活躍起來，但是再過半個小時，大家也就散了。他們說了許多同情的話，也說了許多抱怨的話，提出了一些意見。伊萬．彼得洛維奇表示說：「這個年輕人是斯拉夫派，或是這一類的人，不過並沒有什麼危險。」小老頭兒什麼也沒有說。誠然，在後來，在第二天和第三天，大家都有點生氣了，伊萬．彼得洛維奇甚至感到侮辱，但是並不太嚴重。上司將軍在一個時期內對伊萬．費道洛維奇有點冷淡。葉潘欽家的「保護人」，那個顯貴，也對這位一家之主喃喃地說出一些教訓的話，還用委婉的口吻表示他很注意阿格拉婭的命運。他的確是一個比較善良的人，但他那天晚上對於公爵抱著好奇心的許多原因中，公爵和納斯塔霞．菲利波夫娜早先的那段故事也算是一個。關於這段故事，他聽到過一些，甚至產生了很大興趣，想要詳細打聽一下。

別洛孔斯卡婭從晚會走時對伊麗莎白．普羅科菲耶夫娜說：「這個人有優點也有缺點，如果你願意知道我的意見，我認為他的缺點比較多。你自己也會看出他是什麼樣的人，他是一個病人！」

伊麗莎白．普羅科菲耶夫娜心想，絕不能把女兒嫁給他。當天夜裡她發誓說：「只要我活一天，就絕不能使公爵成為阿格拉婭的丈夫。」第二天早晨起床時，她還是這樣想。但是，過了一早晨，到十二點多鐘吃午飯的時候，她又陷入自相矛盾的情緒中了。

當阿格拉婭聽到姐姐們發出一句極為謹慎的問話時，忽然冷冷地、傲慢地、斬釘截鐵地說：「我從來沒有答應過他什麼，我從來沒有認為他是我的未婚夫。他對於我是個路人，正如其他任何人一樣。」

伊麗莎白·普羅科菲耶夫娜突然臉紅了。

「我萬沒想到你會這樣，」她傷心地說，「我知道，他不可能做你的丈夫，謝天謝地，我們的意見總算是一致的；但是，我萬沒想到你會說出這樣的話來！我以為你會說出另一些話來。我可以把昨天的那些人全都趕走，只留下他來，他就是這樣的人！……」

她忽然停止了，對自己所說的話嚇了一跳。但是，她哪裡知道，她在這時候對女兒的看法是怎樣不公平啊？在阿格拉婭的心裡已經決定了一切；她也在等待解決一切問題的時間的到來。所以，別人的每一個暗示，每一次不小心碰到她的重創，都使得她心肝欲裂。

第八章

這天早晨，公爵也受到沉重預感的影響，他的預感可以說是由自己的病情得來的。不過，他根本弄不清自己究竟為什麼苦惱，這使他更感到痛苦。誠然，他的眼前擺著一些明顯的、嚴重的、使人難堪的事實，但是，他的苦惱超過他所記憶和所思考的一切；他明白，他是不能安慰自己的了。他的心裡漸漸產生了期待的心情，覺得今天一定會發生一件特別的、具有決定性的事情。他昨天的昏厥是很輕的；除了心裡煩悶、腦袋昏沉、四肢痠痛之外，他沒有感到其他任何毛病。他的腦筋十分清楚，雖然心靈還沒有恢復正常。他起床很晚，起床後，馬上清清楚楚地記起昨天晚會的情形。即使不夠完全清楚，也總還記得他是在昏厥後半小時被送回家去的。人家告訴他，葉潘欽家已派人來探聽過他的病情。十一點半時，又派一個人來，這使他感到很愉快。薇拉．列別杰娃首先跑來看他，並且侍候他。她剛看到他，突然痛哭起來，但是，當公爵立刻去安慰她時，她又笑起來了。他見到這個女郎對他非常哀憐，忽然覺得很驚異；他抓住她的手，吻了一下。薇拉臉紅了。

「哎喲，您怎麼啦？您怎麼啦？」她驚呼一聲，很快地掙脫了自己的手。

她懷著一種奇怪的羞愧心情，很迅速地走開了。但是，她在走之前已經告訴公爵，她的父親在今天早晨天剛亮的時候，就跑到「死人」（他這樣稱呼將軍）那裡去，打聽將軍是不是在夜裡已經死去，聽說將軍很快就要死了。十一點多鐘，列別杰夫回到家裡，親自來見公爵，但只是「待一分鐘，打聽一下公爵的病情」，另外便是朝「櫥櫃」裡張望了一會兒。他除了唉聲歎氣之外，什麼也沒有說，公爵不久也就放他走了。不過，列別杰夫到底還試著盤問公爵昨天昏厥的情形，雖然很顯然，他已經詳詳細細地知道了一切。科利亞在他走後跑了進來，也只是待了一分鐘；這一位的確匆忙，顯出極端憂愁和恐慌的神情。他開始就直率地，固執地請公爵解釋瞞住他的一切事情，同時還說在昨天一整天，他差不多全都打聽出來了。這使他大為震驚。

公爵懷著一切可能發出的同情心，將事情全部講了一遍，他講得十分詳細，那可憐的男孩子聽了之後，嚇得好像遭到雷擊一樣。他不能說出一句話，只是默默地哭泣著。公爵感到：這種印象是永遠不會忘卻的，它將成為這位青年的轉捩點。他忙著把自己對這件事的見解講出來，還補充說，根據他的看法，老人之死主要是由於他有了那個舉動以後，心裡非常恐怖，並不是所有的人都能夠懷著這樣的感情。科利亞聽完公爵的話之後，眼裡閃耀著光芒。

「加尼亞，瓦里婭和普季岑全是沒用的！我不和他們吵嘴，但是從今以後，我們要分道揚鑣了！公爵，我從昨天起有很多新的感觸，這是給我的一次良好的教訓！我現在認為我的母親應該由我完全負責；雖然她在瓦里婭那裡的生活還安定，但這總是不對的……」

他想起別人在等候他，便跳了起來，匆忙地詢問公爵的身體狀況，得到答覆之後，他忽然很匆忙地補充說：「沒有別的什麼事情嗎？我昨天聽說……（雖然我沒有權利這樣。）不過，如果您在任何時候，遇到任何事情，需要一個忠實僕人的話，那麼，我馬上就來為您效勞。看起來，我們倆都不十分幸福。是不是？但是……我並不仔細追問，我並不仔細追問……」

他走了，公爵更加沉思起來：大家都預言要有不幸的事情發生，大家都已經下了結論，大家都看著他，似乎已經知道了一些什麼，這些都是他所不知道的；列別杰夫問著，科利亞直接暗示著，薇拉哭泣著，他終於很惱恨地揮了揮手，他心想：「可詛咒的病態的疑心。」一點多鐘，當他看到葉潘欽家的人進來看望他「一會兒」的時候，他喜笑顏開。這些人的確是走進來「一會兒」。伊麗莎白・普羅科菲耶夫娜吃完早飯以後，宣佈大家馬上要一塊兒出去散步。這個通知帶有命令形式，口氣冷冷地，話不連貫，也不加任何解釋。大家全都出去了，也就是媽媽、小姐們和施公爵。伊麗莎白・普羅科菲耶夫娜一直向前走去，方向和每天相反。大家明白是怎麼回事，大家都沒有說話，怕惹惱母親。她好像為了避開責難和反駁，在大家前面走著，連頭都不回。阿杰萊達終於說，散步時用不著這樣快跑，她簡直追不上媽媽。

「這樣吧，」伊麗莎白・普羅科菲耶夫娜忽然轉過身來說，「我們現在路過他的房子。不管阿格拉婭怎樣想，不管以後會出什麼事情，他對我們來說總歸不是路人，再加上他現在正遭到不幸，生了病；至少我想進去探望他一下。誰願意和我進去，那就一塊進去，誰不願意進去，那就悉聽尊便，我誰也不勉強。」

大家當然都進去了。公爵又照例忙著請她原諒昨天打碎花瓶的事……還有鬧出那個亂子。

「這沒什麼，」伊麗莎白・普羅科菲耶夫娜回答說，「花瓶並不可惜，可惜的是你。你現在已經看到，出了一個亂子！第二天早晨總是這樣的……但這並不要緊，因為每個人現在都看得出，你是沒有什麼可責備的。嗯，再見吧。你如果能夠出去走走，最好出去散散步，然後再去睡覺，這是我的勸告。如果你想來，照舊到我們家來好了。你應該永遠記住，無論出什麼事情，無論結果怎樣，你總是我們家裡的朋友，至少是我的朋友。我至少可以對自己負責……」

大家全響應母親的號召，紛紛表示自己和母親的心情相同。她們走了，但是在她們匆匆說出的一些溫情和鼓勵的話語中，是包含著許多殘忍因素的，伊麗莎白・普羅科菲耶夫娜對這一點並不疑惑。在邀請他「照舊」上她家去的話裡，在「至少是我的朋友」一語中，又包含著一些預言性的東西。公爵又想起阿格拉婭的表現來了。誠然，她在走進來和離開時，都曾經向他露出奇怪的微笑，但是她一言不發，甚至在大家聲明友情不斷的時候，她也只向公爵盯了兩眼，沒有說什麼。她的臉比平時更加慘白，好像整夜沒有睡好似的。公爵決定晚上一定「照舊」上她們那裡去，很興奮地看了看錶。葉潘欽家的人走後，只過了三分鐘，薇拉走進來了。

「列夫．尼古拉耶維奇，阿格拉婭．伊萬諾夫娜剛才暗中託我轉告您一句話。」

公爵一聽，簡直打起哆嗦來了。

「有信嗎？」

「沒有，帶的是口信；就連這口信，也是在匆忙中說出來的。她請您今天在一整天之內連一分鐘也不要離開家，一直到晚上七點鐘，或者到九點鐘，我沒有十分聽清楚。」

「是的……這是為了什麼？這是什麼意思呢？」

「我也不知道，不過她嚴厲地吩咐我把這話轉告您。」

「她說出『嚴厲地』這三個字嗎？」

「不，她沒有直說出來。在我剛跑過去的時候，她才轉過身來，說了這幾句話。從她的臉上就可以看出她的命令是不是嚴厲的。她只看了我一下，就使我的心幾乎停止跳動了……」

公爵又詢問了幾句，他雖然沒有打聽出更多的東西，可是更加驚慌了。屋裡只剩下他自己一個人的時候，他躺到沙發上去，又開始思索起來。「也許有人要在九點鐘以前到他們那裡去，所以她替我擔心，怕我又在客人面前胡鬧。」他終於這樣想，又開始不耐煩地看錶，等候晚上來臨。但是，在離晚上還很早的時候，由於另一個人的來訪，就揭曉了這個謎底。這個謎底的揭曉又具有一種新的、神祕的形式。葉潘欽一家走後整整半小時，伊波利特到他這裡來了。伊波利特帶著筋疲力盡的樣子，一走進來，不說一句話，好像神志已經不清了，他立即倒在沙發椅上，忍不住咳嗽起來，而且還咯出血來。他的眼睛閃耀著光芒，兩頰露出紅色的斑點。公爵對他小聲說些什麼，但是他不回答；又過了很長時間，他還是不出聲，只是擺手表示暫時不要吵他。後來，他終於清醒過來了。

「我要走了！」他用嘶啞的嗓音勉強說。

「要不要我送您回去。」公爵說著，從座位上站起來；但當他想起剛才那個不許他離開家裡的禁令時，又愣住了。

伊波利特笑了。

「我並不是要從您這裡走，」伊波利特繼續說，不斷地喘氣，喉嚨裡很乾，「恰好相反，我認為必須到您這裡來，為了一件重要的事情……沒有這件事，我是不會打擾您的。我要走到那個世界去了，這一次好像是真的。完啦！您要相信，我不是來求您憐憫……我今天早晨十點鐘就倒下了，打算不再起床，一直到那個時候為止。但是我又改變了主意，又起來一次，到您這裡來……因為有要緊的事。」

「我看到您這樣子，真是可憐；您不如叫我去就得了，何必勞駕您親自來呢。」

「得了，該說的您已經都說了。您已經表示出您的憐憫，為了禮節，該說的您已經都說了……可是我忘記問您啦，您的健康怎麼樣？」

「我很健康，我昨天……不很……」

「我聽說啦，我聽說啦。那個中國花瓶出了岔子，可惜我不在那裡！我這次來，是有一點事情。第一，我今天很榮幸地看到加夫里拉．阿爾達利翁諾維奇和阿格拉婭．伊萬諾夫娜在那張綠椅上會晤。我真覺得奇怪，一個男人竟會露出那樣愚蠢的神情！加夫里拉．阿爾達利翁諾維奇走後，我就對阿格拉婭·伊萬諾夫娜說出這一點來……您大概對什麼事都不覺得奇怪，公爵，」他補充說，帶著不信任的眼光看著公爵那張平靜的面孔，「據說，對任何事物都不驚奇，這是巨大智慧的表現；但據我看，這同樣也可以成為極端愚蠢的象徵……我並不是針對您說的，對不起得很……今天我說話的口氣不大好。」

「我昨天就知道加夫里拉·阿爾達利翁諾維奇……」公爵頓住了，顯然感到慚愧；不過，伊波利特卻在那裡生氣，怪他為什麼並不驚異。

「您是知道的！這才是新聞呢！但是，您不必說下去了……您今天沒有在那裡做會晤的證人嗎？」

「如果您自己在那裡，您一定見到我沒有在那裡了。」

「也許躲在樹叢後面呢。不過，無論如何我是很高興的，自然是替您高興，否則我會以為加夫里拉·阿爾達利翁諾維奇占了上風！」

「我請您不要和我談這個，伊波利特，不要用這種口氣。」

「況且您已經全都知道了。」

「您弄錯了，我幾乎一點也不知道，阿格拉婭·伊萬諾夫娜一定了解，我是一點也不知道的。我連他們約會的事情都不知道……說，他們會見了嗎？那很好，我們不要管它……」

「到底是怎麼回事，您一會兒說知道，一會兒又說不知道？您說：『那很好，我們不要管它。』不行，您不能這樣輕信別人！尤其是，如果您一點也不知道的話。您之所以輕信人家，是因為您不知道。但是，您知不知道，那兄妹兩個人有什麼打算？您也許會對這一點產生疑惑吧？……好的，好的，我不說下去了……」他看見公爵打著不耐煩的手勢，又補充說，「不過，我是為自己的事情而來的，我打算和您解釋一下這件事情。真要命，我不解釋，死了也不會瞑目的。我要三番五次地加以解釋。您想聽嗎？」

「您說吧，我聽。」

「但是，我又改變了主意，我還是要從加尼亞說起。您想一想，今天人家也約我到那張綠椅去會面。但是我不願意撒謊，我自己主張和她會面，自己向她提議，答應揭穿一個祕密。我不知道，我是不是去得太早（大概的確到得早些），我剛在阿格拉婭．伊萬諾夫娜身邊坐下，往前一看，加夫里拉．阿爾達利翁諾維奇和瓦爾瓦拉．阿爾達利翁諾夫娜兩人就手挽著手出現了，他們好像散步似的。他們兄妹二人見到我在那裡，似乎十分驚訝；他們沒有料到這一點，甚至露出了窘態。阿格拉婭．伊萬諾夫娜臉紅了，您信不信，她甚至有些驚慌失措，這也許是由於我在那裡，也許只是為了看到加夫里拉．阿爾達利翁諾維奇。您知道，她長得非常美；不過，她的臉這時全燒紅了。事情在一秒鐘之內就已經解決，十分可笑。她站起身來，向加夫里拉．阿爾達利翁諾維奇鞠躬和向瓦爾瓦拉．阿爾達利翁諾夫娜諂笑還禮，她忽然毫不顧忌地說：『我只是要當面向你們表達我的愉快，為了你們那份誠懇的、友誼的感情，如果我需要的時候，我一定……』她當時鞠了一躬，他們兄妹二人就走開了——我不知道他們是覺得受人愚弄，還是感到得意揚揚，加尼亞自然成了傻瓜。他一點也摸不著頭腦，臉紅得像一隻醉蝦（他的臉色有時非常奇怪）；但是，瓦爾瓦拉．阿爾達利翁諾夫娜好像明白應該趕快溜走，阿格拉婭．伊萬諾夫娜來這一手真是夠她受的，因此她就把哥哥拖走了。她比哥哥聰明些，我相信她現在會自鳴得意的。我是去和阿格拉婭．伊萬諾夫娜談論關於她和納斯塔霞．菲利波夫娜會面的事情的！」

「和納斯塔霞．菲利波夫娜會面！」公爵喊道。

「啊！您大概失去冷靜的態度，開始驚異了吧？我很高興，您打算成為和平常一樣的人了。關於這一點，我可以安慰您。為那些心靈高尚的年輕姑娘們效勞，會落得這麼一個結果：我今天就吃了她一記耳光。」

「精神上的嗎？」公爵不由己地問道。

「是的，不是肉體的。我覺得，任何人的手都不會舉起來打我這樣的人。就是女人，現在也不會打我；就是加尼亞，也不會打的！雖然昨天有一個時候我曾經想，他會攻擊到我身上來的……我敢打賭，我知道您現在正想什麼事情。您在想：自然不應該打他，但是可以趁他睡覺的時候，用枕頭或一塊濕布把他悶死——這甚至是應該的……從您的臉上可以看出來，您在這時候還是這樣想呢。」

「我從來沒有這樣想！」公爵帶著嫌惡的神情說。

「我不知道，我昨天夜裡夢見有一個人……用濕布把我悶死……我告訴您是誰，就是羅戈任！您覺得怎樣，可以用濕布把人悶死嗎？」

「我不知道。」

「我聽說是可以的。好啦，我們不要管它。我怎麼會成為挑撥是非的人啦？她為什麼今天罵我是挑撥是非的人？您要注意，這是在她聽了我最後一句話之後，而且是反覆問了我幾遍之後說的……人們都是這樣！就為了她，我和羅戈任這個有趣的人物有了接觸。我又為了她的利益，替她佈置好她和納斯塔霞·菲利波夫娜會見的事情。也許是由於我對她暗示說，她愛吃納斯塔霞·菲利波夫娜的『殘羹剩飯』，所以觸犯了她的自尊心吧？我是為了她的利益一直對她解釋，這一點我並不否認。我給她寫了兩封這樣的信，今天是第三封，再加上當面會晤……況且，所謂『殘羹剩飯』那句話，並不是我說的，而是別人說的；至少大家在加尼亞那裡全這樣說，她自己也可以證明的。那麼，我怎麼還能算是挑撥是非的人呢？我看出來了，我看出來了：您現在瞧著我，覺得十分可笑；我敢打賭，您要對我引用下面兩句拙劣的詩：

也許在我的悽愴的夕照裡，
愛情將閃耀出離別的微笑。[1]

哈，哈，哈！」他突然發出歇斯底里的笑聲，然後咳嗽起來了。「您要注意，」他夾著咳嗽，嘶啞地說著，「加尼亞就是這樣一個人：他一邊說是『殘羹剩飯』，現在自己卻想大嚼一番！」

公爵沉默了許久，他感到恐怖。

「您說她要和納斯塔霞・菲利波夫娜會晤嗎？」他終於喃喃地說。

「哎，難道您果真不知道，今天阿格拉婭・伊萬諾夫娜將和納斯塔霞・菲利波夫娜會晤，為此由阿格拉婭・伊萬諾夫娜出面邀請，再加上我的努力以及羅戈任從中斡旋，特地給納斯塔霞・菲利波夫娜寫信，把她從彼得堡請來，現在她正和羅戈任在一塊兒，在離我們很近的地方，就是以前那所房屋裡，在那位太太達里亞・阿萊克謝夫娜的家裡……那位曖昧的太太是她的朋友。今天阿格拉婭・伊萬諾夫娜就要到這個曖昧的房屋裡，和納斯塔霞・菲利波夫娜進行友誼的談話，解決各種問題。她們想要研究一下算術。您不知道嗎？真的不知道嗎？」

「這是不可思議的！」

「您說不可思議，那也好。但是，您哪裡會知道呢？雖然說在這種小地方，一隻蒼蠅飛過，大家都會知道的！不過，我已經提醒過您，您應該感謝我。唔，再見吧，咱們大概要到另一個世界才能見面啦。還有一件事：雖然我在您面前做出卑鄙的事情，因為……我為什麼要使自己受損失呢？請您告訴

1 引自普希金的《哀詩》。

我。是為了您的利益嗎？我把我的〈解釋〉呈獻給她了。（您不知道這個嗎？）但是，她是怎樣接受我的〈解釋〉的呀！哈哈！我在她面前並沒有做什麼卑鄙的事情，我在她面前一點也沒有過錯；即使提起所謂『殘羹剩飯』這種話。我現在可以把會見的日期、時間和地點全都告訴給您，把這一套戲法揭穿……當然是由於氣憤，而不是由於寬宏大量。再見吧，我太饒舌了，好像一個結巴和癆病鬼似的。您要留神，如果您配稱為人的話，必須趕緊想主意。會晤決定在今天晚上舉行，這是確實的。」

伊波利特走到門口那裡，但公爵向他喊了一聲，他就站住了。

「如此說來，您以為阿格拉婭．伊萬諾夫娜今天會親自到納斯塔霞．菲利波夫娜那裡去嗎？」公爵問道。他的兩頰和額頭都露出了紅色的斑點。

「詳細的我不知道，但大概是這樣的，」伊波利特一邊回答，一邊向後面斜看一眼，「也不可能是別的樣子。納斯塔霞．菲利波夫娜還能上她那裡去嗎？也不會在加尼亞那裡；他家現在等於停放著一個死人。將軍怎麼樣啦？」

「從這點來看，就不可能在他家裡！」公爵搶上去說，「即使她想去，也去不了呀。您不知道……葉潘欽家的規矩；她也不能一個人離開家庭，上納斯塔霞．菲利波夫娜那裡去。這是胡鬧！」

「您瞧，公爵，在平常的時候，誰也不會從窗戶跳出去。但是，一旦失了火，就是最高貴的老爺太太們也要奪窗而逃的。只要到了必要的地步，那就沒有法子可想，我們的小姐會到納斯塔霞．菲利波夫娜那裡去。難道葉潘欽家不放小姐們到任何地方去嗎？」

「不，我說的不是這樣……」

「既然不是這樣，那麼，她只要下了台階，一直向前走，從此不回家都可以。有的時候連船都可以燒掉，甚至可以永遠不回家。生活並不只是由一些早餐，午餐，再加上施公爵組成的。我覺得，您是把阿格拉婭·伊萬諾夫娜當作千金小姐或是女學生看待了；我已經對她講過這句話，她似乎同意我的看法。您等到七點鐘或八點鐘……如果我是您，一定會派人去監視，看她下台階的準確時間。您哪怕打發科利亞去也可以；他很喜歡做偵探，請相信我的話，尤其是為了您……因為世界上的一切東西都是相對的……哈，哈！」

伊波利特走出去了。其實，即使有人能夠前去監視，公爵也沒有請任何人前去監視的必要。阿格拉婭之所以吩咐他坐在家裡，現在差不多已經完全明白她的用意了：也許她打算到這裡來，約他同去。可是，也許她恰好不希望他到那裡去，所以吩咐他坐在家裡……也許是這樣的。他的頭暈了，整個屋子都轉動起來。他於是躺在沙發上，合上眼睛。

不管怎樣，大勢已經完全決定了。不，公爵並不認為阿格拉婭是一個千金小姐或是女學生；他現在覺得，他早就害怕這種事情。但是，她為什麼想見她呢？一陣寒戰通過公爵的全身，他又害寒熱病了。

不，他並不認為她是個小孩子！使他害怕的是她近來的一些眼神，一些話語。有時他覺得：她似乎太矜持，太拘束了；他記得，這件事使他很害怕。誠然，在這幾天之內，他努力不去想這件事情，趕走了苦惱的思緒。但是，在那顆心裡到底隱藏著什麼呢？這一問題早就折磨著他了，儘管他相信那顆心。所有的這一切，今天就會暴露出來，而且也應該解決了。可怕的想法！又是「這個女人」！為什麼他覺得這個女人會在最後的一剎那出現，把他的整個命運扯斷，就像扯斷一根爛線似的呢？他現在準備發誓，說他永遠有這種感覺，雖然他此時幾乎處於半夢半醒的狀態。如果說他近來努力忘記她，那只是因為害怕她。這是怎麼回事？他究竟愛這個女人呢，還是恨她呢？他今天一次也沒有向自己提出這個問題，他的心是純潔的，他知道他愛的是誰……他並不怎樣害怕她們倆見面，並不害怕這次會面的奇特，並不害怕他所不知道的會面的原因，也不害怕這次會面所產生的任何結果——怕的是納斯塔霞·菲利波夫娜本人。幾天後，他想起在這害寒熱病的數小時內，他幾乎一直見到她的眼睛、她的眼神，聽到她的話語——一些奇怪的話語，雖然說在這害寒熱病的、煩悶的數小時之後，留在他記憶中的印象並不多。譬如說，他已經不大記得薇拉如何端飯給他吃，他如何吃飯，也不記得他飯後睡過覺沒有！他只知道：在這天晚上，當阿格拉婭突然走到他的平台上來，他從沙發上跳起，走到屋子中央去迎接她的那個時候起，他才開始完全清楚地辨別一切。當時是七點一刻，阿格拉婭獨自進來，打扮得很隨便，似乎很匆忙的樣子，穿著一件連頭巾的無袖外衣。她的臉慘白得和上次一樣，眼睛閃耀出鮮豔的、嚴厲的光彩；他從來沒有見過她的眼睛裡有那樣的表情。她仔細向他身上打量了一番。

「您完全準備好了，」她輕聲說，似乎心裡很平靜，「您打扮好了，手裡還拿著帽子；這麼說來，已經有人事先告訴您了。我知道是誰，是伊波利特吧？」

「是的，他對我說過……」公爵喃喃地說，幾乎和半個死人一樣。

「咱們走吧，您知道，您一定要陪我回去。我想，您還能夠走出去吧？」

「我能夠，但是……難道這是可能的嗎？」

他的話一下子中斷了，再也說不出一句話來，這是他想阻止這瘋人的唯一嘗試。後來，他就像囚犯似的，跟著她走出去了。他的思想無論怎樣模糊，還是能明白，就是他不去，她也會到那裡去，所以他無論如何都應該跟著她走。他瞭解她的決心具有何等的力量，他是不能阻止這個野蠻衝動的。他們默默地走著，一路上差不多沒有說一句話。不過，他注意到她對道路很熟悉，當他想繞過一條胡同（因為那條路比較荒僻），而把這話對她提出的時候，她似乎很注意地傾聽著，然後堅決地回答說：「都一樣！」當他們快走到達里亞．阿萊克謝夫娜的房屋（一所古老的大木房）跟前的時候，一個服裝華麗的太太和一個年輕的姑娘從台階上走下來；兩人坐進正在台階旁等候著的漂亮馬車，大聲談笑，甚至對走過來的人一眼也沒有看，就好像沒有看見似的。馬車剛一走，門又重新開了，等候著的羅戈任把公爵和阿格拉婭讓進去，然後關好了門。

「在這所房屋裡，現在除了我們四個人，就沒有別人了。」他大聲說，很奇怪地看了公爵一眼。

納斯塔霞・菲利波夫娜就在第一間屋內等候，也打扮得很隨便，渾身穿著玄色的衣裳。她站起來迎接客人，但是沒有笑，甚至沒有和公爵握手。

她那凝聚的、不安的眼神，很不耐煩地盯在阿格拉婭身上。兩人在互相離得遠一些的地方坐下，阿格拉婭坐在屋子角落裡的沙發上，納斯塔霞・菲利波夫娜坐在窗戶旁邊。公爵和羅戈任沒有坐下，人家也沒有請他們坐下。公爵帶著驚疑，還似乎帶著痛苦，又望了羅戈任一眼，但是羅戈任還是和以前一樣微笑著。沉默又持續了幾秒鐘。

納斯塔霞・菲利波夫娜的臉上終於掠過一種兇惡的感覺；她的眼神是固執的、堅定的，幾乎帶有仇恨的，一分鐘也沒有從女客人的臉上離開。阿格拉婭顯然感覺到很窘，但是並不膽怯。她走進來的時候，偷偷地瞧了她的情敵一眼。以後就一直坐著，垂下眼睛，似乎在那裡沉思。有兩次，似乎不經意地，她的眼神向屋內掃射。她的臉上顯然露出嫌惡的神氣，她好像怕被這個地方弄髒似的，她機械地整理衣裳，甚至不安地改變了一次地位，把身體移到沙發的角落裡。她對自己所有的行動未必都覺察得出來，但正因為她是無意識的，所以使她的行動更具有侮辱性。她終於堅決地直視著納斯塔霞・菲利波夫娜的眼睛，立刻看明白她的情敵的兇狠的目光中所閃耀的一切。一個女人理解了另一個女人——阿格拉婭哆嗦了一下。

「您自然知道，我為什麼請您到這裡來。」她終於說，但是聲音很小，甚至在說出這個短句來的時候停頓了兩次。

「不，我一點也不知道。」納斯塔霞．菲利波夫娜冷冷地，斬釘截鐵地回答說。

阿格拉婭臉紅了。她也許忽然覺得很奇怪，覺得不可思議，她怎麼現在會和這個女人共同坐在「這女人」的家裡，還要求她的回答。當納斯塔霞．菲利波夫娜剛一出聲的時候，她渾身戰慄了一下。「這女人」對眼前的情況自然看得很清楚。

「您全都明白……但是您故意做出不明白的樣子。」阿格拉婭小聲說，很陰鬱地看著地面。

「這是為什麼呢？」納斯塔霞．菲利波夫娜露出一點冷笑。

「您想利用我的地位……因為我在您家裡。」阿格拉婭可笑地、拙笨地繼續說。

「對於您的這個地位，應該由您負責，而不應該由我負責！」納斯塔霞．菲利波夫娜突然臉紅了，「我沒有邀請您，而是您邀請我。我現在還不知道是為了什麼事情？」

阿格拉婭傲慢地抬起頭來。

「您把您的舌頭約束一下，我不是用您這種武器跑來跟您交戰的……」

「啊！如此說來，您到底是跑來『交戰』的啦？我以為您……應該更聰明些……」

兩人互相對望著，不再隱藏仇恨的心情了。在這兩個女人中，有一個最近還對另一個寫過那樣的信。而在第一次會面，說出第一句話之後，一切就都雲消霧散了。但是怎麼樣呢？在這時候，在這間屋內的四個人中，似乎沒有一個認為這是奇怪的。公爵昨天還不相信自己在夢中看到的這種情況會變成可能，現在他站在那裡，看著，聽著，好像他早就預感到這一切似的。最荒誕的夢幻突然變為最顯明的現實。這兩個女人中的一個，這時候深深地恨著另一個，想把這一點向她表示出來（照羅戈任第二天所說，也許她就是為了這個才跑來的），使得頭腦混亂、內心疼痛的另一個女人，不管怎樣玄妙，她事先所打定的主意也敵不住她的情敵那惡毒的、純女性的輕蔑神情。公爵深信納斯塔霞．菲利波夫娜是不會提起那些信來的；從她的閃耀的眼光中，他猜出這些信現在對於她有多大的價值；他願意犧牲半個生命，使阿格拉婭現在不提起這些信。

但是，阿格拉婭似乎忽然聚起精神，一下子控制了自己。

「您沒有充分瞭解我，」她說，「我不是來和您爭吵的，雖然我並不喜歡您。我……我到您這裡來……是想說幾句人話。我叫您來的時候，我已經決定要對您說什麼話，我不會放棄自己的決定，哪怕您完全不瞭解我。這對您不好，對於我並沒有什麼。我打算答覆您寫給我的一切，當面答覆，因為我覺得這樣更方便些。請您聽我對於您的信的答覆：那天，我在和列夫·尼古拉耶維奇初次見面，後來又知道了在您的晚會上所發生的一切事情，這以後，我就開始覺得他可憐了。我所以可憐他，就是因為他是這樣純樸的一個人，也就由於自己純樸，才相信他和這種性格的……一個女人在一起……可以過幸福的生活。我替他擔憂的事情也發生了：您並不能愛他，把他折磨夠了以後，就甩開了。您不能愛他，因為您太驕傲……不，並不是由於驕傲，我說錯了，而是因為您太虛榮……甚至還不是如此。您的自尊心到了……瘋狂的地步，您給我寫的信就可以證明這一點。您不能愛像他這樣純樸的人，您內心裡也許看不起他，恥笑他。您所能愛的只是自己所受的恥辱和那種不斷的思慮，認為您受了恥辱，人家欺負了您。假使您所受的恥辱少些，或者完全沒有受到，那您就會更加不幸了……（阿格拉婭愉快地說完這幾句話，她的話雖然是非常急促地跳出來的，但是她早就準備好和思索好這些話了，當她在夢裡都沒有夢到現在這次會見的時候，她就再三思索過了；她用惡毒的眼光注視著納斯塔霞·菲利波夫娜那張由於激動而顰蹙的臉上的表情。）您記得，」她繼續說，「他當時給我寫了一封信。他說您知道這封信，甚至讀過它。從這封信上，我明白了一切，而且更正確地明白了。他最近親自對我證實過的，也就是我剛才對您說的一切，甚至是一個字一個字都對的。我接到他的信以後，就開始等候。我猜到您一定會到這裡來，因為您離不開彼得堡。您到外省去，就顯得太年輕，太美麗了……然而，這也不是我的話，」她補上這句話，兩頰緋紅，從這時候起，一直到她說完這句話為止，她臉上的紅暈總沒有退，「當我又看到公爵的時候，我替他感到非常痛苦，非常難受。您不要笑；假使您一笑，您就不配瞭解這個……」

「您瞧我並沒有笑。」納斯塔霞・菲利波夫娜憂鬱地、嚴厲地說。

「不過，在我是一樣的，您隨便去笑吧。在我自己開始問他的時候，他對我說，早就不愛您，甚至一回憶起來都會使他感到痛苦的，但是他很可憐您，一提起您來，他的心就好像『永遠受了刺傷似的』。我還應該對您說，我一生中從未遇見過他這樣一個人，他高尚純樸，對人是無限地信任。我聽他說了這句話以後，就料到無論什麼人，只要願意的話，都能夠騙他，而且無論什麼人騙他，他總是會原諒的，我就是為了這個才愛上他……」

阿格拉婭停了一下，她似乎很驚奇，似乎不相信自己會說出這種話來。但是，與此同時，她的眼光裡又露出極度驕傲的神情。她現在好像已經滿不在乎，哪怕「這女人」笑她這脫口而出的自白，她也不管了。

「我全對您說完了，您現在自然已經明白我要求您的是什麼了。」

「我也許明白了！但是，還請您自己說吧。」納斯塔霞・菲利波夫娜輕聲地回答說。

阿格拉婭的臉上露出盛怒的神情。

「我要問您，」她堅定地、明晰地說，「您有什麼權利干涉他對我的情感？您有什麼權利給我寫信？您有什麼權利時時刻刻地對他又對我宣佈您愛他，然後又甩掉他，用那樣糟糕和可恥的方式從他那裡逃走？」

「我並沒有對他，也沒有對您宣佈我愛他，」納斯塔霞・菲利波夫娜費力地說，「再有……您說得對，我是從他那裡逃走的……」她用聽不大清楚的語音補充說。

「您怎麼沒有對我和對他宣佈呢？」阿格拉婭喊道，「您的信呢？是誰求您給我們撮合的？是誰求您勸我嫁給他的？難道這不是宣言嗎？您為什麼死乞白賴地給我們撮合呢？我起初還以為您想借著干預我們的事情，使我產生嫌惡他的心思，使我拋棄他。以後猜出是怎麼一回事情：您不過在幻想著用這一套虛假的行為建立奇功……假使您這樣愛虛榮，您還能愛他嗎？您為什麼不乾脆離開這裡，而要給我寫些可笑的信呢？您現在為什麼不嫁給這個正直的人，他既然這樣愛您，而且向您求婚？道理很明顯：您一嫁給羅戈任，還會有什麼可抱怨的呢？您甚至會得到太多的榮耀！葉夫根尼·帕夫洛維奇說您讀過許多詩，『以您的……地位來說，學問太多了！』您是一個讀死書的、游手好閒的女人；再加上虛榮心很強，您的行動就是出於這些原因……」

「您不也是游手好閒的女人嗎？」

這件事十分匆促地，十分赤裸地達到了意想不到的焦點，說它意想不到，就是因為當納斯塔霞·菲利波夫娜在動身到帕夫洛夫斯克來的時候，雖然料到凶多吉少，但她還抱著一些幻想。阿格拉婭一時感情衝動，好像從山頭滾落一般，控制不住復仇的極度愉快的心情。納斯塔霞·菲利波夫娜看到阿格拉婭這種樣子，甚至覺得奇怪；她看著阿格拉婭，好像不相信自己，在最初的一剎那弄得不知所措了。不管她像葉夫根尼·帕夫洛維奇所猜想那樣，或者不過是個讀過許多詩的女人，或者不過是個瘋女，像公爵所深信那樣——總而言之，這個女人雖然有時採取一些大膽無恥的手段，而在實際上，卻並不像人家所推測的那樣子，她是十分怕羞，十分溫柔，而且容易信任別人的。固然，她的心裡有許多書本的、幻想的、幽閉的、荒誕的，但同時又是強烈的、深刻的東西……公爵明白這種情況，他的臉上現出苦痛的神情。阿格拉婭注意到這一點，氣得直打哆嗦。

「您怎麼敢對我這樣？」她帶著無可形容的高傲神情，對納斯塔霞．菲利波夫娜的話回答說。

「您大概聽錯了吧，」納斯塔霞．菲利波夫娜驚異起來，「我對您怎麼樣？」

「假使您願意做一個正經的女人，當時您為什麼不乾脆甩開勾引您的托茨基，而要演一場戲呢？」阿格拉婭忽然沒頭沒腦地說。

「您對於我的地位知道什麼，竟敢這樣批評我？」納斯塔霞．菲利波夫娜哆嗦了一下，臉色煞白。

「我知道您沒有出去工作，而是跟著富翁羅戈任走了，為了扮演一個降落紅塵的安琪兒的角色。托茨基要為了這個降落紅塵的安琪兒自殺，我覺得也沒有什麼可奇怪的！」

「別講啦！」納斯塔霞．菲利波夫娜嫌惡地，好像帶著痛苦似的說，「您瞭解我，正和……達里亞．阿萊克謝夫娜的女僕一樣。她新近跟她的未婚夫在法庭上打官司。她還比您瞭解得深些……」

「正經的女子大半是靠勞動生活的，您為什麼這樣輕視女僕呢？」

「我並不輕視勞動，而是當您談論勞動的時候，很輕視您。」

「您如果想做一個正經的女子，您可以去當洗衣工人哪。」

兩人全站起來，面色慘白，互相對視著。

「阿格拉婭，請住嘴吧！這話說得不公平。」公爵喊道，好像精神錯亂似的。羅戈任不再微笑，他只是咬緊嘴唇，交叉著雙手，在那裡聽著。

「你們看她，」納斯塔霞．菲利波夫娜說，氣得直打哆嗦，「你們看這位小姐！我原來把她當作安琪兒看待呢！您沒有帶保姆，就光臨到我這裡來了嗎，阿格拉婭．伊萬諾夫娜？……要不要……要不要我現在對您直說，老老實實地說，您為什麼光臨到我這裡來？您是為了膽怯，才光臨到這裡來的。」

「膽怯？怕您嗎？」阿格拉婭問，她由於納斯塔霞．菲利波夫娜竟敢對她這樣說話，產生一種天真的、受辱的驚訝心情，結果無從控制自己了。
「自然是怕我！假使您決定到我這裡來，那就是怕我。既然怕我，便不會看不起我。您要知道，我是多麼尊敬您，一直到這一瞬間之前！您知道您為什麼怕我，現在您的主要目標是什麼？您想當面證明：他愛我是不是比他愛您多些，因為您吃醋吃得太厲害……」
「他已經對我說，他恨您……」阿格拉婭的聲音小得幾乎聽不清。
「也許，也許我不值得他的愛，不過……不過我覺得您是在那裡撒謊！他不會恨我，他不能這樣說！但是，我準備饒恕您……為了您的處境……不過，我總想像您更好些；總想像您更聰明些，甚至長得更美些，真是這樣！……唔，您把您的寶貝拿走吧……他就在這裡，瞧著您，沒有醒過來，您儘管拿去，但是有一個條件：立刻離開這裡！馬上就走！……」
她倒在沙發椅子上，流著眼淚。但是，她的眼睛裡突然閃耀出新的光輝；她凝聚地、固執地看著阿格拉婭，便從座位上站起來。
「要不要我現在……下命令，你聽見嗎？只要我對他下命令，他立刻就會甩開你，永遠留在我的身邊，娶我，而你只好一個人跑回家去？要不要？要不要？」她像瘋子似的喊著，也許自己並不相信竟會說出這樣的話來。
阿格拉婭驚慌地跑到門旁，但是在門前站住了，好像被釘在那裡一般，傾聽著。
「要不要我把羅戈任趕走？你以為我為了你的快樂，已經和羅戈任結婚了嗎？我現在當著你的面喊：『你走吧，羅戈任！』我對公爵說：『你記得你答應的話嗎？』天哪！我為了什麼在他們面前這樣降低自己的身份呢？公爵，不是你自己對我保證，無論我出什麼事情，你都會跟我走，永遠不離開我嗎？你不是還說你還愛我，可以饒恕我一切，而且尊……尊敬我嗎？是的，你說過這個話的！我為了解除你的束縛，才從你的身邊逃走，但是現在我不願意了！她為什麼對待我，像對待一個放蕩女人似的？我是不是放蕩的女子，你問一問羅戈任，他會對你說的！現在她羞辱我，還當著你的面，難道你也要把身子轉過去，挽著她的胳膊一同走出去嗎？我只信賴你一個人，而你竟做出這種樣子，你真是該死。你去吧，羅戈任，我不需要你！」她幾乎毫無知覺地喊出，竭力從胸腔裡吐出話來，臉龐變了形象，嘴唇好像烤焦似的，顯然自己一點也不相信那豪言壯語，但在同時，她還希望把這瞬刻的時間延長一會兒，欺騙自己。那衝動來得非常強烈，使得她也許就會死去，至少公爵這樣覺得。「你瞧他！」她終於對阿格拉婭喊道，一邊用手指著公爵，「假使他現在不走到我身邊來，不娶我，不拋棄你，你就把他拿去，我讓給你，我不需要他！……」

她和阿格拉婭站在那裡，好像等待似的，兩個人都和瘋子一般望著公爵。但是，他也許不明白這個召喚的全部力量，甚至可以肯定這樣說。他只是在眼前看見一個絕望的、瘋狂的面孔，為了這張面孔，像他有一次對阿格拉婭所說，「他的心像永遠受了刺傷」。他再也不能忍受下去，一面指著納斯塔霞．菲利波夫娜，一面帶著哀憐和責備的口吻對阿格拉婭說道：

「難道這是可能的嗎？她是……她是那樣不幸的人呀！」

但是，他剛說出這句話來，見到阿格拉婭可怕的眼神，就嚇呆了。這個眼神裡表現出許多的痛苦和無限的仇恨，使他不由得舉起雙手一拍，喊叫了一聲，跑到她面前去，但為時已經晚了。她無法忍受他那一瞬間的遲疑，用雙手掩住臉，喊著：「哎呀，我的天哪！」然後就從屋內跑出去，羅戈任隨在後面，給她拉開街門的鐵門。

公爵也跑了出去，但是在門檻上有兩隻手把他抱住了。納斯塔霞．菲利波夫娜用那悲傷的、扭歪的臉面對著他，發青的嘴唇顫動著問道：「跟她去嗎？跟她去嗎？……」

她失去知覺，倒在他的懷裡。他把她抱起來，走進屋子，放在沙發椅上，他站在她的面前，呆若木雞似的等候著。小桌上放著一杯水；羅戈任回來了，抓起那杯水，把水噴到她的臉上。她睜開眼睛，足有一分鐘工夫一點也不明白；但是，她忽然向四面環顧，哆嗦著，呼喊了一聲，撲到公爵身上。

「我的！我的！」她喊道，「那個驕傲的小姐走了嗎？哈！哈！哈！」她歇斯底里地笑著，「哈！哈！哈！我把他送給那位小姐啦！為了什麼？有什麼原因？我真是瘋子！真是瘋子！……你走開吧，羅戈任，哈！哈！哈！」

羅戈任凝視了他們一會兒，沒有說一句話，拿起帽子，便走了出去。十分鐘之後，公爵坐在納斯塔霞．菲利波夫娜的身旁，目不轉睛地看著她，用雙手摸她的頭和臉，像撫摸小孩子一般。她笑，他也笑；她流淚，他也想哭。他一句話也不說，卻聚精會神地傾聽她那激動、興奮、不連貫的喃語。他不見得能明白多少，但他始終微笑著。當他覺得她又要開始發愁或哭泣，責備或訴苦，立刻又去摸她的頭，溫柔地撫摸她的兩頰，安慰她，勸她，像勸嬰孩一樣。

第九章

在發生了前章所講的事件之後，過了兩星期，這部小說中的一些人物的情況發生了很大的變化，如果不加特別的解釋，我們就極難繼續講下去。但是，我們感到我們應該盡可能地只敘述事實，而不進行特別的解釋，原因很簡單：因為在許多情況中，很難解釋所發生的一切。我們首先這樣聲明，讀者一定會感到莫名其妙：怎麼能講述你自己並不清楚，而且沒有個人意見的東西呢？為了使自己不陷入更加虛偽的狀態，我們最好拿一個例子來說明問題，通過它，高貴的讀者們就會明白我們的困難在什麼地方，況且這個例子並不是要將故事扯開，恰恰相反，它正是故事的直接繼續。

過了兩星期，已經是七月初旬，不但在兩星期後，就在這兩星期之內，我們主角的故事，特別是這個故事的最後一段奇談，已經變成一段十分怪異的、極端有趣的、幾乎不可思議的，同時又是很明顯的笑話了，這個笑話漸漸傳到鄰近列別杰夫、普季岑、達里亞．阿萊克謝夫娜、葉潘欽的別墅的各街道上，簡單地說，就是幾乎傳遍全城，甚至傳到了四郊。差不多整個的社會——當地居民，避暑客，以及來聽音樂的人們——大家全都在講同一個故事，用幾千種不同的講法。他們說，有一位公爵在一個清白的、有名氣的家庭裡鬧出了亂子，被一個出名的私娼迷住，和這家的小姐——他的未婚妻背棄婚約，割斷了以前的一切關係，不顧一切，不管人家的威嚇，不管大眾的憤怒，打算不久就在帕夫洛夫斯克這裡和那個受糟蹋的女人結婚，公開地，當著眾人的面，揚起頭，向著著大家直看。這個故事被渲染上許多誹謗的細節，裡面加進許多有名的大人物，還添上了各種荒誕神祕的色彩；但在另一方面，它又不像捕風捉影而具有一些無從推翻的明顯事實。這樣一來，一般的好奇心和閒言閒語自然就很可原諒了。最精細、巧妙，同時又足可信賴的解釋，是幾個嚴正的閒話家說出來的。他們屬於那類有理性的人，在每個社會裡，他們總是最先忙著對別人解釋事件的原因，認為這是他們的任務，甚至是一種安慰。根據他們的解釋，那位年輕的公爵是一個世家子弟，相當有錢，傻里傻氣，卻是一個民主派，受了屠格涅夫先生所揭示的現代虛無主義的迷惑，幾乎不會說俄國話；他愛上了葉潘欽將軍的女兒，葉潘欽家已把他看作東床快婿。但是，這個公爵和報上最近發表的一篇故事裡的法國神學生一樣，那位神學生故意請人任命他當神父，故意請求任聖職，做完一切禮節，一切禮拜，親吻，宣誓，等等，就為了第二天當眾發表他寫給主教的一封信，說他不信仰上帝，認為欺騙民眾、白吃人民的飯是不厚道的事情，因此辭去昨天受命的聖職，還把信交給自由主義派的報紙發表。公爵也就像這個無神派一樣，幹出了同樣的行徑。據大家講，他好像故意等候他的未婚妻的父母舉行隆重晚會，把他介紹給許多知名人物的時候，來當眾發表他的思想，痛罵尊貴的顯官，公然和未婚妻解除婚約，加以侮辱，當僕人把他攆出去的時候，他還進行抵抗，把一只美麗的中國花瓶給砸碎了。除此之外，還添上幾句，作為現代風俗的寫照，彷彿說這個糊塗青年的確很愛他的未婚妻，將軍的女兒。他之所以和將軍女兒解除婚約，只是為了虛無主義，為了準備鬧一場亂子，做出稱快一時的舉動，也就是明目張膽地娶一個放蕩女子為妻，來證明在他的信念裡並無所謂放蕩女人和正經女人之分，而只有一個自由的婦女；他不相信交際場裡這種陳舊的區分方法，而只相信「婦女問題」。在他的心目中，放蕩女人比不放蕩的女人還高尚呢。這個解釋好像是極可信的，為大多數避暑人士所樂於接受，尤其是因為可以從每天的事實上證明出來。當然，有許多事情是解釋不了的；有人說那個可憐的姑娘非常愛她的未婚夫（有人說他是誘騙她的浪子），竟在被他拋棄的第二天跑到他那裡去，那時候，他正和情婦坐在一起。另一些人的說法完全相反，他們說公爵故意把她引誘到他的情婦家去，僅僅只是為了虛無主義，也就是為了羞辱她一番。無論怎樣說，大家對這件事的興趣一天比一天大，他們毫不懷疑那個搗亂的婚禮一定即將舉行。

現在如果有人請我們解釋——不是關於事件的虛無主義色彩。不，不！——只是解釋這個決定舉行的婚禮，能夠在多大程度上滿足公爵的願望，他在這時候的願望究竟是什麼，我們對書中主人公在這時候的精神狀態究竟應該下怎樣的定義，諸如此類的問題，那麼我們說句老實話，實在是難於回答的。我們只知道一件事，那就是婚禮的確已成定局，公爵自己委託列別杰夫和凱勒特地為這件事情介紹給公爵的一個朋友擔任教堂和經濟方面的各項雜事；他還吩咐他們不必吝惜金錢，納斯塔霞．菲利波夫娜也在催促，堅決主張儘速舉行婚禮。由於凱勒的自薦，他們便規定讓這個人來做公爵的伴郎，布林多夫斯基被指定為納斯塔霞．菲利波夫娜做相同的職務，他也高高興興接受了。婚期定在七月上旬。但是，除了這些極端正確的情節之外，我們還知道一些事實，這些事實使我們變得糊塗起來，因為它們和以前的事實互相矛盾。譬如說，我們非常懷疑，公爵在委託列別杰夫等人擔任各種事務之後，當天幾乎就忘記了他已經準備好伴郎、司儀員，以及一切結婚的手續，如果他這樣匆忙地把一切雜務交給別人辦理，那只是為了自己不必去想它，甚至也許是為了趕快忘掉它。在這種情形下，他自己究竟想些什麼，他要記住些什麼，他要達到什麼目的？毫無疑問，這裡並沒有任何強制他的地方（譬如，從納斯塔霞．菲利波夫娜方面），納斯塔霞．菲利波夫娜的確希望趕快舉行婚禮，結婚是她的主張，完全不是公爵的意思，但公爵自願同意了；他甚至有點心不在焉，好像別人請求他做一件極平常的事情似的。這樣奇怪的事實，在我們看來是很多的，但是這些事實不但不能解釋，而且據我們看來，反而把我們的解釋給掩蓋起來了，所以不管怎樣解釋也是沒有用處的。不過，現在我們姑且再舉出一個例子來。

譬如，我們完全知道，在這兩星期內，公爵和納斯塔霞．菲利波夫娜朝夕相聚，寸步不離；她帶他一塊兒出去散步，聽音樂；他每天和她同坐馬車出去，他只要有一小時不看見她，便開始替她擔心（從各方面看，他很真誠地愛她）；他一連幾小時，帶著平靜溫和的微笑聽她講話，不管她講的是什麼，而他自己幾乎不發一言。但是我們還知道，他在這些日子裡有幾次，甚至許多次，忽然到葉潘欽家裡去，而且沒有瞞著納斯塔霞．菲利波夫娜，這使她幾乎陷入絕望的境地。我們知道，葉潘欽家的人留在帕夫洛夫斯克期間，都不肯接見他，並且經常拒絕他和阿格拉婭．伊萬諾夫娜見面；當時他一言不發地走了，但第二天又去，好像完全忘了前一天自己已經被拒絕過了。當然啦，他重新又碰了一回釘子。我們還知道，當阿格拉婭．伊萬諾夫娜從納斯塔霞．菲利波夫娜那裡跑開一個小時之後，也許還不到一個小時，公爵就已經到葉潘欽家去了，當然他認為可以見到阿格拉婭，他到了葉潘欽家，就引起極度的混亂和恐慌，因為阿格拉婭還沒有回家，而且從他嘴裡第一次聽說她和他一同到納斯塔霞．菲利波夫娜家裡去的事情。有人講，伊麗莎白．普羅科菲耶夫娜，女兒們，連施公爵在內，當時對公爵的態度異常粗暴，他們帶著敵視的樣子，堅決表示跟他絕交，尤其是當瓦爾瓦拉．阿爾達利翁諾夫娜忽然上伊麗莎白．普羅科菲耶夫娜那裡去的時候；瓦爾瓦拉．阿爾達利翁諾夫娜宣佈說，阿格拉婭．伊萬諾夫娜已經在她家裡待了一個小時，精神錯亂，大概不願意回家。這最後的消息使伊麗莎白．普羅科菲耶夫娜最為震驚，而且這個消息完全是正確的；阿格拉婭從納斯塔霞．菲利波夫娜那裡出來的時候，的確寧願一死，也不願再見到家裡的人們，因此就跑到尼娜．亞歷山德羅夫娜那裡去了。瓦爾瓦拉．阿爾達利翁諾夫娜當時覺得，必須把這一切情況趕緊報告給伊麗莎白．普羅科菲耶夫娜。母親和兩個女兒立刻跑到尼娜．亞歷山德羅夫娜那裡去。後來，那個一家之主，剛剛回家的伊萬．費道洛維奇也跟著去了。列夫．尼古拉耶維奇不管人家如何驅逐，也不顧他們的粗暴言語，也跟著他們去了；但是，瓦爾瓦拉．阿爾達利翁諾夫娜吩咐不放他進去見阿格拉婭。結果，阿格拉婭看見母親和姐姐們對她哭，一點也不責備她，便投到她們的懷中，立刻和她們回家去了。又有人說（雖然這個傳說並不十分確實），加夫里拉·阿爾達利翁諾維奇在這裡又遇到了倒楣的事情，他利用瓦爾瓦拉·阿爾達利翁諾夫娜跑到伊麗莎白·普羅科菲耶夫娜那裡去，只剩下他和阿格拉婭兩個人在一起的時候，忽然傾訴起自己對她的愛慕之情。阿格拉婭聽著他的話，不顧自己怎樣心煩和流淚，忽然哈哈大笑起來，對他提出一個奇怪的問題：他能不能為了證明自己的愛情，現在就把手指放在蠟燭上焚燒？據說加夫里拉·阿爾達利翁諾維奇面對這個問題時，非常驚駭，簡直不知道如何回答是好，他的臉上顯出過度的疑懼的神情，阿格拉婭見到他那副神氣，不由得對他哈哈大笑，像歇斯底里病發作了似的，立刻離開他，跑到樓上尼娜·亞歷山德羅夫娜那裡去，而她的父母就在那裡找到了她。這個笑話在第二天就由伊波利特傳到公爵那裡去。伊波利特已經臥床不起，他特地打發人去請公爵來，把這個消息告訴他。這個消息怎麼會傳到伊波利特的耳朵裡去，我們不知道，但是，當公爵聽到關於蠟燭和手指的故事時，也大笑起來，甚至使伊波利特吃了一驚；然後，他忽然哆嗦了一下，便流下淚來……總之，他在這幾天內，顯出極度惶惑不安的神情，這種神情是不確定的，十分苦痛的。伊波利特直截了當地說他精神錯亂了，但是，我們還不能肯定這一點。

當我們舉出所有這些事實，而不加以解釋的時候，我們並不想在讀者眼前替書中的主人公辯白。不但如此，我們還準備同情他在朋友之間所引起的那種憤慨。連薇拉·列別杰娃有一個時期也對他表示氣憤起來；連科利亞也對他很氣憤；就是凱勒，在他被選為伴郎之前，也是憤慨過的，至於列別杰夫，那就更不必說了，他已經開始在暗中拆公爵的台了，而這也是由於義憤，甚至是真正的義憤。但是，關於這個我們以後再說。一般來說，我們對於葉夫根尼·帕夫洛維奇那幾句極有力的、在心理上非常深刻的話，完全表示同情。這些話是他在納斯塔霞·菲利波夫娜家裡的那個事件發生以後的第六天或第七天，在友好的談話中，直率地、不客氣地說出來的。我們隨便說一下，不但葉潘欽家裡的人，就是所有與葉潘欽家有直接或間接關係的人，都認為必須和公爵完全絕交。譬如說，施公爵遇到他的時候，竟扭過身去，不再向他還禮。但是，葉夫根尼·帕夫洛維奇並不害怕玷辱自己的名聲，還是跑來拜訪公爵，雖然他每天上葉潘欽家去，而葉潘欽家也越來越好地款待他。葉潘欽一家人離開帕夫洛夫斯克的第二天，他到公爵那裡去了。他走進去的時候，已經知道社會上傳播著的種種謠言，其中有一部分正是出自他這裡。公爵見到他後，非常高興，立刻談起了葉潘欽家的事情。這種坦白直率的開端，使葉夫根尼·帕夫洛維奇完全無拘無束地，直截了當地講起正又來了。

當公爵得知葉潘欽家已經離開這裡時，感到很震驚，臉色顯得慘白。但是過了一分鐘，他搖著頭，露出慚愧和沉思的樣子，自己承認「應該如此」，然後立刻問道：「他們到哪裡去了？」

葉夫根尼·帕夫洛維奇很仔細地觀察他，所有這一切：那就是發問的匆忙，問題的簡單，慚愧的神情，同時有一種奇怪的坦白、不安和興奮，所有這一切都使他感到十分驚異。他客氣地，詳細地把一切都告訴了公爵；公爵有許多事情還不知道，他是第一個從葉潘欽家跑來報告消息的人。他證實阿格拉婭的確生了病，有三天三夜沒有睡好，發著高燒。她的病現在已經減輕，脫離了危險，但是仍處於神經質的、歇斯底里的狀態……「幸而她家還風平浪靜！不但在阿格拉婭面前，甚至在他們相互之間，都竭力不提起往事。父母已經互相商量好了，等到秋天阿杰萊達結婚以後，他們一家立刻到國外去旅行。阿格拉婭聽到家人說出這個計畫，也默默接受了。」他，葉夫根尼·帕夫洛維奇，也可能到國外去。甚至施公爵也打算攜阿杰萊達同去，如果時間允許的話，要待上兩三個月，將軍準備獨自留下。葉潘欽家的人現在搬到科爾米諾，那是他們離彼得堡有二十來俄里的莊園，那裡有一所很大的房屋。別洛孔斯卡婭還沒有到莫斯科去，也許是故意留下來的。伊麗莎白·普羅科菲耶夫娜堅決主張，在發生這一切事情之後，他們不能再留在帕夫洛夫斯克。他，葉夫根尼．帕夫洛維奇，每天把城裡的謠言報告給她聽。他們也認為不能搬到葉拉金的別墅去。

「實際上，」葉夫根尼．帕夫洛維奇補充說，「您自己也應該承認，他們是不可能硬著頭皮忍受下去的……尤其是在知道您家裡每時每刻所做的一切之後，公爵，還有一點，就是您不管人家拒絕不拒絕，每天必上那裡去一趟……」

「是呀，是呀，是呀，您說得很對，我想見阿格拉婭．伊萬諾夫娜……」公爵又搖頭晃腦起來。

「唉，親愛的公爵，」葉夫根尼．帕夫洛維奇突然喊道，露出興奮和憂愁的樣子，「您當時怎麼會容許……所發生的一切事情？當然啦，當然啦，這一切對您來說是那樣突如其來……我同意，您大概當時心慌了……您不能阻止一個瘋狂的姑娘，您沒有這種力量！但是您應該明白，這位姑娘對您的……感情是多麼真摯，多麼強烈。她不願意和別的女人平分，而您……您竟把這寶貝給遺棄和摔碎了！」

「是呀，是呀，您說得很對。是的，那是我的錯，」公爵又說，露出極煩悶的樣子，「您要知道：只有她一個人，只有阿格拉婭一個人這樣看納斯塔霞．菲利波夫娜……其餘的人都不是這樣看的。」

「可恨的是，這裡並沒有一點什麼嚴重的情況！」葉夫根尼．帕夫洛維奇喊道，他完全興奮起來了，「請您饒恕我，公爵，但是……我……我一直想這個問題，公爵；我反覆地想了許多次；我知道以前發生過的一切，我知道半年前發生的一切，我全都知道——是的，這一切並不嚴重！這一切只不過是頭腦的衝動，只不過是一幅圖畫，一些幻想，一縷輕煙；只是一個絲毫不通世故的姑娘，由於極端妒忌，才會把這一切看得如此嚴重！……」

於是，葉夫根尼．帕夫洛維奇完全不客氣地、任意地把自己的憤慨發洩出來。他很有條理地，很明晰地——我們再重複一遍——對心理做深刻分析地，把公爵和納斯塔霞．菲利波夫娜過去的一切關係，對公爵講了出來。葉夫根尼．帕夫洛維奇一向善於言辭，而現在已經達到了雄辯的地步。「從一開始的時候起，」他說，「就是虛偽；既然是以虛偽開始，也就應該以虛偽告終：這是自然的法則。當人家——無論是什麼人——稱您為白癡的時候，我不贊成，甚至非常氣憤；對於這個稱呼，您顯得太聰明了；但是，您這人又非常奇特，和一般人不同；您自己也應該承認這一點。我認為，所以會發生這一切事情，首先是由於您天性不通世故（公爵，請您注意『天性』這兩個字），其次是由於您的過份純樸；再其次，是由於您不知分寸（您已經有好幾次承認這一點），最後，是由於您的頭腦裡有一大堆信念，而您的性格又特別誠實，至今還認為這些信念是真正的、天生的、自覺的信念！您自己應該承認，公爵，在您和納斯塔霞．菲利波夫娜的關係上，從一開始就有一種傳統民主成分（我這麼說是為了簡明扼要），所謂對於『婦女問題』的迷戀（這是為了說得更簡便些）。我確實知道羅戈任到納斯塔霞．菲利波夫娜家裡送錢時所發生的那齣奇怪的話劇。如果您願意的話，我可以把您本身詳詳細細地分析一下，使您像照鏡子一樣，清清楚楚地看著自己，我確切知道那是怎麼回事，為什麼會演變成那個樣子。您是一個年輕人，在瑞士懷念著祖國，想回到俄國來，像到一個陌生的、充滿希望的國家裡去一樣。您讀了許多關於俄羅斯的書，這些書也許很好，但是對於您是有害的；您懷著滿腔的熱望回國，想做一番事業。就在那一天，有人把一個受侮辱的女人那淒慘悲苦的、驚心動魄的故事講給您聽，把一個女人的事情講給一個騎士、一個天真的少年聽！就在那一天，您見到了這個女人，您被她的秀色，被她那怪誕的、魔鬼般的美貌給迷住了（我同意她是一個美人）。再加上神經質，再加上您的癲癇病，再加上我們彼得堡這種刺激神經解凍的天氣；再加上一個陌生的、對於您幾乎很荒誕的城市裡，度過了那一整天，您在那一天有過很多奇遇，見過許多場面，認識了許多人，發現了極端意外的現實情況，碰見葉潘欽家的三個美女，其中就有阿格拉婭；再加上疲倦和頭暈；再加上納斯塔霞．菲利波夫娜的客廳和這個客廳的色調，還有……在這個時候，您還能指望自己怎麼樣？您以為怎麼樣呢？」

「是的，是的；是的，是的，」公爵點著頭，臉開始紅了，「是的，這差不多是對的；您知道，頭天夜裡在火車裡，我幾乎整夜沒有睡，再頭一天夜裡我也沒有睡，因此精神十分不佳……」

「是的，那是當然了，我就是要說到這一點上了呀，」葉夫根尼．帕夫洛維奇繼續興奮地說，「事情很明顯，您在狂歡之中，覺得在這裡有了當眾宣佈忠恕之道的可能；您這位世襲的公爵和純潔的人，竟不覺得那個女人是不清白的，您認為她被人糟蹋並不是她的過錯，而應該歸罪於一個可憎的、上流社會的色鬼。天哪，這是很容易瞭解的！但是，問題並不在這裡，親愛的公爵，問題在於這是不是真的，在於您是不是真心實意，是不是一種自然的情感，或者只是頭腦發熱？我知道您是怎麼想的：在神廟裡，一個女人，就像她這樣一個女人，被饒恕了，但是並沒有對她說，她做得很好，值得欽佩和受人尊敬，是不是？難道在這三個月中，憑著常識，就沒有瞭解事情的真相嗎？即使她現在是清白無罪的——我並不堅持，因為我不願意堅持——但是，難道她那一切奇怪的行為，可以替她那種令人無可忍耐的、魔鬼般的驕傲，以及那樣無恥的、貪婪的自私心辯白嗎？對不起，公爵，我受了感情的衝動，但是……」

「是的，這是可能的；也許您說得很對……」公爵又喃喃地說，「她的確很生氣，您的話自然很對，但是……」

「她值得憐憫嗎？您是不是想說這句話，我的好公爵？但是，為了憐憫她，為了使她高興，難道可以侮辱另一個高貴純潔的姑娘，在那雙傲慢的，在那雙懷著仇恨的眼睛裡，貶低姑娘的身份嗎？憐憫竟會弄到這種地步嗎？這真是太過份啦！您既然愛上一個姑娘，難道可以在她的情敵面前貶低她的身份，在已經向她求過婚之後，為了另一個女人，而且就在另一個女人的面前把她拋棄嗎？……您已經向她求過婚了，您已經當著她的父母和姐妹的面表示過了！既然這樣，我請問您，公爵，您還能成為一個正直的人嗎？再說……您對姑娘說您愛她，您不是欺騙這個聖潔的姑娘嗎？」

「是的，是的，您說得很對；哎喲，我感到我錯了！」公爵說，露出無法形容的煩悶神情。

「難道這就夠了嗎？」葉夫根尼・帕夫洛維奇憤激地喊道，「難道光喊一句：『哎喲，我錯了！』就行了嗎？您做錯了事，但是自己還頑固著！當時您的心哪兒去啦，您的『基督』心腸呢！您在那個時候也看到了她的臉；難道她會比那一位，比您的另一個女人，比硬拆散你們的另一個女人的苦痛少嗎？您怎麼能在看見了之後，又容許這樣做呢？那是怎麼回事？」

「不過……我並沒有容許啊……」不幸的公爵喃喃地說。

「您怎麼沒有容許呢！」

「我真的什麼也沒有容許。我至今還不明白，這一切是怎麼發生的……我……我當時跑過去追阿格拉婭・伊萬諾夫娜，但是納斯塔霞・菲利波夫娜暈過去了。後來，葉潘欽家至今還不讓我去見阿格拉婭・伊萬諾夫娜。」

「那還不是一樣！您應該跑上去追阿格拉婭，哪怕另一個女人暈倒在地上！」

「是的……是的……我應該的……但是，您要知道，她會死的！她會自殺的，您還知道她，而且……這是一樣的，我以後可以對阿格拉婭・伊萬諾夫娜解釋一切，並且……您知道，葉夫根尼・帕夫洛維奇，我看您大概沒有知道全部的情況。請您告訴我，為什麼人家不許我去見阿格拉婭・伊萬諾夫娜？我可以對她完全解釋明白。您知道：當時她們兩人說的都不是那麼回事，完全不是那麼回事，因此，她們就弄成這種樣子……我怎麼也不能對您解釋清楚這一點。但是，我也許會對阿格拉婭解釋明白……唉，我的天哪，我的天哪！您說起她當時跑出去的時候那副臉色……唉，我的天哪，我記得的！……我們走吧！」他忽然拉葉夫根尼·帕夫洛維奇的袖子，匆忙地從座位上跳起來。

「往哪裡去？」

「我們到阿格拉婭·伊萬諾夫娜那裡去，立刻就去！……」

「可是，我說過啦，她不在帕夫洛夫斯克呀。並且，幹什麼去呢？」

「她會明白的！她會明白的！」公爵喃喃地說，合手做出央求的樣子，「她會明白這一切全不是那麼回事，而完全，完全是另一回事！」

「怎麼完全是另一回事？您到底是不是要結婚呢？這樣說來，您還在那裡固執著……您要不要結婚呢？」

「是的……我要結婚；是的，我要結婚！」

「那麼，怎麼說不是那回事呢？」

「噢，不對，不是那回事，不是那回事！我結婚不結婚都是一樣的，這沒有什麼。」

「怎麼是一樣的？怎麼說是沒有什麼？這還算是小事嗎？您娶一個心愛的女人，使她得到幸福，而阿格拉婭·伊萬諾夫娜也看到而且知道這一點。那麼，怎麼會一樣呢？」

「幸福嗎？那是不對的！我只不過隨便結一下婚，她願意這樣。即使我結了婚，又有什麼關係呢？我……這總歸是一樣的！不過，她一定會死的。我現在看出，她和羅戈任結婚是一種瘋狂的舉動！我以前不明白的，現在全部明白了。您要知道：在她們兩人面對面站著的時候，我當時受不了納斯塔霞·菲利波夫娜的臉……您不知道，葉夫根尼·帕夫洛維奇（他很神祕地把聲音壓低），我從來沒有對任何人說過這話，就是對阿格拉婭也沒有說過，但是我不能忍受納斯塔霞·菲利波夫娜的臉……您剛才講起在納斯塔霞·菲利波夫娜家舉行晚會的情況，都是很實在的；但是您還忽略了一點，因為您不知道：我看到了她的臉！我在那天早晨看她的相片時就不能忍受了……您瞧，薇拉．列別杰娃的眼睛就完全是另一樣：我……我怕她的臉！」他帶著極度恐怖的神情補充說。

「您害怕嗎？」

「是的，她是瘋子！」他小聲說，面色顯得很慘白。

「您確實知道這一點嗎？」葉夫根尼．帕夫洛維奇十分好奇地問。

「是的，確實知道，現在已經確實知道了；現在，在這幾天裡，已經完全確實知道了！」

「您為什麼這樣做呢？」葉夫根尼．帕夫洛維奇驚懼地喊道，「這麼說來，您的結婚是出於一種恐怖嗎？這裡是無法理解的……也許對她連愛情也沒有嗎？」

「不，我從整個心靈裡愛她！她是……一個孩子，她現在是個孩子，完全是一個孩子！唉，您是一點也不知道的！」

「同時，您還對阿格拉婭．伊萬諾夫娜宣佈您愛她嗎？」

「是的！是的！」

「怎麼會這樣呢？這麼說，您想愛兩個女人嗎？」

「是的！是的！」

「得了吧，公爵，您說的是什麼話？您醒一醒吧！」

「我沒有阿格拉婭……我一定要見到她！我……很快就要在睡覺的時候死去了；我想，我今天夜裡就會在睡覺的時候死去的。唉，如何能使阿格拉婭知道這一切，知道這一切……那就是說，一定要她知道一切。因為在這種情況下，一個人是應該知道一切的，這是最要緊的事情！為什麼我們在必要的時候，在別人犯了錯的時候，從來都不能知道別人的一切呢！……我不知道我說的是什麼話，我已經混亂了；您使我非常驚訝……難道她的臉現在還像她跑出去時的那樣嗎？是的，我有錯！這一定全是我的錯。我還不知道怎麼回事，但是我有錯……這裡面有一點是我不能對您解釋的，葉夫根尼．帕夫洛維奇，我沒有話說，但是……阿格拉婭．伊萬諾夫娜會明白的！啊，我永遠相信她會明白的。」

「不，公爵，她不會明白的！阿格拉婭．伊萬諾夫娜對您的愛，是一個女人的愛，是一個人的愛，而不是……抽象精神的愛。您知不知道，我的可憐憫的公爵，您大概連這個女人和那女人從來都沒有愛過！」

「我不知道……也許，也許；您在許多地方是對的，葉夫根尼．帕夫洛維奇。您太聰明了，葉夫根尼．帕夫洛維奇；唉，我的頭又開始痛起來了。我們到她那裡去吧！看在上帝的分上，看在上帝的分上！」

「我對您說過，她不在帕夫洛夫斯克，她在科爾米諾。」

「我們到科爾米諾去，現在就去！」

「這是不可能的！」葉夫根尼．帕夫洛維奇拉長聲音說，他站了起來。

「您聽著，我要寫一封信；請您轉交給她！」

「不，公爵，不！請您不要委託我，我辦不到！」

他們分手了。葉夫根尼．帕夫洛維奇走出來的時候，帶著一些奇怪的信念；在他看來，公爵的腦筋有點不清楚。他又怕又愛的這張面龐，究竟有什麼意義呢？同時，他見不到阿格拉婭，也許真的會死去，因此，阿格拉婭也許永遠不會知道他對她愛到怎樣程度！哈，哈！怎麼能愛兩個女人呢？用兩種不同的愛情去愛嗎？這是很有趣的……可憐的白癡！現在他怎麼辦呢？

第十章

然而，公爵在結婚之前並沒有死，無論在醒著的時候，或是「在睡夢中」，像他對葉夫根尼・帕夫洛維奇所預言的那樣。他也許的確睡得不好，做些噩夢，但白天和人們在一起時，他顯得很善良，甚至很滿意，不過有時很沉悶，只是在他獨處的時候才會這樣。大家忙著辦喜事，婚期就定在葉夫根尼・帕夫洛維奇造訪後一星期左右。事情非常匆促，就是公爵最好的朋友（如果有這樣的人），想「拯救」不幸的瘋子，也會對於自己的努力感到失望。有人造謠言說，葉夫根尼・帕夫洛維奇的造訪與伊萬・費道洛維奇將軍和他的夫人伊麗莎白・普羅科菲耶夫娜有些瓜葛。但是，如果他們兩個人由於心地無限善良，也想把這可憐憫的瘋子從深淵中拯救出來，他們自然就只好做一番微小的努力了；不論他們的地位，或是他們的心情，當然都做不出更大的努力來。我們已經提到過，連公爵周圍的人們，也有一部分反對他。薇拉・列別杰娃只是暗自流淚，她多半坐在自己家裡，不像以前那樣常到公爵那裡去。科利亞這個時候正在辦理父親的喪事。老將軍在第一次中風後八天，又昏厥一次，就死去了。公爵非常同情這個家庭所遭到的哀痛，最初幾天，每天在尼娜・亞歷山德羅夫娜那裡留幾小時；他還去送殯，上教堂裡去。許多人注意到，教堂內的群眾彼此發出不由己的微語，迎送著公爵，在街上和花園裡也是如此；在他步行或坐車走過的時候，總會傳出一些聲音，提起他的名字，指著他，還聽到納斯塔霞・菲利波夫娜的名字。還有人在送殯的時候尋找她，但她沒有去送殯。上尉夫人沒有去送殯，是列別杰夫勸阻住的。

葬禮時的誦經給予公爵極強烈的、病態的印象，他在教堂內回答列別杰夫什麼問題的時候，就對列別杰夫小聲說，他第一次參加正教舉行葬禮誦經的儀式，只記得在兒童時代，在一個鄉村教堂中有過一次誦經的儀式。

「是的，好像躺在棺材裡的並不是那個人，我們最近還在一塊兒，推他當主席呢，您記得嗎？」列別杰夫對公爵小聲說，「您找誰呀？」

「沒有什麼，我覺得……」

「不是羅戈任嗎？」

「難道他在這裡嗎？」

「在教堂裡呢。」

「怪不得我好像看到他的眼睛，」公爵很不好意思地喃喃著說，「怎麼樣？……他在這裡做什麼？是邀請他來的嗎？」

「不見得吧。他跟死人是完全不認識的，這裡什麼人都有，這裡有許多人。您為什麼這樣驚訝？我現在經常遇見他，最近的一星期內，我在這裡，在帕夫洛夫斯克遇到他四次。」

「我一次也沒有看見他……從那天起。」公爵喃喃地說。

因為納斯塔霞·菲利波夫娜也一次沒有告訴他，「從那個時候起」曾經遇見過羅戈任，所以公爵現在斷定羅戈任故意為了什麼原因不露面。這一整天，他都陷入深深的沉思狀態；納斯塔霞·菲利波夫娜卻在這天和這天晚上顯得特別的快樂。

科利亞在父親沒有去世之前，就和公爵重歸於好了。他勸公爵請凱勒和布林多夫斯基做儐相（因為事情是迫切的，而且是刻不容緩的）。他向公爵擔保說，凱勒一定會做得很體面，也許「還有用處」，至於布林多夫斯基，那更不必說了，他本來就是一個小心謹慎的人。尼娜・亞歷山德羅夫娜和列別杰夫對公爵說，如果已經決定結婚，何必一定要在帕夫洛夫斯克舉行，而且要在時髦的避暑季節裡，這樣公開地舉行呢？到彼得堡去，或者到家裡去舉行不更好嗎？公爵十分明白，所有這些擔心是什麼意思；但他簡單而且自然地回答說，納斯塔霞・菲利波夫娜一定要這樣做。

當人家通知凱勒，請他做伴郎之後，他第二天就來見公爵了。他走進屋裡之前，站在門口，一見到公爵，就把右手朝上舉起，露出彎曲的食指，像起誓似的喊道：

「我不喝酒！」

然後，他走到公爵面前，緊緊地握住公爵的兩隻手，搖晃了一下，宣佈他起初聽到這件事情的時候，表示反對，而且在打檯球的時候宣佈過這件事。他之所以反對，並不是由於別的原因，而是因為帶著替友人著急的心情，每天期望著公爵能娶一位像德・羅昂那樣的女子；但是，現在他自己看到，公爵的思想至少要比他們所有人「加在一起」還要高尚十二倍！因為他所需要的不是榮耀，不是財富，甚至不是名譽，而只是真理！高尚人物的同情心是盡人皆知的，但是公爵的學問太高了，所以一般來說，他不可能成為一位貴人！「但是，那些混帳東西和庸俗人士的判斷是兩樣的；在城市裡，家庭中，集會上，別墅裡，音樂會上，小酒店裡，彈子房內，大家談論和呼喊的，只是即將發生的那個事件。我聽說，在所謂『初夜』，他們甚至打算到窗下來演奏滑稽音樂！公爵，如果您需要一個正直人士的手槍，那麼，在您新婚第二天早晨起床時，我準備交換半打正直的槍彈。」他為了害怕從教堂內出來時看的人太多，又提議在院內準備好消防管。但是，列別杰夫大為反對。他說：「如果安放了消防管，房屋都會給拆成碎片。」

「這個列別杰夫在那裡對您搞陰謀，公爵，真是的！您想也想不到，他們想把您交給官廳監護起來，完全剝奪您的自由和財產（就是使人和禽獸有別的兩種東西）！我聽說的，聽得非常確實！這是千真萬確的事情！」

公爵記得，他自己也好像聽見過這類話，但是，他當然沒有加以注意，只是一笑置之，馬上就忘記了。過去有些時候，列別杰夫張羅過一陣；這個人的主意一向是從靈感中產生的，由於他過份熱心把事情複雜化，多生枝節，結果離原來的出發點就很遠了。他平生一事無成，就是這個原因。後來，在結婚的頭一天，當他到公爵那裡懺悔的時候（他有一個固定的習慣，就是永遠要向他陰謀反對的那個人表示懺悔，尤其在他的陰謀沒有得逞的時候），他對公爵說，他出生時本來姓塔列蘭，但不知為什麼竟會成為列別杰夫。後來，他在公爵面前透露了全部的計畫，使公爵感到極大的興趣。用他的話來說，剛開始時，他先找高官顯貴的庇護，以便在必要時有所依靠。他先去見伊萬・費道洛維奇將軍。伊萬・費道洛維奇將軍猶豫不決，他對「年輕人」倒是一片好心，但是將軍說：「他雖然極願意拯救他，只是在這件事上不便有所行動。」伊麗莎白・普羅科菲耶夫娜既不願意聽他的話，也不想見他；葉夫根尼・帕夫洛維奇和施公爵只是擺擺手。但是列別杰夫並不灰心，他和一位精明的法學家，可敬的老人，他的好朋友，而且幾乎是恩人商量了一下。據法學家表示，這件事是完全辦得到的，不過必須具有相應的證明書，以證明當事人精神失常並完全地瘋了，當然主要的還是高官顯貴的保護。列別杰夫當下並不發愁，有一次甚至領了一個醫生來見公爵。這醫生也是一位可尊敬的老人，一個避暑客，佩戴著安娜勳章。他到公爵那裡來，只是為了觀賞當地風景，和公爵結識，借此非正式地，用所謂友誼的方式，對他下一個結論。公爵記得那次醫生前來拜訪的情形。他記得列別杰夫頭一天就纏住他，硬說他身體不健康，而在他嚴詞拒絕診治之後，列別杰夫忽然偕醫生同來，借口說他們倆剛才在捷連季耶夫先生那裡，病情很壞，所以醫生想和公爵談談病人的情況。公爵誇獎了列別杰夫幾句，異常客氣地款待醫生。他們立刻談起病人伊波利特的事情。醫生請公爵詳細講述當時那幕自殺的情景，公爵所講的故事和他對這個事件的解釋，使醫生感到非常有趣。他們又講起彼得堡的氣候，公爵本人的疾病，瑞士，什奈德爾。公爵又講述什奈德爾的治療方法，此外還講了一些故事，使醫生聽得十分入迷，竟坐了兩小時之久。他吸著公爵的上等雪茄，列別杰夫也取出一瓶非常有滋味的甜酒，由薇拉端來的。那個醫生本來已經是娶妻生子的人，竟在薇拉面前大獻殷勤，使她非常氣憤。他們離別時，竟成為極要好的朋友。醫生從公爵那裡出來時，對列別杰夫說，如果把這種人完全加以監護，那麼，應該派誰做監護人呢？列別杰夫把即將發生的事件進行了悲劇性的敘述之後，醫生狡猾地、譎詐地搖了搖頭，最後說，不要說「男人要娶女人」，而是「那位絕世佳人，至少據他所聽到的，除了傾城之貌以外（這一點已足使有錢人為之顛倒），她還擁有一筆財產，是從托茨基和羅戈任那裡得來的，此外還有珍珠和鑽石，圍巾和木器，因此這段婚姻不但不會顯得尊貴的公爵多麼的愚蠢，反而可以說明他的頭腦的精細和計算的巧妙，而使人取得相反的、對公爵完全有利的判斷」……這個結論使列別杰夫極為震驚，並就此罷手。所以，現在他對公爵補充說：

「現在我除了忠心和流血之外，您不會從我這裡看到什麼了；我就是帶著這種意思上這裡來的。」

最近幾天內，伊波利特也使公爵很分心；他時常打發人來請公爵。他們住在不遠的一所小房裡；小孩子們，伊波利特的弟妹們，很喜歡別墅區，至少是為了可以到花園去，以躲開病人。可憐的上尉夫人還受他的支配，完全成為他的犧牲品。公爵必須每天替他們調解，為他們講和。病人仍舊稱他為「保姆」，同時由於他當和事佬，又不能不輕視他。他很不滿意科利亞，因為科利亞起初陪伴垂死的父親，後來又和守寡的母親在一起，幾乎完全不到他那裡去。後來，他決定把公爵和納斯塔霞・菲利波夫娜最近的婚事作為嘲笑的對象，結果他侮辱了公爵，使公爵非常生氣，不再來看望他了。過了兩天，一大清早，上尉夫人就跑到公爵家裡去，含著眼淚哀求公爵光臨她家，否則那傢伙會把她吞噬了的。她補充說，他打算揭破一個很大的祕密。公爵去了之後，伊波利特表示願意重歸於好，還哭了一頓，在流淚之後自然更加憤怒，但是不敢表現出來。他的病情很壞，從各種跡象可以看出，他已經不久於人世了。他除了由於激動（也許是假裝的）而喘不過氣來，熱情提醒公爵「留心羅戈任」之外，其實也沒有什麼特別的祕密。他說「這個人是不肯讓步的；公爵，他和你我不同；這個人想做什麼事情，就會做得出來，連日竹手山毛都不動一動……」諸如此類的一套話。公爵詳細詢問起來，希望能夠掌握一些事實；但是，除了伊波利特個人的感覺和印象之外，並沒有任何的事實。伊波利特由於把公爵嚇得魂不附體，心裡特別痛快。公爵起初不願意回答他的一些特別的問題，只是微笑著，對他提出建議說：「哪怕逃到國外去也沒什麼；俄國的神父到處都有，在外國也可以結婚。」最後，伊波利特說出了他這樣的想法：「我擔心的只是阿格拉婭・伊萬諾夫娜，羅戈任知道您是如何愛她；您奪人之愛，人亦奪您之愛；您從他手裡搶走了納斯塔霞・菲利波夫娜，他會把阿格拉婭・伊萬諾夫娜殺死；雖然她現在不是您的人，但到底會使您感到痛苦的。不對嗎？」他的目的終於達到了，因為公爵從他那裡出去時，顯出反常的樣子。

關於羅戈任的這種警告，是在結婚前一天發生的。這天晚上，公爵和納斯塔霞・菲利波夫娜在婚前最後一次會面；但是，納斯塔霞・菲利波夫娜並不能使他得到安慰，甚至正好相反，使他更加不安起來。在這之前，也就是在數天之前，她和他見面時，用盡所有力量使他快樂，她很害怕他的憂愁情緒，甚至還試著給他唱歌，時常給他講一切認為可笑的東西。公爵差不多永遠做出笑的樣子，當然有時也的確是為了她的聰明才智和優美情感而笑的；當她衝動的時候（她時常衝動），就是會用優美的語言來講述。她聽到公爵的笑聲，看到他所受的印象，便感到歡喜，開始驕傲起來了。然而，她現在的憂愁和沮喪幾乎每小時都在增長著。他對於納斯塔霞・菲利波夫娜的意見已經確定，否則，他現在對於她的一切行為就會覺得神秘不易理解。但是，他深信她還能復活。他對葉夫根尼．帕夫洛維奇說，他完全誠懇地愛她，這話是很正確的；在他對她的愛情裡，的確包含著一種好像對於一個可憐的、生病的嬰兒的柔情，這嬰兒是很難自由放任的，甚至就不可能這樣做。他沒有向任何人解釋自己對她的感情，如果不能避免談話時，他也不喜歡談到這一點。他和納斯塔霞．菲利波夫娜坐在一起的時候，從來不討論「情感」，好像兩人已經約好了似的。任何人都可以加入他們的家常的、快樂的、活潑的談話。達里亞．阿萊克謝夫娜後來曾說，她這些日子一直欣賞他們，瞧著他們樂。

但是，他對於納斯塔霞．菲利波夫娜的精神和智力狀態的這種看法，一部分巴使他避免開了其他許多疑慮。現在，她已經變成和他在三個月以前所知道的完全不同的女人。譬如說，他對於她當初為什麼不願意和他結婚，帶著眼淚、咒罵和責備逃走，而現在則自己竭力主張趕快結婚一點，已經不多加思索了。公爵想：「如此說來，她並不像當初那樣，害怕因為和他結婚，而使他遭到不幸。」據他的觀察，她的自信心恢復得這樣快，絕不是自然而然的。這種自信心也絕不會只是由於憎恨阿格拉婭而產生的，當然也不會是由於害怕她和羅戈任同居將會遭到不幸而產生的，她會有比較深的一些感情。總而言之，既有這些原因，又有一些其他的原因，湊在一起構成的。但是，對於他來說，最明顯的就是他早就懷疑到這一點，也就是那顆可憐的、痛苦的心靈受不住了。這一切雖然使他巧妙地避開疑惑，但是，在這個時候，都不能使他得到安寧和休息。有時他似乎努力什麼也不去想；他大概把婚姻當成是一種不重要的形式；也對於自己的命運估價太輕。至於那些辯駁和談話，例如和葉夫根尼．帕夫洛維奇的談話，他根本一點也不能回答，他覺得自己對這一類東西完全不能勝任，因此也就避免做這一類的談話。

他覺察出，納斯塔霞．菲利波夫娜非常明白和瞭解阿格拉婭對於他有什麼意義。她並沒有說出來，但是當他有時準備上葉潘欽家裡去的時候，他看得出她的面部表情。葉潘欽家一搬走，她的臉上好像放光了。不管他多麼不在意，多麼不會猜疑，但有一個念頭使他感到不安，那就是納斯塔霞·菲利波夫娜決定要鬧出什麼亂子來，想辦法把阿格拉婭從帕夫洛夫斯克攆走。別墅區內的所有人都紛紛議論公爵舉行婚禮的事情，一部分自然是納斯塔霞·菲利波夫娜鼓動起來，故意激怒她的情敵的。因為很難遇到葉潘欽一家人，於是納斯塔霞·菲利波夫娜有一次竟把公爵拉到馬車上，然後吩咐車夫一直從葉潘欽家別墅的窗前疾馳而過。這對於公爵是完全出乎意料的事情；他照例是在無從補救，等到馬車已經通過窗前的時候才明白過來。他一句話也沒有說，但是後來便病了兩天；納斯塔霞·菲利波夫娜不再重複這種試驗了。在婚前的最後幾天，她開始悶悶不樂；結果是她永遠戰勝了自己的憂愁，又快樂起來，但是這一次似乎穩當些，不再像以前那樣高聲談笑、歡天喜地了。公爵加倍注意了。讓他覺得有趣的是，她從來不和他談起羅戈任。只有一次，在他們結婚前五天，達里亞·阿萊克謝夫娜忽然打發人來，請公爵立刻就去，因為納斯塔霞·菲利波夫娜病得很厲害。他發現她好像完全瘋狂了：她呼喊著，哆嗦著，吵鬧著說羅戈任就藏在她家的花園裡，她剛才看見他，他夜裡一定會殺死她……宰死她！她整天不能安靜下來。但是那天晚上，當公爵到伊波利特家裡去的時候，上尉夫人剛從城裡回來（她有事進城去的），講起今天羅戈任到她的彼得堡寓所裡去，打聽帕夫洛夫斯克的情形。公爵問羅戈任什麼時候上她那裡去，上尉夫人說出的時間，恰好就是今天納斯塔霞·菲利波夫娜說是在花園裡見到他的那個時間。這事情總算弄清楚了，原來只是一種想像。納斯塔霞·菲利波夫娜自己到上尉夫人那裡去詳細查明了一下，這才大大放了心。

在結婚前一天，當公爵離開納斯塔霞·菲利波夫娜的時候，她正處於極興奮的狀態：成衣鋪的人從彼得堡送來了明天用的服裝，有結婚禮服、帽子，等等。公爵料不到她見到這些服裝時，竟會如此興奮。他於是把每件服裝都誇獎一番，由於他的誇獎，她顯得更加快樂了。但是，她說漏了嘴：她已經聽說城裡群情激憤，聽說確有一些壞蛋在那裡組織滑稽音樂隊，還特地編了幾首歪詩，而對於這一切，好像也得到了社會各界的默許。現在她一定要在他們面前高高地抬起頭來，用她那合時而又豐富的服裝遮掩一切——「讓他們去呼嘯，只要他們敢。」她一想到這裡，眼睛裡就閃耀著光芒。她心裡還隱藏著一個幻想，但是她沒有說出來：她幻想阿格拉婭，或者至少她要打發什麼人來，偷偷地雜在人群裡，在教堂中，望著、看著，她自己在準備著。她在晚上十一點鐘左右和公爵分手的時候，正縈繞著這些念頭；但是還沒有過午夜，達里亞・阿萊克謝夫娜就跑來見公爵，「請他快去，因為她病得很厲害」。公爵趕到後，發現他的未婚妻把自己鎖在臥室裡，痛哭流涕，犯著歇斯底里病；她許久沒有聽到有人在門外跟她說些什麼，後來才開了門，只讓公爵一個人進去，又把門鎖上，然後跪在他的面前。（至少是達里亞・阿萊克謝夫娜後來這樣講出來的，她偷看到了一點。）

「我做的是什麼事，我做的是什麼事！我把你弄成這樣子！」她喊著，痙攣地抱著他的腳。

公爵和她坐了整整一個小時，也不知道他們都說了些什麼。達里亞・阿萊克謝夫娜講，他們在一小時後分手時，已經快快樂樂地重歸於好了。這天夜裡，公爵又打發人去打聽了一下，但納斯塔霞・菲利波夫娜已經睡著了。第二天早晨，在她睡醒以前，公爵又打發兩個人到達里亞・阿萊克謝夫娜那裡去，等到打發第三個人去的時候，她吩咐這樣轉達公爵，「現在有一大群從彼得堡來的時裝設計師和理髮師在，昨天的事情已經過去了，她現在正忙於打扮，正像一個絕世佳人在結婚前那樣地忙碌。眼下，就在此刻，正開著緊急會議，研究一下究竟應該戴哪一種鑽石，並且怎樣戴法呢！」公爵聽到這些，也就完全安心了。

後來，這場婚事所發生的笑話，當場目擊的人做了如下的敘述，大概是很正確的：

婚禮定於午後八點鐘舉行。納斯塔霞・菲利波夫娜在七點鐘的時候就預備好了。從六點鐘起，就有一群閒人在列別杰夫別墅周圍，尤其是在達里亞・阿萊克謝夫娜的房子附近，斷斷續續地聚攏到一起。從七點鐘起，教堂裡開始聚滿了人。薇拉・列別杰娃和科利亞很替公爵擔心；但是，他們在家裡有許多事情要做，要在公爵的幾間屋內佈置關於招待賓客和佈置喜宴的事情。不管在婚禮以後，並沒有打算安排任何聚會。除了舉行婚禮時必要的人員之外，由列別杰夫邀請了普季岑夫婦、加尼亞、佩戴「安娜」勳章的醫生、達里亞・阿萊克謝夫娜。公爵向列別杰夫詢問，他為什麼突然想請醫生，因為他覺得自己「跟他簡直等於不認識」，列別杰夫揚揚得意地回答說：「他佩戴『安娜』勳章，是一個可尊敬的人，可以用他來裝裝門面哪。」他說完後，公爵笑起來了。凱勒和布林多夫斯基穿著燕尾服，戴著手套，看起來很體面；只是凱勒有點掩飾不住他那好鬥的習氣，這使得公爵和委託凱勒辦事的那些人多少感到不安，他還充滿敵意地盯著在房屋附近的閒人們。七點半鐘，公爵終於坐著馬車到教堂去了。我們應該順便提出的是，他自己故意不願放棄任何一個共通的風俗習慣；一切都做得清清楚楚，光明正大，而且「應有盡有」。公爵到了教堂，在群眾不斷地微語和呼喊之下，由不時向左右掃射威嚴目光的凱勒帶路，好容易才穿過人群，走了進去，暫時躲在聖堂內。接著，凱勒便動身去接新娘，他在達里亞・阿萊克謝夫娜房屋的台階旁發現了一群人，不但論人數要比在公爵那裡的多出兩三倍，甚至放肆的程度也許要多出三倍。他拾級而上時，聽到了那種呼喊，使他不能忍受下去，他於是轉過身去，面對人群，想要發表一篇合乎時宜的演說，但是，幸而被布林多夫斯基和從台階上跑下來的達里亞・阿萊克謝夫娜給阻止住了；他們把他拉住，用力把他拖到屋裡去。這使得凱勒又急又氣。納斯塔霞・菲利波夫娜站起身來，又朝鏡子裡瞧了一下，撇嘴笑了笑（據凱勒後來說），她發現「自己的臉白得像死人一般」；她虔敬地朝聖像鞠了一躬，就走出門去。雷鳴般的歡呼聲迎接她的出現。誠然，在最初的一剎那，可以聽見嘩笑，鼓掌，幾乎還有呼嘯；但是過了一會兒，就傳來了另一些聲音：

「真是美人兒！」有人在人群裡喊道。
「她不是第一，也不是最後！」
「一切全被結婚禮服給掩蓋住了，傻瓜！」
「不，你們去找出這樣的美人來吧！萬歲！」站在她身旁的人們喊。
「公爵夫人！我願意把靈魂出賣，換這樣的公爵夫人！」一個書記樣的人喊道，「我要以生命做代價，換取一夜的歡娛！……」
納斯塔霞．菲利波夫娜出來的時候，臉色的確慘白得像一塊手帕。但是，她那一雙巨大的、烏黑的眼睛，卻好像兩團紅炭向人群閃耀著光芒。這個眼神讓人們受不了，於是人們由激憤變為歡欣的呼喊。馬車的門已經開了，凱勒已經把手遞給新娘，她卻突然呼喊了一聲，從台階上一直奔到人群裡去。那些陪著她的人全都驚訝得呆住了，人群在她面前鬆散開來，羅戈任忽然在離開台階五六步遠的地方出現了。納斯塔霞．菲利波夫娜在人群裡看到了他的眼神。她好像瘋子似的跑到他的面前，兩手抓住他。
「救救我吧！帶我走吧！隨你到哪裡去都行，立刻就走！」
羅戈任幾乎把她抱了起來，幾乎把她抱到馬車那裡去。接著，在一剎那間，他從皮夾裡取出一張一百盧布的鈔票，遞給馬夫。
「到火車站去，如果趕得上車，再給你一百盧布！」
他自己隨著納斯塔霞．菲利波夫娜跳進馬車裡去，把車門關上了。馬夫一分鐘也沒有遲疑，就鞭打起馬來。後來，凱勒抱怨事情過於突如其來，他說：「再等一秒鐘，我是會清醒過來的，我絕不會答應的！」他在講起這件奇聞的時候，這樣解釋著。恰巧身旁還有一輛馬車，他本想和布林多夫斯基坐上去追趕，但是剛一動身，他就改變了主意，「終歸是晚了！用強力是不能挽回的！」

「而且公爵也不願意！」布林多夫斯基在受驚之後，這樣決定說。

羅戈任和納斯塔霞・菲利波夫娜跑到車站時，火車恰巧就要開到了。羅戈任從馬車裡走出來，當他正要踏上火車時，把一個從身旁走過的姑娘叫住，那個姑娘穿著半舊的、卻還很像樣的深色斗篷，頭上圍著一塊綢巾。

「您的斗篷，五十盧布賣給我，好不好？」他忽然把錢遞給姑娘。當她還在驚訝著，竭力想弄明白是怎麼回事的時候，他已經把五十盧布的一張鈔票塞到她手裡，拉下姑娘的斗篷和圍巾，披在納斯塔霞・菲利波夫娜的肩上和頭上了。她那套過於漂亮的服裝會炫耀人家的眼睛，會引起火車上人們的注意。姑娘後來才明白人家為什麼花很大的價錢，買下她的不值錢的舊貨。

這樁奇聞特別迅速地傳到教堂裡去。當凱勒走到公爵那裡去的時候，有許多和他完全不相識的人跑過來盤問他。教堂裡傳出洪亮的語聲，有些人搖頭，有些人甚至發笑；誰也不離開教堂，大家等候著看新郎對於這件奇聞採取什麼樣的態度。他臉色慘白，但是靜靜地接受這件新聞，發出極端細微的聲音說：「我擔心這樣，但我到底沒有想到竟會這樣的……」他沉默了一會兒，又補充說：「不過……在她的情況中……這是完全必然的。」對於這樣的評論，凱勒後來稱之為「沒有前例的哲學」。公爵從教堂內出來，顯得十分平靜，而且精神飽滿。至少有許多人看到這種情形，以後這樣講了出來。他似乎很想回家，想儘快獨自留在家裡，但是人家不讓他這樣做。在被邀請的客人中，有幾個人隨他走進屋內，其中有普季岑、加夫里拉・阿爾達利翁諾維奇，還有那個醫生，他也不想走。此外，整所房子簡直被閒人給包圍住了。公爵來到平台上，就聽見凱勒和列別杰夫跟幾個完全不相識的人發生激烈的爭論——幾個官僚模樣的人，無論如何要走進平台來。公爵走到爭論的人們面前，問明是怎麼回事，他客客氣氣地把列別杰夫和凱勒推開，很有禮貌地朝一個頭髮業已斑白、身軀非常強壯的先生說話——那位先生站在台階的梯級上，在另外幾個想進來的人們的前面——請他賞光，進到裡面去坐。那位先生感覺不好意思，但還是走了進去；隨後又進去一兩個。人群裡只有七八個人走了進去，努力裝出十分瀟灑的樣子。此外沒有樂意進去的了，過不一會兒，人群裡就有人開始對那幾個冒失鬼大加責難了。公爵請走進去的人們坐下，開始談話，端上茶來。這一切做得十分體面，而且謙虛，使走進來的人們覺得有點驚異。當然，他們也有幾次嘗試把談話弄得活潑一些，引到「正題」上去，提出了幾個不客氣的問題，發表了一些「大膽」的意見。公爵用自然和樂觀的態度回答他們，同時露出那樣的尊嚴，露出那樣對於客人正派作風的信任，竟使那些不客氣的問題自然而然地偃旗息鼓了。談話漸漸地開始成為正經的了。有一位先生抓住一個話頭，忽然用異常憤激的態度起誓，說他無論出什麼事情，也不願意將地產賣去；相反地，他要等候，而且會等候到的，因為「企業比金錢好」；「先生，這就是我的經濟學說，您應該知道。」由於他是對公爵說的，所以公爵熱心地恭維他一番，雖然列別杰夫附耳告訴他，這位先生「家徒四壁」，從來沒有置過什麼田產。過了幾乎一個小時，茶喝完了。喝完茶之後，客人們不好意思再坐下去了。醫生和那位斑白頭髮的先生懇切地和公爵道別；大家也都熙熙攘攘地，很懇切地道了別。他們說出一些希望和意見，例如「用不著憂愁，也許這樣更好些」之類的話。固然，也有人想要香檳酒喝，但是在客人中，年長的阻止了年輕的。大家散去之後，凱勒俯首對列別杰夫說：「如果是你我處理這個問題，一定會呼喊起來，打個不亦樂乎，弄得聲名狼藉，結果招來警察；但是，他竟交到了新朋友，而且交的是那些人；我是知道他們的！」列別杰夫醉醺醺地歎了一口氣說：「他對智慧的、精明的人們隱瞞，而向嬰孩們公開，我以前就這樣講過他；但是，現在我要補充一句：天主保存了嬰孩，他和他所有的聖徒，把嬰孩從深淵中救了出來。」

十點半鐘左右，終於只剩公爵一個人在家裡，他頭痛得厲害。科利亞走得最晚，幫他換去結婚禮服，穿上家常衣裳，所以走得最晚。他們很懇切地分了手。科利亞沒有再提今天的事情，但是答應明天早點來。後來他證明說，公爵在最後離別時沒有做任何警告，把他的計畫瞞住了，不使科利亞知道。不久，整個屋內幾乎沒有留下任何人；布林多夫斯基到伊波利特那裡去了，凱勒和列別杰夫也動身到什麼地方去了。只有薇拉．列別杰娃一個人還在屋內留了一會兒，匆匆地把這些屋子從辦喜事的樣子收拾成尋常的狀況。臨走時，她到公爵那裡窺望了一下。他坐在桌旁，把兩肘支在桌上，用手捂住頭。她輕輕地走到面前，觸動他的肩膀。公爵疑惑地望了她一眼，差不多有一分鐘左右在那裡回憶。但是通過回憶，瞭解一切以後，他突然露出特別驚慌的樣子。結果對他薇拉做了緊急的，熱烈的請求，請她明天早晨七點鐘第一班火車開行前敲他的房門。薇拉答應下了，公爵堅請她不要向任何人告訴這件事情。她也答應下來了。最後在已經完全開了門；預備出去的時候，公爵第三次又阻止住她，拉住她的手，吻著，以後又吻她的額，用一種「特別」的神色對她說：「明天見！」至少說，後來薇拉是這樣告訴人家的。她走出去以後，替他十分擔心。第二天早晨，她的精神稍為振作了一點，七點多鐘的時候如約敲擊公爵的房門，通知他火車在一刻鐘以後就要開到彼得堡去了。她覺得他開門時精神十分飽滿，甚至露出微笑。他夜裡幾乎沒有脫去衣裳，但是睡倒是睡了。據他說，他今天就可以回來。結果，他認為在這個時候，可以而且必須把進城去的消息單單報告給一個人。

第十一章

一小時後，他已經到了彼得堡，九點鐘左右，他按羅戈任家的門鈴。他是從正門走進去的，許久沒有人給他開門。後來，羅戈任母親房間的門開了，出來一個儀表優雅的老女僕。

「帕爾芬・謝敏諾維奇沒在家。」她從門內回報說，「您找誰？」

「帕爾芬・謝敏諾維奇。」

「他不在家。」

女僕用好奇的眼光打量著公爵。

「至少請您告訴我，他昨晚在家裡過夜嗎？還有……他昨天是不是一個人回來的？」

女僕繼續看著他，沒有回答。

「昨天，在這裡……晚上的時候……納斯塔霞・菲利波夫娜是不是跟他一塊兒來的？」

「請問，您貴姓？」

「列夫・尼古拉耶維奇・梅什金公爵，我們是很要好的朋友。」

「他不在家，先生。」

女僕垂下視線。

「納斯塔霞・菲利波夫娜呢？」

「我一點也不知道。」

「等一等，等一等！他什麼時候回來？」

「這個我也不知道。」

門關閉了。

公爵決定過一小時後再來。他朝院內望了一下，遇見了看院子的人。

「帕爾芬．謝敏諾維奇在家嗎？」

「在的，先生。」

「剛才他們為什麼跟我說他不在家呢？」

「是他屋裡的人說的嗎？」

「不是的，是他母親的女僕說的，我在帕爾芬．謝敏諾維奇那裡按鈴，沒有人開門。」

「也許出去了，」看院人斷定說，「他不會留話的。他有時候把鑰匙帶走，房門一連關上三天。」

「你確定他昨天確實在家嗎？」

「在家的。有時從正門走進，就看不見了。」

「納斯塔霞．菲利波夫娜昨天是不是和他在一起呢？」

「這個我不知道，她不常來。如果來了，也會知道的。」

公爵走了出去，在人行道上一邊沉思，一邊走了一會兒。羅戈任住的幾間房屋的窗子全關著；他母親所住的一半房屋的窗子，差不多全都敞開了；天氣是晴朗的，炎熱的；公爵越過街心，到對面的人行道上去，站在那裡，又朝窗內看了一遍；窗子不但全關好，而且幾乎都放下了白色的窗簾。

他站了一分鐘，說也奇怪，他忽然覺得有一張窗簾的邊微微地抬起，羅戈任的臉閃了一下，只是一閃，立刻就不見了。他又等了一會兒，決定再去按門鈴，但是他又變了主意，要等到一小時之後再說：

「誰知道，也許只是一個幻覺……」

主要的是，他現在忙著到伊斯梅洛夫團找納斯塔霞．菲利波夫娜最近住過的房子去。他知道，她在三個星期前，經他的請求從帕夫洛夫斯克搬走的時候，就住在伊斯梅洛夫團以前的一個女友那裡，那位女友是一位教師留下的遺孀，有兒女，很值得尊敬，她出租極講究的、帶傢俱的房間，幾乎完全靠這個維持生活。當納斯塔霞．菲利波夫娜再度搬到帕夫洛夫斯克去的時候，大概總會把那些房間留下來；至少說她一定住在這所房子，昨天羅戈任自然會把她送去的。公爵雇了一輛馬車。他在路上想，本來就應該先從那裡入手，因為她絕不會在夜裡就上羅戈任那裡去。他又想起看院人所說的話，納斯塔霞．菲利波夫娜是不常來的。既然不常來，怎麼現在會住在羅戈任家裡呢？公爵用這些想法來安慰自己，終於懷著驚疑不定的心情來到了伊斯梅洛夫團。

使他大吃一驚的是：教師夫人昨天和今天不但沒有聽到納斯塔霞．菲利波夫娜的事情，而且全家都跑出來，像看奇蹟似的看他。教師夫人家裡人數很多——全是姑娘，從七歲起到十五歲，一歲一個。她們隨著母親擁了出來，把他給團團圍住，張大著嘴看他。她們的面黃肌瘦、披著黑頭巾的姨媽跟著走出來，最後出來的是外祖母，那是一位戴眼鏡的老太婆。教師夫人執意請他進去坐一會兒，公爵也就照辦了。他立刻猜出她們完全知道他是什麼人，她們很清楚地知道他準備昨天結婚，所以非常想把結婚的情形盤問一下，還要盤問一下那件怪事，就是他竟會向他們問納斯塔霞．菲利波夫娜在什麼地方，因為在她們看來，她現在應該和他一起住在帕夫洛夫斯克才對，但她們又不好意思問。他把事情的經過簡單地敘述了一番，滿足了她們對於婚事的好奇心。她們開始驚訝，歎息，呼喊，使他不得不把其餘的事情幾乎都講了一遍，當然所講的也不過是主要的梗概。幾個聰明而又急性子的太太經過商議之後，決定應該最先見到羅戈任，向他弄明白一切。如果他不在家（這是應該打聽清楚的），或者他不願意說，便上謝苗諾夫團去見一位德國夫人，納斯塔霞・菲利波夫娜的女友，她和母親同住在一處；納斯塔霞・菲利波夫娜由於心慌意亂，並且願意躲藏一下，也許會在她們那裡過夜。公爵非常頹喪地站了起來，據她們後來講，「他的臉色慘白得厲害」；他的兩條腿簡直站不穩了。他終於從那些嘈雜的聲音中，聽出她們打算和他一起行動，所以向他打聽他在城裡的住址。但他並沒有住址，她們於是勸他住在旅館裡。公爵想了一下，就給她們留下一個旅館的地址，就是五星期以前他昏厥過去的那個旅館。後來他又上羅戈任家裡去。這次羅戈任家裡不但沒有開門，甚至連老太太房間的門也沒有開。公爵去找那位看院子的人，好不容易才在院內把他找到；看院子的人忙著做什麼事情，對他的態度很冷淡，甚至連瞧都不瞧他一眼，但是到底肯定地對他說，帕爾芬・謝敏諾維奇「從大清早就出去，上帕夫洛夫斯克去了，今天不會回家」。

「我等一等，也許他晚上會回來的吧？」

「也許一個禮拜也不回來，誰知道他呢。」

「這麼說，他昨天晚上到底是住在家裡的吧？」

「是的，是住在家裡。」

所有這一切都是可疑的，而且是奇怪的。看院人在這時間內也許接到了新的訓令：剛才他還極好說話，現在卻支吾起來了。公爵決定過兩小時再去一次，如果有必要的話，也可以在房屋附近守候一陣。現在他對那位德國夫人還抱著一絲希望，於是就驅車到謝苗諾夫團去了。

但是在德國女人的家裡，對方甚至都弄不明白他的來意。從對方偶爾透露出來的話中，他猜出那個德國美人在兩個星期以前和納斯塔霞・菲利波夫娜吵了嘴，所以這些日子沒有聽到關於她的任何消息，現在也竭力表示，她並沒有興趣去聽，「哪怕她嫁給全世界所有的公爵也管不著」。公爵聽了這些，急忙走了。他忽然想到，也許她會像上次那樣到莫斯科去了，羅戈任當然跟蹤前去，也許還跟她在一塊兒去。「至少總要找出一些蹤跡來！」但是，他想起他必須去住客棧，所以忙著到李鐵因大街去了；旅館立刻給他開了一間房。茶房問他要不要吃點東西，他心不在焉地回答說想吃，後來一轉念就責怪起自己來了，因為吃飯要花去他半小時的工夫，後來才想到：他完全可以把茶房端來的飯菜留著不吃，也沒有什麼關係。在這條陰沉而悶熱的走廊裡，他產生了一種奇怪的感覺，這種感覺正在很痛苦地努力變為一種想法。但是，他怎麼也猜不出，這個新出現的想法究竟是什麼。後來，他精神恍惚地從客店裡走了出去；他的頭發暈，但是往哪裡去呢？他又朝羅戈任的家跑去了。

羅戈任沒有回來，按鈴也沒人開門；他於是又按羅戈任母親的門，門倒是開了，卻也說帕爾芬・謝敏諾維奇不在家，三兩天不會回來。使公爵感到難堪的是：人家還是用那種好奇的眼光打量著他。這一次，他完全沒有找到看院人。他於是又和以前一樣，走到對面的人行道上，向窗內看望，他在沉悶的暑熱中走了半小時，也許還要多一些，但這一次並沒有動靜；窗戶沒有開，白窗簾一動也不動。最後他想，之前一定只是自己的幻覺，那些窗戶顯然已經非常模糊，很長時間沒有擦拭過了，即使果真有人從玻璃向外看望，也是看不清的。他想到這點覺得很高興，便又上伊斯梅洛夫團去見教師夫人去了。

教師夫人已經在家裡等著他。她已經去了三四個地方，甚至還繞到羅戈任家裡去過。可是，連一點影子都沒有。公爵默默地聽著，走進屋內，坐在沙發上，開始看著大家，好像不明白別人對他說什麼。奇怪的是：他一會兒注意力很集中，一會兒忽然精神恍惚到不可收拾的地步。據後來那家人說，那天他顯出十分奇怪的樣子，「也許當時已經完全注定了」。他終於立起身來，請求參觀一下納斯塔霞・菲利波夫娜住過的房間。那是兩間又高又大、十分敞亮的房間，傢俱很講究，價錢一定不便宜。據這些太太後來講，公爵注視著屋內的每一件東西，看見小桌上有一本翻開來的、從圖書館借來的書——法文小說《包法利夫人》[1]，便把翻開來的那一頁折疊一下，並要求把這本書帶走，當時人家說這本書是從圖書館裡借來的，不能拿走，他也沒聽見，還是把書放進自己的口袋裡了。他在敞開的窗戶旁邊坐下，看見一張牌桌，上面用粉筆畫著許多字，便問：誰在這裡玩過牌？她們對他說，納斯塔霞·菲利波夫娜每天晚上和羅戈任玩「捉傻瓜」、「五百分」、「磨坊主人」、「惠斯特」、「勝牌」等，各式各樣的牌都玩。牌是從帕夫洛夫斯克搬到彼得堡來以後，最近才玩起的，因為納斯塔霞·菲利波夫娜總是嚷著說太悶，抱怨羅戈任坐一整晚，默默地也不說一句話，所以她時常哭泣。第二天晚上，羅戈任突然從口袋裡取出紙牌，納斯塔霞·菲利波夫娜就笑了，然後開始玩牌。公爵問：他們玩的牌在哪裡？但是紙牌不見了；紙牌總是由羅戈任放在口袋裡帶來的，他每天帶來一副新牌，然後又帶回去。

太太們勸他再上羅戈任家裡去一趟，再敲一次門，而且要敲得狠些。不過現在先別去，等到晚上再去。她們說：「說不定他會在家的。」教師夫人自告奮勇，傍晚前一定到帕夫洛夫斯克去找達里亞·阿萊克謝夫娜：那邊會不會知道一點消息呢？她請公爵晚上十點鐘再來，無論如何要來一趟，再好商定明天該怎麼辦。不管別人怎樣安慰他、鼓勵他，公爵的心裡已經完全絕望了。他懷著無法形容的苦悶，步行走回到旅館。暑熱難當、塵土飛揚的彼得堡，重重地壓在他身上；他在粗暴的或喝醉的人們中間推搡著，心不在焉地注視著這些人的面龐，也許走了很多的彎路；當他走進自己房間時，差不多已經完全是黃昏了。他決定休息一會兒，然後再到羅戈任家去，照那些太太勸他的那樣做。他坐在沙發上，兩肘靠在桌上，陷入了沉思。

1 譯注：《包法利夫人》：法國作家福樓拜的作品。

誰也不知道他想了多長時間，也不知道他想的是什麼。他懼怕的事太多了，並且痛苦而煩惱地感到自己的懼怕。他想起薇拉．列別杰娃；後來他又想，也許列別杰夫對這件事情知道一些，如果不知道，也會比他知道得快，而且容易些。後來他想起伊波利特，想起羅戈任去找伊波利特的事情。後來他又想起羅戈任本人：他想起最近在誦經的時候，之後又在公園裡，他見過羅戈任，以後——就是突然在這兒的走廊裡，羅戈任躲在一角，拿著刀子等待他。他現在回想起羅戈任的眼睛，當時在黑暗中望著他的那對眼睛。他打了個寒噤：剛才那個突如其來的念頭，現在忽然又鑽進他的腦子了。

他想，如果羅戈任在彼得堡，那麼，即使他一時躲了起來，末了還會上他那裡，會上公爵那裡去，還是像上次那樣，不懷好意也罷。不管怎麼說，如果羅戈任由於某種緣由必須來找他，那麼，他一定會到這裡來，再到這個走廊裡來。羅戈任不知道他的地址，但也許會想到公爵還在以前的旅館裡，至少會試著到這裡來找他……如果十分有必要的話。誰知道，他也許十分有這個必要吧？

他這樣想著，也不知為什麼，他覺得這個想法是完全可以成立的。如果他對於這個想法深入研究一下，他無論如何也弄不明白：「譬如，羅戈任為什麼忽然需要他？他們倆為什麼不可能相遇呢！」但是，這個想法十分痛苦，「如果他很適意，他是不會來的，」公爵繼續想道，「如果他不適意，那才會來呢；要知道，他肯定是不會適意的……」

當然，他既然懷有這樣的想法，便應該待在旅館房間內等待羅戈任；但是，他好像不能忍受這種新的念頭，跳起來，抓住帽子，就跑出去了。此時的走廊裡，差不多已經完全黑暗了。「他現在不會忽然從角落裡跑出來，在樓梯上攔住我吧？」——走到那個熟悉的地方之後，他又閃出這個念頭。但是，並沒有人跑出來。他走出大門，走上人行道，夕陽西下時街頭擁滿了濃密的人群，使他感到很驚訝（彼得堡在夏季永遠是這樣的），他朝豌豆街上走去。離開旅館五十步路，在第一個交叉路口，人群裡忽然有人碰他的胳膊肘一下，在他的耳邊輕聲說：「列夫．尼古拉耶維奇，跟我走，老弟，有事情。」

這就是羅戈任。

說也奇怪：公爵忽然很高興地，幾乎像說不出話來似的，講述他剛才如何在旅館走廊裡等待他的情形。

「我到那裡去過的，」羅戈任突然回答，「咱們走吧！」

公爵對於羅戈任的回答非常驚訝。但是，他的驚訝至少是在兩分鐘之後，也就是他反應過來的時候。當他弄明白羅戈任的回答之後，便開始害怕了，他偷偷地觀察羅戈任。羅戈任在前面走著，離他只有半步遠，眼睛一直向前看望，而不看對面走過來的任何人，只機械地、小心翼翼地給大家讓路。

「你既然到旅館去過……為什麼不到房間裡來找我？」公爵突然問。

羅戈任站住了，看了他一眼，想了一想，好像根本不明白問話似的說道：「我告訴你，列夫．尼古拉耶維奇，你從這裡走，一直走到我家，你知道嗎？我從街那邊走，你要留神，咱倆得一起走……」

他說完便穿過街心，向對面的人行道走去，並回頭看公爵是不是向前走，他看見公爵站在那裡，瞪著眼睛看他，便用手朝豌豆街的那個方向一揮，自己走去，一邊還時時回頭看公爵，叫公爵跟著他走。他看見公爵明白他的意思，在街另一邊的人行道上走，並不穿過街去找他，顯然放了心。公爵心想，羅戈任一定是要留神看一個什麼人，怕在路上忽略過去，因此他轉到另一個人行道上去了。「只是他為什麼不說，他要注意看什麼人呢？」他們就這樣走了五百多步，不知為什麼，公爵忽然打起哆嗦來了；羅戈任還不住地回頭觀看，雖然次數少了一些；公爵忍不住，就用手向他打招呼，羅戈任立刻穿過大街，走到他面前來。

「納斯塔霞．菲利波夫娜難道在你家裡嗎？」

「在我那裡。」

「今天早晨是你從窗簾後面看我來著嗎？」

「是我……」

「怎麼你……」

但是，公爵不知道接下去該問什麼，怎樣結束他的問題；況且，他的心跳得很厲害，連說話都困難了。羅戈任也沉默著，像剛開始那樣看著他，似乎有點沉鬱的樣子。

「我走啦，」他忽然說，又準備轉到另一邊人行道去，「你自己走吧。讓我們在街上分開來走……我們這樣好些……在不同的兩邊走……你會知道的。」

最後，當他們從兩個不同的人行道上轉入豌豆街，走到羅戈任家門前的時候，公爵的腿又發軟了，幾乎寸步難移。當時已經是晚上十點鐘左右。老太太那邊的窗子還和上午一樣敞開，羅戈任那邊的窗子還是緊閉著，在朦朧的夜色裡，垂著的白窗簾好像更加顯眼。公爵從一邊的人行道上走到房屋跟前；羅戈任從另一邊的人行道上走上了台階，向公爵揮手。公爵走到台階上去。

「現在連看院子的人也不知道我回家來。我剛才說到帕夫洛夫斯克去，對母親也是這樣說的。」他帶著狡猾的，幾乎滿意的微笑低聲說，「我們進去吧，不會有人聽見的。」

他的手裡已經握著鑰匙。他走上樓梯時，曾經轉過身來嚇唬一下公爵，讓公爵的腳步輕些。他輕輕地開了自己房間的門，讓公爵進去，再躡手躡腳地跟在公爵後面進去，然後鎖上門，把鑰匙放在口袋裡面。

「我們走吧。」他微語著。

從李鐵因大街的人行道上開始，他就小聲說話了。他在外表上雖然很平靜，但在內心裡，卻是驚慌萬分。當他們走進大廳，到了書房前面的時候，他走到窗戶跟前，很神祕地向公爵招手：

「你今天早晨按鈴敲門的時候，我立刻就猜出是你來了。我躡著腳走到門前，聽見你和帕夫努季耶夫娜說話。天剛亮的時候我就已經對她說：如果你，或是你派什麼人來，或是其他任何人，跑來敲門，無論如何不許說我在家。如果你自己來找我，那就更不許說我在家了。當時我把你的名字告訴了她。後來你一出去，我就想：他現在會不會站在那裡窺望，在街上守候呢？於是，我就走到這個窗子前面，揭開了窗簾一看，你果然站在那裡，直看我……事情就是這樣。」

「可是，納斯塔霞．菲利波夫娜……在哪裡呢？」公爵上氣不接下氣地說。

「她……在這裡。」羅戈任遲疑了一下，慢慢地說。

「在哪裡？」

羅戈任面對公爵抬起眼，盯著看他。

「來吧……」

他仍然小聲地，不慌不忙地，慢吞吞地，仍然用從前那種奇怪的沉思神情說。甚至在講到窗簾的時候，他也似乎想借著這種話說出別的什麼事情，雖然他的講述好像是自然流露出來的。

他們走進書房。這間屋子裡，在公爵上次來過以後，發生了一些變動：屋子中間掛著綠綢的帷幔，兩頭留下出入口，使書房和放著羅戈任床鋪的凹室分開。出入口掛著沉重的帷幔，屋內很黑，彼得堡夏季的白夜開始發暗了，假使不是月圓的話，在羅戈任的黑屋子裡，窗簾又都垂著，很難看清什麼東西。固然，他們還可以看到對方的面孔，只是不很清楚罷了。羅戈任的臉色是慘白的，和往常一樣，他的眼睛盯著公爵，發出強烈的光芒，但是一動也不動。

「你不能點支蠟燭嗎？」公爵說。

「不，不必。」羅戈任答道，他拉住公爵的手，把公爵拉到椅子那裡。他自己坐在對面，把椅子向前移了一下，他的膝蓋差不多和公爵的膝蓋碰到一起了。在他們中間，稍微偏向一旁，放著一張小圓桌子。「你坐下，讓我們先坐一會兒！」他說，似乎勸公爵略坐一會兒。兩人沉默了一分鐘。「我早就知道，你一定又會去住那個旅館，」他開始說，就好像某些人在談主要問題之前，有時總是先從與正事沒有直接關係的枝節上談起，「我一走進走廊，心裡就想：也許他就坐在那裡等待著我，正如我在這時候等待他一樣。你到教師夫人那裡去過嗎？」

「去過。」公爵勉強說出來，他的心跳得很厲害。

「我也想到這一層了。我想，一定會發生議論的……後來又想：我要把他領到這裡來過夜，在一塊兒過這一夜……」

「羅戈任！納斯塔霞．菲利波夫娜在哪裡？」公爵忽然微語著，站了起來，四肢直打哆嗦。羅戈任也站了起來。

「在那邊！」他微語著，向帷幔那裡點頭。

「睡著了嗎？」公爵小聲說。

羅戈任又像剛才似的，盯看了他一下。

「那咱們就去吧！……不過你……好啦，咱們就去吧！」

他微微地掀起帷幔，站住了，又轉身對公爵說：「你進去吧！」

他朝帷幔後面點頭，請他先進去。公爵走進去了。

「這裡黑。」他說。

「看得出來的！」羅戈任喃喃地說。

「我勉強看得出……那張床鋪。」

「你走近些！」羅戈任小聲吩咐道。

公爵又走近了一步，兩步，便站住了。他站在那裡，仔細觀看了一兩分鐘。兩個人立在床旁，始終沒有說出來一句話。公爵的心跳躍著，在屋內的死般沉寂之中，在這屋內，好像聽得出來似的。但是，他的眼睛已經看得出來，可以看清整個的床鋪；有個人在床上睡著，一動也不動；聽不見一點聲響和一絲呼吸。睡覺的人用白被單連頭蒙住，四肢的線條模模糊糊地看得出來。從凸起的樣子看，可以看出這人挺直了身體，躺在那裡。周圍十分零亂，在床的盡頭，在床旁的軟椅上，甚至在地板上，亂放著脫下來的服裝，一件闊綽的白綢衣裳，還有鮮花和緞帶。摘下來的鑽石，零亂地在床頭小几上閃著光。在床的一端堆著揉成一團的花邊。從被單下面露出一個光著的白腳尖，搭在那花邊上；這個腳尖好像是用大理石雕成的，死板得十分可怕。公爵望著，感到他越看下去，屋內越顯得死氣沉沉，十分寂靜。一隻睡醒了的蒼蠅突然嗡嗡起來，從床上飛過，到了床頭就不出聲了。公爵哆嗦了一下。

「我們出去吧！」羅戈任推了推他的胳膊。

他們走了出去，又坐在原先那兩把椅子上，仍然是面對面。公爵哆嗦得越來越厲害，一直用疑問的眼神盯著羅戈任的臉上。

「我注意到了，列夫·尼古拉耶維奇，你在那裡打哆嗦，」羅戈任終於說，「幾乎就和你那次的不舒服一樣，你記得吧，在莫斯科的那一次？要不就像你在昏厥以前的樣子。我想不出現在該把你怎麼辦……」

公爵傾聽著，用盡全力去瞭解，他的眼神還帶著詢問的神氣。

「那是你嗎？」他終於朝著帷幔裡點點頭說。

「是……我……」羅戈任小聲說，垂下了眼皮。

沉默了約五分鐘。

「因為，」羅戈任忽然繼續說下去，彷彿他的話並沒有中斷似的，「因為如果你舊病復發，現在昏厥過去了，還發出呼喊，那麼街上或者從院內也許就會有人聽見，便會猜到這套房間裡有人過夜；他們會上來敲門，會走進來……因為他們都以為我不在家。我沒有點蠟燭，就為了使街上和院子裡的人都看不出來。因為，當我不在家的時候，我把鑰匙帶走。我不在家，連著三四天不會有人進來打掃屋子，這是我定下的規矩。所以，為了不讓別人知道我們住在裡面……」

「等一等，」公爵說，「今天早晨，我問過看院人和那個老太婆：納斯塔霞·菲利波夫娜是不是在這裡過夜來的？這麼說，他們已經知道了。」

「我知道你問過的。我對帕夫努季耶夫娜說，納斯塔霞·菲利波夫娜昨天來過一趟，但是只在我家待了十分鐘，當天就回帕夫洛夫斯克去了。他們不知道她在這裡過夜，沒有一個人知道。昨天我們也是偷偷走進來的，和今天帶你來的時候一樣。當時在路上的時候，我心裡還想，她一定不願意悄悄地走進來。但是，哪裡是這樣！她小聲說話，躡著腳走路，她掠起衣裳的下擺，為了不讓它發出聲音，竟捧在手裡，在樓梯上還親自用手指點著威嚇我——這是因為她老害怕你。她在火車上跟瘋子一模一樣，這完全是由於害怕的緣故。她自己打算到我家裡來住宿；我起初想送她回到教師夫人的住宅去——哪裡行！她說：『天一亮他就會上那裡去把我找著，你先讓我躲避一下，明天天一亮就上莫斯科。』她以後又想去奧廖爾去。躺下睡覺的時候還說要上奧廖爾……」

「等一等；你現在怎麼辦？帕爾芬，你現在打算怎麼辦？」

「我為你擔心，你在那裡不住打哆嗦。我們一塊兒在這裡過夜吧。床只有那一張，我想可以把兩隻沙發上的枕頭取走，就在這裡，在帷幔旁邊，並排搭一個鋪，一半給你，一半給我，咱們好一塊兒睡。因為人家一走進來，就會到處偵查和尋覓，一看到她，馬上就會把她抬出去。他們一定盤問我，我說是我幹的，他們一定馬上把我帶走。所以，讓她現在躺在我們身邊，躺在我和你的身旁……」

「是的！是的！」公爵熱烈地表示贊成。

「這麼說，我們就是不承認，也不讓他們抬走了。」

「無論如何也不！」公爵下決心說，「不行，不行，不行！」

「我也下了這樣的決心，無論如何，老弟，也不把她交給任何人！我們悄悄地過上一夜。我只是今天早晨從家裡出去一個小時，其餘的時候一直在她身邊。後來到了晚上，才出來找你。我還怕天氣悶熱，發出氣味。你聞到氣味沒有？」

「也許聞到的，但我不知道。等到明天早晨，一定會發出氣味來的。」

「我用漆布把她蓋住了，用一塊上好的美國漆布，漆布上面又蓋上被單，打開了四瓶日丹諾夫牌的消毒液：現在還放著。」

「這和他們在那裡……在莫斯科的所做的一樣嗎？」

「因為有氣味的緣故，老弟，你知道她是怎樣躺著的……明天早晨天一亮，你去看一看。你怎麼啦？你站不起來嗎？」羅戈任看見公爵直打哆嗦，立不起身來，就帶著驚懼的神情問。

「腿走不動啦，」公爵喃喃地說，「這是嚇的，我知道……等這股怕勁一過去，我就可以起來……」

「等一等，讓我先來鋪床，你可以躺一下……我也和你躺下……我們來聽……因為我，老弟，還不知道……我，老弟，現在還不完全知道，所以事先對你說，讓你預先知道一切情況……」

羅戈任一邊喃喃地說出這些含混不清的話語，一邊開始鋪床。顯然，他也許在今天早晨就已經想出這樣鋪床的方法。昨天夜裡，他自己睡在沙發上面。一張沙發上面本來睡不下兩個人，而他現在硬要同睡在一起，所以他費了許多力氣，在整個屋子裡奔忙，他把兩隻沙發上的大小不同的枕頭拿起來，放到帷幔出口的附近。床鋪總算胡亂地搭好了，他走到公爵身旁，溫柔地，歡欣地拉他的手，把他扶了起來，領到床鋪那裡去。但是，當時他發現公爵自己也能走了，這麼說，「怕勁已經過去了」，不過，公爵仍然直打哆嗦。

「老弟，因為天氣，」羅戈任把公爵放在左邊的好枕頭上，自己倒在右邊，沒有脫衣裳，將兩手壓在腦後，他忽然開始說，「今天太熱，自然會有氣味的……我害怕開窗戶；母親那裡有幾盆花，現在正開著許多花，發出好聞的香味，我想把它們搬來，但是怕帕夫努季耶夫娜猜到，因為她是很好奇的。」

「她是很好奇的！」公爵附和著說。

「我們買幾束花，在她周圍都放上花怎麼樣？不過，老弟，如果把她放在花堆裡，我覺得看起來會很難過！」

「你聽著……」公爵好像茫無頭緒地問，好像正在尋找應該說什麼話，而又似乎立刻忘掉了，「你聽著，請你告訴我：你用什麼把她弄死的？用刀子嗎？就是那把嗎？」

「就是那把……」

「你再等一下！帕爾芬，我還要問你……我要問你許多話，向你問一切事情……但是，你最好先對我說，從頭開始說，使我明白：你是打算在我結婚之前，在舉行婚禮之前，在教堂門前，用刀子殺死她嗎？你打算沒打算？」

「我不知道打算沒打算……」羅戈任冷冷地回答說，似乎對於這個問題感到幾分驚異，莫名其妙似的。

「那把刀子從來沒有帶到帕夫洛夫斯克去嗎？」

「從來沒有帶去。關於這把刀子，我只能對你說這一些話，列夫．尼古拉耶維奇，」他沉默了一會兒之後，補充說，「我今天早晨把它從鎖住的抽屜裡取出來，因為這件事是在凌晨三點多鐘幹的。那把刀子始終放在我的一本書裡……還有……還有一點讓我覺得奇怪的是：那把刀子好像只插進一俄寸半……或者兩俄寸……在左胸下方……總共只有半匙血流到襯衫上面，後來就不流了……」

「這個，這個，這個，」公爵忽然十分驚慌地站起身來，「這個，我知道，這個我讀過的……這叫作內出血……也有不流一點血的。假使正戳在心上……」

「等一等，你聽見沒有？」羅戈任忽然很迅速地打斷他的話，很驚慌地在墊枕上坐起來，「你聽見沒有？」

「沒有！」公爵也是迅速地、驚懼地說著，向羅戈任看望。

「有人走！聽見沒有？在大廳裡……」

兩人開始傾聽。

「我聽見的。」公爵肯定地小聲說。

「有人走嗎？」

「有。」

「要不要關門？」

「關吧……」

門關上了，兩個人又躺下來。沉默了許久。

「唉唷，是的！」公爵用以前那種驚慌的、匆忙的聲調微語說。他好像又產生了一個念頭，生怕又喪失它，甚至在床上跳了起來。「是的……我想要……那副牌！那副紙牌……聽說你和她玩過牌？」

「玩過。」羅戈任沉默了一會兒之後說。

「那副牌……在哪裡？」

「牌在這裡。」羅戈任更多地沉默了一會兒說，「這不是嗎……」

他從衣袋裡掏出一副已經玩過的、用紙包好的紙牌，遞給公爵。公爵接到手裡，但是似乎帶著驚疑的樣子。新的、憂鬱的、不快的情感壓著他的心；他忽然明白，在這時候，而且已經有許多時候，他盡說一些他所不應該說的話，做著他所不應該做的事，他手裡握著的這副牌，他那樣喜歡的一副牌，現在對他竟不能有一點一滴的幫助。他站起來，把兩手一舉一拍。羅戈任紋絲不動地躺著，似乎沒聽見，也沒看見他的行動；但是他的眼睛在黑暗裡閃著亮光，睜得很大，呆呆凝視著。公爵坐在椅子上，開始恐懼地看著他。過了半小時，羅戈任忽然大聲地、粗暴地呼喊、嘩笑，似乎忘卻應該低聲說話：

「那個軍官，那個軍官……你記得她把那個軍官，在音樂廳上，怎樣鞭打，你記不記得，哈——哈——哈！還有那個士官生……士官生……士官生跳了過來……」

公爵充滿新的恐怖，他從椅子上跳起來。在羅戈任平靜下來的時候（他忽然平靜下來了），公爵輕輕地向他俯過身去，和他並肩坐著。公爵的心跳得很厲害，呼吸很重，開始仔細看他。羅戈任並不回頭看他，似乎把他忘掉了似的。公爵觀看著，等候著；時間一直飛馳，天色開始發亮了。羅戈任有時忽然大聲地，銳利地，說著一些不連貫的話；有時喊叫和狂笑起來；那時候，公爵就把一隻哆嗦著的手向他伸過去，輕輕地去碰他的頭，他的頭髮，撫摸那頭髮，撫摸他的臉頰……別的他不能做什麼了！他自己又開始哆嗦，他的腿又似乎忽然不能動彈了。有一種完全新的感覺啃嚙著他的心，帶來了無盡的煩悶。天已完全亮了；公爵終於躺到枕頭上，似乎完全陷入了癱瘓無力和絕望的狀態，他的臉緊貼在羅戈任慘白的、不動的臉上；淚水從他的眼裡流到羅戈任的臉頰上，但是他當時也許已經不知道自己在流淚，已經一點也不知道……

至少說，在過了許多小時以後，門開了，人們走進屋來的時候，他們發現兇手失去知覺，發著寒熱。公爵一動不動地坐在墊枕上，守在他的身旁；當每次病人發出呼喊或囈語的時候，公爵就忙著用哆嗦的手去撫摸他的頭髮和臉頰，似乎在溫柔地安慰他一樣。但是，他已經一點也不明白人家問他甚麼話，不認識走進屋來的、圍住了他的人們。假使什奈德爾本人現在從瑞士跑來看他以前的學生和患者，他一定會想起公爵到瑞士治病第一年內有時發生的情況，現在會揮著手，像當時那樣說一聲：「白癡！」

第十二章　結尾

教師夫人趕到帕夫洛夫斯克，一直就去找從昨天起心緒不寧的達里亞·阿萊克謝夫娜，對她講出她所知道的一切，把達里亞·阿萊克謝夫娜完全嚇呆了。兩位太太馬上決定和列別杰夫接洽，而列別杰夫作為房客的朋友和房主，也感到極度的驚慌。薇拉·列別杰娃把她所知道的一切也都說了出來。按照列別杰夫的勸告，他們決定三個人全都到彼得堡去，以便趕快防止「那件可能發生的事情」。因此，第二天上午十一點來鐘，警察、列別杰夫、太太們，以及羅戈任的弟弟謝敏·謝敏諾維奇·羅戈任（他住在偏屋內）的面，把羅戈任的屋子啟開了。看院人供出他昨天晚上看見帕爾芬·謝敏諾維奇同著一個客人從台階上走進去，似乎是偷偷摸摸的。這口供幫助了案件順利地進行。在得到這個口供以後，大家就毫不遲疑地打破那扇按鈴沒有人開的門。

羅戈任害了兩個月腦炎，病癒之後，就受偵察與審判。他對一切都直供不諱，令人完全滿意。由於他的供詞，公爵從最初起就沒有受到連累。羅戈任在審訊時，一句話也不說。他並不表示反對那位能說善辯的律師，律師很明確地，合乎邏輯地證明他所犯的罪是腦炎的結果，被告在犯罪之前很久，由於心情鬱悶，就已經開始這種病了。但是，他本人並沒有補充什麼話，來證實律師的論點；他仍舊明白而且正確地講述和回憶這件殺人案的一切細節。由於他具有可以從寬處理的情節，結果被判處有期徒刑十五年，充軍西伯利亞。他很嚴肅地、默默地、「沉鬱地」傾聽這個判決。他的一大筆財產，除了只有一小部分最初花在酗酒上面之外，全部遺留給他的兄弟謝敏．謝敏諾維奇，他的兄弟十分愉快。羅戈任的母親繼續活在人世，有時似乎懷念愛兒帕爾芬，但是她記不清楚：上帝已經拯救了她的腦和心，使她不感到她那憂鬱家庭中所面臨的恐怖。

列別杰夫、凱勒、加尼亞、普季岑和本書中的許多別的人物仍舊活著，變動很少，我們幾乎沒有什麼可說的。伊波利特在異常驚慌中死去了，比他所預料的時間還早了一些，即在納斯塔霞．菲利波夫娜死後兩星期。科利亞對於這件事非常驚愕，他和母親完全和好了。尼娜．亞歷山德羅夫娜替他擔心，因為他太少年老成了，也許他會變成一個很能幹的人。至於公爵未來的命運，一部分是由他的熱心奔走決定的：他早就看出葉夫根尼．帕夫洛維奇．拉多姆斯基與他最近所交的一切朋友有所不同。他首先到拉多姆斯基那裡去，把所發生的事件的一切詳情，盡其所知，都告訴了這個人，而且還講述了公爵現在的情況。他沒有看錯人，葉夫根尼．帕夫洛維奇熱情地關心這個不幸的「白癡」的命運。由於這個人的努力和照顧，公爵又出國到瑞士什奈德爾的療養院去了。葉夫根尼．帕夫洛維奇本人也出了國，打算久居歐洲，並公然自稱為「俄國完全多餘的人」。他時常地，至少三個月一次，到什奈德爾那裡去拜訪病友。但是，什奈德爾越來越皺眉，搖頭不已；他暗示公爵的腦子已經完全損壞了；他並沒有肯定地說不能治好，但是在暗示時卻顯出十分憂愁的樣子。葉夫根尼．帕夫洛維奇把這一切全放在心上，他是個有心的人，僅從科利亞常給他寫信，而他有時也寫回信這一點來看，就可以得到證明。此外，我們還發現他的性格中有一個奇怪的特點，因為這個特點很好，所以我們趕緊來把它宣揚一番：葉夫根尼．帕夫洛維奇在每次訪問什奈德爾的醫院以後，除了給科利亞寫信之外，還要發封信給彼得堡的一個人，把公爵現在的病情做一番詳細的、同情的報告。在這些信裡，除了恭恭敬敬表示忠誠之外，信內有時還夾雜著一些關於觀點、概念和情感的坦白的敘述（而且越來越多）——一句話，開始吐露了類似親密友好感情的東西。和葉夫根尼・帕夫洛維奇通信（雖然通信的次數很少），而且博得他如此注意與尊敬的人，原來就是薇拉・列別杰娃。我們怎麼也弄不清這種關係是怎樣產生的；當然是在公爵發生那件事情時開始的，那時候，薇拉・列別杰娃由於過於憂愁，病倒了。不過，他們究竟是怎樣相識和產生友誼的，我們知道得並不詳細，我們之所以提起這些信來，主要是由於其中有幾封講到葉潘欽一家的消息，尤其是阿格拉婭・伊萬諾夫娜・葉潘欽娜的消息。葉夫根尼・帕夫洛維奇從巴黎草草寫了一封信來，其中報告說，阿格拉婭和一個波蘭流亡伯爵產生了極簡短的、不尋常的情誼以後，忽然嫁給他了。這件事是違背她父母的意旨的。即使父母最後表示同意了，那也只是由於擔心這件事情會鬧出大亂子來。沉默半年之後，葉夫根尼・帕夫洛維奇又寫了一封長信，詳細報告他的女友說，他在最後一次到瑞士什奈德爾教授那裡去的時候，曾經遇見葉潘欽全家（自然要除去伊萬・費道洛維奇，他由於公務在身留在彼得堡），還有施公爵。這次的會面是很奇怪的。他們大家見到葉夫根尼・帕夫洛維奇時，表示十分歡喜：阿杰萊達和亞歷山德拉不知為什麼很感謝他，說「他細心照顧了不幸的公爵」；伊麗莎白・普羅科菲耶夫娜看見公爵病體垂危，真心地哭起來了。看起來，對他過去的種種都寬恕了。施公爵講了幾句聰明的吉祥話。葉夫根尼・帕夫洛維奇覺得他和阿杰萊達還不十分情投意合；但是將來總有一天，那個烈性子的阿杰萊達會自願地、真心地為施公爵的智慧和經驗所征服，這已經是必然的事情了，況且，她家所受到的種種教訓對她起了很大的作用，特別是最近阿格拉婭和波蘭流亡伯爵的那樁事情。葉潘欽家把阿格拉婭嫁給這位伯爵時所擔心的一切，在半年內已經全部實現了，還加上那些無從想像的意外花樣。原來這個伯爵並不是什麼伯爵，即使他真是個流亡者，那也是由於他在過去有一段黑暗的、曖昧的歷史。他用那種為祖國悲傷的志士風度迷住了阿格拉婭，而且使她迷戀很深，甚至在出嫁之前，她就參加了波蘭國外復興委員會和一個天主教著名神父所主持的懺悔集會，這個神父完全征服了她的靈魂。他向伊麗莎白・

普羅科菲耶夫娜和施公爵提供關於伯爵巨額財產的千真萬確的情報，這樣巨額的財產是非常空前的。不但如此，在他們結婚後半年內，伯爵和他的朋友（就是那個著名的神父）竟促使阿格拉婭跟娘家完全吵翻了，因此她家裡的人已經有好幾個月沒有見她面了……一句話，本來是有許多話可以講的，但是伊麗莎白·普羅科菲耶夫娜，她的女兒們，甚至施公爵，由於被所有這些「恐怖手段」嚇壞了，當他們和葉夫根尼·帕夫洛維奇談話的時候，都怕提起某些事情來，雖然他們也知道，用不著他們講出，他對阿格拉婭·伊萬諾夫娜最後的戀愛史也很熟悉。可憐的伊麗莎白·普羅科菲耶夫娜很想回俄國去。據葉夫根尼·帕夫洛維奇說，她憤怒地，偏激地對他批評國外的一切：「不管到哪裡，都沒有人會烤麵包，到了冬天，像地窖裡的老鼠一樣受凍。」她說，「但是在這裡，我對這個可憐的人，總算做了一場俄國式的哭泣。」她指著已經完全認不出她的公爵，很激動地補充說道，「我們已經消遣夠了，應該聽從理智了。所有的一切，所有這國外的一切，你們整個歐洲這一切，只不過是一個幻想，我們大家在國外也只是一個幻想……你們記住我的話，你們等著瞧吧！」當她和葉夫根尼·帕夫洛維奇分手的時候，幾乎憤怒地結束了她的話。

國家圖書館出版品預行編目資料

白癡／杜斯妥也夫斯基（Фёдор Миха́йлович Достое́вский, 1821-1881）著；耿濟之 譯. -- 初版. -- 臺北市：商周出版：英屬蓋曼群島商家庭傳媒股份有限公司城邦分公司發行, 2022.06
面： 公分. --
譯自：Идиот
ISBN 978-626-318-269-1（平裝）
880.57　　　　111005426

白癡

作　　　者／杜斯妥也夫斯基（Фёдор Миха́йлович Достое́вский）
譯　　　者／耿濟之
企 畫 選 書／梁燕樵
責 任 編 輯／梁燕樵

版　　　權／黃淑敏、林易萱
行 銷 業 務／周佑潔、周丹蘋、賴正祐
總　編　輯／楊如玉
總　經　理／彭之琬
事業群總經理／黃淑貞
發　行　人／何飛鵬
法 律 顧 問／元禾法律事務所　王子文律師
出　　　版／商周出版
城邦文化事業股份有限公司
115台北市南港區昆陽街16號4樓
電話：(02) 2500-7008 傳真：(02) 2500-7759
E-mail：bwp.service@cite.com.tw
Blog：http://bwp25007008.pixnet.net/blog
發　　　行／英屬蓋曼群島商家庭傳媒股份有限公司城邦分公司
115台北市南港區昆陽街16號5樓
書虫客服服務專線：(02) 2500-7718・(02) 2500-7719
24小時傳真服務：(02) 2500-1990・(02) 2500-1991
服務時間：週一至週五09:30-12:00・13:30-17:00
郵撥帳號：19863813　戶名：書虫股份有限公司
讀者服務信箱E-mail：service@readingclub.com.tw
歡迎光臨城邦讀書花園　網址：www.cite.com.tw
香 港 發 行 所／城邦（香港）出版集團有限公司
香港九龍土瓜灣土瓜灣道86號順聯工業大廈6樓A室
電話：(852) 2508-6231　傳真：(852) 2578-9337
E-mail：hkcite@biznetvigator.com
馬 新 發 行 所／城邦(馬新)出版集團 Cité (M) Sdn. Bhd.
41, Jalan Radin Anum, Bandar Baru Sri Petaling,
57000 Kuala Lumpur, Malaysia
電話：(603) 9056-3833　傳真：(603) 9057-6622
Email：services@cite.my

封 面 設 計／萬勝安
排　　　版／新鑫電腦排版工作室
印　　　刷／韋懋實業有限公司
經　銷　商／聯合發行股份有限公司
電話：(02) 2917-8022　傳真：(02) 2911-0053
地址：新北市231新店區寶橋路235巷6弄6號2樓

■2022年06月初版1刷
■2024年04月初版2.5刷
定價 599 元

Printed in Taiwan

城邦讀書花園
www.cite.com.tw

ISBN　978-626-318-269-1